云南大学 | 少数民族民间文学
调查资料丛刊

云南大学1958年白族民间文学调查资料集

Collection of 1958
Bai People Folk Literature
Survey of Yunnan University

云南大学文学院 编

本书出版获云南大学一流大学"中国语言文学"学科建设项目资助

本书系国家社科基金项目"云南少数民族民间文学稀见资料整理与研究（1958—1983）"（20CZW059）阶段性成果

云南大学 | 少数民族民间文学调查资料丛刊

顾　问

张文勋　李子贤　李从宗　张福三　冯寿轩

编委会（按姓氏笔画排列）

王　新　王卫东　伍　奇　杜　鲜　李生森
杨立权　张　多　陈　芳　罗　瑛　段炳昌
秦　臻　高　健　黄　泽　黄静华　董秀团

云南大学少数民族民间文学调查资料丛刊
前　言

王卫东

　　这套丛书的整理出版是一件偶然的事——准确说，是源于一件偶然的事。2006年5月的一天，杨立权冲进我的办公室，兴冲冲地对我说："王老师，挖到宝了。"他迫不及待地告诉我，在四楼中文系会议室旁边小房间的乱纸堆里发现了云南省民族民间文学调查的资料，我和他跑上去，看到杂物堆上的少数民族民间文学调查资料，有署名"云南大学中文系少数民族语言文学教研室编"的1964年和1979年版的《云南民族文学资料集》，有署名"云南大学中文系"的1979年12月版的《民族文学作品选》，有署名"云南大学中文系少数民族文学概论师训班编"的1980年6月版的《民族民间文学资料》，有署名"云南大学中文系"的《云南民族文学资料》，还有署名"云南大学中文系印"的1980年4月版的《云南民族文学资料》、署名"云南大学中文系翻印"的《云南民族文学资料》，此外还有很多"云南大学中文系翻印"的各少数民族文学作品选，最为珍贵的当然是云大中文系调查整理的云南少数民族民间文学资料。大家都非常高兴，这纯属意外之喜。2005年8月份我任中文系主任后，有两项重点工作：文艺学博士点申报和教育部本科合格评估。博士点获批，我就全力以赴做评估的准备。除了常规的教学档案整理之外，我希望借此机会把我之前做的科研档案扩展为人员档案和中文系系史，于是就请杨立权把中文系资料室和其他地方的东西清一清，图书杂志造册上架，供师生查阅；教材著作如果数量多，部分留存后可以给愿意要的学生，不必堆在那里浪费；涉及中文系历史的资料分类整理，作为历史档案保留。没想到整理过程中惊喜连连，在图书杂志之外，发现了很多会议记录、规章制度，还有讲义、教案、课程表、历届学生名单、毕业论文、学年论文、课程作业，甚至还有入党申请书……出乎意料又令人惊喜的是，还发现了《阿诗玛》的多个版本。这次的发现，更是令人想不到的大喜事。杨立权带着学生把四楼和一楼彻底清理后，将名为"云南民间文学资料"的油印版单独归类，我和他审查后确认，主要有1964年、1979年和1980年三批。随后我和杨立权给中文系所属人文学院院长段炳昌老师汇报了这事。段老师对中文系的历史以及民间文学调查比我和杨立权更为熟悉，也更了解这些资料的价值。我也给黄泽兄说了这事，他是专家，为此很是高兴。过了一段时间，我和段老师去见张文勋先生，告诉他这个发现。张先生极为兴奋，说1964年中文系印出来以后，部分进行交流，大多用作教学。这套资料主要留存在云大中文系和云南省文联。"文革"期间，省文联的全都流失不存，中文系的也不见踪影。他也曾动过寻找的念头，但"文革"后百废待兴，1984年初他离任中文系主任后不再参与管理，中文系的办公室、资料室地点屡迁，资料室人员变动频繁，他以为这些资料已经消失，没想到竟然从杂物堆里打捞了出来。

资料有了，下一步就是整理和出版的事。但就在这个环节大家出现了分歧。我力主出版，认为署名不是问题，少数民族民间文学调查是政府主导，各个单位安排的，属于职务成果，不是任何个人的，统一署名云南大学中文系调查整理，把所有署名者列出即可。但不少人还是有所顾虑甚至是顾忌，担心到时出现署名权的争议。编纂出版是出于公心，是为云大，是为学术，但最终责任由个人承受，这就不值。2004年至2005年曾任文学与新闻学院党委书记，时任云大宣传部长的任其昆老师认同我的看法。但当时有顾虑的人毕竟更多，这事也就搁下了。

虽然出版被搁置，但这套资料的价值在那里，谁都清楚。杨立权还带着学生整理，段炳昌老师和董秀团老师等会讨论这书的处理方式，老先生们也不时会提到这事，主要是李子贤先生。每年去见李老师时，他都会说到这套书。他基本同意我的看法，但也担心出问题，毕竟有前车之鉴。一次，我与何明兄聊天时说到这事，他马上就表态，经费由他担任院长的民族研究院解决，中文系和民族研究院联合整理出版，作为中文学科和民族学学科的共同成果。遗憾的是最终没有落地。那些年虽然我在很多场合都在说这套书，告诉大家这是不可复现、不可再得的，强调它的唯一性、不可替代性，说明它在史学、文学、民族学、社会学以及学术史等方面的学术价值和社会价值，但出版的事一直拖而不决。2015年学校给中文系50万的出版经费，我准备抓住这次机会把书出了，不再左右顾虑。请学校把出版经费直接划拨给云南大学出版社，同时把全部资料给了他们，希望他们先录入，再组织人员进一步整理、出版。但没想到年底，学校进行教学科研机构调整，我调到云大艺术与设计学院主持行政，这套书自然就离开了我，虽然我还时时惦记着它。

没想到，这套书确实与我有缘。2020年，学校把我调回文学院主持行政。在了解文学院近几年的情况时，我得知这套书仍未完成整理，决定借助云南大学百年校庆把这事解决了。在学院党政联席会上我提出文学院百年校庆的活动内容，包括编写院史、口述史和整理出版这套书，这个想法得到文学院班子的支持。几经波折，这套书的整理出版终于露出了曙光。

在文学院校庆活动的会议上，确定由何丹娜副书记具体负责院史，陈芳副院长负责口述史，张多、高健负责这套书的整理，我整体统筹。后因资料从出版社取回后由张多管理，张多做了很多的整理工作，还以此申报2020年的国家社科基金项目并获批，就由张多具体负责，并以百年中文课题立项的形式组建团队进行整理、录入和校对。

我原来希望这套书由云南大学出版社出版，但由于云大出版社五年内换了三任社长，社内领导班子也几经变动，编辑变化很大，直到2020年再次启动时，这套书与2015年我离开时几无区别。（负责这套书的副社长伍奇老师在2015年底调整时调离了出版社，也无法再管这套书的整理出版，更不清楚这套书的着落，直到2021年她还提醒我把资料从出版社取回以免遗失。）我担心云大出版社在2023年百年校庆时不能完成这套书的编辑出版，有老师推荐商务印书馆。应了好事多磨这话，这套书确实否极泰来，遇上了一个好编辑，冯淑华老师了解到这套书的情况后，以极高的效率完成了报批，使这套书进入出版程序。虽然这两年中诸多波折，但冯老师都以她的超常耐心和毅力，忍常人所不能忍，迎来了最终的圆满。在此对冯淑华老师致以最高的感谢！

这套书能够面世，首功当归杨立权老师。他是当时不多、现在罕见的只为做事不问结果的人。他发现了这些资料，才有了这套书的出版。包括这套书在内的所有中文系少数民族民间文学调查资料最初都是他带着学生整理的，从杂物中找出来，分类归档，标明篇目，顺序陈放。没有杨立权老师，就不可能有这套书。

另外要感谢张多老师。这套书整理的工作量和难度是没参与的人难以想象的。首先是工作量，当初谈论这套书的整理，大家都认为应该以1964年版为基础，1979年、1980年版为参考和补充。段炳昌老师和我们也讨论过，认为应以云大中文系师生调查整理的资料为原则，至少是云大中文系师生为主调查整理的文本才能纳入，杨立权老师找到的资料从1958年一直到20世纪80年代中期，除了1977年以后是云大中文系师生调查整理的，参与调查整理的人员来自云南省的各个地区和单位，全部纳入，体量太大。即便如此，内容仍然十分庞杂，一则上述三个资料集之外的资料还有很多，二则三个资料集以及其他资料都混杂着不同单位的搜集整理者的文本，有一些并没有云大中文系的师生参与，需要仔细甄别。这就需要了解和熟悉那个时期云大中文系师生以及他们参与调查、整理的情况。其次是难度，编辑整理这些资料对学术水平的要求很高，要有学术眼光，有学术史的标准，有严谨的学术态度，有细心和耐心。整理时应该忠实于材料，尽可能呈现出最初的样貌，不能依据自己的立场观点，或者为了文雅、结构的"合理"、避免"重复啰唆"等随意增减删改，否则就成为改写本，这也是对整理者的考验。（其实，民间文学中的重复是其非常重要的结构特点，是文本的必要构成。我在给学生讲课时，曾提及《诗经》的"风"和后来的"乐府"诗，保存了民间歌谣，但有得亦有失，得是如果没有当时官府的搜集整理，我们无法窥见当时的民间文学；失是人们见到的文本都是经过雅化的，这就大大降低了这些作品的价值。1964年版的"前言"里说"对这些原始资料，除字句不通加以适当修改外，一律不予删改，保持原始面貌，以提供研究之用"，这体现了老一辈学者的学术智慧。）此外，1964年的版本是手刻油印的，1979年、1980年版部分文字是当时的简化字，没有经过那个时代教育的师生可能不认识，等等，这也增加了录入和校对的难度。感谢张多老师和他的团队，给我们呈现出一个较为理想的文本。

还要感谢李子贤先生。我和黄泽兄管理中文系后，于教师节以中文系的名义去慰问两位老师，又让中文系办公室恢复了他们的信箱，请他们参加中文系的活动，李老师也就顺势回到中文系。（2005年他告诉我，以后他的会议就由中文系主办，之后他主导的学术会议确实都交给了中文系。）整理这些资料时发现1964年、1979年、1980年版各有问题，1979年版少了两册（已记不住哪两册，好像是18册和21册）。幸运的是，去看望李子贤老师时，说起这事，李老师说他家里也保存了一部分，放在老房子里，刚好有这两册。这又是一个意外之喜，看来老天爷也想促成此事。之后几年去看他，他都与我谈起这些资料，支持整理出版。2015年底，我调到云大艺术与设计学院。随后几年我与李老师和任老师联系较少（李老师给我打过电话），直到2020年确定回文学院，我给李老师打了个电话。他听到我的声音，第一句话就是"卫东，这么多年，你终于想起我们了"。听我说回到文学院后准备出这套书，他叹道："早就该出了。"

感谢张文勋先生。张先生是云南省民族民间文学调查的全程参与者，也是1977年以后把少数民族民间文学调查作为毕业实习主要项目这个传统的决定者。1979年、1980年版的资料集，1980年为"全国《少数民族民间文学概论》师资培训班"编印的《民族民间文学资料》都是在他任上编印的。

感谢段炳昌老师和黄泽老师。他们从学理上明确了这套书的学术价值和现实意义，提出了不少有关整理的原则和方法。段老师一直是这套书整理出版的推动者。

感谢董秀团、高健、伍奇、段然各位老师。他们在不同时间、不同程度，以不同方式参与了这套书的整理，推动了这套书的出版。尤其是段然老师，由于出版单位的变换，给她的工作带来了不便和冲击，但她了解到整个过程后，表示对调整的理解。我们以1980年为界，之前的交由商务印书馆出版，之后的云南少数民族民间文学调查资料以及所有年代的影印版交给云大出版社。感谢小段老师的理解和支持。

还要感谢云南大学校领导的支持。校党委林文勋书记今年7月到文学院调研时，我把这套书的出版经费作为第一项诉求，得到他的明确表态支持。感谢于春滨和张林两任"一流办"主任，得知这套书的价值后，他们都表示支持。张林兄去年年底上任后就把这套书作为重点支持项目，这次在省财政经费未足额下拨的情况下，他把这套书的出版经费单列，才保证了这笔钱没在最后关头被争先恐后的报账者们"抢走"。

最后，要感谢上世纪三十年间进行云南少数民族民间文学调查的各位前辈，是他们不畏艰辛，克服重重困难，才给后人留下了一批无法复现、不可替代的一手资料，让我们能隔着半个多世纪的时光，触摸到那个时代的脉搏，感受那个时代人们的情感，得以重现那个时代的社会面貌。那个时代的人们借助于这些资料而复活，各位调查整理的前辈因了这些文字而永恒！向各位前辈致敬！

六十年，这套资料从口头文本到纸质文本；十六年，这套资料从重新发现到出版。与这套书结缘的人或有始无终，或有终无始，只留下我经历从重新发现到出版的始终。终于得以出版，为这套书做出贡献的所有人也可以心安了！

2022年12月23日于云南大学映秋院

编纂说明[1]

张 多

2023年是云南大学建校满100周年的重要节点，同时也是云南大学中国语言文学学科办学100周年。民间文学是云南大学文科的重要组成部分和特色专业方向，自1937年徐嘉瑞先生到中文系[2]执教开始便一直贯穿在中文系教学、科研、文化传承的脉络中。

民间文学注重到民间去采风，或曰搜集整理。这里主要指的是将民众口头讲述或演唱的散韵文学，转化成书面文字，这其中包含录音、记音、听写、记录、誊录、移译、转译、整理、汇编、校订、注释、改编等若干技术性手段。当然，对云南来说，对各民族书面典籍的搜集整理和翻译也同样重要。

云南大学中文系在20世纪开展了若干次大规模少数民族民间文学调查，积累了一大批原始资料。这些资料有的已经先期单行出版，有的被纳入了一些民间文学选集，但遗憾的是一直没有集中公开呈现。这套"云南大学少数民族民间文学调查资料丛刊"便是弥补缺憾的一项重要工作。

---

[1] 本文撰写承蒙段炳昌教授指导，专此致谢。
[2] 云南大学中文、历史二科在很长时期内为合并建制，或为文史学系，或为人文学院。这一时期即为文史学系。

一、影响深远的几次大调查

1940年，时任云大文史系主任徐嘉瑞（1895—1977）完成了我国第一部研究云南民间戏曲花灯的专著《云南农村戏曲史》[①]。在写作过程中，他开展了广泛的实地田野调查，常请昆明郊区农村的花灯艺人讲剧本。徐先生1945年的大著《大理古代文化史》也具备系统的田野调查基础，包含大量民间文学资料和分析方法。这种实地调查的传统在云大中文系特别是民间文学学科一直保持至今。

在这一时期，云大文科各系的学者如闻宥、方国瑜、陶云逵、邢公畹、光未然、岑家梧、杨堃等，都开展过或多或少的民间文学实地调查，并且兼备语言学、历史学、社会学、民俗学的方法，这对当时文史学系的学生产生了重要影响，其中包括后来的著名民间文艺学家朱宜初、张文勋等。

1958年9月云南省委宣传部牵头组织了大规模"云南民族民间文学调查"。这次调查是当时云南省最大规模、最专业的一次民间文学调查，由来自云南大学中文系、昆明师范学院中文系、中国作家协会昆明分会等单位共计115人组成7支调查队，分赴大理、丽江、红河、楚雄、德宏、文山、思茅（今普洱市）调查。这次调查涉及苗族、彝族、壮族、瑶族、白族、哈尼族、傣族、傈僳族、佤族、拉祜族、纳西族、景颇族、阿昌族、怒族、德昂族等民族。调查队在各地又与地方文化干部、群众文艺工作者、本民族知识分子百余人合作，搜集到万余件各类民间文学文本。云大中文系是这次调查活动的最主要力量，当时绝大多数教师和学生都参与了调查。参加调查的一些成员后来成了云大民间文学学科的重要成员，如张文勋、朱宜初、冯寿轩（当时在省文联）、杨秉礼、李从宗、郑谦、张福三（当时为本科生）、杨光汉（当时为本科生）、傅光宇（当时为昆明师院本科生）等。

---

① 徐嘉瑞：《云南农村戏曲史》，国立云南大学西南文化研究室，1940年。

这次调查云大师生所获成果颇多。比如在采录文本基础上，张文勋先生领衔的大理调查队撰写了《白族文学史》、丽江调查队撰写了《纳西族文学史》初稿，作为"三选一史"①的示范本，堪称中国少数民族文学研究的里程碑。此外还出版了许多单行本，比如彝族创世史诗《阿细的先基》②、纳西族创世史诗《创世纪》③、彝族创世史诗《梅葛》④、彝族经籍史诗《查姆》⑤等。这次调查从搜集文本的数量来说，傣族文本数量最多，比如叙事长诗《千瓣莲花》《线秀》《葫芦信》《娥并与桑洛》等傣文贝叶经和口头演唱文本都得到详细整理。⑥"1958年调查"这一时期，李广田（1906—1968）校长非常重视民间文艺，同时张文勋、朱宜初开始在学坛崭露头角，他们借助大调查，顺势推动了民族文学、民间文学学科建设。

1959年，在著名文学家、时任云南大学校长李广田的主持下，云大中文系开办了中国首个中国少数民族语言文学本科专业，并于1959年、1960年、1964年招收三届学生100余人。这三届学生中走出了秦家华、李子贤、左玉堂、王明达等一批民间文学家。1962年和1963年，少数民族语言文学专业的师生组织了两次毕业实习，也即民族文学调查。由于这两次毕业实习调查去的地方多为"1958年调查"未涉足且交通艰险的地区，因此两次实习得到云南省人民政府和云南大学的强力支持。其中1962年实习分为三个队，赴小凉山彝族地区、迪庆藏族地区和西双版纳傣族地区，由朱宜初、

---

① "三选一史"是1958年中宣部的计划，包括中国民间文艺研究会主持的各地歌谣选、各地民间故事选、民间叙事长诗选，中国科学院文学研究所主持的少数民族文学史。
② 云南省民族民间文学红河调查队搜集翻译整理：《阿细的先基》，云南人民出版社，1959年。
③ 云南省民族民间文学丽江调查队搜集翻译整理：《创世纪：纳西族民间史诗》，云南人民出版社，1960年。
④ 云南省民族民间文学楚雄调查队搜集翻译整理：《梅葛》，人民文学出版社，1960年。
⑤ 云南省民族民间文学楚雄、红河调查队搜集，郭思九、陶学良整理：《查姆：彝族史诗》，云南人民出版社，1981年。
⑥ 1958年调查的原始资料现主要收藏于云南大学文学院，另有部分资料藏于云南省民间文艺家协会。

杨秉礼、张必琴、杨光汉等教师带队；1963年实习赴彝族撒尼人地区、独龙江独龙族地区、怒江怒族和傈僳族地区调查，由朱宜初、杨秉礼，以及毕业留校的青年教员李子贤、秦家华带队。这几次实习采风的原始资料，包括彝族撒尼人长诗《阿诗玛》、怒族《迎亲调》，以及钟敬文极为重视的藏族神话《女娲娘娘补天》[①]等，现藏于云南大学文学院。

李子贤是1962年和1963年调查的主要成员。他于1959年考入云南大学首届少数民族语言文学本科专业。1962年2—7月，他以学生身份参加了小凉山（宁蒗彝族自治县）调查队到泸沽湖区采录彝族、纳西族摩梭人的民间文学。正是这次调查改变了他的文学观，他开始将兴趣转入少数民族民间文学，尤其是神话学。1963年他毕业后留校任教，又以教师身份带领独龙江调查队进入独龙族地区。

独龙江流域是20世纪中国疆域内最封闭的地区之一，地处我国滇、藏和缅甸交界处。进入独龙江，需要先进入怒江大峡谷，沿江而上到达贡山县城，再翻越高黎贡山脉，一年中有半年大雪封山。1963年7月到1964年2月，李子贤带领调查队历经磨难进出独龙江峡谷，这是中国学者首次对独龙族民间文学进行专题调查。这次调查成果中比较有代表性的，如1963年11月在独龙江畔孟丁村搜集的，独龙族村民伊里亚演唱的韵文体《创世纪》史诗文本，[②]这一口头演述传统在今天已近乎绝唱。

同一方向上，朱宜初、杨秉礼带队进入怒江大峡谷，对沿线傈僳族、怒族民间文学开展调查，取得丰硕成果，为研究怒江民间文学存留了宝贵历史档案。当时进入怒江大峡谷交通条件极为危险，调查队员向峡谷深处走了很多村落，一直到丙中洛的秋那桶村（近滇藏界）。这样的调查力度，即便在今天也是不容易办到的。

[①] 钟敬文：《论民族志在古典神话研究上的作用——以〈女娲娘娘补天〉新资料为例证》，《北京师范大学学报》（社会科学版）1981年第2期。

[②] 李子贤：《再探神话王国——活形态神话新论》，云南人民出版社，2016年，第207—227页。独龙族《创世纪》原始调查资料现藏于云南大学文学院。

另一边，秦家华带队到宜良、石林一带彝族撒尼人中间，不仅采录了经典叙事长诗《阿诗玛》的有关文本，还对撒尼民间文学做了全面搜集，留下宝贵资料。

在1978年之后，云大的民间文学学科得到恢复，时任中文系主任张文勋先生大力支持民间文学学科的发展，在原有师资朱宜初、李子贤、秦家华[1]的基础上，先后调入冯寿轩、张福三、傅光宇等，大大加强了师资力量，有效地支撑了民间文学调查和研究。

正是在民间文学研究特别是少数民族民间文学人才培养和研究方面的突出成就，加之1956年到1964年间的大规模调查成绩，1980年教育部委托云大中文系举办"全国《少数民族民间文学概论》师资培训班"。[2]1980年3月，来自中央民族学院、吉林大学、吉林师范大学、中山大学、新疆大学、贵州大学、西藏师范学院、青海师范学院、西北民族学院、西南民族学院、广西民族学院等16所高等院校的20多名中青年教师参加了学习。钟敬文亲临昆明为学员授课，发表题为《谈民间文学的收集记录整理和出版问题》的演讲，他认为"收集就是田野调查"[3]，是科学性的体现。为了配合师训班，云大中文系又编选了28卷《云南民间文学资料集》，将上述几次民间文学调查的文本加以汇编。此次师训班的学员还在朱宜初、冯寿轩、杨秉礼、秦家华等云大教员的带领下，到德宏和西双版纳进行了民间文学调查，采录到一批傣族、阿昌族、景颇族、德昂族等的口头文本及贝叶经，比如《九颗珍珠》《遮帕麻和遮米玛》《神鬼斗争》等。后来，《少数民族民间文学概论》经过两届学生试用后于1983年正式出版，[4]系中国首部该选题教材。

此后，从20世纪80年代到90年代初，云大中文系的每一届本科生，

---

[1] 秦家华先生此时主要在云南大学《思想战线》编辑部工作。
[2] 1978年教育部召开文科教学工作座谈会，即决定委托云大举办该师训班。
[3] 钟敬文：《谈民间文学的收集记录整理和出版问题》，1980年6月30日，手抄本，云南大学文学院藏。
[4] 朱宜初、李子贤主编：《少数民族民间文学概论》，云南人民出版社，1983年。

都进行过民间文学搜集整理的专业实习。中文系教师朱宜初、李子贤、张福三、傅光宇、冯寿轩、杨振昆、邓贤、周婉华、李平、刘敏、段炳昌、秦臻、张国庆、木霁弘等教师先后作为带队教师，参加了民间文学调查。当时，朱宜初先生已年近六旬，仍远赴丽江、德宏等地的偏远山村，早起晚归，亲力亲为，率领学生深入调查。这一时期每次实习调查的时间通常在一个月左右，所获不少，留下了一批调查资料。

后来，民俗学、中国少数民族语言文学、中国民间文学专业的硕士研究生，以及中国少数民族艺术、中国少数民族语言文学、中国民间文学专业的博士研究生，在他们的学位论文研究过程中，也积累了一些新采录的民间文学文本。也就是说，到民间去调查、采录民间文学的传统，在云南大学中文系一直没有中断过。

二、1964年和1979年的内部油印本

1958年调查所搜集整理的数以万计原始资料，仅有少数得以出版或内部油印。1963年以中国科学院云南分院的名义内部出版了《云南民族文学资料》，选用了部分文本。1964年云南大学中文系内部油印了21卷《云南民族文学资料集》，多为手写字体，选辑了较多高质量文本。1976年到1979年云南大学中文系内部陆续油印了20余卷《云南民族文学资料集》，主要是在1964年基础上增补了白族等的文本。这批油印本主要是1979年印制，个别是在1976年和1977年印制。1964年、1979年的两批资料集成为当时中国重要的少数民族民间文学一手资料，但因油印数量少，不易得见。

本次集中出版的文本，正是以1964年和1979年两批油印本为主要底本，整理过程中也参考了原始手稿。这其中筛除了个别不合时宜的文本。[1]

在1964年油印本每册的扉页上，都印有一段"前言"，说明了编选的基

---

[1] 例如不是云大主导的团队的文本或者有碍民族团结等的文本。

本原则和工作方式。"前言"落款为"云南大学中文系少数民族语言文学教研室",时间是"1964年5月中旬"。其原文如下:

> 在党的领导下,我教研室教师将几年来调查的各族文学原始资料汇编成目,并选其中较好的作品以及具有较显著民族风格的作品油印成册。对这些原始资料,除字句不通加以适当修改外,一律不予删改,保持原始面貌,以提供研究之用。因此,这些资料只宜供少数做研究工作的同志用,不宜广大读者传阅。在研究时也应根据毛主席关于批判继承文化遗产的精神,分清精华与糟粕,加强我们研究工作中的战斗性与现实性。使我们所编选的这些原始资料在研究工作者的手中,能为社会主义服务,能为今日的工农兵服务。
>
> 我们对编选各族文学原始资料,还缺乏经验,其中一定还存在着不少缺点,还希望同志们提出意见。
>
> 并希望你们单位如果有少数民族文学、社会历史、风土人情等方面的资料,也请寄给我们。

也就是说,这次编选的原则是"选其中较好的作品以及具有较显著民族风格的""能为社会主义服务,能为今日的工农兵服务",因此原始手稿中许多与此相悖的文本未选入,这些筛选痕迹在原始手稿档案中都有记录。当时的少数民族语言文学教研室,1978年升格为"云南大学中文系少数民族文学研究室",一词之易,却是当时比较前沿的尖端系设研究机构。后来,研究室的建制几经调整,形成了今天文学院的民间文学教研室、西南少数民族文学研究所、神话研究所的"一室两所"格局。

1979年油印本也有一个扉页"说明",原文如下:

> 编印《云南民族文学资料》,目的在于:为民族文学工作者和爱好者提供原始资料,使它在整理云南民族文学遗产和发展民族新文学这

个艰巨又光荣的任务中，起到垫一块砖的作用。因此，我们在编辑时，对原始记录材料一般不作更动，精华糟粕并存，除非原文确实看不懂，或有明显的记录笔误，我们才做些变动。

资料的内容，包括云南各民族传统的和现代的有重要价值或有一定价值的叙事长诗、民歌、情歌、儿歌、神话传说、民间故事、历史故事、寓言、戏剧、曲艺等文学作品，以及对研究云南民族文学有相当价值的部分其它资料。

资料集今后将陆续编印出版。我们希望搜集和保存有这类资料的有关单位和个人，将你们的资料寄（或借）给我们编印；并且，希望你们对我们的工作随时提出批评和改进意见，我们将是非常欢迎和感谢的。

从这里可以看出，1979年油印本更强调学术价值，并且对公开出版已经有了规划。但遗憾的是，这一公开出版的工作计划，一直持续了40年都未能付诸实施。

三、"丛刊"问世的始末

1979年油印本实际上是在为1980年的全国"师训班"做准备，因此只选了小部分文本。而1956年以来若干次少数民族民间文学调查的原始手稿资料，多达数千份，还沉睡在中文系资料室。有鉴于此，历次调查的亲历者张文勋、李子贤、秦家华、冯寿轩、张福三，以及此时进入民间文学学科任教的傅光宇教授，都很看重系里这一笔资料遗产。但囿于经费和人手、资料规模庞大且千头万绪、出版条件制约等因素，在1980年"师训班"结束后，一直没有启动资料整理工作。这一阶段资料保存在东陆园的熊庆来、李广田旧居，这是会泽院后面的一幢中西合璧的小别墅。

1997年中文系参与组建人文学院，2004年又改组文学与新闻学院。这一阶段包括这批资料在内的中文系大量旧资料，已经转移到英华园北学楼，但由于资料管理人员变动频繁，此时已经无人知晓民间文学资料的确切情况，处于"消失"状态。

2006年，中文系再次参与重组人文学院，由段炳昌教授任院长、王卫东教授任中文系主任。正是2006年在杨立权博士的清理下，这批民间文学资料得以重见天日。这一阶段及此后数年，段炳昌、王卫东、黄泽、秦臻、董秀团等教授，都为这批资料的整理和出版计划贡献了很大心力。人文学院的建制一直维持到2015年底，其间还涉及学院整体搬迁到呈贡新校区。但因为中文系办公地点几经变更、出版意见存在分歧、经手工作人员也几经易替，资料的整理一度搁浅。

直到2015年12月，以中文系为主体组建文学院，学院又搬回东陆校区，进驻东陆园映秋院办公。李生森、王卫东两任院长以及李子贤、段炳昌、秦臻、黄泽、董秀团教授再次将这批资料的整理和公开出版提上议事日程，列为学院重点工作。为此，学院多次召开座谈会，张文勋、李子贤、李从宗等老先生在会上回忆了当时调查和整理的情况，并为出版这些资料献计献策。在资料识别录入工作早期，由时任云南大学出版社编辑伍奇博士经手整理；后期高健博士做了大量工作。

2019年，笔者正式接手主理此项工作。在上述老师以及赵永忠、陈芳、王新、黄静华、杜鲜、罗瑛等老师的支持下，组织本科生、研究生开展大规模的系统整理。并且，我们通过多种途径补齐缺漏文本、建立了档案和目录体系、在映秋院建立了资料贮藏室。在这一过程中，文学院李道和、何丹娜、卢云燕老师，云大出版社的王昱沣、段然老师，云大档案馆的宋诚老师，都不同程度提供了帮助。尤其是高健博士2021年接任民间文学教研室主任后做了很多幕后贡献。商务印书馆的冯淑华、张鹏、肖媛等编辑老师也在最后阶段给予了专业的支持。

从2004年算起，该项整理工作，先后获得了云南大学211工程项目、云南大学一流大学建设项目、国家社科基金项目、国家"十四五"出版规划项目、云南大学文学院"百年中文"项目、云南省"兴滇人才支持计划"青年人才项目、云南大学高层次引进人才支持项目等的资金支持。

需要说明的是,"1958年调查"有一部分文本出于不同原因未纳入"丛刊"的首批出版。第一种情形是先期已经公开出版。例如纳西族史诗《创世纪》在1960年由云南人民出版社出版,1978年、2009年再版。第二种情形是搜集整理工作不是云南大学师生主导(但有不同程度参与)。例如《查姆》主要是云南师范大学师生搜集整理,但其中云南大学学生陶学良、黄生富等人参与了整理。而《阿细的先基》则主要是云南师范大学中文系师生搜集整理。第三种情形是后人重新整理,但原稿不全。例如壮族逃婚调《幽骚》,系刘德荣(云大中文系1970届毕业生)、张鸿鑫(云师大中文系1959届毕业生)在1958年调查油印本资料的基础上,于1984年重新搜集整理出版,但原稿已残缺。这些文本清理和研究也很重要,留待日后再做。

"云南大学少数民族民间文学调查资料丛刊"第一辑的分册安排如下:

《云南大学1958年白族民间文学调查资料集》,主要是1958年云南省民族民间文学大理调查队(张文勋先生领衔)搜集整理的白族民间文学文本,但实际上该册白族文本采录的跨度是从1950年到1968年。1956年到1958年的少量文本采录为"1958年调查"奠定了基础,1959年到1963年的调查实际上是"1958年调查"的延续,有些也是在撰写《白族文学史》的过程中的补充调查。其中也包括怒江地区的白族勒墨人、白族那马人的文本。

《云南大学1958年傣族民间文学调查资料集》,主要是1958年云南省民族民间文学西双版纳调查队(朱宜初先生领衔)、红河调查队在西双版纳、临沧、普洱、红河等地区搜集整理的傣族民间文学文本。

《云南大学1959—1962年傣族叙事长诗调查资料集》,主要是"1958年调查"西双版纳调查队于1959年在西双版纳采录的叙事长诗,以及1962年云南大学中文系中国少数民族语言文学专业本科毕业实习,在傣族地区采录的长诗,包括《章响》《苏文》《乔三冒》《苏年达》《千瓣莲花》《召香勐》《松帕敏》《姆莱》《召波啦》等长诗。

《云南大学1962年藏族民间文学调查资料集》,主要是1962年云南大学中文系中国少数民族语言文学专业本科毕业实习，在迪庆、怒江等藏族地区采录的民间文学文本。

《云南大学1963年怒江民间文学调查资料集》，主要是1963年云南大学中文系中国少数民族语言文学专业本科毕业实习，在怒江和独龙江流域傈僳族、独龙族、怒族地区采录的民间文学文本，本册还包括迪庆州维西县傈僳族的资料。

《云南大学1962—1964年彝族、哈尼族、壮族民间文学调查资料集》，主要是1962年、1963年云南大学中文系中国少数民族语言文学专业本科毕业实习，在宁蒗、石林、红河、金平等地采录的彝族、哈尼族、壮族民间文学文本。

《云南大学1980年德宏民间文学调查资料集》，主要是1980年"全国《少数民族民间文学概论》师资培训班"教师和学员，到德宏傣族景颇族自治州采录的傣族、阿昌族、德昂族、景颇族民间文学文本。此外还附有田野调查笔记。

四、跨越70年的师生代际协作

20世纪五六十年代的几次大调查，是师生合作的成果。那个时代，研究和教学条件简陋，外出调查的交通和后勤条件非常艰苦。但在青年教师和青年学子的通力合作之下，这几次调查反而是取得成果最丰硕的。20世纪七八十年代及此后的调查，大体也采取师生合作的方式。

从1964年和1979年油印本的署名情况来看，可以大致整理出从1958年到1963年参与历次调查活动的师生名单，这也是本"丛刊"所收入文本的来自云南大学的调查者名单。需要说明，由于当时具体调查人员的细节难以考全，以下名单是不完全名单。

时任教师：

张文勋、朱宜初、张必琴、张友铭、杨秉礼、李子贤、秦家华、郑谦、徐嘉瑞[①]等（当时还有其他教师参与，暂未考出）

本科生：

1944级汉语言文学：陈贵培

1947级汉语言文学：朱宜初

1948级汉语言文学：张文勋

1951级汉语言文学：杨秉礼

1954级汉语言文学：赵曙云

1955级汉语言文学：张福三、杜惠荣、杨天禄、魏静华、喻夷群、李必雨、王则昌、李从宗、杨千成、史纯武、景文连、朱世铭、张俊芳、戴家麟、向源洪、吴国柱、刁成志、杨光汉、佘仁澍、戴美莹、"集体署名"[②]

1956级汉语言文学：周天纵、余大光、李云鹤、"集体署名"

1957级汉语言文学：高连俊、余战生、陈郭、唐笠国、罗洪祥、仇学林

1958级汉语言文学：陶学良、陈思清、吴忠烈、陈发贵、黄传琨、黄生富

1959级中国少数民族语言文学：李仙、李子贤、秦家华、曾有琥、田玉忠、李荣高、郑孝儒、马学援、杨映福、周开学、吴开伦、马祥龙、符国锦、罗组熊、李志云、翁大齐、梁佩珍、朱玉堃、王大昆、段继彩、杞家望、陈列、孙宗舜、卢自发、曹爱贤、雷波

1960级中国少数民族语言文学：杨开应、李承明、马维翔、胡开田、吕晴、苗启明、李汝忠、左玉堂、张华、吴广甲、肖怡燕、何天良、李蓉珍、

[①] 徐嘉瑞在1958年这一时期，已经调任云南省文联主席，但他对云大师生的"1958年调查"亦有诸多指导和帮助。

[②] 也即署名了班级，未署名具体人员。

董开礼、夏文、张西道、冷用刚、李中发、李承明、陈荣祥、杨海生、张忠伟

2019年底接手整理工作之后，文学院专门划拨实训场地存放这批资料，又以百年校庆和百年系庆为契机，为组织学生参与整理提供了制度和资金支持。在突遇新冠肺炎疫情全球大流行的困难条件下，首批出版整理工作到2022年夏天正式完成，并提交商务印书馆。在这一阶段，笔者带领学生，将科研与教学相结合，高效推进了文字电子录入、校对的巨量工作。参与资料整理、录入、校对的学生名单如下：

本科生：

2018级汉语言文学：张芮鸣

2019级汉语言文学：高绮悦、常森瑞、施尧（白族）、李江平（彝族）、张乐、王正蓉、李志斌（回族）、丁斯涵、赵潇、王菁雅、赵洁莉（壮族）、杨丽睿、任阿云、张芷瑄

2019级汉语国际教育：陈佳琪、张海月、李堋炜（白族）、黄语萱、黄婉琪、顾弘研（彝族）、林雪欣（壮族）、罗雯、万蕊蕊

硕士研究生：

2018级民俗学：郑裕宝、陈悦

2018级中国现当代文学：田彤彤

2019级民俗学：刘兰兰、龚颖（彝族）、晏阳

2019级中国少数民族语言文学：王旭花（彝族）

2020级民俗学：梁贝贝、周鸿杨、张晓晓

2021级中国少数民族语言文学：赵晨之、曾思涵、冉苒、茜丽婉娜（傣族）、宋坤元、郑诗珂、夏祎璠、吴玥萱、闵萍、杜语彤、黄高端

2022级中国民间文学：满俊廷、徐子清

博士研究生：

2020级中国少数民族语言文学：王自梅（彝族）

2021级中国少数民族语言文学：杨识余（白族）

2022级中国民间文学：杨慧玲

上述学生，全部听过民间文学有关课程，他们都对民间文学有或多或少的兴趣。在整理工作的第一阶段，本科生对文字录入有重要贡献；整理第二阶段，早期硕士生对校对工作贡献较大；整理第三阶段，后期硕士生和博士生对细节编辑工作贡献了力量。

从20世纪50年代的师生合作调查，到21世纪20年代初的师生合作整理，这些半个多世纪以前的文本再次发挥了科研和育人作用。如果从徐嘉瑞先生算起，从调查、油印到再整理、出版的过程，中间大约经历了本系七代学人。目前所呈现的"丛刊"是正式出版的第一批文本。当然，调查、整理的成果和荣誉是属于几十年来参与此项工作的全体师生的，而出版环节如有失误和瑕疵则由编者负责。

五、整理和编辑说明

"丛刊"的整理、研究和出版，经历了一个非常艰难的过程。其"艰难"主要是由于这批历史资料游走于口语和书面、民族语和汉语、原始记录和整理文本之间。对待这种特殊性质的历史文献档案，不仅要具备民间文学和少数民族文学的基础理论素养，还要有对云南现代社会文化史、行政区划史、民族关系史的相当把握。许多学生在整理资料的过程中，不断暴露出知识盲区，这是课堂教学所不具备的锻炼机会，同时对笔者来说又何尝不是呢。

"丛刊"编辑的过程中有一些情况，需要做如下说明：

（一）年份问题

由于20世纪下半叶本系经历过多次民间文学调查，规模大小不一，地区远近不等，因此有些民族的调查时间跨度比较大。比如白族的调查资料时间跨度从1950年到1968年，其中以"1958年调查"的资料为多，其前期预备工作其实从1956年就开始酝酿，那时候中国民间文艺研究会、云南省文联都参与过有关工作。"1958年调查"是从1958年底开始的，一直到1959年底结束。而后来为了编写《白族文学史》又进行过若干次补充调查。在这样的情况下，虽然资料搜集整理的时间年份不一，但由于"1958年调查"这一事件是核心，因此资料集以"1958"为题，以彰显"以事件为中心"的民间文学学术史理念。其他几册的情形也基本如此，年份命名都以学术史眼光来加以判定。

（二）篇名问题

民间文学书面整理文本的题目，或曰篇名，基本上都是搜集整理者根据文本情况起的，多数并不是民间口传演述的题目。在民间演述过程中，往往也不会刻意起一个题目。因此在1964年、1979年油印本中，有很多篇目的标题相互嵌套，比如《开天辟地神话》《开天辟地的故事》《关于开天辟地的传说》，同时使用了三个文类概念。对这种情况，编辑者一律将其改为"神话"，如遇到重名，则采取"同题异文"的编排方法，在同一篇名下区分"文本一""文本二"。有少量标题比如"情歌""儿歌"之类，大量重复，为了区分则用起首句子重起标题。

（三）地名问题

由于从20世纪五六十年代至今，云南省的行政区划发生了巨大变迁，地名变化较多，本次"丛刊"统一采用2022年的地名和行政区划。在必要时对原地名和原行政区划做出标注，以利研究。地名标注统一使用全称，例如红河哈尼族彝族自治州、耿马傣族佤族自治县等。云南省地市级行政区划的地名变更主要涉及"思茅地区——普洱市""玉溪地区——玉溪市""丽江地区——丽江市"，县级行政区划的地名变更主要涉及"中甸县——香格里拉市""路南彝族自治县——石林彝族自治县""潞西市、潞西县——芒市""碧江县——泸水市、福贡县"等。乡镇级行政区划调整主要是合并、撤销居多，统一使用当前区划名称。

（四）族称问题

德昂族在20世纪80年代之前被称为"崩龙族"，本书中一律使用现称"德昂族"。独龙族在20世纪80年代之前被称为"俅族""俅人"，本书中一律使用现称"独龙族"。

对于现有56个民族之下各民族的支系，有的支系在学术研究上常常单另看待，这部分民族支系统一采用"某某人"的写法，例如白族勒墨人、彝族撒尼人、壮族沙人。

（五）语言问题

"丛刊"在整理过程中，语言和文字的识别和订正是最大的障碍。

第一，1964年、1979年油印本使用了大量"二简字"，"二简字"系中国文字改革委员会1960年向全国征集意见、1966年中断制订，到1972年恢复制订、1975年报请国务院审阅，1977年12月20日正式公布的汉字简化方案。"二简字"于1986年6月24日废除。因此，大量笔者以及学生都没有使用过"二简字"。识别并更正"二简字"造成了极大工作量，对2000年前后出生的学生来说更是极大挑战。

第二，许多少数民族民间文学翻译成汉语的时候，采用了云南汉语方言词汇，例如"过了一久""老象""咯是"等。笔者相对精通云南方言词汇，整理过程中全部保留了原词，必要时加注释解释意思。

第三，有些民族语词汇翻译时采用了不同的汉字，比如"吗回""玛悔""妈瑞"都是"穷小子智救七公主"故事的标题，这种情况都保留了原用字，并加以说明。有个别地方采用了通行用字。

第四，油印本中的用字不规范之处，皆予以更正，比如"好象"改为"好像"，"一支老虎"改为"一只老虎"等。

第五，由于油印本年代较久，保存状况较差，有些地方由于纸张破损、墨迹晕染、墨迹淡化、手写字迹潦草等，无法辨认。对无法辨认的字，如果能根据上下文还原的，皆予以补全；如果无法还原，则用脱文符号"□"占位。

第六，由于云南各少数民族普遍通用包括汉语在内的多种语言，故有的文本是用民族语讲述后经过翻译的，有的文本则是讲述者用汉语讲述的，这一点在部分文本原稿中并没有明晰的记录，故无从查证。

第七，本"丛刊"有很多文本涉及傣语、彝语、白语、藏语等民族语的词汇，有的如果用汉语思维去理解会有逻辑瑕疵。对此，我们尽量保留原文面貌，交给有语言背景的读者去判断。

第八，有的同一个词语，原整理者在不同篇章作注，表述上略有差异。为保持原貌，予以保留。

（六）体例问题

"丛刊"文本大多数都有采录信息，包括讲述者、记录者、整理者、翻译者、时间、地点、材料来源等数据项目。这些信息对研究来说意义重大，因此全部保留，有些信息还根据资料整理成果予以补全。个别文本没有任何采录信息，为了体现油印本的收录全貌，也都予以保留。

凡标注为"编者注"的脚注，都是"丛刊"编者所作，没有标明的都是原整理者所作脚注。

（七）表述问题

原文本中，有些文类划分、文类表述有歧义，比如"寓言故事"。这一类问题皆按照当前最新的民间文学理论加以订正，力求表述清晰。对于材料来源的表述，没有特别说明的，都是口头演述。

原文本中有些表述，在今天的学术伦理中属于原则问题的，皆予以删除。例如有一则故事的附记是"内容宣传×教，作反面材料"。这显然是不符合当前学术伦理的。还有有关历史上多民族起义事件的传说，也涉及一些不符合当前民族宗教表述伦理的语汇，也予以删节。

（八）历史名词伦理问题

在个别文本中，原搜集记录者标出了讲述者的"富农""贫农"身份，这是特定历史时期用来区分人的手段，带有对讲述者的政治出身评判，因此出于学术伦理的考量，一律删去。

（九）署名和人员问题

纳入本"丛刊"的文本，都与云南大学中文系有关，或是由云大师生搜集整理，或是由云大组织调查，或是搜集整理工作与云大师生有合作关系。但是涉及的具体人员未必都是云南大学的，例如刘宗明（岩峰）是西双版纳州文化馆工作人员、金云是宜良县文化馆工作人员、杨亮才是中国民间文艺家协会著名学者等。这些民间文艺工作者居功至伟，特此致谢。

1980年"师训班"赴德宏等地的调查人员中也有来自其他高校的学者，这部分学者已尽可能注明其单位。

由此牵涉出的所谓"版权"问题，在此作如下说明：第一，中国民间文学的知识产权划分问题到目前为止并没有形成立法共识，学界、法律界和全国人大为此已经开展了若干次大讨论。如果从有利于传承中华优秀传统文化的角度来说，民间广泛流传的口头文学（包含与口头法则有关的书面民间文学材料）的知识产权不应只属于特定个人（尤其不应专属于搜集整理者），因为"专利化"不利于民间文学在广大人民群众中的再创编、传播、流布和共享。第二，"丛刊"已经尽最大努力还原每一篇文本的讲述者、翻译者、整理者，并标出姓名，如有读者能够提供未署名部分的确凿证据，编者十分欢迎并致力于还原学术史。第三，"丛刊"致力于为学术界、文化界和广大群众提供历史资料，如有读者引用、采用本"丛刊"文本，恳请注明出处和有关署名人员。

有些文本，在云南大学中文系前辈手中经过了二次整理，例如傣族的《岩叫铁》于1958搜集整理，到1985年张福三、冉红又对其重新整理。对此，"丛刊"尽量将两个文本都加以呈现，并对新整理文本有关人员也予以署名。

编者衷心希望和欢迎历次调查、整理的亲历者提供资料。如条件许可，后续我们将继续编选《续编》，出版此编以外的散佚资料和20世纪80年代以后的文本。在此，也要向在调查、整理和编纂各个阶段发挥巨大作用的张文勋、朱宜初、李子贤、秦家华、傅光宇、张福三、冯寿轩等先生致以崇高敬意。在出版过程中，商务印书馆的编辑冯淑华、张鹏、肖媛三位老师付出了许多心力，使得"丛刊"避免了诸多讹误。在此特致谢忱。

2023 年 2 月 22 日于云南大学东陆园

目 录

一、叙事长诗 ··· 001
　　点菜蔬 ··· 001
　　青姑娘 ··· 017
　　黄氏女对金刚经 ··· 033
　　鸿雁带书 ·· 094
　　李四维告御状 ·· 119
　　附录：李四维告御状的故事 ··· 123
　　张结巴 ··· 130
　　附录：张结巴的故事 ·· 146
　　放鹞赶雀 ·· 150
　　串枝连 ··· 166

二、白族调一百四十一首 ·· 172

三、对口山歌 ·· 199

四、小调 ·· 214
　　五更调 ··· 214
　　定芷芝 ··· 215
　　童养媳 ··· 219
　　放羊人 ··· 219
　　放羊人的苦 ··· 221
　　山伯英台 ·· 222

英台哭山伯 237
　　泥鳅调 243
　　出门调 243
　　绕三灵唱词 246

五、新民歌九十二首 256

六、白族谚语二十则 270

七、白族谜语十三则 272

八、民间传说 274
　（一）牟伽陀的传说 274
　　赞陀崛哆开辟鹤庆 274
　　祖师开辟鹤庆 280
　　摩迦陀开辟鹤庆 286
　　牟伽陀开辟鹤庆 289
　　鹤庆的来源 297
　　牟伽祖师钓蝌蚪龙 301
　　祖师开辟鹤庆的故事 302
　　牟伽祖师 303
　　关于牟伽祖师的传说片段 304
　　大力士和二愣神 306
　　灵山老爷无脸面向西 308
　　锡杖 309
　　牟伽陀的菩提珠 310
　　朝山洞 310
　（二）观音的传说 311
　　观音借地 311
　　观音伏罗刹 314
　　观音老祖智伏罗刹 315
　　观音治罗刹 317

罗刹阁 ··318
开辟大理的故事 ··319
观音开辟凤羽坝 ··322
卖螺蛳的人为什么经常做跑 ····································324
观音负石阻兵 ···325
观音负山填海 ···329
观音老母背山 ···329
石公公和石婆婆 ··330
观音蒙天空 ··330
观音收鱼精 ··331
观音老母卖黄鳝 ··333
五十石 ··336
童子拜观音 ··338
自生佛 ··339
狡猾的猫 ··339
偏灯芯 ··340
老母卖鱼 ··340
观音的出身 ··341
千手千眼观世音 ··343
钟 ··344
余金庵的由来 ···345
那天禄 ··346
雪塑观音 ··348

（三）本主的传说 ···349
杜朝选的传说 ···349
斩蟒蛇 ··372
樵仙农神 ··376
夜梦村本主 ··377
瓦色本主 ··378

南海阿老………………………………379

包大邑本主……………………………380

凤羽街本主……………………………381

力头村本主……………………………381

本主不吃牛……………………………382

豆儿哥哥和子孙娘娘…………………383

土主打房子……………………………384

中央本主………………………………385

武宣王段思平…………………………386

景庄皇帝与武宣王……………………387

二月八庄稼会与段白王………………388

赤子三爷育物景帝……………………390

清平景帝………………………………392

（四）段赤城的传说…………………393

蛇骨塔…………………………………393

除蛇妖…………………………………395

绿桃村…………………………………396

耍沟会…………………………………399

栽秧……………………………………400

通海井…………………………………400

落水洞…………………………………401

龙王庙…………………………………401

龙母祠…………………………………402

英雄段赤城……………………………404

龙母神话………………………………407

四海龙王………………………………410

段隆……………………………………412

（五）大黑天神的传说………………413

黑脸天神………………………………413

大黑天神·····················414

（六）龙的传说················416
蝌蚪龙与银河··················416
母鸡龙搬家····················417
石龙·························419
白面书生三龙王················420
关于"河头龙王"家系的传说······420
白龙潭的传说··················423
青龙得病出气黄················424
河曲龙王······················425
两父子························426
高郎照的传说··················427
美龙潭························430
抢龙潭························431
三娘娘························433
木龙·························434
龙塘借碗······················435
破锅膏药补····················437
小黄龙的故事··················440
小白龙的故事··················449
斗龙·························451
么龙潭的故事··················452
母猪龙造反、水冲旧州城········454
母猪龙························456
"独脚龙王"···················459
龙女的故事····················460
烧海石························461
陶进士与龙王的故事············462
龙王耍珠······················464

龙王的故事⋯⋯⋯⋯⋯⋯⋯⋯⋯⋯⋯⋯⋯⋯⋯⋯⋯⋯⋯⋯⋯⋯⋯465

（七）木匠传说⋯⋯⋯⋯⋯⋯⋯⋯⋯⋯⋯⋯⋯⋯⋯⋯⋯⋯⋯466
黄公爷吹苞⋯⋯⋯⋯⋯⋯⋯⋯⋯⋯⋯⋯⋯⋯⋯⋯⋯⋯⋯⋯466
一幢也住不成⋯⋯⋯⋯⋯⋯⋯⋯⋯⋯⋯⋯⋯⋯⋯⋯⋯⋯⋯467
木龙和蛟龙⋯⋯⋯⋯⋯⋯⋯⋯⋯⋯⋯⋯⋯⋯⋯⋯⋯⋯⋯⋯470
送木神的来历⋯⋯⋯⋯⋯⋯⋯⋯⋯⋯⋯⋯⋯⋯⋯⋯⋯⋯⋯472
斩断铁链子⋯⋯⋯⋯⋯⋯⋯⋯⋯⋯⋯⋯⋯⋯⋯⋯⋯⋯⋯⋯473
李寿鹏的故事⋯⋯⋯⋯⋯⋯⋯⋯⋯⋯⋯⋯⋯⋯⋯⋯⋯⋯⋯475
二七一两三⋯⋯⋯⋯⋯⋯⋯⋯⋯⋯⋯⋯⋯⋯⋯⋯⋯⋯⋯⋯476
木马浸水一分三⋯⋯⋯⋯⋯⋯⋯⋯⋯⋯⋯⋯⋯⋯⋯⋯⋯⋯478
鲁班造船⋯⋯⋯⋯⋯⋯⋯⋯⋯⋯⋯⋯⋯⋯⋯⋯⋯⋯⋯⋯⋯479
师傅带徒弟⋯⋯⋯⋯⋯⋯⋯⋯⋯⋯⋯⋯⋯⋯⋯⋯⋯⋯⋯⋯480
木花柱子⋯⋯⋯⋯⋯⋯⋯⋯⋯⋯⋯⋯⋯⋯⋯⋯⋯⋯⋯⋯⋯483
张班去了鲁班来⋯⋯⋯⋯⋯⋯⋯⋯⋯⋯⋯⋯⋯⋯⋯⋯⋯⋯486
箅圈和小木槌⋯⋯⋯⋯⋯⋯⋯⋯⋯⋯⋯⋯⋯⋯⋯⋯⋯⋯⋯488
造洛阳桥的故事⋯⋯⋯⋯⋯⋯⋯⋯⋯⋯⋯⋯⋯⋯⋯⋯⋯⋯491
石将军"造反"⋯⋯⋯⋯⋯⋯⋯⋯⋯⋯⋯⋯⋯⋯⋯⋯⋯⋯⋯493
杨天觉的传说⋯⋯⋯⋯⋯⋯⋯⋯⋯⋯⋯⋯⋯⋯⋯⋯⋯⋯⋯494
木匠翰林⋯⋯⋯⋯⋯⋯⋯⋯⋯⋯⋯⋯⋯⋯⋯⋯⋯⋯⋯⋯⋯498
三吹三打⋯⋯⋯⋯⋯⋯⋯⋯⋯⋯⋯⋯⋯⋯⋯⋯⋯⋯⋯⋯⋯501
王木匠的斧子⋯⋯⋯⋯⋯⋯⋯⋯⋯⋯⋯⋯⋯⋯⋯⋯⋯⋯⋯502
锯子的来历⋯⋯⋯⋯⋯⋯⋯⋯⋯⋯⋯⋯⋯⋯⋯⋯⋯⋯⋯⋯505
鲁班师傅的墨斗⋯⋯⋯⋯⋯⋯⋯⋯⋯⋯⋯⋯⋯⋯⋯⋯⋯⋯506
杨奎选⋯⋯⋯⋯⋯⋯⋯⋯⋯⋯⋯⋯⋯⋯⋯⋯⋯⋯⋯⋯⋯⋯507
木匠上梁时唱的吉利话⋯⋯⋯⋯⋯⋯⋯⋯⋯⋯⋯⋯⋯⋯⋯508

（八）白王的传说⋯⋯⋯⋯⋯⋯⋯⋯⋯⋯⋯⋯⋯⋯⋯⋯⋯⋯511
白王的出生⋯⋯⋯⋯⋯⋯⋯⋯⋯⋯⋯⋯⋯⋯⋯⋯⋯⋯⋯⋯511
果子文和段白王⋯⋯⋯⋯⋯⋯⋯⋯⋯⋯⋯⋯⋯⋯⋯⋯⋯⋯512
白饭王开国⋯⋯⋯⋯⋯⋯⋯⋯⋯⋯⋯⋯⋯⋯⋯⋯⋯⋯⋯⋯515

白王建土城 ……517
　　白王的事迹 ……518
　　南诏国王的诞生 ……521
　　大理国王的诞生 ……523

　（九）红军传说 ……524
　　红军医生 ……524
　　卖菜的故事 ……525
　　青龙保驾 ……525
　　人间哪有几回闻（回忆红军片段）……526
　　红军草鞋治沙症 ……527
　　红军攻打宾川城 ……528
　　一只火腿 ……534
　　玉镯还家 ……535
　　报信 ……536

　（十）杜文秀的传说 ……538
　　一副对联 ……538
　　三毛牛 ……539
　　杀死张祖严，投奔白旗军 ……541
　　拜帅旗 ……543
　　压米价 ……544
　　穷孩子上了学堂 ……546
　　杜文秀分牛 ……548
　　杜文秀赶三月街 ……549
　　清正的杜元帅 ……550
　　杜文秀严办坏乡府 ……550
　　杜文秀的两只大象 ……553
　　关于杜文秀起义的传说片段 ……555
　　蔡七二追杀褚军门 ……557
　　蔡七二智杀羽道人 ……559

气杀杨背锅……560
杨玉科应咒……563
白马将军……564
李大司空死守腾冲城……566
杨威……567
兰大帅……568
白旗闹事……568
李文学的传说……569

(十一) 白族勒墨人民间传说……571
氏族来源的传说……571

(十二) 其他传说……576
金凤羽……576
凤羽……578
柏洁夫人戏拨巴……579
罗时江的来历……580
白蛇围营……581
火烧松明楼……584
白洁夫人……585
火把节……587
星回节……588
望夫云……589
辘角庄……602
美人石……623
鱼潭会……626
蝴蝶泉……627
三月街……631
上关花……634
附录：段福墓志铭……635
雁池海……636

玉带云··638
绕三灵··639
海舌··642
玉白菜··645
础石的传说··650
天生桥的故事··651
三条江··653
金江里沙金的故事···654
金沙江与玉龙雪山···655
三座山··656
洱源西山和剑川墨斗山··657
墨斗山··658
鸟吊山··660
金猪在三个海子里的故事····································663
洱海里的金猪··667
孝感泉··668
神通坡··670
石飞坪··672
银箔泉··673
仙人塘··675
陈官营、刘官营、葛官营的故事·························679
周城的传说··679
漏邑村的传说··680
文笔的故事··681
象跪石··682

九、民间故事···684

黄氏女··684
假黑衣财神··687
百羽衣··689

毛牛洞	699
假石宝山	699
贪口腹的城隍爷	700
偷鸡庙	701
笛声吹动龙女心	703
阿隆坝	704
艾蒿与荨麻	707
祭师	710
郊边牧笛	711
吹鼓手	713
段域变虎	715
包文正断无头案	717
一朵花	718
蛙儿讨媳妇	724
啊呀呀	727
神笛	731
干梨树开花	736
哑口无言	741
憨姑爷	742
鹅戴金牌	744
财主与农民	745
妖怪请客	745
一件奇案	746
牛交	748
打鱼郎	749
罗世基的故事	753
巧媳妇	757
一斗苞谷	758
四九见仁心	759
两老友	762

两姊妹……766
教子归正……767
勤劳的老二……769
不爱做……772
拾金不昧的故事……773
血海恨……775
千里马和万里羊的故事……778
招女婿……780
王老渔的故事……781
土锅梦……784
小青和二妹……786
狗老爷……793
忘恩负义……798
中虚壶……807
李稿子……809
美臣传……811
张焊的故事……814
陈世泰……816
偷油……819
李狗……820
马再新……821
出来看……823
神箭手……824
张屠户与李善人……826
黑占本起反（那马人）……828
吴主造反（那马人）……831
豆腐打死县令（那马人）……834
大肚汉（那马人）……836
杨玉科打法国人（那马人）……839
阿西毕果弟兄（那马人）……840

德昭璧的儿子（那马人）…… 843
青蛙讨媳妇（那马人）…… 845
牛姑娘和猪姑娘（那马人）…… 850
门阿介（那马人）…… 855
回生草（那马人）…… 857
草霸王（那马人）…… 859
枪毙山神（那马人）…… 860
鬼为什么不敢进村子（那马人）…… 862
割麦骗鬼（那马人）…… 863
乌板坡治美削劳（那马人）…… 865
包相捉寒清（那马人）…… 866
打猎爷爷打死美削劳（那马人）…… 869
猎人治吸血鬼（那马人）…… 871
猴子鬼（那马人）…… 873
色堆叭打鬼（那马人）…… 874
烧鬼（那马人）…… 876
多收二斗五（那马人）…… 879
阿喔鸟又叫了（那马人）…… 880
狗追麂子（那马人）…… 882
青蛙和老鼠（那马人）…… 883
乌鸦和土燕子（那马人）…… 884
老虎为什么怕猫头鹰（那马人）…… 885
不劳动就不得吃（勒墨人）…… 886
岛枝杀鹰（勒墨人）…… 887
广乌班杀妖（勒墨人）…… 890
光璧杀妖（勒墨人）…… 891

编后说明 …… 893

一、叙事长诗

点菜蔬

文本一

演述者：罗银祥
翻译者：李家驷
记录者：杜惠荣
搜集地点：云南省大理白族自治州大理市

主人：吃的不有。

客人：你们菜有好些，
　　　吃不完，喝不完，
　　　布棚里像城市一样。

主人：搭得这间空棚，
　　　里面一样不有。

客人：摆进一张桌子，
　　　摆进一条板凳。

主人：摆桌子是空桌子。

客人：阿嚏！桌子上摆着很多菜。

主人：桌子上，菜蔬不有，碗盏不有。

客人：你要问菜蔬，还是问碗筷？

主人：先把碗盏问一下。
客人：你要坏的还是好的？

主人：我们粗人吃粗饭。
客人：还是要好碗。

主人：只能靠亲戚去找。
客人：好碗好盏路又远。

主人：路远才问它的话。
客人：有名碗盏出贵州。

主人：出贵州也要去买。
客人：你要带多少碗盏？

主人：够三张桌子的带给我。
客人：三桌六还去三百六①？

主人：三百六十套带给我。
客人：价钱要多少？

主人：碗盏三百六，
　　　价钱也是三百六。
客人：贵州碗盏带来了。

主人：碗盏带来了，
　　　空摆碗和筷。
客人：有名碗盏有名筷。

主人：有名的菜蔬帮我问一问。
客人：有名菜蔬种类多，
　　　你要什么？

主人：海菜和玉菜。
客人：玉菜这棵拿不来，
　　　随便问一问。

主人：海菜这棵要拿来。
客人：海菜这棵不易拿，
　　　生在海底心。

主人：只能结交划船人。
客人：给它脚踩船边上，
　　　手拿铁钉耙，
　　　捞到海底心。

客人：有名菜蔬有很多种，
　　　再要什么？
主人：要人参、燕窝。

---

① 六：白语，系"够了"之意。此句中客人疑问是三桌够了还是要三百六。

客人：先找人参。

主人：要人参。

客人：人参的路远。

主人：路远才问它的话。

客人：人参出在黄河边上。

主人：出哪里也要去找。

客人：拿来了再要些什么？

主人：要燕窝。

客人：燕窝的路远。

主人：路远不要拿给我，

　　　出哪里？

客人：出在紫金山，

　　　出在岩洞里，

　　　难得拿。

主人：难得拿，也要拿给我。

客人：现在请哪一个去拿？

主人：厉害不过哪一个？

客人：厉害不过姓孙的[①]。

主人：哪一个看他养他？

客人：看他养他是姓李的[②]。

主人：我们请他一下。

客人：他为我们请着孙悟空。

　　　为是为我们，

　　　我们用什么来取它？

主人：我们只能订做丝线。

客人：丝线出在四城门。

主人：找哪一个运给我们？

客人：上上下下，

　　　挑着担子的是哪一个？

主人：江西人。

客人：我们把他请。

主人：他可为我们？

客人：他为我们的事去神铁[③]打绳子。

　　　你要打多少？

主人：三千六你打给我。

---

① 姓孙的：即孙悟空。

② 姓李的：传说即李德星。

③ 神铁：地名。

客人：去从哪里去？
主人：从东城门进去。

守东城门的人：
这里不是，这里是官员出进的地方，
你从南城门走。

守南城门的人：
这里有漂海大水，
你走北城门问去。

守北城门的人：
我们这里有财神老爷，
我们这里不有，
你去问西城门。

养蚕就在西城门。

客人：三千六打给你，
　　　你该够了是不够？
主人：三千六够了。

客人：丝网你打还是我打？
主人：还是依靠亲戚家去打。

客人：嘴上说是打丝网，
　　　长处宽处要多少？
主人：四四方方三丈六。

客人：打出来了下哪点？
主人：他路哪里走？

客人：他路从西边走出去，
　　　我们就在那里下网。
　　　网上的网杆还没有。
主人：最高那棵竹子是哪棵？

客人：最高那棵是龙竹，
　　　好是什么好？
主人：高高空竹高，
　　　好好紫竹好。

客人：丝网下定了，
　　　网上没声音。
主人：我们叫猴子爬青岩，
　　　取燕窝儿还是网它母！

主人：连子连母取下来。
客人：取下来了，
　　　用它上面的什么？

主人：用它嘴上唾沫两团，
　　　用它配搭人参。

客人：有名菜蔬取齐了，
　　　哪一个人来吃？

主人：朝中保朝廷的是哪个？
　　　保朝的人是赵匡胤，
　　　拿给赵匡胤吃。

主人：把他请来吃，问他说，
　　　天下菜蔬这几样，
　　　够了还是不够？
赵匡胤：有味菜还不够。

客人：再不够哪一样？
赵匡胤：再不够驴子肉。

主人：驴子肉拿给他，
　　　他说不是，
　　　他要干龙肉。
客人：干龙肉，
　　　天下找不着，
　　　有的在天宫里，
　　　把它没办法。

赵匡胤：手抓天，脚踩地，
　　　　这里哪个？
客人：手抓天，脚踩地，
　　　他是李长脚。

李长脚：我独一个人做不到。

客人：你要搬兵哪一个？
李长脚：我要再搬张子卧。
（讲述者说到这里时说：张李同上天宫看见龙，龙吹一口气，二人很怕。）

李长脚，张子卧，
跟女大人商议：
上到天宫没办法，
没办法，
只能去请女大人。
带上白米一升，
带上盐巴一点，
走一截，撒一把，
把龙引向十字街，
关进铁房里，
白狗血浇门上。
张子卧和李长脚，
去到馆子铺。

龙：唉！
　　哪个把我救，
　　听着的可有？

盘古盘生：你气什么？
龙：他们把我关在铁房子里；

　　　　你们救我一下可得？

盘古盘生：可以救你，用什么救？
　　龙：黑蒿子和清水一碗，
　　　　在门上，
　　　　擦三擦，抹三抹，
　　　　就把我救出。

盘古盘生：把你救出来，
　　　　拿给我们什么？
　　龙：你把我救出来，
　　　　给你们天下。

盘古盘生：给我们天下，
　　　　意思是什么？
　　龙：造它一只船，
　　　　三年吃食要准备。

盘古盘生：准备完怎么样？
　　龙：你们看这里石狮子，
　　　　眼睛里流血。
（讲述者说到这里说，龙变成一朵云走掉了。）
　　　　变成一朵云，
　　　　下去到下关海子。

　　　　龙去到下关海子，
　　　　一闸起，一天海水涨一点。

盘古盘生：天天去看，
　　　　狮子眼睛里流血。

小学生：你们来这里做什么？
盘古盘生：我们来看狮子眼里流血。
（讲述者讲到这里时说，小学生把红涂在眼里，盘古盘生见已出血，就坐船到海里去了。）
　　彭祖：漂下漂下南江海，
　　　　漂上漂上笔架山。
　　　　海水涨满三年了，
　　　　世上没人烟。
　　　　没人种，没有人心不亏的，
　　　　为我们心不亏的是哪一个？
　　　　为我们心不亏的是仙人。

　　观音：算天下，我们请哪个？
　　　　要请尧王尧帅算天下。

尧王尧帅：我们手里用什么？
　　观音：青铁鞭子拿手中，
　　　　打一鞭海水退三分。

　　　　想拆开我们的海尾，
　　　　从此海尾我们拆开。

飘鼓漂到哪里了?
飘鼓漂到水深处。
漂在什么东西上?
漂在秧草上。
我们请哪个?

观音：我们请鸭子游①飘鼓，
　　　游到海边上。
　　　游是游在海边上，
　　　我们怎么办?
　　　我们请一个白鸟，
　　　接到海边去。

这回鼓里还有银两分，
不是银两分，是有两个人。

我们请哪个来打开鼓，
我们请："该歹豆"②。

该歹豆：你们许给我什么?
观音：许给你黄衣黄帽。

他帮我们开飘鼓，
里面还有两个人。

该歹声气大，
恐吓坏两人。
这回不要它，
从另请师父，
从另请白肚鼠。

白肚鼠：你们拿给我什么?
观音：把五谷给你。
白肚鼠：现在我帮你们磨开它，
　　　　一磨磨出活人两个。
观音：天下只有你两个，
　　　叫你们成夫妻。

盘古盘生：一母所生两姊妹，
　　　　　做夫妻不成。
观音：你们不要就去走天下。

盘古盘生：走天下是要哩，
　　　　　给我们穿什么?
　　　　　吃什么?
观音：穿铁衣铁裤，穿铁鞋，
　　　吃"阿白"三升。

盘古盘生：给我们走哪点?

---

① 游：白语，推送之意。
② 该歹豆：鸟名。

观音：男的去东边，
　　　女的去西边。

走走哥妹三年了，
"阿白"三升吃完了，
铁鞋穿朽了，
铁衣穿朽了。

观音：你们观看得怎样？
盘古盘生：看看还是只有我两兄妹。

观音：天下人不有，
　　　叫你们成夫妻。
盘古盘生：成夫妻不得。

观音：你们不仅背磨盘，
　　　男的背上扇，
　　　女的背下扇，
　　　从两山背上去，
　　　两个磨盘丢下来，
　　　看两扇怎样？
盘古盘生：看磨盘怎样，
　　　　　上扇在上，
　　　　　下盘在下。

观音：还是要叫你们成夫妻。
盘古盘生：还是不得。

观音：你们去两座山上生火，
　　　看两股火焰怎样？

火焰两股在上扭一股。
盘古盘生，
答应做夫妻了。

观音：你两兄妹，
　　　歇在什么树下？
盘古盘生：我们歇在梅树底下。
观音：叫梅树做你们媒人。
盘古盘生：交杯的人不有。
观音：叫桃树去交杯。

桃：给你们五男二女，
　　给你们一家成百（家）姓。
　　一时之间，一胎生四子。

观音：有四子，分天下，
　　　长子分东方，东方青帝；
　　　二子分南方，南方红帝；
　　　三子分西方，西方白帝；
　　　四子分北方，北方黑帝。
　　　四方分了分四季，
　　　老大分春季，
　　　老二分夏季，
　　　老三分秋季，

　　　　　老四分冬季。

　　四季已分完，
　　一时又生一子。
　　他上面没有天，
　　整天整天哭。

四弟兄：你不要哭，让你成大业，
　　　　分你为中央皇帝。
　五弟：我坐是坐在中间，
　　　　我的日子不有。
四个哥哥：一个人分给你十八天。
　　　　　再生了两个女。
五兄弟：男的一驮女一支（半驮），
　　　　你们姊妹采天花，

　　　　　看它落在哪个怀里。

弥勒佛：落在我怀里，
　　　　把她眼笑闭。

　　弥勒佛的妹释迦佛把弥勒佛怀中花抢去。

弥勒佛：你把我手中，
　　　　天花抢起去，
　　　　明天不平静。
释迦佛：我手中不平静是什么
　　　　意思呢？
弥勒佛：你手中，出贼出鬼。
释迦佛：出贼就设立官员，
　　　　出鬼就设立神汉①。

---

① 神汉：跳神的人。

文本二

演述者：阿玉爹、李康德等
翻译者：杨亮才
记录者：陶阳
搜集地点：云南省大理白族自治州大理市

1

听说你家办喜事，
十亲五戚到你家。

站在门口迎客人，
十亲五戚来到了。

我们空手空摇来，
没有带礼物。

牛驮马驮驮着来，
礼物多呀多。

你家火烟黑乌乌，
你家火光红通通。

云彩当火烟，
星星当火光。

你家彩房绿茵茵，
你家彩房红艳艳。

麻绳结网做围墙，
青栗树叶搭彩房。

栗叶搭彩房，
实在是巧妙。

彩房里头没摆设，
有了好客没好主。

彩房里头摆设多，
有了好主没好客。

2

桌凳安好了没有?
桌凳安好了。

桌凳安好做什么?
桌凳安好摆碗筷,

碗筷怎么摆?
四双筷子四个碗。

先摆碗还是先摆筷?
先摆碗盏后摆筷。

摆碗要摆什么碗,
江西碗还是贵州碗?

江西瓷碗本来好,
可惜路途远呀远!

路途遥远也不怕,
胡广之①来卖碗盏。

胡广之来卖碗盏,
可惜价钱高呀高!

碗价多少钱?
三十六文钱。

碗盏买着了没有?
碗盏买着了。

碗盏摆了摆什么?
碗盏摆了摆筷子。

筷子要摆什么筷,
乌木筷子还是竹子筷?

乌木筷是有名筷,
有名不过象牙筷。

象牙筷出在什么地方?
象牙筷出在两藏坝。

象牙筷子本来好,
可惜路途远呀远。

路途遥远也不怕,
心里想着就行了。

———————

① 胡广之:白语,指做小贩的外地人。

3

一个碟子两个碗，
一个碟子摆不起，莫说两个碗。①

两个碟子三个碗，
两个碟子摆不起，莫说三个碗。

三个碟子四个碗，
三个碟子摆不起，莫说四个碗。

四个碟子五个碗，
四个碟子摆不起，莫说五个碗。

五个碟子六个碗，
五个碟子摆不起，莫说六个碗。

六个碟子七个碗，
六个碟子摆不起，莫说七个碗。

七个碟子八个碗，
七个碟子摆不起，莫说八个碗。

八个碟子九个碗，
八个碟子摆不起，莫说九个碗。

九个碟子十个碗，
九个碟子摆不起，莫说十个碗。

十个碟子十一个碗，
十个碟子摆不起，莫说十一个碗。

十一个碟子十二个碗，
十一个碟子摆不起，莫说十二个碗。

好呀好！十二个大碗齐全了，
哪里话，家常便饭待客人。

4

有名菜蔬多呀多，
三文钱买两碗菜。

有名菜蔬没处寻，
有了银钱没处买。

南路走，北路走，
怎么没处寻？

---

① 第一句是客人对主人的赞语，第二句是主人的谦虚话。本节下文同。

不知南方出什么，
不知北方出什么？

北方出六子，
南方出槟榔。①

六子出在什么地方？
六子出在六家坝②。

槟榔出在什么地方？
槟榔出在广独山③。

六子，槟榔找着了没有？
六子，槟榔找着了。

现在我们找什么？
现在我们找海参。

海参出在什么地方？
海参出在海子底。

你村有没有撑船的？
高密绕④和我是老友。

我们怎么捞海参？
脚踏船边捞海参。

用什么捞海参？
用铁耙捞海参。

海参捞在什么地方？
海参捞在海边上。

用什么包海参？
用白毛巾包海参。

海参包稳了没有？
海参包稳了。

现在我们找什么？
现在我们找高丽参。

高丽参出在什么地方？
高丽参出在高丽坝。

用什么装高丽参？
用饭盒装高丽参。

————————

① 六子、槟榔，白族地区待客时用来招待客人，放入口中嚼食，颜色红，表示喜庆。
② 六家坝：白语，即怒江镇。
③ 广独山：白语地名，不知何地，待考。
④ 高密绕：据说是洱海边的一个乡子。此处系指撑船人。

找了一样又一样，
现在我们找什么？

高丽参要配人参，
现在我们找人参。

人参出在什么地方？
人参出在人参坝。

用什么挖人参？
用扁担挖人参。

什么时候挖？
天黑时候挖。

为什么天黑了才挖？
天黑了人参发亮光。

人参拿着了没有？
人参拿着了。

找了一样又一样，
现在我们找什么？

人参就要燕窝配，
现在我们找燕窝。

燕窝出在什么地方？
燕窝出在仰光坝。

出在仰光坝的什么地方？
出在仰光坝的青石崖上。

青石崖又多高？
青石崖高三万丈。

难呀难！青石崖子高又高，
不用怕！再高也要想办法。

我们想法用手掏，
可是崖高攀不着。

把九百架梯子接起来，
九百架梯子也攀不着。

攀不着就用网拉，
可是丝网没处找。

我们来养蚕，
养蚕吐丝织丝网。

蚕子吃什么？
蚕子吃桑叶。

蚕子在什么地方养?
蚕子在下坝里养。

养蚕的地方远呀远,
托胡广之给买丝线。

买丝线来织丝网,
可惜价钱高呀高。

价高多少钱?
三百六十文。

丝网买到了没有?
丝网买到了。

丝网织成了没有?
丝网织成了。

丝网披在哪里?
丝网披在山缺口。

披下丝网也不行。
谁也爬不上青石崖。

你村有没有猴子?

我村有许多猴子。

猴子善爬青石崖,
可请猴子攀燕窝。

猴子手里拿什么?
猴子手里拿"竹台勒"①。

燕窝攀着了没有?
燕窝攀着了。

燕窝网住了没有?
燕窝网住了。

千样菜蔬找全了,
还有什么没吃过?

千样菜蔬吃过了,
还有雷公肉②没吃过。

雷公住在天宫里,
也要捉他来。

天宫高又高,

---

① 竹台勒:白语,是将一根竹子的上半截劈成细条的一种吓鸟工具。
② 白语中的"雷"字"驴"字同音。因此,高寒山的白族人民以为雷公像驴子一样,其肉可食。

没人开天门。

你村有没有能人?
我村有个李长脚①。

李长脚脚踏大地手触天,
可请李长脚去开天门。

天门开开了没有?
天门开开了。

雷公在什么地方?
雷公关在铁栅里。

铁栅有铁门,
铁门有铁闩。
铁栅关得紧,
实在没办法。

用碗洁净水②,
喷三口来洒三洒。

恶神驱逐了,

铁门自然开。

雷公捉住了没有?
雷公捉住了。

捉住雷公怎么办?
把他拴在铁桩上。

什么时候放雷公?
石狮眼里流红血。

雷公的肉香呀香,
肉香不过雷公肉。

菜蔬找全了没有?
菜蔬找全了。

千样菜蔬找全了,
桌子摆得满满的。

冷一碟碟热一碟碟,
招待亲戚们。

---

① 李长脚:传说叫独脚神仙。
② 洁净水:用很清洁的水放上艾蒿,可除污秽,驱鬼神。

青姑娘

文本一

1

正月十五元宵节，
又叫白族姑娘节，
海尾河边打秋千，
欢唱跳乐过佳节。

聪明美丽的阿姐姐，
漂亮非凡的阿姐姐，
红花衣裳绿里子，
漂亮非凡的阿姐姐。

美貌俊俏的阿哥哥，
标致非凡的阿哥哥，
氆氇马褂白草帽，
标致非凡的阿哥哥。

打罢秋千同歌唱，
纪念青姑娘姐姐：
"青姑娘呵阿姐姐，

咱们都是好姊妹，
年年河边纪念你，
把你的苦情叙。"

莫让海水被晒干，
莫给山上树枯死，
千年万代永不忘，
青姑娘姐姐。

2

一对雪白的鸽子，
双双飞舞向西边，
西山上一座好庙宇，
姑娘们相约去耍山。

庙里一座好花园，
千色百样鲜花开，
花叶花枝是我们，
花朵就是青姑娘。

太阳落到西山坡，
门外山伯寻英台，
青姑娘朝夕渴望，
理想的情歌哪里来？

正月十五闹花灯，
姑娘们携手去观灯，
勤劳一年心欢畅，
赏花玩灯又一春。

太阳落山花朵鲜，
父母就是头上天，
随事体贴青姑娘，
可怜父母又归天。

3

天上的雨点从地起，
把她嫁给人，
娘家的女儿婆家的媳，
鸽子斑鸠大不同。

日落西山花朵鲜，
青姑娘常常想心间，

出口的话多思量，
讨婆家欢心。

天亮田野一片白，
日出遍地都温暖，
但愿同锅吃饭常和好，
但愿和睦又相亲。

4

嫁到婆家多可怜，
天还未亮就出门，
听见邻家公鸡叫，
胆战又心惊。

挑水几担婆婆数，
讨火① 迟回瞪眼睛，
饭甑子上贴封条，
饥饿不得吃。

南阶台打到北阶台，
北阶台打到南阶台，
打得满身是伤痕，
迷梦之中又惊醒。

---

① 讨火：过去取火困难，大多数人家都有火种，但有时火种灭了，只好到别家去讨火。

刻薄的小姑，
逼得我朝夕落泪珠，
人间何人同情我，
谁暖我心窝？

口衔槟榔腌舌头，
狠毒的丈夫变改心，
薄幸的人无情义，
花在盆里白白鲜。

清霜未化落大雪，
狂风吹来暴雨下，
想起在婆家的苦痛，
哪能活得下？

既然成了他家的人，
既然和他做夫妻，
白纸上面染黑墨，
哪能洗得清？

5

自从死了二双亲，
就是邻家妹子亲，
年终又是元宵节，
妹子约我去观灯。

看灯看灯非凡的灯，
缕缕青丝系彩灯，
人山人海心花放，
歌唱起舞变年轻。

曾记年轻好光景，
姊妹们相约去观灯，
闹闹嚷嚷多快活，
赏花玩灯过新春。

看罢花灯往回走，
到了家门心里惊，
但愿婆婆不发火，
逃过她的手掌心。

6

寒风吹来浸透骨，
婆婆丈夫心狠毒，
小姑讥诮难忍受，
丈夫打得我无完肤。

睡不完的五更夜，
气得心肝似刀割，
凄清冷落在他家，
受不尽的苦。

屋顶尽头竖铁钉，
你们想毁掉我的心，
要想真心献给你，
趁早收了这份心。

你想金树开金花，
你想银树结银果，
谁把江水喝干净，
真心才给他。

月亮照白四季花，
十八年受苦在他家，
两母子狠心折磨我，
三天要挨九回打。

头发扭成乱鸟窝，
身子打成破竹竿，
要想能过好生活，
水底捞月亮。

水底月亮怎么捞，
壁上人影难成画。
苦命的人对孤影，
不如吊死在秋千架。

月亮照白秋千架，
看灯的人转回家，
只见有人上了吊，
忙把她解下。

大家都叫青姑娘，
何必寻死想不开？
青姑娘悠悠活转来，
眼泪成河口难开。

村人送回青姑娘，
婆婆听说火更旺，
丈夫小姑齐吼叫，
一场大恶骂：
"哪点待你情义薄，
胆敢败坏我门风，
要死你就死干净，
不必装死吓老娘！"

冬天没完到了夏天，
突然乌云遮满天，
村人虽是救了我，
我怎能活在人世间！

要去砍柴雪封山，
要去讨饭无人给，
越是婆家越可怕，
不如纵身喂鱼虾。

四更月亮西边挂，
河边隐现小孤塔，
海尾河中一声响，
溅起一堵白浪花。

河里一根树桩桩，
挂着一件蓝衣裳，
不见人影在何方，
只见衣服在飘荡。

7

海尾河水淌得急，
听见头遍公鸡啼。
邻家妹子去砍柴，
去约青姑娘。
"青姑娘昨夜就出外，
鬼知道她在哪家？"
听她婆婆这么说，
忙到村里喊人家。

村中老幼一声应，
寻遍全村无音响，
快到河边来寻找，
只见河水静静淌。

8

青棕树，绿棕树，
河尾河两岸栽棕树。
砍下棕树造张船，
划着小船南海渡。

南海水干树也干，
南海水满鱼欢跃，
叫声船哥等一等，
和你同船渡。

青棕树，
绿棕树，
树花开在河两岸，
花影照水面。

文本二

丈夫：儿子说给母亲听，
　　　叫我气烂心和肝，

一个她也不理睬，
究竟为哪样？

　　　　问她一声不开口，
　　　　问她两声口不开，
　　　　阿妈有何好主意，
　　　　对儿说一说。

婆：不说你要叫我说，
　　　你是不是教过她，
　　　出你大娘娘那尊佛，
　　　活活气死妈。
　　　叫她去东她去西，
　　　叫她吃饭她捆草。
　　　我说给你撵掉她，
　　　我们不要她。
　　　以前我们小时候，
　　　一天能做一双鞋，
　　　鞋底缝得很牢实，
　　　又要做鞋帮。
　　　做好鞋底还割草，
　　　回来挑水煮猪食，
　　　嘴里在喊鸡。
　　　猪食也要搅起来，
　　　手中再给小孩奶，
　　　膝盖来揍火①。
　　　吃了晚饭在家中，

梳过头来浇菜地，
青姑娘一样也不会，
把我气死呢。
像一根站起的竹竿，
实在很难看，
把你妻子撵走了，
我们不要她。

东山顶上黎明星，
做了媳妇多酸辛，
我在针毡子上坐，
尖刀戳心窝。
他们一家团圆坐，
暗中策划整治我，
我像失群小蜜蜂，
孤独常受苦。
小姑子，小姑子，
整治我吗你看起，
以后你也要嫁人，
就像我一样。
豆食瓶上贴封条，
饭甑子锁柜中，
做完了还说不够，
肚饿不得吃。

---

① 揍火：此处为白语音译词。在云南汉语方言中，"凑火"一词表示添柴让火烧得更旺，通常用于做饭、火塘、篝火等语境。白语中也有该词，"凑"发音为"揍"。——编者注

做人媳妇可怜,
起来时候天未明,
听得隔壁公鸡叫,
身上冷汗淋。
抬水几挑婆婆数,
讨火迟回骂出口,
饭甑子上贴封条,
肚饿吃不着。
太阳从东落到西,

女儿为人真淹心①,
饭不吃了十几天,
谁人问一声。
要什么的父和母,
要什么的夫与妻,
他们弟兄相招呼,
他爹他妈安慰他,
眼泪拌饭吞下肚,
我身慰我心。

文本三

演述者:陈游兰、赵吉花、王安静、张顺祥、杨金益等
搜集者:段寿桃(抄)
时间:1959年2月23日(为1958年调查的延续)
搜集地点:云南省大理白族自治州剑川县羊岑乡

青姑娘往金皇山上下,
背上背着花籽篮,
来讲花价来。
十七十八花价贵,
二十以上花价落,
三十岁是人不要,
到她门前叫。

青姑娘往金山下,
手里拿的金钥匙,
金钥匙开五角门,
用心难开心。

太阳从东落到西,
我是如人淹着心,
饭也不吃十几天,

---

① 淹心:白语,形容某事令人伤心。

哪个来问问。
说什么是父和母，
说什么是夫和妻，
他们弟兄相扶持，
他父他母同他们心，
眼泪拌饭吃下去，
我身悔我心。

我这样的人真难好，
天亮鸡叫就翻身，
天不亮时役用我，
腰带紧紧系，
挑水几担他们数。
烧点什么他们做主，
马上几下给你背，
骂还给他们。

答应他们要大声，
答应他们要小声，
过去我们也如人①，
是有难处的。
豆食瓶上贴封条，
饭甑子上他们守，
饭勺一个放高上，
难心地盛吃。

白月亮还是白雪雪，
做他们妻是受他们罪，
三年穿了衣一件，
四年穿了一双鞋，
雀肚刺也开空花，
淹心到哪天。

青姑娘这阿姐姐，
妈妈看你太慌忙，
妈妈清秀看你的，
你女做他们奴隶，
大刀做我说话伴，
镰刀做我们姊妹，
板凳是没有见过。
灶房里面我在处，
背板背进我肩上，
背到死那天。

太阳从东向西落，
我是如人淹心的，
树尖是黄树叶绿，
眼泪做喷出。

---

① 如人：白语，指女子嫁入男子家中，与男方家庭成员一同生活。在此期间，女子常受公婆气。

见我母亲替我说,
养女事会给的差,
把我嫁到他家里,
天下也望完。

有花也是不相合,
干净了也说是脏,
好花开在箐林里,
青霜下它上。

接着他们几百两,
接着他们几百吊,
他们骂你女。
衣是他们穿杭州衣,
梁是他们上金梁。
死了他们坟上不要埋,
抬回我坟地。

好花开在箐林里,
他们我上要克理,
我要清心座我好,
就怕他不依。
你父你母真可怕,
在要受你弟兄气,
我这辈子除了,
把后代劝劝。

青姑娘是阿姐姐,
今天正月十五日,
我们一年接你一次,
你也真喜欢。

父母喜欢不喜欢,
出去跳一转。

海东寺上水竹花,
做他们妻十八年,
他儿说给他母亲,
三日打九架。
头发打得乱如丝,
身子打得破竹竿。
天天给母亲写信,
你女我回家。

睡不着的五更夜,
心肝也是气碎了。
浮飘飘飘他家里,
日子怎样过。

从前我们小那时,
一天做双鞋,
缝绣绣做鞋面,
还要上他底。
鞋做好了去割草,

回来就是提回水，
嘴里就叫鸡，
猪食就喂出，
手里还喂奶。
一切做好了，
饭吃了还早。
梳头和洗脸，
头上边要擦油，
苍蝇不敢见，
脚会跌断的。

月亮出来月亮尖，
丈夫出门未回还，
抽竿打卦问你话，
佛嘴不开口。
你许给我割小麦，
栽秧未回还。

前面大哥哥等等我，
这封信请把带去，
轻不轻来重不重，
插进腰袋里。
带到我丈夫后时，
交给他手里，
看看我妻的信，
给我马上就到家。
后面丢的父和母，

寒冷在家里。
收收拾拾转回家，
一回到剑川坝。
甸尾街上吃晌午，
欢欢乐乐就回家。

我一回到大门外，
嘴里叫着妈在哪方，
你儿出门回来了，
清吉又平安。
问她一句她不说，
问她两句不开腔，
看她肚里什么病，
只把儿上说。

不说不说不要说，
你去时就说给她，
出你大娘娘那块，
把我怄气死。
给她去东她去西，
给她吃饭她捆草，
你回来时赶出她，
你上我不要。
我儿讨十个也有，
随你出去挑。

两手牵在我妻上，

眼泪滴在你肩上，
母亲教我赶出你，
你可知不知。

出了丈夫你这个，
阎罗这个没天理，
把我配和你，
空挂你的名。
灯台做我说话伴，
独人抖铺独人睡，
缝给我是出家衣，
我找我出路，
这几天上看下来，
我出这个样？

过去我们是姐妹，
婆婆是个大恶棍，
给你水里死。
三牲九礼来献你，
茶气酒气也斟出，
正月十五做你会，
热热闹闹的。

海水也干他不干，
山上树死他不死，

喊声伟学哥哥，
伟学哥哥等一等。

你那边也有这边有，
你旁边有一棵树，
树上是要做张船，
撑进南海里，
四海水干他不干，
四海水满鱼漂浮。

香樟树，香樟树，
你旁边上有香樟树，
它影照井里。

从你门前要过北①，
天亮了也没爬起，
太阳出了门不开，
想必是骂架。
他们骂你你要忍，
他们打你退朝后，
饭勺只要好好拿，
你盛吃你的。

太阳从东向西落，
门前山伯找英台。

---

① 过北：白语，意为"经过"。

可是我上没有日子，
那个圆我心。
嘴里含的有槟榔，
刀子在它套里摇，
花开在园里。

花开在园里，
今日在园里，
一年要接你，
你莫要怄气。

文本四

搜集者：乐夫等
整理者：郑谦、杜惠荣
地点：云南省大理白族自治州剑川县

序曲

（一群姑娘）
雪白鸽子飞上天，
姊妹结伴去耍山，
耍山耍到花园里，
百花好鲜艳。

红花百花千万朵，
太阳底下亮闪闪，
辞别百花回家去，
请把花园关。

（一群青年）

俊秀聪明的阿姐姐，
多么美丽的阿姐姐，
红花衣裳绿袖子，
美丽呀阿姐！

（一群姑娘）
漂亮俊俏的阿哥哥，
多么英俊的阿哥哥，
氆氇马褂白草帽，
英俊呀阿哥！

（姑娘和青年们）
正月十五元宵节，
海虹桥上来观灯，
红灯绿灯亮堂堂，

映海尾河心。

多热闹的元宵节,
多快乐的阿哥阿姐!
阿姐姐呀荡秋千,
阿哥弹三弦。

多热闹的元宵节,
多快乐的阿哥阿姐!
秋千荡着停下来,
琴弦也无声。

阿姐想起了青姑娘,
阿哥想起了青姐姐,
往年还在一起玩,
这阵在哪里?

悼念

(一群姑娘)
青姑娘呀阿姐姐,
从前我们是姊妹,
今天河边祭悼你,
把你苦情叙。

剑湖水呵莫枯干,

山上青松莫落叶,
你是山上的松树,
我们是树下水。

哀歌

(青姑娘)
漫天乌云平地升,
年纪轻轻我嫁人。
天下狠毒的人呀,
数我婆婆狠!

嫁了婆家真伤情,
天还不亮就出门,
听见邻家头鸡叫,
胆战又心惊。

挑水要计算担数,
讨火迟回瞪眼睛,
饭甑子上贴封条,
只有紧腰带。

睡不着呀夜五更,
气碎心肝哭断肠,
浮萍漂在水波上,
凄凉又孤单。

寒霜未化大雪下，
恶风吹来暴风狂，
想起我的遭遇呀，
死了倒还强！

木头已经做成船，
两家已经成了亲，
黑墨染在白纸上，
咋个洗得清！

十里雷声百里闪，
公婆就是头上天！
一肚苦情没处诉，
哑子吃黄连。

启明星出东山顶，
做了媳妇真心酸，
坐卧不宁身发抖，
好比过刀山。

公公婆婆堂上坐，
命我丈夫发狠心，
我像一只小蜜蜂，
哪里去藏身？

月亮照着四季花，
来到婆家十八春，

婆婆唆使我丈夫，
三天打九顿。

南街挨打北街躲，
北街挨打南街让，
风吹雨打受熬煎，
提起泪涟涟。

头发扭成乱丝丝，
衣裳撕成破片片，
要过一天好生活，
水底捞明月！

水底明月怎能捞，
墙上人形难成画，
你有铁链千万丈，
难锁我的心！

屋脊两头插铁钉，
苦情点点钉在心，
要我一生当牛马，
看你白费心！

除非金树开金花，
除非银树结银果，
喝不干的长流水，
难买我的心！

亲生妈呀亲生娘，
接了他家银几两？
你若还在世间生，
回到你身边。

一汤一饭服侍你，
一早一晚尽孝心，
谁知亲娘你早死，
女儿受欺凌。

六月天气骤然冷，
大雪飘飘下不停，
今夜你们救了我，
明早靠何人？

去砍柴吧雪满山，
去讨饭吧狗咬人，
婆婆恶辣心太狠，
不如跳河死！

祝祷

（姑娘和青年们）

香樟树，香樟树，
村前村后香喷喷，
砍棵樟树造张船，
划进南海里。

南海水枯树也枯，
南海水满鱼欢腾，
阿哥小船靠拢来，
载我到我心。

香樟树，香樟树，
树上花开香馥馥，
香花开在花丛里，
花影照水面。
红花红，白花白，
红的花朵红似火，
白的花朵白如雪，
花朵香又艳。

红蝴蝶，白蝴蝶，
对对蝴蝶穿花飞，
同起同落同栖宿，
飞向南海边。

附记：

"青姑娘"是解放前流行于剑川白族人民中的一个歌舞，它集中地反映了白族青年男女对封建婚姻制度的反抗与对美好生活的向往。

青姑娘是一个勤劳、善良、美丽的白族姑娘，从小给人家做童养媳。狠心的婆婆把家庭重担强加在她头上，还百般虐待，经常打骂，逼得她走投无路，最后跳进海尾河，结束了可贵的青春。这个悲剧不仅是青姑娘的个人遭遇，也是当时白族妇女的共同命运。

白族青年男女为了悼念她，每年正月元宵节的时候，用纸扎成偶像，加以彩画，穿上白族妇女衣服，敲锣打鼓，把青姑娘迎接到打谷场上，边唱边舞，诉说青姑娘的悲惨身世。歌词用"白族调"，最是凄切哀怨。到最后的"祝祷"，气氛往往突然转变，歌舞青年往往充满了希望和理想，歌声越来越嘹亮，舞得优美轻飘，真像一群蝴蝶翩翩起舞，把人们带进美满幸福的境界。这不仅是为青姑娘祝祷，同时也是为自己的幸福生活祝祷。他们要唱要舞，谁也不能阻挡，他们要争取自由，使他们的遭遇不再像青姑娘一样。

"青姑娘"原来是诗歌、音乐、舞蹈的综合艺术，现在我们把它整理为长篇叙事抒情诗。为了使原有多段歌词在一首长诗中有机地联系起来，我们作了一些必要的剪裁与补充，在词句上也做了一些必要的加工。

整理者

黄氏女对金刚经

文本一

搜集者：云南省民族民间文学大理调查队
抄本提供者：刘举才

沙溪出了个黄氏女,
提起她来没有人不知道。
她的娘家是姓黄,
丈夫家姓赵。
赵联芳是她丈夫,
养得独儿和独女,
儿子名叫赵长寿,
女儿叫玉英。
赵联芳去做屠户,
请他杀猪就做跑。
黄氏女她吃长斋,
又吃同锅饭。
一个吃肉一个吃斋,
煮一锅汤分三份,
黄氏拿起饭勺来,
舀涨沸那边。
吃过晚饭去念经,

一部金刚经她记清。
一念从头念到尾,
天天晚上都要诵。
花瓶里面插枝花,
一个花苞落下地,
拾起挂在半空中,
开得碗口大。
她还养着一只猫,
蹲在佛坛旁边睡,
日日夜夜守那里,
鼠雀不敢来。
等到黄氏来念经,
猫儿才去捉老鼠,
讲起这事顶新鲜,
从没有听过。
世上诵经的人多,
哪个比得过黄氏女,

因为一心南天佛，
舍得下功夫。
敬经胜过去念经，
软铁炼成了金刚，
久炼金刚黄氏女，
炼得好功夫。
黄氏念起金刚经，
天空神圣来保护，
她把天花也念开，
彩霞万丈高。
阎罗王也被感动，
耳朵烧得烫烘烘，
他的脑壳也涨疼，
坐卧也不安。
一定人间出了事，
赶忙出去查一查，
前头查着什么事，
要转来回话。
去查的人来回话，
说是黄氏念金刚，
我们快把她请来，
您才得平安。
打发童子到她家，
正遇黄氏得伤风，
把她请到阴司里，
好好招呼她。
黄氏念起金刚经，

霎时山摇又地动，
地狱门也快摇坏，
道果真个好。
阎王想叫她回阳，
算算日子已超过，
这时肉身已腐烂，
回阳做不到。
黄氏三世吃长斋，
死后没饮迷魂汤，
生前错事还记得，
心里顶清高。
马上把她来封赠，
使她转身到人间，
女转男身中状元，
做官真欢乐。
叫她去找儿和女，
培植长寿和玉英；
月到中秋分外明，
一家又团圆。
前呼后拥黄氏女，
做官转回她家乡，
想把儿女培植好，
过得顶欢乐。
她们事迹就这样，
香名传了几千春。
黄氏有什么苦情，
曲里讲周到。

黄氏女从哪里起,
它有头来又有尾,
起首就从做会起,
嘱咐子和女。

黄氏女:
小玉英,
嘱咐的话要记清,
今日你妈去念经,
看门要认真。
和你弟弟在家里,
不要出去外面耍,
你若出去外面玩,
东西会被偷。
饴糖饼子拿给你,
肚子饿时给他吃。
如果他还哭和闹,
不要把他骂。
嘱咐你们几句话,
不要把忘记,
照着我的话来做,
免得我焦虑。
你妈要去穿衣裳,
三斗箩箩找一个,

一箩香面放里面,
金银纸一扎。
锣锅铜锅好好找,
拗米①要拗大白米,
大坛子里倒点油,
注意莫泼散。
白面也要拗一瓢,
乳扇也要拿几对,
抹义子②拌白砂糖,
甜白酒一碗。
再去取一把香椿,
石花菜和绿豆芽,
再拿一捆好竹笋,
好好收拾起。

玉英:
一切收拾得齐全,
妈妈放放心心去,
石龙寺的路很远,
您少耽搁些。
您嘱咐了又嘱咐,
我们记得顶明白,
妈妈趁早快快走,
莫思前想后。

---

① 拗米:将米装入升子里。
② 抹义子:用面粉捏成的椭圆形面食,用油炸,作供佛用。

黄氏女：
黄氏收拾就起程，
今晚做太子会，
经母几个叫拢来，
打伙①来谈叙。
得力些的去几个，
打伙去化点功德，
太子塑像塑不好，
重新塑一尊。

经母：
说给黄氏阿大姐，
您的办法想得好，
烧香拜佛做善事，
个个人意愿。
您也多耽搁一下，
打伙多化它几转，
"逗毛成雀"来做成，
个个要凑趣。

黄氏女：
说给几位经母听，
说出的话不要变，
已经这样说出口，
照着话上办。

化得一文交一文，
清清白白来交代，
诚心诚意做下去，
何必去请人。

经母：
黄氏大姐走进来，
醮馔一桌摆起来，
太子前面点明灯，
香火点燃起。
佛经念上两三段，
大家都要出声气，
佛脚两旁真拥挤，
拜得顶热闹。
经念完了收拾起，
热热菜蔬端出来，
趁早我们吃晌午，
莫耽搁时间。
今日醮馔这么多，
留些给她两姊妹，
回到家里拿给她，
娃娃心欢喜。

黄氏女：
说给经母那几位，

---

① 打伙：白语，指大家一起做某事。

你们都知我的心,
家里没人来接我,
烧完香回去。
小孩子也很喜欢,
爱吃粉皮和乳扇,
做会一次给些东西,
心里很欢喜。

黄氏拜经就回家,
看看天上要下雨,
走到半路雨下大,
衣服湿淋淋。
出来那时天气晴,
不带蓑衣和笠帽,
这时下得这样大,
一路淋回家。
黄氏淋到大门口,
开门叫声小玉英,
今日你妈去念经,
淋得一身雨。

黄氏女:
找件衣裳给妈妈,
换去这件不忙洗,
快点烧上一盆火,
妈妈要烤火。

玉英:
玉英听见就站起,
急忙把火来烧好,
叫声妈妈快来烤,
莫要冻病了。
火烧好后就进去,
拿出几件新衣裳,
叫声妈妈快快换,
湿衣我去洗。

黄氏女:
叫声我儿小玉英,
你们晚饭还没吃?
你爹一天出外闲,
什么事不管。
太阳已经不回来,
给你姐弟饿肚子,
嘴里叫声赵联芳,
下世再会你。
我离开家只一天,
一双儿女你不管,
如果我要去几天,
那更不用讲。
我给你们做晚饭,
晚饭很快就做好,
喊你弟弟快些来,
快快吃晚饭。

干拉①乳扇给你们，
菜菜蔬蔬也留起，
抹义子也有好几个，
两个慢慢吃。
吃完就收拾东西，
我说的话要记起，
东西要是忘记收，
被老鼠抬去。

玉英：
玉英听了就站起，
嘴里叫声小弟弟，
妈妈晚饭已做好，
我们快来吃。
先前妈妈没回家，
你就向我要饭吃，
阿爹没有做晌午，
饿得心里慌。
妈妈回来做晚饭，
花黄绿红抹义子，
干拉菜蔬好几样，
还有对乳扇。
吃了好好收拾起，
一件一件要藏好，
一切收拾干净了，

和妈闲一会。

黄氏女：
玉英你说闲一会，
怕你弟弟要想睡，
妈妈要去念念经，
你和他去睡。
糖糕两个拿给你，
你们一人吃一个，
说给你们要听话，
赶快就去睡。

玉英：
玉英听见就站起，
叫声弟弟快去睡，
母亲要去念念经，
怕你打瞌睡。
甘糖两个我拿着，
睡下以后两人吃，
莫要耽误妈念经，
去迟了不好。

黄氏女：
黄氏我想把经念，
走上楼梯脚很酸，

———————
① 干拉：即米干皮。

因为赶会回来时,
淋得几点雨。
回来之后寒伤风,
全身发烧像火炭,
昨晚做了个噩梦,
有话没处说。
梦得乌云遮青天,
太阳月亮看不见,
做了这样一个梦,
叫我咋个办?
太子会上我得病,
时时刻刻记在心,
今年日子如何过,
气在心头上。

玉英:
玉英我把母亲劝,
明天我去请姨妈,
求我姨妈和我去,
去抓药几剂。
医生那人医理好,
告病吃药吃几剂,
煮药我用开水煮,
冷水要切忌。

黄氏女:
叫声玉英走拢我,

这里母亲嘱咐你。
女孩要到外面时,
要知道高低。
医生是个识字人,
见了称呼声"先生",
规矩家教若不讲,
会坏我名声。

玉英:
玉英收拾就出门,
走到姨妈家门口,
巷道又深狗又恶,
咋个进得去?
要叫姨妈叫不应,
几条狗叫得多热闹,
因为我爹不管家,
两眼泪汪汪。

姨妈:
听得玉英的声气,
姨妈出来瞧一转,
大概你爹打了你,
来得这样早。
看你脸上有眼泪,
看你样子很忧愁,
你爹是个牛头神,
本来很可怜。

玉英：
我爹打我你知道，
我妈得病你不知，
太子会上去拜经，
一身都淋湿。
那天回来就得病，
心里就像开水烫，
我求姨妈和我去，
去抓药几剂。

姨妈：
说给玉英你莫气，
你先进来吃早饭，
今天姨妈打豆子，
要在家做饭。
叫你表妹和你去，
就说姨妈叫你来，
给你妈看病。

玉英：
听见姨妈对我讲，
路上千万莫耽搁，
再等一会怕晚了，
心里好紧张。
我怕我妈等着我，
赶忙回去服侍她，
匆匆忙忙走几步，

就到医生家。
请医生来听我说，
我们请你抓副药，
我妈不能亲自来，
告病来抓药。
上身好似一炉火，
下身冷得雪一样，
我妈病情就这样，
请医生斟酌。

医生：
我对侄女你来说，
告病吃药就真说，
你把病情真实讲，
好对症下药。
干姜几片做引子，
开水煨它两三道，
上热下冷阴阳病，
这病不好医。

姨妈：
玉英抓药就回家，
气坏姨妈的心肝，
回去你妈要问你，
好好说与她。
要说姨妈和你去，
要说姨妈到那里，

今晚姨妈不能来,
明早来看她。

玉英:
急急忙忙回到家,
活活气死小玉英,
我妈生病无人管,
两眼泪汪汪。
我爹应该问一句,
应当给我出主意,
夫妻之情也要紧,
把她来照应。
我爹并无问一声,
日日夜夜不回家,
要是我妈她知道,
雪上又加霜。
我妈面前不提好,
好话把我妈来安慰,
我爹的话我不提,
免得妈生气。
嘴里喊声我的妈,
这时你病松点吗?
药也已经抓回来,
水也烧涨了。
这时怕你肚子饿,
心想吃点东西吗?
我先做给你晚饭,

等会才熬药。

黄氏女:
看见玉英我喜欢,
脸上看不见忧伤,
或许我病她明白,
这病得的轻。
医生嘱你什么话?
药引子要用什么?
赶快给我来熬药,
先把药吃下。

玉英:
药引子用姜三片,
熬药要用涨开水,
他说药吃了以后,
要出一身汗。
姨妈寄来包冰糖,
里面包一截洋参,
等妈身上汗干时,
含一截洋参。

黄氏女:
听说玉英说饭熟,
我要首先来吃药,
先吃药来后吃饭,
心里才安逸。

你们先吃莫等我，
吃晚了会打瞌睡，
吃完你和弟弟睡，
不要再耽搁。

玉英：
玉英把饭来摆起，
叫声弟弟赶快吃，
等一下嘛夜深了，
怕你打瞌睡。
母亲说话好好听，
凡事我们随她意，
姐姐和你先去睡，
莫使妈生气。
睡不着来我爬起，
妈妈你病怎么样？
先前我睡了一会，
没有招呼你。
用手摸摸妈的头，
上节还是有点热，
药不见效请巫师，
去看看香火。
请个师娘①看一看，
到底得罪哪位神，
三牲酒礼献了后，

赶快了愿心。
四面八方也去祭，
五百神王许下愿，
钱文用了不要紧，
只要病减轻。

黄氏女：
钱文用了哪里找，
这会你爹哪里去，
家中事情他不管，
心肠真是狠。
我病不来看一看，
夫妻之情丢哪方。
想起来嘛眼泪淌，
眼泪湿衣裳。

玉英：
我劝妈妈莫要哭，
只有女儿心疼你，
除了我爹这个人，
苦情没处叙。
好好养病最要紧，
不要装你在心上，
要是越气加重病，
叫我咋个办？

---

① 师娘：指女巫。

黄氏女：
听见玉英对我说，
你也这样来焦心①，
你们这样焦心我，
阿妈说给你。
我说你爹这个人，
数他最没有良心，
这时提起他的事，
骨烂肉里边。

玉英：
母亲说话我记起，
知道我爹没良心，
因为我们年岁小，
把他没办法。
早晚二时要小心，
一床被子好好盖，
要是冷热不小心，
又怕病加重。

黄氏女：
听得玉英说给我，
人虽小来很懂事，
她怕我的翻了，
好话安慰我。

我从生病到如今，
被子从来没掀掉，
冷水我也不敢喝，
真话对你说。

玉英：
听着我妈说这话，
玉英心里很喜欢，
被子也没掀开过，
冷水没有喝，
病是一下子染成，
好是一下好不了，
静养几天就会好，
全家都快乐。

黄氏女：
说给玉英你听着，
这时母亲嘱咐你，
等会姨妈来找我，
好好对她说。
你爹的话不要提，
不然姨妈会怄气，
说给你嘛你要听，
记在你心头。

---

① 焦心：白语，意为"担心、担忧"。

玉英：
说给母亲听我说，
这些何必嘱咐我，
从小妈妈就教过，
规矩我懂得。
等会姨妈来看你，
我会很好对她说，
我爹的话我不提，
不用妈焦急。

姨妈：
鸡叫天亮到你家，
大姐你病怎么样？
昨天玉英去抓药，
才知道你病。
知道以后我焦心，
婆婆跟前话难说，
千言万语都说尽，
当作耳边风。
今天她才答应我，
抽空过来看看你，
见你病成这样子，
心里很着急。
你我同胞亲姐妹，
难道你想我不想，
我想你的那时候，
就好像渴水。

黄氏女：
看到她姨来看我，
心里感到很喜欢，
讲起姊妹的情义，
谁比得上你。
见了你后我放心，
大姊病成这样子，
两个小孩交给你，
要抚养成人。

姨妈：
大姐你说哪里话，
人吃五谷谁没病，
世上要没有病人，
何必开药铺。
第一要紧找医生，
第二要去找香火，
花去银钱不要紧，
只要病早好。

黄氏女：
说给小妹你听着，
这回不比往常病，
上热下冷阴阳病，
恐怕难医好。
怪梦做得实在多，
口里不断地喘气，

上气接不得下气，
快要断气了。
心里为何这样慌，
玉英赶紧去煨水，
给我倒盆温开水，
母亲洗洗手。
经不拜了两三夜，
心上好似浇开水，
阿妈要念经一会，
独自去敬香。
好好烧上香一炉，
香炉里面放檀香，
佛坛前面点明灯，
还要摆醮馔。
好的敬茶煾一杯，
玻璃缸里换净水，
阿妈把口漱一漱，
来拜几节经。
黄氏收拾去拜经，
拜了一更接二更，
拜到三更往后看，
见两个童子，
没声没气站我后，
使我看见也害怕，
半夜三更来做什么？
说给我听听。

童子：
说给善人你来听，
我到这里也害怕，
因为你念金刚经，
不敢问一声。
阴司打发来请你，
请你老人去对经，
金刚经快收拾好，
赶快去念经。

黄氏女：
黄氏听得心也怕，
两行眼泪纷纷下，
二位童子奉命来，
你们不必怕。
金银财货送你们，
请你回去说一说，
就说黄氏来不成，
担子难脱身。

童子：
说给黄氏你听着，
为何说出这些话？
金银财宝我不要，
要你去拜经。
要是银钱买得命，
做官的人咋个死？

阴司里不要钱财,
他们只要人。

黄氏女:
听说他们只要人,
你们一点不通情,
拜经不是我单拜,
有不少的人。
今天逼勒要请我,
恐怕世上真缺人,
我黄氏女的为人,
你们听分明。

童子:
你的为人不用说,
阴司里边顶明了,
阎王打发来请你,
他也考察过。
为你拜经很灵验,
阎王脑壳也涨疼,
故意请你把经念,
真话对你说。

黄氏女:
这时请我没办法,
这时叫你丢孤子,
母子好伤情。

玉英乳臭还未干,
长寿吃奶没人喂,
仔鸡母子分开后,
还拜什么经。

童子:
说给你也不要气,
你是不比其他人,
我们到此来请你,
不是来捉你。
经对完后就回家,
回来抚养子和女,
请你尽管放宽心,
不要再顾虑。

姨妈:
要我气死在这里,
这时不见我姐夫,
这时他到哪里去,
叫我真是气。
一双儿女他不管,
夫妻相遇做冤家,
今天等他回来时,
我要和他说。

黄氏女:
说给姨妈听我说,

今日你来看看我,
劝你言语少说句,
大家都是好。
他家的人性情犟,
一开口就没好话,
许人要是惹了他,
又打又要骂。

姨妈:
听见我姊说给我,
要把我的气来消,
横牛横马这家人,
讲什么道理。
今天对他说了后,
一定引起他火起,
肚里一窍也不通,
不说也还好。

黄氏女:
说给他姨你听我,
嘴里讲出心里痛,
牛角尖上这条路,
走到狭窄处。
或许前世做错了,
面前才遇这种人,

我这一生过得去,
子女如何过?

姨妈:
说给姐姐你听着,
掏出心肝来劝你,
这是前世做错了,
冤家遇对头。
人家做客处相遇,
我们杀牲处遇着,
因为欠他冤孽账,
和他这世了①。

黄氏女:
说给他姨你听我,
这次遇着朝斗会,
我病真是得真了,
以后要累你。
长寿玉英丢给他,
用钱用物要找你,
千斤担子你要挑,
嘱托又嘱托。

姨妈:
大姐莫要这样说,

---

① 和他这世了:和对方结束关系。

前三后四累不着我,
已经病了要忍耐,
还会医得好。
银钱用了不要紧,
钱财花去有我出,
妹说的话你要听,
病才能医好。

黄氏女:
我把话对阿姨说,
一股气来很微弱,
或许阴司叫我了,
催我见阎罗。
请你们再等一等,
言语几句讲分明,
吃奶娃娃床上睡,
喂他一点奶。
要对大女嘱咐句,
我的丈夫我不等,
等我丈夫回来时,
给他交代好。

赵联芳:
联芳街上转回家,
篮子歪歪背身上,
一路吃得醉醺醺,
酒壶做横挂。

羊腿装在篮子里,
一把挂伞挂手上,
玉英快些找土锅,
烧火去炖肉。

黄氏女:
我叫一声小玉英,
听得你爹回家来,
可能你爹回来了,
你去对他说。
你说我妈请你去,
你说我姨在家里,
请他赶快来一下,
不要多耽搁。

玉英:
玉英听见就出去,
口内叫声亲爹爹,
今天女儿谢谢你,
请你改脾气。
我妈叫我来请你,
我妈病了好几天,
姨妈过来看望她,
要和你谈叙。

赵联芳:
说给玉英你听起,

听来后我怒火起,
你妈她就想吃素,
从来不吃荤。
天天生病为哪样?
因为没有吃油荤,
给她杀一只母鸡,
吃了就不病。

玉英:
谢谢我爹莫乱说,
一下我妈听见的,
倘若我妈听见后,
吵架真不好。
我们天天在吃荤,
爹爹咋个也生病,
假设我妈不吃药,
病怎么会好。

赵联芳:
说给玉英你听起,
你妈爱偷吃东西。
你也不必遮盖她,
我不想去揭她底,
三十晚上宰吃鸡,
鸡肠鸡肚是她吃,
你妈好像一只猫,
躲在一边啃。

玉英:
我爹说话涨脖子,
听了给我怒火起,
招摇诈骗你这个,
不知道羞耻,
提起鸡肠和鸡肚,
鸡杂鸡碎你炒吃,
一只鸡你吃光了,
还赖人家吃。

赵联芳:
说起玉英你听起,
你说你妈没偷吃,
土锅里面一锅肉,
难道狗吃掉!
骨头上的肉撕光了,
骨头几个她当起,
阿爹亲自看见她,
我亲手捉住。

玉英:
说给阿爹你听着,
不要这样冤枉人,
开口尽讲她坏话,
说来真心寒。

赵联芳:

那天煮的那罐肉,
守在旁边生啃吃,
你妈那个吃独食,
不给我们吃。
玉英这个实在笨,
你妈她是在装病,
她的心里想吃肉,
不好当面捉。
你爹我是个医生,
她的脉我摸得准,
一只狗腿煮熟了,
端来给她啃。

玉英:
开口谢谢我爹爹,
说出话来不考虑,
我妈吃斋拜佛人,
罪过谁来背?
我姨听见也害羞,
母亲听了更生气,
以后还这样乱说,
闹出大事情。

赵联芳:
玉英说话对我笑,
说出话来有分量,
这头我还看不出,

真正很在行。
开口说了许多话,
句句说得有道理,
我也只好听她话,
不能再拗犟。
她妈面前要好说,
她姨面前说好话,
旗杆掌在我手中,
只好顺风打。
玉英叫我就进去,
妻子病成这个样,
身子瘦得像鱼刺,
脸像青菜叶。
因为手内没银钱,
一早在外做买卖,
只说我妻去做会,
不知你有病。

黄氏女:
一出门去不归家,
家有病人你不爱,
我的病重或病轻,
不来看一看。
两个小孩真可怜,
叫谁给他们做饭,
你这样做伤阴骘,
天理在何方?

赵联芳：
黄氏你且听我说，
一见你病我心疼，
谁想你得这场病，
气坏我心肝。
只好赶忙请医生，
请个巫师许个愿，
倘若我妻病不好，
叫我靠谁人。

黄氏女：
实话告诉丈夫听，
这阵你莫再做梦，
医生巫师都请遍，
病体越沉重。
下肢就像一块冰，
上身烫得似火烧，
这病叫作阴阳病，
不消再吃药。

赵联芳：
说给黄氏你听着，
我把实话对你说，
为你天天在吃素，
方到这地步。
急急忙忙来悔过，
趁着这次就回头，

今夜你吃点猪肉，
包你病就好。

黄氏女：
丈夫此话切莫说，
好像尖刀剜我心，
还说用肉来医治，
活活气死人。
目莲她妈刘十四，
吃肉开斋倒了霉，
我心还比铁石坚，
吃斋我自愿。

赵联芳：
叫声黄氏听我说，
我说的话像座桥，
妙药难医冤孽病，
就为你戒口。
吃斋的话莫再提，
你要吃素病越重，
我说的话你要听，
还是吃肉好。

黄氏女：
说给丈夫你听着，
开口说的什么话，
难道凡是吃素人，

病就来找着。
我病不是为吃斋，
吃五谷则病自生，
难道吃肉那些人，
就长生不老。

赵联芳：
说与黄氏你听我，
吃素不如说实话，
念经之处讲是非，
偷偷摸摸的。
戒了口来不戒心，
干酒搅成了白醋，
背后说别人是非，
比吃肉舒服。

黄氏女：
说与丈夫你听我，
请你不用来管我，
你妻为你常操心，
趁早要回头。
古说一善改百恶，
这些名言你听过，
为人要多做好事，
坏事且莫做。

赵联芳：
黄氏请你莫多说，
说出的话比屎臭，
你越说来我越做，
看你怎么说。
我妻吃斋若上得天，
为夫吃肉来送你，
抬盘里面猪头肉，
摆得满满的。

黄氏女：
丈夫你说这些话，
劝你的话你不听，
横头横脑胡乱说，
全不讲道理。
你说作恶就好过，
睡梦之中吓醒人，
告示贴到眼面前，
眼瞎没看见。

赵联芳：
黄氏你呀太啰唆，
还是作恶的好过，
三顿不离蒸剁肉，
鲤鱼来配肉。
一天到晚去喝酒，
古说一醉解千愁，

吃肉喝酒这两件,
世间最快乐。

黄氏女:
丈夫你心真是硬了,
世间坏事你做尽,
七十二行门路多,
为何做屠户。
一把刀子一个盆,
看看就会吓死人,
杀生害命这等事,
不是好事情。

赵联芳:
大骂一声黄氏女,
强词夺理胡乱说,
六畜本来是人食,
佛前也能供。
屠户也能上天堂,
亲耳听别人说过,
观音那只漏底船,
渡的什么人?
一斤我称十六两,
八两秤我没用过,
若说称少了几两,
把我手砍掉。

黄氏女:
我再告诉你玉英爹,
前三后四多想想,
我念经来你杀猪,
罪该降何人?
在阳世还不要紧,
到了阴间叫晴天,
身子丢进炸油锅,
碓冲又磨磨。

赵联芳:
黄氏女呀骂得好,
叫我火上更浇油,
炸油锅能吓唬谁,
再也吓不倒。
死了身体进棺材,
有谁见过地狱门?
闭着眼睛来说瞎话,
不愿听你说。

黄氏女:
火在烧来水在沸,
闲言杂语不用说,
此火怕我病难好,
听我对你说。
子女二人交与你,
莫使他们受冻饿,

遇着天气寒冷时，
先找下柴火。
衣服烂了请人缝，
脚上鞋子准备好，
身上衣裳穿脏了，
换下洗一洗。
他们惹了你生气，
大声大气莫吓唬，
两个娃娃胆子小，
莫把吓坏了。
应当打的不要打，
应当骂的不要骂，
他们是吃奶娃娃，
看我情面上。
长寿还不到三岁，
玉英七岁还未满，
这时他们不懂事，
凡事要耐心。
好好教育小玉英，
衣服叫她自己缝，
针线剪刀买给她，
样样都要学。
长寿大了送学校，
好好供他几年书，
等到孩子做大事，
你会享他福。
丢下两个儿和女，

千斤担子留给你，
要请丈夫好好挑，
我也才放心。
一生分作两截过，
后截窄来前截宽，
若是丈夫不知事，
日子如何过？
以后你若再喝酒，
酒后你就想打人，
半夜三更打他们，
他们哪里躲？
躲来躲去巷道里，
睡在人家大门口，
可怜我的儿和女，
再和你嘱咐。
黄氏女我的为人，
千言万语说不完，
接引童子来催我，
等会也不行。
儿女二人交给谁，
不忍和他们分离，
忍着疼痛横着心，
只得走一趟。

赵联芳：
告诉黄氏你听起，
半夜三更很阴森，

听说童子来接你，
说得真怕人。
闭起眼睛你乱讲，
怕是你真见了鬼，
要是你还说两声，
我撕你的嘴。

黄氏女：
说给丈夫你听起，
你的心是铁打的，
言语说到尽头处，
你还是发火。
今世和你做夫妻，
相见只有一小会，
心里的话没说完，
从此就分离。

赵联芳：
看着黄氏不说话，
她若死了没办法，
子女二人谁来看，
气坏赵联芳。
前时我妻你还在，
子女二人你抚养，
一时你若离开我，
家中哪个管？

童子：
童子等你好一会，
一切交代得明白。
黄氏眼泪拭干净，
我们要快走。
趁早走上一段路，
今日的路不算近，
阎王等着去对经，
少耽搁一会。
童子再把黄氏催，
今日路途很是远，
看你样子走不动，
振作精神走。
你念的经真灵验，
走不动时把经诵，
心里想起要念经，
痛苦会忘记。

黄氏女：
黄氏叫声走不动，
一双脚走起了泡，
山又高来路又远，
越走越艰难。
万绕坡上最险峻，
尽是高山和岩石，
没有地方躲阴凉，
满身在淌汗。

身上汗水纷纷落，
嘴唇都烧得起泡，
这时很想喝点水，
没有地方找。
喉头脖子也烧干，
走得两眼冒金花，
心也跳来气也喘，
咋个才爬过？
看看爬完万绕坡，
山顶搭着棚一座，
棚子里面有东西，
进里面坐坐。
瞌睡遇着了枕头，
里面一定有水喝，
上前走到她旁边，
还有稀饭卖。
嘴里叫着阿大妈，
稀饭是素还是荤，
请你真心告诉我，
千急①莫哄我。
黄氏我是吃长斋，
猪油稀饭不能吃，
要是东西吃错了，
我的罪不小。

大妈：
问出的话有规矩，
我们也是吃素的，
锅灶洗得很认真，
请你放宽心。
看你是个吃斋人，
放下心来喝几碗，
既到这里就喝点，
喝了好爬坡。

童子：
童子说给阿大妈，
这个人上莫卖给她，
如果你不听我话，
一定把祸闯。
阴司请她去诵经，
这位就是黄氏女，
你若不听我的话，
犯罪莫害怕。

大妈：
听得黄氏到这里，
使我怕得心发抖，
阴司请你去对经，
你才到这里。

---

① 千急：白语，可理解为"一定"。

既然童子告诉我,
让你喝了我就犯罪,
迷魂汤你喝不得,
只管往前走。

黄氏女:
走着走着心忧忧,
走了千山和万水,
见了两位山神爷,
心里真高兴。
阴司请我去对经,
两个孩子没处放,
请你二位多操心,
把他们保佑。

山神:
说与黄氏你老人,
你也不必再流泪,
阴司请你去对经,
善果才圆满。
你的儿女在家中,
我们随时去看望,
时时刻刻去招呼,
保清吉平安。

黄氏女:
黄氏走得气咻咻,

见座寺庙在前头,
寺庙面前有戏台,
神马守大门。
金字大匾门上挂,
匾上写着三个字,
此地就是城隍庙,
要挂号投名。

弯腰我把鞋带扎,
抬头我把发髻紧,
擦亮我的小木鱼,
一直敲进去。
黑白财神这两尊,
看看我就走上前,
一人在前一个后,
一直领进去。
城隍老爷真和蔼,
开口叫声黄善人,
难得今日到此地,
赶忙请晌午。

煎出马鹿肉一碟,
油炸豆瓣一小盘,
咸菜端出一盖碟,
香椿两三支。
鹿鸣宴上要吃肉,
肚里气坏心和肝,

告辞老爷多谢了，
我事情很紧。
亲自送我到门口，
连连磕头又作揖，
尊声善人请转来，
吃过晌午走。

送我的人也很多，
彩布旗子摆路旁，
说声老爷请回去，
对不起你们。
一边走来一边看，
这次总是亲眼见，
劝世父子那一位，
原是这个样。
走进庙里心忧忧，
里面看见许多人，
看见这些受罪人，
我都认不得。

这人眼皮都哭肿，
那人哭喊叫爹娘，
这阵受刑受不住，
人间可知道。

只因为人没良心，
把心背在脊背上，
千罪万过你做过，
这阵算总账。
他们用铁索捆他，
铁柱一根背身上，
囚笼之中关犯人，
名字贴上边。
戴枷的人带不动，
脚镣手铐戴身上，
口中声声求饶命，
要求放松些。

眼中哭出血两股，
肋骨之间穿铁钩，
纵然他们哭爹娘，
没人去理睬。
群鬼时时打他们，
口中责骂"喀① 好受？"，
到了阴曹来受苦，
求饶没用处。
将他们一殿交一殿，
罪条一股插在身，
捆着游殿去受苦，

---

① 云南汉语方言疑问词，有不同写法，如格、咯、给、喀、噶等，意为"吗"，通常前置。——编者注

自己讨苦吃。

黄氏看见脚吓软,
善人在世没见过,
都是看见些罪人,
心中不舒服。
阴曹地府刑具多,
看看也会吓死人,
一把刀子用秃了,
刀口雪亮亮。
走朝前也心茫茫,
走过了多少关口,
幸好一路受欢迎,
心里才安乐。

路票公文在我手,
大官小鬼前面跑,
到了一站送一站,
一点不耽搁。
走着走着心烦闷,
如何领我到这里,
一边走来一边看,
把眼也看花。

我上前去看一看,
阴一半来阳一半,
人家说的阴阳界,

可能在这里。
阴阳界走过了,
阴阳隔得像纸薄,
这时走入了阴司,
心里很悲伤。

走朝前也心忧忧,
走到奈何桥上面,
一看看见桥一座,
叫声阿妩妩!
这座桥高几十丈,
江水深处不见底,
桥面只有手掌宽,
难得走过去。

有罪的人过不去,
桥头那边有哭声,
黄氏见了这情景,
我也没法想。
两边小鬼在挡路,
刀叉抬在肩膀上,
他们盘问又盘问,
严谨到这样。

行善之人桥上过,
作恶之人落水中,
一群铜蛇和铁狗,

边爬边咬人。
黄氏再想看一看，
接引童子催我走，
趁早我们回家去，
不要再耽搁。

我也只得随你意，
走到血潮池旁边，
一看看到血池里，
水池真是深。
水池深处有几丈，
里边尽是些女人，
这些女人丢里面，
只见一个头。
头上插着一枝花，
开得比胭脂还红，
小鬼见了顶喜欢，
来抢这朵花。

几个铁狗撕她肉，
几个铜蛇身上爬，
女人受苦成这样，
实在冷人心。
我想上前去求求，
他说这些人罪很大，

因为厌恶天和地，
尝杯辣子汤。
使她们一人喝一口，
喝不完的浇身上，
血潮池水难得干，
怎样都得受。

牛头马面两尊神，
同他说了多少话，
我也简直求不下，
只好走我的。
手酸脚麻心在跳，
走到望乡台旁边，
高处有着几千丈，
要如何爬上？
爬上去时往后看，
看到家乡那一边，
一看看到坟地里，
到处冒火烟。

小的哭得跺双脚，
大的哭得抓嘴脸，
他爹哭声"我的妻"！
伤心到这样。
新坟边上插香城①，

---

① 香城：人逝世后用香插在坟边上，状如城。

亲戚兄弟戴白孝，
叫声"妈妈你回来，
来看看我们"。
黄氏见了心里疼，
使我实在没办法，
黄氏我做人一场，
谁想没下场。

我和二位童子讲，
子女二人丢那里，
他们难得顾自己，
心里很牵挂。
亲生骨肉丢后边，
心想回家看一看，
准我回家看一转，
死我也心安。

童子：
叫声善人听我说，
把你请到这地方，
走走哭哭我心烦，
你把心放下。
你说子女丢在家，
你要转回去看看，
我们只得随你去，
莫耽搁时间。

黄氏女：
黄氏我从阴司回，
一走走到大门外，
大门两扇已经关，
真阴风惨惨。
趁联芳他出去了，
一定又去把钱赌，
匆匆走进屋子里，
把儿女看望。

看见小的睡里边，
大的那个滚外面，
一床被子掉地下，
两个都没盖。
鼻涕流进嘴里面，
眼屎黏成糨糊样，
好久没有剃头发，
长到了下巴。

赶快把他往里推，
重新把被盖盖上，
轻脚轻手不出声，
又把锅灶看。
走到灶房我细看，
有了锅来没锅盖，
一眼望到锅底里，
爬满了苍蝇。

筷子勺子丢在地，
桌子碗筷起了霉，
灶门前面堆豆糠，
并无一根柴。

一时使我心里酸，
只说回家看儿女，
见得光景是这样，
眼泪纷纷下。
我把他们肚子摸，
看他们晚饭可吃了，
肚皮两个都饿瘪，
骨头露出来。

别家小孩有奶吃，
我儿嘴皮都干烂，
嘴巴饿得大张开，
哪个来喂乳？
前面面颊桃花色，
而今变成青菜叶，
我儿越长越变小，
真是难度过。

看见孤儿这两个，
没有母亲真可怜，
鸭歇母亲翅膀下，
雪上又加霜。

长寿是吃奶娃娃，
玉英一样不知事，
生来八字这两字，
比乱麻还坏。

交一更，
心也气碎眼气昏，
玉英长寿两姐弟，
你们且醒来。
前夜阴司里来人，
请我到阴司对经，
不见你们两三日，
可怜成这样。

交二更，
阎王是个瞎眼睛，
妈挂儿来儿挂妈，
谁人劝一声？
世上多少诵经的，
为甚不去请别人？
怕他们诡计多端，
就来把我叫。

交三更，
出了你爹这个人，
他再不悔过改性，
前途可吓人。

前夜童子给我说，
要用小刀来割他，
我为念及夫妻情，
嘱咐了几声。

交四更，
叫声小儿快醒醒，
母亲来给你吃奶，
嘴巴快张开。
回家一转不容易，
阎王老爷直怕人，
今晚母子相见后，
会面没时辰。

交五更，
叫声玉英你快醒，
你是大的心明白，
嘱咐你几声。
好好照拂你弟弟，
我说的话你要听，
人家玩处你莫在，
莫惹是生非。

玉英：
妈在世抚养我们，
好好敬奉妈灵位，
一时想起母亲时，

只得到坟地。
明早我领着弟弟，
你要牵来是要抱，
一时走到坟场里，
独自一人哭。

我爹跟着跑了来，
他说："母亲埋地下，
早已变成一堆土，
有什么哭的！"
把我差点气疯了，
他说："再来坟地上，
把你们也埋地里，
母子埋一堆。

今天我出去宰猪，
留给你们几片肉，
因为你妈不在世，
好好回家去。
你妈生前她吃斋，
吃点粗菜白开水，
给你们姐弟也受苦，
她死我不气。

阿爹天天去宰猪，
给你们天天来吃肉，
早上做煮晚上煎，

一嘴油漉漉。"
我爹只是嘴上说，
饭也不给我们做，
家也不照管。

自从母亲走了后，
寒冷无人去生火，
饥饿无人来做饭，
一切无人管。
见妈伤心成这样，
回来家后又要走，
见了儿女又说走，
舍不得妈妈。

母亲生的铁心肠，
儿女年幼忍心去，
确实他们请你去，
请妈多想想。

黄氏女：
妈妈我是不去了，
回来给你们做伴，
早饭晚饭我来做，
常在你身边。
妈帮你们洗衣裳，
头发也要剃一剃，
妈在家把你们打扮，

说了就算话。

玉英：
急急忙忙站起来，
连忙把弟弟牵上，
妈妈这回回家来，
千急莫放走。
弟弟拉着妈衣角，
姐姐拉着妈右手，
若把妈妈放走了。
我们怎么过？

长寿听了流眼泪，
咬紧牙关脚乱蹬，
一双手来不放松，
不放母亲走。
哭声母亲你睡下，
再喂给我一点奶，
我要妈妈背背我，
你莫要哄我们。

长寿玉英孤零零，
一双儿女无人爱，
好像寒风在侵袭，
过得真可怜。
今天蜂王回到家，
又喜欢来又忧愁，

就怕蜂王又飞去,
落得一场空。

我们同母亲坐下,
拉着妈妈就不放,
叫声妈妈你睡下,
和我们讲讲。
父亲虐待我两个,
回到家来就生气,
饭也不给我们吃,
使我们受饿。
姐姐够不着灶头,
垫个凳子来做饭,
一面做饭遭毒打,
日子怎么过?

可怜时就想阿妈,
使我两个靠谁人,
妈妈若是还要去,
死在妈身旁。
洋烟一碗吃下去,
要同妈妈一齐走,
前一个来后一个,
赶上第二世。

黄氏女:
真可怜呀!你两个,

阿妈心上如刀戳,
只为妈妈害了你,
我也没办法。
叫声赶快把我放,
鸡叫后就没有伴,
叮嘱你们两三句,
好好记心上。

小儿用心去读书,
大女好好做针线,
姐弟要互相听话,
不要常吵架。
阿妈也想不回去,
阎王性情真暴躁,
就怕轿子抬不走,
用粪箕来拉。

玉英:
大哭一声亲生娘,
怎么这样下狠心?
要我姐弟靠谁人,
妈的心不疼?
饥渴谁人给我们?
衣服破烂谁人补?
水一桶也提不起,
桶底也打脱。

楼上香火谁人点？
地下粪草谁人扫？
上山砍柴上不去，
柴也无处拿。
缸里油已点干净，
没有银钱去买油，
天黑下来不点灯，
吃饭看不见。

吃不饱呀就去睡，
长寿哭得顶厉害，
铺盖也翻在地上，
一个拉一半。
你想清高你去了，
你心是不是肉的，
或者是用铁打的，
怎么忍心去？

你也应该想一想，
不断砍断亲骨肉，
阎罗王要责怪时，
我抵着去拼。
母亲莫吃铁水汤，
好好去和阎王讲，
就说儿女很可怜，
心中丢不下。

把我二人丢在家，
黄昏时候没有伴，
两个蹲在灶门口，
伤心哭一场。
到阿姨家路隔远，
到隔壁家狗又恶，
哭来哭去巷道里，
叫爹又哭妈。

黄氏女：
玉英说的我知情，
妈的苦情难出口，
魂魄回来找你们，
你们要明白。
快点请你放开我，
鸡叫时间我就走，
要是时间耽搁久，
阎王不饶让。

玉英：
玉英听了十分急，
再留母亲是不行，
母亲确实回地狱，
叫我咋个办？
母亲还是耽搁会，
我的弟弟肚子饿，
喂下弟弟一点奶，

省得他受饿。

黄氏女：
可怜我的儿和女，
实在难舍又难分，
长寿孩儿正吃奶，
两眼泪汪汪。
一边吃奶偷看我，
两眼半开半闭着，
他想同我说一声，
难舍这口奶。

玉英：
伤心话对母亲讲，
母亲心疼不心疼？
我的弟弟心明白，
离不开母乳。
一面吃奶偷看你，
请妈要把他喂饱，
山又高来坡又陡，
又如何上去。

黄氏女：
回来之时走得好，
回去时节不好走，
子女两人拉我心，
好像绊脚绳。

黄氏实在难上前，
走了一段又回头，
丢下一双儿和女，
实在不忍心。
再想回转去看看，
再把家事理一理，
趁这机会去一转，
以后难相见。

一更明月露上顶，
转回看看亲儿女，
我儿长寿真可怜，
渴奶了几天。
别人睡了还含奶，
我儿饿时含指头，
挂念你们又回来，
再喂你点奶。

二更明月已升高，
嘴里叫声赵联芳，
你心生在脊背上，
把主意错想。
我已回家一夜了，
他不必回来看看，
一双儿女丢在家，
样事你不管。

三更明月已正中,
再把玉英来嘱咐,
好好照管你弟弟,
落在你身上。
假设半夜他要哭,
难忍耐时也要忍,
回想黄氏这一生,
就这样下场。

四更明月已偏西,
阿妈嘱咐你姐弟,
你爹倘若打骂你,
你去找你姨。
就说我妈回来过,
我妈嘱咐又嘱咐,
要请姨妈多照管,
不忘你恩情。

五更明月要落山,
言语落了多多少,
阿妈实在难舍你,
耽搁这一夜。
童子一定不喜欢,
鸡叫我要转回去,
把我苦情叙出来,
童子也心酸。
黄氏坐下细细想,

今日只得才注意,
硬着心肠离开家,
转身就回去。

接着童子又来叫,
走路我要大步走,
一下走了多少路,
来到鬼门关。

一道难关在面前,
这道关口不好过,
尽是恶鬼在挡道,
见也没见过。
绿嘴巴和红眉毛,
一嘴光牙真凶恶,
大刀洋叉拿手里,
胆子也吓破。

我问童子你二位,
关口这道难得进,
花花绿绿这群鬼,
吓得一身汗。
黄氏我是个女子,
从来没有出过门,
倘若小鬼盘问我,
又如何答应?

童子：
说给善人你听着，
你不必仓皇失措，
小鬼见了会逃走，
尽管放心走。

黄氏女：
黄氏走进鬼门关，
听着里面有哭声，
上前我去偷看看，
小鬼在受罪。
身边贴着一帖纸，
上写糟蹋五谷罪，
"饿死城"里作冤鬼，
在呼天喊地。

童子催促快些走，
再看看也不敢看，
前头又见城一座，
里面有什么？
试试走进偷看看，
见着白骨堆如山，
吃药吊死这些人，
"枉死城"受罪。
黄氏见了就转回，
一走走到一殿旁，
大殿有案桌一张，

坐着秦广王。

文武判官排左右，
条条王法不饶人，
眼角偷偷看他们，
魂魄也吓散。

审问了的就拉下，
个个推到碓里舂，
肉和骨头舂成饼，
扯与扯不开。
我想上前问一声，
审官正在发咆哮，
用铁索板子在审问，
问也问不成。

罪条一个插身上，
拉到"懒碓狱"里舂，
不敬天地这条罪，
的确是不轻。
黄氏见着就走出，
一面看来一面走，
那里放一口大锅，
不知装什么？
我要上前看一看，
只见油锅滚滚开，
里面炸得一个人，
骨头也炸碎。

大鬼坐在上面翻，
小鬼在下面吹火，
打娘骂父这条罪，
油锅里面炸。
黄氏吓得汗淋淋，
再看看也不敢看，
我也只得低下头，
和童子快走。
前面捆着一个人，
肚子劈开肠掉出，
小鬼坐下拉他肠，
给他活受罪。

奸、盗、邪、淫这些人，
"开肠狱"里来受罪，
肚子劈成十字架，
肠肚露在外。
黄氏走到二殿旁，
走走吓得往后退，
二人同背一面枷，
正在记口供。

这些用大秤小斗，
出入钱财太转算，
撑杆上面来吊起，
撑到半虚空。
我由二殿走出来，

听见到处痛哭声，
一见见着几盘磨，
不知磨什么？

已经听见就看看，
把人丢进磨里磨，
亲眼看到磨碎掉，
只见几点血。
骂风骂雨这条罪，
"磨盘狱"里磨又磨，
骨头磨成细面面，
这样的受罪。

童子催促快点走，
今天路途还很远，
走走又见一些人，
捆绑在一起。
这人要用锯子锯，
几股鲜血流出来，
脑髓掉在鲜血里，
锯成血淋淋。

一个身子成两半，
糟蹋字纸这条罪，
"锯解狱"里定下罪，
就来活受罪。
二殿过了到三殿，

里面很多人在受罪，
尽是为了说是非，
在这里审案。

火钳烫入嘴里面，
锤子拿来敲牙齿，
一条舌头拉出来，
拉出一尺三。
黄氏见着才明白，
自己作恶自担承，
搬是弄非这伙人，
应当要受罪。

张三面前说李四，
李四面前怪张三，
兄弟为他们告状，
夫妻也另居。
黄氏见了这件事，
童子叫声往前走，
前头有得一口灶，
下面生着火。

上面装着大甑子，
捉来的人往里丢，
甑盖一个盖上去，
没法出声气。
敲锅打灶这些人，

"蒸笼狱"里来受罪，
敲锅打灶犯何罪？
得罪了灶君。
黄氏见着很悲凄，
说起玉英两姐弟，
坐在灶房有差错，
得罪着灶君。

隔山听见娃娃哭，
前面发着火一堆，
火塘上面在烤人，
油也烤出来。
先把皮子烤焦了，
骨头烤破出骨髓，
亲眼看见人烤化，
剩下一堆灰。

这些人的罪恶大，
他们放火去烧山，
树木蚂蚁烧死掉，
受罪理应当。
三殿过了到四殿，
见着个官不说话，
手里拿着红朱笔，
在那里审案。

写一写来比一比，

半句言语也不说,
细细心心把他看,
有点像哑巴。
老远老远望见他,
他就马上站起来,
比手画脚在吩咐,
"给善人倒茶"。
前后左右看一看,
前后挂满了人皮,
血淋淋地挂那里,
鲜血流地下。

谋夫夺妻这些人,
生前到处去玩耍,
死了皮子挂这里,
像个什么样?
黄氏出去看一看,
看见前面一座山,
山上没有一棵树,
是一架刀山。
几个大鬼站山上,
高处就有一两丈,
手里抓住几个人,
从高处丢下。

一丢丢到刀口上,
一个身子就分家,

几把大刀刀尖上,
挂着心和肝。
我问你二位童子,
这些人犯什么罪,
到底做错什么事,
丢在刀山上。

童子:
童子说话你听着,
他们犯图财害命罪,
千刀万剐"刀山狱",
来这里受罪。

黄氏女:
黄氏走得心发慌,
我和童子来商量,
路途可能还很远,
稍稍坐一下。
今日走路有点怕,
心窝子里没主张,
幸好童子来领路,
才到这地方。

童子:
黄氏善人快走吧!
路程还有一小段,
要是阎王等得慌,

要怪责我们。
香案已经摆设好,
伺候善人来对经,
迎接的人出来了,
莫要再耽搁。

黄氏女:
黄氏听了这句话,
再耽搁会也不好,
望见一座大庙子,
同童子进去。
五殿阎罗真高大,
这间大寺不一样,
红漆大门写金字,
用颜色彩画。

两边是两座牢房,
铁绳板子里面挂,
文武判官有二人,
翻开箱子看。
红嘴巴来绿眼睛,
牛头马面两边站,
刀子洋叉手中拿,
想要把人杀。
黄氏看见很害怕,
幸好童子来助胆,
他说善人不要怕,

与我们无关。

黄氏走进内院里,
间间房子很齐整,
院里铺的鹅卵石,
有一对狮子。
一张案桌放殿上,
上放笔筒和砚池,
牛头马面两尊佛,
还有个判官。
阎王正在吃午饭,
听得黄氏女驾临,
急忙放下筷和碗,
开门来迎接。

阎王:
黄氏女是请来的,
请她进来讲讲经,
男鬼女鬼都唤来,
快快去欢迎。
判官小鬼那几个,
快把香案摆起来,
干果水果拿出来,
冰盘用八个。

盖碗茶杯好好搁,
摆上一对好花瓶,

几幅彩旗打起来，
欢迎黄氏女。
才把黄氏女接进，
大鬼小鬼忙进来，
干果水果送过来，
接着倒茶水。
请你上面来坐起，
文武判官两边排，
乐器吹起顶悠扬，
真是好热闹。

千辛万苦到这里，
请你多闲上几天，
念过经后闲一会，
好好叙一叙。
说声善人救救我，
生这场病不好搞，
疼得叫天又叫地，
一夜叫通宵。

两只耳朵发高烧，
头又疼来肚子胀，
眼皮又跳心又慌，
真是不好过。
千药万药都吃过，
吃过药后病更重，
幸好判官告诉我，

听他的吩咐。

他说不必去找药，
找人出去瞧一瞧，
阳间一定有事情，
才坐落不安。
出去的人来回话，
请得黄氏念金刚，
念得天花也开放，
放五彩霞光。

天空神圣来保护，
地府里面也惊动，
她把木鱼敲起来，
使人头发胀。
调去的人这样说，
特意请到你这里，
因为招呼不周到，
实在对不起。

黄氏女：
说给五殿阎罗王，
我只学得几句句，
我只会看一段段，
真是不过意。
我也跟别人去学，
一夜教我十几次，

我丈夫是赵联芳，
他是宰猪匠。

判官：
说给黄氏女老人，
这次你来很有缘，
这次动了你的驾，
真个对不起。
我们个个学念经，
随便记得两三段，
将你请到这里来，
和我们对经。

黄氏女：
说给五殿老大人，
这次我也顶有缘，
既然来到了这里，
随便对对经。
金刚经书打开来，
抬头望见五彩云，
五彩云里有人叫，
请我念念经。

第一我念上仙经，
善财童子也来听，
吓得三班和六房，
全部跪下听。

第二我念报恩经，
护法佛也站起来，
父母养育要报恩，
大家要谨记。

第三我念金刚经，
地府门也摇起来，
山也摇来地也动，
哪个不害怕？

官府吓得无处躲，
个个吓得失了魂，
金刚经的灵验处，
真是吓死人。

鬼也吓得身发抖，
吓得魂魄不附身，
一个跟着一个爬，
十八地狱也震开，
犯人吓得到处跑，
念经把你们超度，
度你们转生。
黄氏自己也害怕，
身子会摇摇晃晃，
急忙站起看一看，
神圣坐上边。

五殿阎罗听我讲,
今日和你来对经,
地府抖成这个样,
心里很害怕。
这条罪名担不起,
这次祸事闯得大,
黄氏我是个女子,
请你说一声。

阎王：
说声黄氏莫忧愁,
祸事不是你闯下,
我们将你请了来,
特意来诵经。
因为犯人难星满①,
借着念经来超度,
你念的经真灵验,
诵经顶有功。

黄氏女：
说给五殿阎罗王,
我就记得那几段,
我只学得这几句,
很是对不起。
只为丈夫不争气,

家务事情他不理,
黄氏拿起了经书,
没时间学经。

我说的话他不听,
他只顾着去宰猪,
随时耐心把他劝,
他就是不理。

我在田里念念经,
一对刀子他拿起,
一个木鱼他敲烂,
他就去杀猪。

阿弥陀佛念起经,
他就办理猪血盆,
念到大慈和大悲,
他戳猪脖子。
救苦救难念起来,
他就扯猪的腰子,
丈夫尽是这样做,
你说怎么办？

阎王：
听得黄氏把苦叙,
赵联芳这个短命,

---

① 星满：白语，意为"醒悟"。

十大罪恶他都犯,
这次要他命。
吩咐几个小鬼去,
把他剁成了血酱,
心里才安逸。

黄氏女:
我向大王求求情,
留给他一条死命,
他独要罪应当死,
看我情面上。
一双儿女丢给他,
这个担子叫谁挑,
事情到了这一步,
再饶他几年。

阎王:
箭来搭起弓弦断,
黄氏说话很行善,
替她丈夫讲讲情,
真值得称赞。
我说照我的想法,
把他提来活剥皮,
骨肉丢入油里炸,
浇成蜡烛点。

黄氏女:
不是我为他讲情,
儿女无人去照管,
如果将他捉进来,
他们太可怜。
饿食他要去做饭,
晚上还要领娃娃,
指甲和肉难分离,
真难得割开。

阎王:
黄氏说话合道理,
口口为你儿和女,
丢下一个小娃娃,
本当很可怜。
寄给你家灶君信,
要家宅土地保佑,
五祀六神多照管,
你不必顾虑。

黄氏女:
大王恩情哪里找,
寒冷时节盖被子,
儿女二人过得好,
心里才放心。
丈夫变成这样子,
一定换了副心肝,

看他尽做些坏事，
真的说不完。

好好劝他他不听，
他恨死我吃长斋，
一罐猪油拿手里，
一筷一筷扒。
把油扒进汤锅里，
油花漂起他喜欢，
他是这样整治我，
使我真害怕。
这样下去不好处，
我也只得另想法，
提到黄氏伤心处，
饭也咽不下。

阎王：
听见黄氏说的话，
我也几次对你讲，
你的为人真不错，
加上吃长斋。
这次又念金刚经，
念得地动又山摇，
今晚说出这番话，
我也佩服你。
念完这节金刚经，
并没念错了一句，

因为你诚心至意，
圆满得善果。

黄氏善人你听着，
封你当官爱万民，
女转男身回人间，
代代有功名。
我叫接引童子来，
打起一把大红伞，
铁炮放上两三排，
中门大打开。
接引童子你听着，
把她领回阳间去，
富贵功名她享受，
赶上她前程。

只得给你去投生，
回去见见儿和女，
好好将他们培养，
莫耽误他们。
你的肉体换掉了，
你不要喝迷魂汤，
心里好像水一潭，
记得顶清楚。
要紧嘱咐你几句，
千急莫泄露天机，
给你暗暗打照拂，

我不好说明。

只是黄氏你知道,
别人不知你底细,
阴司的事你莫讲,
紧紧记在心。
十八岁上中状元,
印信挂在你身上,
今后日子会好过,
只管放心去。
接引童子听我说,
路上莫和她耽搁,
送到转轮王那里,
事情交代好。

接引童子就引路,
一对旗子扛肩头,
一殿一殿来欢迎,
欢迎黄氏女。
路上他们走得快,
来到转轮王旁边,
童子把公事交代,
请你照着办。

转轮王：
转轮大王看了看,
开口尊声黄氏女,

我把真话告诉你,
请你别担忧。
五殿阎罗照顾你,
要你转生回阳世,
我也无非奉命办,
莫生我们气。

诗词歌赋教给你,
八股文章记心上,
有了满腹好文章,
谁也赶不上。
十八岁上中状元,
印信挂在你身上,
功名富贵都占全,
真是很荣耀。

黄氏女：
黄氏听到这些话,
心里感到不安乐,
我怕到人间投生,
不敢跳火塘。

阎王：
转轮大王喊黄氏,
喊到明镜台旁边,
请你往镜中看看,
心中自明白。

黄氏女：
黄氏上前看一看，
里面有着不少人，
几条道路分得明，
各自朝前走。
变牛变马的那些人，
变了只剩两只脚，
大约他们犯大罪，
才落到这地步。

还有飞禽和走兽，
一张皮子披身上，
人不成来兽不像，
哭哭啼啼跑。
士农工商那些人，
各人走各人的路，
看看他们多欢喜，
嘻嘻哈哈跑。
里面有个大官人，
撑着一把红罗伞，
旗牌銮驾前面走，
何等的荣耀。

小班在前吼几声，
鸣锣开道真热闹，
黄氏心中不明白，
看了不清楚。

转身我把大王问，
这位大官去何方，
你把真话告诉我，
不要哄骗我。

转轮王：
大王笑着对你说，
此人就是黄氏女，
女转男身去做官，
荣耀不荣耀。
黄氏你也赶忙走，
走到转轮台边上，
这回使你得转生，
莫误了时候。

黄氏女：
黄氏听了吓一跳，
这事多么受罪呀，
进退两难到这步，
没有地方逃。
这塘火呀烧得大，
一阵一阵往上冒，
投生好像跳火坑，
想想我都怕。
黄氏不愿去投生，
要我转生万不能，
这塘大火我太怕，

我不能再跳。

群鬼在后推一推，
呱呱一声到世上，
把我领到湖南地，
出生在张家。
张员外家得一手，
好比捡到个活宝，
急急忙忙收拾好，
收拾顶认真。
合家大小都喜欢，
喜得心差点跳出口，
年近半百生一子，
不再想什么。

三月做抱四月会坐，
满岁就会满地跑，
眉清目秀好人才，
聪明世无双。
刚满七岁供读书，
学到十三中秀才，
十八岁上中状元，
功名节节高。
做官委到剑川县，
前呼后拥到甸尾，
轿子歇下举目望，
心烦又意乱。

一眼看见小长寿，
后面站着小玉英，
领着他们进衙门，
瞒了我心愿。

只有黄氏我明白，
他们怎能认母亲，
我把他们哄一哄，
我是你亲戚。
他们才敢放心坐，
以为是亲戚招呼，
只说与官人做亲戚，
心中不放疑。
长寿刚好二十岁，
玉英也满二十五，
这回把他们培植，
此事放心间。

好好把玉英陪嫁，
给长寿讨过媳妇，
女嫁男婚办完后，
心中才安乐。
他爹这人坏处多，
黑云罩在他心上，
他还不悔心改过，
再把怪事做。

心中本想把他劝，
泄露天机罪难当，
各人心中自明白，
人人都清楚。

这是黄氏为人好，
茅草变成朵天花，
两世母子得相会，
天上月正圆。

文本二

曲本提供者：张彻
记录者、翻译者：张文勋
重译者：杨秉礼
搜集地点：云南省大理白族自治州

黄氏女：
黄氏烧香转回来，
看看大雨突然下，
半路途中淋大雨，
躲到哪一方。
来的时节天晴朗，
谁想这阵大雨下，
满天大地雨飘着，
一路淋到家。
黄氏我去烧炉香，
楼梯我也爬不上，
太子会这天去念经，
淋透了衣裳。
那晚回来就伤风，
身子烧得像火炭，

茶不思来饭不想，
可能病一场。
前晚梦境真不好，
此梦不知吉和凶，
我梦见乌天遮青天，
日月看不见。
太子会那天我得病，
时时刻刻挂在心，
如果我睡倒床上，
儿女咋个办？

玉英：
我劝阿妈莫怄气，
疾病总是有几天，
我请姨妈陪着我，

去抓药几剂。

黄氏女：
叫声女儿走近我，
走来听妈对你说，
姑娘做事要在行，
分高低大小。
医生是个识字人，
称呼他们做先生，
看见医生要讲礼，
莫坏我名声。

玉英：
女儿这时就动身，
一走就到大门口，
叫声姨妈开门来，
没有人应声。
叫他们也叫不应，
他们的狗扑出来，
只为我爹不管事，
两眼泪淋淋。

姨妈：
听见门外有人叫，
拿起棍子去打狗，
昨晚你爹打了你，
今早到这里？

看你眼泪流满面，
有什么话对我说，
总为你爹讨人恨，
时时想你们。

玉英：
侄女告禀姨妈听，
我妈有病你不知，
太子会那天去念经，
淋了一场雨。
晚上回来就伤风，
后半夜就想喝水，
今天请你陪着我，
去抓几剂药。

姨妈：
为这件事你莫哭，
快坐下来吃早饭，
等到太阳高高挂，
医生才出门。
我家今天割豆子，
叫你表姐去招呼，
吃完早饭我就走，
你心里莫焦。

玉英：
我们对先生你说，

我们来抓一副药，
我妈有病起不来，
病情请你说。
上身烧得像盆火，
下节身子冷冰冰，
我把病状说给你，
请照病下药。

医生：
听得侄女这样说，
告病状就要直说，
你妈的病我晓得，
这阵就下药。
药引子用干姜片，
开水烧上两三壶，
上烧下冷是阴阳症，
吃副双鲜汤。

姨妈：
侄女独自转回家，
实在心中放不下，
今天想陪你回去，
婆婆说闲话。
家里晌午没人煮，
茶水没人烧，

这副药你提回去，
回去好好煎。
侄女这阵就回家，
千急①告诉你妈妈，
说我姨妈她很好，
我很想念她。

玉英：
侄女我就这时走，
一时走到大门口，
我妈有病在家里，
不敢多停留。
兄弟留在妈身边，
怕你饿了没茶饭，
这时你们若饿了，
我去热点饭。

黄氏女：
茶饭我也不想吃，
替我把你弟弟抱，
抓回的药好好煨，
煨好就吃药。
医生咋个嘱咐你？
要用不用药引子？
用冷水煎或开水煎？

---

① 千急：白语，可理解为"一定"。在此句中，"千急"一词加强了离别时长者的嘱托之情。

教我怎样吃?

玉英:
妈妈性子莫要急,
哪有病人摸冷水,
请你静静歇一会,
我就去烧火。
教我用姜做引子,
煮药要用滚开水,
今晚吃过药,
要出几滴汗。
姨妈听见你得病,
她也很怄气,
今天她家割豆子,
明天来看你。
送给妈一包冰糖,
里面还有节洋参,
姨妈对人真是好,
心像雪样白。

姨妈:
金鸡一叫天亮明,
大姐的病好些吗?
姐妹几天不见面,
变成两个样。

早饭吃下吃不下?
吃药下去怎么样?
听见玉英说你病,
心里很焦挂①。

黄氏女:
茶饭我也不想吃,
恐怕魂魄不在身,
这回不同往常病,
真是气死人。
玉英她才十二岁,
可怜没人照顾她,
要是我真病死了,
有病也无将。

姨妈:
我劝大姐莫怄气,
人人都会病几天,
世上总有个道理,
老天会睁眼。
烧香算是你长久,
吃斋算是你诚心,
经书算你记得多,
哪个不知道?

---

① 焦挂:白语,有牵挂、担忧之意。

黄氏女：
今年念经去得少，
每天忙得不开交，
家务盘①田要我管，
费尽我的心。
你姐夫他没良心，
可恨他不讲道理，
庄稼全盘丢给我，
马步一张弓。

姨妈：
告辞大姐转回家，
好比割心又割肝，
婆婆实在讨人恨，
和我不说话。
我的坏话她说尽，
什么事情都要管，
今晚我若不回家，
回家要吵架。

黄氏女：
你要回去由你去，
叫我心如滚水浇。
你两兄弟都去世，
留下我两个。

今晚如果留下你，
明天回家要受气，
你的婆婆真可恶，
喜欢讲是非。

玉英：
听见金鸡已经叫，
问问阿妈好点么？
后半夜我睡着了，
没有照拂着妈。
试试把妈扶起来，
昨夜出汗不出汗？
肝药无效去求神，
忙去请巫师。
到他那里问个卦，
看看咋个生了病？
可怜我爹不管家，
问也不问问。
去问祭神用什么，
要鸡我们家里有，
我把弟弟留在家，
顾不得管家。
城隍庙里亲自去，
南山山神许下愿，
田边山神都祭过，

---

① 盘：云南汉语方言，意为"耕作"。——编者注

只要妈病好。
阿妈恩情报不完，
把我当成金雀子，
把我们含在嘴角里，
永远不会忘。
阿妈你莫挂在心，
银钱是手上的灰尘，
古人说财去人安乐，
只要病减轻。

赵令芳：
这里我问小玉英，
叹气那个像你妈，
拜佛之处她不在，
不见她念经。
说给她来她不听，
我说不要去念经，
不听我言去吃素，
病体怎能轻。
今天赶街回家来，
别人问起你的病，
街上逢人都问你，
我才知你病。
听说你们去请医生，
还许愿心去祭神，
东西南北都祭了，
病情没减轻。

提起你妈那一个，
提起她来我冒火，
天天念经念不完，
还念金刚经。
十七岁嫁来我家，
甘心情愿不吃荤，
看见我去当屠户，
跟我来作对。
二十岁就吃长斋，
走南走北在随她，
白天她去忙拜经，
忙得来天昏地暗。
早起她念多心经，
晚上她念金刚经，
真佛面前烧假香，
才生这场病。
昨夜抬回碗排骨面，
切记留给你妈妈，
玉英你去问妈去，
看她吃不吃。

玉英：
玉英告禀阿妈听，
我爹的话你不知，
昨夜留回来排骨面，
要叫你开荤。
他说烧什么的香，

他说念什么的经,
真佛面前烧假香,
加重妈的罪。

黄氏女:
越思越想我越火起,
做你的妻子二十年,
昨夜就像管我的事,
老是找麻烦。
和我菜汤吃一锅,
猪油放进两三瓢,
死没良心赵令芳,
头上有天吗?
我的闲话你说尽,
一百样事你都管,
死后去到阴司里,
撬你的牙根。
黄氏女我仔细想,
我的心像滚水烫,
丈夫配着赵令芳,
生铁石心肝。
家有鬼神才问卜,
抓药是古人兴出①,
经书上面说的话,
死后才明白。

你的银钱我不用,
我才不愿背这名,
你说问过我几次,
服侍过几回。
做人做错了什么?
什么地方得罪你?
玉英你爹说什么?
这更加重我的病,
这回他若要再说,
要和他拼命。
身边无钱还乱说,
只是嘴上空吹嘘,
他连畜生也不如,
懂什么道理。
玉英你去赶街去,
灯烛买上三百钱,
里面长些买一对,
要点到鸡鸣。
自从四月到如今,
好久没有去念经,
一部金刚摆这里,
把它分明白。
交一更,
心也气烂眼气瞎,
长寿玉英你两姐弟,

---

① 兴出:白语,形容某种风俗、事象的产生。

睡着还是醒?
今晚阴司来请我,
他们要我去对经,
手指甲和肉分离,
舍不得你们。
千求万求你们不依,
千说万说你们不听,
人说这是阎王的事,
咋个求得准。
你弟弟还吃奶,
可怜你也还软弱,
你爹生的牛脾气,
难过这一关。
他们奉玉旨来指我,
五殿阎王他也怕,
可怜我再求也难允,
心烂骨头软。
这里还有你两姐弟,
谁人替我们说一句,
这是你妈我命定,
犯了阎王关。
做人切记要忍让,
你爹的话你要听,
不许你爹打你们,
吓坏你兄弟。

交二更,
女儿不必这样伤心,
擦干眼泪扶起我,
再嘱咐几声。
早上你要早爬起,
起床以后就扫地,
切莫脸也没有洗,
就去摸锅灶。
夜香一炷要早点,
一碗供水要干净,
上灯就和弟弟睡,
千急莫害怕。
叫他睡在你手臂里,
好好替他盖被盖。
我只大体嘱咐你,
要说说不尽。
假使他问妈的话,
你说阿妈去念经,
一小会我就回来,
要哄他几句。
说妈给他带干朗①和乳扇,
再带砂糖和梨片,
哄他一阵就去睡,
骇他他害怕。
二更过了到三更,

---

① 干朗：指祭神物。

话儿总是说不尽,
把你弟弟抱过来,
快点抱给我。
今夜再喂一会奶,
可怜我怎么舍得你,
手指甲和肉分离,
心肝也气烂。
一边吃奶一面哭,
一双小眼偷看我,
这样小的人也伤心,
咬着我奶头。
阿妈养你们这几年,
晚上从未离开过,
阎罗王叫我们活分离,
气烂肉里头。
你把梳子拿出来,
把我头发梳一梳,
箱子门也打开来,
把发髻扎好。
身上新衣裳一件,
新鞋那双穿给我,
拣一副长的裹脚布,
多勒它几道。
我想长寿抚养你们,
使你们孝敬我几年,
阎罗王是一把刀,
一刀砍两边。

四更心里实麻乱,
再把丈夫来拜上,
今夜阴司里请我,
去对金刚经。
小儿小女丢给你,
你抚养他们几年,
役使儿女惹了你,
不要打他们。
小儿小女多开导,
该骂的你要做说,
儿女情面虽不看,
要看夫妻情。
儿女一双我俩养,
要叫他们接后代,
你的脾气应该改,
换掉你心肝。
儿子培植他读书,
女儿教她学针线,
从小就教导儿女,
莫错过时光。
今晚话语说不完,
我只空嘴多拜上,
也想长寿照管家,
谁想命不长。
再耽搁阎王不依,
他们说我时刻到,
你们父子再说说,

一跤倒下地。
我的气就这时绝,
叫你眼泪千股淌,
我把他们丢给你,
我心放不下。
五更跪下灶门前,
灶君老爷保佑我,
今夜阴司里来请,
未知吉与凶。
小儿小女丢在家,
求你好好来保佑,
家里没有当家人,
去也心不安。
家里的事请你管,
求你的黄伞罩他们,
可怜做人到这阵,
顾前难顾后,
一诚感格天非远,
奏善唯求上帝通,
黄氏一心皈命礼,
也功过两空。
一月你上天三次,
监察神在你脚下,
善恶到头终有报,
随你来调度。
一年衣禄有几石?
一年金银有多少?

六畜常旺人请去,
要全靠着你。
告辞了灶君我起身,
金童玉女在外等,
扯扯拉拉硬分离,
哭一声声走。
黄氏我到大门口,
上奉门神你两位,
这时才看见你们,
显赫赫是威。
今夜我去阴司里,
托付你们一件事,
闲神闲鬼来门前,
莫叫他进去。
黄氏我去阴司里,
金童玉女前面走,
万事万事都丢掉,
走进草丛里。
金童抬得一杆旗,
玉女手拿枝花,
金童玉女这两个,
本来就好看。
还是上前走几步,
看见有一条大路,
一块石碑在路旁,
上前去看看。
高处有得三丈多,

宽处十丈还出头,
他们叫它阴阳界,
过了此地到阴司,
丢父母来别儿女,
越看越伤心。
叹息一声走一段,
前面看见一个坝,
路边一座大寺庙,
灯火明亮亮。
他们叫它古城隍,
死人押到这里边,
文武判官两边排,
真阴风惨惨。
看见样子就骇人,
我对他们咋个讲,
黄氏女我胆子小,
怕得打哆嗦。
二人抬得一副枷,
双手反绑吊那里,
被绑的人还年轻,
为什么犯罪?

鬼官:
我对善人你说说,
只要放心过你的,
这些人在阳世时,
就无法无天。

这人他不孝父亲,
那人逼死他母亲,
阴司让他受刑罚,
你莫要去管。

黄氏女:
一面走来一面想,
今夜感到真辛苦,
这里我把山神拜,
把黄氏保佑。
来来往往人很多,
可惜一个不知道,
个个头发竖起来,
眼皮往上翻。
勉勉强强走几步,
心肝气烂肚里头,
冷风吹来像割我的肉,
头也走昏了。
这里不像我们村,
已经走到阴司里,
东南西北分不清,
(缺一行)
佛珠一串我挂起,
木鱼一个拿手中,
打开经门去念经,
从哪里起头。

弯下腰把脚带扎,
站起把发髻紧一紧,
第一我拜多心经,
把关的人静静听,
听说黄氏女来到,
小鬼也跑完。
他们说黄氏到这里,
关门个个全打开,
血湖池上这股水,
是一个池塘。
看见截节身子的也多,
里面那些罪重的,
一刀砍下去,
丢下血湖池。

猫:
我向黄氏你礼拜,
吃了你家的饭和肉,
在佛堂上替你守经,
我是猫修成。
我上你前二三年,

在这里保守血湖池,
听说你来好几天,
我在等候你。

黄氏女:
黄氏女我朝东看,
看见走来一些人,
听见他们去念经,
还像在做梦。
灶君老爷怕上天,
门神两个也吓跑,
死后来到阴司地,
鬼卒前面等。
讲是非的人没有见,
听是非的人倒是多,
斋奶上他们也敢说,
加重了罪恶。
念经是件好事情,
吃斋的人是好人,
诚心诚意去烧香,
替今日修下。

鸿雁带书

文本一

翻译者：李益人
搜集地点：云南省大理白族自治州

妻我想想眼泪流，
丈夫出门日子久，
丈夫出门到如今，
没有一封信。

一封书信拿在手，
鸿雁哥哥！
请你带给我丈夫。
轻不轻来重不重，
劳神①放在你身上，
少年夫妻甜如蜜，
为妻报家音。
家中大小也清吉，
父母二人亦健康。
未知前途可顺利，

十分挂念你。

为名为利两分离，
少年如何过光阴。
你把银钱看得重，
恩义看得轻。

失了为人的志气，
误了你自己的终身。
乐以忘忧为丈夫，
要改过自新。

虽然前途风光好，
一日离家一日深，
山谷到了大地方，

---

① 劳神：白语，可理解为"拜托""麻烦"。

离别了乡村。

宁可做汉朝之臣,
切莫做夷狄之君。
自古也有出门人,
丈夫可知音?

古说爱财非君子,
财帛是手上灰尘。
洗了一层有一层,
何必要认真!

女子见识虽然浅,
谁吃五谷病不生。
一则以喜一则惧,
就怕你生病。

你若一旦病倒了,
哪一个在你身边。
那时你要想回家,
你怎能动身?

冷水也要钱去买,
开水一杯没人煴。
倘若在家得了病,
开水冷水随你喝,
三亲六戚慰问你,

病体自然轻。

妻我想到此地步,
夫君在外哪能知!
心想一时生翅膀,
飞到你身边。

你妻我是个女子,
怕渡口关津。
渡口关津来阻拦,
怎能来到你身边?

不说为的父和母,
为何不顾你终身!
古说大树高千丈,
水有源来树有根,
望你殷切想一想,
谁人服侍你双亲?

爹妈养你真高兴,
老了靠你来孝养。
不想丈夫你心狠,
不如禽兽生。

乌鸦有反哺之意,
羔羊有跪乳之恩。
只有再生的儿女,

哪有再来的双亲?

问你身从何处来,
试说给我听?
池塘蓄水为防旱,
积谷备粮为防饥。
前古有二十四孝,
出于三字经。
大舜耕田供姊织,
王祥卧冰捉鱼孝母亲。
董永卖身为葬父,
杨香打虎救双亲。
望断肝肠无音信,
爹妈坐卧不安心。
想你功名拿到走,
忘记妻室和双亲。
古说春来下回雨,
适时五谷生青春。
春时春到要回来,
不要错过好光阴。

青年夫妻我两个,
好比五谷生青春。
谷子出穗要望雨,
天若无雨成秋分。

谷子出穗天无雨,

白在世间生。

房前燕子成双对,
一个跟着一个飞。
门前柏柳分四季,
你一季不分。

你家房子成古庙,
你妻将它来修理。
修成花绿像天宫,
谁来做主人。

菜园变成放马场,
样样事情我操心,
执笔来写我苦情,
越写越伤心。

写到山穷水尽处,
提笔难写泪纷纷,
今春如果你不回,
只好丢双亲。

不管吃药和上吊,
你我各自去安身。
别人出门回家转,
谷子粮食吃不完。

圈中肥猪似大象，
夫妻得团圆。

叫声丈夫细细想，
妻子言语句句真，
说不出的枕边话，
说出不好听。

忍痛写完这封信，
你该放良心。

话长纸短搁下笔，
难以表达我的心。
粗草笔墨写给你，
你妻望回音。

文本二

女：
仔细想想很火起，
骂声丈夫没良心；
丈夫出门日子久，
音信实难闻。
音信难闻写封信，
一封家信鸿雁寄，
家信写了多多少，
丈夫可知音？
书信一封拿在手，
替我送到夫跟前，
上写夫君亲手拆，
为妻报家音；
家中大小都清吉，
爹妈二老也健康，
丈夫在外可清吉，
我十分焦心。

为名为利两分离，
青年如何过光阴？
要是你走花柳巷，
闻弦歌之声。
失了为人的志气，
误了你自己终身，
乐以忘忧丈夫呀！
要改过自新。

虽然外面风光好，
一日离家一日深；
大甸鸢捕小甸雀，
盘旋在异乡。
宁可做汉朝之臣，
切莫做夷狄之君，
自古也有出门人，
丈夫可认清。

贪财好利非君子，
钱文入手上汗垢，
洗了一层又一层，
又何必认真？

去时对你怎么说？
怎么你不记在心？
父母在世不远游，
四书上写的。
丈夫你是铁心肠，
万一爹妈死去了，
你不在父母身旁，
叫我实为难！
女子见识虽然浅，
谁吃五谷病不生，
想你一日病倒床，
无人来照应，
冷水无处要，
开水无处饮，
三朋四友在哪里，
异乡孤客常流泪，
举目无亲才伤心。
那时你要想回家，
悔到脚后跟。①
假如丈夫在家中，

冷水开水也得饮，
你妻恭敬服侍你，
不会伤你心。
你要开水拿给你，
你要冷水随你喝，
三亲六戚宽你心，
病体会减轻。
天宽日长夜又短，
夫妻情意日日深，
流泪眼观流泪眼，
越想越伤心。
我恨不能长翅膀，
一下飞到你身边，
妻子我是个女子，
怕渡口关津。
去时言语怎么说，
你是怎样打算的？
关津渡口人盘问，
使我越伤心。

你妻抬头叹口气，
眼含泪珠望夫君，
双亲坐卧也不安，
全家思念你。
夫妻本是同林鸟，

---

① 形容懊悔不及。

父母有爱子之心，
一方面喜欢，
一方面担心。
为妻报家音，
祖先留下田和地，
你叫哪个来当承？
有钱无钱回家来，
宽宽父母心。

爹妈见你就喜欢，
二老望你来服侍，
谁想你浪荡漂游，
不像个人样。
乌鸦也有反哺义，
羔羊也有跪乳恩，
丈夫你不如禽兽，
枉在世上生！

燕子一旦成双对，
一个跟着一个飞，
你连雀鸟还不如。
风吹杨柳树，
杨柳也分四季青，
为何你一季不分？
问你身从何处来？
说出与人听。

前古有二十四孝，
郭巨埋儿天赐金，
董永卖身为葬父，
孝感动天心。
孟宗哭竹冬生笋，
杨香打虎救双亲，
王祥卧冰鱼自现，
拿鱼给母亲。
池塘积水须防旱，
养育之恩不非轻，
不孝有三书一张，
你牢记在心。

爹妈二人生养你，
你没有长着良心！
飘游浪荡你在外，
你是怎么打算的？
难道你心风吹散？
难道你心被云遮？
七八月间土黄日，
摸不着你心。
谷子出穗要望雨，
白露无雨成秋分，
谷子出穗天无雨，
白在世间生。

去时田里生杂草，

你妻薅草又锄地，
修成画龙天宫样，
少个房主人。
菜园成了放马场，
难为你忍心，
我只是个女人家，
抱怨我不得。
世上出门的也多，
人家出门念家乡，
肚子饱了你不管事，
风吹杨柳树。

人家寄信又寄钱，
空信一封妻没得，
爹妈二老丢在家，
难为你忍心！
命中只有三合半，
走尽天下不满升，
人生八字命安排，
何必与世争。
爹妈七十和八十，
你妻安心照料家，
人情世俗应门户，
不差半毫分。

光阴似箭催人老，
夫妻情意你不想，

人家叫二又叫女，
我又去叫谁？
和尚他也招弟子，
尼姑也有情。
写绝写尽就到此，
该要拿出你良心，
家信带到你身旁，
究竟回不回？

假如丈夫不回家，
尽管记住我的话，
吃药跳井一命亡，
两下得安生。
你独自清静在外面，
省得你妻牵挂你，
寄不出的枕边语，
说出不好听。
你妻我活活守寡，
有何面目再见人？
写绝写尽这封信，
粗草纸笔墨。

男：
一更时候信接到，
叫我眼泪纷纷流，
接到我妻信一封，
两眼泪汪汪。

隔山隔水隔家乡,
隔江隔海隔得远,
丢了爹娘丢儿女,
丢了我家乡。

打开我妻这封信,
叫我无言答应她,
我妻说的真情话,
真真好伤心!
二更书信带回家,
千万个妇女都有伴,
唯独我一人孤单,
我也不是铁心肠,
手中无银两。
我也打算回家乡,
汉子出门日子久,
心中就想赚几文,
再转回家乡。

三更拜上我的妻,
替我把父母孝养,
寒冷要叫他暖和,
破烂要缝补。
先向别人借点钱,
田里庄稼请人帮,
庄稼种成种不成,
只要你平安。

虽然我身在外边,
时时想家乡。

四更再拜我的妻,
事到如今没法想,
只得再耽搁一年。
为人应该务庄稼,
出门是件伤心事,
隔山隔海万里长,
独自人孤单。

五更想想叹口气,
叫我眼泪纷纷下,
一下就到大门外,
叫声爹妈开门来,
你儿回乡。

女:
妻子听见丈夫回,
使我眼泪纷纷落,
为何去了十几春,
不想念爹妈?
只顾你在外好过,
只顾你在外过好,
乐以忘忧丈夫呀!
在外自欢乐。
使我独自好孤单,

田地庄稼叫谁管？
我的丈夫呀，

你的话是怎样说。

文本三

翻译者：杨亮才
整理者：陶阳
搜集地点：云南省大理白族自治州

1

因为情思怒火起，
叫声丈夫没良心！
丈夫出门日子久，
音信也没有。

远信难闻写家信，
一把眼泪一宗情，
你一人走花柳巷，
贪听弦歌声。

雪上加霜不为冷，
风吹汗毛冷透心；
草索①干了容易断，

越冷越刮风。

丈夫乐时忘了忧，
你去外边不焦心，
你在外边不想家，
安的什么心？

鸡肚也有鸡心肺，
鸭子也生鸭心肝，
丈夫没有心肝肺，
忘记你妻子。

莫非在外讨了亲？
莫非在外安了家？
贪了新婚忘旧念，
你这丑良心！

---

① 草索：即草绳。

世间出门多多有，
人家出门挂念家，
丈夫腹饱寻欢乐。
有乳是娘亲。

为何你要讨新亲？
为何你要安新家？
自古树高千万丈，
叶落总归根。

我乃是明婚正娶，
三媒六征配成亲。
古时有个张君瑞，
只爱崔莺莺。

一脚怎踏两只船？
一手怎拿两双筷？
亏你是个明理人，
你怎不想想？

夫妻乃是前生定，
丈夫要思前想后，
你不该插花带柳，
喜新又厌旧。

自从丈夫去出门，
妻是有夫守寡人，

只有眼泪和苦水，
伴我过光景。

一年想你十二月，
一月想你三十天，
白天想你到晚上，
一日如一月。

只想丈夫在面前，
三餐茶饭难下咽，
一碗汤饭端在手，
扒扒又放还。

白日做活在田间，
腰又痛来手又酸，
路边过了多少人，
不见我夫君。

夜晚想你在铺头，
被窝蒙头悄悄哭，
眼泪大颗大颗落，
泪水湿满身。

每日倚门望夫君，
望穿秋水望穿山，
早晨望到太阳落，
独自冷清清。

天阔日长夜又深，
一夜夫妻百日恩，
流泪眼观流泪眼，
流泪眼伤心。

实想身上长翅膀，
一时飞到你身旁，
只因妻子是女人，
怕渡口关津。

为名为利两分离，
丈夫你算好良心！
你把银钱看得重，
恩情看得轻。

说一声来骂一声，
丈夫你真没良心，
只想做官求富贵，
忘了夫妻恩！

你为了升官发财，
灭了你后代香烟，
失了为人的志气，
害羞不害羞。

虽然外边风光好，
还有思家一片心，

大坝鸡变小坝雀，
丈夫可知音？

贪财好利非君子，
钱财只是身上垢，
洗去一层又一层，
何必太认真？

诚心说与丈夫听，
为人要把名气争，
一为老来二为小，
三才是本身。

爹妈生你时喜欢，
只望你奉养双亲，
谁想你飘游浪荡，
忘掉父母恩。

叫爹妈也不欢乐，
叫爹妈也不安心，
望断肝肠难见面，
眼泪流纷纷。

父母都有爱子心，
谁愿子女在外头，
谁愿子女在外面，
五离又四分？

你是父母眼睛珠，
你是父母命肝心，
有钱无钱快回来，
宽宽父母心。

只有再生的儿女，
哪有不死的双亲？
人老一年加一岁，
死不能回生。

做人哪个活百岁？
父母好比佛前灯，
一时之间归天去，
哪个料得着？

等到你发财回家，
恐怕坟上青草生，
父母在堂不远游，
书上说得清。

池塘积水防干旱，
仓里积谷防饥荒，
养儿育女防年老，
丈夫怎不知？

乌鸦也有反哺义，

羔羊也有跪乳恩，
丈夫你不如禽兽，
畜牲比你强！

夫妻本是同林鸟，
何曾与你林中栖，
半夜床头自流泪，
心寒守孤灯。

燕子也要做夫妻，
一前一后双双飞，
你连鸟雀也不如，
风吹杨柳树。

杨柳树也分四季，
为何一季你不分？
问你身从何处来？
说与众人听。

爹妈只生你身子，
没有生你一颗心，
飘游浪荡在外面，
盘算的什么？

莫非你心风吹散？
莫非你心被云遮？

七八月的土黄日①,
摸不着你心!

谷子出穗要望雨,
白露无雨成秋分,
谷子出穗天无雨,
白在世间生。

记得丈夫出门时,
句句言语说得真,
你说只去三五载,
自然有回音。

如今屈指算一算,
去了十年的光阴。
当初说过什么话,
为何不记心?

女子见识虽然浅,
谁吃五谷不生病,
有朝一日病倒床,
无人来照顾。

好汉只怕病来磨,
病症是从气上生,

妙药难医相思病,
后悔来不及。

一口冷水没处要,
一口开水不得喝,
三朋四友在哪里?
谁给你做主?

异乡孤客常流泪,
举目无亲才伤心,
那时你想回来嘛,
悔到脚后跟。

如果丈夫在家中,
冷水开水也得喝,
你妻好好服侍你,
不叫你伤心。

你要冷水拿给你,
你要开水随你饮,
三亲六戚来看望,
病体自然轻。

常言长话做短讲,
一片好心写给你,

---

① 土黄日:白语,意思是天气忽晴忽阴,变化无常。

切莫当作耳边风,
快回心转意。

我劝丈夫快回头,
丢掉图财贪利心,
只要早晚在家中,
勤俭出黄金。

祖宗留下命根子①,
家中有牛谁来耕?
古说春来不下种,
谷从哪里生?

庄稼不离田边走,
功夫到了自然成,
有田无人怎会肥?
田地也欺人。

你去时地萎生杂草,
妻在后头修理起,
修理成了大房子,
没人做它主。

房大人少真凄凉,
菜园成了放马场,

你妻我是女人家,
无法料理它。

千言万语一句话,
做人要细细思量,
一失足成千古恨,
快悬崖勒马!

光阴似箭催人老,
人老不能再年轻,
人家叫儿又叫女,
我们叫甚么?

和尚也要招弟子,
尼姑也要找情人,
和尚尼姑懂情意,
你怎不知情?

写绝写尽就如此,
你该拿出你良心,
家信寄到你身边,
回家不回家?

如果丈夫不回家,
尽管记住我的话,

---

① 命根子:指田地。

吃药跳井亡了命，
各人去一方。

你也清心前边走，
省得你妻后面跟。
说不出的枕边话，
说出不好听。

真心实意说完了，
爱听不听全由你。
忙中草字不工整，
粗糙纸笔墨。

一封书信写完了，
手拿书信出大门，
我把书信藏怀里，
去找送信人。

眼看蝴蝶成双对，
眼看燕子也双飞，
想起丈夫似火烧，
不见送信人。

听见流水我心乱，
蜜蜂叫嚷我心烦，
肺腑之言无处带，
气碎我心肝。

我试抬头看一看，
一只鸿雁飞头上，
看它也有怜人意，
请它带书信。

我问鸿雁飞哪里，
你飞哪里说给我，
这里托你捎书信，
寄给我丈夫。

白天飞处要留意，
夜晚歇处要小心，
日后我夫妻团圆，
不忘你恩情。

2

郎我出门在外头，
不觉又十年光阴，
抬起头来无亲友，
低头思故亲。

心烦意乱出门外，
看见飞来一只雁，
想开口又不开口，
不知为何情？

嘴里衔着一封信,
不知何人寄何人?
鸿雁带书必有因,
打开看分明。

亲手拆开把信看,
叫我猛然一吃惊,
心内好比刀子割,
我昏昏沉沉。
一封书信看完了,
心头泼上滚油汤,
急急忙忙写回信,
寄给我妻子。

一更书信收到了,
叫我热泪满眼眶,
看了妻子这封信,
两眼泪汪汪。

隔山隔岭在他乡,
隔江隔海在这里,
丢父丢母丢妻子,
丢了我家乡。

看完妻子这封信,
叫我无言回答你,
句句说的真情话,

真真伤心肝。

二更书信带回家,
亲亲贤妻听我讲,
不是丈夫硬心肠,
出门不比家。

马恋槽来人恋乡,
哪个出门不想家?
只因身边无银钱,
没钱怎回家?

三更我把妻拜上,
替我把爹妈孝养,
衣裳烂了要补连,
寒冷要遮盖。

生活不下借点钱,
请工找人种一年,
庄稼种成不种成,
只要人平安。

四更再把妻拜上,
再过一年就回家,
挣它几文还清账,
清闲过时光。

为人要为庄稼人,
出门真叫人寒心,
隔山隔水在外头,
独一人孤单。

五更想想我心叹,
叫我眼泪簌簌下,
只为欠账还不清,
才妻离子散。

生身父母在哪里?
妻室儿女在何方?
越思越想心越寒,
气碎我心肝。

早起晚落这两时,
徘徊人家大门外,
做人哪会没疾病,
病了谁问话。

马到崖前难退步,
事到临头后悔难,
不如趁早回家去,
回去把家看。

郎我出门今回家,
不觉来到我家乡,
一路之上杏花红,
桃李正开花。

万紫千红逗人爱,
光天化日好时光,
春间桃花处处有,
鸟雀叫喳喳。

青年男女去游春,
满村满野都走尽,
一对一对闲游逛,
麦田边叙话。

郎我今日回家来,
爹妈贤妻可想到?
我虽说两袖清风,
团圆赛银钱。

挣扎再走上几步,
一下走到大门外,
叫声爹妈开门来,
你儿子回家。

文本四

演述者：刘石雄
搜集者：段寿桃
搜集地点：云南省大理白族自治州剑川县

一更接到信这封，
抬头望月思乡情，
为粮为款逼到此，
气烂了骨头。

世上出门是穷人，
做活讨口离家乡，
半夜弹弦独人听，
想起真伤情。

我想变只大鸿雁，
一展翅飞回家乡，
我想做天上明月，
普天下照明。

二更月亮白生生，
清风丝丝吹过头，
清风替我捎个信，
说给我内人。

妻子你莫乱猜疑，
妻子你莫错看人，
到处穷人有志气，
哪会恋别人？

哪坝花开哪坝散，
移花之事实少有，
出门人也有姊妹，
拿良心做人。

三更月亮飞当顶，
月亮星星不想等，
到底做错了什么，
苦情到这境？

因为家寒逼迫我，
因为投错了主人，
帮富人家做活路，
落得裤带紧。

爹妈养我真无趣，
好比母鸡孵小鸭，
鸭子长大进水塘，
母鸡干着急。

四更明月已偏西，
回头看雪山怄气，
云彩飘在半山腰，
哪天翻出去？

有脚何愁翻大山，
替我劝我妻几句，
我也本想早回来，
就缺少路费。

身上并无半颗米，
手边并无半文钱，

空手打拳难起身，
我回去不成。

五更白月快落坡，
星星月亮已落山，
蟋蟀也跳进洞里，
独我无处飘。

做人要把庄稼盘，
出门之事真无趣，
天灾人祸时时有，
凶多而少吉。

事到如今写回信，
鸿雁替我带回去，
叫妻给我带钱来，
我才得回去。

文本五

演述者：李现彩
搜集者：段寿桃
搜集地点：云南省大理白族自治州洱源县

1

春鸟飞在柳树梢，
春水淌进清水河，
春鸟叫来春水唱，
心上起浪花。

花间蝴蝶翩翩舞，
燕子双双飞出窝，
情哥出门来回来，
小妹莫心焦。

去时说下两三月，
麦子出穗哥回家，
如今麦子磨成面，
不见亲哥哥。

一双凤凰分两处，

象牙筷子不成双，
牛郎织女银河断，
各在天一方。

白天想哥望流水，
长长流水起浪花，
夜晚想哥数星星，
小星闪寒光。

情哥前途可清吉，
妹妹踏进烂泥潭，
石头搭桥垫脚步，
写信给情郎。

屋漏又受连夜雨，
要写书信有困难，
白纸黑墨全没有，
写在什么上？

紫禁城①里捎支笔,
喜洲街上买纸张,
京墨路远买不到,
为难上生法。

提起羊毛三寸笔,
妹我两眼泪汪汪,
切齿咬破小指头,
鲜血冒红花。

毛笔蘸蘸鲜血水,
写下心里话:
情哥去后海茫茫,
爹爹逼我另出嫁,
妹我宁死也不愿,
绝不配二郎。

可恨爹爹心狠毒,
黑心指我路三条,
吃药跳井或上吊,
逼我进虎窝。

他们择时选吉日,
腊月二十日出嫁,
凤凰落在鸟巢里,
去塞豹子门。

铁刀断水水更流,
哪能塞进老虎口,
为花生来为花死,
做鬼也风流。

哥妹就是灵芝草,
人是两个命一条,
情哥快快转回来,
救出笼中鸟。

妹子好比金椿树,
他们就是黑云朵,
乌云遮在金椿上,
金椿光不明。

信上言语叙不完,
信到如同妹心到,
插翅也要飞回来,
莫误了前程。

鸿雁在白云里飞,
不知鸿雁去哪里,
叫声鸿雁等等我,

---

① 紫禁城:指大理城。

帮忙带个信。

替我亲手交给哥,
他是住在梅花箐,
门前有对梧桐树,
就是他住处。

千山万水路隔断,
鸿雁费尽苦心情,
起起落落心要细,
风来快快飞。

黑山老箐寒林里,
时时眼珠看万里,
遇着雕鸢和猎手,
要特别留神。

寒风暴雨你穿过,
飞过重山和峻岭,
使我枯花重逢雨,
日后报您情。

2

男:
春风吹来百草香,
做活四年在官家,
今日不妨串一串,
景色真不差。

红牡丹对白芍药,
蜜蜂嗡嗡串花间,
鲤鱼戏水摆尾跳,
河水潺潺流。

万紫千红田果熟,
四季便是春占头,
常说三月桃花开,
看不尽春景。

蝴蝶翩翩齐飞舞,
枝头小鸟在对歌,
坐在树下歇一歇,
抬头望蓝天。

瓦蓝天上大雁来,
飞来飞去落这里,
口里含着一封信,
不知给何人?

鸿雁传书必有音,
双手拆开看分明。
读了一字又一句,
方知其中情。

霹雳一声大雷打,
犹如千针刺我心,
口里比含黄连苦,
眼昏昏沉沉。

魂飞魄散也无用,
情妹叫我快起程,
死也我要同她死,
活做一家人。

急忙跑到大街上,
买点货物我就走,
腾越①布买几件,
鹅毛巾包头。

翠兰衣裳黑领褂,
雅布裤子绣裤脚,
还要漂白围腰带,
桃花飘带头。

金竹山上好木梳,
龙陵地方龙陵毡,
保山玉厂玉石口,
贵州帽一顶。

闯进银匠铺子里,
银匠师傅先开口:
"大哥办货挑选买,
首饰样样有。"

金银首饰全一套,
镀金耳环一小对,
玉片吊丝头。
白银首饰雕凤凰,
喜鹊登梅发髻簪,
绕丝银圈一小对,
合妹手腕口。

三弦银链买一根,
叮叮当如响铃。
赵州②丝线买一绕,
挂在妹胸前。

首饰买了买红妆,
辞别街头转回家,
早早起身早见妹,
拜堂成一家。

担子挑起走,

---

① 腾越:今腾冲。
② 赵州:今凤仪。

急急忙忙走回家,
白天翻山夜过箐,
走到澜沧江。

东方天门黑蒙蒙,
狂风卷来大雨淋,
淋得像个落汤鸡,
路边又无人。

江浪滚滚难渡过,
大树当伞歇下头,
三个石头搭个灶,
赶忙做晌午。

夜晚摘抱嫩叶垫,
寒风当作被窝盖,
摘枝花枝当枕睡,
世上也少有。

波涛滚滚我不怕,
任你江水有多深,
我砍大树做小船,
一定划过江。

大江过了过山岭,
云山雾海没行人,
岩洞里面歇一夜,

老天咋对头!

半夜子时下大雪,
白雪好比白面粉,
山头披满茫茫雪,
迷住了路途。

日子犹如弓上箭,
砍根木棍扶着走,
踏一步来摔一跤,
翻过雪山头。

爬过了山山箐箐,
渡过了层层关口,
天亮走到了天黑,
才回到了家乡。

举目抬头望一望,
浓荫树里有茅屋,
中间这对风水树,
生在妹门口。

打发蜜蜂飞进看,
情妹在家不在家?
如若情妹在家里,
请出来看花!

女：
妹我坐在窗子旁，
手拿丝线绣手巾，
银针一挑刺着手，
事必有因由。

抬头我往窗外看，
对面有个雪白汉，
眼泪汪汪出门喊：
"情哥回家了？"

你看太阳朝西去，
枯柳根上重发芽，
弦线断了接起弹，
琴弦不变音。

鸳鸯分散又会合，
鱼水合欢难分割，
芍药牡丹一盆栽，
花香遍四野。

任他们生毒心肝，
任他们的王法大，
一刀砍断两个头，
血要流一塘！

死了要变对恶蜂，
专门叮他们眼珠，
串村串寨去采蜜，
采花闹嚷嚷。

如果蜜蜂遭了难，
变成一棵花中王，
花朵开出花上花，
永远不变心。

情哥说话如打铁，
此地不能多久留，
背着爹娘逃生去，
做白发花柳。

李四维告御状

演述者：杨美云
翻译者：陈瑞鸿

戊子己丑这两年，
李四维去告御状，
离别祖宗我去了，
两眼泪汪汪。
上府下州都告过，
班房里面要银钱，
手中没有一文钱，
这盘棋怎下！

师父请着王举人，
肚才也好胆量大，
他说叫我尽管去，
有事他承担。
初审他们用转动式，
为人见过按察使，
如同见阎王。

那时出过杨六郎，
他也去告过御状，
他只是为了他本身，

我是为万民。
我们地方出过杨飞云，
他为百姓遭冤枉，
归天那日天也哭，
下了一场雨。

"岩场"杀出苏山宁，
杀了贪官夏一松，
他的父亲是宰相，
赫赫有名声。
朝廷请着御林军，
千军万马就杀到，
刚刚到了栗地坪，
古城隍显圣。

红袍挡道挡面前，
白蟒围营人人怕，
阴兵摆到罗城桥，
心惊又胆战。
暗中祷告着神灵，

或许冤枉剑川人，
哪里差错请原谅，
望神灵保佑。

不冤枉请开北门，
一条血路要杀进，
如有冤枉开南门，
请您给我们活路。
祷告以后算灵感，
立刻看见南门开，
兵马逃出如浪翻，
踏死也不爱。

一场风波快平息，
大家都把城隍谢，
千军万马逃干净，
老天爷保佑。
苏杨二公有功劳，
为了百姓生和死，
死了入梦封山神，
供在南门外。

睡眠中我细心想，
大丈夫也要这样，
英雄豪杰到处有，
出什么地方。
记得明朝那时候，

八进飞黄是一年，
大明天子准见驾，
把苦情来叙。

他们说剑川真可怜，
地方寒苦粮税重，
苦荞绿豆吃肚里，
穿麻布衣裳。
皇上听了也感动，
马上圣谕就下到，
剑川粮税就免掉，
一直到如今。

乾隆手里有几年，
地震过后闹饥荒，
百姓吃树皮草根，
大半要饿死。
皆因百姓难星到，
牛官马官也委到，
他的父亲是宰相，
黑了半边天。

出嫁女子也要税，
一个鸡蛋上一文，
上关设的鬼门关，
放屁也收税。
百姓生活过不下，

心里想想很着急,
我们好比小虱子,
随他们砸死。

自从戊子那年起,
缅甸造反大杀起,
上面派来傅恒来,
兴问罪之师。
鸡毛火炭圣诏下,
各州府县也惊动,
剑川供应夫和马,
他们供钱米。
征缅大军也开到,
一路开入腾越地,
运粮要走十四站,
运到曩宋①关。
州官那个顶贪污,
听得这事喜欢死,
刻薄百姓有一手,
想挖金娃娃。
这官就是嵇程豫,
宰相嵇璜是他爹,
门生故吏满天下,
把百姓逼死。
雇夫雇马不给钱,

口粮也要自己带,
想要去也去不起,
真是气死人。

如狼似虎的门差,
天天劳累群百姓,
鳏寡孤独也要去,
不去是不行。
差宿来要草鞋钱,
不去就要白银子,
空嘴空话说不行,
火签跟后边。

见着囚笼十几个,
另外准备几十个,
昨天见着我姑丈,
他也在里面。
听见张三坐班房,
王四昨天也抓了,
脚镣手铐满街响,
真是吓死人。

饿死掉也没得法,
树皮草根把命度,
雪上加霜怎么行,

---

① 曩宋:今云南省德宏傣族景颇族自治州梁河县曩宋阿昌族乡。——编者注

妻女也要走。
运粮运到腾越外，
风餐露宿说不尽，
金齿普飘翻过去，
要过潞江坝。
人说"要过潞江坝，
先把婆娘嫁"，
烟瘴就是那里大，
唯愿死他乡。

千山万水走不完，
鞋尖脚小也要走，
家中丢下小儿女，
可怜我心肝。
千山万水走不尽，
肚里饥饿也要走，

家里丢下我二老，
可怜我爹妈。

千山万水走不完，
路上死着家乡人，
绿头苍蝇叮满了，
可怜百姓们。
这些牛官和马官，
苦情哪能说得完，
血汗之钱他吃掉，
叫我活不成。
这次全靠王举人，
全州父老感他情，
等我告状告回来，
天下得太平。

附录：李四维告御状的故事

1

整理者、誊写者：王杰
搜集者：陈瑞鸿
搜集地点：云南省大理白族自治州剑川县。

  滇西大理白族自治州所属的剑川，华山耸秀，剑海澄清，人民习俗好学文化，世称为文献名邦，当公元十八世纪，清朝乾隆登宝位已二十年，剑川西乡中村有木工李四维立志伟大，智勇兼全，没有图谋一家的幸福，为群众长远利益，不畏艰难，万里赴京告御状，对于效忠劳动人民贡献很大。
  李四维是工农家庭出身，少时曾进过私立塾里学习，四书、五经、诗文、八股，壮年转习木工手艺，精通擅造，雕刻奇巧，他在脆云地西中村，田亩居于高处，缺少箐中水源，彼时他村里赵著华老先生，见地瘠民贫，难以筹资，曾用自家的力量，请工往挖老君山的水沟，欲引导来灌溉全村的田地，后因工程太大，没有成功，致使白费资金。李四维见此情景，依据群众力量，要引金龙河水，由江尾村南边创始，计划欲生，开起一条水沟，蜿蜒而来，以供应柳营村、朱巷场、西中全村几万亩的水稻田。因开水沟占人田亩，业经与受益户商定，秉公偿还田价，无奈田主中有官行地主分子，勾结官府，坚决阻拦，经过几度的兴讼，由州府判决，以及各上级的审理，最后达到云贵总督部堂，因封建时代的官场，公理难申，仍判为水规照古，不许照沟，使热心公益为群谋福的李四维义愤填胸，欲告御状。那时城内的举人王相极老先生真是孝廉方正，同情李四维远大理想，欲叩阙的意志，但恐他意志不坚，于是私自使人请李四维到他府上，先以丰盛筵席，所谓有酒有肴请他饱醉，至夜间趁其在饱醉时，他在堂屋内摆设公案，王相极穿戴文官服装，案旁站立牛头马面，三班六房，铁链刑具，呼吆满堂。摆列堂威森严，阴风惨惨，惊堂木响，询问他为何越级上诉？李四维以良民的姿态，理直气壮，不畏权威，侃侃而谈，王相极始深信他能以叩阙，并帮助他写作禀告级衙门及叩阙的状纸，并教他上诉的程序。其后李四维回家，欲秘密整装起行，其亲戚邻友和劳动群众都来勉慰送行，唯独其爱人劝他罢休，他不听妻言，毅然决然，准备其木匠用的简便工具，如斧子、四分凿、锯子、推刨，以及衣服铺成①、干粮、旅费等，就往丽江府上诉，恐禀剑川州牧的拘禁，而由合庆转下大理，向迤西道尹公署呈递，遂赴昆明向藩台和制台控诉后，就动身赴京，他在路上旅费将完，即在当地帮人做木工数天，得工资后又继续行路，如此地走了数日，又做几天的工，经历滇黔湘鄂豫鲁，直达北京。历万里未曾经的阳关大道、崎岖小路和跋涉高山大河，皆供他视眼观赏，计算时日，已离家一年零六个月，在首都仍做木工，和探问朝廷情况，及至太监府中替他装修，努力工作，喝茶吸草烟稍闲之间，即拿出御状纸，认真阅读。如此已经数次，有一日，太监问他籍贯家乡，因何到京，他以告御状答复，太监见他人谦和，做工积极，且意志坚强，为群谋福，因此教他叩阊手续，并嘱咐说某月某日未当今皇上欲游某处你可以挡驾头顶状纸，俯首听命，自然有人恭呈御览。李四维听他嘱咐办理，果然乾隆皇帝见其状阁，是请求创开水沟，灌溉数万田亩，永免剑川无税，四山无粮，和官绅勾结欺压小民等，承蒙照准，又询问他一切情况说：你由万里云南来到京都，是否有人劝你没要告御状？李四维以其妻言，官官相护，暗无天日，白费心机，如此地劝阻回答。乾隆皇帝见他忠诚老实，舍己为群，不怕艰难，遂满人心，以示爱民，赏赐他黄马褂一件、白银五百两，派他仍回云南做个小官，并分别颁发圣旨，又命令云南全省大小文官，因他们不关

---

① 铺成：白语，意为"铺盖"。

心农田水利、人民疾苦，都降一级。李四维顿首谢恩，即辞陛离京，策马回滇。到昆明去拜望云贵总督，他把愤怒压下，伪装遵旨，设宴款待。第二天密令藩台邀往，大开东阁，山珍海味，饮宴之间，因天气炎热，李四维汗流满面，他们将计就计，陷害忠良，请他暂脱下清代官服和黄马褂等，以乘凉爽，李四维听从其言。过一小时，总督即以当堂丢弃御赐黄马褂，藐法欺君为名，定罪充军，解往迤南边地。如豺狼的差头，听主官的密谕，一路上手铐脚镣，残酷折磨，其后李四维染病，也不许他延医治疗，专想席卷李四维的经济行李，遂在途中逝世。剑川劳动人民闻噩耗后，俱皆悲痛，诅咒害人官门，更想念王相极、孝廉公和李四维先生，他们为群众利益告准御状，已经实现沟通免税的深仁厚泽，迄今已历一百余年，仍然世代相传，颂德歌功，永垂不朽。

2

整理者、誊写者：王代宗
搜集者：陈瑞鸿
搜集地点：云南省大理白族自治州剑川县

清乾隆年间，剑川州官嵇承豫，对百姓非常刻薄，苛捐杂税沉重，人民生活痛苦万分，当年恰遇灾荒，百姓饿死不少，但是贪官嵇承豫不但不救济良民，更加压榨百姓，此时有一木匠李四维在城内北门替王举人做工，他对州官的暴行非常不满，在做工当中砸他的斧头、甩他的锯子，自言自语或对同伙咒骂当时贪官绅士。

王举人也是个有良心的人，他能知民苦，想为民做点益事，但是当时的秀才书生却要守卧碑，卧碑上规定文人不得干预政治，不得出入衙门，因而敢怒而不敢言。王举人在木匠们旁边听见李四维经常咒骂官府绅士，看出李四维这人有胆量算得汉子，想替他写状纸让他去告御状，但是又害怕他做事不坚决。有一天，王举人传李四维吃晚饭，叫他喝醉了酒，设下阴曹地府、牛头马面来试探李四维，看他告州官的决心是否坚决，经过王举人的假设阴府审问，李四维果然对州官非常愤恨，告州官的决心也非常坚决。过后，王举人对李四维说明用意，并向他做了道歉，第二天王举人替李四维写了状纸，李四维便去告御状了。

李四维在路上没有盘缠，可是他一路替人做木匠，得了几文工钱走几天，他一路上相好的朋友都是轿夫，到省城的时候，他还□□内容写在一张纸上，叫轿夫贴到同台的墙上。李四维走了几□，才到了京城。有一天，皇帝出来外游，李四维便下跪将状纸呈上。皇上看完状纸，问李四维说：你从万里云南来到京城，就□□一个人阻挡过你吗？李四维回答说：没有人阻挡我，只是□□时媳妇对我说，不要去，这是官官相护，去了也是枉然。□□着剑川州官确实不成，便下令撤州官的职，并对李四维见义□□的精神很钦佩，皇帝还赐李四维一件黄马褂，打发盘费叫他回□。李四维在路上，剑川州官的门生故吏要害李四维。一天，他们请李四维去吃饭，时值正午，气候炎热，李四维便将黄马褂脱下，□□旁边凳子上。过后这些官吏便奏了李四维一本，说他不尊重皇上，结果便叫李四维充军到云州。

3

讲述者：杨延福
记录者：陈瑞鸿
搜集地点：云南省大理白族自治州剑川县

道光年间，剑川州官嵇承豫对百姓非常暴虐，他规定的苛捐杂税重，还要拉夫运粮做劳役，当时又遇饥荒，老百姓生活非常痛苦。田山上的野草野菜都吃光了，百姓饿死的也有不少，在这种百姓□□的情况下，贪官嵇承像和地方豪绅对百姓苦情置之不理，反而□□酷地压榨百姓。

当时西乡西中北村中有一个木匠叫李四维，在城里北门街替举人王相极做工，他对百姓的苦情非常痛心，对当时的贪官豪绅们恨之入骨，在做工的时候经常咒骂州官和豪绅，当他的愤怒压抑不住的时候，便砸他的斧头，甩他的工具，其他的工匠在他旁边都很害怕，他们都怕李四维犯罪后，连累他们，所以劝他不要乱骂，但是他始终要骂，他还说："我有时机还要去告他们！"有一次王举人从他们旁边漫步走过，李四维还是放声大骂，说地方的绅士也只知道吃喝，对老百姓的苦情不闻不问，真是官官相护，百姓遭殃，王举人也听得很清楚，但是他也装作听不见走过去了。

王举人对当时百姓的苦难也是很同情的，也想为百姓出去说几句话申申冤，但是他只是个文生，因而敢怒不敢言。这天他听了李四维的话，内心也很钦佩他，还听说李四维想去告州官，王举人也想着他的状纸写了没有，假如没有写，好帮他写，但是他又怕李四维思想不坚定，王举人想出个办法要试探他一下。有一天，王举人对其他木工说："明天我要威吓李四维一台①，看他告州官的意志坚决不坚决，等我和他吵架时，你故意装着来劝架。"第二天，王举人一见李四维便说："你为何昨天骂州官和绅士们，今天把你拉到州官那里去办你的罪！"李四维很刚强地回答说："去就去，你们做剑川百姓的父母官，对百姓的痛苦生活不闻不问，这是对吗？"他还骂王举人说："你们和州官是一伙！"和王举人吵了起来，这时其他木匠跑来将他俩劝开。王举人试出了李四维很坚决，过后便说明用意，并问李四维状纸写好了没有，李四维说没有，王举人便替他写了状纸叫他去告御状。

李四维带上木匠工具便去京告御状去了，一路上他没有盘费便替人做木工几天，得了几文工钱，又走几天，一直到了京城。到京城后，他没有机会进皇宫，有一天皇上出游，李四维便将御状递给皇上，皇上看过御状，认

---

① 台：云南汉语方言，量词，意为"次""场""回"。——编者注

为州官嵇承豫确实刻薄百姓，就下令撤了州官的职。皇上还赏了李四维一件黄马褂，回到省城，州官的亲戚官吏们要害李四维，便设了一计，一天便传李四维去赴宴，那天很热，李四维便将黄马褂放在一旁，那些官吏便开他上条，说他不尊皇上，便判他充军，结果把他充军到东北。

4

演述者：舍利
记录者：陈瑞鸿
搜集地点：云南省大理白族自治州剑川县

　　李四维是剑川三庄兰州人，家庭很贫苦，他会种庄稼，做木匠。但是尽管他如何辛勤劳动，总是吃不饱穿不暖，他的家乡兰州是个山区，气候寒冷，不能栽种稻谷，因而只能吃稗子饭，穿的是麻布衣，兰州人民有这样一句俗语："前世不修，生在兰州。"由于清朝封建统治者对兰州人的残酷压榨，苛捐杂税又重，使兰州人民过着非常痛苦的生活，李四维感到兰州这个地方生活太苦了，想找出路，所以李四维便由兰州搬到西乡的西中村，李四维搬来的西乡也是剑川干旱比较严重的地方，更主要的是由于西乡没有水，年年栽种苞谷，加之统治者的残酷剥削，生活还是很苦，这时李四维想：要过好生活，必须解决西乡的水利。他想将金龙河水引到西乡来，西乡就可以栽出稻谷，这样人民生活就会好过，但是要引金龙河的水必须开一条长沟，这是一件大事，要靠李四维一个人是办不到的，李四维想州官不关心人民生活，不解决西乡水利，因而对州官非常愤恨，李四维曾有一次亲自到衙门向州官请求开挖水沟，但是州官不理他，反而说他多管闲事，将他大骂一台。此后李四维更加愤恨州官，并且下了决心要告这个州官，平常咒骂官府和绅士，从此李四维的名字传遍西乡，以至于全州，谁都知道他要告州官，但是百姓都不敢在绅士们面前说，只是在没有绅士和官府人员的地方谈论着。

　　当时在城内北门有一个举人叫王相极，王举人当时对民苦是同情的，他还有点良心，对州官刻薄百姓的情景也是不满，但是敢怒不敢言。后来李四维要告州官的事传入了王举人的耳里，王举人想看看李四维究竟是什么样的一个人，看他有没有胆量，并且想试一下他。大街天，王举人便叫家丁去找李四维到他府上一趟，家丁是知道李四维的，就在南门外等他，不一会穿着草鞋、头戴一顶羊毛毡帽、身间腰带还插着一支短烟戈的小伙子过来了，家丁远远就认出他就是李四维了，等李四维来到他前面，家丁便用手拍在他的肩上说："李大哥！王举人传你到府上一趟。"李四维把家丁的手一甩说："他叫我干什么？有话就叫他出来大街上对我说。你们不要来耍圈套！"起先，家丁怎么说李四维都说不去，后来李四维想："去就去吧。王举人既然知道我要告州官，我看他又要把我怎么样！"李四维跟着家丁到了王举人的家里，这时王举人心里想这人的外表看来还是个刚强的小伙子。王举人为了要试一下李四维告州官的意志是否坚决，好给他写状去告御状。王举人便威吓李四维道："李四维！你好大的胆，无法无天！你要告州官是不是？今天我要把你拉到衙门给你判罪！"李四维火了，动手想打王举人，但是家丁把他拉开，李四维骂王举人说："说告就告，你要把我怎么样？我早就知道你们和州官是一流人，你们对百姓的痛苦是不闻不问的！"王举人看到这种情况，知道李四维要告州官的坚强意志，用什么恐吓手段他也不会屈服，就对他说方才是为了试一下他，叫他不要在心，并招待李四维吃了便饭，和李四维谈叙起来。王举人问李四维："告州官的状纸写好了没有？"李四维回答说："还没有写出。"王举人说："我给你写个状纸，你去告御状。"李四维回答说："那更好了！"当天，王举人就给李四维写好了状纸，并叫他明天就起身赴京告御状。李四维拿了状纸，将状纸插在羊毛毡帽上，便回家去了。

　　第二天，李四维带上了木匠工具，便去告御状了，一路上他没有钱，便做几天木匠，得了点工钱，又走几天，这样走了好长时间，便到了京城。剑川木匠是出名的，有一宰相听说剑川木匠到了北京，便传李四维去盖房子。李四维在做活中经常发怒，自言自语地咒骂，宰相的妻子见到李四维天天生气发怒，便叫宰相去问他，李四维给宰相说："我有很多愤怒要发泄，我要告州官！"宰相问明情况，替李四维将御状递给皇上，几天后皇上下了圣旨，叫剑川州官照李四维的计划修水利，解决西乡人民痛苦，皇帝还给李四维一件御赐黄马褂和五百两银子。

李四维回来以后，便用银子开沟，开出了板洞河村道中登村、中村道大桥头的一条河，可以灌溉一千二百亩田，李四维告御状得胜了，从此州官和绅士就非常恨李四维，千方百计要害他。有一次，州官和绅士们便设了一个计，传李四维去赴宴，吃饭时正是中午，李四维便将黄马褂脱下来，挂在一旁。有一绅士从旁边走过去故意将黄马褂碰掉在地上。这样一来，州官便向上面奏了一本，说李四维不尊重皇上，将黄马褂放在地上乱踩，后来上边便判了李四维充军之罪。

张结巴

文本一

演述者：黑明星
记录者：杨培先
翻译者：杨秉礼
搜集地点：云南省大理白族自治州大理市湾桥镇

民国庚子年，　　　　　　　匪头张结巴，
正是属鼠年，　　　　　　　他名字叫张占标，强似活阎王。

匪首扎在东山顶，
喜洲扎得陈火光，
张结巴扎着甸坝，
扎成三穿花。

不抢这村抢那村，
不抢南乡抢北乡，
常常下来抢人家，
百姓不安宁。

下坝来把狗街抢，
兵马藏在红圭山，
晌午时候抢起来，
人民大惊慌。

他把人民抢上去，
牛马财物搂上去，
年轻妇女抢上去，
不要一个老人家，
奸盗邪淫门门全，
不爱任何一个小姑娘，
逼勒估奸在山头，
如畜生一般。

依他那个得活命，
不依就把他们杀，

问他们姓名地址，
写信给他带回家，
硬要家中来赎买，
他要大洋一千三。

有钱之人赎回去，
没钱的人遭灾殃，
杀人好比风吹灯，
花甸鲜血流成河，
尸骨堆满山。

开肠破肚真怕人，
炒吃他们的心肝，
拿来用它下酒菜，
薄片薄片切。

后来张结巴下坝，
来抢围城与新庄，
弓鱼洞独路一条，
没有办法打。

他的信到喜洲来，
要到喜洲来逛逛，
三老爷的一座衙门，
从里杀出外。

又有一个史营长，

英雄勇敢顶呱呱,
省兵开到了大理,
和他来打仗。

张结巴的诡计大,
一趟跑到山中腰,
史营长把他后来撵,
后面带着许多兵,
四道五处把他找,
到处去搜山。

他的人不见一个,
他的牛马在哪里?
无奈去烧花田坝,
打枪好比放炮仗,
无奈其何转回家,
白白费心肠。

喜洲人杀了的多,
喜洲街流满了血,
一家出钱十五文,
请人把血冲洗掉,
人的尸首用火烧,

烧成灰面面。

一去不回家,
洱源有个吕进士,
肚中有满腹文章,
生了一个独儿子,
假意拜继张结巴,
里应外合同他好,
二人打亲家。

有一天进士寿诞,
叫人去请张结巴,
四处埋伏有兵马,
一心捉拿他。

说话他们"斩言子"①,
细喷夫恼必洗干②,
必洗干恼爸抹爸③,
准备工作料理好,
刚合④张结巴到,
随行带来四五个,
人人作全副武装。

---

① 斩言子:民间歇后语,但在此句中指江湖话。
② 捉张结巴之意,系江湖话。
③ 杀张结巴之意,系江湖话。
④ 刚合:白语,有刚好、恰逢之意。

慌忙就去抖烟铺,
獐鹿烟盒象牙枪,
把他招呼在楼上,
靠下抽洋烟。

第一端来一杯茶,
一根香烟传与他,
别人一个不准扰,
吕进士陪他。

正在吸烟喝了茶,
大伙准备把他杀,
结巴身带一支枪,
进士手下下毒手,
一跤摔倒他。

结巴迅速站起来,
想要拿他小手枪,
三刀六眼戳过去,
楼上把命伤。

把他解到大理城,
把他脱得精光光,
把他的头砍下来,
拿给百姓看。

去到北门照他相,
照得相片那小张,
把他带到云南省,
拿给上级看。

全大理人民欢喜,
安居乐业好安康,
除毒为民正经事,
何人不喜欢。

张结巴遗臭万年,
只怕百姓忘却他,
把他编为白族调,
他世人劝化。

文本二

创编者：杨唐翠
记录者：张文勋
搜集地点：云南省大理白族自治州

今年是民国十四年，
加了一个闰虎年，
五月初一匪抢我们，
就是张结巴。

他的营副长下来抢，
全宁北都被抢遍，
男男女女被抓去，
伤心到极点。

猪被斩了多多少，
酒也抢去无其数，
送钱送到他们营盘里，
他问花钱可拿来？

有命的就被赎回来，
没命的就死在那里，
人财两空就是我们，
比它伤心的就没有了。

清水河是他的老巢，
树林中他们在审案，
人的尸骨骨丢满几塘塘，
头颅丢满在地上。

何赖毛和张结巴，
洱源城里也抢到，
衙门一座也烧掉，
任意来烧杀。

王县长他背了时，
少爷被他们捉去，
把他抬到花甸坝，
把他抬到鹤庆城，
又抬到山头上，
死在兔子坝。

文本三

演述者：杨文凯
记录者、翻译者：张文勋
搜集地点：云南省大理白族自治州

民国十七、十八年，
这里出了张结巴，
他在白土营①起事，
百姓遭了殃。

起初只有百把人②，
武器只有矛和叉，
抢了百姓几十次，
银钱装满箱，
男的个个被抓走，
女的也被抢上山，
人马变成一千多，
越来越强大。

房子烧了无其数，
百姓被他掳上山，
有钱人家去赎人，

无钱就被杀。

张结巴一下乡，
男女老幼都惊慌，
携儿带女赶忙跑，
到处去躲藏。

饭煮好了难咽下，
儿女饿了叫爹妈，
年老之人走不动，
两眼泪汪汪。

有了大路不敢走，
有了衣裳不敢穿，
大小山头都跑遍，
逃到海中央。

---

① 白土营：在洱源牛街后。
② 百把人：白语，指百多人。

细细一想好怄人,
庄稼熟了不敢收,
日子过得那个样,
落得一家空。

年轻媳妇死得早,
可怜儿子又被抓,
两个老人六十几,
喂两个娃娃。

大的正满十二岁,
小的不过七岁多,
几步路也走不动,
喊爹又哭妈。
他问:"我爹去哪里?"

叫我眼泪湿衣裳,
连夜写了求情禀①,
赎儿子回来。

我家住的茅草房,
租人田地过时光,
祖先留下七分田,
只得卖掉它。

价钱卖得八十块,
我把儿子赎回来,
一根拐杖拿在手,
穿一双草鞋。

七荒八月缺米粮,
一包杂粮当饭吃,
想法去把匪头见,
向他去求情。

今天走到清水河,
沿路土匪实在多,
四山头山放步哨,
很难进土匪窝。

过了一道又一道,
大雨淋得全身湿,
屋漏又遭连夜雨,
伤心又伤肝。

远远看见两匪徒,
筛子大的布"包头",
衣裳披得十多件,
看见吓死人。

---

① 求情禀:即请求书。

他问:"老倌干哪样?"
我把情况说分明,
我说"去见指挥官"①,
才放我进去。

走进营房里,
帐房搭得百十间,
抓来的人无其数,
看守得最严。

他们住的竹叶房,
里面雨水哗哗淌,
不知我儿在哪里,
请他们带路。

张老倌②在哪里?
请你大哥带带路,
鼓起眼睛就吼我,
骇得我心跳。

低声下气说好话,
不带我见张结巴,
双膝跪在他面前,
求禀交给他。

张大老倌看了看,
理也不理我一下,
喊我起来半边站,
不知怎么办?

站在一边仔细看,
骇得心惊又胆战,
带进百姓十二人,
个个遭打骂。

他问他们索银钱,
有钱的人留活命,
无钱的人交不出,
活活见阎王。

父母兄弟来求情,
没有钱财赎不成,
当着亲人拉去杀,
实在是可怜。

派来弟兄两三个,
不觉来到儿身边,
见了好伤情。

---

① 张结巴自称"指挥官"。
② 张老倌:即张结巴。

残汤剩饭吃不饱,
面黄肌瘦不像人,
满腹苦情叙不尽,
可怜这光景。

张结巴折磨人,
有碗的人不给汤,
没有碗的舀汤来,
烫烂人的手。

转来又见张结巴,
骂我一声:"好大胆!
你钱交上来多少,
有多少银两?"

我再跪下讲一讲,
多讲半句也不敢,
一包银钱他接去,
儿子他不放。

事情就是这个样,
叫我老汉咋个办?
人财两空到这步,
空身子回家。

黄昏时候才到家,
不由两眼泪汪汪,
叫声他奶开门来,
我已回到家。

她问儿子可回来,
叫我有话难出口,
叫我咋个来搭腔,
哭得好悲伤。

连夜我到邓川州,
家家铺子都问过,
买得五斤好川烟。

不觉到天亮。
买了一碗早饭吃,
吃不下去也要咽,
吃完早饭就起身,
午后才到家。

草席买两张,
裹着川烟去送方[①],
川烟送给张结巴,
看他很喜欢。

[①] 张结巴掳了许多百姓,要家属拿钱粮去赎人,叫"送方"。

派人领我见儿子,　　　　　　牛肉汤也舀一碗,
给了我们大碗饭,　　　　　　吃饱了回家。

文本四

演述者：苏存厚（已故白族民间艺人）
整理者、记录者：乐夫

歌手小传：苏存厚是剑川县有名的白族歌手,当过铁匠,是人人都知道的"存厚子"。创作了不少白曲,范围宽广,内容丰富,题材是多样的,为白族人所欢迎而乐于传唱。可是他的作品多半系口头即兴创作,因而流传下来的就较为有限。他死于解放初期,如果趁现在发掘搜集,还可以找到一些。这首长诗是作者亲身被劫匪走后的真实感受,反映了旧社会的黑暗、可怕,但是只要连成一气,是能够自卫的。由此足见作者思想性的明确,爱憎分明。这同时也是这位歌手特别受人爱戴的原因。（1961年4月8日,于剑川金华金场村）

属龙属蛇那两年,　　　　　　张结巴住花甸哨,
兵灾匪祸苦连连,　　　　　　李义白占乔后井,
世道坏得不成样,　　　　　　张汉洪抢剑川坝,
妖魔掌大权。　　　　　　　　哪处得安宁？

豺狼虎豹下了坝,　　　　　　县官绅士大商人,
草寇魔王聚山林,　　　　　　勾结匪兵讲交情,
国民党兵与土匪,　　　　　　官匪一鼻孔出气,
到处糟蹋人。　　　　　　　　穷人该倒霉。

土匪头子张结巴,
花甸哨是他老家,
宰杀自由随他搞,
阎王就是他。

个个"五心不做主"①,
梦里也怕撞着他,
一滴眼泪一滴血,
百年恨难消。

一九二八年冬月,
初十那天天刚亮,
灾星临头土匪到,
闯进剑川城。

村村寨寨抢干净,
家家户户搜刮清,
男的女的都捆走,
魂魄不沾身。

就像捆猪和牵羊,
又像赶鸡和撵鸭,
德盛桥边往西看,

哪有人间样?

把我抓到"金满城"②,
张汉洪驻在那村,
吆喝威吓凶又狠,
动辄想杀人。

贵重衣物抢到手,
还有妇女与金银,
抓到男人背东西,
大队向西行。

爬到西山白蜡哨,
雪花飘飘天气寒,
冻得唇青牙打战,
凉气透肚肠。

山坡山坳一片白,
乌竹箐底行路难,
走不动的就杀掉,
尸体丢路旁。

看看到了上羊岭,

---

① 五心不做主:白语,心神不定、坐立不安之意。
② "金满城"是剑川金华公社西湖的一个村。此外,诗中说到的地名都是现今剑川县金华、羊岑、马登等公社所属的地名或村名,直到最后的"阎罗山"是指剑川与兰坪两县交界的大山,终年积雪,又称"盐路山",因为过去常由拉并运盐巴出来,而必经此山之故。

喊声歇下要吃饭，
"黑话"叫作"松毛毛"，
"把你肚皮胀"。

有围腰的抖开接，
没围腰的用毡帽，
他们坐席用碗筷，
我用手抓饭。

吃过饭来又叫走，
匪兵个个带武器，
刀枪丛中谁敢动，
苦情无处叙。

一面走来一面气，
此时爹妈在何地？
我是老实庄稼人，
犯什么"条例"？

雪花飞过大雨淋，
泥烂路滑走不成，
冷风吹来割耳朵，
跌倒又前行。

天亮走到夜黄昏，
石钟山峰路不平，
爬到山顶偷眼看，

遍山是贼人。

山顶生来怪不多，
怪石之间是贼窝，
阴气惨惨杀气重，
杀人像宰猪。

我们一刻也难熬，
担惊受怕打哆嗦，
他们就像过肥年，
顿顿大吃喝。

万做万为随他们，
当面欺人乱糟蹋，
管你夫妻或父女，
心头小刀扎。

不敢上前看一看，
老虎学做耗子样，
气得心头凝了血，
交五更长叹。

身上积雪几寸厚，
点点雪水凉透心，
这样蹲了一晚上，
并未合眼睛。

早起又叫挂名字，
挂了这村挂那村，
名字挂起要交钱，
马上要交清。

挂多了呀出不起，
挂少了呀怕被杀，
二下两难无法办，
哑子吃苦荞。

名单挂好还不了，
手段来得更恶辣，
各村保董①叫了去，
生方又设法。

保董带回名单去，
挨家挨户又搜刮，
"舍钱舍命由你挑，
路就这两条。"

要是话语不丁对，
开口就要想动刀，
我是穷人穿烂衣，
难怪被狗咬。

匪队朝西进大山，
咬牙忍泪心更酸，
走两步来一回头，
回头望剑川。

剑川老家望不见，
层层青山道道弯，
隔断爹妈与亲人，
心血滚滚翻。

看看下了松林坡，
两脚疼痛步步拖，
前面就到麻栗箐，
走得心发恶。

走不动了还挨打，
拳打脚踢马鞭抽，
江尾塘村歇口气，
太阳已落坡。

太阳落了还叫走，
前面坝子是兰州②，
村村百姓跑干净，
谁敢在家头。

---

① 保董：即国民党时的保长，因古时曾称"保董"，故一直延称至后来。
② 兰州：即现在的剑川县马登公社所属的地区，不是甘肃省的兰州市。

鸡鸭蔬菜抢了来,
还有衣服与钱财,
东家抢了西家去,
样样随他抬。

抢完东西又叫走,
说是还去几个村,
摸到了太平村里,
已是夜黄昏。

全村老小都逃命,
扶老携幼乱纷纷,
想起贼子的作为,
哪还有人心。

匪兵一一到就站岗,
步哨排们好几层,
把我关在房子里,
寸步也难行。

年轻妇女拉了去,
任意奸污好伤情,
谁家没有儿和女,
割心肝样疼。

住了一夜又上路,
叫我男的背赃货,

每人外加三斗米,
不背就惹祸。

背不动呀又不依,
全身上下汗湿透,
草鞋穿烂打赤脚,
脚板心磨破。

背子像有千斤重,
走一步来疼一步,
每天两顿吃不饱,
又冷又挨饿。

嘴唇干涩裂了口,
就像辣子装满肚,
又如饥饿吃生蒜,
哪里受得住。

第三那天到斗鸡,
恰好太阳已偏西,
前脚跨进村子里,
躺倒爬不起。

周身皮肉块块疼,
脸色饿成虱秕秕,
见了一堆蔓菁叶,
咬吃了几匹。

夜夜五更睡不着，
哪天才把苦受尽，
家里人呀哪天到？
把我命来赎。

谁知家人来不来，
半路听人这么说，
家中何处去找钱，
把我命来赎。

那天晌午又叫走，
一走就爬阎罗山，
岩多刺多坡又陡，
终年雪满山。

翻过一山又一山，
兰坪街子在哪端？
前无村来后无寨，
越走越心酸。

爬了几日到山顶，
救命房就在此间，
古来路过人和马，
冻死有万千。

东西南北分不清，
山高路险无人音，
好像那阴山背后，
胆战心又惊。

天天就在山头转，
把我性命捏手心，
一天还要千几道，
积雪齐腰深。

你想要去解个手，
匪兵拿刀紧紧跟，
任你十八般武艺，
插翅难脱身。

匪官骂俺"王八蛋"，
匪婆骂俺"狗禽的"，
伙皮匠①也吒万代，
个个称老爹。

羊子落在老虎嘴，
好像腊底一只鸡，
鲜鱼丢进油锅里，
哪还有活的？

---

① 伙皮匠：即专为土匪做饭炒菜的狗腿子。

坏人到头无好报，
黑人碰到亮光照，
老天一时开了眼，
救命星来到。

"树倒不飞是憨雀"，
"趁水和泥莫耽搁"，
多谢乡亲忠义队，
割断绊脚绳。

黄巢乱杀八百万，
首先就杀马和尚，
有朝一日得翻身，
再算这笔账。

多少人连夜回家，
昼夜出走不停脚，
"人奔家乡马奔巢"，
急忙往家跑。

谁说世上无好人？
乱世纷纷出好汉，
家乡来了"忠义队"①，
救自家苦难。

清吉平安到家里，
全家伤心抱头哭，
亲戚朋友来探问，
庆幸还得活。

连夜杀上阎罗山，
围住土匪算血账，
五救亲人回家园，
个个拼命干。

张汉洪已捉住了，
捆他用的是铁索，
大年初一那一天，
斩了他脑壳。

匪徒慌得无处藏，
一刀一个都完蛋，
趁他兵乱快快杀，
一个不能放。

人恶到底要失败，
自搬石头自砸脚，
自己做枷自己戴，
终究逃不脱。

---

① 忠义队：据传说，当时曾有许多白族男子汉因受不了土匪的蹂躏而相约自卫，救出了自己亲人的壮举，在原诗中还提到了这支队伍。可惜他们只满足于"报仇"，之后就没有更好地掌握住夺到的胜利果实而进一步彻底解放自己，这恐怕是限于他们当时的觉悟还低吧！

忠义队也回来了，
各归乡里务农活，
白族子弟有骨气，
谁敢再作恶。

不怕匪徒"遭殃兵"，
不怕官家再狠毒，
大伙抱得铁拳样，
为了把命活。

附录：张结巴的故事

1

记录者：郑谦
搜集地点：云南省大理白族自治州

　　张结巴是大理交石洞的一个牧羊人，以后盘踞花甸坝做土匪头子，到处杀人放火，去到哪个村子就抢到哪个村子，杀到哪个村子。还经常要附近村落送人钱猪来到花甸，送上的人有去无回，附近□里的人都很怕他，晚上不敢回家睡觉，都睡在田野里，一提起张结巴，小孩子就不敢哭了。以后大理派了一个师长张冲率领一师□□□，结果把张结巴招安下了山，张冲送他十挺机关枪并与他结为兄弟，张结巴深信不疑，以后洱源城中唱戏，张冲托人请张结巴来喝酒。酒酣，张冲给张结巴劝酒，表示亲热，一手将匕首刺入张结巴喉部，最后还砍下张结巴的头送到大理，挂在城门上示众，从此张结巴部下所有土匪都被制服了。

2

讲述者：杨杰举（寺登村 70 岁老人）、段增估（木工组）、段希女等
搜集地点：云南省大理白族自治州剑川县沙溪镇

张结巴，原姓项，佚名，因为说话结巴，所以就叫项结巴，洱源□瓦厂人，后来在村中张姓上门，所以叫作张结巴。他父亲是一个□头，张结巴小时候就跟他父亲做保哨工作。长大以后，也以此为业，借保哨为名，先是做"棒棒客"，后来越搞越大胆，又跟□□土匪有联络，便干起土匪来了。

张结巴起事时候，是人民生活饥寒交迫的时候，许多人因为生活所迫，也有因为居住在匪巢附近及山脚土匪出没地区，被裹了去的。他在鸡足山、四角山、荒甸坝一带活动，往常下坝抢劫□□"民团"简直没奈其何，丙寅年二月，张结巴烧抢马甲邑、大邑村、湖潭寺、溪长村等地，省里派来的"唐团"一个连在他抢过的溪长村，到大邑、马甲等村即将转向东山的时候，才赶到溪长村，但到了溪长村后，即按兵不动，人民前往救援，"唐团"的答复是"保城不保民"。

丙寅年二月初二日，张结巴率众由荒甸坝到花树村，并封锁消息，不准村民行动。二月初三沙坪街，午时，张结巴率众由花树村扑沙坪街，当时消息一无所知，赶街的群众毫无准备，突然听到枪声，街人大乱，四散逃命，但街东是海，街西是山，南北两头早有匪徒把守，群众往北往南逃走，侥幸逃脱的虽然也多，但被捉被杀的也不少，有些人只好向东逃，想上船逃跑，枪弹四处打过来，有十几个人拉住大船拴住船索，身子泡在水中，藏在大船背后，被张结巴匪徒砍断索子，十几个便淹死在海里。张结巴在抢街之后大烧房屋，无人救火，大火延烧，损失很大。回荒甸坝沿路被杀害掳走的人，尸体丢弃在路旁。

此次被抢财物无算，被杀死的徒手群众数百人，被掳走而未杀害的人被押在山上，通知家属用钱财取赎，到期不取赎便被杀死。当时大户人家都搬入县城或者往大理避难。一般人民生活非常痛苦，地方民团也向人民摊派团款，对张结巴却丝毫没有办法。

张结巴匪部当初枪械不多，而且多是土枪，力量并不十分雄厚，后来由于剑川乔后警保大队大队长管占元率领警保大队连同全部枪支叛变，投靠张结巴，张结巴部人枪骤然增加，声势越大。管占元投张结巴以后，张结巴表面上封给高官（官名不知），但都逐步把他的原部下分散，管占元怕张结巴将来会杀他，便悄悄下山逃回四川原籍了。

张结巴匪部以四角山、鸡足山为根据地，骚扰了邓川、洱源、剑川、鹤庆、永北、华平一带，对宾川的扰害较小一些，原因是宾川闫么王（闫德成）枪支很多，又好，养着很多人，力量很大，所以张结巴不敢去触犯他。省里面虽然派来过兵，但是他们路径不熟，张结巴部在四角山一带路道熟悉，往往一边打一边就不见了人，等到情况有利的时候，匪徒们四面都跑出来了，有时候放十几个人守住险要地方，就抵住了几排几连。

张冲（当时师长）来的时候，邓川、洱源、剑川都派了大绅向张冲提议招安张结巴，张冲反问说："土匪不消灭他，要招安他，那么我来干什么？"这些大绅都不敢再说话了。但是张冲要硬干的办法没有见效，张结巴没有被搞垮。

后来，史华来了主张招安，首先在邓川德源山开了一个全县人民的大会，在大会上，他说："你们邓川参加张结巴的有六七百人，他们当中大多数不是愿意参加，而是被强迫去的，各家父兄带信给自己的子弟回来，只要他们缴械投诚，一律赦罪。"接着就出了告示。不久以后，邓川漏邑人开泰（现在还在）等两人就每人提了两支枪到司令部投诚，史华就叫他俩做招安办事处正副主任，这样一来缴械投诚的越来越多，不上两个月就把张结巴的部队搞垮掉了。所有缴械投诚的人也确实没有被杀掉一个。

最后，张结巴部下不多了，只好接受招安，史华委他做几个县的"游击司令"，同时还是继续收留他的弟兄，弄到只有张结巴一个光杆的时候，就在三营牛街把他打伤后关进囚笼，解到大理枪毙掉，枪毙了以后让狗吃了他的尸体。

3

讲述者：李汉章
记录者：赵国栋
搜集地点：云南省大理白族自治州

  张结巴是邓川人，名字叫作张占彪，因为他说话口吃，所以大家都叫他张结巴。他是一个土匪头子、杀人的魔王，民国时候，提起他，邓川的人没有一个不恨的。他抢沙坪时，把一个沙坪村烧光杀光了，五十多户人家只逃出了十多个人。他从民国十年起事，到民国十七年才被张冲把他消灭了。①唐继尧（云南省长）手上派兵围剿了他好几次，但是从东边剿他，他跑到西边，从西边剿他，他又跑到东边，在花甸坝剿他，他逃到海东，在海东剿他，他又跑到花甸坝。总之再也剿不了他。后来就招安他，但是他也不干。民国十七年，派了张冲师长来围剿他。张冲到了大理首先与他讲和谈判，企图招安他，谈判地点在大理的恶罗哨。谈判这一天，张冲只带了几个警卫员上山，张结巴却带了一个团，全副武装，埋伏在恶罗哨四周后才上山。张冲一看，便说："啊，咱们只是谈判，我又不打你，你何必这样，来来来我们结拜一个弟兄，我送你一只大喇叭。"这时张结巴才把队伍撤了。张冲向他提招安的条件，他不干，就带着队伍转向花甸坝。最后张冲把他包围在牛街活捉了他，捉住后便就地把他镇压了。作乱了七年的张结巴从此平服。

---

① 原文如此。

放鹞赶雀

搜集者、整理者：中共大理地委宣传部[①]

1 放鹞赶雀

男：谷穗低头黄澄澄，
　　遍地麻雀乱飞腾，
　　为捉麻雀去放鹞，
　　田里逛一逛。

　　那边有个小妹子，
　　红红脸蛋似苹果，
　　青蓝上衣花飘带，
　　田埂边割草。

　　多么好的小妹子，
　　难逢难遇得相见，
　　我试不妨走拢她，
　　探探她口气。

女：抬头望见白云飘，

　　鹞儿飞得高又高，
　　谁家哥儿来赶雀，
　　偷眼来瞧瞧。

　　漂白衣裳披身上，
　　黑色领褂身上挂，
　　面貌再比山茶美，
　　谁也比不上。

　　不知哪家金鹰哟，
　　叫人一见心花放，
　　看他大步走过来，
　　不知是为啥？

男：说声小妹请听着，
　　小哥放鹞到这里，
　　闻着花香飘。
　　一头钻进花棚里，
　　不想刺儿戳进手心窝，

[①] 相当于今中共大理白族自治州委宣传部。——编者注

有心和你结私语，
借针来挑挑。

女：叫阿哥，
今天针线没带着，
带着镰刀和篾箩，
割草去喂猪。

看你穿的新衣裳，
手上怎会有刺伤，
口口声声借针线，
到底为哪桩？

男：小妹子，
好花只为蜜蜂开，
花开之处蜂来绕，
不要装懵了。
爱你脸像桃花色，
爱你身材豆娜子①，
你哥想要和你说，
耽搁一下子。

女：谁家子，
拿我散闷当猴子，
身材就是生得丑，

比我丑的有。
丑也是我自家丑，
不会丑到你身上，
请你快到别处去，
省得兜我骂。

男：垂柳枝倾向南边，
已经来到你身边，
白衣濯进染缸里，
不怕塌了天。
妹子哪村山茶朵，
妹子你是那簪花，
鲜花要靠露水养，
同你配成双。

女：你是哪里的雀鸟，
乌鸦想栖青竹上，
蛤蟆想天上柿子，
天上差地上。
水牛你想配麒麟，
乌鸦你想配孔雀，
一时我村子人看见，
怕你皮子痒。

男：铁刀断水水更流，

---

① 身材豆娜子：指身材苗条。

野火烧山山不倒,
竹竿装上毛虫子,
把我吓不走。
芍药需得牡丹配,
雄鹰要用凤凰陪,
哥是玉龙山上雪,
千年化不开。

女：嘴皮薄薄话好说,
　　虚情假意难见心,
　　我哥我弟恶狼虎,
　　咬坏你的身。
　　我父我母天上雷,
　　说起话来如打雷,
　　你若就在这纠缠,
　　下场不好整。

男：洪水冲向满山坡,
　　坡上青松还长着,
　　要是你家父母来,
　　更好认亲了。
　　谁家蜜蜂不采花,
　　哪个放鹞不赶雀,
　　父母盘田要播种,
　　禾苗才茁壮。

女：盘田播种谁不晓,

今天不是唱盘歌,
太阳飘落西山坡,
耽搁我割草。
我是鲜花才开放,
你是天上空叫雀,
阳春三月布谷鸟,
叫得心烦恼。

男：你说使你心烦恼,
　　你把实话对我说,
　　为什么烦恼。
　　春花满园无人看,
　　小妹有情没人晓,
　　好花移到雪山上,
　　开花结甜果。

女：绿海翻浪起波涛,
　　草原上面野马跑,
　　不是野马串草丛,
　　是我心跳跃。
　　真想细言吐私语,
　　话不出口心在跳,
　　羞得满脸桃花色,
　　媚眼望小哥。

男：河边杨柳嫩妖娆,
　　媚眼深情哥记住,

这里只有我两个，
　　　又何必害羞。
　　　春风吹来树发芽，
　　　春雨撒下花开红，
　　　前人修下路这条，
　　　平平坦坦过。

女：一条大路摆前边，
　　见了小哥我害羞，
　　妹子家中真寒苦，
　　配不上小哥。

男：小妹你话说哪里，
　　黄金怎能买情意，
　　我是从小土里长，
　　不知银钱贵。
　　谷子要有人来种，
　　菜园要有人来盘，
　　你我双双把田种，
　　勤劳度光阴。

女：小哥说话赛珍珠，
　　小妹听来暖心窝，
　　绣花手巾表情意，
　　用它做标记。
　　小妹我就答应你，
　　明月星星做媒证，

　　　八月十五月团圆，
　　　我俩再相会。

2　伙伴相约去出门

男：八月里来桂花香，
　　伙伴约我去他乡，
　　富贵之人在家乐，
　　想想心不甘。
　　不去家无半截米，
　　去了丢妹心不安，
　　天天抓兵又逼粮，
　　只好离家乡。

女：听说情哥去他乡，
　　小妹两眼泪汪汪，
　　有情之人要去了，
　　痛断我心肝。
　　千言万语无处诉，
　　苦口难言内心伤，
　　此次情哥他乡去，
　　哪天再相聚。

男：小妹为我莫悲伤，
　　世道逼我去他乡，
　　我也实在不愿去，
　　无奈家贫寒。

有朝一日回家转，
　　与你同生共命运，
　　托个媒人来说亲，
　　哥妹常相见。

女：燕子飞行成双对，
　　老虎下山风随去，
　　情哥伙伴什么人？
　　小妹陪你去。
　　天寒妹把衣来缝，
　　饥寒妹把饭来煮，
　　伤寒咳嗽两相顾，
　　快乐过日子。

男：小妹情意比海深，
　　小哥难忘妹的恩，
　　松柏常青我两个，
　　永远不离分。
　　可恨老天不睁眼，
　　官家压民难逃生，
　　活活把我俩拆散，
　　泪水湿衣襟。

女：苦海难渡去求生，
　　天下老鸹一般黑，
　　穷人没命根。
　　只望小哥多保重，

　　出门在外多小心，
　　自定良缘心不变，
　　情哥记在心。

男：小妹珍言记心中，
　　小哥不是忘情汉，
　　定要往回奔。
　　多则去上三五月，
　　少则七十天回身，
　　海枯石烂情不变，
　　誓与妹成亲。

女：哥去心如弦上箭，
　　难舍难分像挖心，
　　忍着疼痛洒热泪，
　　妹泣不成声。
　　帮哥洗衣送郎行，
　　风霜雨雪妹忧愁，
　　只为村里有虎豹，
　　两人才分身。

男：小妹为我洗行衣，
　　洗衣站在清河边，
　　粉蓝衣上白手搓，
　　眼泪如水流。
　　小哥见了心绞痛，
　　流水哗哗也伤悲，

雀鸟闻声不歌唱,
鲜花也凋谢。

女：洗衣来到清河边,
蓝蓝天空清水河,
雀鸟在空飞。

好情好景不常在,
孤雁嘎嘎朝南飞,
小妹好比失雁群,
不知落哪边。

男：小妹忍痛过几天,
小哥此去不会长,
回来你身边。
灯下弹弦齐歌唱,
雀鸟窜林齐双飞,
耕耘播种齐下地,
双双在一堆。

女：哥要出门快要走,
妹无礼物表心情,
做着这双青布鞋,
哥哥你带走。
喜洲漂布不会剪,

赵州①丝线不会缝,
鸡脚针线好粗糙,
略表妹的情。

男：手接布鞋心发烧,
鞋样比百合花鲜,
鞋底比苍山还白,
妹手巧过哥。

新做布鞋合哥脚,
合脚鞋子难买着,
望见鞋子见情妹,
妹情哥记着。

女：留哥不着要起身,
打双草鞋赶不着,
放下手里针和线,
忙去烤麦饼。
人家割肉又送鸡,
拴对野鸡送给你,
砂糖乳扇没钱买,
送饼麦粑粑。

男：深谢妹妹你多情,
何必送这多礼品,

----

① 赵州：今凤仪。

出门人是家乡贵，
念乡又恋情。
野鸡一对你收回，
麦饼你收回几饼，
忍着热泪喊一句：
"妹妹我要走！"

女：定要走来就起身，
　　没有物件送情人，
　　全身只有青丝贵，
　　割取一束表我心。
　　白天将它肩上挂，
　　夜宿放在内衣襟，
　　有人谈到爱情话，
　　青丝值万金。

3　逼嫁抗婚

母：老娘就孤女一人，
　　女儿年岁已去嫁，
　　找个合心人。
　　为女早把婚订下，
　　婆家是富贵之人，
　　女儿嫁到男家去，
　　衣食不消愁。

女：妈妈说话使人愁，

有钱的人心狠毒，
把女嫁到他家去，
此生活不成。
贪钱你把儿命送，
收到他家多少银？
你把女儿许配他，
塞进豹子门。

母：为何说塞豹子门，
　　丫头瞎眼看错人，
　　南庄田来北庄地，
　　是家有钱人。
　　高楼大厦谁能比，
　　你爹他爹是朋友，
　　他妈与我亲姊妹，
　　亲上又加亲。

女：南庄北庄不会管，
　　高楼大厦我脚短，
　　金窝银窝我不爱，
　　只爱草窝棚。
　　女儿不愿亲上亲，
　　只愿盘田种地人，
　　上山下地一同去，
　　早晚诉衷情。

母：你父生前亲口许，

要和他家结姻缘,
　　　一家生男一家女,
　　　天定是良缘。
　　　指腹为婚古来有,
　　　丫头不愿为何情?
　　　不听父母的训教,
　　　打断你的腿。

女：爹妈不顾儿女情,
　　哪知刀绞肺腑疼,
　　人未生来婚先定,
　　黑白不分明。
　　他家三郎已死去,
　　女儿才免跳火坑,
　　他家蜜茶迷了你,
　　又逼我做大郎填房人。

母：小妖精呀小妖精,
　　我的话儿不肯听,
　　你全不怕是非人,
　　砍柴人上你别跟。
　　只怕你把别人害,
　　连累别人进火坑,
　　长毛狗学狮子跳,
　　跌断脚杆你悔不清。

女：他家不合女儿意,

　　　黄金不动女儿心,
　　　大郎儿子比我大,
　　　姑娘与我同年生。
　　　大郎前妻跳井死,
　　　大郎二妻是逃婚,
　　　你儿一百二十个不愿意,
　　　生死由你们!

母：女儿说话不受听,
　　婚姻大事由天定,
　　父母之命你要听,
　　就做填房也不怕,
　　只要绸缎不离身,
　　山珍海味尽你尝,
　　妈也乐开心。

女：妈妈说话不害羞,
　　狠心让我做填房,
　　只图银和金。
　　绸缎我当破布片,
　　山珍海味我不爱,
　　苦乐不在吃穿上,
　　请妈快回心。

母：丫头说话太无理,
　　逼得老娘无话说,
　　怒火从心起。

亲口我把你许配，
指腹为婚不能移，
丫头若再不从命，
休想配良缘。

女：叫声妈妈我的娘，
女儿实在痛心肠，
摆着火坑让我跳，
没有好收场。
逼我嫁到他家去，
今后无面见情郎，
此生此世春已尽，
满脸泪茫茫。

4 恋情

女：鹞子高飞离家乡，
四野麻雀叫喳喳，
哪日鹞子飞回转，
小妹才心安。
屈指已是一年春，
鹞儿不知落哪边？
去时明月当空照，
如今明月冷凄凄。

小妹凄苦到哪天？
久盼情哥往家飞，
鸡鸣盼到月落尽，
不见情哥笑容归。

家母无情逼我嫁，
情哥在外不知晓，
内心好像鸡来啄，
疼痛实难忍。

男：一日离家一日深，
丢下小妹伴孤灯，
不是情哥忘情意，
只为无钱难回家。
深夜我把明月望，
情丝缕缕似火升，
秋叶寒风声习习，
独伴明月伴秋风。

小妹独闷[①]在家中，
情哥远在他乡地，
痛苦日日深。
春草发来又枯萎，
鲜花再茂又凋零，
大雁南来又北去，

---

① 独闷：白语，即独自。

钢刀铡我心。

女：情哥音信无处听，
　　夜晚痴心望空灯，
　　白天倚门对空望，
　　盼鸟送知音。
　　鸟儿聒聒上空过，
　　风声呼呼随后跟，
　　只是不知哥的信，
　　愁坏妹的心。
　　越思越想越伤心，
　　情哥忘了妹的心，
　　一年半载不送信，
　　使我常挂心。
　　逼嫁之日就来到，
　　情哥还在闷鼓里，
　　他日回家不见妹，
　　你后悔不清。

男：久别乡土恋乡情，
　　不知情妹是何情，
　　年深月久常牵挂，
　　决心回家去。
　　袋里无银讨口饭，
　　脚上无鞋光脚走，
　　一日回到家乡地，
　　与妹来成亲。

5　女友探病

女友：轻轻踏进姐闺房，
　　　见姐昏沉躺病房，
　　　大妈急得团团转，
　　　端药又烤茶。
　　　问声大妈我大娘：
　　　"姐姐得的什么病，
　　　为何吃药不见效，
　　　天天卧病床？"

母：提起这话气断肠，
　　自从我把亲事许，
　　女儿又哭又大闹，
　　不肯做填房。
　　她爹死前亲口许，
　　人才不说有钱粮，
　　这样亲家难找到，
　　愿她幸福长。

　　不想女儿气红脸，
　　泪痕斑斑哭嚷嚷：
　　"银钱绸缎我不爱，
　　只爱合心郎！"
　　这事把我难住了，
　　怎么劝说也不听，

世间只有银钱贵，
　　定叫她成亲。

　　就从那天说话后，
　　丫头愁眉没笑颜，
　　每顿只吃碗把饭①，
　　终日哭着脸。
　　当娘的心时难过，
　　对她又气又惋惜，
　　只说年小不懂事，
　　慢慢把她劝。

　　哪知越来越出事，
　　她竟一病不爬起，
　　药草吃了十几包，
　　还是爬不起。
　　昨夜大妈煨着药，
　　忽见丫头竖爬起，
　　口口声声喊情郎，
　　边喊边哭泣。

　　一听"情郎"我火起，
　　女儿的病他引起，
　　好个闺女成昏醉，
　　百劝也不依。

　　我家丫头也太傻，
　　黄金珍宝她不要，
　　一心想着心上人，
　　叫我真生气。

女友：大妈说了这番话，
　　听着听着心难过，
　　热泪滚滚流。
　　实想劝大妈几句，
　　恶辣的人太无情，
　　把个闺女塞虎口，
　　倒怨她情人。

　　说声大妈你闲闲，
　　请到外面凉阴处，
　　去养养精神。
　　烧水煨药我来做，
　　陪我姐姐叙叙情，
　　劝她十二个宽心，
　　不必太发愁。

　　好姐姐呀睁开眼，
　　今日小妹来看你，
　　我已知道姐心事，
　　望你莫焦愁。

---

① 碗把饭：白语，形容人的进食量少。

身子是人的本钱，
宽心养病莫要急，
你的情哥在哪处？
我把他叫来。

姐姐莫要这样想，
小妹为你去打听，
叫他快回家。
你把身体好好养，
莫要胡思又乱想，
一旦情人回来后，
好好诉衷肠。

女：深谢小妹你的情，
姐姐挣扎等情人，
只望瞧见他一面，
虽怨心也甘。
只请小妹回家去，
快快托人找亲人，
我睡床上来梳妆，
等待我情郎。

母：一脚踢开闺房门，
你们商量的"好事"，
我全听清楚，
无耻勾当你们干，
房内不准引外人，

谁要引来了小子，
老娘不饶情！

女友：大妈火气真不小，
你的女儿脸色变，
眼神不动了。
面色如土唇苍白，
看看病态真不轻，
大妈不回心转意，
姐姐命归阴。

母：小冤家呀你醒醒，
不要迷恋鬼"情郎"，
要害你一生。
妈妈处处为你好，
才选这门姻亲，
你要细思又细想，
不要那"情郎"。

女：心痛难忍哭断肠，
碎尸万段情不变，
等待我情郎！
只怕病情难好转，
等你回家我已亡，
要说嫁给大郎家，
只有见阎王！

女友：辞别大妈我回家，
　　　为姐伤心又伤肝，
　　　姐姐实在太不幸，
　　　碰着老冤家。
　　　丰圆脸庞已消瘦，
　　　说起话来气就喘，
　　　我看姐姐命难保，
　　　心里真忧伤。

　　　这个大妈真糊涂，
　　　死也不饶亲骨肉，
　　　这样一个好姐姐，
　　　折磨成瘦骨。
　　　明明丢进虎狼窝，
　　　偏偏还说为她好，
　　　如今好处还不见，
　　　送她进地狱。

6　回家

男：清明时节雨纷纷，
　　相约回家去踏青，
　　出门日子不算久，
　　数数已一春。
　　田园荒芜要修整，
　　左邻右舍常挂心，
　　伙伴齐来同商议，
　　明天就动身。

　　担子挑起心忧忧，
　　步步踏入家乡境，
　　心里乱纷纷。
　　一年半载不通信，
　　小妹是否在家里？
　　不知小妹什么样？
　　急坏我的心。

　　一回回到我的家，
　　乡村三月忙耕耘，
　　多情小妹不见面，
　　其中必有因。
　　不由抬头仔细看，
　　只见阿姐是知音，
　　三步当作一步走，
　　向她问佳音。

女友：阿哥几时回家来，
　　　为何不先写封信，
　　　急着托人去找你，
　　　你已经回来。
　　　自从阿哥离家后，
　　　姐姐病得像枯柴，
　　　只因大妈逼她嫁，
　　　这条命难保。

男：听说妹子命不保，
　　心惊肉跳吓死我，
　　满望两人同欢聚，
　　不想出了这祸殃。
　　忙请阿姐想办法，
　　抛出头颅去看她，
　　为我到她家一转，
　　请你告诉她：
　　就说我已经回来了，
　　长短疾病莫要怕，
　　明日早起来看她，
　　假装医生样。

7　探情

女友：使我听了心兢兢，
　　　本是阿哥好才情，
　　　决定事机就这样，
　　　一齐进她门。
　　　叫声大妈来看狗，
　　　姐姐病体重呢轻？
　　　这里请来好医生，
　　　看看就减轻。

母：天天懊气转喜欢，
　　该是我儿有机缘，
　　还是侄女心肠好，

　　请来好医官。
　　先生请在楼上坐，
　　窝棚草屋很草率，
　　有好客来无好主，
　　千万莫见怪。

男：大妈说话太谦虚，
　　谁人生来没疾病？
　　谁能永久病不生？
　　心里莫焦虑。
　　富家我一样应诊，
　　贫家我不拿身份，
　　古言"莫讳疾忌医"，
　　有病要早医。

母：话还没有说出口，
　　心里就暗自悲伤，
　　我儿病势老实重，
　　实难找药医。
　　三分女儿十分病，
　　昏昏迷迷不曾醒，
　　算来病了半月多，
　　久病无药医。

男：大妈宽心听我言，
　　病体再重你放心，
　　不知病人在哪里？

对症下药才好医。
　　　古言"救命如救火"，
　　　一分也不能耽搁，
　　　烦请伯母领我去，
　　　快去看病人。

母：火烧眉毛心不安，
　　　实言奉告是心病，
　　　我儿得的是心病，
　　　仙丹也难医。
　　　前天晚上说梦话，
　　　病情越来越危险，
　　　昨晚搬来楼下住，
　　　请去看看她。

男：一进情妹闺房门，
　　　开言叫声多情妹，
　　　睁开眼睛看看我，
　　　为你回家门。
　　　去时面如桃花色，
　　　归时容颜已憔悴，
　　　樱桃小口成苍白，
　　　内心似箭穿。

　　　情妹小手握手中，
　　　难表情哥内心忧，
　　　热血沸腾情激荡，

　　　眼泪唰唰流。
　　　怪我出门离乡境，
　　　迟迟回转来探望，
　　　受尽苦中苦，
　　　小妹折磨成这样。

女：我正半昏又半迷，
　　　滚滚热泪滴脸上，
　　　又听有人呼唤声，
　　　睁眼来看看。
　　　原是情郎远方回，
　　　深情厚意来探望，
　　　看看情哥想残身，
　　　悲痛涌上心。

男：情妹不要再哀伤，
　　　如今不是团聚吗？
　　　多养几天就会好，
　　　我俩配成双。
　　　只要护得金身在，
　　　不怕风霜和雨打，
　　　不怕豺狼与虎豹，
　　　定要成一家。

女：情哥的话刺痛心，
　　　妈妈不答应我们，
　　　她一心要把我嫁，

只图银和金。
一病睡了半月余，
气烂心肝气坏心，
此生兄妹成永诀，
良缘待来生。

男：听说"良缘待来生"，
黄金铸人代你身，
白银铸人替你位，
要救你金身。
南抽签来北打卦，
走尽天边寻仙药，
天上星星我去摘，
救你是我心。

女：阿哥的话情深切，
激上奴家心底血，
金童玉女在身边，
要我们分别。
只望情哥前途好，
莫为小妹把身折，
最后一句留念语，
莫忘怀，告辞长相别。

男：叫声大妈快快来，
你的女儿已断气，
医药来不及。

好个姑娘已断送，
气碎心肝痛断肠，
辞别大妈回家去，
我四肢无力。

母：看看太阳落西山，
开水白饭望儿尝，
儿父弃儿长别我，
一心把你抚养大，
望儿养老来送终，
短命鬼，
白水洗大河！

8 吊祭

男：青山绿水柳成荫，
黄土岗上葬妹身，
今日清明把墓扫，
泪作清酒祭妹身。
小妹离哥长别去，
丢下情哥无人亲，
孤身残命身无主，
流浪他乡葬此生。

串枝连

翻译者、记录者：杨泽仁

串枝连系民间文艺，为白族民间歌曲。相传已久（不下数百年），有古歌风味，毕露民间爱情，与封建婚配之惨剧。译者多重本质，少顾修辞；以不伤原意，逐句译成。

本曲于八年前曾以不完整之搜集，在《民意报》刊出一次，句语多古板梗涩，兹重新搜集，补就遗漏，再予以通俗整理。

本曲系封建社会中一对良缘绝望之青年男女，自抗婚、回避谣言至出门分手起，再由男得女信，即起程回家，遇女之同庚（女友），同往看女病，至女死，男往坟台祭吊为止。

1 抗婚

姑娘：越思越想急死人！
　　　问妈接了多少银？
　　　把你女儿许配他，
　　　塞进豹子门。

母亲：你说塞进豹子门，
　　　丫头瞎眼错看人。
　　　南庄田来北庄地，
　　　比咱强十分。

　　　强不强来都不论，
　　　你父他父多情深，
　　　他妈与我是干姊妹，
　　　亲上又加亲。

姑娘：不愿亲上又加亲，
　　　只愿盘田种地人，
　　　上山下田一同去，
　　　做长久夫妻。

母亲：你父生前亲口许，
　　　两家共结女儿亲。

　　　　两家生男为兄弟，
　　　　生女叫老庚；
　　　　一家生男一家女，
　　　　天定良缘定成婚，
　　　　指腹为婚古来有，
　　　　不愿为何情？

姑娘：爹妈不顾儿女情，
　　　　刀绞肺腑痛儿心！
　　　　人未生来婚先订，
　　　　葬送儿一生。
　　　　他家三郎已死去，
　　　　你儿才免跳火坑。
　　　　又逼儿女做填房，
　　　　银钱迷你心。

母亲：小妖精，
　　　　娘的话儿不肯听，
　　　　你全不怕惹是非，
　　　　砍柴种地跟人走，
　　　　莫坑害别人。
　　　　连累别人吃官司，
　　　　长毛狗学狮子跳，
　　　　跌断你脚杆，
　　　　叫你悔不清。

姑娘：他家不合女儿意，
　　　　黄金不动女儿心！
　　　　大郎儿子比我大，
　　　　姑娘与我同年生；
　　　　大郎前妻跳井死，
　　　　大郎二妻逃了婚，
　　　　一百二十个不愿意，
　　　　等候上衙门。

2 出门

小伙子：七月过了八月到，
　　　　伙伴相约去出门，
　　　　想想心不安。
　　　　不去要如何？
　　　　去了又牵挂。
　　　　在家言多是非大，
　　　　只好离乡又别境！
　　　　离别心上人。

姑娘：听说阿哥要出门，
　　　　你的同伴什么人？
　　　　你出门是哪天走？
　　　　请你告诉我。
　　　　只望延迟三五天，
　　　　谈上几句知心话，
　　　　心去虽似弦上箭，

洗洗衣裳又动身。

小伙子：听说为我洗行衣，
　　　　细白嫩手洗我粉蓝衣，
　　　　我也恋恋不想去，
　　　　也是不得已。
　　　　多则不上三五月，
　　　　少则七十天回来，
　　　　不多几日回来后，
　　　　我俩一对飞。

姑娘：阿哥出门要起身，
　　　做双布鞋来不及，
　　　手中放下针和线，
　　　忙做几个麦饼子，
　　　腊鸭解一对，
　　　腊肉割几斤，
　　　砂糖乳扇小竹箩，
　　　薄礼送知心。

小伙子：感谢你的好情意，
　　　　何必花钱买东西，
　　　　出门不是我一个，
　　　　你不必焦心。
　　　　砂糖请收回几盒，

乳扇请收回几斤，
忍着热泪嘱咐你，
要多加小心。

姑娘：你定要去难强留，
　　　没有东西送给哥，
　　　身边只有青丝贵，
　　　剪下一束表妹心①。
　　　白天挂在你肩上，
　　　晚上放在内衣襟，
　　　有人谈到亲爱语，
　　　青丝值万金。

3　回家

小伙子：日子过得真是快，
　　　　今日鸿雁传书来，
　　　　多情在家乡。
　　　　千里迢迢寄信来，
　　　　说我重利轻别离，
　　　　难怪面热耳烧心不展，
　　　　只好连忙来收拾，
　　　　明日就回家。

清明时节雨纷纷，

---

① 赠发示终身相爱。

相约回家去踏青。
我们出门日子久，
为何不回村。
田园荒芜要整理，
老小一家人挂心，
伙伴一齐来商议，
是否就起身？

一走走到家门前，
家乡四月忙栽秧，
多情小妹不见面，
其中有原因！
不由抬头仔细看，
只有阿姐是知音，
三步拿来一步走，
上前去问问。

女友：才哥几时回家来，
　　　为何不先写个信？
　　　阿姐不幸生了病，
　　　请去看看她。
　　　自从小哥离家后，
　　　面黄肌瘦常生病，
　　　问她生的什么病，
　　　从来不开口。

小伙子：请问阿姐知心话，

我到她家有点怕，
请你为我走一转，
请你告诉她：
就说我回来了，
生点疾病不要怕。
明日早起来看她，
装作医生样。

4　探情

女友：使我听了真喜欢，
　　　小哥真算有才干，
　　　决定事机就这样，
　　　一齐去她家。
　　　叫声伯母请开门，
　　　我们来看看病人，
　　　我去请来好医生，
　　　看后病就减轻。

母亲：心中闷气变欢喜，
　　　该是我儿有机缘，
　　　侄女来看病，
　　　请来好医生。
　　　先生请上座，
　　　家里很草率，
　　　有好客来无好主，
　　　千万莫见怪。

小伙子：伯母言语礼恭敬，
　　　谁人生来无疾病，
　　　谁能永久病不生，
　　　莫过分忧虑。
　　　我帮富人看过病，
　　　穷人我不拿身份，
　　　古人言"一人去吃药，
　　　十人来还敬"。

母亲：话还没出口，
　　　心里暗伤悲！
　　　我儿病势重，
　　　势难找药医。
　　　三分女儿十分病，
　　　久病无药医。

小伙子：伯母听我言：
　　　病体你放心，
　　　我们到此地，
　　　病人不作声。
　　　医生要对症下药，
　　　要看风使舵，
　　　古言"救命如救火"，
　　　千万莫耽搁。

母亲：终日心不安，
　　　实言奉告老太医，

　　　求签打卦请医生，
　　　只恨仙丹没法买。
　　　我儿就在楼下住，
　　　请去看看她。

小伙子：一进她房门，
　　　开言叫声有情妹，
　　　千里回家只为你，
　　　请你醒一醒。
　　　旧时容颜已憔悴，
　　　樱桃朱唇已干瘪，
　　　低头看看眼流泪，
　　　多情种，为何不作声？

姑娘：我在半醒半昏迷，
　　　听见有人在呼喊，
　　　定是小哥来看我，
　　　谁知病在身！
　　　只因前世修不好，
　　　染得久病度青春！
　　　此生兄妹成永别，
　　　良缘待来生。

小伙子：听说良缘待来生，
　　　黄金铸人代你身，
　　　白银铸人替你位，
　　　要救你金身。

南抽签，北问卜，
夫妻就此生。
自古有情成眷属，
哪有少女配老人！

姑娘：阿哥言语情深切，
　　　急坏奴家心头血，
　　　金童玉女在身边，
　　　要我们分别。
　　　老母拜托你招呼，
　　　使我心里才安歇。
　　　最后一句留念语，
　　　告辞长相别！

小伙子：怎样了？
　　　　你儿病势已难好！
　　　　敬请伯母来招呼，
　　　　告辞老伯母。

母亲：天上太阳已偏西，
　　　开水白饭望儿尝！
　　　你父弃儿长别我，
　　　养儿长大习桑麻。

只望我儿来扶持，
叫我怎下场！

5　吊祭

女友：不是挑水来劝你，
　　　我劝阿哥莫伤悲！
　　　阿姐已去世，
　　　痛煞我心肝！
　　　千万莫到她家去，
　　　莫要惹人说是非，
　　　一期那天背纸火，
　　　到坟上吊祭。

小伙子：三月里来是清明，
　　　　三月清明去上坟，
　　　　一枝杨柳来招魂，
　　　　三杯清酒来祭吊，
　　　　只望良缘待来生，
　　　　海枯石烂把你等，
　　　　妹若有灵饮一杯，
　　　　表哥一片心。

二、白族调一百四十一首

1

说来你们不相信,
犁田我们用野羊,
犁头用的白石头,
犁得很平整。

2　反正歌

演唱者：李耳昌
翻译者：李缵绪
搜集地点：云南省大理白族自治州剑川县

想起反正那几年,
世道一年坏一年,
四道五处①是洋人,
天下乱纷纷。

洋人要百姓投降,
老百姓义愤填膺。

官家跟着洋人跑,
做一口同音。

洋人是皇帝舅舅,
风吹吊柳枝枝动。
太后也是个洋婆,
洋人有杀气威风。
整得百姓太可怜,
叫天天不应。

让洋人封官晋级,
任洋人到处横行。
地方官连连拍马,
百姓像开水沸腾。
起先规定用洋钱,
后来又架起电线。

---

① 四道五处：白语，有到处之意。

千里路途一线牵,
真无法无天!

千谋万算我中华,
百姓伤心到万分。
开科举士也不准,
学校关大门。
自古取天下才子,
这是中国的古风。
到现在来他不准,
有才路边丢。

随他意的有官做,
跟他作对难逃生。
若有言语得罪了,
斩草又除根。
死的死来亡的亡,
父母兄弟难相顾。
皇帝也受够了气,
紫微星也遭了难。
逃到陕西去安身,
为因听了太后话,
说雨变成金。

我们去到董爵林①,
为了一只狗起事。
起先还小看我们,
玩意闹成真。

把他洋人整佩服,
一个个活活抓来。
又剥皮来又抽筋,
吃他的心肝。
百姓成天下主宰,
洋人吓得打哆嗦!

附记:此诗是剑川县马登下寨的算命先生杨阿力所作。据说他才学高深,但未中举,便回乡算命讨生活。

3

也利也,
父母丢下这块田,
父母丢下牛这架,
用它去犁田,
一天犁得三五垧,
三天翻得九坝田。
白谷秧栽田里面,

---

① 董爵林:今新疆。

结的粒米穗。

4
夏至到来热炎炎，
今年南坝谷发旺，
发得绿茵茵。
棵棵好像阉鸡尾，
叶子还比蒜叶宽。
枝枝长得芍第大，
满坝"锅底青"①。

5
花上花，
弹起三弦去看花。
三弦弹进花园里，
好花喷鼻香。

好花就数红芍药，
香花就数红牡丹。
小妹与哥成双对，
芍药配牡丹。

6
小亲妹，
你是高高山上雪，

小哥口渴想雪水，
山高路又远！
山高路远哥不怕，
哥只爱你小亲妹。
哥是芍药妹牡丹，
永远不分离。

7
翠茵茵，
南甸秧苗绿茵茵，
今年秧苗发得好，
像阉鸡羽毛。
管它茁壮不茁壮，
哪管它像阉鸡毛。
阉鸡肉炒青豆角，
请哥来吃饭。

8
小亲哥，
妹子在楼上织布，
一见小哥进门来，
忙着来招呼。
忙端椅子请哥坐，
洋旱烟锅递给哥。
哥把一匹布撕成了三丈长，

---

① 锅底青：意思是庄稼黑得像锅底一样。

就因挂着哥。

9
忽利恩，
好三弦配得好弦线。
三股弦线摆成排，
弹出好声音。
弹得仙女云上走，
引出调子声连声。
弹得百花齐开放，
琴弦响铮铮。

10
忽利恩，
一把扇子两面金，
一枝花有两蜂采，
妹有两样心。
一面鼓来两面打，
如今你同别人亲。
你用木瓜腌酸菜，
酸透我的心！

11
妹子你且听我讲，
莫要听闲言杂语。
闲人说话风吹掉，
一心爱着你。
人家相爱嘴边说，
我们相爱用心肝。
情意还比海水深，
万年也不干。

12
花上花，
爱你园中朝阳花，
爱你想跟你交情，
不想再回家。
树头上的好鲜花，
树头上的鲜花好，
若能采得这朵花，
饭不吃也喜欢。

13
忽利恩，
小哥得病妹不知，
小哥得病妹知晓，
哭得更伤心。
慌里慌张到哥家，
摸你头来按你脉，
摸你左手脉还好，
右手的脉好恍惚！
壮腰瘦成蜂腰样，
怕要永分离。

14
小亲哥,
且莫说家中贫苦,
妹的心意说给你,
夜里多想想。
相爱不怕人贫穷,
结交不怕人高低,
讨饭日子同齐过,
妹子也心甘。

15
小亲妹,
妹的话儿合哥意,
你我是前世姻缘,
兄妹才相会。
妹子织布哥纺线,
何愁日子过不去。
合心合意我二人,
兄妹长相爱。

16
四咬恩,
鹰还没飞雀就惊,
我们两个才相会,
就议论纷纷。
要讲要讲随人讲,
只要我们多小心。

纵然把头砍下来,
血要淌一堆。

17
花上花,
给哥掏出妹心肝,
情语爱语给哥说,
让哥心喜欢。
夜晚想哥就像星恋月,
白天想哥就像蜂恋花。
星星月亮有处找,
哥哥没处看。

18
兄妹路隔多少里?
多少步?
一坝杨柳树。
哥拿镰刀劈柳枝,
妹拿锄头去挖树。
柳枝柳根挖一堆,
看它还远不!

19
四咬恩,
刀子虽快不在心,
刀子不过两三寸,
皮肤比它厚十分。

奈何桥上哥寻妹，
九曲桥上手牵手。
阎王面前我去说，
死也做情人。

20

忽利恩，
蜜蜂恋花花恋蜜，
哥想妹来妹想哥。
想到哪一天，
金鱼恋的洱海水，
老鹰恋的点苍山，
燕子恋的青瓦房，
我恋小妹妹。

21
演唱者：王玉吉

花上花，
蜜蜂停满一枝花，
蜜蜂多来花又少，
压倒了花枝。
压倒花枝妹来扶，
压倒花枝妹来接。
阿哥采花尽管来，
有事妹承担。

22

忽利恩，
哥追妹子紧紧跟，
追妹追到山坡上，
妹也不等等。
请蝴蝶到你前边拦，
请云彩紧追你脚跟。
可惜蝴蝶翅膀软，
落在妹后头。

23
演唱者：李畅之

清风陈陈雨绵绵，
满山满坝是水田。
听说小妹要栽秧，
帮妹栽一天。
妹下田时哥也下，
小妹栽时哥也栽。
上丘栽到下丘里，
栽成胡椒眼。

24
演唱者：杨秉义

四咬恩，
哥是月亮妹是星，
兄妹好比星和月，

相爱配成亲。
好花开放蜂来采,
月亮出来星星跟。
兄妹好比同林鸟,
赛过月和星。

25

小亲哥,
为何你生心两颗?
为何找两个情人,
真心挂哪个?
你挂她来找她去,
要是挂我莫找她。
妹像云雀过西山,
没处去落脚。

26

演唱者:字发兴(53岁)
搜集地点:云南省大理白族自治州洱源县西山乡

太阳落了进花山,
田边爱夫等爱妻,
只有小妹没人等,
没人暖心窝。
天上云彩吹得散,
地下凉水晒得暖。
情歌像鹞满天飞,

难见你的面。

27

演唱者:倪桂若

四咬恩,
小哥出门天气阴,
小哥出门下大雨。
哪村去安身?
给哥送来腾冲伞,
插翅飞到哥身边。
可惜妹的翅膀软,
落在哥后头。

28

演唱者:桂占兰

四咬恩,
你手扪胸自问问,
你出门已三天整,
不告妹一声。
叫天天高无人应,
叫地地厚不应声。
妹子心想去找你,
可惜不知路。

29

哥妹分离各一方,

山是两座山,
坝是两个坝。
情哥一天过一山,
小妹一天隔一坝。
过山郎和隔山妹,
哪天再见面?

30
演唱者：姜昌妈

今年不比去年啰,
去年还在妈身边,
今年如①公婆。
开口骂我吃干饭,
闭口骂我命太丑,
养女不单是我家,
你们也有女。

31
（语勒语）
挨打就是为了你,
妹为小哥挨了揍,
三天爬不起。
三天不吃一颗饭,
三天不喝一滴水。
忽听门外小哥喊,

叫一声爬起。

32
青青溪水顺着流,
妹子受苦没尽头,
十二岁就嫁他家,
气死小妹我。
大竹萝萝当伙伴,
镰刀当作亲姊妹,
背板就像背枷锁,
背到哪一天!

33
翻译者：杨举

小心肝,
风吹十里桂花香,
蜜蜂闻到香蜜味,
才飞来采花。
蜜蜂只为采花来,
我为小妹到这方,
蜜蜂采花把蜜酿,
我们要成双。

34
花上花,

---

① 如：白语，受人虐待。

爱你园中朝阳花,
爱你园中花朝阳,
风吹十里香。
西风吹来香十里,
我挂阿哥在心坎,
挂哥情来挂哥意,
阿哥形形在哪方?
要想请人带个话,
又怕说得不到家,
请大的怕他乱讲,
请小的怕他说差,
今天哥妹相遇了,
互相来谈谈。
哥哥要叙哥衷肠,
妹子要叙妹心肝,
叙心肝来诉衷肠,
哥妹做一家。

35
演唱者：李突湖

妹是箐里长流水,
哥我心中好渴水,
山高路又远。
山再高我也要去,
路再远我也要来,
不相交就不相交,

相交要长远。

36
花上花,
你说月出到我家,
月亮已经偏西了,
阿哥在哪方?
香油点了好几盏,
灯芯点了好几把,
莫非你去找别人,
不把情妹想。

37
亲小妹,
大白月亮我不爱,
我爱天黑月无光,
哥妹好相会。
哥在东来妹在西,
一东一西难相见!
做夫妻像野马鹿,
哪一天相见?

38
细直一,
不提你嘛心怏怏,
一天提你话三回,
回回淌眼泪。

人人问我哭什么,
我说风沙迷眼睛,
风沙迷眼是假话,
想哥才是真。

39
就利就,
两人相隔一条路,
路上长着刺一蓬。
刺叶遮眼睛。
妹拿镰刀割刺叶,
哥拿锄头挖刺根,
连根带叶远远摔。
哥妹心连心。

40
敌敌打,
正在绣花想情郎,
正在绣花想情哥,
针短丝线长。
丝线绣花色会变,
小郎情意永不忘,
手中丝线日日短,
情意日日长。

41
花上花,

树发叶子开出花,
绿叶红花朝阳笑,
锦上又添花。
哥是金鸡妹是凤,
郎是芍药妹牡丹,
凤凰金鸡飞一对,
哥妹配成双。

42
奔腾奔,
河里南风接北风,
树里人说你和我,
没捉住我们。
就是捉住也不怕,
水有源头树有根,
相好相交处处有,
荃麻处处生。

43
花上花,
妹是千层石榴花,
榴花红,
情郎相思苦。
从前听人说相思,
而今相思临到头,
看着榴花红似火,
情郎愁白头。

44

忽利恩,
望你的身形望长了眼睛,
问你的消息问得嘴唇枯焦,
你没有回音。
我到玩的地方看了你百遍千遍,
我到高山深谷里等了你千回万回,
可是到哪里去找你啊,
找来找去还是冷影孤身!

45

威灵显赫的城隍老爷,
请让我们的爱情保持久远,
如果我们的爱情得以久远,
送你双筒鞋。
你们已相爱这么长了,
送我的筒鞋又在哪里?

46

大路不走茅草深,
头发不梳成乱窝。
水不流不清,
鸡汤无盐比水淡,
小哥无妹冷若冰,
鲜花还要绿叶配,
妹要小哥跟。

47

鸡叫三遍要起身,
曲子唱完恩爱深,
曲子唱完情意长,
分身不分心。
曲子越唱越发多。
唱完曲子知妹心,
哪月哪日妹转来?
哥和妹成亲。

48

一根竹子青又青,
吃饭听见妹声音,
碗筷一丢跑出去,
跟到妹后头。
三天不见情妹面,
三天就像熬三秋,
今天见了小情妹,
痛快谈知心。

49

锣锅打烂做钢钉,
全身打烂做花柳,
杀我也不怕。
我为妹子死也得,
我为妹子死不怕,
就是他们杀了我,

夫妻赶二世。

50
男：
听说情妹腊月嫁，
腊月出嫁我不知；
眼看小妹缝新被，
心中乱如麻。
娶你那人是哪个，
我们相爱时他在哪里？
彩礼给他丢回去，
不要嫁他家。

51
演唱者：阿直爹
搜集者：陈瑞鸿

女：
大哥说莫嫁他家，
这话从哪里说起？
一月只有三十天，
回来看望你。
饭也不给他们煮，
话也不和他们说，
不跟丈夫同枕睡，
不脱我衣裳。

52
阿妹好比金香炉，
哥哥好比真檀香；
檀香烧在香炉里，
闻着喷鼻香。

53
妹子匆匆出大门，
阿妹徘徊大门外，
瞧着你背影。
嘴张开了想招呼你，
怎奈旁边人太多；
我好像乌鱼在大海，
有水还口渴。

54
蜜蜂飞到花园外，
你把园门快打开，
让我去看看。
红芍药配白芍药，
映山红配白牡丹，
还有一盆诉情花[①]，
爬出墙外边。

---

① 诉情花：即素馨花。

55
蜜蜂飞到花园外,
我把园门大打开,
让你去看看。
十一月开十二景,
四季里有四季花;
阿哥你要采哪朵,
趁早做主张。

56
搜集者:赵曙之

看见你呵我心慌,
瞧见你呵我心抖,
石榴开红花。
石榴花红百花红,
石榴花香百花香;
阿哥有情妹有意,
怎么扯得开。

57
小心肝,
不要怕人说闲话,
妹子我们是真金,
不怕烈火烧。
我俩稳坐在船中,
不怕海里波浪翻,

乌鸦就是叫死掉,
鹦有鹦心肝。

58
唉亲哥,
你的担子千斤重,
妹子实在背不起,
想把它丢掉。
转过脸来瞧瞧你,
活像一只扑雀鹰,
迟迟认识刚相爱,
怎么舍得你。
唉亲哥,
天天想你见不着,
把你相貌画成画,
贴在房门上。

59
前言后语都不说,
只从中间来说起:
自从我俩分离后,
细草绊倒我,
走来个人要瞧瞧,
今天搭你相遇了,
就像拾黄金。

60

看朝西,
高高崖上牡丹开,
心里梦想采一朵,
脚下没有梯。
梯子搭在我脚下,
左手把我右手牵,
如果左手拉右手,
就可成夫妻。

61

小妹子,
两条河水合沟流,
我们就像水里鱼,
水合处相遇,
大江大河随咱去,
龙宫海殿随咱走,
玉兰花儿遇梅花,
相恋在今天。

62

东方发白天要亮,
妹子砍柴去不去?
你哥预先走上前,
相等青草坪。
妹子你拿大刀砍,
你哥我拿锯子锯。
叫声妹子挑起柴,
摇摇摆摆走。

63

小心肝,
风吹十里桂花香,
蜜蜂闻到桂花香,
飞来采桂花。
刀在鞘里微微动,
筷在笼里轻轻摇,
小马看见青草地,
蹦蹦跳跳欢。

64

带个信儿给情哥,
花儿苍白为什么?
眼目昏花为哪样?
你自己想想。
花未采着空有名,
空来空去在世上,
哥哥你有什么话,
对我说说吧!

65

演唱者:张明德

花这朵,

我俩是牡丹和孔雀，
我俩像蜜蜂和桃花，
怎么能分割？
妹子你会不会丢我，
我离开你就没有欢乐，
请你把花园门打开，
蜜蜂采芍药。

66
你家门前有塘水，
塘中水儿清幽幽；
塘边长棵海棠树，
花儿鲜又红。
左手攀来攀不着，
右手折来刺扎手；
叫声小妹有情花，
倒向这里吧！

67
阿妹门前有棵树，
树上有只小金鸟；
夜静更深它鸣唱，
唱醒有情人。
第一他唱花开放，
再唱胡椒配豆蔻；
我身虽然离你远，
梦里常相见。

68
是老井，
宁东有个黑煞神，
糟蹋东村扰西村，
伸手就抓人。
巨齿獠牙张血嘴，
凶横残暴食穷人，
有朝一日天开眼，
剁他成肉饼。

69
搜集者：李思明

脚出桐门看东方，
看见东坝前泚江，
看见东坝意中人，
黑发也变苍。
愿变他手上金镯，
愿变他园中鲜花，
愿变十五三更月，
照进他的家。

70
花上花，
真话说给妹心肝，
闲言闲语风吹掉，
就采这朵花。

人家相爱嘴上说，
兄妹相爱用心肝，
我们情意比水深，
永远不会干。

71
细么么，
一心要和妹结交，
哥我变作洱海水，
永远把花浇。

72
要我结交莫结交，
妹我变作一只船，
浮在海上漂。

73
一心要和妹结交，
哥我变作风篷杆，
立在船中腰。

74
要我结交莫结交，
妹我变作一阵风，
把篷杆吹倒。

75
一心要和妹结交，
哥我变作青石岩，
把风来遮着。

76
要我结交莫结交，
妹我变作一棵树，
穿散石岩脚。

77
一心要和妹结交，
郎我变作一只鹰，
大树上做窠。

78
一心要和妹结交，
妹像鲜花在山顶，
郎变一棵松，
常挨在花旁。

79
要我结交莫结交，
妹我变作大杉树，
杉树长在松树上，
再比松树高。

80
一心要和妹结交，
不怕杉树高又高，
我把杉树砍下来，
做个大门槛。

81
要我结交莫结交，
妹我变作天上月，
照着阿哥修门槛，
照着阿哥磨弯刀。

82
一心要和妹结交，
妹你变作天上月，
郎我变作一堵云，
把月亮遮着。

83
和我结交来时早，
郎变乌云遮月亮，
妹我变作一股风，
把乌云吹散。

84
一心要和妹结交，
郎我变作青石岩，
挡住你的风。

85
和我结交莫结交，
妹我变棵牡丹花，
开在石岩上。

86
一心要和妹结交，
郎我变作小蜜蜂，
去采牡丹花。

87
和我结交来时早，
妹我变作野山火，
烧死小蜜蜂。

88
一心要和妹结交，
郎我变作汪洋水，
往你火山浇。

89
和我结交莫结交，
妹我变作一条鱼，
鱼在水中漂。

90
一心要和妹结交,
郎我变作打鱼郎,
撒网把鱼捞。

91
和我结交莫结交,
妹我变作水底桩,
撕破你的网。

92
一心要和妹结交,
郎我变作大斧头,
破你水底桩。

93
迎春花,花勾花,
抱怨无情爹和妈,
前日阿哥来说亲,
爹妈不答应。
我俩同心结姻缘,
婚姻不由我主张,
嫌贫爱富心肠硬,
拆散好鸳鸯。

94
花上花,
昨天花轿到你家,
人家花轿来抬你,
气烂哥心肝。
一对鸳鸯少一个,
一只筷子不成双,
有情有意我二人,
活活两分开。

95
弦子弹到伤心处,
苦情叙到眉毛根,
今生不能得团圆,
阴间去脱生。

96
一股清水流箐底,
叫我可怜到哪天,
十二岁上到他家,
哭尽又哭绝。
镰刀是我亲姐妹,
大竹萝萝随身边,
背板就像是枷锁,
背到哪一天。

97
月亮照白四季花,
十八年受苦在他家,

母子狠心折磨我，
三天九回打。

98
与其死在公婆手，
不如自己挂双绳，
双脚一蹬眼睛闭，
看你公婆打何人。

99
演唱者：陈梓中
搜集者：杜惠学

小心肝，
心中有话难开腔，
心里话儿难出口，
说给星星和月亮。
我请三星说给你，
我请北斗来传话，
三星跟着北斗走，
小妹跟哥去。

100
（西山调）
蜜蜂想花花想蜜，
你也想我我想你，

想到哪一天（唉咦哟）。
老虎只想点苍山（唉咦哟），
金鱼只想洱海水，
燕子它想青瓦旁，
我想小妹妹（唉咦哟）。

101
小哥被迫走夷方[①]，
受苦受难在他乡，
两眼泪汪汪。
妹妹玩耍犯王法，
唱个调子罪难当；
这个世道不像话，
何日见阳光！

102
三妖妖，
你叫爹爹打我妈，
把我亲妈打死了，
叫我来伺候后娘！

后娘叫我搓元宵，
搓大搓小都挨啕。
亲生儿上舀一碗，
不是亲生舀一颗。

---

① 夷方：指缅甸。

亲妈打女麦秆秆，
后娘打女刺根根。
哥哥牵我出门哭，
亲娘葬在苍山腰。

103
演唱者：张文畅

锣锅打烂做铜钉，
金身打烂做花柳。
杀我也不怕，
要做姊妹我不怕，
就是杀头也不怕。
人生世上总要死，
当作没出世。

104
我爹我妈坑害我，
逼起我去跳火坑。
媒人就是催命鬼，
爹妈就是害人精。

105
男女身上一副枷，
买卖婚姻由爹妈。
不管愿不愿，
只凭媒人嚼牙巴。

106
搜集地点：云南省大理白族自治州鹤庆县

衣裳撕得碎纷纷，
疙瘩衣服结绣球，
兰布裤子成串串，
伤心过日子。

107
唉亲哥，
妹子我因家贫困，
封建家法如猛虎，
怕得妹发抖。
扁豆绕在竹竿上，
南豆爬在瓜架上。
阿哥勇敢情义好，
妹妹靠在你身上。

108
刀口子上我敢走，
阎罗王爷在哪里？
我要要他命。
多少富人他不叫，
偏叫我们穷苦人；
有钱叫活无钱死，
不闹就不行。

109

汗水滴在黄秧上，
白米装进地主仓，
天理在何方？
新鞋新袜地主穿，
牛屎马粪穷人抓，
一年收成一日饱。
年猪宰南瓜。①

110

搜集地点：云南省大理白族自治州洱源县西山乡

秋季里来叶子黄，
山区出了一只狼，
名字叫作杨庆昌，
横行小霸王。
人家姑娘他抢去，
人家胖猪他宰杀，
人家谷米他抢走，
穷人泪汪汪。

111

演唱者：李治唐（片断）

豺狼挡路横着睡，
叫乌鸦鹰群去撕他的肉，
叫他白骨观天。

112

官家要我修条路，
民工好似小蚂蚁，
想起真心痛。
多挖他们就喜欢，
少挖就要挨鞭条。
挑的这个重担子，
再比铁还重。

113

日子过得真不安，
三十六师扎凤羽，
人民大遭殃。
抓兵派款又拉夫，
牛马鸡鸭都抢光，
欺骗妇女丧天良，
就像张结巴。

114

女：
花一朵，
小哥出门莫去了。

---

① 此句意思是穷人过年宰不起猪，拿着南瓜当猪杀。

要是阿哥去出兵,
小妹挂牵哥。
湖南湖北路不通,
江西地方莫去了,
盘田盘地种庄稼,
在家过日子。

115
男:
阿哥出门一定去,
日本鬼子打到我们头上,
要叫我们做奴隶。
火炮打来不要怕,
飞机飞来莫要愁,
日本鬼子打垮了,
大家才自由。

116
(洱海白族调)
花上花,
马家坝子凤羽乡,
高利重租盘杀人,
穷人大遭殃。
提刀杀人不眨眼,
后台老板蒋匪①帮。

等到穷人出头日,
砍他脑袋瓜。

117
翠茵茵,
参加红军打敌兵,
解放这县攻那县,
有革命雄心。
打倒反动保安团,
还要消灭土豪绅,
还立人民新政权,
不达不甘心。

118
老蒋做事不应当,
有钱人家说得响,
无钱就遭殃。
保长五子不抽调,
抽我独子把兵打,
皮鞭抽来枪托打,
含泪离开妈。

119
老蒋做事不应当,
纺纱织布出捐税,

---

① 蒋匪:当地人的叫法。也称匪蒋。——编者注

破户又破家。
衣裳不成衣裳样，
家中无米饿得慌；
没心大葱栽园里，
老蒋没心肝。

120
一生下来就穷苦，
富贵人家享安乐。
穷人去出门，
我也实在不愿去，
只因家穷欠债银。
一生下来就命苦，
命苦才出门。

121
男：
小妹抬头瞧一瞧，
想想从前看现在。
从前住的风扫地，
睡是睡的月照床；
现在住的新房子，
盖得巧又好。

122
女：
哥哥说的是真的，
妹妹同你谈谈心。
别的事情暂不讲，
只讲穿衣这事情。
从前衣裳结打结，
裤子就是马笼头。
如今领挂穿几件，
新式花样颜色鲜。

123
演唱者：李子敬

观音寺的杨汝槐，
村里恶霸第一个！
放给我们高利贷，
剥削穷苦人。
征粮你不把粮交，
叫你跪在我们前。
有了毛主席领导，
我们剥你皮。

124
小蜜蜂，
手拿花针绣手巾，
手拿花针绣手帕，
绣上一颗心。
绣上哥把边疆保，
绣上妹子把产增；

前方后方齐努力,
结成一颗心。

125
女:
真讨厌,
哪个和你比富呢?
你就做官做你的,
一点不贪念。
我要有心找对象,
就要找个挑粪的。
劳动模范我才嫁,
做劳动夫妻。

126
男:
谁家女,
要识人才差得远,
你试看我这双手,
都是疙瘩茧。
拿出奖状抬你瞧,
几次都把红花挂,
几次都评特等功,
不是夸大话。

127
女:

钟情哥呀有情哥,
妹妹错骂了哥哥。
做公鸡呀要早鸣,
省得错怪哥。
情哥你是真鹧子,
却只把你当斑鸠。
请你不要放心上,
话出不能收。

128
性情傲点没关系,
只要拿出真心意;
刀口的钢质不好,
难得吹进去。
人说嘴红心眼白,
架豆缠着竹竿走;
哥妹同是盆里花,
一朵靠一朵。

129
农闲就把书来读,
睡半夜来起五更;
书里面有真金子,
一字值千金。
叫声乡亲邻里们,
要记在心头。

130
花上花，
苍山脚下来开荒，
开荒来到苍山脚，
锄头响叮当。
个个拼命挖茶地，
种出茶来喷喷香。
毛主席的恩情大，
采茶先敬他。

131
翠茵茵，
荒甸坝来绿森森，
荆棘大树葱茏茏，
荒草一人深。
自从开荒队来到，
遍山响起锄头声。
斩尽荆棘挖松土，
山上闹春耕。

132
花上花，
土改政策传通乡，
男女老少齐听了，
心里乐开花。
团结起来斗地主，
不让他们乱扯谎。
共产党的政策好，
土地回老家。

133
搜集者：中共洱源县委宣传部·文教科

花上花，
共产党有好主张，
工人农民翻了身，
穷人把家当。
工农兄弟力量大，
团结起来是块铜，
急急跟着共产党，
建设新国家。

134
提起过去没法说，
好比冬天吃凉水。
点滴记在心。
单丁独子都抽完，
抓走我儿去当兵。
自从来了共产党，
浑水也澄清。

135
搜集者、整理者：董佐

翠茵茵，

山上山下闹纷纷。
挖鱼塘又修水库,
天上月点灯。
苍山脚下修水库,
鱼塘挖得几丈深。
水库蓄水灌田园,
养鱼种莲根。

136
细心想来仔细想,
想起以前那几天。
专门想着坏事情,
打个人主义。
社员生活我不想,
只想个人搞自发。
使得社员们怀疑,
贫雇农生气。

137
搜集地点：云南省大理白族自治州云龙县

人民公社一枝花,
东风一吹遍天下,
来到我们家。
上级党委一号召,
争先恐后申请忙。
两乡十社拼一社,

打下幸福春。

138
怎么的,
眨个眼睛就冬天,
青霜就像白雪样,
手脚也冻僵。
人在三甸车间里,
暖和好似春三月。
跳进火里不觉烫,
跳水不觉冷。

139
人民公社万年春,
春万年,
人人享安康。
集体主义来培养,
自私自利消灭光。
巩固集体所有制,
幸福乐无疆。

140
我家住在瓦山区,
树多人少又分散,
文化又最低。
家家吃的是粗粮,
个个穿的麻布衣,

自从来了共产党，
麻布变布衣。

141
毛主席是咱父母，
真想亲眼看看他。
咱们买下他照片，
挂在咱身边。
我们干活他也去，
我们坐处他也在。
想起他时看一看，
真慰我的心。

三、对口山歌

搜集者：云南省民族民间文学大理调查队

唱个小曲图玩耍，
小嘴一弯唱出来。

要吃橄榄自己采，
要唱小曲约情哥。

树叶落在树底下，
小妹落在哥身边。

要唱小曲赶忙唱，
唱它几个就回家。

曲子有了几杂柜，
今天带来一小勺。

曲子有了几杂柜，
随便带来一手巾。

有了曲子你不唱，
留给谁人往下传？

有了曲子不想唱，
留给哪个有情人？

新打剪子难剪布，
新作姊妹难开口。

曲子不是妹爱唱，
喜欢阿哥唱出来。

哥是金鸡先开口，
妹是凤凰接后音。

唱来唱去就唱来，
唱个蜜蜂跳花台。

蜜蜂跳在花台上，
一个一个唱起来。

小曲一唱三月半，
自己唱来自欢乐。

小曲一唱三年半，
欢乐头上加喜欢。

小曲一唱五年半，
唱到哪天算哪天。

金鸡不是鹅对手，
小妹不是哥对头。

妹是花绿逗人爱，
苦处调子乐处来。

隔河望见花一朵，
有心采花没有桥。

哥抬石头妹抬土，
合心修下采花桥。

采花要采花骨朵，
剥了花皮有花芯。

采花要采叶子绿，
叶子又绿花又香。

鲜花开在岩石上，
就为小哥手短顾不来。

鲜花开在岩石上，
小哥变个蜜蜂来采它。

蜜蜂只有黄豆大，
那格花园串不交。

蜜蜂采花来路远，
不恋路途恋花香。

蜜蜂见花高飞起，
花见蜜蜂笑着开。

蜜蜂见花高飞起，
闻见花香跌下来。

蜜蜂就为采花死，
蝴蝶只为戏牡丹。

好花开个十八朵，
没有野花半点香。

好花开有十八朵，
没有哪个来望望。

哪个见花不采朵，
哪个见妹不望望。

有心栽花花不开，
无心插柳柳成荫。

花开花谢年年有，
没有今年谢得多。

哥不采花花咋谢，
哥不浇水花咋开。

好花开在背阴处，
不着露水怎新鲜。

一朵红花开红掉，
妹妹还是正当心。

采花要问花名姓，
吃水要问挖井人。

采花要采头那朵，
背名要背头那声。

桂花树上结桂子，
桂林还要桂哥采。

为你才走这条路，
为你才到这地方。

花开两朵逗人爱，
路走两条是非多。

愿走这条采花路，
管它是非多不多。

妹子坐在高山砍木叶，
小哥坐在园中听柳音。

打个石头试深浅，
唱个小曲试妹心。

心想搭你做姊妹，
你家地名分不清。

我家住在大山地，
村名就叫杏花村。

有心哪怕隔千里，
无心哪怕门对门。

相隔十架山头九家人，
九架山头绕过来。

为你走过多少挂山路，
为你走过多少独木桥。

两家搬成一家住，
两扇大门一扇开。

唯愿老天下大雨，
淋倒山墙成一家。

黄牛可搭水牛配，
乌鸦怎能配凤凰。

凤凰还是凤凰配，
哪有凤凰配乌鸦。

金鸡就歇桂花树，
凤凰就歇牡丹花。

哥是金鸡妹是凤，
金鸡配凤也不差。

河边石头各有位，
各有各的有情人。

山羊不是绵羊的伴，
妹子不是哥的对头人。

妹的人才哥不爱，
爱人情义值千金。

岩上开花岩下红，
要做姊妹莫嫌穷。

骑马要骑小花马，
跟人要跟庄稼人。

没有银钱你遮盖，
鲜花盖过映山红。

小哥不是摇钱树，
小妹不是爱情人。

小星不能成月亮，
无情不能成夫妻。

你的小姐弯弯同妹说,
你眼斜起望别人。

一刀莫砍两棵树,
一人莫有两样心。

弦子没有月琴脆,
妹妹要比父母亲。

青蛙跳在绿叶上,
绿上加绿青(亲)上青(亲)。

小哥要像松柏年年绿,
莫学河边柳叶一时青。

哥的情义有山大,
妹的情义似海深。

天上七星配北斗,
地上小妹配小哥。

什么开花不结果,
什么结果不开花?

雄树开花不结果,
母麻结果不开花。

什么花开一树红,
什么花开一树白?

石榴花开一树红,
梨树花开一树白。

什么花开层层起,
什么花开香到底?

菊花开花层层起,
桂树开花香到底。

什么花开脸朝天,
什么花开脸朝地?

茄子开花脸朝天,
金瓜开花脸朝地。

水汽木头虫打眼,
这朵取名什么花?

水汽木头虫打眼,
这朵叫作莲花根。

叶子就像柳叶样,
这朵取名什么花?

叶子就像柳叶样，
这朵叫作竹桃花。

半天云头伸伸手，
这朵取名什么花？

半天云头伸伸手，
这朵叫作龙爪花。

道人头上梳高髻，
这朵取名什么花？

道人头上梳高髻，
这朵叫作南瓜花。

半天云头笑和尚，
这朵取名什么花？

半天云头笑和尚，
这朵叫作葫芦花。

半天云头草帽转，
这朵取名什么花？

半天云头草帽转，
这朵叫作朝阳花。

两个姑娘走一路，
这朵取名什么花？

两个姑娘走一路，
这朵叫作豌豆花。

什么吃着百样果，
哪个山头走不交？

鹦鹉吃着百样果，
这山飞到那山来。

什么吃着五谷子，
半夜子时叫得真？

公鸡吃着五谷子，
午夜子时叫得真。

什么穿白又穿黑，
什么又穿绿豆色？

乌鸦穿白又穿黑，
鹦哥穿的绿豆色。

什么下蛋一双双，
什么下蛋顺长江？

斑鸠下蛋一双双,
鲤鱼下蛋顺长江。

什么胆大山头转,
什么胆小土洞蹲?

老虎胆大山头转,
黄鼠胆小土洞蹲。

什么弯弯天边转,
什么弯弯割草根?

月亮弯弯天边转,
镰刀弯弯割草根。

什么叫作三分白,
什么叫作一点红?

月亮叫作三分白,
太阳叫作一点红。

天上星星哪个亮,
地上妹妹哪个亲?

月亮出来照四方,
有情有意两朵花。

小妹住在大山地,
路隔千里来相交。

相交吃过长流水,
细水长流不断根。

相交吃过源头水,
水有源来树有根。

相交吃过龙潭水,
拆开要等龙潭干。

吃水要吃大河水,
拆离要等河水干。

相交莫说拆开话,
你要拆开莫相交。

相交打根铁拐棍,
拆开要等拐断地柱通。

搭你相交说过一百岁,
九十九岁不满心。

相交要学田埂子上东前草,
一道节子一道根。

相交要学田坝心里四叶草，
四个叶子一个芯。

相交要学桃子剥皮芯一个，
莫学石榴剥皮芯又多。

相交要学石板搭桥千年过，
莫学烂木搭桥闪颠人。

相交说过石头开花山走路，
拆开扁担发芽海水干。

相交说过千年藤子万年树，
拆开要等树倒藤断根。

相交说过大理海子种洋芋，
拆开要等德源城上把船撑。

相交说过海水满到三塔寺，
螺蛳爬上断头山。

相交要学麻索着水道道紧，
要想拆开万不能。

金江沙耘买一台，
盒盒都是心合心。

新盖房子瓦合瓦，
新做姊妹心合心。

挑了多少不合意，
挑了小妹合哥心。

哥合心来妹合意，
合心合意做一家。

好花开在背阴处，
好女给在独家村。

算命先生瞎了眼，
咋个不搭我们配成婚。

吹打好像催命鬼，
轿子好像活阎王。

轿子抬来妹不走，
拣个石头打烂它。

花红绿轿又抬去，
气死后头采花人。

天上下的麻沙雨，
地上吹的旋涡风。

三、对口山歌

大白月亮走黑路,
步步踏进烂泥塘。

天阴难见太阳面,
路远难见有情人。

连路走来连路问,
不见情哥来身边。

风吹树叶到处掉,
到处碰着有情人。

隔山打锣锣不响,
隔河情哥叫不应。

火烧江桥断了路,
隔山兄妹隔两边。

水在旁边不解渴,
树在旁边不遮阴。

十里路头来相会,
情哥眼里泪淋淋。

相交那时说的什么话,
这时你搭别人亲。

好花开在牛屎上,
白费小哥来浇花。

河边石头心里硬,
半夜吃水好凉心。

只有冷处逃热处,
哪晓得雪上又加霜。

割草要把根留下,
草留根来妹留情。

情义没有芝麻大,
冤仇结得海洋深。

豌豆开花红红白,
阿妹你蚕豆开花起黑心。

好心当成驴肝肺,
檀香当作烂柴烧。

小犬行路嫌路窄,
大鹏展翅恨天低。

小哥跳河洗得白,
小妹跳河洗不清。

三股弦子断两股，
留下一股接后音。

好花一朵晒死掉，
哪有心情做牡丹。

妹是风来哥是雨，
风雨相交扯不开。

一盒沙粒一盒卖，
拆开一盒万不能。

要死要死一起死，
莫要哥死妹留着。

死也死在花树下，
埋也埋在花树根。

活着打下双衔墓，
死了埋成一棺材。

草娃变了心不变，
头发变了不变心。

一根竹子划两半，

转来又是心合心。

一根竹子划两半，
削成筷子又成双。

一根竹子划两半，
划开划开合拢来。

一颗桃子分两半，
只分桃子不分心。

一条大路分两半，
只分路来不分心。

哪天打发①给哥信，
买着礼物来装箱。

有心留哥留不住，
手抱大树哭一场。

送哥送到荞头坡，
荞头坡上种荞棵。

一双小手扭荞叶，
一双小眼望小哥。

---

① 打发：即女子出嫁。

望着望着去远掉,
今日去了哪日回。

走走又停看后面,
今日去了哪日回。

三棵竹子一样高,
砍下一根来做箫。

哥在山头吹一调,
妹在家中好心焦。

东边太阳往西照,
哥在东来妹在西。

白木靠着檀香树,
哪天才得根绊根。

月亮落了星①还在,
小妹孤单一个人。

秧雀不叫山冷清,
不见小妹冷哥心。

哥是东边孔雀西边鸟,

等到哪天才得成对飞。

吃饭没有合心菜,
说话没有合心人。

不梳头发头发乱,
梳了头发是非多。

鱼儿离水活不下,
哥离妹子无心肠。

鸽子飞飞成双对,
姊妹飘飘独一人。

隔山叫你山答应,
隔水叫你水应声。

有句心话想对你讲,
青草向着红太阳。

八月十五团圆会,
哥妹团圆到那天!

东望西望少望望,
把你河边石头望成灰。

---

① 星:是心的双关。

一出大门想起你，
山中树木瞧成人。

有心造桥桥又窄，
无心渡水水又深。

哥在山头望小妹，
妹在门前望小哥。

隔山听见哥声气，
只见声音不见人。

端起饭碗想起你，
眼泪掉在饭碗头。

走起路来想起你，
眼泪掉在路中心。

小哥想妹比山大，
小妹想哥比路长。

你想我想都一样，
我们都是同路人。

挂你就像星星挂月亮，
就像月亮挂星星。

挂你就像三岁娃娃挂兜肚，
系在腰来挂在心。

竹子发芽多新鲜，
情歌就是竹尖尖。

挂你挂得肝肠断，
挂你挂得眼难睁。

想你好像针穿线，
挂你好像线穿针。

挂你好比十两银子打银链，
九十九扣扣拢来。

挂爹挂妈有时候，
挂你小妹无时间。

想爹想妈街前问，
挂你小哥去问谁？

三顿茶饭不想吃，
只想小妹在面前。

想哥不能搭哥去，
爱哥不能做一家。

你要下雨莫下雪,
把我哥妹隔两边。

雪上加霜不为冷,
就怕苍山刮冷风。

想起小妹家头在不住①,
时时刻刻走外边。

一时想起哥的话,
左脚提起右脚酸。

一夜想你一夜哭,
眼泪打湿枕头巾。

太阳不见云遮起,
小哥不见去哪里?

抬块石头坐拢你,
什么苦情叙给哥。

你有什么苦情对哥说,
十分苦愁解九分。

丝线疙瘩哥会解,
妹的苦情解不开。

有心要把苦情叙,
没有找到闲日子。

哥叙苦情哭着说,
妹叙苦情刀绞心。

哥的苦情妹晓得,
妹的苦情哥不知。

女在娘家多欢乐,
花在树上多新鲜。

女在娘家多欢乐,
等到为人受风霜。

做女不比做媳妇,
如人不抵回娘家。

上门儿子多有难,
童养媳妇多难星。

就像苦荞粑粑蘸蜂蜜,
甜在皮来苦在心。

---

① 在不住:白语,意为"待不住"。

就像宾川雪梨甜如蜜，
咬着骨头酸透心。

挂你只在心中挂，
不敢说在嘴外边。

公婆晓得要挨骂，
丈夫晓得要挨打。

一天挨打十八顿，
看看太阳还早着。

不打不骂随时过，
越打越骂越伤心。

阿妹前门打着后门出，
眼泪揩揩想想哥。

上身打得毛蛇样，
下身打得竹叶青。

打是打着妹的肉，
疼是疼着哥的心。

黄连苦胆有人吃，
妹的苦情无人知。

苦情叙到伤心处，
眼泪淌到脚后跟。

妹的皮肉打烂内心在，
再有内心再相好。

细细想着划不着，
拿根绳子吊死我。

吊死不如搭哥走，
吊死不如跟哥走。

扯不开的豆芽菜，
分不开的我二人。

生要连来死要连，
哪怕官司在门前。

哥是月亮朝前走，
妹是小星随后跟。

哥骑头骡上前走，
妹骑二骡随后跟。

太阳飘飘往西落，
哥妹二人落哪里？

哪里有草就放马，
哪里有山就安家。

哪里有草就放马，
哪里欢乐就安家。

房子没有搭窝棚，
田地没有盘火山①。

隔山只要马得力，
隔海只要哥有心。

骑马不抵脚走路，
带路不抵自己来。

小哥胆子莫小心莫跳，
闯下祸来妹承担。

会蒸粑粑不费面，
会做哥妹不费心。

只要哥心合妹意，
就像芍药配牡丹。

天上星星个个亮，
地上哥妹个个亲。

河边那对小绿雀，
一齐歇起一起飞。

大理海子那根草，
漂到哪里算哪里。

大理海子漂白菜，
漂到哪里算哪里。

走到哪里算哪里，
欢乐地方去安身。

---

① 盘火山：即开荒地。

四、小调

五更调

一更月亮上东山,
百姓苦得叫青天。
公粮要交成黄谷①,
农民们受害。

三斗九折来收租,
一升半合不准欠。
抵身卖命也得交,
谁敢来对抗。

二更月亮也升高,
谷子要我舂成米。
一米二谷来推算,

不够就要赔。

交剩一点他拿去,
交不够的就要赔。
老百姓无路可走,
任官家屠杀。

三更月亮正当顶,
谁个做你们奴隶。
交粮要交到沙坪,
官家坐着等。

遇上天阴下雨天,

---

① 解放前有一个时期,公粮要交现款,后来又改交黄谷。

淋湿他们就不接。
老百姓走投无路,
实在是可怜。

四更月亮已偏西,
用秤用的是官秤。
用斗用的是官斗,
多了十五斤。

六袋米要十人背,
路上才有人替换。
几天几夜的路程,

只给十五元路费。

五更月亮落西山,
从早上背到晚上。
从晚上背到天明,
汗没干过。

吃的是残汤剩饭,
夜里睡觉更可怜。
既然骑马就上路,
一天一天磨。

定芷芝

叫一更,把心悔,
从前出了一个人。
两百刀子握在手,
一刀杀几人。

左谋算来右谋算,
要她丈夫去出门。
准备好了麦粑粑,
还有布草鞋。

好像是祝寿鬼神,

烤了几个麦粑粑。
做你明天的晌午,
先吃那大的。

里面放了许多油,
包心也放了许多。
要吃你一个人吃,
把你力气添。

东观音庙吃晌午,
后面来了催命鬼。

她的丈夫充大方，
先把大的吃。

粑粑还没吃大肚，
脖子好像索子勒。
差些出了无头案，
有个炼坪人也吃了一点，
不找到根苗。

做不得的莫要做，
人眼不见天眼见。
古说若要人不知，
除非己莫为。

何消耍毒辣手段，
你的心窝长了毛。
就是不要你丈夫，
离婚也可以。

一更过了二更来，
县长把她拘留起。
拘留在那班房内，
扣上了手铐。

起初问她不招认，

说要打"背花条子"（抽鞭子），
眼看就要受大刑，
才害怕起来。

说她丈夫面貌丑，
那脖子又短又粗。
脸蛋生得又宽又长，
脸上起皱纹。

我不愿和他成双，
要找个风流小伙。
牛马也可以调换，
何况乎是人。

布条子好把草鞋打，
年青小伙才风流。
咳嘿咳嘿笑哈哈，
笑得多有情。

二更过了到三更，
县长还是不答应。
嘴里说是："唉，唉，唉。"
心里说是："不，不，不。"

恰好那年又天旱，

水龙耍得很热闹①。
把那菩萨也抬来，
祭在丁卯村。

雨是一点也不下，
再加上病疾流行。
一天就死几十个，
百姓好哀愁。

县长借此不理事，
杀人案也不调解。
重大事情也不管，
才惹起祸根。

跑进街门问县长，
"这个案子咋调解？
请县长快点判决，
我们等着你。"

要是你不理我们，
我们就要你脑袋。
县长也害怕起来，
怕得就像弹三弦。
马上写了一公文，

报到民政厅。

民政厅来了电话，
剑川县长挨了骂。
半夜三更也集合，
喊出定芷芝。

给她喝汤又吃饭，
叫她去把丈夫找。
把她押到北门外，
啃地皮②青草。

后世你要变好人，
不要再干坏事情。
你是女子也心毒，
落得这下场。

三更过了到四更，
叫声妇女们听着。
做女子要守规矩，
要懂得道理。

做不得的莫要做，
见人有难要帮忙。

────────
① 天旱之年，白族常以水龙祈雨。
② 啃地皮：即枪毙。

若是要为非作歹,
名誉不好听。

姑娘年轻那时候,
做坏事情可谅解。
背着家人藏私房,
藏在布包里。
任随家中再紧迫,
当作没看见。
高兴时就买点布,
喜欢时买点针线。
再裱上一点布壳,
做双绣花鞋。

在娘家还好说话,
因为你是女孩。
等到嫁给了人家,
不能再这样。

四更过了到五更,

叫声青年们听着。
汉子做事要大方,
要懂得规矩。

做不得的不要做,
见人有难要帮忙。
做汉子的要小心,
要懂得道理。

若要是为非作歹,
马上就有祸患来。
爹妈怄得不得了,
爹妈也要受连累。
做汉子的要小心,
要懂得规矩。

务农才是个根本,
为人莫要学懒惰。
庄田不离田边走,
要抓紧生产。

童养媳

演述者：杨国拴

青菜花，
白菜花。
七岁姑娘嫁人家，
公要打来婆又骂，
小小丈夫揪头发，
两边头发揪完掉，
两泪汪汪回娘家。

爹爹看见女回来，
打开大门接进来。
妈妈看见女回来，
打开箱子摆花鞋。
哥哥看见妹回来，
打开帘子望出来。
嫂嫂看见妹回来，
闪嘴放脸跑出来。
妈妈说是吃碗饭，
嫂嫂只在热冷饭。
哥哥说是多吃碗，
嫂嫂就在刮砧板。
爹爹问我哪天折回来？
冷饭发芽那天折回转。
妈妈问我哪天折回来？
石头开花那天才转回来。
哥哥问我哪天才回来？
小马生角那天才转回。

放羊人

演述者：刘开凤

放羊姑娘王木珍，
一十三岁结了婚，

从小去当童养媳,
辞别爹妈要起身。

高门大户她不嫁,
把我嫁在牧羊村。
右手拿着放羊棍,
左手急忙开厩门。
放出大羊前边走,
小羊放出随后跟。
不拉羊角羊不走,
拉起羊角羊又惊。
高山放羊羊不跑,
箐里放羊怕狼吞。
早晨点羊是三百,
晚上点羊差二双。
回家早了怕挨骂,
回家迟了关大门。

放羊还要把麻织,
每天织麻要一斤。
白天织麻得四两,
晚上可以织半斤。
热汤热饭不得吃,
残汤剩饭冷透心。

高床大屋不得睡,
羊厩门口蹲成坑。

蚊子有得千千万,
虱子跳蚤有半斤。
三天一次去交麻,
交麻要用秤来称。

公公称的折四两,
婆婆称的折半斤。
婆婆拿秤就要打,
公公说放羊也要人。

秤杆打来由自可,
秤锤打来血喷心。
提起放羊苦,
两眼泪纷纷。

放羊人的苦

搜集者、整理者：菡芳
搜集地点：云南省大理白族自治州祥云县、弥渡县、宾川县

正月放羊正月正，
辞别爹娘要起身；
左手拿着放羊棍，
右手打开羊厩门。

二月放羊二月八，
山羊绵羊挤一场；
大羊要放两百对，
小羊要放三百双。

三月放羊三月三，
春风吹动草发芽；
大羊要吃灵芝草，
小羊要吃嫩尖芽。

四月放羊上山坡，
山上老虎豹子多；
菁底找羊豹子吼，
山顶找羊老虎叫。

五月放羊是端阳，
菖蒲药酒配雄黄；
主人吃得醺醺醉，
放羊之人不得尝。

六月放羊雨水多，
身背锣锅上山坡；
找得干柴没有火，
找得湿柴眼泪多。

七月放羊七月半，
一双草鞋已穿烂；
裂子开成娃娃嘴，
走起路来绞心肠。

八月放羊团圆节，
端对月饼供明月；
主人全家团圆坐，
放羊之人蹲半边。

九月放羊九月九，
主人赛过饿老虎；
叫起一声吓一跳，
吓得羊倌手脚抖。

十月放羊草枯黄，
大羊小羊到处爬；
半夜找羊想起娘，
望着月亮哭断肠。

冬月放羊下大霜，
放羊之人衣服单；
清早赤脚割羊草，
手扛镰刀脚踩霜。

腊月放羊一年完，
手中无钱又无粮；
三十晚上算一算，
衣无领来裤无裆。

山伯英台

藏本所属：刘举才
翻译者：陈瑞鸿
搜集地点：云南省大理白族自治州剑川县

自从解放到如今，
青年男女得翻身。
自由婚姻好政策，
已经在实行。

双方情愿来相好，
包办婚姻不同意。
我俩到法院去登记，
结自由婚姻。

以前山伯与英台，
感情很好难成亲。
受着封建的统治，
痛苦到万分。

因为父母来包办，
恩爱夫妻做不成。
感情好也白白好，
有话没处说。

我们从头说一说，
从它源头上说起。
嫌贫爱富四个字，
提它也火起。

英台对她爹来说，
我去读上几天书。
诗书里面有黄金，
一字值千金。

她爹听了这句话，
他就表示不高兴。
人长大了心不正，
我怕你要飞。

女人出门去读书，
说出话来笑煞人。
将来做出不好事，
败坏我家风。

你要真的去读书，
请个先生来教你。
牛无鼻绳马无缰，
决不能答应。

英台想出好办法，
她和银心来商量。

后门转到前门边，
装算命先生。

她爹见算命先生，
去查英台的生辰。
女扮男装去读书，
始终不放心。

将她八字报给你，
八月十五子时生。
她生那年是属猪，
请先生算算。

英台听见她爹说，
把香点起就卜卦。
一模一样算命人，
丝毫也不差。

我从这个卦里看，
小姐决不能在家。
一天坐在闺房里，
一定要遭殃。

叫她出门到外面，
大吉大利顶呱呱。
生来八字就这样，
随便你主张。

银心听了笑了笑,
英台对她眼一眨。
今天你要是笑我,
就要露马脚。

这时先生来指点,
英台最好去出门。
她要出了什么事,
叫我怎放心。

手杖只是独一根,
膝下单生英台女。
她要一心去读书,
心去人难留。

叫声英台听父说,
嘱你言语要记起。
嘱你言语两三句,
你要依从我。

读书三年满了后,
你就赶快折回家。
你一接着家中信,
决不能逗留。

英台听了好喜欢,
说给银心你听着。

男人衣服找几件,
赶快换了走。

衣服马上换好了,
我就装成个书生。
英台打扮很喜欢,
银心我们走。

一路走来一路看,
前面看见一个亭。
太阳火辣脚走疼,
进去歇一会。

那里来了一个人,
唱着离家别双亲。
唱着去杭州读书,
从家里起身。

共同走了一截路,
英台与他来谈叙。
才知道是梁山伯,
是白面书生。

马上与他来结拜,
你哥我弟就喊起。
一齐同去杏花村,
两人一样心。

两人打伙①去读书,
同心同意来相爱。
蜜蜂住在蜜缸里,
永远不分离。

说起日子过得快,
真像射箭和闪电。
三年读书已经满,
好像一眨眼。

家中寄来一封信,
写着我爹有点病。
叫我赶快要回去,
马上要起身。

回家舍不得山伯,
不去又怕爹焦心。
英台想不出办法,
顾前难顾后。

梁山伯的情义至,
想要和他订个婚。
嘴里虽然有舌头,
总是难开口。

话还没有说出口,
羞得满脸似桃红。
牛不擦墙墙擦牛,
怕别人笑话。

我只得向师母说,
请跟山伯说一声。
英台我是个女子,
请他要在心。

他若一心要爱我,
叫他快来我家里。
叫他回去请媒人,
来我家求亲。

一月以内要回来,
给他留下扇一把。
请把扇子交与他,
成就我婚姻。

因为父亲得了病,
不得不马上动身。
再要耽搁一两天,
使我真焦心。

---

① 打伙:白语,指一起做某事。此处有结伴而行之意。

山伯听得英台走,
打量送她十八里。
山伯英台我两人,
今天要分离。

好像蜜蜂离花丛,
好像金鱼离海水。
手指甲我肉离开,
恐怕是今天。

送了一截又一截,
英台肚里打主意。
绕山绕岭说给他,
他是否听懂。

他要把话听懂了,
棚子遇火岂不燃。
怎么他也听不懂,
再说难开口。

独木桥上真难过,
英台胆小我不走。
山伯赶快来牵我,
一步一步走。

一走走到桥中央,
英台比出事一桩。

今日好比七月七,
牛郎会织女。
我们也是两个人,
沿着他们脚迹走。
这样机会真难得,
心中要想通。

山伯还是没听通,
英台肚里顶忧愁。
山伯这个真是呆,
不通到这步。

看见庙子真喜欢,
进去里面逛一逛。
里面塑的观音像,
塑得真儒雅。

观音老母来做媒,
二人结婚真喜欢。
英台牵着山伯手,
和你来拜堂。

怎么说出这番话,
看你好像有点疯。
看你好像有些傻,
疯成这个样。

把我当作个女人，
为何当面来欺人。
两个男子在一处，
怎么能拜堂。

真气人，
山伯是根吹火棍，
一根火柴能吹通，
你真是笨拙。

琵琶挂到你胸前，
顺手弹时你不弹。
你和憨姑爷一样，
是个痴呆汉。

你说我是痴呆汉，
闲言碎语真啰唆。
把我当成小玩具，
一天来逗我。

憨姑爷是哪一个？
这些言语请莫说。
要是别人听到了，
脸上也无光。

你说脸上也无光，
心不亏处还要说。

一对鸳鸯来谈情，
他们真好过。

梁兄真不如飞禽，
飞禽也知春三月。
一窍不通就是你，
真是笑煞人。

你说真是笑煞人，
害羞二字怎么说。
管它谈情不谈情，
莫管闲事情。

两只鸳鸯我看见，
一公一母配成双。
你我都是男子汉，
莫说外行话。

一公一母配成对，
同行男女不成双。
英台替你干着急，
看你真是憨。

你要赶快醒过来，
莫要昏头又昏脑。
今日机会错过了，
下次就难找。

你叫山伯真怄气,
男女同行在那方。
山伯为着你情义,
送你到这里。

说出话来不知羞,
我是替你真害羞。
从今以后你记住,
闲话不要说。

英台说话你听起,
我俩马上就分离。
一对大雁剩一个,
分离在这里。

一只飞到南山关,
一只飞到北村来。
一只难见一只面,
哪天再相逢。

这回英台你回家,
就在这里两分离。
山伯祝你几句话,
莫要辜负我。

回家仍然要用心,
一篇文章经常作。

看书时候用心看,
莫要把书丢。

山伯把我真气死,
为何把你喊不醒。
亲事偏偏你不提,
尽说读书话。

想把真话说给他,
说出话来真害羞。
英台无奈我走了,
你也回去罢。

山伯哭声声回家,
师母跑出说给他。
师母笑看恭贺你,
实话对他讲。

英台她是个姑娘,
叫我亲自对你讲。
一把扇子交给你,
你快去找她。

我也说,
我这个人真糊涂,
英台真想喊醒我,
我还是不懂。

她将九妹许给我，
不是九妹就是她。
我自己也欠考虑，
真是比牛笨。

这时我才醒过来，
只得回家去找她。
回去禀告我爹妈，
一定要说她。

英台回到了家乡，
手里活计不想做。
随便做一双鞋子，
绣上一枝花。

总是想念梁山伯，
天天都在把他望。
哪日才能来我家，
能见得着他。

正在把他来想念，
银心跑来对我讲。
灯花头上结的彩，
是个好预兆。

昨夜点的那盏灯，
灯花那朵开得好。

灯花头上结的彩，
喜事快到了。

英台一句答应她，
我也想要说给你。
树上喜鹊喳喳叫，
喜讯报给我。

山伯一定回到家，
他一定要来看我。
我也和他说定了，
等他来说亲。

二人正在说着话，
她爹一下闯进房。
为父把你来出嫁，
给你说一下。

英台听见这句话，
心里非常地喜欢，
以为梁山伯来了，
就要跑去看。

不放心地问一声，
阿爹将我嫁谁家，
把我嫁给哪一个，
实话对我讲。

真好笑,
英台何必再问我,
独生女儿父疼你,
决不能害你。

嫁得真不差,
你的丈夫是马家,
他们富贵两双全,
有金山银山。

他父亲就是太守,
他名字叫马文才,
点起火把没处找,
阿爹恭贺你。

说给爹爹你听着,
你儿金银都见过,
做大官的我不爱,
实话对爹说。

他们儿子是金的,
我也不愿嫁给他,
嫌贫爱富是哪个,
是你老人家。

有钱的人你喜欢,
穷苦之人你欺压,

只见衣裳不见人,
没开过眼孔。

真的把我嫁马家,
吃斋不如说真话,
一刀把我砍两段,
决不能低头。

她爹听见就火起,
急得脸红脖子粗,
这样的人你挑选,
哪个合你意。

只得去问问银心,
我问银心几句话,
你小姐要什么人,
你要说实话。

银心走朝前两步,
说给员外你听着,
我小姐已有情人,
说的是真话。

他名字叫梁山伯,
小姐送他一把扇,
对天对地说一句,
无半句假话。

银心我也不客气,
一句一句说给你,
碟子盘子都抬出,
全盘抬给你。

员外起了无名火,
气得胡子也翘起,
恨不能找根绳子,
想去吊脖子。

我也说是奇怪了,
许多话语来骂我,
老鹰飞进刺蓬里,
其中有原因。

既然许配给马家,
看看喜期已来到,
难道叫我去退亲,
要去嫁别人。

真正是岂有此理,
莫非怕你要高飞,
你要想自由自主,
就万万不能。

再说不愿嫁马家,
惹起我的无名火,
一刀把你砍死掉,
丢给狗去拖。

叫声爹爹听儿说,
何必这样刁难我,
要我不嫁梁山伯,
重另①挑门头。
女儿心中已决定,
死也不愿嫁马家,
你不相信以后看,
终究是这步。

她爹气得莫奈何,
说给银心你听着,
你去劝劝英台姐,
必须依从我。

小姐若回心转意,
员外大大奖赏你,
马家听了也喜欢,
一定感激你。

真话说给员外听,

---

① 重另:白语,意为"重新"。

婚姻大事要自由，
小姐已经不愿意，
你莫再逼她。

叫声银心你听着，
看你嘴巴顶会说，
员外面前莫乱讲，
你莫包庇她。

你这人也真捣蛋，
破坏事情就是你，
你若再要讲两句，
一脚踢死你。

听说一脚踢死我，
你要吓唬哪一个，
银心我也不客气，
我要说说你。

你这人的心狠毒，
贪图富贵就是你，
只图马家财产多，
用钱来买你。

听说用钱来买我，
我做了又怕哪个，
马家日子已择好，

一定要她走。

小姐她若不愿意，
员外决不能饶她，
把她双脚来砍断，
看她嫁哪家。

听说看她嫁哪家，
虎毒吃子就是你，
银心我也不服气，
再把古人比。

以前王允老宰相，
做官比你还要大，
嫌贫爱富心狠毒，
把事情做差。

他嫌平贵花子样，
不配千金女流家，
宝钏不嫌平贵穷，
情愿嫁给他。

后来平贵登王位，
还是宝钏福气大，
王允饿死城墙脚，
死得真可怜。

你若不悔你的心,
你的下场像王允,
要紧的话这几句,
请你多想想。

听着叫我多想想,
你也敢来教训我,
难道把我说倒掉,
莫非我怕你。

你也不要再捣蛋,
员外脾气你知道,
你要把我火惹起,
一刀砍死你。

听说一刀砍死我,
真个算得老英雄,
银心我也胆子大,
决不能怕你。

要是我是胆小人,
看你一眼也吓跑,
□□银心我这个,
□□遇斧头。

□□说给银心听,
莫要替我来出头,

□□已经决定了,
□□挑门头。

梁山伯的情义重,
死了阴魂要找他,
□□我爹臭名声,
□□人笑他。

爹爹想要动手打,
□□山伯也来到,
□□见了顶喜欢,
□□去接他。

□□接进书房里,
□□冷话做热讲,
□□路上辛苦了,
□来到我家。

□□算得情意好,
□□千里到我家,
□□叫你空来了,
□□没处装。

□□前世做错事,
□□前世没修下,
我爹就是一把刀,
分开我两个。

我往山伯身上看，
我要说了又没说，
我爹把事情做错，
气碎我心肝。

只得喊过银心来，
我叫银心与他说，
嫌贫爱富老豹子，
真想喝他血。

银心说给梁相公，
真心真意到这里，
跋山涉水来我家，
把我小姐挂。

相公情意真是好，
你的情意真是长，
可惜小姐的命薄，
没有修着你。

我小姐也心不亏，
一心还是想念你，
她也实在不舍你，
真是没办法。

她也弄成没主意，
请你安慰你的心，

叫我真话说给你，
请你莫伤心。

她爹这个真狠毒，
做事还比毒药苦，
把我小姐来卖掉，
图马家有钱。

见了钱财他喜欢，
金钱能买他的心，
贪图富贵他这个，
总要短命死。

硬把姐姐许马家，
不久就要来娶她，
小姐躲在房里哭，
她对不起你。

山伯听了好伤心，
使我晕倒在地上，
告辞你我走了，
还有什么说。

想起英台情义好，
同学三年心一条，
随时随地打动我，
提到订终身。

四、小调 | 235

那时为何听不通,
如何糊涂到那步,
开口我还责怪她,
还想把她骂。

这时后悔来不及,
想起白生在世上,
再想找这样的人,
除非马生角。

山伯回去得了病,
病情一天天加重,
我为英台得了病,
怕病好不了。

叫我得了相思病,
医好这病没有药,
一想想到没法处,
就一命呜呼。

细心想,
怎样遇着这位爹,
遇着我爹这个人,
害人家三代。

听见山伯也死了,
有何趣味再做人,

气得脸也不想洗,
饭也吃不下。

嚼细了也咽不下,
睡下了也睡不着,
山伯哥哥要等我,
和你一齐走。

坐着坐着心苦闷,
马家轿子来迎接,
吹的吹来打的打,
叫声闹嚷嚷。

花轿子在门外等,
英台没有梳好妆,
怎何说也我不听,
想念山伯哥。

宁死不上马家门,
死是可以不愿嫁,
若要我回心转意,
白枉费心机。

真笑话,
弄得员外没办法,
好像一条长毛狗,
气得肚子胀。

他的脸也没处装，
英台！爹爹多谢你，
你要为我行阴隅，
要顾全大局。

英台心里正生气，
一下想出好主意，
假装意思随他意，
暂时来答应。

转来和我爹商量，
嘴里喊着好爹爹，
女儿有事恳求你，
看爹可愿意。

你要女儿去出嫁，
依我事情一两桩，
你要一句答应我，
马上就出嫁。

第一我要穿孝衣，
第二带香烟纸火，
我到山伯哥坟前，
去祭他一祭。

如果牛不想吃水，
硬压牛头也枉然，

你要不听刁难我，
死也我不走。

真笑人，
事到头来不自由，
我也弄得没主意，
只得答应她。

好言好语说给她，
恨不能跟你磕个头，
马家他的势力大，
这点你要懂。

这回你到了马家，
孝衣你要脱掉它，
省得他们不喜欢，
以免把祸闯。

英台上轿去马家，
山伯坟前下了轿，
又抓地来又跺脚
哭得好伤心。

从前我与你说过，
这时是否见着我，
半路之上你先走，
叫我真伤心。

红衣变成穿孝衣,
湖调衣带变成索,
你要有灵又有验,
指我一条路。

英台刚才祈祷过,
坟墓炸开成两半,
英台跳进坟墓里,
大家亲眼见。

他们还是心不甘,
拿条锄斧和铁锹,
挖出一对彩蝴蝶,

飞得多喜欢。

它们飞也一对飞,
它们歇也一处歇,
几百年也永相爱,
永远不分离。

马家儿子马文才,
看得目瞪又口呆,
有权有势又怎样?
又怎样?
落得一场空。

英台哭山伯

记录者: 李嘉绩

英台祭毕哀哀哭,
惊动梁兄土内听,
奴家今日深山拜,
拜别哥哥奴起身。

坟前没物祭拜你,
你可知音不知音,

因为当年情意重,
不顾羞耻祭郎坟。

多少美味无心尝,
四时茶饭懒来吞,
欲题诗句忘了字,
绣房绣锦掉了针。

懒对美镜整容面，
不用胭脂搽脸唇，
人家夫妇同欢乐，
奴在绣房伴寒灯。

对对燕子梁上戏，
双双蝴蝶卧花荫，
金屋人间传二美，
银河天上渡双星。

天仙也有思凡意，
唯有兄妹俩分离。
独坐绣楼影做伴，
犹如孤雁失了群。

叫尽大雁将谁怨，
鸟飞回海那个亲。
前后两空无依靠，
无处商量口问心。
只得烧香许愿心，
保佑哥哥早回程。

一月望郎郎不转，
二月望郎杳无音，
三月望郎无音信，
马家请媒来说亲。

迟了三日哥哥到，
错过这台好姻亲。
哥哥为奴将身损，
使奴时时记在心。

昨日与兄来相会，
今日坟前拜郎君。
要想与兄重相会，
除非赫赫显威灵。

有灵有验坟开口，
愿与哥哥共一坟。
哥哥若是无灵验，
转眼就是马家人。

大哭三声不打紧，
怨气冲上南天门。
玉皇坐卧不安宁，
吩咐一声查善恶。

纠察众神奏一巡，
凡间不为别的事，
并无忤逆不孝人，
因为禾州祝家人，
本是瑶池月得星。

该配禾州梁山伯，

山伯上界黑殿神。
因为前生多失约，
半路夫妻不成亲。

英台出嫁来哭墓，
怒气从此冲天庭。
玉皇听奏传下旨，
阴曹地府尽知情。

地脉龙神都迁就，
又来截地大圣人。
忽听新坟一声响，
众神推开墓前门。

只见山伯站起来，
英台一步向前抱。
接亲娘子慌忙了，
双手拉住绣罗裙。

拉破罗裙半叉角，
好似蝴蝶上天庭。
转眼又见坟如故，
新坟未动不见人。

接亲娘子吓哑了，
人人看见掉了魂。
马家听说心大怒，

出了稀奇怪事情。

祝公听见女人墓，
赶到坟前大放声。
马家新郎听此信，
吓得三魂少二魂。

自古盘古开天地，
哪有坟堆会吃人。
文才因此气不过，
忽然一梦入幽冥。

阎君台前去告状，
一一从头说分明。
我是禾州马公子，
定下英台结成亲。

看就良辰并吉日，
三月初三接过门。
绸缎绫罗无其数，
珍珠宝贝数不清。

八猪八羊八份礼，
锣鼓喧天到祝门。
祝门收下我家礼，
用我家财放秤称。

方才接了祝家女，
人扶轿马路上行。
走到南山大路口，
新人下轿拜新坟。

坟内葬的梁山伯，
他是阴司害人精。
新人前去把坟拜，
念在尼山一段情。

谁知坟墓大开口，
坟山吃了我的人。
拜上灵主显灵威，
与我判定这段情。

阎君就知其中意，
忙差小鬼去查魂。
二家灵魂齐唤到，
阎君开口问原因。

阴司之事你不晓，
吾神簿上记得清。
英台前生赵氏女，
她与山伯有旧情。

山伯前生周氏子，
暗约英台结成亲。

后来二家都失约，
姻缘未配两离分。

文才本是马家子，
又与赵氏结成婚。
贪恋花花柳氏女，
废此婚姻一段情。

因为两家都失约，
半路夫妻不同房。
梁祝二家虽有分，
夫妻该别八年春。

阎君吩咐奴不去，
不许收进枉死城。
山伯英台有神救，
一梦惊醒马郎君。

文才醒来是一梦，
阴司告状记得清。
实实心头不服气，
又去挖开梁郎坟。

带领家人几十个，
锹锄棍棒数不清。
来到墓前齐开墓，
惊动云霄太白星。

黎山老母同一路,
看见坟前一段情。
知道山伯其中意,
该与英台有缘人。

因为前生都失约,
夫妻该别八年春。
尼山攻书三年正,
回家一载有余零。

算来不久团圆会,
二人洪福不非轻。
一个朝中封王位,
一个三边女将军。

此时不救谁来救,
要救坟内一双人。
马家正在把坟挖,
一股青烟吓煞人。

忽然又见红烟起,
青红结成带一根。
世人称为一条虹,
自古流传到如今。

一时只是狂风起,
扫地吹来实可惊。

上界吹倒梭罗树,
下界吹得太山崩。

阎王吹得团团转,
小鬼吹得眼不睁。
大风之上加霹雳,
吓煞马家一班人。

半个时辰天明朗,
只存花棺不见人。
马家自此无话说,
另自请媒去定亲。

按下马家且不表,
再言神仙救二人。
山伯英台从今后,
神风吹到九霄云。

英台去到梁山上,
日看兵书夜谈琴。
能知战术摆阵势,
千变万化件件能。

洞宾带回梁山伯,
朝阳洞中习武经。
百般武艺都学会,
文武双全实难寻。

四、小调　241

二人得了安身处，
回文且表祝家人。

祝公正在家中坐，
忽听家人报一声，
梁郎坟墓风吹散，
姑娘明明进了坟，
不见尸首那边存。

祝公正在伤心处，
千万愁肠难分明。
别人满堂有儿女，
剩下二老靠谁人。

一个娃娃保不住，
又无疾病丧失身。
有了田园谁享受，
万贯家财靠何人。

要想抬个贤德婿，
送我二老上山林。
女儿不幸丧了命，
因为读书起祸根。

老来无子虚富贵，
结果我不如贫民。
我把家财来散了，

不如削发去修行。

和尚无儿有孝子，
诵经拜佛过一生。

妈妈听说双掉泪，
前生造罪替今生。
前世糟蹋儿和女，
故此今世断了根。

家有黄金唯百斗，
不如拿去济穷民。
也与儿女设灵位，
做些功德度阴魂。

堂前拜斋三五日，
日子择定五月五。
道场设起便开灵，
请了高僧并道士。
木鱼敲起念长经。

半月道场办完了，
杀猪宰羊宴众宾。
不觉就是五月五，
祭灵开奠闹沉沉。

泥鳅调

细鳞鱼儿惊惶惶，
有了地盘没水塘。
有水之处没有家，
水藻下面藏。

天天躲藏憋不住，
刚刚出门被捉住。
将我塞进鱼篓中，
胆战心惊逃不脱。

那汉子说："拿来煎。"
婆娘说要："拿来腌。"
将我摆在酒席桌上，
你请我又邀。

捉我的人眼要瞎，
吃我的人要倒塌。
纵然无力来反抗，
要用刺卡他。

出门调

1

翻译者：李缵绪

离别家乡去出门，
第一那天到三营，
身子住在客店里，
心中挂家人。

想父想母想家乡，
念兄念弟念情人，
实想变风吹回家，
实想变云飘回乡，
出门容易回家难，
气烂我心肝。

第二那天到沙坪，
日落西山昏沉沉，
前脚跨进客店门，
逢人便奉承。

见他子母相敬爱，
见他夫妻互关心，
见他儿女像枝花，
内心好伤情。

第三那天到大理，
店主是一个聋子，
他说官家来拉夫，
逃到了北门。

无兄无弟无妻室，
独自一人过光景，
管他官家不官家，
歇歇又再走。

第四那天到蒙化①，
衣服行李卖干净，
身上仅剩银五钱，
上街去卖银。

卖得铜钱一吊三，
买了凿子和杵棒，
好容易到了景东，
落得一身清。

第五那天到景东，
景东山高接云层，
白云遮断了高山，
霜雪满山顶。

站的地是乡愁，
见的都是他乡人，
天天盼来夜夜想，
何日再回程？

2

翻译者：李缵绪

叫一更，
你为何出门不回乡？
别人出门心挂家，
你心挂哪方？

就是你心不挂我，
爹妈把你抚养大，
有钱无钱也回来，
把爹妈看望。

叫二更，
给我独人守空房，

---

① 蒙化：今巍山县。

只身孤影在房中，
心中好孤单。

被子就是我的伴，
知心语儿没处谈，
苦呀愁呀谁知晓，
有苦对谁讲？

叫三更，
怪那阎王瞎眼睛，
把我们错配夫妻，
纸上落空名。

叫我独自开花独凋谢，
叫我独自结果自落枝，
跟你自由结姻缘，
哪世得团圆？

叫四更，
就为我是个妇人，
就为我是个孤妇，
无法离家门。

叫我身披蓑衣无落处，
成了个有夫的孤寡人，
听得邻家唤儿又唤女，
满脸泪纵横。

叫五更，
我给丈夫进一言，
请你缝件出家衣，
送我去修行。

公鸡不叫也天亮，
没儿女也过一生；
和尚无儿孝子多。
做尼姑不成？

3

演唱者：李周泽

明亮的星星照山巅，
是谁兴的去出门？
丢下父母别妻子，
心中好凄凉！

为的是家中贫寒，
离乡背井活受罪，
妻受孤单我受苦，
哪天才相会？

二更月亮已升高，
星星月亮已相会，
为讨生活找银钱，

到处去奔波。

朝中无人难做官，
手中无钱难说话，
有钱说话是真理，
无钱说话是空话。

三更已到月中天，
郎我在睡梦之间，
睡梦之间回到家，
和家人团聚。

梦见与妻子相会，
谈不完的知心话，
醒来还是我一人，
原是一场梦。

别了四更月偏西，

身子冻得像冰块，
从头冷到脚后跟，
何时得温暖？

世上贫寒的也多，
村里欠账的也有，
哪个比我更贫寒，
越想心越寒。

月落西山到五更，
星星月亮已回家，
各回各的家乡去，
郎我归哪方？

人家回去会妻子，
郎我转回投宿处，
指甲和骨肉分离，
疼到心寒处。

绕三灵唱词

1

演述者：段炳文
搜集者：杨秉礼

男：
（在家思念）

夜深到一更，
使我想起一桩事，
男是男来女是女，
都要配夫妻。

五百年姻缘一相会，

只是童男配童女。
心情自愿做姊妹，
古人兴下的①。

（出门）
家中坐不住，
出门去闲串。
不想和妹妹相会，
桃之夭夭合我心，
如见风流女。

爱你凤眼那小双，
笑窝那小对，
粉兰衣裳多好看。

贪花遇风流才子，
怀中抱月搂着妹。
母豹遇着金钱豹，
岂肯饶过你？

女：
姑娘我不晓得，
放声把你骂，
你是哪家的儿子，
怎不知道你？

哪家扫帚不扫地，
哪家的猫不吃肉。
假若别人爱你妻，
你又怎么样？

男：
我劝小妹你莫骂，
你问我是哪家儿子，
说出也对得起你，
我父出门做大官。

我哥读书在京城，
我也在学堂读书，
我是书子根。

女：
姑娘听听不高兴，
心中想骂哥一顿，
又想你是读书人，
出言不顺语。

私出学堂也无礼，
非礼勿言那些书，
我才将你比。
非礼勿听咋个说，

---

① 兴下的：白语，多形容某种风俗、事象产生后延续至今。

老师给有教过你，
你格知道那关公，
他在徐州把名显。

曹操赐与他美女，
上马垫金他不爱。
保住甘糜二夫人，
十人美女他不喜。
顶天立地关老爷，
名传一万代。

我劝阿哥你，
读书心肠莫打坏，
贪花好色千人骂，
到头来哪一个好！

古说君子仿不仁，
众人头上看。
读书人争名夺利，
妹望长久远。

男：
叫我听丁心不死，
你用古人将我比，
提起这色字，
谁人不欢喜。

三国出了貂蝉女，
父亲把董卓配与。
后来吕布戏貂蝉，
父子起了气。

樊梨花配薛丁山，
山伯为英台上死，
张四姐配董文瑞，
董永配仙姬。

女：
姑娘开口哥莫笑，
从小没有患过花，
洛阳桥上花似锦，
只是做听过。

哥哥你为人四海，
山山野野生青草，
小妹我是空又空，
马儿望着生青草，
小妹只是空喜欢，
借你瞧个饱。

男：
我劝小妹心莫横，
我爱你人才好看，
爱你头发黑如墨，

皮肤白又白。

两颊像花一样红，
牙齿比籼米还白，
赵文举爱白香姐，
张生和莺莺相好，
牛郎织女配一双，
小妹不依也要依，
不成也要成。

女：
阿哥说话真聪明，
说话用古人来比，
古说人有行之者，
我们学古人。

梁山伯与祝英台，
姻缘错许给马家，
白石狮子小嘴巴，
被他们挖埋。

我劝阿哥莫学好，
何必听父母之命，
害羞也讲之不来，
亲口说下许给你。

许给哥等白月亮，
月亮出时哥就来。
哥哥好比小张生，
妹妹好比那莺莺。
缺少一个小红娘，
帮传书带信。

男：
小妹亲口许姻缘，
心中又受惊，
好比娘娘的密旨，
误了担不起。

周身好像蚂蚁爬，
好蒙① 丢了什么东西，
杀羊杀猪来祭你，
对着天和地。

2

演述者：桂洪

提起大理的古景，
东有洱海西苍山。
上关有了水月阁，
下关有了玉龙街。

---

① 好蒙：白语，意为"难道"。

下关水浇上关花，
紧紧记心上。

神魔山多么地好，
蝴蝶泉就在山脚。
山脚下有一龙潭，
蝴蝶连成一串串，
真正是新奇。

大理喜洲真热闹，
房子盖成十字街，
房子盖得像朵梅花，
一县也只有一村，
盖过全迤西。

上阳溪有罗刹阁，
观音把罗刹骗来，
把他夹在岩中间，
夹得伸舌头。

赵州[①]人教烧犁头，
去烙他的舌头，
宾居大王[②]写下字，

铁树开花才放他。

和罗刹立了文约，
笔墨还在那后周[③]，
砚瓦还在后周坝。
挖东路才把它挖了，
笔光[④]也被挖掉了，
墨水也被挖掉了，
天下农民是一家，
以后又商议。

3

演述者：李云山

光绪过了二十年，
今年有十三个月。
古说三年闰一月，
一年打两春。
提起大理的古景，
东有洱海西有苍山。
上关出了玉龙关，
七月敬德也到秦叔宝，
他们造了三塔寺，

---

① 赵州：即今凤仪。
② 宾居大王：观音服罗刹时，宾居大王是文书。
③ 后周：大理地名。
④ 笔光：白语，即"笔"。

凤眼洞和龙眼洞，
十九峰挨十八溪，
苍山有九十九条龙，
溪溪有清泉。

夏季出了玉带云，
冬季出了望夫云，
洱海有九洲三岛，
十龙四阁在两边。

劝你们小辈把书读，
读书之后做生意，
渔樵耕读四个字，
牢牢记心上。

古说龙门日日开，
以后得了龙虎榜，
成状元跨街。

4

演述者：段炳文
搜集者：杨秉礼

男：我妹子！
女：嗳。

男：小妹子！
女：喊什么？
男：三月有个三月三[①]。
女：是三月初三。
男：四月来到去绕三灵。
女：去唱调子。
男：绕三灵呀真热闹，领你去串串。
女：真的。阿哥领我去。
女：说小哥！
男：嗳。
女：你小哥。
男：喊什么？
女：老早时间你不说！
男：实在说迟了一点。
女：这时你才说给我，叫我回家怎么说？
男：你是不是怕父母不答应？
男：小妹子！
女：嗳。
男：我小妹！
女：小哥叫什么？
男：小哥替你出主意。
女：阿哥的主意多。
男：你回家后就去睡。
女：你叫我装病？

---

① 三月三：是小鸡足会，传说三月三就开歌门。

男：你妈问你什么病，你说头疼肚子疼。

女：还有点发热。

女：我阿妈！

母：嗳。

女：我亲妈。

母：喊什么嘛！

女：昨天我做客回来。

母：咋个说？

女：头痛发热肚子疼，

母：啊，你又病了？

女：隔壁大妈看了卦。

母：看的什么？

女：许下愿心绕三灵。

母：又许出来绕三灵，

女：女儿我也不愿去，病死也算了。

母：啊，你咋个这样想？

大妈：叫三妈。

母：嗳。

大妈：他大妈。

母：你家喊哪样？

大妈：女儿要去随她去。

母：我不阻挡她。

大妈：女儿要走随她走。

母：随她去了。

大妈：三两银子一吊一，给她作零用。

大妈：打发给她路费钱，路费钱要给够她。

母：多多有余。

大妈：病好心就安。

女：我亲妈！

母：嗳。

女：亲大妈。

大妈：嗳。

女：多谢妈妈和大妈。

大妈（母）：谢什么？

女：你儿诚心去还愿，保佑我全家。

大妈（母）：真听话，真有孝心，哈哈哈。

5

男：

转眼正月到，

百样花正开。

蝴蝶对对飞，

蜜蜂在歌唱。

枝头春鸟吱吱叫，

春梅树开花。

满山白雪亮闪闪，

红的不爱白不爱。

我爱青红那一枝，

我爱青红那一朵。

从前董永配仙姬，
张四姐配崔文瑞，
张三姐配王迂春，
穆桂英配杨宗保，
樊梨花配薛丁山，
石头配瓦片。
拾奏耙配老笤帚，
红沙耘配白沙蜜，
小妹你若喜欢我，
沙耘拢酸梅。
自古鸳鸯成双对，
两只蝴蝶对对飞，
小妹你若没人爱，
如一只孤鸡。

女：
听见把我比孤鸡，
明天我去谢花神①，
多少银钱花几文，
小妹凑足钱五吊。

阿哥花大钱一千，
明天正遇门前街，
小哥去赶街。
肥肥公鸡买一只，

猪头大的买一个，
金银钱纸买一串，
香蜡纸火平齐备，
花神躲在门背后，
何尝见着一尊佛，
嘴内默默念咒语，
去求求花神。

男：
小做人无心肠，
到南巷去闲逛，
逛街要走南巷串，
南巷走来小妹子，
如像观音不凡尘，
麦秸草毛挂身上，
鲜花插在草毛边，
三对飘带迎风摆，
红头绳用真丝线，
身穿漂白黑领褂，
穿双绣花鞋，
她不问我我问她，
约她去逛逛。

女：
耳边听见有人喊，

---

① 花神：即爱情之神。

妹我心里慌又慌,
转过身来不见人,
如见鬼一般,
听见你图玩带笑,
小妹心慌眼又跳,
小妹既然亲口许,
我也不会再反悔,
街上人多不方便。

哥一人去买,
你要钱给你一吊,
你要银子抓一把,
难道你要我眼珠,
挖给你心肝。

使我听听真生气,
使我想想都入恨,
众人面前你出皮,
我真恨死你。

男:
听听小妹在发气,
使我想想真好笑,
我把大路拦起来,
不放你过去。

女:
你说不由我过去,
小妹不偷牛盗马,
妹妹不瞒关漏税,
大路这条是你的?
这条大路专属你,
搬回你家去,
那边我哥走来了,
看你回避不回避。

男:
小哥猛抬头,
让路放你走,
你说你哥走来了,
看看没见人一尊?
摇摇摆摆走去了,
我把她无奈,
原来你是来哄我,
这回错过好机会,
下次遇着巷道内,
不放你过去。

手抱书箱进学堂,
出了大门外,
抬头看见王大妈,
问声大妈去那里,

大妈你往哪点①去?

大妈:
读书人,你大哥,我大佺,
说来也害羞。
大妈我去做大媒,
大喜过了留下我,
问了好几天。

男:
说大妈,王大妈。
听说大妈去做客,
带给大佺什么东西?
带来东西快给我,
叫我也喜欢。

大妈:
读书人,你大哥,我大佺。
带来这一色酥肉,
又给你一包槟榔。

男:
说大妈,王大妈,

笑是笑来说是说,
我不是三岁娃娃,
针线荷包请收下,
还有一包喜槟榔,
南巷有个好女子,
大妈替我去说说。

大妈:
读书人,他大哥,我大佺。
大妈替你去说说,
这容易,
第一你要胆子大,
第二准备些银两,
这回我替你去说,
保管说得成。

男:
尊声大妈,王大妈,
银钱已积够,
大钱这吊你带去,
礼厚礼薄莫嫌弃,
大妈替我说成了,
慢慢酬谢你。

---

① 哪点:白语,意为"哪里"。

五、新民歌九十二首

1

我们土官的百姓，
头上戴的羊皮毛，
身上穿的羊皮褂，
裤子撕成破裤裆，
脚上穿的麻草鞋，
棉花被窝是燕麦草。
红七毡条是甜荞秆，
夜晚脊背向火睡，
砍柴卖柴过日子，
日子过得不如狗。

2

搜集地点：云南省大理白族自治州鹤庆县西山地区

土官你是新镰刀，
百姓我们是韭菜。
长出长出，你就割。
长不赢你呵！

附记：该歌谣属彝族支系黑话人[①]

[①] 黑话人，是居住在云南鹤庆县西山、剑川县东山和丽江市北山毗连山乡境域的彝族的一个支系。因先民使用的语言，是一种古老的汉藏语系藏缅语族彝族支单音节语言，周边居住的各族群众无法与其进行口语交流，便谑称其为"黑话"，从而便把说这种语言的彝族群众亦称为黑话人。（章天柱：《鹤庆西山黑话人的"西波"教》，《大理文化》2012年第11期。）——编者注

3 内场①的结果

创编者：杨必选
创编时间：1947年
搜集地点：云南省大理白族自治州鹤庆县

内场呀，内场！
你本是外方人。
到我松鹤②跑玩。
你身带小枪，
口口声声称哥叫弟，
尽谈内场。
勾结狐群狗党，
作出这种勾当。

内场呀，内场！
你野心胜过豺狼，
到龙珠饮酒结社。
杨克忠③本是你们门内，
结果成你们的猪羊，
任你们宰割分赃！

内场啊，内场！
你伤天害理，
杀人劫财，

天也昏昏，
难逃法网！
解往公堂，
半路逃跑。
结果你的性命，
身首异处，
猪抛狗拉。
你的妻在家哭断肝肠，
作一篇劝世文章。

4

送哥送到橄榄枝，
摘把橄榄妹兜着。
吃口橄榄吃口水，
橄榄回味妹想哥。

5

豌豆开花角对角，
妹有实话对哥说。
知心实话说两句，
回到家中心才乐。

---

① 内场：即光棍、滚龙。
② 松鹤：即鹤庆县颂桂地区。
③ 杨克忠：松桂龙珠人，滚龙分子，解放前被内场伤害，此人因高利贷致灾，被骗入滚龙。

6

搜集者：白陶

瓜椰架上藤牵藤，
庄稼人爱庄稼人。
齐唱山歌齐劳动，
田边地头讲爱情。

7

石榴开花一树红，
做姊做妹莫嫌穷。
要学花红红到老，
莫学花椒起黑心。

8

哥有苦情无处诉，
妹有苦情说给哥；
妹吃热饭叹冷气，
泪水还比汤还多。

9

昨夜梦见同哥走，
小哥拉着妹的手；
无情公鸡叫醒掉，
眼泪汪汪湿枕头。

10

哥妹相约去串会，
一串串到鱼潭会。
买得一匹绸缎布，
哥哥缝裤妹缝衣。

11

搜集者：丘岳

朵朵花儿红似火，
山上茶花千万朵。
朵朵茶花红似火，
村中姑娘千万个，
哥哥心中妹最好。

12

记录者：林之音

一更月亮照山腰，
年轻小妹像花苞。
想念你呀想得花开又花落，
见了小妹妹呀无话说。
闷在肚里不说心又焦，
说了又觉脸发烧。
今世不能成双又成对，
一生看见花枝想小妹。

13
演唱者：洪荣
记录者：活力

一条大路通大理，
来来去去遇着你。
一把拉住头发辫，
不唱调子不放你。

14
一片坝子弯又弯，
兄妹相遇在苍山。
日日夜夜想念你，
不见我妹心不甘。
洱海相对着苍山，
远着阿妹纺棉花。
知心山歌唱一个，
两人合拢成一家。

15
演唱者：洪荣
记录者：活力

大田大地人家的，
花枝花朵人家妻。
稻草喂壮人家马，
平扒金鞍不得骑。

16
演唱者：洪荣
记录者：活力

太阳落山黑沉沉，
官家赋税重千斤。
村东小张无粮偿，
拖儿带女赴死城。

17
地主盖花园，
农民要出钱。
花开满园红，
农民荒丁田。

18
甲长一尺布，
保长一丈布，
乡长吃肥了，
百姓饿不住。

19
送粮送到沙坪村，
饿着肚子爬上山。
耽误日子官家骂，
眼泪汪汪转回家。

20
大河涨水冲石头,
这滩流到那滩头;
长工进了地主门,
石沉大海不出头。

21
地主三餐吃鱼肉,
穷人两顿青菜粥。
人人都是父母生,
穷人为何这般苦?

22
命苦之人泪不干,
父母惨死兄弟亡。
终年辛苦肚不饱,
大雪纷纷少衣裳。

23
佃户耕,日夜忙,
谷子挑进地主仓;
地主吃得肥又肥,
佃户饿得面皮黄。

24
米价高,油价昂。
穷人无油米,
饥饿好难挨,
官家肥身体。

25
皇帝老倌去偷牛,
文武百官爬城头。
公公拉着媳妇打,
儿子打破老子头。

附记:讽刺旧社会君不君、臣不臣、父不父、子不子。

26　子语久[①]
子语久,子语久,
语尔扰战要耐久,
国民公约必为约。
齐努力,莫掣肘,
不作敌国汉奸,
不作军阀走狗,
子语久,子语久。

---

① 子语久:菜子鹊叫声。

27 民谣二首

演唱者：杨益
搜集者：李缵绪

其一

乡长嘴上油抹油，
保长桌底啃骨头，
甲长就是追山狗，
整得农民眼泪流。

附记：国民党时候，大理鸡邑乡有贫民叫燕举，生活贫苦，心里愤愤不平，把这首传统民谣用木炭写在墙上，到处唱，事情被伪乡公所知道，燕举被抓到伪乡公所关了三四天。

其二

大绸带子多，
穷人家里娃娃多。
养大儿子抓了去，
丢下为娘烧冷锅。

28

搜集地点：云南省大理白族自治州大理市下关街道西洱河黑龙桥

红军三万三，
路过波罗庄，
吃富不吃穷，
穷人家莫搬。

附记：红军写在波罗庄黑龙桥上的标语。

29

搜集地点：云南省大理白族自治州鹤庆县

路过老红军，
花子翻了身。
没有老红军，
花子还是要饭人。

30

洱海最美丽的时辰是朝霞从东方升起，
我们的日子比朝霞还美丽哩！
阿哥啊！美好的日子咋个来的？
阿妹啊！美好的日子是解放来的。

31

千年铁树开了花，

农民土地回老家。
种田的人有了地，
男女老少笑哈哈。

32
甘蔗出土节节甜，
生产一年胜一年。
勤俭节约搞合作，
幸福生活万万年。

33
合作社是一朵花，
合作社是花一朵。
鲜花开遍千万家，
千家都爱社，
万家都爱花。

34
哪个田里一片新？
农业社里一片新。
哪个脸上笑盈盈？
社员心里笑盈盈。
甚么生活挺起劲？
集体生活挺起劲。
哪个唱歌最好听？
队长唱的山歌最好听。

35
大家来唱生产歌，
边唱歌来边做活。
歌声越唱越有劲，
劲头越唱歌越多。

36
牡丹花开不放香，
芍药花开命不长。
映山红花不结果，
劳动花开幸福长。

37
六月放牛荷花开，
满山青草割不完，
天亮就把牛奶挤，
太阳一出草割完。

38
九月里来是重阳，
草在谢花籽也肥。
喂得牛肥乳又涨，
保证社上收入添。

39
跃进山歌实在多，
好似牛毛千万箩。

正月唱到端阳节，
只唱完只牛耳朵。

40
叶上开花紫透红，
跃进声中得丰收。
喜报映红洱海水，
红旗插遍苍山头。

41
朝阳花开向太阳，
太阳就像共产党。
我们好比朝阳花，
永远跟着共产党。

42
梅子花开朵朵红，
幸福花儿遍人间。
人间更比天堂好，
引得嫦娥落九天。

43
铁树开花金光闪，
文化落后变了样。
千年瞎子睁开眼，
万年哑巴也说话。

44
洋茄子花开藤子长，
一根绞索万丈长。
美帝若把我台湾占，
自套绞索把苦尝。

45
苍山脚下百花栽，
北京鲜花飞过来。
北京花开百花开，
北京花香百花传。

46
"八大"传来总路线，
编成调子几万箩。
劳动人民齐歌唱，
诗诗歌歌遍山河。

47
搜集地点：云南省大理白族自治州大理市

太阳出来红又红，
总路线比太阳红。
太阳光辉白天亮，
总路线日夜放光芒。

48
总路线，到工厂。
机器笑声格外响；
总路线，到农村，
一个麦穗长半斤；
总路线，到海边，
鱼儿滚滚朝上翻；
总路线，到山坡；
山坡牛羊比草多。

49
夜乘东风赶月亮，
翻地百亩在山冈。
月亮低头西山躲，
我驾朝霞还太阳。

50
往年苍山高又高，
今年矮了半截腰。
不是苍山变矮了，
门前谷子长得高。

51
九黄十收，
颗粒不丢。
细收细打，
丰收！丰收！

52
设立公社心欢喜，
一夜笑醒好几回。
前途远景想几遍，
半夜起来去挖田。

53
采矿大军满山坡，
一锄捣毁山神窝。
山神求饶来献宝，
交出矿石万吨多。

54
身披下关风，
脚踏苍山雪。
山顶开沟去，
晚盖洱海月。

55
手掌能倒四海水，
肩膀能担五岳山。
一脚踢开幸福门，
呼风唤雨能胜天。
除旱治涝胜大禹，
移山填海富愚公。
山穷水穷志不穷，
改造自然逞英雄。

56

昨天矿山无路走,
今天汽车开上山。
明天修通火车路,
后天飞机歇上山。
昨天糠菜吃不饱,
今天米饭喷鼻香。
明天果子结满树,
后天牛羊满山冈。

57
搜集地点:云南省大理白族自治州洱源县邓川镇

不说田公和地母,
单说咱们一双手。
双手一动庄稼绿,
田公地母是我们。

58

英雄不怕天干,
无雨也要栽秧。
海水河水蓄尽,
山水箐水堵光。
揪出山神打井,
抓来土地挖塘。
气死玉皇大帝,
吓死海底龙王。

59

独鸟做窝飞千转,
群鸟做窝一趟完。
乡乡社社大协作,
要想上天也不难。

60
搜集地点:云南省大理白族自治州剑川县

四连班长陈海宗,
打起仗来真正凶。
割谷要当来个人,
捆谷要抵三个工。
挑起谷子跑得快,
带动全班不放松。
今年已满五十六,
抵得三个老黄忠。

61

独有沈金花,
吃水忘记挖井人。
懒走集体路,
经常搞自发。
独有沈金花,
买鱼吃又买肉吃。
大吃大喝不知足,
不到两月粮花光。

天天大叫缺口粮，
试问你，沈金花。
幸福日子哪里来，
一夜五更你想想？

62
将来我长大，
庄稼要这样：
谷穗都万粒，
麦穗马尾长。
秆秆撑不住，
移种棕树上。
收时不叫割，
都叫砍庄稼。

63
跃进歌声飞满天，
歌声飞到银河边。
使得牛郎下凡来，
看看铁牛在犁田。

64
老君山若不听话，
拿根腰带捆住它。
挖出它的心肝来，
把它捣稀烂。

65
挖出羊肠沟一道，
弯弯曲曲下山去。
三十里地清水淌，
增产无限量。

66
麦堆伸进白云端，
站在堆顶磨着天。
伸手舀碗银河水，
吃了干劲冲破天。

67
搜集地点：云南省大理白族自治州鹤庆县

麦地高高顶破天，
星星镶在麦堆尖。
用犁翻开白云片，
麦子当星种上天。

68
太阳落坡坡不落，
靠父靠母靠不着。
只有紧跟共产党，
丰衣足食好快乐。

69

藤连藤来根连根,
根藤紧连不离分。
幸福花开长久在,
永世不忘主席恩。

70

走了一程又一程,
毛主席是带路人。
领导我们合作化,
摆脱贫困变繁荣。

71

唱起山歌乐呵呵,
有党才有好生活。
人民有了共产党,
好像船儿有了舵。

72

朵朵葵花向太阳,
人民一心向着党。
只要党委一声令,
上天也能长翅膀。

73

雾气下坝天要晴,
喜鹊打柴串森林。
喜鹊打柴为儿女,
毛主席辛苦为人民。

74

水有源来树有根,
毛主席是大救星。
父传子来子传孙,
世世代代记在心。

75

千山万谷的水哟,出自一沟,
一时分开终在海碰头。
流不完的金沙江水,
唱不尽的歌子哟,无忧无愁。
快乐的歌子哼不完,
共产党的恩情长,党的恩情长。

76

苍山变支笔,
洱海变墨水。
连写几万年,
写不完共产党的恩和情。

77

靠山吃山,
靠山养山;
靠水吃水,

靠水治水。

78
苦战苍山十九峰,
峰峰都是聚宝盆。
彻底根治十八溪,
穗穗谷子出黄金。

79
万山丛中挖小沟,
片片岩石路头丢。
大炮小炮一齐响,
满山烟火炸石头。

80
打开聚宝盆,
富国又利民。
开发荒甸坝,
财富滚滚下。

81
苍山高,洱海深,
兴修水库就出征。
哪怕土方千千万,
全体人民一条心。

82
路边桃花红,
沟边柳成荫。
山前种秋木,
棕树也成林。

83
苍山不标高,
肥料比天高。
火箭飞得快,
肥料到天边。
积肥要专心,
泥土变成金。

84
二月十九天气晴,
观音堂前走一回。
往年香火多热闹,
今年和尚也积肥。

85
麻雀嘻嘻笑,
弹弓就来到。
一下敲死你,
看你叫不叫。

86

撰集者：李杨思

枝枝花儿朵朵开，
黄心红瓣绿叶抬。
春风吹来迎人笑，
东南西北成花街。

87

记录者：嘉略

高炉修在半山巅，
深夜炼铁不睡眠。
炉火恰是春三月，
铁花钢花开满山。

88

演唱者：白正光

漫漾山的石头多又多，
没有我的主意多。
撬杆使点力，
石头滚下坡。

89

搜集者：段寿桃、风鸣

白族人民劲冲天，
跃进歌声飞满山。
好似蛟龙出大海，
好似猛虎奔下山。
双手就是破天斧，
双手就是赶山鞭。
千山万水齐驯服，
庄稼一直种上天。

90

风黑奔，雨里走，
全体社员一家人。
同心协力修好塘，
干旱十年也不愁。

91

手推车，真正好，
轮子一转往前跑。
跑得快，推得多，
霎时推到华山岳。

92

搜集者：张鸿逵

布谷不叫干部叫，
芒种节令提前到。

六、白族谚语二十则

苍蝇飞进米缸缸里自找死，
是因为它生就一个馋嘴；
老鼠过街人人喊打，
是因为它专做坏事情。

木瓜生来就酸，
豺狼本质就坏。

任水沟弯来弯去，
水还是照常流得下去。

胆怯的人像乌龟，
勇敢的人像弓鱼（弓鱼喜逆水上游，水越急越往上冲）。

（杨林搜集）

聚毛成雀，集少成多。

说的无忌，听的有音。

秤锤虽小，能压千斤。

打不干的井水，用不完的力气。

人心实，火心空。

人怕伤心，树怕剥皮。

聚钱就如针挑土，用钱就如水推沙。

越想越懒，越吃越想。

吃莫言，睡莫语。

人到一百，形形色色。

没有情意的人，正如冬瓜没放盐巴，比水无味。

四月种芋,一本万利。
五月种芋,一本一利。

早栽三天成谷,
迟栽三天成草。

你误庄稼一时,
庄稼误你一季。

炒菜要油,庄稼要粪。

九月种豆,种一株发十株。
十月种豆,种一株发一株。

七、白族谜语十三则

老马不吃草,
瞪着眼睛跑。
身驮千斤重,
不知苦和劳。
(汽车)

千条线,万条线。
掉在水里都不见。
(雨)

我家有条大水牛,
不吃草料会耕田。
(拖拉机)

远看一条牛,
近看像古楼。
肚头春雷响,
珍珠满地流。
(风箱)

四四方方一座城,
里头兵马外边人。
阴兵不动阳兵动,
手中无刀暗杀人。
(下棋)

蒋介石手下无将,
白崇禧困在中央。
两师长对面作战,
宋子文脱帽投降。
(蔡字)

远看山有色,
近听水无声。
春去花还在,
人来鸟不惊。
(画)

一物身体瘦又长,

衣服美丽黑心肠。
小嘴尖尖会说话,
越说越短没用场。
(铅笔)

石头层层不见山,
短短路程走不完。
雷声隆隆不下雨,
大雪纷纷不觉寒。
(磨)

两个懒汉一般大,
进进出出把手拉。
每顿吃饭他先到,
做活时候不见他。
(筷子)

一物生来脑子大,

干起活来头朝下。
整天只在土里爬,
生产数它功劳大。
(犁头)

一张宝物四角方,
房屋田地都能装。
走近面前详细看,
只见房屋不见床。
贫苦人民多盼望,
衣食住行有保障。
(土地证)

无娘无爷结成胎,
无根无意有人抬。
碎骨扬尸阴魂在,
过了冬天转回来。
(春牛)

八、民间传说

（一）牟伽陀的传说

赞陀嘔哆开辟鹤庆

创编者、改写者：庄根富
时间：1956年7月31日
搜集地点：云南省大理白族自治州鹤庆县

"大理有名三塔寺，鹤庆有名石宝山，三塔寺上金鸡叫，石宝山上桂花香。"这首民歌，在鹤庆可以说脍炙人口，妇孺皆知。石宝山位于鹤庆东山，山峰险峻，怪石林立，每年农历三月十五，正是石宝山"朝山"盛会的日子，当这天到来的时候，人们总是穿得齐齐整整。哪怕路隔一天半天，仍然要按时来参加这个盛会。

山上有一个祖师庙，里面供奉着一尊藏族喇嘛穿着的菩萨，人民对这尊佛像也特别崇拜。为什么会供这样奇装异服的一尊神道呢？

在很久以前，正是六诏兴起的时候，南诏王为了要同邻邦们和平共处，互不侵犯，曾派遣使节到花马（今丽江）等国联络。这时，西藏派到外地观光的一个番僧叫赞陀崛哆，他奉命到南诏祝贺，路经蒙统罗（今鹤庆）。原来鹤庆在那时是一望无涯的大水，波涛滚滚，只有散居在高地上二三十家人。他看到这样好的地方，心想：如果能把水患解决，土地面积扩大，人民的生活也将得到改善。但使命不可违，只好先到南诏。不过，在这时候，他已立下了开辟蒙统罗的信念。

赞陀崛哆到了南诏以后，南诏王见他英明干练，做事井井有条，非常宠信他，不久就宣布招为驸马。招亲以后，他并不安于骄奢淫逸的腐化生活，决定返回蒙统罗，实现他的理想。起初他先同人民建立了联系，知道了人民的特性，勇敢善战，因为水患起时，人民迁徙无常，人们已痛恨水患入骨，大家都愿意尽力帮助他。

日子已一天天地过去了，还没有想出治水的办法，再加上生活的困苦，他已经开始动摇。有一天赞陀崛哆怀着颓丧的心情，在一个高地上走来走去，放眼看到的是一片茫茫大水，漫无边际，这样猛恶的大水要治好它，实在太困难了，这个时候他想起了幸福的日子，不禁问自己说："赞陀崛哆呀！你真是太傻了，为什么抛弃自己幸福快乐的日子，来干这样愚蠢的事情呢？"

这时，他想起了美丽的公主，他的多情妻子，想起了显赫的驸马府，也想起纸醉金迷的生活，这一切使他丧失了信心和勇气。还是回到温柔乡去？他越想越有理，越想越对头，他已经沉浸在回家的计划中去了。

突然，一种震耳的声音，打断了他的思潮。抬头一看，奇怪得很，一个七十多岁老态龙钟的老太婆舞动着一根很粗的铁棒，在捶洗一件衣服，边打衣服，边在石头上磨铁棒。这是个少见的事情，赞陀崛哆走到老人的身旁问她说："老奶奶，你用这样粗一根铁棒来洗衣服，不是太笨拙了吗？"

老太婆连看也不看一眼，慢吞吞地说："你说我笨拙吗？我一点都不笨拙，只有你才是真正笨拙的人。"说完话，又拿着铁棒磨，而且越磨越用力，磨得哗哗响。

"哈哈！你不愚，为什么拿着这样粗大的铁棒磨？你不蠢，为什么明摆着轻便省力的事都不做，来做这样费力的工作呢？"赞陀崛哆不禁笑出了声。

"你不懂，我今年已经七十多岁了，不过我喜欢干别人不高兴、不愿意干，而且是最困难的事。"

"你究竟要把这根铁棒磨成什么样呢？"

"不要磨得怎么样，我只把它磨成根绣花针就可以了。"

"啊呀！你真是妄想，把铁棒磨成针是不可能的事，恐怕你一生一世也磨不好！"

老太婆伸伸腰，站了起来，用非常坚定的口气说："小伙子，你知道吗？只要功夫深，铁棒磨成针，天下无难事，只要下决心！"说完以后收拾好东西，一眨眼就不见了。

赞陀崛哆惊得呆了。"只要有决心，铁棒磨成针！"老太婆已七十多岁了，为什么还有这样大的决心、这样坚定的意志？老人的话如钟声一样，在他的耳边经久不息；他感到自己意志动摇非常可耻。他仔细地咀嚼着这两句有意味的话，很惭愧。为什么老年人有这样大的信心，来完成这样艰巨的工作？小伙子、年轻人难道知难而退，在困难面前屈服吗？他下定最后的决心，用十年的工夫来完成这个艰巨而又伟大的水利工程。

赞陀崛哆忘记了一切，辛勤地从事于治水计划的实施。他找到了一个清静的地方，蒙统罗的东山石窟（今有祖师洞遗址）；他以十年的工夫，来锤炼法力。

几年以后，赞陀崛哆已变为一个满嘴浓髭、头发蓬松而且满脸皱纹的人了。在一个初秋的傍晚，夕阳带着余威，渐向西山头落去，晚霞反映水中，五光十色，非常好看。赞陀崛哆徘徊在山头，欣赏着大自然的美景。突然，在他面前出现了一个老太婆，苍老的声音打破了沉寂的田野："赞陀崛哆，你不是要治水吗？"

"是的，我正是要治水。"赞陀崛哆回答说。

"你看,这一片汪洋大水要治好它,绝不是轻易的事。但是,你有了信心,有了勇气,还不能等于把事做成功,最重要的是行动起来。"老太婆和气地说。

"行动?请你告诉我,我应该如何行动呢?"赞陀崛哆还不太明白什么叫作行动,老太婆慢条斯理地说:"你来看,这蒙统罗四面是高山,水边的出水口又没有。现在你应该从水口上来处理,我年纪老了,不能帮助你。但我给你这一百零八颗念珠,这是我家的祖传宝物,它可以帮助你成功。你注意,当宝珠发光的时候,你就可以用它了。"说时在项下取下念珠递给赞陀崛哆。最后又说:"你要知道单靠你个人的力量,是不会成功的,你还需要找到勇敢的人做你的帮手。"

赞陀崛哆非常感谢这奇异的老太婆给他无私的援助。他急于要知道老太婆的来历,忙说:"我感谢您老人家的指示,我永远也不会忘记你的帮助,但是请你告诉我,你老人家尊姓,是哪里人?我一定要报答你的大恩。"老太婆笑了,满脸的鸡皮皱纹,越发显出她的慈祥和蔼。她摸摸前额,理理头发说:"小伙子你忘了几年前的洗衣老妇了吗?我不要你报什么恩,我只望你用坚强的意志来完成这一工作。你能消除水患,给人们安居乐业,就是报答我了。"说完话,足下蓦地飘起白云,转眼间,变为一尊慈眉善目的观音大士,白云越起越高,直到不能望见。

赞陀崛哆不相信这样的巧遇,然而手中拿着的明明是一串念珠,恰是一百零八颗,低头仔细看看,念珠并无异样,与普通的不差什么。他在回忆着神人对他的指示。他将照着这个方向去努力,寻求勇敢的人。

从此,赞陀崛哆早出晚归,不顾疲劳,每时每刻都在为实现这一愿望而劳动着。有一天晚上,赞陀崛哆正在打坐的时候,洞内忽然发出耀眼的光芒,原来是手里念珠的宝光,应该是使用的时候了。他连忙出洞来,望见地势低的象眠山脚,用力抛出宝珠。蓦地,一声响亮,霎时间,在宝珠坠落的地方,水势大减(象眠山脚下今有落水洞遗址),不到一个时辰,已现出蒙统罗的大半干地,他高兴地回转洞内,他相信在第二天天亮的时候,一定会看到一块平整的大平原。

然而，事情并没有照着他的想象实现。第二天，水势不增不减，而且更汹涌，黄土夹着泥沙，滚滚而来，水波中一个似龙非龙的怪物正在翻腾，原来这正是人人痛恨的恶魔蝌蚪龙在兴风作浪。它抬头看到赞陀嗯哆便说："你是什么人，为什么来管别人的闲事？我劝你迅速离开这个地方，否则我将对你不利。"说时张牙舞爪，大有吞下赞陀嗯哆的样子，赞陀嗯哆猛然一怔，但很快就恢复了原状说："原来还有你这个恶魔作怪，我正要找你还找不到呢！来来来，我和你较量一下。但是我们应该打下赌，如果我战胜了你，又如何呢？"蝌蚪龙不等说完就愤愤地说："你如胜我，我愿永远退出蒙统罗，但是我战胜了，你就离开这个地方。"赞陀嗯哆哈哈一笑说："好，你如胜我，我就离开这个地方，永远不来干预你的闲事。"

说完以后，二人就大战起来，蝌蚪龙看看只有招架之力，不是赞陀嗯哆的对手，只好败退到它的老巢里。赞陀嗯哆问它："你已经失败，为什么不实践你的诺言？"狡猾的恶魔说："没有这样便宜的事，这蒙统罗是我盘踞的地方，我现在虽打不过你，但我也不出来，你要我出来除非是西山日出。"

从此以后蝌蚪龙只要有机可乘，就要兴风鼓浪，洪水泛滥，不仅冲走了田亩、房屋，甚至浪涛卷走了人民。赞陀嗯哆知道如果不想法除掉这个恶魔，水患绝不能治好。然而，要治好它也绝不是单靠个人的力量可以成功的事。他想起了老太婆给他的指示，他要寻找勇敢的人来做帮手。

他走遍了蒙统罗的东山和西山，始终没有见到一个理想的人，他非常焦虑，这勇敢的人，要到什么地方去找呢？一天赞陀嗯哆走在一个草坡上，坡地上几条耕牛在啃着嫩草，远处正有二三农民开垦着刚刚退水的干地。这仅只是开始，他理想着未来，理想着美丽幸福的日子，人们将在这块平坦的土地上种上庄稼，这一颗幸福的种子，将在他的手上开花结果。忽然，不知从什么地方跑来了一条老水牛，与正在吃草的另一条小水牛拼命厮打。牛角互相撞击的声音，惊醒了在草地里打瞌睡的牧人，他放开了喉咙大声吆喝，但是老牛越打越凶。他三脚两步跳到老牛的面前，嘴里骂着说："你是哪家的死瘟，跑来老子的牛群里打架？真要给你尝尝厉害！"说时他用手攀住牛角，左右一分，那样凶猛的两条水牛俯首帖耳，乖乖地站住了。这一个惊奇的场面，使赞陀崛哆看呆了，他真不相信，这年轻的牧人会有这惊人的力量。这时左面坡上跑来了一个满头是汗的人，边跑边在呼唤着："嘤嘤！"一抬头见到他的水牛被人抓住，而且已拧掉了一只角，鲜血还在汩汩地往外淌。他气极了，走上来就大骂："你是哪家的野小子？把我的牛角拧掉，你非赔偿一条不可！"

"你不要开口骂人，你为什么把你的牛放到我的牛群里来？你要我赔还牛，好！我要你赔还它吃进去的草。"说着说着，一个顺手拔了一棵碗口粗细的树，另一个就用手提起牛脚，一场恶仗就要开始了。

这正是赞陀崛哆日夜找寻中的勇敢的人。他忙走上前说："你们莫动手，有话慢慢地讲。"说时一手拉着一人在草地上坐了下来。"长老！你别拉我，我的牛被他拧坏了，非叫他赔还一条不可。""你存心把牛放到我的牛群里打架，这个责任应该你负，与我何干？"他们二人不停地争执，真叫赞陀崛哆插不上嘴。"算了吧，我问你们是不是本地人？""是的，都是本地人。"二人异口同声地说。这是说服二人的好机会，赞陀崛哆接着说："你们放牛，但不知把牛放肥壮以后，用它来做什么呢？""当然是用它耕田种地了。""但是我问问你们，这个地方的水患如此严重，如果不把它治好，将会给你们的庄稼带来多大的损失？不治好水你们的牛再肥壮又有何用？"赞陀崛哆给他们讲出了自己治水的计划与决心，并且告诉他们蝌蚪龙对人民的危害，这些活生生的事实，使他们回忆起了当洪水泛滥的时候，曾经把辛辛苦苦种下的庄稼冲走，也曾经冲走了房屋；一天晚上，大风大雨，把刚出生三个月的小壮牛也卷入了洪流，给蝌蚪龙做了丰富的饲料。这个灾难是什么人给他们带来的呢？是洪水，是蝌蚪龙，这个可恶的魔王！恶魔一日不除，人们就不能安居乐业，又从什么地方去找那幸福的日子呢？他们明白了蝌蚪龙才是真正的敌人。

他们俩下了决心，同心合力，帮助赞陀崛哆，为除掉这个人人痛恨的魔王而献出力量，这二人就是后来人们传说中的大力士和二力士。

大力士和二力士是两个勇敢善战、不怕什么艰苦的人物，但是如何才能把狡猾的蝌蚪龙除掉呢？他们想尽了办法，恶魔仍然是不怕你，也不轻易出巢，只要有机可乘，他又一定要把灾难带给人们！

最后，赞陀崛哆想出了用诱饵的方法。在立夏那天，用铁钩拴着一个馒头，放在蝌蚪龙的老巢门口。说也奇怪，馒头竟放出万道金光，灿烂可爱。贪残的孽龙，哪能放弃得宝的机会，它忘记了危险，张开了血盆似的大嘴巴，把馒头吞下肚去。不料馒头下肚，变为了一把钩心锁，紧紧地钩住它的心脏（至今每年立夏人们吃馒头，传说是这天蛇蝎不敢出洞）。这时，赞陀崛哆知道已经得手，他命令大力士二力士，用力地拉，把一个人人痛恨、专门制造灾难的魔王，拉出了它盘踞的老巢。它痛苦极了，死命地挣扎，全身在水中摇来摆去，摆出了一百零八湾的漾弓江。

他们把它压在蒙统罗的西山（今黑泥哨有拴蝌蚪龙处遗迹）脚下。它哀告着赞陀崛哆，什么时候才能让它重见天日，赞陀崛哆说："你要恢复自由，要等到铁树开花、扁担发芽、娃娃不哭、狗不叫的时候。"

从此以后，洪水迅速下降，不久就现出了一块平整的大坝子，从此也就有了鹤庆城。

祖师开辟鹤庆

整理者：周栋南
时间：1957年3月

云南鹤庆这个地方，四面环山，中间是一个洼地，人们称之为坝子。坝子里盛产稻米。提起这个坝子有一个来历。

在很久很久以前，鹤庆并不是一个坝子，而是白茫茫的一片大海。只要海风一起，就白浪滔天，卷起几十丈高的浪头。原来这海里有九十九条妖龙和一条最大的蝌蚪龙。这蝌蚪龙身长数十尺，口一张开能把牛马吞到肚里去，它就是九十九条龙的大王。

在这个时候，大海的南边同西北边的山腰里住着疏疏落落几个村子，只要海浪一起，人们就不能到海里打鱼。又因这时人们生活很苦，常靠海生动物为主要食物。同时在山坡上也靠雨水来种干地作物，虽然眼前就是一海大水，可是人们没有办法把水引上来灌溉干田，就是吃水也要人们自己一桶一桶地担上来。人们天天为此事操心发愁，又没有什么办法能把海水排出去。

据人们了解，海水又是龙吐出来的，龙要是能在高处吐水不是就可以用来种田了吗？可是，这些妖龙并不同人们想的一样。它们高兴之时就大吐起水来，使得海水上涨，就要淹没人们的房屋。而这些妖龙每年又要人们送一对牛马给大王吃，不然就要大吐起水来。人们把这些妖龙恨透了，日日夜夜盼望有一个人能够把这些妖龙除掉。

在人们没法可想发愁的时候，南山上不知从哪儿来了两个道士，在山洞里修道。一名祖师，一名临光。一天他们到南山村中向人们化斋，了解到人们正为海里妖龙发愁。祖师和临光商议要共同想办法来解除人们的痛苦，临光不干，还说："这样茫茫大海，有什么办法呢！"祖师说："一定要想办法把海水排干，把妖龙捉住。"临光奸猾地说："如果你能把海水排干，捉住妖龙，那么我永远不会望向北面。"祖师坚决地说："如果我不把海水排干，捉住妖龙，那么我愿将我的身体当为牛马给妖龙吃。"从此两人就专心修炼。祖师更是用心，还时常到村子里与人们谈谈他的志愿，也征求人们的意见，要求人们给他想办法出主张。他这种志愿得到了当地人们的拥护和支持，为此他更是苦修苦练自己的道法。他颈下挂的一百零八个念珠逐渐发出夺目的光芒，能飞出打物。有一天，他想要念珠去打妖龙，可是这茫茫大海，妖龙又看不见，无法下手，只得走到山村中与群众商量。这时有一个老头子告诉他说："在西北方山里也住着一些人家，你不如到那儿走一遭，也许会想得出办法来的。"祖师点头称是，回到山洞里收拾一下，到村中辞别了乡亲们，就沿海边向西北方走去。路又没有现成的，而是要依靠自己去开辟，一路只拿野草野菜充饥，黑了就在深山里露宿。吃尽了千辛万苦，走了几个月，终于走到了西山脚下，找到村庄。他和当地的人说明他的来意，要把海水排干把海中的妖龙捉住，希望人们能给他想办法。这个消息很快就传开了。当地有比较大的两个村子。一个村子就吹打乐器来迎接他，请求他到他们村子里住；另一个村子就杀牛宰马来祝贺他，希望他能为人民解除痛苦。后来这两个村子就改名为迎邑村和贺邑村。祖师在迎邑村里把他的念珠种下一粒作为纪念，不久，就长出一棵菩提树来。念经拜佛的老太婆就用菩提子来做念珠，十分美观，村子与树至今还存在着。

祖师从迎邑村出来想到贺邑村去访问，看是否有什么好办法。正走之间忽听得一声喊叫，有若晴天打了一个霹雳。抬头一看，原来是一个人扛起一条牛在前边跑，后面紧赶上来一个人，手里舞动着一棵棕榈树，边喊边赶上来。看看将到祖师面前，祖师就叫住他们两个，想问明是什么一回事，为什么要追赶起来。两人也知道是想捉妖龙、排干海水的祖师，就停了下来，走到祖师前回话行礼。原来是这么一回事：贺邑村的二力神到迎邑村的田边放牛。一不小心牛吃着大力神家的庄稼，被大力神看见了就去质问二力神，因两人言语不合，就吵闹起来。大力神说："牛吃了庄稼，要剥开牛肚子把庄稼拿出来。"二力神不给大力神剥，于是一弯腰把牛扛在肩上就向村中跑去。大力神一气，就顺手拔了一棵棕榈树，拿起来赶打二力神。二力神比大力神略微跑得快些，大力神还没有追上，就碰到祖师了。祖师老爷对他俩好言好语说了几句，二人就和解开了。两人也很早就想捉拿妖龙了，故此就拜祖师为师，愿意帮助共同去捉龙排水，三人就一起说笑向贺邑村走来。

贺邑村有一个一百零九岁的老农民。他有两个孩子就是因为下海打鱼，遇到了风浪，人同船一起淹没在海心里的。当他听到祖师到来要捉龙排水的事情以后，就非常高兴，喜欢得嘴都合不上，因为替他孩子报仇的人到了。

　　这天听到祖师来到了本村，老农民就出去把祖师请到家里来坐谈，共同商量办法。老农民一眼就看到祖师的念珠发光，忽大忽小，颜色十分好看。就问祖师念珠有何用处？祖师告诉他可以飞出打物。他又看了一下大力神同二力神，猛然间想起一个办法来了。老农民说："祖师老爷如果能找到一个铁匠，打几万丈长的铁链子同几个大铁钩；同时，你的念珠能练到力量很大，把山打得穿的时候，那就可以捉住妖龙，排开海水了。铁匠可以找到，可是你的念珠能不能打穿山呀？"祖师请求他说说办法，他一定能够把念珠练到可以打穿山。老农民开始说了："我们村中有一个张铁匠可以叫他打链子，头上打上几个大钩。等到那一年送给妖龙牛马吃之日，就用钩子钩住牛马，再放给妖龙吃，等妖龙吞下后就叫大力神和二力神用力拉，就把蝌蚪龙王拉了出来，其余的妖龙就好办了。你再用念珠打通南山，使海水从洞里流出去。若要用少量的水，可以留下几条龙来吐水，其余的，把他们管理起来，这就不是可以达到你的目的了吗？"

　　祖师听了老农民所讲的一席话，觉得很有道理。于是，就请了当地的张铁匠给打铁链和铁钩，自己同徒弟回山修炼。等到成功之日，再来取铁链铁钩，实行钩龙的办法。张铁匠答应下了。祖师就带了徒弟，辞别村中父老，回南山修道去了。

　　非止一日，回到了南山。师徒三人在洞中苦修苦练。祖师把念珠拿在手里，不分白天黑夜地在手中玩弄，口里不知说些什么秘诀，只觉得念珠的光芒一天比一天亮，忽隐忽现，更加光彩夺目了。

　　大力神二力神成天在山上练力气。搬石、登山、拔树，就是几十人合抱的大树，两人只要一摇就连根拔了出来，几间房子大的石头，两人一抬就抬了起来。二人专等祖师的念珠是否能打通山了。

　　忽一日，祖师把徒弟叫去吩咐说："现在为师的念珠可以打通山了，你俩快回到家乡去把链子铁勾取来。同时，代为师问候老农民同张铁匠二位老大伯，等水排干，除了妖龙之日，为师再来拜谢二位。"行路非止一日，两人回到了村里，告诉乡亲们说："念珠能打通山了，今天我们两个是来取铁链铁钩的。"各村的人们都为此事而欢呼！他们为自己即将到来的幸福而歌唱。

这时老农民已有两百岁了，张铁匠也是一百九十九岁的人。铁链早已完工，铁钩尚未打成。因此，大力神同二力神就帮助张铁匠打铁钩，打了三个多月终于成功了。大力神同二力神临行之前，张铁匠说："老农民和我合计了一下，认为捉妖龙没有问题。听说龙能大能小，因此我又打了一口铁锅。用来盖妖龙，这不是更好了吗？"于是大力神和二力神拿了铁锅、铁链、铁钩，辞别众人回山，老农民同张铁匠亲自送了一段路程，还再三嘱咐，如果水排干捉住妖龙之时，一定到我们这里玩玩。

二人回到南山的时候，恰是一年之末，另一年又将到来，人们又要准备牛马给妖龙吃了。因为每年给妖龙送牛马，所以牛马就越来越少了，生活也一年不如一年，一年比一年更加痛苦。而妖龙又来追讨牛马，人们每每为此发愁痛苦不堪，真是无法可想。

正是人们担心的时候，祖师带了徒弟来到村中，告诉人们在今年过年之时，趁送给妖龙牛马的时候要把妖龙捉住，把海水排干。需要人们给找两头最好的牛马，以作钩蝌蚪龙王之用。当人们问明白捉妖龙排水的办法后，无不欢天喜地，真有说不出来的欣慰同快乐。因此人们就选了又肥又大的两头牛马，专等送牛马之日到来，就要看看妖龙的下场了。

这一天果然到了，早春和暖的阳光照着大地，海水仍然顽固地卷起了几十丈高的浪头，害人的龙王仍和往常一样威风，还在那里头兴风作浪。人们却在前几天就有计划地筹备着一切，在山的中间搭起了一个台子，一切应用什物都准备好了。这一天临光匆匆跑来，阻止祖师说："不行，不要劳民伤财吧，水永远都排不干。老龙王怎样捉呀！不怕犯法吗？"祖师毫不疑虑，就叫大力神和二力神把牛马穿在铁钩上。怕蝌蚪龙见铁钩不来吃，又在牛马旁边装上一颗念珠，发出五彩光芒，遮蔽龙王眼睛。同时也是为了报信。午时已到，人们把牛马放入海中。被派来接收礼物的几条妖龙，见到肥大的礼品，高兴极了，就把牛马拖住向海心送去。都以为今天大王福气好，牛马又肥又大，还发出光芒哩。山上的人们屏息凝视着海心，只见牛马越去越远，而大力神和二力神只是把铁链子往下放，当链子将放完之时，念珠忽然飞了回来。祖师断定妖龙已经吞下牛马了，就叫大力神和二力神用力往回拉。这时蝌蚪龙只觉得腹内疼痛，身不由己地向南山拖来，由于身体一弯一曲，共弯曲了一百零八弯，它身体被拖过的地方凿下的深凹，就成了现在鹤庆境内一百零八弯的东山河（金沙江支流），在南山的山顶上可以看得很清楚，也可以看得清弯数。

　　链子快要收完了，祖师就把念珠打了出去，这一百零七颗珠子，就从南山脚下穿了进去，从山那头飞了回来，就成了一百零七个漏水洞。海水很快下降，蝌蚪龙身躯露了出来。临光见到这种情景，知道祖师的事业已成功，人们的幸福即将到来，于是就悄悄地跑到别的地方修道去了。这时人们来到山脚，叫妖龙王下命令给其他的龙不要吐水，留下十几条龙分布在各地吐水。其余的要它们把身体变得很小，不然就要打死它。老龙王肚子又痛又怕被人们打死，只得下了命令。因此鹤庆现在处处有龙潭，据说就是这时留下来的龙吐出来的水，供给人们用的。其余的八十九条龙变得只有尺来长，都向南山游来。人们捉起后把它们通通盖在大锅里。它们恳求人们说：什么时候能够放它们出来？当中有一个老大伯说："铁树开花、扁担发芽、公鸡下蛋之时，你们就可以出来了。"后来在鹤庆地藏王庙内有一口大锅。据说下边就是盖起八十九条龙的，人们从不动它，怕龙跑出来给鹤庆造成水灾。

　　人们想把蝌蚪龙送到大理洱海里给母猪龙吃。大力神和二力神拖起龙王就往西走，到了西山半腰，龙王不能再往前走了，腹内着实疼痛，又怕到洱海里被母猪龙吃掉。它哭诉着请求：不要把它送到洱海去，它可以给人们吐水。大力神同二力神一想，觉得从山上流下一条水去也有好处。就把蝌蚪龙拴了下来。因此在西山半腰有一个山谷，看去就像一个大蝌蚪，山谷中有一条小河，流水往山下哗哗流去。

　　南山和西山的人们看见海水浅下去了，都一致高呼欢跳，眼看着幸福即将到来而流出了感激的热泪。老农民同张铁匠更是兴奋。这时祖师带了徒弟辞别了南山的人们,又向西山走来向人们告别,感谢人们给他的帮助和支持。又与老农民、张铁匠叙说畅谈一番,就拜辞了。从此以后,祖师就带着两个徒弟到各处云游,拯救罹难的人们去了。山上的人们也就逐渐从山上搬到山下来住。他们修理河边,从事农业生产,种植庄稼,过着安居乐业的田园生活。但是人们从来没有把为自己解除痛苦的恩人忘记,就在南山捉妖龙搭台子的地方,建立了一座庙子。大门面向北方,永远看着鹤庆坝子。庙子中屋,垒了祖师泥像,两旁塑了大力神、二力神、老农民与张铁匠。祖师手拿念珠,二力神扛起一头牛,大力神拿着棕榈树,老农民戴斗笠披起蓑衣,张铁匠手拿铁锤铁链子。这个庙就改名为"祖师庙"。每逢旧历正月间,成千上万的人们到那里游神庙会,烧香拜佛,常常香火不绝。就在祖师庙的旁边也塑有一个小庙子,叫"临光庙",里面供有孤零零一个临光偶像。庙门面向南方,永远都不能看到鹤庆的好风光,只得望那半山腰里的树木和怪石。

编者按:整理者曾说"……原来的故事并不如此,只是专门讲一个人的力量。当中有一些情节和人物,我也作了加添,如老农民和张铁匠。又把当中一些过于神异的部分略加改动。但原故事的精神本质是没有改变的"。望读者注意。

摩迦陀开辟鹤庆

整理者:朱家凤

远古时期,南诏国常常和吐蕃国联络,吐蕃国也常常和南诏亲善。经常派遣使节互通往来。

　　有一年，吐蕃国王活佛派儿子摩迦陀出使南诏。南诏王为了使两国间的友谊更加深厚，就打算把自己心爱的公主嫁给摩迦陀。摩迦陀见诏王要招自己为驸马，自己是和尚，哪能提亲？这使摩迦陀犹豫不定，他开言道："我先转告父王，等第二次出使再办亲事。"诏王听这一说，称心如意地答道："既是如此，也好，但只等第二次再办亲事。"摩迦陀办理了事务，便回国去了。

　　摩迦陀途中路过蒙统罗（今鹤庆县城区），见一片汪洋大海，很是宽广。他想想将来开辟成陆地，对发展生产有一定贡献。这激发了摩迦陀的信心，决定开辟这海为陆。于是，他打听了一下：据说这里有五条龙，以蝌蚪龙为首，闹得海水滔滔翻滚，洪水泛滥，常常淹冲了周邻村镇。人们非常怨恨它，总希望有一天除掉这祸害。

　　这一来更勾动了摩迦陀的心愿，计划着来开辟这宽广之海。摩迦陀禀告父王，得到父王允许，做了一番准备，便首先来到蒙统罗，着手开辟这地方。

　　有一天摩迦陀正在视察海子，忽然听见"唭嚓！唭嚓！"的声音，他睁大眼睛四处张望，只见一老妇，在一块磨石上磨一根长约七丈、粗约直径五寸的铁杵。这真是摩迦陀平生未见的奇观，便开口问道："你磨那干嘛？"老妇乐观地说道："我家一样也不缺，只缺一根绣花针，我要用这磨成一根针用。"摩迦陀惊奇道："你哪能磨得出一根绣花针？"老妇瘪了瘪嘴说："常言道：只要功夫深，铁杵磨成针！"突然，摩迦陀大叫起来："老妇，你的衣物冲走了！"原来老妇未洗刷的衣服泡在海里，件件冲进了海心。那妇人从容地把手向衣服招招，只见衣服向老妇漂回。摩迦陀万分惊讶，不自主地走向老妇，问明，原来是南海岸上的观世音，特来试探摩迦陀的决心。没等摩迦陀开口，她说，他的事情她全都知晓。摩迦陀便恳切地说道："观音老母，我求你帮个忙！"说着就连忙下跪拜求。观世音见知摩迦陀有信心，便尽力鼓励，答应帮助他，最后还说道："你若真心真意，实现这愿望不难。

但只需你如此如此这般这般……"说着，就不见了。摩迦陀事后便照着观音老母说的去做。

有一天，摩迦陀去访西山脚下的贺邑村与迎邑村，去和人们更好地取得联系。他刚走到两村交界之处，只见有两人搏斗。迎邑村的牛主放牛，因牛吃着贺邑村田主的一口稻子，田主便随手拔了一棵约三丈高的棕树去打牛，牛主见了忙背着牛就往回跑。摩迦陀连忙上前互通了姓名，原来是二大力神。摩迦陀想：这俩对将来开辟蒙统罗有帮助，便向前说道："我希望你俩不要离开这地方，等我十年修道成功，我们一起开辟这地方，并托你俩在十年内制一个百余斤重锋利的大铁钩。"之后摩迦陀就上西山石辟洞修道去了。

十年间，摩迦陀脸面石壁打坐。不吃一粒谷，不喝一滴水，双手轧着一串一百零八颗珠子。十年啊！真漫长，终于被摩迦陀以百倍信心熬过。道修成功了，二大力神的铁钩也制成功了。

这天，蒙统罗的五条龙掐指一称，算着了，便掀起海水来漫西山。这时摩迦陀舀了一碗金水摆起，大力神用禅杖打，摩迦陀用袈裟打，蝌蚪龙想淹冲西山的阴谋破灭了。摩迦陀把修炼成功的一百零八颗珠子留了五颗，其余的一齐向西山根脚掷将出去，西山脚即便出现一百零三个石洞，于是海水涌向一百零三个石洞。这一来，蝌蚪龙和其他四条龙都吓怕了。四龙商量说：要是摩迦陀把海水浅干了，我们哪能在？于是便去投奔摩迦陀，摩迦陀也就向海宣告："既然你们投我，那你们需得立功赎罪，去打败蝌蚪龙！"听罢，这四龙回转头与蝌蚪龙交战，哪知蝌蚪龙有一宝，四龙怎么也战它不过。回来告诉摩迦陀，摩迦陀便给每条龙一颗宝珠，这下四条龙有了宝，战过蝌蚪龙，把蝌蚪龙一直打到南天门。回来得到摩迦陀的允许，才陆续去向澜沧江。这下蒙统罗的海水急急在浅。可是万恶滔天的蝌蚪龙心不甘，情不愿，再次捣乱。二力神发现有一石洞不通，来告诉摩迦陀，摩迦陀急急跑到落水洞，摇了摇修炼成功的勺瓢，水又哗哗淌出来了。这时摩迦陀算着定是蝌蚪龙破坏，非斩蝌蚪龙不可。于是叫二力神与他去南天门，吩咐大力神照管当地。他拿着剩下的最后一颗宝珠就和二力神来到南天门，用他的那根禅带把宝珠串上，丢进海里，即刻放出灿烂的光彩，照得海底通亮。蝌蚪龙见到，自负地说道："对了！我得着这样一颗宝珠把它吃了，就是世上之王了，摩迦陀哪敢惹我！"说罢，便一口把宝珠吞进口里。这时二力神用力一拉，啊！极恶的蝌蚪龙上钩了，这时大力神见他俩拖不动也忙跑来拖住蝌蚪龙。大力神用力拖，二力神用禅杖使力打，钩子钩住蝌蚪龙的上唇，流出成河的鲜血，痛得它号啕大叫，大力神越拖得快，二力神拿着禅杖打得越厉害，蝌蚪龙也乱翻乱摆，还摆出了一条河。后来把蝌蚪龙拖到蒙统罗之南的黑泥沼拴得死紧。这时蒙统罗现成一片陆地。紧接着观世音撒下一把种子，地上顿时冒出两棵古松，天上不知哪里飞来一对白鹤。因这"白鹤登松"，故特给此地取名鹤庆。

人们为了纪念这鹤庆开辟者摩迦陀祖师，特地在斗田阁庙塑了摩迦陀祖师、大二力神的塑像。城区文东的河现在还流着汹涌的水。原来摩迦陀舀的那碗水现在还存在，远远望去像一碗水，人们就叫那里为"一碗水"。

牟伽陀开辟鹤庆

讲述者：文竹九
记录者：郑谦
时间：1958 年

鹤庆，古称蒙统罗国，是一片汪洋的大海子，只是西山脚住着几户人家。据说在这个故事发生的五百年前，释迦牟尼佛带着一群门徒从此经过，看见这片海子，不禁说道："倘若把海水排干，把沧海变成良田就好了。"当时旁边一个门徒也很赞同。

五百年后的一天，释迦牟尼在向门徒讲经的时候，又想起了五百年前路过蒙统罗国的情景，并要派当时表示赞同那个门徒下凡投生。于是这个门徒就投生在西藏王的大总管牟尼家里做儿子，名叫牟伽陀。

牟伽陀从小就精通佛教经典，深得西藏王宠爱。当时云南大理一带是一个强国，附近各国都要来朝贡，西藏王为了向大理的国王联盟，就派牟伽陀为使臣。牟伽陀向班禅要了一串舍利子和牟尼珠之后，就带起天生酒、藏葡萄、獒犬、藏马、珍珠宝贝等礼品向大理出发了。

路过剑川东山鹤庆西山的时候，牟伽陀见海子白茫茫一片，就隐隐地感觉到，好像过去曾到过这地方似的，并坚决地表示说："将来我一定要排干海水，开辟一个新坝子。"

到大理后，白王见牟伽陀才貌出众，就要招他为驸马，牟伽陀坚决不肯，释迦牟尼佛就派观音在梦中来指点他永远坚持，说白王的公主前生也是佛门弟子。于是牟伽陀就向白王提出三个应婚的条件：第一，要白王与西藏王和平相处，永远不动刀兵；第二，婚后，每天仍以念经参禅为主，并要造一个经塔；第三，婚后，行动要充分自由。对于这些条件，白王都答应了。

入赘后，牟伽陀天天修道，不进内宫，公主不满意，向爹妈诉苦，埋怨爹妈做事差。白王与王后就责备牟伽陀，牟伽陀表示贪恋娇妻美妾不是他的志愿，他一心想修道，待道修成，好去开辟蒙统罗国的海子为良田。白王听了，就想试试他现在已经修得了什么本领，牟伽陀就毫不费劲地把假山上的一块大石搬到经堂。白王见了，很惊讶，于是就赞同了他的愿望，并问他离此地时，需要些什么？他说只要一根锡杖和一个蒲团就可以了。于是白王就叫人到点苍山中和峰上取来锡杖和蒲团，这是以前观音来开发大理时凿在山上的。

公主送牟伽陀到上关时，牟伽陀就对公主说："送君千里，终须一别，你还是转回吧。"公主要他赠一件东西，留作纪念，牟伽陀顺手从行李中取出一朵烂纸花相赠，公主不高兴，也顺手把它插在一朵野草花上，于是马上长出了花上花，后来人们都叫这种花为和尚花。

与公主分手后，牟伽陀就取道牛街东山（即马鞍山）、牛魔王洞、火焰山，最后到金斗山修炼。金斗山在今鹤庆西南角，山脚有一个村庄，叫崖村，今名贺邑村。

有个樵夫张小乙天天上金斗山打柴，看见牟伽陀一天到晚不吃不动，以为他是个妖魔。一天，他就壮着胆子去问牟伽陀究竟是干什么的，牟伽陀就把他苦修苦练，要排海水干开坝子的宏愿告诉他。这时崖村农民正苦旱灾，准备开坛设醮求雨。张小艺回家后，听见这种情况，就反对设醮求雨而主张把金斗山的牟伽陀迎到村中。村人问他在山上住没有水怎么办？牟伽陀说这很容易，他就用锡杖往地上一插，就出现了一个菩提井，又解下一个牟尼珠放在地下，一使法，就长出了一棵菩提树，于是村人就更加崇敬牟伽陀。现在这口井和这棵树还在，这棵树被砍了多次，但砍后又长出新芽来。

金斗山下南北两村村民争着要接牟伽陀到村中，甚至因此发生冲突。牟伽陀就来劝解，说他到金斗山来的目的就是要开辟海子为良田，造福于当地人民，两村争执，是与牟伽陀自己的本意不相符合的。结果他为南村命名为迎邑村，北村命名和邑村，从此两村人就和睦了。

牟伽陀出来玩，看看两个大力士搏斗，一个名叫石干六得，一个名叫金大硬神。石是破头邑村（今鹤庆西）人，金是西山脚底上庄人。石是一个石匠，金是庄稼汉。两人的父亲都早死，两人都很孝顺自己的寡母。这天石在山坡上放牛，睡了一觉，牛吃了金的麦子。金一怒之下，就拔起一棵大棕树来打石的牛，石被惊醒后就跑过来提起牛的两条腿，把牛背在背上就跑了。金又追赶前来，于是两人就打得难解难分。经牟伽陀再三劝解，二人终于化敌为友。临别时，牟伽陀问二人："海子近来可有些动静？"二人就说："这海子里多年来有个蝌蚪龙盘踞着，不时兴风作浪，危害老百姓，每年八月十五它就露出头来，可以看见。倘若要开辟这个海子，就必须降伏这条龙。"牟伽陀听了很高兴，就分别给二人一些钱供养老母，并希望二人日后作为自己开辟海子的助手。二人满口答应了，并拜牟伽陀为师父。

几天后，牟伽陀找到破头邑村去访问石干六得。石不在家，村人看见牟伽陀奇装异服，有些惊异。牟正要对村人说不要害怕的时候，就远远地看见石牵着牛回来了。牛见牟伽陀，不敢去，石就把牛抱起投进牛圈。到家后，没有凳子给客人坐，他就从门外搬进两个大石头当凳子。

坐了一会，牟伽陀又约石干六得去访问金大硬神。谁知金也不在家，到山上砍柴去了。金的老母正眼巴巴地盼望儿子回来。等了好一阵，才见金抱着一棵大树回家。

于是牟伽陀就约二人一道去海子边，看看地形。石、金二人看了说道："这么大的海子，这么一片汪洋的海水，咋个排得干？"这么一说，牟伽陀的信心也有些动摇了。

观音恐怕他们灰心，就化身为一个洗衣妇人。一天，牟伽陀带着石、金二弟子出外走走，看见一个妇人在河边洗衣，妇人对牟伽陀说："我把衣服浮到波心，倘若你一叫，衣服就到你身边，你就可以凿山排海水，不然，你的愿望就不能实现了。"牟伽陀照做，衣服不来，但妇人一叫，衣服马上就来了。此后，妇人又拿起根大铁棒在石上磨，牟伽陀问妇人："这么粗的铁棒，磨它干啥？"妇人说："我要把它磨成绣花针。"牟伽陀又问："这么大的铁棒，咋个磨？"妇人说："只要功夫深，铁棒磨成针。"牟伽陀体会到这句话的深意，是叫他不要灰心。于是他决定从金斗山搬到石宝山。先面壁十年，勤修苦练，等道法修好后再去开凿南边的象眠山，把海水排出去。

牟伽陀的父母——牟尼总管老两口见儿子久久不归，心里很焦急，就带领一些人马一路到大理来寻找。走到现在剑川地方，因为水土不服，老两口就病死在剑川，据说现在剑川还遗有他们的坟墓。

东山有个灵山神，本地居民叫他灵山老爷，他是本地的山神。他听说牟伽陀要排海水开坝子，就化装为一个土人到石宝山去访问。石干六得和金大硬神两弟子把守山门，不许他进去。但牟伽陀已预知是山神来访，就叫两弟子让他进来。灵山老爷进来后，还隐瞒自己的身份，说自己是当地的一个土人，牟伽陀就当面点破他是本地山神，并希望他协助排海开坝的事业。但灵山老爷却冷笑道："这么汪洋浩瀚、白茫茫一片的海水咋个排法？你牟伽陀若是能开出坝子，我的脸永远不朝西。"（灵山老爷住东山，不朝西，即永远不看着新开坝子的意思。）于是两人就不欢而别了。

原先，当牟伽陀离开金斗山到石宝山去修炼的时候，地方上的老百姓很舍不得，坚决不让他去。牟伽陀就告诉他们说："倘若我不给你们开辟新坝子，我决不离开你们。我此行不是回西藏而是到石宝山去修炼。石宝山不远，你们每年去看看我就可以了。"于是当地老百姓就定每年的三月十五和八月十五为朝山节，届时，老百姓就带着朝山粑粑、炒豆、香蜡纸烛，到石宝山去朝拜牟祖师。一路上唱着朝山调，很是热闹。后来，外地也不断有人来朝山。

石宝山崖高箐深，很多朝山的老百姓爬不上去。于是，牟伽陀就常常叫两个弟子到山腰去传达自己的话语。有一年，老百姓去朝山的时候，两个弟子到山脚迎接，并亲自引他们去见牟伽陀。彼此交谈，好不高兴。最后牟伽陀告诉他们说："今年八月十五，我面壁十年，大功告成，届时希望斋戒沐浴，纵有狂风暴雨、迅雷闪电也不要惊慌，那时我们排海开坝的事业就可以实现了。"

朝山的老百姓听了，个个都很高兴。回去后到处宣扬。这年从七月半以后，家家就都摆起香案期待。好容易盼到了八月十五这一天，忽见石宝山顶放射一抹红色霞光，这霞光划破长空，直拖到谷堆山旁的朝霞寺。（现在"石宝放光对朝霞"还是鹤庆八景之一）正午时，见牟祖师带着时间溜得扣金答应神两个地址，脚踏霞光飞临迎邑村，老百姓都拍手欢呼。牟伽陀告诉当地百姓今天要打落水洞，要他们准备工具挖沟，不一会，牟伽陀在霞光上念动真言，把所带的一百零八颗牟龙珠扔下，顿时雷雨大作，象眠山脚出现了一百零八个落水洞，老百姓也配合挖沟，海子里的水就不断地向外排除了。

多年来，海子由一条蝌蚪龙盘踞着，在它的统治下还有五条龙：第一条是大黑龙，盘踞在金斗山脚底（今赵邑村前后）；第二条是黄龙，盘踞在谷堆山脚底；第三条是青龙，盘踞在覆釜山脚底；第四条是白龙，盘踞在九顶山脚底；第五条是美龙，盘踞在东山脚底。这五条龙都由蝌蚪龙管辖，它们称蝌蚪龙"黑大老公"。一天，蝌蚪龙寿诞，五条龙前来拜寿；并把牟伽陀将排海水开坝子的事情告诉它。蝌蚪龙一怒之下，就决定兴风作浪，水淹东山，要把牟伽陀淹死。石干六得和金大硬神见河水不断向东边上涨时，急忙去告诉师父牟伽陀。牟伽陀屈指一算，知道是妖龙作怪，于是就叫弟子打一碗水，拿一颗牟龙珠放在半山腰。开始，两个弟子还不相信这有什么作用，不料水和牟龙珠一放下，涨到山腰的水，马上就落下了，现在这里还有一座"一碗水庙子"。

当这年八月十五，牟伽陀打了一百零八个落水洞后，五龙一起商议，大家都感到牟伽陀神通广大，无法抵抗，与其仍在"黑大老公"的统治下，同归于尽，还不如弃暗投明，投降牟伽陀。于是它们就化身为五个凡人前来菩提寺拜见牟伽陀。当地居民告诉牟伽陀说："我们地方上并没有这样的五个人，他们一定别有来历。"牟伽陀把五人叫进去，五人吞吞吐吐地说了一阵，牟伽陀一语道破后，它们才正面地把弃暗投明的意愿说了一遍。牟伽陀接受了它们的投降，并派它们去捉拿蝌蚪龙，将功折罪。

自从打了落水洞，海水很快地落下去，蝌蚪龙很着急，就去传五龙商议对策。结果五龙不但不听令反而带着虾兵蟹将前来包围捉拿它，于是一场恶战开始了。正打得紧张的时候，蝌蚪龙吐了一口黑气，就把五龙打败了。五龙败后，去见牟伽陀，牟伽陀就给它们五个舍利子，要它们含在口里，于是五龙就能跃在云端，比蝌蚪龙高出几尺，蝌蚪龙吐的黑气也就不能伤害它们。蝌蚪龙大败后，就从海子往北逃，五龙恐怕它还另有妖术，也就不再穷追。牟伽陀因五龙有功，就叫它们各回原处，以后好好供应附近村庄的水流。

牟伽陀立刻派石干六得和金大硬神向北边去察看蝌蚪龙究竟逃往哪里。走到丽江的关坡，当地居民就告诉说："一月十五那天，本地的水骤涨几尺，把黑龙潭的本主庙都淹了。"于是两弟子才知道，蝌蚪龙已逃到这里的黑龙潭里，两弟子回去报告情况后，牟伽陀就带着法器，亲自来到这里。黑龙潭水深不可测，金大硬神说："真是上山擒虎易，下水斩蛟难。"牟伽陀说："其实擒虎斩蛟都不难。"于是就从怀中拿出那根串牟尼宝珠的线，把一个干粑粑扎在线上，马上变成一颗夜明珠，投入黑龙潭，只见霞光四起，灿烂非凡。

蝌蚪龙在黑龙潭里正发愁，打算以后如何擒获五龙。忽然水族前来报告说，水晶宫里掉下了一颗夜明珠。蝌蚪龙听了很高兴，心想，天赐它成功的时机。于是跑到水晶宫，一口就把这颗夜明珠吞下了。谁知夜明珠被吞下，就变成了一把锁，把龙心锁住，蝌蚪龙就再不能兴风作浪了。于是牟伽陀就叫石干六得和金大硬神这两个大力士用绳子把它拖去。两大力士想一刀把它宰掉，但牟伽陀宽大为怀，不杀它，只叫把它带走。两大力士一路拖，蝌蚪龙一路挣扎，其痕迹就是现在的东山河（漾弓河）。拖到金斗山黑泥哨，就把它锁在这里。这时蝌蚪龙大哭求饶，现在这地方常常摇摇晃晃，相传就是因为蝌蚪龙的眼泪落地的缘故。牟伽陀降伏蝌蚪龙以后，就要它在这里老老实实地供应水，要它淌两股水，一股水供现在的牛街地方，一股水供现在的鹤庆地方。临行时，蝌蚪龙哀求牟伽陀说："难道我要被锁在这里一辈子吗？究竟我何时才能出来呢？"牟伽陀说："等以后铁树开花，你就可以出来了。"说罢，就带着两个弟子告诉附近的居民，教他们以后如何开沟继续排水，把原来的海子变成种五谷的坝子。

当地居民照着做，果然开发了很多田亩，个个都很高兴，马上种下了稻子，但可惜稻子始终不能成熟。后来研究原因，才知道是因为靠近丽江雪山的缘故，居民上山与牟伽陀商量。牟伽陀为了把这一片新开的坝子彻底地变成福地，就决定做七天法事，把雪山推倒。法事才做了六天，雪山就震动摇摆，雪山上的山神很害怕，就跑去找雪山娘娘想办法。雪山娘娘出门一看，才知是牟伽陀推倒雪山，于是马上到丽江关坡黑龙潭来与牟伽陀交涉，要求和平解决。雪山娘娘说："雪山是我的万年根基，既不能让它倒塌，我也不愿搬家。每当你开的这新坝子扬花出穗的时候，我就用云彩把雪山遮住。这样不是两全其美了吗？"牟伽陀也同意了这种办法，所以现在每年从六月初到十月底（阳历），在鹤庆坝子都看不见雪山，但一到收获完毕，云消雾散，丽江大雪山又可见了。

牟伽陀与雪山娘娘谈判成功后，就想离开菩提寺，但当地居民不放心，不大相信雪山娘娘的诺言，牟伽陀就决定再留一年。第二年，当稻子出穗到收割这一阶段，突然看不见雪山，收成很好，于是牟伽陀就决定到宾川鸡足山去修炼。当地居民舍不得他，要他留下一个纪念，牟伽陀说："只要你们以后每年到鸡足山去看看我就是了。"所以以后每年到鸡足山顶礼的鹤庆人特别多。

牟伽陀去鸡足山的时候，两个弟子石干六得和金大硬神请求跟随一起去，但牟伽陀要他们留在此地，以便帮助当地人民，并留给他们一首偈子："水洞不塞，伽陀不灭。后来有人，聪明透彻。等他来时，胜于我说。我始我终，大明大白。"说罢就独自走了。

多年后，一百零八个落水洞渐渐淤塞，每逢大雨，洪水从落水洞排不完，有时闹成水灾。清末时候，鹤庆、丽江两府总镇朱洪章采纳当地人民的请求，集中大批人力，把漾弓河挖通。以后鹤庆堤子的水就滚到漾弓河，直通金沙江，而不再从落水洞排水了。

开凿漾弓河的时候，河道旁有一座公山和母山，把它们挖通后，不几天，它们又合拢，如是者数次。后来在挖通的地方竖立了一块石碑，才不再合拢。又在这公山母山坐落的地方，挖到一个石门槛，这个石门槛恰可作调节河水水量之用。这门槛若过低，则清水过多，坝子就会闹旱灾；这石门槛过高，则有洪水时不能及时排除，而会闹水灾。

后来鹤庆坝子的人民为了纪念朱洪章兴修水利有功，就在漾弓河盖了一座镇江庙，庙中塑了一尊朱洪章的泥像。

鹤庆的来源

1

讲述者：郜怀生、郜应美
记录者：张福三、杨德超
搜集地点：云南省大理白族自治州鹤庆县赵屯村

在明朝以前，西藏人牟伽祖师，去大理朝贺白王。他到了丽江、鹤庆交界地勒马桥，见现在的"鹤庆"是个大海，就立誓要开辟这个地方，当时这片汪洋大海叫"蒙通落"。

这时，大理白王要给他的儿子立位，怕六个女婿来争，设宴于棚楼，想从中谋害，牟伽祖师是白王最小的一个女婿，这次，他去朝贺白王就是赴宴去的。

六月廿五日，后来的火把节这天，白王烧了棚楼，五个女婿都烧死了。牟伽祖师因立誓要开辟鹤庆，观音老母赐给他一件袈裟，披在身上，就腾云驾雾地飞走了。

牟伽祖师离开棚楼险境，落到金斗山。

海西的人到金斗山上砍柴，碰到牟伽祖师，问及情由，牟伽祖师将自己的心愿说了。海西人听到他要制服海水，开辟"蒙通落"，异常高兴，便把他迎接下来。这村子后来就叫迎揖村。迎揖村的人将牟伽祖师迎了下来，另一村子的人也来庆贺，这个村就叫贺揖村。迎揖、贺揖两村现在仍这样叫，只是村名写成"迎邑"和"和邑"罢了。

牟伽祖师来到迎揖村，在村南角的土坡上，拿下脖子上挂的一串菩提珠，在一百零九颗菩提珠内解出一颗，当众对天发誓："这颗菩提珠栽下成树，我就能修好道，开辟蒙通落；我如不能开辟蒙通落，这颗珠子就不能发芽成长。"祝告完，埋了菩提珠。不久，这颗珠子吐露新芽，渐长成树。牟伽祖师决心修道，待将来修好道就来开辟蒙通落。但他知道在有人烟的地方是修不好道的，要到人迹罕至的清静地方，便离开了迎揖村到石宝山岩洞去了，至今这洞就叫"祖师洞"。

牟伽祖师在洞里修了很久，不食烟火，与世隔绝，饿了找些海子吃。逢年过节偶尔有人给他送馒头，他不吃，馒头也发光了。

石宝山对岸有个朝霞寺。一道彩虹横空高挂，犹如海上天桥。牟伽祖师就踏着彩霞来来去去，他还把天上的神仙请到朝霞寺游玩。

牟伽祖师修道成功，来到海西，用剩下的一百零八颗珠向象眠山打去，把山打了一百零八个洞，海水落了。

海水落到一半时，有条蝌蚪龙在海底兴风作浪。牟伽祖师请到了大力神、二力神来钓这条龙，用数珠绳当钓索，发光的馒头做钓饵。这馒头上有锁心符，蝌蚪龙将这发光的馒头一吞下，就钩住了它的心。大力神、二力神越使劲拉绳，龙的心就像要拖出口腔，痛得蝌蚪龙直滚，这条龙驯顺地被制服了。观音老母牵着龙要把它拖到大理喂罗刹吃，到鹤庆的山神哨分水岭，蝌蚪龙求饶，愿在这里分两段水，一股流向牛宁，一股流下鹤庆坝，观音老母才饶了它。可是这条龙不老实，每到七八月放大水出来，把田淹了。没人在这里盘田。

这时，我们祖先被充军，从南京应天府大坝柳树村来到这里，流落在这地方。原先在这里的夷人被撵上山，他们都到西山去了，这就叫"汉到夷绝"。

牟伽祖师撤了海水后，不久，洞又淤塞，水渐渐又涨起来，房屋又被淹了。

清朝时出来个杨大人（杨玉科，湖南人）来挖公母山，想把水从这里引出。挖了几十万土，挖不开，他灰心了，工程就停下来，海水继续往上漫。

接杨大人之后，来了个朱宏璋，调来鹤庆当镇台。朱镇台（湖北人）继续开河挖道，挖了很久很久，但是公母二山的土，前天挖了第二天又合拢来，水还是淌不出去，他也灰心了。

一天，他得了个梦，梦见自己骑着匹大白马跑到中江河。他想：一定可以挖开，可是仍愁着没有办法。观音老母变成老倌指点给他说：要用童男童女。结果在公母二山的土堆上钉了铁椿和铜椿，土不再合拢了。公母山挖断了，水从中间穿过。从此，鹤庆人民避免了水患，安居乐业。

2

讲述者：郜庆兰
记录者：杨德超
时间：1958年12月27日
搜集地点：云南省大理白族自治州鹤庆县赵屯村

很早以前，鹤庆是海。那时只有班膀村，出进要坐船。来了个牟伽祖师，是个西藏人。他说要开辟鹤庆，迎揖村就把他迎接在菩提寺里。他用锡杖通了一眼井，用一颗菩提珠栽成树。这树结了一百零八颗子，穿起成一串，把它啪地丢南山，打通一百零八个洞。渣渣塞起了洞，牟伽祖师又回东山石宝山去修炼。观音老母说："你还修不够，修够了，你用锡杖摇摇，洞就通了。"修了几年，牟伽祖师又来，把锡杖随便插在一个洞里摇，所有的洞就通了，水就落了。

海里有九十九条小龙，蝌蚪龙是龙王。观音老母叫祖师去掉蝌蚪龙，捉九十九条小龙。观音老母教祖师老爷先把九十九条小龙抓起，卡在两口锅内。（观音老母修了观音寺，修在两口锅上面坐起。）祖师想："这回蝌蚪龙怎样拖？"他访得了郜大力和下轿锡。郜大力养起一条牛，去吃下轿锡的麦子，有人去喊："下轿锡，郜大力的牛吃你的麦子了。"下轿锡出来捧，拔起桉皮树打郜大力的牛，郜大力背起牛就跑。祖师老爷防着他两人，又通知观音菩萨,他们四人就去钓蝌蚪龙。立夏那天做好了馒头,祖师就拿给了大力神、二力神一根红线去穿上馒头钓,大力神、二力神说:"怎么这根小红线还想去钓龙哩?"祖师说:"你俩力气大试试拉吧,要拉断就钓不来,拉不断就钓得来。"馒头丢在海里,它是个宝,蝌蚪龙见着是宝就来抢,就钓起了。祖师老骑在它的背上,大力神、二力神拖,观音老母拿柳枝朝后甩,由官脚底顺来山脚底拖,一弯一摆把它压下五尺,压下的地方也就一弯一弯的;拖到镇江庙,又走镇江庙拖到鹤庆西山干海子,在干海子歇了一夜。它不走,它说:"就到这点了!"观音老母、祖师同说:"还要走。"这回它就哭,干海子就变成现在有水的海子了。又拖起走,一路拖,一路哭,由干海子到黑泥哨,就有水了。拖到山场旧,它说它不走了,情愿供应两股水。观音老母、祖师就让他在水场旧。蝌蚪龙问:"哪天回鹤庆?"观音说:"鸡不叫,狗不咬,木鱼不响,扁担开花,铁树发芽,猫受蛋,这天你才回去。"龙潭里栽上慈姑、菖蒲。慈姑的叶就是叉,菖蒲就是宝剑。观音说:"你要回去,你头伸出来照照。"蝌蚪龙看见旁边尽是叉、刀子、宝剑,吓得头不敢抬地缩在那里。

　　林山老爷在祖师开辟鹤庆前与祖师打赌:"你要能开辟鹤庆,我的脸永不朝向鹤庆。"雪山娘娘也同祖师打赌,祖师说:"我可以开辟鹤庆,就怕开辟后有你谷不成熟。"雪山娘娘说:"只要能开辟,我就用件袈裟披起。"他们两人看海水干了,林山老爷就不再脸向鹤庆,现在他的庙就朝向东边——埋在白衣那头。雪山娘娘也在谷子出穗时披起袈裟,因此,现在谷穗出时,雪山有层大雾遮起来,不见雪山。

　　朱大人来做鹤庆父母官,他来把东山河挖深,挖到南山脚公母二山,挖开挖开又淌拢。听说朱大人他是黑虎星,在河头脚底喊一声,河尾公母二山也能听见,河尾喊一声,河头会听见。挖到公母二山时,今天挖开明天又淌拢,挖了三次都淌拢。他说:"我们把帐房拉起在河边歇,看它怎样淌拢?"看着看着,山吼,朱大人细心听,看见有穿白衣的白小伙和白女二人,在那里说话:"这回我两个怕打伙不得了,怕要撤伙了。"朱大人听见,就祷祝："我也是为人民，把河挖开，你两人去去来来也淘气，我把你们供在一起。"第二天，朱大人拿了猪、羊头去祭他们，祭河。公母二山不再淌拢，河道就挖通了。

牟伽祖师钓蝌蚪龙

讲述者：谢晋之
记录者：杨德超
时间：1958 年 12 月 24 日
搜集地点：云南省大理白族自治州鹤庆县

丽江有条蝌蚪龙。鹤庆山脚下有红、黄、蓝、白、黑五条龙，内有一条女龙（即红龙），它是江寅婆，名叫"美龙"。

"美龙"到丽江去看中了独眼蝌蚪龙，把它拐到鹤庆东山脚下，蝌蚪龙到东山脚后，想回丽江去，美龙对它说："丽江谷也不长，不要回去了。"蝌蚪龙归不得家乡，就和其他四条龙商议，借个地方住，这五条龙就让它住在东山脚下。但是蝌蚪龙专门作恶，兴风作浪，五条龙怨恨它，就和它打起来。五条龙打不赢，要请个和尚帮忙，这和尚就是牟伽祖师。蝌蚪龙知道了，回丽江去大乱，海水滔滔，房屋田地都淹没了，水直漫到石宝山牟伽祖师修道的岩洞旁。这时牟伽祖师已修炼得有功果了，他用修炼的一碗汗水放在洞边，水就再也漫不上去，蝌蚪龙拿牟伽祖师没有办法。在水漫石宝山的时候，只有现在的迎邑村和贺邑村没有被淹，因这里住着大力神和二力神。

水漫石宝山后，牟伽祖师就去找观音老母，观音老母变成洗衣妇人在海边洗衣裳，牟伽祖师问到这老妇人，老妇人随手拿起洗衣用的木片（原用搅猪食的木片）丢在海里，说："这木片淌下去，你能把它叫回来，你就能制服蝌蚪龙，开辟鹤庆。"牟伽祖师叫不转这木片，观音老母就对他说："还要去修。"牟伽祖师只得转回石宝山修炼去了。

第二次,观音老母变成个美女去试牟伽祖师,牟伽祖师心动了,还是修不成功,又继续修。

牟伽祖师两次修不成功,决心加强了,也诚心了,直修到麻雀在他头上做窝,下蛋,生小麻雀,小麻雀的翅膀硬了,飞走了,身上长了树丫子,起青苔,也一动不动。这时,观音老母赐给他几件宝物:一串菩提珠、一根锡杖、一个擦了药水的馒头。牟伽祖师出洞了。

牟伽祖师到了迎揖村,贺揖村访到了大力神和二力神,用菩提珠撒了海水,用穿菩提珠绳做钓索,用擦了药水的馒头做钓饵,去钓蝌蚪龙。这串鱼钩丢到海里金光四射,蝌蚪龙认为这是宝物,吃了就什么也不怕了,一口吞下。馒头确是宝物,钩住了它的腮巴。大力神、二力神使劲往外拉,蝌蚪龙痛得昂头甩尾,摔出了弯弯曲曲的河道。由丽江拉到鹤庆,拖得气尽力竭,笔直地拖了下来,龙身经过的地方就是直的河边,鹤庆五条龙看到蝌蚪龙拖了下来,要报前仇,都狠狠敲打,蝌蚪龙遍体是血。观音老母要将蝌蚪龙拖到大理洱海,到鹤庆山神哨的分水岭,蝌蚪龙求饶,愿应两个地方的水,在分水岭处一股流向了牛街,一股淌下鹤庆坝。但是由于蝌蚪龙被打得遍体是血,它不照两股水流,而是遍地都淌。

祖师开辟鹤庆的故事

讲述者:杨庆昌

祖师是西藏人,西藏王叫他来大理白王面前进贡。路过鹤庆坝子,是一片汪洋大海,他就立志要开辟鹤庆。到了大理将宝物贡给了白王,白王看见他俊秀可爱,想要将他招为驸马,叫大臣做媒说合。原来他系一个佛子下凡,他不答应。那一晚上,观音大士就来托梦与他说:"你要开辟鹤庆，非在大理招驸马不可。一则借白王的势力大，二来苍山上有多个罗义洞，有个锡杖有个蒲团，你必须去找来做开辟鹤庆的法宝。"祖师醒了，认为这事很奇怪，就答应了白王，在大理招为驸马。在大理几月，他不和公主睡觉，公主很伤心，将此事告与国母。国母听得，将此事奏明白王。白王听了，马上传他上殿，叫宰相问他：为什么不喜欢我国。祖师说："我不是不喜欢，因为我要开辟鹤庆。如若公主不满意，我有一对金耳环，佩戴起来，公主就会有身孕了。"说着就取出来与公主戴起，后来几天，公主就有了身孕了。

　　过了一久，他同白王说，他要去罗义洞取法宝。白王问他要多少人，他说不要多人，只要有胆量好的二人去。他走到山脚，问人们罗义洞有多远？人家对他说："罗义洞有猛虎毒蛇，你去不好。"他说不怕，就走到了罗义洞前，一样事也不见。这就因为他是佛子。地方上的山神土地已将猛虎毒蛇赶走了，他安然无事，取了锡杖和蒲团下山。来到大理，就告辞白王，到鹤庆来。他在迎邑村后面山脚下住。人们见他，问他："你是哪处人民，叫何姓名？"祖师说："我是来开辟鹤庆的。"老百姓不信，说道："你有什么本领来开辟？"他说："你们不信，我显与你们看看我的法力。"他就将菩提子拿出了一枚，埋在土中，灌上一点水，一小会就生出一棵菩提树来。老百姓方信他手段高强，法力高大。他住了几天，有一天他见两个人在打架，一人背了一条牛，一人拔了一棵橡桉皮树去追……（原残缺）

牟伽祖师

讲述者：苏鸿兴

　　据说，我们鹤庆以前是一个大海。有牟伽祖师，自西方来，他由西山一带经过，有意要把鹤庆海子开辟出来。当时他的计划是要拿一柄宝剑把象眠山划为两半，让海水淌出去。但是他的佛法不够，又到石宝山修炼了三年。到他佛法充足以后，就用他的牟尼珠一百零八个打下去，开了一百零八孔，水就淌了出去。但是又有条蝌蚪龙，甚是作怪。这条蝌蚪龙的龙宫是在丽江关下，牟伽祖师又招了两个徒弟：（鹤庆本地人）班榜的郤大力（叫大愣神）和邑的干南德（叫二愣神），力大无穷。到祖师招收以后，更传上一些佛法。一日祖师叫用牟尼索上下一些麦饵到蝌蚪龙的龙潭里，祖师使出法术，这条龙见一物是五彩霞光，就想来吃这东西。一吃下去就有铁钩，把它钓起后，经大愣神、二愣神把它拉出来，现在的东山河弯弯曲曲的现象，就是蝌蚪龙的踪迹。

关于牟伽祖师的传说片段

菩提树一

讲述者：王维恕
搜集者：洪恩照
搜集地点：云南省大理白族自治州鹤庆县迎邑村

鹤庆城西南边有一个村庄，名叫迎邑村。只要一到这个村，男女老少就会给你讲关于菩提树的故事。

在很早很早以前，鹤庆坝子是一片汪洋大海，人烟很少而且绝大多数的人民都住在四周的山头上。相传有个牟伽祖师（现在立庙在迎邑）从小修道成功，颈上挂一串数珠，有一百零九颗。他有心把鹤庆开辟出来，就朝象眠山脚下撒去数珠一百零八颗，这一百零八颗撒下以后就成一百零八个洞。这样海水从这一百零八个洞里淌了下去，汪洋就变成了一片肥沃的良田。

剩下的一颗，他把它种在迎邑村的西南角，长出一棵仙树。说也奇怪，这棵树每到乱世年间就枯了，标志着人民的灾难要到了。在杜文秀乱世十八年中，这棵菩提树足足枯了十八年。这棵树发芽了，就标志着人民又要过幸福生活了。在日本帝国主义侵略中国和蒋介石打内战时，这棵树又足足枯死了八年。

解放后在党的领导下人民要过幸福生活，这已经枯死了八年的树到一九四九年才又发芽了，人们非常高兴，每年都有远道来的人设斋来祭它。

菩提树二

讲述者：王正国
记录者：杨续恒

迎邑村南，有一寺名菩提寺。相传唐朝赞陀崛哆尊者来开辟鹤庆时所建筑。寺前有一棵菩提树，是祖师亲手栽种。生长最快，一年即开花结果。花细小，十二瓣，色黄白，枝干尖头累累满树。其果团，子外有壳，壳有纹，隐隐有太极图。子色黑，中间有自然的小孔，可以穿线，故老人穿菩提子成串。名曰树珠，朝山拜佛挂于胸前。咸丰年间，农民杜文秀起义反抗清朝黑暗专制政府，轰轰烈烈震动西南，专制政府派大地主头子岑宫保到云南，起义寡不敌众，农民失败，菩提树亦随之枯死十余年。农民生活渐渐丰裕，此树死而复活，生长茂盛，顶如盖伞，果盖太极图，不再有了。上述情况，乡民相传，不可稽考。至日本帝国主义侵略我国，菩提忽然枯死，枝干亦朽，咸谓菩提树恐不能再活。到八路军打垮日本，喜讯到鹤，树亦复生。至今又枝叶繁茂，开花结果了。

大力士和二愣神

1

讲述者：杨银合、杨鸿凯、高国成、周威太

有一天，祖师从南边马耳山来到了迎邑和邑的后山上，碰到两个大汉子，大力士、二愣神。就把他俩约到迎邑村（现在菩提寺）那里坐下。天气很热，大家感到热，祖师说："我给他不热。"丢了个指头，长出了一棵菩提树，就不热了。大家觉得渴水，祖师又丢了一个珠，就出了一塘水。那个地方没板凳，于是大力士、二愣神掀了一条石头就扛上来。祖师看到这情景，重视了他们两个，约他们两个同他去斗龙。

当时有个乌龙，住在现在丽江西关。它是个蘗龙。鹤庆的海子虽然给祖师的牟尼珠打洞漏干了，但它同样制造水灾。祖师为了把它捉拿掉，以免灾害。有一天，他给大力士、二愣神一根数珠线，来到乌龙住处。乌龙看见五光彩霞，是个宝物，要去抢。数珠下固有个金钩，它一抢，就被金钩挂住，挂得很紧，脱不得身。大力士、二愣神就把它由东山脚拖出来，要拖到大理，给九十九条龙打死它。乌龙怕极了，请求不去，一路上乌龙摆甩，现在漾弓江弯弯曲曲的，就是乌龙经过的地方。

继后，把乌龙拖到丽江寺，就把它压在那里。现在，银河水就是由它那里淌下来。乌龙还问哪天放它回家？给它说的是："铁树开花、扁担发芽、鸡不叫、碓不响、人声听不见，就可以回去。"而现在化龙乡曲罗邑打饵丝就是为了制乌龙了。

2

讲述者：杨续恒

　　陈大力，相传为上庄村人。性粗鲁，力大无穷。食量甚大，每日非食一斗馒头不饱。家中粮食，渐渐将尽，其父骂之曰："尔每天食量甚大，要想办法维持生活。"大力积极种田，上山砍柴。一日，砍倒大树，长五丈余，过心四尺多，枝丫茂威，大力挑还，从大门一直闯进，大门也被冲倒。

　　二愣神，相传为秀邑村人。早年丧父，由母抚养。性最孝，力气大。一日，陈大力的牛吃着二愣神的小麦，双方斗口，殴打，数十人拉不开。至晚，乃背牛而归。二愣神不服，将路旁大棕树拔起赶来。其二人力气如此。

　　相传，唐朝年间，鹤庆原名为蒙统罗国，四面有高山，中间平坦，水集其中，有一蝌蚪龙甚是作怪。有赞陀崛哆尊者，印度高僧，要开辟蒙统罗国，住迎邑村菩提寺。因蝌蚪龙凶恶，欲求农民帮助，居民乃介绍陈大力、二愣神气力甚大。祖师亲自访问，至上庄田间见一汉子犁田，问之即大力也。问二愣神家居何处？大力以手连牛带犁举向西北回答说："直望绿树环绕之村，二愣神家就在那里。"祖师约大力亲往二愣神家，席地而坐。三人各谈心事，祖师将志愿开辟蒙统罗以增加粮食生产，有利农民的计划谈完后，请求帮助。二人欣然从之，同回菩提寺。祖师用菩提子穿通水洞，水势渐少。三人顺水巡至花马国山脚蝌蚪龙处，大力和二愣神撩衣而下，将蝌蚪龙拿住，用菩提索子，穿住龙的鼻子。大力一手拉索子，一手抓着龙角。二愣神拉着龙尾，一摆一甩，拉出龙潭。顺水牵来，摆出一百零八湾，即今漾弓江。陈大力、二愣神二人之雄气，敢下龙宫擒拿蘖龙。至今树艺五穀，人民安居乐业，虽祖师之创造，实大力二愣神之功。

灵山老爷无脸面向西

时间：1958年11月20日
搜集地点：云南省大理白族自治州鹤庆县

很久以前，鹤庆是个大海子，只有两边海岸的山脚下散落着几个小村子，过着渔耕的生活。西藏有个摩切托祖师来到鹤庆，观察了山形地势，觉得这个海子的水可以排干，排干以后可以开垦许多良田。

他主意打定了，就要开始行动。但想想自己的力量还是不够，听说灵山老爷住在东山头上可以作为依靠的力量。

有一天祖师就拿着自己的锡杖，穿着草履，走上东山，与灵山老爷商讨排除海水开辟鹤庆坝的事。走过了高山大岭，深阱山谷，终于到达山顶，来到灵山老爷住地。

灵山老爷欢迎祖师进去，问他来由。祖师就把想要开辟鹤庆、排除海水、请求帮助的计划告诉给他。灵山老爷听了只是摇头，原因是灵山老爷居住高山，不会受洪水泛滥之害，更重要的是觉得工程太大，无法完成，所以对祖师的排水计划只是摇头。祖师再三说明自己的决心，但灵山老爷仍然抱着冷笑的态度。

祖师的要求被灵山老爷拒绝了，但祖师意志仍然很坚决，临行前对灵山老爷说："三年后我一定要把鹤庆开辟出来。"

灵山老爷回答说："你如果把海水排干，把鹤庆坝开辟出来，我永世不向西望鹤庆坝。"于是两人就分开了。

分开后，祖师以坚决的意志，依靠了当地的劳动人民，经过三年努力，打开了一百零八个落水洞，终于把海水排干，鹤庆坝开辟出来了。

灵山老爷知道此事，想想过去对祖师说过的话觉得很不好意思，悔恨自己过去意志不坚，真是无脸看鹤庆坝，也就不面朝西了。

现在，石宝山上灵山老爷的庙子塑像是背着鹤庆坝面向东方的。

锡杖

讲述者：郜怀生
记录者：张福三
时间：1958年12月22日
搜集地点：云南省大理白族自治州鹤庆县赵屯村

鹤庆从前是个海子，四处是水。后来有个牟伽祖师用一百零八个数珠从西山甩到东山，打出一百零八个海眼。水流出去了，种上了庄稼，但是因为丽江雪山照到鹤庆坝子，谷子不熟，牟伽祖师就想用他的锡杖把雪山捣掉，雪山娘娘说："不消捣，在谷子出穗的时候，我躲起来，谷子熟了我再出来。"到现在，当谷子出穗时，雪山就隐去了，谷子成熟以后，又能见着丽江的雪山了！

附记：故事大致流传在明朝前，是祖辈传下来的。

又有人说牟伽原来是到拜佛台去拜佛。这锡杖是观音老母送给牟伽祖师的。雪山娘娘又说：愿意穿羊皮褂子，在谷子出穗前，以黑云罩着，等谷出穗后才出来。

牟伽陀的菩提珠

记录者：杨德超

关于牟伽祖师开辟鹤庆的传说中，读到用菩提珠打落水洞的说法共四种：第一种说法，牟伽祖师原有一串菩提珠，珠子有一百零九个，栽了菩提树一颗，剩一百零八颗，牟伽祖师就用这一百零八颗珠子打了一百零八个落水洞。第二种说法，菩提珠不是牟伽祖师原来就有，而是他在石宝山修道成功准备开辟鹤庆时观音老母赐给他的宝物。第三种说法，根据一位年约七十岁的老人（名字记不清，赵屯幸福院内）讲，则是：牟伽祖师在迎邑村种了那棵菩提树后，树上恰结了一百零八颗菩提子，牟伽祖师就用这一百零八颗子子打出了一百零八个落水洞。第四种说法，是说牟伽祖师的一百零八颗菩提珠，到海水落时他用饭捏了一百零八颗珠子丢到海里，念了符，使假菩提珠替真菩提珠，牟伽祖师把真的菩提珠收回去了，可是收回去的珠子只有一百零七颗，生根发芽的那颗珠子收不回去。

朝山洞

讲述者：王竹九
记录者：郑谦

鹤庆人因感激牟伽陀开辟鹤庆有功，以前年年有成千上万的人到石宝山去顶礼。一路上，男男女女还唱着调子。文竹九记得有这么一首："清闲可爱三月天，哥约妹妹去朝山。哥走前来妹走后，欢欢喜喜爬上山。唯愿妹妹做成了,年年去钥石宝山。"

(二)观音的传说

观音借地

搜集者、整理者:丁炳森
时间:1958 年

大理坝子里的水退去了,只留下东面一个耳朵形的大湖,这就是洱海。

大理的人们在这块新的肥沃的土地上辛勤劳动着,每年的丰收使他们的生活过得那样又甜又美。什么皇帝啦、官吏啦,一样也没有。

过了许多年,洱海里突然出了一个魔鬼,他是洱海的霸王,叫作罗刹。据说罗刹很有一套本事,他会变成人形,老人、小孩或者漂亮的少女、精壮的小伙子⋯⋯罗刹平时和一般人也没有什么区别。他和你一起干活,一起玩耍,你都不觉得他可怕。可是事情终于发生了,洱海边的小孩眼睛常在夜里被人挖去了,但人们不知道是什么缘故。后来因为人们亲眼看见罗刹现出原形,用他那长长的利爪抠去了一个小孩的眼睛,而且即刻吃了,人们才知道这是罗刹的办法。可是谁敢与罗刹作对呢,人们只在暗暗地商量着对付他的办法。罗刹知道人们看穿了他,于是明目张胆地猖狂起来,口口声声要人们献给他眼睛吃,否则就要兴风作浪,淹没田庄人畜。当时大理有位老人,名叫张敬,为人慈祥正直,人们都拥戴他。因为这样,罗刹还是很怕他。张敬老人知道罗刹吃人眼睛的事,先用善言劝他,但罗刹不听,就警告他说:"你如果不改悔,我就要和人们一道杀死你。"不久,罗刹又作怪起来了。大白青天也现出了他的本相:红的头发,绿的皮肤,皮上还长着一层绒毛，眼睛有鸡蛋那么大，獠牙中间还拖着一条有刺的红舌，公开地吃人们的眼睛。

一天，忽然来了一位牵黄狗的老和尚，他不化斋，不要衣物，成天坐在上鸡邑（大理的一个村子）的一块石头上念佛。不识好歹的罗刹也要去吃和尚的眼睛，和尚用禅杖敲了罗刹的头三下，顷刻罗刹变成一书生的模样，和尚说："你就是罗刹吗？听说你会吃人眼睛。"罗刹说："是的。"和尚说："人眼睛我也会吃，我们做个朋友吧！"罗刹高兴极了，答道："那太好了，那太好了。"和尚说："不过，人眼睛吃多了，会永远变不成人形的。"罗刹不相信，说："这我还没有听过。"和尚问："你吃了多少人眼睛了？"罗刹说："吃了九千九百九十九双。"和尚说："再吃一双就变不成人形了。"罗刹哪里相信，忙说："鬼话！鬼话！"和尚说："你不信那试试看！"于是又用禅杖敲了罗刹的头三下，罗刹变回了原形，和尚立刻把自己的眼睛取下来递给罗刹，说："你吃吧！"罗刹倒吓着了，可是他是多么地贪婪呵！竟接过来吃了。和尚说："你现在变人吧！"可是罗刹用尽本事也变不成人形，只好相信和尚的话了。罗刹想着变不回人，急得暴躁，和尚说："别忙！别忙！你答应我一个条件，我让你仍然会变成人好了。"罗刹答应了。和尚说："我要向你借一块地打坐，大小只要我的小黄狗跳三步、袈裟披一披的地方就够了。"和尚怕罗刹反悔，又说："按照规矩我们还是请中人，立下个文约吧。"罗刹答应了，于是请了张敬老人、一位勇武的金甲神和村中的许多父老来做中人。在上鸡邑的石板上①铺好纸张，摆好笔砚，张敬老人执笔写了文约，并定于阴历三月十五这天在苍山中和峰下举行仪式。到了这天中午，四处人们都齐集了，中人到场了，于是和尚叫小黄狗跳了三步，黄狗一跳由苍山跳到海东，罗刹叫起来了，和尚说："不忙！不忙！还有袈裟一披呢！"于是袈裟一披，便由上关铺披到下关。罗刹咆哮了，人们都四面逃

---

① 上鸡邑村内有寺，名"合会寺"，现存，传说是观音与罗刹立约合会的地方。今寺内天井里有大石板，传说是当年石桌，石板旁有圆形石柱，传说是当年之笔，石柱后有方石一块传说是当年之砚。曾忆我少时游此尚在。

散了,只剩下张敬老人、金甲神及和尚三个。和尚说:"文约已定,你不得反悔!"并立即叫金甲神打死罗刹。罗刹知道不是对头,便跪下哀求道:"老师父慈悲为怀,这样一来,连我住的地方都没有了!"和尚说:"不必愁,我替你准备了一座富丽的宫殿,里面什么都有,比人眼睛好吃的东西有的是,现在就领你去看看。"罗刹只得依从,跟随和尚到莲花峰(苍山十九峰之一)下,果然好一座宫殿,亭台楼阁、林池桥林都全有,比水府好出几千万倍!罗刹便欣然同意了。和尚说:"现在我在苍山庙①煮好了米线招待今天参加仪式的人们,也请你吃一碗。"罗刹说:"我还是想吃人眼睛。"和尚说:"可以。"随即拿出一把黑豆往洱海里一撒,即刻变出千千万万像眼睛的东西②来。罗刹接过米线一口喝下,只听见咔嚓一声,一根铁链锁住了脖子,随即地动山摇,宫殿化为万丈石崖,把罗刹夹住,罗刹叫呀叫,可是即使魔力高万丈也没有什么办法了!和尚说:"我立一根铁柱在洞口,这就是铁树,等哪年铁树开花了,我就放你出来。"从此,作恶万端、为害人民的罗刹就永远被镇压了。

借地的第二天,老和尚在原来举行借地仪式的地方筑了一个石台③登台讲经(据说就是后来的"金刚经"),四方人民都知道老和尚法力广大,都来拜听。人多了,商贩们也借此以作贸易。讲经的第五天,即阴历三月二十日,老和尚对大家说:"现在我要走了,以后每年三月十五到二十,你们都可来这里赶集,因为罗刹每年这几天都要看看这里人多不多,人少了他会作怪的。"大家都领诺,说着说着,老和尚忽然摇身一变,成为一位素服的女子,手执杨柳净瓶、腾空而起,向大家招手微笑,架彩云向南而去。这时人们才恍然大悟,老和尚原来就是观音大士。

从此每年三月十五至二十这几天,四方人民仍云集中和峰下,有的朝

---

① 苍山庙是中和峰脚的村名,因村内有苍山神之庙。至今全村卖豆腐米线为业,传说即因地而来。
② 像眼睛的东西:即螺蛳,洱海盛产此物,传说此乃观音之黑豆所变。
③ 讲经台,实有其台。但难说是观音自己修的。解放前已毁。

拜、有的赶集。这个描绘就是三月街，所以又叫"观音市"。①

人们又在讲经台后筑了一座"金甲祠"②供奉金甲神，又在上鸡修了一所"合会寺"，在莲花峰罗刹洞上建了一座石阁供奉观音。

观音伏罗刹

讲述者：董汉才
搜集者：陈瑞鸣
搜集地点：云南省大理白族自治州大理市喜洲镇

传说很早以前，大理地方是一个叫罗刹的在这里盘踞着，所以叫罗刹国。罗刹是一个妖怪，长着翅膀，他的头又是鸟的头。他专门吃人的眼睛，这样他每天要把数十人眼睛吃掉。观音老母看到这种情况，非常同情百姓的遭遇，她想着要是让罗刹这样横行，那百姓们都要叫罗刹吃掉。因而她就化身为一个老妈妈，对罗刹说："你不吃人的眼睛不行吗？"罗刹答应说："不行！"观音老母就对他说："你天天飞来飞去吃人眼睛，也是很费力，不如我每天拿很多人眼睛给你吃。"罗刹说："这样是可以的。"观音老母就每天拿很多螺蛳去给罗刹吃。过了几天观音对罗刹说："我要想在你的罗刹国安家，请你给我一块地方住，好不好？"罗刹就说："行行行，你一个人能住多大一块地方？"观音就说："我要的地方不大，只要是我的袈裟能摆到的地方，我的小狗跳三跳能跳过的地方就给我好了。"这些条件罗刹也答应了。后来，观音就说："你可不能反口，我们还是写上一个文约。"这样罗刹就给

---

① 三月街的传说即"观音降伏罗刹"或"观音借地讲经"一事，大理县志云："每年三月十五日集至二十日止，各有返藏缅商买*……俗称唐永微间有观音大士者以是日入大理，四方之人闻风而来，各挟其贺，因而成市亦曰观音市会。"按：唐永微年则为公元六百五十年，距今一千三百零三年，不管实虚，三月街历史之长河知矣！

② 遗址在苍山中和峰下。有会期。

观音写了一个文约,文约写好以后观音就做了道法,把一件小小的袈裟变得很大,她把袈裟摆了一摆,就从西山摆到东山;她叫小狗跳了三跳,就从上关跳到下关;这样,罗刹的整个地盘就给了观音老母。罗刹就对观音说:"地盘都成了你的,那我也没什么地方住了,这又怎么办?"观音就对他说:"这个没有关系,西山上有一个很好的地方,房子美丽,风景很好。我可以每天拿人眼睛来给你吃。"罗刹也就愿意去那个地方。这时,观音使用道法在今上阳溪后山变出一座大庙,他把罗刹领到那里以后,观音又作道法将罗刹用铁索拴起,并使左右两山塌下把罗刹压在下面,然后观音变一蜜蜂从石缝中飞出,罗刹就一直被压在下面。这时罗刹向观音说:"我何时才能出来?"观音就对他说:"等铁树开花时,你才能出来。"从此人们就免受罗刹带来的灾难。传说大理就是观音老母开辟的,因而百姓在压着罗刹的石头上建了一个观音阁来纪念她。同时,在阁上还安了铁的栏杆。又传说:"清初有群人上观音阁耍,大家都把帽子挂在铁栏杆上。这时,罗刹以为是铁树开了花,就在下面乱翻,结果把石头翻得大震动起来,游人大惊跑回。又传说,在以前,从石缝里可以摸到观音老母当时拴罗刹的链子。

在喜洲一带,几乎家家都供着观音的像,传说是:大理以前是泽国。观音老母打开天生桥,使水大部排出,大理是观音开辟的,因而大理一带人非常信奉观音。

观音老祖智伏罗刹

搜集者:郑绍堃、张福三

在大理附近上阳溪住着父子两人。一个名罗刹,生得嘴尖鼻翘,长着两翅,赤着双脚,每天要当地的老百姓献童男童女的眼睛各一对给他,使得周围的老百姓痛苦不堪。观音老祖知道这件事后,立即下凡来普救万民。

观音老祖变成一个老倌和罗刹结成老友。老祖每天打发一个百姓到海边打捞两挑螺蛳给罗刹吃。罗刹把螺蛳当成人的眼睛,吃也吃不完,心里感到很满足,他便对老祖说:"过去每天吃两对眼睛,不够吃,现在吃这样多的眼睛要把我吃坏了。我怎样才感谢你呢?"老祖回答说:"我并不要你怎样来感谢我,我只要你一小点地方住下就行了。"罗刹说:"你要多大,就给你多大好了。"老祖回答说:"我不要你多的,只要小狗跳三跳、袈裟披三披的地方。"罗刹想了想说:"这有什么难的!"观音老祖说:"别的我不怕,只怕你说了不称数,最好我们立一个证据。"于是观音老祖、罗刹和罗刹手下的书记,三人一同来到五里桥的西城大桥板,写下了证据。当时附近有癞蛤蟆咽咽地叫着,叫得观音老祖烦闷得很,于是他对癞蛤蟆大声说道:"今后不准你再叫了!"所以直到现在,癞蛤蟆不再叫(现在只是小声叫)。张敬先生写好证据后,观音老祖叫小狗一跳,从下关到上关,袈裟一震从东山披到西山了。罗刹大吃一惊,心想:如果再跳三跳那我管的地方都没了!因此就反悔前言,对观音老祖说道:"只要跳一下就够了,不要再跳了!"观音老祖说:"你既然不愿意再给了,也不要紧,我们是老朋友,今天我请你吃饭。不过我吃素,没有更好的东西来招待你。"他们正在说话时,观音老祖听见了哭声,于是对罗刹说:"你听三月街有许多人在哭,这都是你把别人眼睛吃了,弄得别人半死不活的。"

当天,老祖使法变成了一座画楼天阁的庙宇,请罗刹在里面吃酒划拳。他们吃到午时前后,金斋韦托出巡,瞧见了。于是用方天画戟打将出下来。整个庙宇都打坏了,罗刹也被压在下面,观音老祖变成一只蚊子飞了出来,罗刹的舌头被韦托的方天画戟压出来有三尺长。

罗刹还是要吃东西的。老祖把石头抛在海中,变成了许多螺蛳,叫老百姓每天拿出螺蛳给他吃。后来农民对罗刹越来越气愤,于是用烧红了的铁条把他的舌头烙了缩回去了。也有人说,是当地的老百姓用烧红了的铁水把罗刹的舌头烙回去了。

罗刹问观音老祖:"我还有翻身之日吗?"老祖回答说:"只有铁树开花,

你才可以出来。"不久,喜洲的一个秀才到庙中去玩,由于天气太热,他把玉帽(红顶帽)挂在庙门前的铁桩上。罗刹以为铁树开花了,于是天摇地动起来。那个秀才被吓得连忙把帽子取下,拔腿就跑,罗刹才不再动了。

后来张敬被观音老祖提拔到宾川做王,每天吃猪头三牲,肚子也吃泻了,他把这事告诉了老祖,老祖说:"你在那边捉香獐子吃就不泻。"

观音治罗刹

讲述者:王清
记录者:刘法月
时间:1958年
搜集地点:云南省大理白族自治州大理市绿桃村

罗刹每日吃童男童女的眼睛珠三百对。观音对他说:"你这样吃法,把世界上的人都吃完了!"就喊他吃海子里的螺蛳。我们大理的人吃螺蛳就是由此而来的。

罗刹认为螺蛳很好吃。观音说:"海味多得很,还有很多好吃的东西。但你要给我些地方,我只要袈裟一铺、黄狗三跳的地方。"罗刹同意了,并且立了字据给观音。

观音把袈裟一披开,黄狗跳三跳,就把大理全部地方占去了。罗刹反口了,说:"像这样一搞,把一个坝子都搞完了,我也没得地方了。"观音说:"你立了字据给我的,你要反口吗?我就要奏上天了,请雷公劈你。"于是雷在天上轰轰作响,罗刹害怕了,他对观音说:"立了条约,我不反口。但是,你要给我一点住的地方。"观音说:"我给你一座寺。"这寺叫"罗刹阁"①。罗刹还要求给他东西吃,观音就每天给他螺蛳,罗刹说:"你给我住的地方,

---

① 镇压罗刹的地方在三月街寺,又称为观音市。

要在繁华的地方。"观音就说:"我盖给你哪点,你就要哪点,你要反口,就不盖了!"于是奏给上天,雷公发气,拿了铁链子把罗刹锁在柱子上,用仙法使两个崖夹起来,就把罗刹夹在里面了,使他永不翻身。

现在去串的人,那锁住罗刹的柱子摸得着,铁链也摸得着。

罗刹阁

整理者:杨丕宣

相传,在很古以前,南诏国地方(今大理县)不知从何地方来了一个身材高大、面如锅底、恶如猛虎的熬神——罗刹父子,用强力霸占了南诏国。他整年吃人民的肉,喝人民的血,压榨人民的骨髓,来满足奢华无比、可耻腐化的生活。

据说:他吃人民独儿子的眼珠更厉害,他的席桌上,眼珠菜每顿起码都有一大碗。人民在此凶神的黑暗统治下,有冤无处申,有苦无处诉。

人民日夜盼望,日夜想着过自由幸福的生活。人民望眼欲穿,几百代胡须都等白。幸而苍天有眼,一位神仙从天上下降凡尘。她身穿道人模样的长衫,肩上挂着一匹袈裟引着一只小狗从容地走到国王府,说:"我这个道人,远道而来,无依无靠,想请国王赐给贫道一小块土地,作为贫道寄生的地方,谅来国王体念贫道出门艰难,是会赐与的。"

"你要多大的土地?就赐给你吧!"国王说。"多的也不消,只要小狗跳四跳、袈裟披一披的土地就行了。"道人微笑着说。

"唉!唉!这小块土地有什么关系。"国王满不在意地说。"请不要小看我的袈裟和小狗,袈裟披得大、小狗跳得远,恐怕……"道人像开玩笑又像当真地说。"任你袈裟披得大,小狗跳得远,也不是什么大不了的事。"国王轻视地说。"你既然答应，就得立个凭证才行。"道人老实地说。"这点小事情，也不消去立凭证。难道说我堂堂的一个国王，说的话不算数吗？"国王骄傲自大又神气十足地说。

但是最后国王终究扭不过道人，他们一齐去三塔寺立好了凭证。

"那就让小狗跳了，袈裟披了。"道人说。"好，就跳吧！"国王说。

哪料小狗竟由苍山跳到洱海，上关跳到下关。袈裟一披，就把大理全盖满。国王看到了这种情形，又惊奇又叹息，明白自己管辖的国土完蛋了，气倒在地。

"你吃穿和住的，完全由人民供给你，还要害人民。你不要埋怨别人，应该痛恨自己。"道人连劝带警告地说。

道人马上显化出一座美丽漂亮的房子，内设美好的席面，上有眼珠桌，山珍海味应有尽有。国王喝得酩酊大醉，道人使山倒下来，就把万恶滔天的吃人魔王压埋在山下，并且用大铁索将他拴住，永不叫他出世欺压掠夺人民！这位天上下凡的神仙变成蚊子从山缝飞出来。这就是大慈大悲的观音老母。

观音老母替人民除了大害，实现了人民以前的愿望后，就不知去向了。人民为了纪念她的功绩，捐款在道人显化美丽房子和压倒罗刹的场所，兴修了美丽漂亮的阁子。最上一阁，塑有观音老母的佛像。人民取名为"罗刹阁"。

开辟大理的故事

搜集者：杨国宪

大理这块地方，在古时，是一片汪洋的泽国，海水一直浸到苍山的半山腰，那里的人民都是住在苍山顶上靠打猎采集果实来过生活，后来在海尾下关西南角上出现了两条龙，一条是黄龙，一条是大黑龙，在那里争斗，把下关打缺了一口，这大海的水便落下去了，现出了一大片坝子来。在一千多年前，约在唐朝初年，这里出了一个怪东西名叫罗刹，霸占了这个坝子。他的性情很暴戾，专门吃人肉，最喜欢吃人的眼睛，像我们吃螺蛳一样，一天要吃几十双眼睛，不到三年，一半的人成了瞎子，老百姓受害不堪。到了唐贞观三年的时候，来了救苦救难的观音菩萨，变化作一个老人，从苍山的五台峰下来，到了各村寨的老百姓家里探访罗刹和同罗刹最接近的张敬的消息。老百姓一见这位老人和蔼可亲的样子，都很敬爱他，大家都向这位老人哭诉了罗刹暴虐和残害人民的事实，老人安慰他们说："罗刹已经恶贯满盈，不久自有能人来降伏他，只要大家安心等待着，就可以过幸福的日子。"

观音菩萨左打听、右打听，终于打听出同罗刹最接近的张敬的来历，张敬是印度阿育王的后裔，为人倒还仁慈，但很不聪明，他虽然知道而且也反对罗刹的暴虐行为，但无法制止他。观音菩萨又变化作一个梵僧，设法接近张敬，张敬一见梵僧便留他在家里居住。后来，张敬引梵僧去见罗刹，罗刹见了梵僧心里很喜爱，款待非常，住了数月之久，很是投机。有一天，罗刹问梵僧："喜欢什么东西？"梵僧便趁机回答说："什么都不要，只要一块安静的地方结茅藏修。"罗刹问他要多大的地方，梵僧说："不敢多求，只要袈裟一铺、小白犬跳上四步就够了。"罗刹慨然答应，梵僧说："犹恐后悔，请求立一个券，并当众发誓。"罗刹说："岂有反悔之理，你尽管拿袈裟来铺好了。"梵僧坚请，罗刹也就答应了，并当众宣誓，同时立了符券，就水岸上画了一个券在石头上为凭，永不反悔。之后，梵僧不慌不忙，把袈裟一铺，竟把苍山洱海的整个地面都盖没了，又叫白犬跳了四跳，占尽了上下两关地区。罗刹看了，大吃一惊，立刻反悔，观音就作起佛法叫五百青兵天龙八部在云端里现出金身做证！罗刹看势头不对，枉自悔恨，莫可奈何，反而告求梵僧说："这样一来，我的全部国土人民，都属于你了，我们父子连立足的地方都没有,这怎么办呢?"梵僧说:"这个好办,我可以找一个天堂胜境安排大王居住。"罗刹急问:"在哪里?"梵僧就指着上阳溪涧内一个洞口化为金楼宝殿,白玉为阶,黄金铺地,又化螺蛳为人的眼睛珠,化沙为食,美味珍馐,陈设用具,无所不备,应有尽有。罗刹到那里一看,觉得比自己住的还好得多,堂皇得多,非常高兴,就要求梵僧把自己的家属接来同住,梵僧都答应了。等到罗刹父子一家人都搬进洞内,梵僧就大显神通,用一块大石头塞住了洞口,自己变个黄蜂飞了出来。又请了当地的铁匠李子行用铁汁浇它,同时又造了一个宝塔镇压在洞上。从此,罗刹父子就永远不能出来残害人民了。

现在大理苍山上阳溪山麓的罗刹阁、罗刹洞就是这段传说的遗迹,这也是观音收服罗刹开辟大理的传说,至今还流传在白族人民口中。

梵僧把罗刹父子压进石洞后,又把海水从海尾下关洩出来,成为"天生桥"。现在洱海里面的"赤文曷",就是观音和罗刹立券的地方。

自从观音收服了恶魔罗刹父子以后,又授记细奴罗为南诏国王,当时有张乐进求为南诏酋长,备办了九鼎三牲的厚礼,请细奴罗到铁柱庙祭天卜吉,忽然有金谷鸟飞到细奴罗右肩上连叫"天命细奴罗"三次,大家都很惊服,推细奴罗为王。细奴罗登上了大位,称为奇王。当时正值唐朝时代,细奴罗就连年进贡唐朝,他的子子孙孙都得封王位,一直传了十三代,共二百七十年。

观音开辟凤羽坝

搜集者、整理者：施烂
时间：1955 年 7 月
搜集地点：云南省大理白族自治州洱源县凤羽镇

洱源凤羽流传着一个故事，这个故事不知流传了多少年代。现在每到六月十三，年纪较老的人就用亲切的口吻讲给爱吃爱弄的孩子们听。

流传的故事是这样的：

在很久以前，洱源凤羽是一片无底的大海。远飞千里的鸟，一飞到天马山就收下了翅膀，不敢过海飞上罗坪山，因为这是万人所恨的一个恶海。每当附近的人在海上划着船时，海水就起了无情的大浪；引水泡庄稼，全引的是泥和沙，肥沃的庄稼也要变成干草。对这海子，人民简直是气恨极了，因为它使附近的人们年年五谷不登，衣食无落。

观音菩萨为了搭救人民，在海南边划了划手指，水就从手指划过的地方流出。海水还没流干，观音菩萨就用手拨了拨，这时海水就一点没有了。

海水干了，附近的人还是不敢搬来；但鸟头凤凰知道了，首先从天马山飞上罗坪山。在路上，它掉了一根羽毛。四山头上的人们看见了，就欢传着"凤羽落坝，皆是好地"的话。

附近的人民家家户户都搬来了，无数的家户马上就集聚在罗坪山脚下。大家就给这干海上的新庄取名为"凤羽"。

凤羽坝里的大片土地还没有开垦出来。观音菩萨就请了狗在凤羽坝上开荒。

每天晨鸡一叫，狗出工了，小星一出，狗又才回来。在这每一天的劳动中，狗实在费了不少气力，劳动成绩也实在不小。每天狗回家，都得到主人的优厚招待。可是狗独个挖不了那么大片的荒地,观音菩萨就再请了猫和狗同齐劳动。

晨鸡喔喔高叫,狗和猫拿着工具出工了。两个在地里挖了不一会,猫就叫苦说:"挖不动了。"狗为了照顾新来的朋友,就让它在埂上休息。

中午,主人送来晌午,狗就放下锄头在抹着汗休息。猫问它为什么,狗说:"菩萨要送来晌午了。"

这时猫就在埂上一骨碌爬起来拿着锄头在卖力地挖,狗还劝它:"在吃饭前不能过分劳动,对身体有害哩!"猫答道:"好!你休息吧,我挖几锄就休息了。"其实猫不是在忠实地劳动着,而是为了让主人看见罢了。

观音菩萨送来晌午了,猫仍在卖力地挖着。晌午一吃完,猫又拿起锄头挖着地。观音老母在回去时说:"今天猫挖得实在不错,晚上你们回来比功。"猫就暗想:我回去一定会得称赞的。

这天恰好是六月十三,月亮从东边的天马山顶冒出来的时候,狗和猫荷锄回家了。

观音菩萨把一切准备停当后,就在月光下开始比功。狗说:"功应归猫,因为它挖不动也在挖。"那是狗为了鼓励猫今后更好地劳动。这时观音菩萨就不分青红皂白地说:"好!功就评给猫,因为我在时它那样地挖。"又说:"你这死狗实在没良心,今天猫这样地和你挖,也只挖了这么一点。唉!你以前也一定挖得少,就这样吧,功评给猫。"

观音菩萨评功给猫后,就按功给它们吃饭。他让狗在桌子底下蹲着吃,而吃的只是些米又不成、饭又不是的杂粮;但猫是在桌上坐着吃,吃的又是些鱼和肉。

狗恼了,当着主人问猫说:"我辛勤而诚恳地劳动,反只给我在桌下吃。你在狡猾地劳动反在桌上尽吃鱼和肉。这实在是不公平的,岂有此理!"

观音菩萨出去的时候,狗大骂:"一个人是不能这样的,我们应当诚恳老实。"猫硬着嘴:"这是观音菩萨的分配,难道你不服吗?"狗实在忍不下了,声气更大地骂着:"当然我不服,因为不劳动的反而优待最好。"

狗要一口咬死猫来解恨，猫跑脱了。狗就一直追着猫往南跑，追进了清源洞。

猫钻进了清源洞，狗也追进清源洞。刚要追着的时候，东方已经发白，狗就在洞里休息。猫就趁这机会从后门逃出去了。

第二天，观音菩萨就把狗和猫分在凡间。一个是看守门户的狗，一个是捉鼠的猫。

狗和猫被分在凡间后，狗始终不满那狡猾的猫，因此狗一见猫就要追起来。

现在我们看见的猫和狗仍是在不拢，就是因为猫不劳动而获得多的报酬。

凤羽的人们因为狗不满意猫，每年在六月十三日这天举办清源洞会来纪念狗的忠实劳动，在会上要杀一只猫来祭洞里的狗。

狗为了感谢人们对它的爱，就在洞里请求清源龙王按时给水，这样凤羽的人们就过着风调雨顺、五谷丰登的勤劳幸福生活。

卖螺蛳的人为什么经常做跑

讲述者：李济廷
记录者：张克亮
时间：1959 年 1 月 18 日
搜集地点：云南省大理白族自治州大理市沙村

相传在唐初，大理上阳溪住着罗刹父子，经常吃人肉和眼珠，每天要吃三双人眼。老百姓受尽了痛苦，但又无力来制服他。后来观音老母前来搭救人们，她用打鱼人从海里捞上来的螺蛳来抵眼，每天都要卖螺蛳的人来挑起螺蛳快快地跑去送给罗刹父子吃，以免百姓受害。

罗刹终于被观音制服了，但挑卖螺蛳的人直至解放前走路还是做跑，意思是为了很快地把螺蛳挑到市上或各村里去卖，这样即使罗刹复活，也不会再危害人民了。

观音负石阻兵

文本一

搜集者、整理者：丁炳森
时间：1955年8月

　　在很早以前，大理边界有一股被人们称为沙贼的土匪，这批家伙专靠烧杀抢掠过活。人们一提起沙贼这个名字真是恨得几乎把嘴里的牙齿都咬碎了。

　　沙贼对大理城早就想得淌口水了，只不过是怕大理地形险要，于自己不利，一直不敢轻易进入。这次，他们终于集结了几千人蜂拥地向大理扑来。当沙贼到达城南十里桥时，天已渐渐转黑了。大小头目和喽啰们都走得筋疲力尽，一个二个在堤坝里横七竖八地倒下养息，天黑后就要扑城了。正在这时，山坡上缓缓地走下一个老妇人，看来是背得一细少有的大茅草垛。老妇人走进了，沙贼们正想抓个人问问大理城的底细，大头目迈了上去叫道："喂！老大妈，你知道大理城在哪里吗？"老妇人好像没有听见。"喂！老大妈！"这时老妇人和大头目只相距两三步了。老妇人抬起头来问道："你说什么？"头目说："你知道大理吗？"老妇人用手里的木杖指指远处闪烁着几点灯光的大理城说道："就是那里。"头目说："有几里路？"老妇人嗯了一声，接着说："我也晓不得有几里，我们这里俗话说'望见城，走死人'呢！因为本坝所以看得见。"头目再想问什么，可是老妇人不高兴地说：

"大哥！你莫拉我问长问短的，等我把石头歇下来你再问。"这时头目才猛然意识到老妇人背的是大石头，说老妇把石头放下，轰的一声，地都被击得震动。头目惊呆了，还是老妇人接着问："你们是哪里来的，你们要进城做什么？"沙贼头目才惊醒过来，他也答不上老妇人的问话，接着忙问道："老大妈！你为什么背得动如此大的石头啊？"老妇人说："啊！这算什么，我老了，背不起了，我儿子背的比这大得多呢！"头目吓得直哆嗦，连连问："大理人都是这样大的力气吗？"老妇人说："没有这样大的力气，从前唐兵十万一回、九万一回来打大理，那怎受得了呀！可是，我们却叫唐兵没有回去一个。"这时候很多贼众也都早跑来看，听得清清楚楚。头目和众贼听如此说都面面相觑，显出失望和恐惧的神色。老太婆说："时候不早了，我明天再来背算了。"说着拄着木杖一步步地走了。众贼商议了一番，在十里河住下来。这条河水很小，河底正好下帐，埋锅造饭。三更时候，疲惫不堪的贼众正睡得香甜，忽然暴风雨大作山洪暴发，贼众从梦中惊醒，也辨不清东西南北，来不及收拾家伙，洪水已一个个把他们卷入了漩涡。

从此，这群恶贯满盈的盗匪被彻底消灭了，大理城南的十里桥却永远留着老妇人背的大石头。人们说，这是观音老母背的。于是在大石头上建立了一座大理石阁，阁后建造了庄严宏伟的庙宇，供奉观音。这就是现在的"大石庵"，也就是"观音堂"。

文本二

讲述者：杨浠元
翻译者：李绍文
记录者：郑绍堃
时间：1958年
搜集地点：云南省大理白族自治州大理市仁里邑村

　　唐朝时候，李宓带兵想去征服云南，进兵到了下关。观音老母见着这件事后就变作一个老大妈，把鱼塘会坡下的一个大石头背到下关去。李宓的士兵看见一个六七十岁的老大妈，背这样大一块石头，于是问老大妈道："老妈妈，你为啥背这样大的石头？"老妈妈回答道："我背的这个小得很，还有更大的在后头。"李宓的士兵被大妈的话吓住了，心想：这地方的老大妈都有这样的力气，年轻的人不知道怎样厉害，于是不敢再进攻下关，带兵回去了。

文本三

讲述者：魏军屯、魏鸿熙
记录者：孙炳、杨锦兴

　　以前，一股兵要来攻打大理国，走到大理南门外观音堂，迎面遇着一个老妈妈，用一根草绳背着一块大石头走过来。领头的一看见，心想：一个老妈妈也能背几万斤的大石头，可想而知，年轻人一定不得了。于是决定退兵，不去打大理。

据说那块大石头就是从渔潭坡上背去的。说也奇怪，渔潭坡上那一个洞口刚刚好跟那块大石头一样大，比一比，那大石头就像从那里背走一样。

文本四

讲述者：王中秀
搜集者：郑谦
时间：1958 年
搜集地点：云南省大理白族自治州洱源县邓川镇

邓川原是不毛之地，蛮烟瘴雨，不通中国，只有一些土人居住。相传三国时候，诸葛亮七擒孟获就在这地方。

一天观音老母化身为一个乡下老太婆，从邓川渔潭坡上取出一块大石头，用草绳背到大理观音堂。路上遇见了诸葛亮的大队人马，有些士兵看见很奇怪，就问她道：

"老人家这么大年纪了，还能背这么大的石头，真是有两下！"

"现在老了，不中用了，年轻时候，还背得更多呢！"士兵们听了，更加惊奇，就都想试试，看自己能不能背起这块大石头，结果使尽了吃奶的力气，一动不能动，就都伸伸舌头说："这地方的人不是好惹的，你看，这些人多大一股蛮劲！"

自从观音老母搬走了这块石头，渔潭村就出现一个大山洞。

观音负山填海

讲述者：杨占林
记录者：杜惠荣
时间：1958年
搜集地点：云南省大理白族自治州剑川县海东村

  剑湖的水淹没了许多田地，观音老母去到九河地方，用一根丝线把那里的一架山套起来背在自己的背上。她打算把山填在剑湖坝里，让四周的田地都落出来。她走呀走，走了大半夜才到了墨斗山这个地方，走得很累了，想着这里歇一下气。刚巧，放下山时鸡就叫了，于是这架山永远地留在这里了，这就是现在的墨斗山。

观音老母背山

讲述者：谷泉
记录者：张福三
时间：1958年11月7日
搜集地点：云南省大理白族自治州洱源县五充地区

  茈碧湖旁边有一段矮山，光秃秃的没树。相传，大理的三塔要修在这湖边。观音老母在晚上背着个大背篓，拄着拐杖要来把座小山背走。可是，那晚上，她到了这山上，做好准备，正要背时，她的拐杖碰着岩石，发出声音，惊动了湖里的水鸟，鸟叫了起来。观音老母怕惊醒了老百姓，才没有把山背走，塔还是修在大理了。

石公公和石婆婆

讲述者：王七一
记录者：曹锦青

相传有位石公公和石婆婆，他们二人由很远地方赶着猪到牛街坝子来卖猪。在漆黑的夜里行走，天上是没有星星。当他们走到半路上的时候，石婆婆忽然发觉钥匙忘记带了，要趁天亮以前赶回去拿。若果钥匙拿回来，开了地上的海门，牛街坝子会被大水淹没，许多人的生命、财产将要受到损失。这时，观音老母知道了，便变成人，拍起簸箕学鸡叫，石婆婆就不能够回去了。不久东方发白，天亮了，石公公和石婆婆变成了石头竖立在三营的黑石店。至今三营的黑石店这个地方，还有些黑石，便是这样来了。

观音蒙天空

讲述者：杨占琳
搜集者：杜惠荣
时间：1958年
搜集地点：云南省大理白族自治州剑川县海东村

从前，天空里一个挨一个地挤满了岩石。岩石的头都朝下，悬晃晃的，好像要掉下来，人们很害怕不敢到田地里去生产。观音老母摘下她的头巾，把天空蒙起来，才成了现在我们能够看得见的天空。我们看天空是蔚蓝可爱的，在牲畜的眼中却仍然是岩石，所以牛马不敢看天空。

天上还有各种颜色的云，那是地上的火焰升起以后变成的，从前可没有那些美丽的云彩。

观音收鱼精

讲述者：王中秀
记录者：郑谦
时间：1958年
搜集地点：云南省大理白族自治州洱源县邓川镇

观音老母住在南海普陀山，她在紫竹林的一个池子里养了七尾大红鱼，有一次忽然来了一阵狂风暴雨，水淹南海普陀山，一尾大红鱼就跳出紫竹林池子，游到邓川渔潭那个山洞里。

大红鱼跳进山洞，经过几年的修建，就成了鱼精，每年八月白露前后，就兴风作浪，损害庄稼，淹没房屋。老百姓向它求情，它说："除非你们每年送一对童男童女来给我吃，我就不兴风作浪。"老百姓无可奈何，只得依了。以后年年如此，遭殃的童男童女不知有多少。

几百年后的一天，唐僧取经，路过此地，眼看天黑了，就在附近一个村落里住了下了。第二天，这家主人大摆宴席，宴请所有的亲戚朋友。但在太阳落山的时候，主人老两口却又叫天叫地，号啕大哭，非常凄惨。唐僧感到很诧异，问明原委，才知道这老两口五十多岁了，只有一个独儿子，但今年送给鱼精吃的童男，却正派在这个独儿子头上，明天送到山洞，有去无回，咋个不伤心呢？所以这天特别宴请所有的亲戚朋友，来和这孩子告别。

唐僧听了，就安慰两位老人说："莫哭，莫哭，我自有办法救你的孩子。"于是马上唤两个弟子——孙悟空和猪八戒来到跟前，要他们扮作童男童女。他两个事先就打听到，以前鱼精总是先吃童男，后吃童女，猪八戒胆子小些，要孙悟空化身童男，自己化身童女，孙悟空拗不过猪八戒，只好答应了。

两人化身妥当后，就由村民用花轿抬起，吹吹打打地送到鱼潭坡，然后再投进山洞里。忽然吹来一阵狂风，洞里白浪滔天，鱼精张开大口说道："今年我要颠倒一下，先吃童女，后吃童男。"猪八戒听了，吓了一跳，拔腿就跑，鱼精拨浪追来，孙悟空在后面抽出金箍棒使劲一劈，打得鱼精的鳞甲落了七八片，一场恶战展开了，但孙悟空、猪八戒不习水性，而鱼精惯会兴风作浪，水战是它所长，再加上它有无数虾兵蟹将助战。因为寡不敌众，打来打去，孙悟空和猪八戒始终不能取胜。

情急智生，孙悟空背着猪八戒一个筋斗翻得到村子里，与师父唐僧商量，决定请全村男女老少都来帮忙，每人拿着刀叉和其他武器跟着孙悟空、猪八戒一路来到鱼潭坡，先由猪八戒到洞边去引诱鱼精出来，然后全村居民赶上来，鸣锣呐喊，声震天地。那些小鱼精早吓得四散，大鱼精也有些心慌，刚要掉尾后退，孙悟空一个筋斗翻进洞里，狠狠的一棒，正打在鱼精头上，把鱼精打得半死。于是孙悟空就从腰间掏出铁绳来，把鱼精牢牢地绑住，拴在洞口。恰好这时观音老母已知道了大红鱼跑到鱼潭坡的上空兴妖作怪、危害居民的消息，很生气，便马上驾起一朵祥云来到鱼潭坡的上空，从天上掉下一个篮子，把鱼精捞在篮子里，带回南海普陀山去了。

当大鱼精被观音老母带走的时候，一些小鱼精问观音，以后它们是否还可以出来，观音说："你们出来还是要吓坏人，以后只能在每年的八月十五这一天出来一次。"

老百姓知道了，就在每年农历八月十五这天办鱼潭会，大家来这里赶集。因这一天人声嘈杂，特别热闹，小鱼精刚刚探出头来看看，一听这么多的人声气，就吓得缩进了头去，以后就永远不敢出来了。

观音老母卖黄鳝

文本一

讲述者：李国正
记录者：张福三
时间：1958 年 11 月 18 日
搜集地点：云南省大理白族自治州剑川县三甸菁村

  观音老母变作个老妇人，带有一百条黄鳝，来到了李鸡坪，碰上一老妈妈，她问老妈妈要水喝。这老妈妈答应了，提着水桶去了。但水离这里很远要爬几座山，观音老母等了半天，老妈妈才把水提来了，她问："你怎么走得这么慢！"老妈妈说："路远哩！"观音老母喝了水说："我身上没有钱，卖你一条黄鳝吧！"那老妈妈靠打柴过日，积了三十两银子，就把这些拿来买了一条黄鳝。观音还说："你去挖个土坑，把它养在里面。"结果老妈妈把黄鳝放进就不见了，马上那地方就出了一股水。从此，这水灌溉着田地，老妈妈再不翻山去打水了。

  观音老母卖了一条黄鳝，还剩九十九条。来到老君山，遇到了木天王，他在山上挖银矿。她说："我来这山上买一块地方。"木天王不答应，她要借，木天王也不答应。结果，观音老母说："你拿猫跳一步这一步地方送给我。"木天王允许了。观音老母把这地方挖了个水塘，放进九十九条黄鳝，出了九十九股水。到现在，老君山上还有九十九个龙潭。

文本二

搜集者：剑川文化馆

相传在古时候，剑川遭受旱灾，没有水。观音听见了这件事后，就动了慈悲，要来解除剑川人的灾难。她于是就收了一百条龙变成黄鳝（或泥鳅），自己则变成一个卖鱼的老妈妈，从大理动身，一路往剑川赶来。

走到大理漏一村，观音走得辛苦了，就坐下来想休息一会，于是就把鱼筐放下，坐在路边上休息。

泥鳅是很不安静的，在鱼篮里一直就乱蹦乱跳，但是都被观音用法力管住了。这会观音已经走得累了，对泥鳅已经管得不严了，有一条泥鳅一下子就跳出了箩筐，逃到树林里去了，后来变了一条龙，因此人们就把那个地方叫"漏一"，又把那条龙称作"乡亲龙"。

观音到了剑川，黄鳝都变成干黄鳝了。她本来想把这些黄鳝卖给人去变龙的，但是干黄鳝谁要呢？卖了三个街子，一条也没有卖掉，最后她想："还是我找个地方把它们放掉吧！"

观音为了找这个地方，几乎跑遍了所有的山，最后她喜欢老君山又高又大，是剑川的主山脉，于是把九十九条黄鳝放到老君山上，变成了九十九条龙。从此一股股清澈的泉水从老君山上流了下来，解决了剑川的水源问题。

文本三

又有人说：观音卖的是黄鳝，到了野鸡坪，那里有一个老头识破观音带的是龙，于是就买了一条。观音要卖三十两银子一条，老头二话没说就照付了，因此在野鸡坪也就有一条龙。这条龙思念它的同伴，常向西北跑，要跑到老君山上去找它的同伴去，这就是回龙河的由来。它们终于在剑湖里会了面，后来人们说，剑川人出门都要想家，就是因为回龙河的缘故。

文本四

观音把一百条龙带到老君山上来搭救剑川人民的消息传到了木天王的耳中，木天王大发雷霆，他想这一来不就破坏了他的一条生财之道么？他非要找观音算账不可。

木天王收拾停当，骑上了他那只黑老虎，手里拿着钢鞭，带了几个家丁出发去找观音。走了一天一夜，他在老君山上找到了观音，他借口老君山一半属丽江管，不准观音在这儿放龙，当然啦，观音说什么都不依他。左说右说，一软一硬，最后木天王发火了，他要和观音打赌，说他一定能够把一百个龙潭填平。观音告诉他，任他搬来十架大山也填不完龙潭，木天王说，何消用山，用金子银子可以填得完的。

于是木天王回到丽江，开始搜刮起来，过了九十九天，期限到了，金银也搜刮得差不多了，他就叫纳西人背起金银去填龙潭。他怕人家在半路上偷金银，就恶毒地编了一批光底篮子，叫老百姓在路上歇口气都不能。

木天王到了老山，填呀填呀！金子银子一丢下龙潭就都不见了，最后金子银子都填完了，只填了一个山龙潭，这就是为什么今天老君山上只有九十九个龙潭的缘故。

五十石

讲述者：冯德璋
整理者：李治唐、杜惠荣

这是一个很久以前的故事。

有一年夏天，漾江两岸正在收割小春，一个七十多岁的老妈妈从西山上下来，路过石明月村。老妈妈手里拄一根拐棍，背上背着一个烂竹箩，像一个讨饭吃的。她走到一块田边，向田里忙着割麦子的人说："阿爷[①]、阿婶，赏给我们路人一碗饭吃吧，我走了半天山路，肚子走饿了。"割麦的人里面有个老婆子，是这块麦田的主人，她站起来高声叫道："快滚开，你不看我们正忙着干活，到别处去要！"

这个老妈妈拄着拐杖很困难地向南边走，走到现在叫五十石村的那个地方，遇着一个妇女背了够七八个人的一顿大米饭，热腾腾的还在冒气，手里提了一土锅芹菜豆米汤，也是香喷喷的，老妈妈对她说："大嫂，我肚子饿坏了，你赏给我一顿饭吃吧！"这妇女见老妈妈饿得脚都提不起来，哪里还能再走路，连忙说："好，好！你等一下，让我歇下来，给你吃饱了再赶路。"她一边说，一边歇下来，摆上了饭和菜。老妈妈："大嫂，如果你要我吃个饱的话，你这一甑子饭就是吃光也怕不够呢。"妇女说："你只管吃，吃了不够时，这里离我家也不远，回去再做饭来。"老妈妈已搬来一块石头放在田埂边，端起饭碗坐在石头上就大吃起来，一甑子饭一会就吃光了。那妇女问老妈妈："你吃够了没有？"老妈妈说："多谢大嫂，吃够了，吃够了，这下我再赶几百里路，肚子也不会饿了。大嫂，你家这样贤惠，我也该感谢你。我教下给你一件事，只要你照着做，担保你这丘田今年能收到

[①] 阿爷：就是阿叔。

一百石谷子。"那大嫂惊讶地说:"啊么①!收五十石就好得很了,我这坵田最好时也才打过四石谷子呢。"老妈妈们说:"就依你说,收五十石吧,以后我坐的这块石头有多大,你每天就送多大一堆粪到田里,要连送五天全都上到田里。麦子收割完后,田要三犁三耙才能栽秧,栽下秧后薅七道。"说完后,老妈妈忽然不见了。她坐的那块石头也忽然长大了,像一架小山蹲在田埂边,这妇女非常惊讶。她想到跟她换工割麦子的人还没吃饭,就连忙回去做饭。等到她把晌午送到田里的时候,太阳已经快要落山了,换工的小伙子开玩笑说:"今天大嫂怕做出了八大碗给我们吃呢,你看我们的肚子已饿得像湛江上架的那条藤索桥了。"她把遇着老妈妈的事告诉大家,大家去看,田埂边果然多了一块又高又大的石头。

　　这件事很快就传开了,但是大家都不大相信老妈妈说的办法能多收谷子。这个妇女想:"俗话说:只要田里多上粪,黄土也能变成金。"她就不分昼夜把厩里所有的粪都背到田里去。一连背了五天,田里的肥料堆得像座小山。她又把田犁了三道,耙了三道,秧插上后又依次陆陆续续地薅了七道。这一年,她这丘田的谷子长得特别好,谷秆像芦苇一般粗,谷穗像高粱穗一样长。真是十人见了九人爱,连九十岁的老倌也惊叹不止。他们说:"我活了这么大的年纪,还从来没见过这样好的谷子呢?"到秋后收割的时候,这个妇女把这丘田的谷子打下来,用斗一量,恰好有五十石谷子。打这时起,这个地方就叫作"五十石"。后来,这里慢慢出现了一个村子,这个村子也就取名叫"五十石村"。

---

① 啊么:惊叹的口气。

童子拜观音

讲述者：李焕武
记录者：赵国栋
时间：1958年11月12日
搜集地点：云南省大理白族自治州剑川县金坪村

  很早以前，观音老母和善财童子在天上看见中国安葬死人是把尸首丢在山上，在尸首旁边烧上一塘火，以后就不管了，任随乌鸦豺狗来吃。西方报罗国（西藏）是不兴安葬，人老了就拿来杀吃。于是观音老母和善财童子就决定分别到中国和西方报罗国劝善，两国都劝转了就不说，要是谁劝不转，那么谁就拜谁。结果观音老母到中国劝，善财童子到西方报罗国劝。观音老母托生到一家没有子女的老夫妻家里，老夫妻爱如掌上明珠。长到三岁，她就问老夫妻说："我要好好地孝敬你们，即使你们死了，我也要买四块板子做成一口大盒子把你们装着里面，缝给你们新衣服穿上，最后才把你们安埋地下。"老夫妻高兴极了，逢人就讲，见人就说，一下子就传开了。大家都觉得这样做很好，你也这样安葬自己的父母，他也这样安葬自己的爹娘。久而久之就形成了一个风俗习惯，一直到了今天。

  善财童子到西方报罗国去没有劝转，结果就拜跪了观音老母，从此在中国便留传了一句"童子拜观音"的美言。

自生佛

讲述者：王少基
记录者：张福三
时间：1958年11月8日
搜集地点：云南省大理白族自治州南涧彝族自治县小梁子村

从前，新登有个姓王的人，以砍柴为生。他砍刺蓬蓬砍了一处，前面就摆有铜钱；这样他一直往上砍去，铜钱也一直摆到山顶。在尽头，刺蓬砍完了，前面有一尊佛像，戴着风帽，拄着棍子，天然长出来。姓王的仔细一看，原来是观音老爹，他回来把这消息告诉了全村人，大家都争着看这自生佛。有人发起给它修庙，但钱不够。姓王的人就到凤羽去求布施，在那里，化了很多钱，就修了庙。后来八月初八到八月十五是观音老爹的会，凤羽的人来，把香炉里的灰包回去，据说能治百病。

狡猾的猫

记录者：李锦璋

传说，在很早以前，有一天，观音老母叫狗和猫去挖田，观音老母对它们说："谁先挖完就一生吃肉，谁懒惰，谁就没有肉吃。"猫和狗听了就当着观音老母的面一齐去挖田了。

到了田边，狗忠实地去挖，挖得非常起劲；猫却静静地在田边闲着，连脚也不愿走进田里去。不一会，狗把田挖完了，洗了洗脚，就回去见观音老母，可是狡猾的猫在狗去洗脚的时候，光着脚板去田里走了一转，带着脚上的泥土，气喘喘地跑回去见观音老母。猫说："田是我先挖完的。"狗说："田完全是我挖的。"观音老母看了看猫的脚，看了看狗的脚，对狗说："你一点也不老实，田完全是猫挖的。"这样就把狗的一笔功劳归猫了，直到现在，狗的心里对狡猾的猫儿是不满意的。

偏灯芯

讲述者：杨素华
记录者：郑绍堃

从前，我们村子里有一个靠种田为生的老妈妈，她很信奉观音老母，并为观音老母点灯。每天她就在灯面前念："偏灯芯，我要见观世音。"这样不停地念了好几十年，观音老母也受了感动，下凡来试试老妈妈是真心诚意的还是假心假意。观音老母变作一个老妈妈，手提菜篮，来到老妈妈面前说道："吃素的人，从不离葱姜。你这一篮姜有多少斤？""我随便拿的有三斤多。"第二天，观音老母又来到这里对老妈妈说："昨天你卖给我的姜只有二斤。"老妈妈说："我的姜是三斤。"观音老母又说道："偏灯芯，三斤当作二斤称，你二世也见不着观世音。"说完就不见了。老妈妈才知道是观音老母的化身，非常后悔。

老母卖鱼

搜集者：若非
搜集地点：云南省大理白族自治州鹤庆县

有一天，矿上突然来了一个卖鱼的人，很奇怪，她的篮子里有水，鱼就中间游来游去。

这消息马上就传开了，不久，正在挖矿的一些人也跑出来看这个卖鱼的人。可是，有些人却不相信有这种怪事。接着有几个"好术"的人也出去看了，那些不相信的人继续在挖矿。

过了一会，矿井忽然倒了，不愿出来看的人，都被压死在井里了。

传说，这是观音老母知道矿井要倒，故意来救矿工命的。可是，由于他们不相信"怪事"，结果是自己吃了亏。

观音的出身

搜集者：郑谦、段寿挑

在三国时候，有个兴民国。观音老母就托生这个国王家里。

妙庄王只管了三千多里地。他又有三个公主：大公主和二公主在十七岁就招了驸马。可是，三公主已到达出嫁的年龄，她不愿招驸马，反而很想出家。后来她父亲发怒，叫她去后花园浇死花，并且要她在冬雪天使各种花草开花，做不到就杀头。

可是，经过三公主的辛勤劳动，终于冬腊月都是鲜花盛开，果子累累，闹得国王没有办法，他就叫大姐二姐去劝她。给她说："你这样苦，干什么？我们和你都是一样，你何苦？"

"我甘愿。"

后来妙庄国王又跑到白雀寺女工长老那去商量，把他女儿送到这儿出家。"可是，你要知道，这不是真的，是要你劝她还俗。假如你做不好，就要杀你头。反过来你能劝转她，给你奖赏。"结果，她来时，长老就命令她担任这五百多人的做饭工作，水柴米都要自己去找。找得到就好，找不到那就要给她还俗。她仍然是坚持下来，不过劳碌过度。有天，她现出原形，是个男身。那些和尚见了，马上给妙庄国王说："你女儿有个男人和她经常在一块儿。"国王听了觉得不好，发怒地说："我是一国之主，招个驸马她不愿，尽搞些坏事！"决定烧毁白雀寺。

这次火烧，她躲在个竹林窝里，没有烧死，使他父亲大大失望，又派人抓住了她，把她杀了。在刑场上，一刀杀下，刀成两段；国王看见，认为执行人员不坚决，就先杀了执行人员，然后再用绫绸绞死她。

在这时，她母亲说："我女儿死了，让我去看看她的死尸！"跑到刑场，忽遇恶风暴雨，有条白龙把她抬着腾空飞去了。

从此以后，玉鼎真人把她带到香山去了。到那里后，她上奏说她父亲如何对待她。马上，天宫里就给她父亲满身长起大疮来，疼得很，很想找个良医来医一下。妙庄国王就说："写出个告白，看看谁人能医好我病，赏给他高官厚禄。"

不上三天，他女儿就扮成个医生，来到她家，给他一看说："你病可以医，不过要有两种药配着，才能医得好。"

"什么药？"妙庄国王马上询问。

"是亲生女儿的一只手、一只眼配搭，可医好了。"

妙庄国王马上把大女儿叫来给她讲清，女儿就说："只要你医好，什么都可以。"可是驸马听了，就来说："你女儿给我是五体俱全，如今要割，是什么样子？"不答应，又去叫二女儿，叫来时驸马倒答应了，可是女儿说："最好你杀了我还好些。"闹得妙庄国王没办法，只好放声大哭。医生说："别哭了，最好到香山求呢！"可以求得到的。

国王马上派了个宰相到香山去了，到了山脚下，很难上山，只要爬山去。爬到寺后，望见两个小和尚就去和他们把来意说明，他们对他讲："可以在那里求。"等第二天一早，真的有了，就爬回家来，拿给医生。果然擦了两次，疮好了，医生就告诉他说："医好之后，你要消灾了愿才行。"

"可以！可以！"点点头在答应。

半月之后，他就带着全家人和主要朝官到香山了愿。来到寺内时，见了他女儿，他女儿问："父亲，你看，你当皇帝好，还是我浇花好？"

千手千眼观世音

讲述者：杨金义
记录者：张文勋

  观音老母有三姊妹，她一心要去出修仙，不愿出家。她爹很生气，要她做三件大事。一件事要她去浇花园，在山坡上她鞋尖脚小，但她还是去了。第二件大事，是种三斗三升芝麻，山神土地、桥神路神帮她去种，又种下去了。第三件大事，就是要把三斗三升芝麻捡回，不够一颗就要剥她的皮。她出去在山坡上哭，山神土地也来帮助她说："我们帮你捡。"她说："怎么捡得起来？"山神土地就招来几千白雀鸟，吩咐它们不准咽下去，全部把芝麻捡回，父亲一看，三斗三升一颗不差。

  她父亲以后又强迫她出嫁，她就跑到百雀寺出家。她爹去烧寺，把五百五十个尼姑烧死，没有烧着观音。后来她爹生了五百五十个疮，怎么也医不好。后来，来了一个道士，说："有亲手亲眼就可医好。"她爹就跟大女儿要眼手，大姑娘说："可以，但要问丈夫。"丈夫不准。问二姑娘，她也说："可以，但要问丈夫。"丈夫不准，说："剁了手脚怎么活？"还说："你妹子上得天，我们变成蛳象叫你们骑。"后来，果然变为蛳象。

  后来，她父亲对道士说："我有个三姑娘，但我把她烧死了。"道士说："她还活着，现在住在百雀寺底下村子里，我帮你去找她回来。"于是观音就回来了，父亲悲喜交集，说："我害了你，但现在我要你的眼手医病。"他父亲说亲手亲眼，但说忙了，说成是千手千眼，后来观音就生了千手千眼。现在我们就说："千手千眼观世音。"

钟

讲述者：那士通
记录者：杨德超
时间：1959年1月21日
搜集地点：云南省大理白族自治州永平县大村子

大村莲花寺中有两口大钟，原不是这儿的，是由很远的地方搬来。

相传搬这两口钟，是观音老母令一个能干的杨明选去搬的，钟原来是在丽江喇嘛寺。

杨明选才在这里动身时，钟就在喇嘛寺内响了。拿钟的人走了三天三夜到那里，钟也响了三天三夜。杨明选到寺外时，门已锁了，叫开门，和尚不开，说给自己开。杨明选急得在门外转来转去，忽衔口水向锁"啐"去，锁就开了。他到佛堂前拜佛叩谢，出来拿钟。可是钟高高挂着，每口钟有二十多斤，他请和尚们帮忙解，和尚们又不干，只得瞪着眼睛在下面转圈子。仍衔了口水向钟喷去，拴钟索子却自然散了，钟就落下来。可巧落挂在他的两耳上，一耳挂一口钟。就这样，他又走了三天三夜回到大村，莲花寺遂有了这几口大钟。过去这钟声响起，很远的地方都会听着，敲一下响半天，声音清脆响亮。后来不知怎么搞的却很不响了。

佘金庵的由来

讲述者：刘明华
记录者：王国均
时间：1958年
搜集地点：云南省大理白族自治州鹤庆县围子田村

鸡足山原来没有什么寺庙，后来，丽江大财主木天王闯下大祸，避难逃走，躲在鸡足山。有一天夜晚，他梦见观音老母来托梦，对他说："你要想免掉你的灾难，就要用金子银子来把山上那个湖潭填平，并且在上头起盖寺庙。湖潭填平了，寺庙盖起了，你的祸事也就没有了。"木天王醒来以后，就把他的金子银子倒进湖潭去了一些，但是金子银子都坠底，怎么能够填平呢？

第二天夜里，观音又来托梦了，她说："金子银子坠底，怎么能把湖潭填平？你最好买上一些金银钱纸，折金锭银锭的样子，放进湖潭，湖潭就容易被填平满了。"木天王买了几十金银钱纸，折成金锭银锭的样子。堆成一座小山，推进湖潭，果然就把湖潭填满了，湖潭变成了干地。

湖潭被金银钱纸填满的那一夜，湖里的龙王来给木天王托梦，他问木天王："什么时候才能把这个湖潭还给我？"木天王梦里答复他说："等到钟鼓不响的时候，湖潭就可以还你。"从此以后，就请泥水匠、木匠起盖鸡足山的寺庙。

木天王在鸡足山修起了几十个大寺庙，最后还剩下一点钱。这点钱，要是买料子，就没有工钱；要是请工，就没有料价。想来想去，打不定主意。这一夜，他梦见一个六七十岁的老太婆告诉他说："鸡足山后山有一个杯口粗的小洞，洞里随时淌下来一股米，这股米可以够工匠的吃喝和工钱，可以再盖一座庙宇。"醒来以后，到后山去找，果然找到了这个洞子，洞子里果然淌下一股米来。木天王便用剩下的这点钱来修一所寺庙，取名字叫作"余金庵"。

这个洞子里的米不多不少，刚够每天工人的吃喝和工钱，一直淌到余金庵修成还不歇。

余金庵修成了，木天王找来两个和尚招呼寺里的香火。这两个和尚良心太坏，嫌洞子里那股米淌得太细，想把洞凿大一点，多接些米发洋财。商量商量，就把洞打成有吊桶口那样大。哪个知道洞打大了，米反而一颗也没有了。

这个洞如今还在，听说前些年洞里还间或漏下来些糠秕哩。

那天禄

整理者：丁炳森
时间：1955年

明朝时，大理小岭村地主那大头家有个长工，这位长工是位极忠厚老实的人。太阳还躲在热被窝里，他就钻出破草帘，黑黝黑摸地挑水啦，磨面啦，喂牛喂猪啦；东方现出鱼肚色，又是放田水啦，薅草啦；赤日炎炎的也还在地里一锄紧接一锄地干；常常已经是洱海的渔火出没了，他还饿着肚皮。就这样一天天、一年年地过去，日子久了，那大头觉得自己有这样一个卖命的长工是天赐的福禄，于是就给长工起个名叫那天禄。

那天禄头发也渐白起来，干起活力来也不像往年的力气。有一天，他干得实在疲倦极了，不自觉地倒在田埂上睡着了，直到头上挨了一巴掌才惊醒过来。原来是那大头偏偏来串田（即检查田的意思），见那天禄睡着，狠狠地打了他一耳光。那大头说："你为什么不干活？整天来打瞌睡，老子养活你，你就是这样吗？"天禄结结巴巴地分辩了一句，那大头越像疯狗一样咆哮起来，叫狗腿子又是拳打，又是脚踢。

这天晚上，天禄感觉到多少年来的闷气一起都涌上胸来，怎么也睡不着。三更过了，刚蒙蒙眼，忽然听见有人叫他，一看原来是观音老母站在那里。天禄赶忙下拜，观音老母说："你随我来。"他跟着观音老母去到一个地方，观音老母指给他看。天禄看时，是一棵柱尖上挂着一大雀笼，笼内有快要脱毛的孔雀，正在这时，忽然来了一只老虎，跳起来，雀笼被抓翻了，孔雀趁势飞走了。天禄吓出一身冷汗，睁眼看时，屋子黑洞洞的，牛肋巴窝上已有一小线微光，才知道自己还睡在床上，是做了一个大梦。他慢慢地回忆着梦境，觉得很奇怪，想着想着，觉得自己不也是和那只孔雀一样的吗？孔雀最后展翅飞走了，我为什么不能呢？

天禄一骨碌起来，套上破衣，把自己仅有的一只破铁锅顶在头上，扛上自己用了多年的锄头，开开门无目的、悄悄地走了。

说来事情很奇怪，离开大理几百里的地方有个老银厂，厂上的几百工人天天望着像筷子粗的这股银水过活，稍不留意还给老阔将饭碗打破掉。天禄做梦的晚上，厂里的工人们也同时做了一梦。梦见观音老母告诉他们：明天有位财神要来老银厂，要他们去离银厂一百里的青石桥去接。见头戴铁盔肩扛黑旗的人就是。第二天，一提，几乎全厂工人都做了同样的梦。他们觉得这梦是有道理，于是背着老阔偷偷地派了几个代表到百里去迎接。他们走到青石桥已经是午后了，可是不见什么财神到来；太阳都下山坡了，还不见什么头戴铁盔肩扛黑旗的人到来；几个工人发急了，将要回去的时候，忽然见远处来了一个人，果然抬着一杆黑旗迎风摆动、慢慢而来，他们高兴极了，赶快迎了上去，到面前一看，什么扛黑旗，原来是扛得根锄头，锄头上搭了件蓝破衣。头上呢？顶着一口破铁锅，看人呢？是个老头。大家都凉了半截，可是一转念又觉得，要哪能找个真的头戴铁盔、肩扛黑旗的人呢？他虽然顶的是铁锅扛的是衣裳，也还有些像，便去问长问短。天禄把遭遇一一向他讲了，又提到头晚梦观音的事情，大家越觉得事有凑巧，便不管三七二十一把天禄迎到厂里。过了几天，天禄和大家开矿去，他胡乱一挖，可是恰巧挖着了旺脉，大家拼命地再干，银矿层出不穷。大家说那天禄真是个活财神。老阔知道了，忙来奉承他。可是天禄已经受够那大头的气了，他把老阔之类恨入骨髓。老阔一来，他就不去开矿，矿源又成那样微弱，老阔一气就死了。工人们把天禄推出来作为领班，从此老银厂的银子大发大旺起来。过了几年，大家凑集了三万两雪花银到京里替天禄捐了一个九门提督的大官。天禄到任后，他想起了从前的一切。可是天禄是个极忠厚老实的人，他觉得有钱也没有意思，便经常拿来周济穷人，修桥补路。想到那家，觉得那老头虽然刻薄可恶，总在过他家一场，便准备了一千两纹银派人日夜到大理小岭村送给那家。官差找到那家，问那大头，有没有个叫那天禄的在外做官的，那大头根本想不到天禄会做官，他怕说天禄是在过他家的人丢脸面，对官差连连说没有。官差追问，那大头才说："有是有一个，他是我家的奴根子。"差官一听，九门提督说是他的"奴根子"，一想，简直是个疯狂的家伙，便不提起送银的事了。官差派人回报天禄说，已找不到那家了，天禄便将银子作为捐置大理修路之费。几个月后大理城由南门到北门的碎石子路换成了一条明洁光泽的青石条镶嵌的大道。此路后来在一九四〇年被拆去了。

雪塑观音

讲述者：段文彬
记录者：张福三
时间：1958年10月21日
搜集地点：云南省大理白族自治州洱源县陈官营村

有一年在邓川地方下了一场大雪，有人就用雪塑了个观音像，惊动很多人，各地方的人都来看。有几个从剑川到京赶考的人，也夹在人群里看，忽然里面一个人灵机一动，他告诉同伴说："我们不如以这观音为题，作一副对联,看看我们的才学。"大家都同意了。他作了上联:"雪塑观音,一片冰心难救苦。"可是下联对不上。他们闷闷不乐地离开这里。过了几天,他们从京里回来遇着大雨,到竹林寺里去躲雨,这庙子年深日久,有些地方漏雨,雨下来淋湿了十八罗汉。于是有人就想出了下联:"雨淋罗汉,两眼流泪假慈悲。"对联作出来了,他们才很高兴回家去了。

(三)本主的传说

杜朝选的传说

文本一

整理者:徐嘉瑞

白族自治州大理的北面有一个村子名叫周城,就在云弄峰下,村边有一条美丽的溪水,叫霞移溪。在云弄峰的山腰,有一个有名的地方,就是蝴蝶泉了,我们向云弄峰走上去,不到三里路,看见一些大树,大树的绿枝构造成的一个穹隆的屋顶,好像一个大厅。有合欢树,有新樟树,有刺桐花,还缠绕着黄素馨花。在圆形的大厅门口,绿树的枝条一枝枝地垂了下来,刺桐花鲜艳地印着苍山的白雪。大厅当中铺着绿金绒的地毯,太阳从树枝中漏了进去,照在绿毯上面,发出一道绿光。走进第一个大厅,看见后面还有第二个大厅。又是一块绿色的地毯,太阳在上面染了一层金色,有许多红的蓝的小花,开在地毯上面。从金绿的光中走了进去,感到一阵冰凉。雪白的溪流向龙潭冲击下去。大树的枝干，伸上天空，垂下台面，把晶莹见底的龙潭遮住，造成一座龙神的宫殿。蝴蝶成千地在大树上飞着，蓝的、白的、黄的、红的，还有黑得像燕子的，蓝得像木槿花的，黄得像报春花的蝴蝶，它们的身上，都有各种各样的花纹，最惹人的是像燕子样的蝴蝶，翅上却画着朱红的圆圈。它们从绿毯上飞过，从大厅中飞过，从合欢树的树枝中飞了出去。我们来游的时候正是六月，蝴蝶花也开了，蝴蝶一串串地挂在树上，使你分不清什么是蝴蝶，什么是蝴蝶花，看着它不会动，用手去捉，它又飞了。蝴蝶花是合欢树上开的花，一串地挂着，看上去也很像蝴蝶。有一个生物系的女生，她提着一只美丽的蝴蝶，她想，这一个蝴蝶，比如说是人家的女儿，被妖魔捉去，母亲是怎样的伤心呵，她就把蝴蝶放了。这是一九四四年七月间蝴蝶泉的真实景象。①在古代，不知是什么年代，周城村中的两个姑娘，上云弄峰去砍柴。路过蝴蝶泉的时候天气太热了，她们到龙潭中去喝水，坐在合欢树下，合欢树的枝条拂在她们的脸上，千万双蝴蝶围绕着她们在飞，忽然来了一个陌生的少年，邀她们去家中喝茶，她们拒绝了，那少年还是死死地和她们纠缠。她们就转回身去，不敢上山，向周城跑回。她们跑得快，那少年也跑得快，她们跑得慢，那少年也跑得慢，忽然一阵旋风把两个姑娘摄进山洞去了。

原来周城出了一个大蟒，吃了许多的牛羊，农民们非常害怕，两个姑娘又被妖怪摄去，越发地惊惶了。他们忧愁地说："哪一个能杀了这条大蟒，我们要重重地酬谢他！"

杜朝选是一个猎人，他在云弄峰和沧浪峰打猎，打死了许多畜蛇猛兽，他也常去海东②。有一天，因在海东打猎已经很久了，他挂念家乡，由海东坐船回来，拿着弩弓，背着长箭，到霞移溪的山峡中去找野物。那时正是

---

① 这是我在一九四四年七月十二日同联大、云大的先生们在蝴蝶泉所写的日记。但这些树，后来被国民党的军队砍了，只剩下很少的几棵，蝴蝶泉面目被破坏了。这一篇日记，还保存它当年的美丽的面影。

② 现在大理传说，杜朝选是父母早死，由叔父抚养，迁居在海东。

春天，山峰上的雪，映着青翠的天空，溪中开遍了山花，水从大石四周冲下来，冲起一层层雪白的浪花。他看见在大石上，在浪花中坐着一个姑娘，在上面洗衣服。那姑娘低着头，泪珠一滴滴地落在浪花里面。他不经意地走了过去，姑娘也不理睬他。他走到山腰，忽然看见一条黑色金花的大蟒向他拼命蠕动，好像一股黑水迅速地淌着。快要到面前了，他取出一支箭，射了过去，正射中蛇的头部，它把大尾巴一卷，许多大树都卷断了，它从草中奔逃，一会就不见了。他走下山来，那大石上的姑娘，也不见了。他回到周城，老年人们都来诉苦说，蟒蛇吃了许多牛羊，还把两个姑娘摄去了。他才明白，今天看见的那个姑娘，就是其中的一个。他和老年人说，他已经射了大蟒一箭，明天还要去找。第二天，他拿了弩弓，挂上宝剑，又向霞移溪走去，远远看见那女子又在大石上面了，她在浪花中洗衣服，那衣服是被血染红了的。杜朝选一看，正是他邻居的姑娘，姑娘也认识他。他问："为什么衣服上会有血？"她哭诉说："大蟒把我妹妹两个摄到洞中，昨日蟒被人射了一箭，在床上哼着，要我来洗血衣。""你为何不逃走呢？""大蟒在洞外用尾巴一划，画了一个界线，一出界线，它就知道。"① "你妹妹在哪里？" "她在洞中替大蟒洗伤口。" "那么你来引路，我们一同进去，把它杀了，救你妹妹回家。" "杜大哥救我们姊妹的性命，我们是万分感谢，但是那蟒十分凶恶，近不得身，它是三天一小睡，七天一大睡，今天是它小睡的时候②，我带你进洞去。"他拔出宝剑，进了洞内，并不见什么大蟒蛇，只有一个少年，穿着黑袍，躺在床上，已经睡着。另外一个姑娘，坐在一边哭泣。杜朝选知道是大蟒化身，正想拿宝剑去刺杀，蟒蛇在小睡时期，眼睡心不睡，它知道有生人进洞，早已惊醒，变成一条黑蟒，张着大口要吞杜朝选。杜朝选拿起宝剑，刺入大蟒的腹中。大蟒把杜朝选卷了起来，尾巴绞动，把他一道一道地箍了起来，像几十道铁箍把他箍着，还拼命地绞，越绞越紧，

---

① 见马泽斌所编白族戏《杜朝选》。
② 大理民间传说如此，见白族戏《杜朝选》。

杜朝选浑身的肌肉都紧张起来，像弓背和弓弦一样紧紧地绷着。他把宝剑向大蟒的肚子里乱插乱绞，大蟒张开大口要来吞他，他张开两臂，像平时拉弓射箭的样子，动力一绷，又把宝剑乱插。忽然，嚓的一声，宝剑已经折断在蟒腹中，只剩得刀柄，还在手里。他将两只臂膀，用尽全身的力量一挣，蛇已经断成四五节，像一堆破布落在地下。他浑身是血，满脸是汗，手中只剩下一把刀柄。回头一看，两个姑娘都不见了，他很奇怪，难道逃走了吗？仔细一看，原来两个姑娘，都昏倒在地下。他把她们叫醒，扶出洞外，红血从洞中流了出来，把洞口的石头都染红了。① 他们到霞移溪的大石头上，姑娘们替他洗去了身上的血，他说："蟒蛇已经死了，我送你们回家去。"姑娘们说："你救了我们的性命，恩德实在难报。"他说："这是为了全村的安宁。""你的恩德比洱海还要深。""斩蟒的功劳，你也有一份呢。"

杜朝选送着她们一面走，走到蝴蝶泉，两个姑娘都不走了，坐在大树下面的绿草地上唱了起来②：

大女：多蒙大哥救性命，此恩此德记在心。

杜朝选：斩蟒除害是正理，为的百姓享安宁。

二女：大蟒斩除民安定，大哥恩德比海深。

杜朝选：斩蟒功劳你有份，不可独推我一人。

大女：苍山高来苍山青，从此苍山享安宁。

杜朝选：苍山高来苍山青，苍山理应享太平。

二女：洱海深来洱海清，一轮明月照海心。

杜朝选：洱海好比我心意，月照当中分外明。

大女：大哥恰似天上月，一路伴送小妹行。

杜朝选：苍山洱海两明秀，大姐口巧心又灵。

二女：若蒙大哥不嫌弃，姊妹与你结成亲。

---

① 大理传说之一，据大理县文教科长李品秀同志口述。

② 以下唱词，照抄马泽斌所编白族戏《杜朝选》中的唱词，彼词曾在白族自治州成立庆祝会上演出。

杜朝选：大姐虽然情意好，斩蟒不是为结亲。

大女：你斩蟒原是为百姓，可说情深意也深。

杜朝选：大姐心意我知道，又恐旁人说是非。

二女：除了大害人敬你，生也亲来死也亲。

杜朝选：大姐虽然待我好，怎奈我身单家又贫。

大女：身单家贫又何妨，穷苦之人心连心。

二女：若蒙大哥不嫌弃，蝴蝶泉上把誓盟。

蝴蝶把他们围在当中，他只好答应。周城的农民感谢杜朝选，他死了以后把他奉为猎神。①周城北面有一个本主庙，塑着杜朝选的像，背着弩弓，插着长剑，手中拿着折断了的宝剑，只有手柄，没有刀刃，因为刀刃已经折断在蟒腹中了。②他旁边塑着两个女神，传说叫作娘娘，霞移溪中的大石叫作娘娘洗衣石。③还有蟒蛇洞口的石头，每到下雨的时候，现出红色，传说是蟒血。④

附记：这篇故事是参考许多传说编成，其中有许多描写是我加上去的。如蝴蝶泉的风景，是根据一九四四年到大理调查的日记写的。又杜朝选刺蟒一段，是我根据传说"断剑"的精神描写的。如有歪曲原传说的地方，由我负责，请读者批评、指教。

杜朝选的传说颇以《楚辞·天问》中的"羿射河伯而妻洛嫔"的故事，请参看拙著《大理古代文化史》。

---

① "本主"是大理白族特有的宗教，他们祀奉的神，多半是有功于民、为民除害的神。如段赤城、杜朝选、龙母以及驱除云雾之神等。(但其中也有封建王朝的王侯将相，混了进去。)每一个本主，都有美丽的传说，流传在人民口中，表现白族人民对大自然、对封建统治者（多以大蟒为象征）的坚强斗争。

② 周城本主庙，杜朝选像手中执一断剑，这表示出白族人民的艺术天才，写出杜朝选斗争的英勇姿态。但此像已被国民党反动派毁了。

③ 洗衣石，现在霞移溪中。

④ 据大理县文教科长李品秀同志口述。

文本二

整理者：自里
时间：1957 年 9 月 30 日

从前，永北县有一个勇敢的青年，名叫杜朝选。他的母亲很早就死去了，家里只有父亲和他两个人，依靠打猎过日子。父亲是个经验丰富的猎手，杜朝选从小跟着他，常常出没山林，学得一身打猎的本领。后来父亲年纪大了，人老体衰，每次打猎却倒赶不上杜朝选，杜朝选的勇猛就渐渐出了名，远远近近都知道这个青年猎手的名字。有一年杜朝选的父亲欠下皇粮租税，被关在县衙里，害了一场病死了。杜朝选愤恨难消，一次打伤三个差官，闯下大祸，县衙里也下令通缉他。杜朝选眼看家乡不能居住，便从永北逃出来，流落在大理县海东，在海东，他孤身一人，一无亲，二无戚，替地主家当短工，连张嘴巴也糊不住，实在混不下去了。后来闻说苍山上野兽很多，杜朝选就想上苍山去打猎，靠他这样一身本领，总不愁会饿死。主意一拿定，他就从海东乘船过大理来了。

坐在船上，撑船的知道他要到苍山去打猎，就劝阻他说："苍山云弄峰出了一条大蟒，能变人形，会吐人言，十分凶猛。你要打猎，可以到别的山上去，这云弄峰千万去不得。"杜朝选听了不但一点不惧怕，反倒安慰撑船的说："一条蟒蛇没有什么可怕！我要是遇着它，一定把它杀死，替你们报仇。"撑船的劝不住他，又没有别的办法，等船靠岸后，只得好好叮咛他几句，然后把路指给他，便撑着船回海东去了。

杜朝选来到云弄峰下，也不顾腹中饥饿。道路生疏，一口气就爬到半山上。路旁的林荫深处有一条清清的溪水，杜朝选走得口干舌燥，想去喝点水再走。刚走到溪水前五六步远的地方，忽然看见对面林中雉鸡惊起，他猜想一定有什么野兽到来，连忙躲在一块大青石后，小心向前观看。霎时间，地上掀起一阵怪风，刮得山上飞沙走石，天昏地暗，一股刺鼻的血腥味，向着杜朝选的脸上扑来。风过之后，丛林中伸出一条大蟒蛇，一摇一摆爬过来，把一个斗大的头潜进溪中。杜朝选定了定神，趁着大蟒饮水的时候，取出弓，搭上箭，只听嗖的一声，箭已经射进大蟒的背上，大蟒挨了一箭，疼痛难忍，立刻转身逃去。这时，怪风突然又刮起来了，接着漫天乌云滚滚，向山峰上压下来，天上又是响雷，又是闪电，杜朝选还想去追，倾盆大雨也落下来了，四周黑洞洞的，叫他一步也上前不得。

山上不能去，杜朝选只好转下山来，向着不远处的一个村庄走去。走到一棵大树下，忽然看见一个白发老汉坐在一堆坟前啼哭。杜朝选心中奇怪，就上前问他："大爹，你为什么一个人在这里啼哭？有什么叫你为难的事，我可以帮助你。"老汉慢慢抬起头来，看了看他，又无望地把头低下去，仍然伤心地哭着，杜朝选更感到奇怪，就坐到老汉身边继续问他："是不是你家死了人？还是你受了别人的欺侮？你快告诉我，有什么困难？我替你想法子。"老汉见杜朝选问得紧，叹了一声命苦，就把他女儿被迫嫁给蟒蛇的事从头到尾告诉了杜朝选。

原来这老汉叫李忠厚，是一个贫苦农民，家就住在杜朝选要去的那个村庄——周城村里。他的妻子早死了，死后丢下两个女儿，大女儿今年二十岁，名叫李莲花，是全村姑娘中针线做得最好的一个，小女儿今年十七岁，名叫李兰花，是全村姑娘中调子唱得最好的一个。因为她们姊妹俩，人才长得好，劳动搞得好，村里的小伙子们成天跟着她们转。姊妹俩像正月里盛开的两朵山茶，引来很多采花的蜜蜂，蜜蜂飞来就不愿飞去，死死叮在山茶的花瓣和花蕊上，闹得姊妹俩心里一刻也不能安宁。李老汉看在眼里，嘴上不说，心里却暗暗高兴。女儿不大也算大了，他指望都能替她们找个好婆家，把她们嫁过去，自己的老年也有个依靠。不料去年云弄峰出了恶蟒，每月要吃一对童男童女，把周城村老百姓害得鸡犬不宁，村里该娶该嫁的人家从此都不敢再娶再嫁了，怕年轻人办过亲事后生下一男半女，也是白白送给蟒蛇填肚子。所以，李老汉虽然这样想，还是一直没有把女儿嫁出去。到了今年，蟒蛇忽然知道李老汉的两个女儿是全村最标致的姑娘，就要周城村的人把她们送到蟒蛇洞，去供它消遣作乐。这个消息传到李老汉和他的两个女儿耳里，李老汉舍不得自己的亲生骨肉，李莲花和李兰花也舍不下她们老年的父亲，三个人哭成泪人一般；尤其是从小就把她们抚养长大的李老汉，哪里忍心眼睁睁看着把她们推到火坑里，他又是上了年纪的人，哭得憋住了气，还死过去好几次，幸亏旁人救得快，几次都救活了。李莲花和李兰花虽然悲伤，但她们两个都是懂道理的姑娘，生来又有一股倔强的脾气，她们知道如果她俩不去，触怒了蟒蛇，全村百姓受到的灾害就会更大，为了免受这样的灾害，她们便勇敢地答应下来了。就在今天早上，姊妹俩同亲邻嘱咐了一番，请他们好好照看李老汉，然后到母亲坟上哭了一场，便跟着村中送亲的人，上山到蟒蛇洞去了。

"我的女儿上去以后，现在究竟是死是活也不知道。"李老汉泣不成声，这样结束了他的话："我从家里逃出来，想追上去寻找她们，我们父女要死就死在一块儿，她们两人一死，反正我也活不成了，可是，我追到这里，两腿一阵酸软，走都走不动了，老天呵！你怎么不让我早一点死，叫我活着受这样的苦。"

杜朝选听完李老汉的话，心中又恨又恼，不禁咬牙切齿地说："恨只恨刚才我没有把它射死，明天我到山上去，一定把这恶蟒杀死，救回你的女儿来。大爹尽管放心，也不用哭了，我杜朝选不能杀死恶蟒，就不回来见你。"

"你……你……去射蟒，射中了……它，没有把恶蟒……射死……吗？"李老汉惊慌不定地说，然后又从头到脚把杜朝选打量了一遍。

杜朝选见李老汉半信半疑，便也把射蟒的经过一一告诉他。

李老汉高兴得了不得，扑通一声跪在杜朝选面前，一边叩头，一边说："恩人，恩人，你把恶蟒杀死，不但我的女儿得救，我们全村百姓都得救了，你真是我们的救命大恩人。"说着，李老汉一阵激动，泪水又从眼眶里涌出来了。

　　这一夜，杜朝选宿在李老汉家里。李老汉要把他射蟒的事告诉村里人，被杜朝选拦住了。杜朝选对他说："现在不要惊动大家。等我明日把蟒杀死，再告诉也不迟。如果我要有个好歹，你一人知道也就算了，以免大家又添悲伤。"李老汉听完这话，对他的这种见义勇为、不怕牺牲自己生命的行为，心中越发敬佩。

　　第二天，杜朝选天一亮就起来，李老汉替他准备下一点干粮，用一个布包装好，杜朝选挂好布包，向李老汉告别之后，便向云弄峰出发了。

　　山上一片明媚的春光。在那密密的树林中间，一条小路伸向山顶，消失在鲜艳的映山红花丛里。杜朝选顺着这条小道，翻过几道悬崖，攀过几堵绝壁，不觉已来到峰顶，蟒蛇洞前的溪水就出现在眼前了。杜朝选听着溪水淙淙的声响，又顺着溪水走上去，溪中银亮的流水像从蓝天上挂下来一样，从山谷里一直流下去，一直流到水沟、小河和洱海里。走不多远，快到蟒蛇洞口了，杜朝选向前一看，忽然看见洞口有两个俏丽的女子，坐在一块滑石上洗衣服，杜朝选猜定她们必是李老汉的女儿，心中不由大喜。于是，他一点不犹豫，大胆走到她们身旁，轻轻地说："请问两位大姐，你们是不是被恶蟒抢来的李莲花、李兰花？"两个洗衣女子不防有人来到这里，一时惊住了，不知答好还是不答好。杜朝选回头向洞里望一眼，又急忙解释说："两位大姐不要惊慌。我名叫杜朝选，是到这里来救你们的。不知恶蟒在不在洞里？我要找它去，替你们村中百姓报仇。"两个洗衣女子一个紧挨着一个，仍然一句话不说，只是用眼睛不停地打量杜朝选。杜朝选发急起来了，又把说过的话重复一遍，还是没有答复。这时，杜朝选身上挂着的干粮口袋忽然被她们发现了。一个就把口袋仔细翻看，另一个不禁高兴地说："这口袋上的鸳鸯戏水，真的是我们绣的！"然后两个一齐笑说："你是从我们家里来吗？我们就是李莲花、李兰花。"她们好像看见亲人似的，嘴笑得闭也闭不拢，眼睛闪烁着激动的光，泪水偷偷从眼角边掉下来。

　　李莲花和李兰花是来替蟒蛇洗血衣的。从她们两人的嘴里，杜朝选知道，昨天蟒蛇下山饮水，被他的药箭射伤，回来后不能和她们姊妹成亲，气恼了一阵，就睡去了，从昨夜睡到现在没有醒。杜朝选一想，这是一个不可错过的机会，便从身上拔出长刀，要闯进洞里去。

李莲花伸手拉住杜朝选的袖子，向他摇一摇手，说："这条恶蟒修炼了一千多年，平常人的刀剑能伤它，不能杀死它。我们要想个法子才好。"杜朝选忙说："不知大姐有什么好法子？快快告诉我。"这一问，把李莲花难住了，一句话也答不出来。李兰花是个机智的姑娘，她见姐姐和杜朝选没有主意，就插进去说："我知道有一件东西可以杀死恶蟒。"杜朝选急忙抓住她的肩膀，问道："你快说，究竟是什么东西？我去把它拿来。"李莲花也催着问她。李兰花说："昨日恶蟒受伤回来时，我们去服侍它，听它自言自语说：'没有我的八宝神剑，他就休想把我杀死，等我伤口复原，是哪个吃过天雷胆的人，再去找他算账！'这句话，姐姐没有听见，我却听见了，要杀它，就要先盗八宝神剑。"杜朝选想了一想，说了一声好，就叫她们姊妹俩领路，一起进洞去了。

洞里又黑又大，两边还有许多小洞。他们走过一个洞，又穿另一个洞，拐过一个弯子，又绕另一个弯子，这样走过了不知多少洞，拐过了不知多少弯子，前面才透出点白亮白亮的光线。顺着光线走去，路好走多了。不久，他们就来到一座宏伟的金殿前，李莲花和李兰花轻轻地把门打开，并且手向里面一指，低声向杜朝选说："恶蟒就住在这里面了。你先在门口等一等，我们进去盗它的八宝神剑。"杜朝选依了她们的话，取出带在身上的弓箭，一个人暗暗躲在门口。李莲花和李兰花便进金殿去了。

金殿里的柱子是金子做成的，地砖、窗户和桌椅也都是金子做成的，到处金光闪闪。李莲花和李兰花进到殿里的时候，蟒蛇变作一个白面书生，高卧在一张镶着宝石的金床上，正蒙头呼呼大睡。李莲花怕妹子年小误事，抢前走到蟒蛇的床前，叫李兰花在后面小心接应。这时，蟒蛇翻了一个身，八宝神剑从被里露出来，李莲花慌乱中去拿神剑，剑鞘触动恶蟒，恶蟒忽然惊醒了。在这千钧一发的一刻，李兰花情急生智，跑到蟒蛇的面前，举起手中刚洗回来的血衣，用力向恶蟒脸上掷去，恶蟒大叫一声，只顾去扯蒙在脸上的血衣，李莲花趁机拔出八宝神剑，扔给从门口奔进来的杜朝选。杜朝选拿着八宝神剑，胆子更大了，一剑就向恶蟒头上奋力砍去。恶蟒从梦中惊醒不久，没想到有人会来杀它，加上伤口疼痛，招架还来不及，哪里还能还手，又见八宝神剑也落在杜朝选手中，心里更是慌了，躲过杜朝选的几剑就想夺门逃走。刚逃到门口，不料李莲花和李兰花早把门紧紧关了，蟒蛇逃不出去，只得就地一滚，现出原形，想要吞没杜朝选，这时只听咔嚓一声巨响，杜朝选的神剑砍在恶蟒头上，殿外一时怪风大作，闪电接着雷响，一阵雷响之后，金殿忽然不见了，一条没有头的大蟒躺在腥臭的血泊里。杜朝选手中的神剑，因为用力过猛，剑砍断在地上，只剩下八宝神剑的剑柄。

蟒蛇死后，杜朝选和她们姊妹俩照原路摸出洞来，欢天喜地地回家去了。李老汉等在山下迎着他们，两个女儿把杜朝选斩蟒的事告诉李老汉，李老汉听了又是哭，又是笑，半天也不知道怎么说才好。

第二天，村里搭起一个戏台，请了一个唱戏的班子，整整一连唱了七天七夜，来庆祝杜朝选斩蟒除害。到第七天上，李莲花红着脸来找李老汉，悄悄和父亲商量了一阵，走了；李兰花也红着脸来找李老汉，悄悄和父亲商量了一阵，也走了。到了这天晚上，戏歇台之后，李老汉当着全村父老的面，说要把两个女儿嫁给杜朝选，报答他救命之恩。全村父老都说这是好事，也来劝杜朝选。杜朝选想了一想，觉得自己这样漂泊流浪下去，也不是长远办法，何况李莲花姊妹俩又是好姑娘，打着灯笼去找，恐怕也找不到，哪里还有什么嫌弃的，于是就答应下来了。杜朝选和李莲花姊妹俩结婚后，就在周城定居下来了。每天，杜朝选上苍山打猎，李莲花和李兰花就在家里种田、织布，日子过得蛮好。苍山上的野兽虽然很多，但是都怕杜朝选，后来都渐渐逃得无影无踪了。

后来又过了许多年，杜朝选和李莲花姊妹俩都死了。后代的子孙感念他们，把杜朝选立为苍山猎神，和李莲花姊妹俩一起奉为周城村本主，希望他们永镇苍山，不要再有恶蟒和别的野兽下来残害人民。

文本三

相传几百年前，在大理苍山脚下，有一个蟒蛇洞。洞中有一条巨蟒，年深日久，成了妖精，能化为人身。它出入在大理周城一带，处处作乱，每年三月间，还要百姓们献给它一对童男童女，否则就要下山残害庄稼，到处吃人。这样一来，闹得百姓们不能安居乐业，耕盘庄稼了。早晚之间人心惶惶，十分畏惧，为了求得太平，街坊上只好轮流捐出童男童女，到三月三日这天，吹吹打打送到山脚下一所古庙里。

有一年，轮到一家老两口人家捐女儿了。这老两口只有一个独生女儿，不忍送去喂蟒，但也没有办法，只好在家里抱头大哭。这时，有一人路过他家门口，听见哭得凄惨，就跨进门来盘问。这人名叫杜朝选，原籍永北，后来搬住宾川，打猎为生。这天因事路过周城，听见哭声，进门问其根源，老两口把蟒蛇吃人的事告诉了杜朝选。杜朝选听了，心中十分愤怒，又看着老两口哭成泪人，心中不忍，因劝老汉说："大家不要难过，我一定斩蟒蛇，为大家除掉这个大害。"老汉一听，急忙阻拦说："大哥！去不得，蟒蛇已经成精，本领很大，你去了必定被它伤害。"杜朝选不听老汉的话，摇着头说："不怕，我不怕！"他等到三月三日村里献童男童女那天晚上，来到庙里。等了一会，不见动静；又过了一个时辰，忽然一阵狂风，吹得瓦片震响，风过处，一个赤发红脸、口似血盆的大汉，站在院子中间，四处张望。他正待上殿吃人，杜朝选不慌不忙拉开弓，搭上箭，对准大汉的咽喉射去。只听嗖的一声，大汉也随声大叫起来，杜朝选正待射第二箭时，大汉慌慌张张带箭逃出寺外去了。杜朝选把老汉的女儿送了回家。

次日早晨，杜朝选又到庙里，随着地上的血迹追寻到山中，在溪边看见两个女子正在水中洗衣服。杜朝选一见，心中有些奇怪。心想：在这人烟稀少的山涧中，哪里来的女子？难道不怕毒蛇猛兽吗？莫非她们都是妖怪？

再一看，见她们洗的衣服上面染满了血迹。杜朝选走近前去问道："你们是哪里的人？为何到这深山野箐来洗衣服？"二女子见有人问她们，把杜朝选上下打量了一阵，才说："我们是大理城人，被这蟒精抢来洞中服侍它，已有半年多了。昨日晚上它出外，不知怎么受了伤，回来睡在洞中，要我们替它换洗衣服，这就是它的血衣。"两个女子哭哭啼啼，哀求杜朝选搭救她们，杜朝选问明情由，答应救她们，随即请二女子带路进洞杀蟒。二女子一想，急忙阻止说："大哥！不行，不行，蟒蛇虽然受伤，但它有宝剑一把，能削铜切铁，非常厉害，刀枪不能近它，大哥虽然英雄，恐遭其害。"杜朝选问道："那要怎样才能杀蟒呢？"二女想了一会，一个说："我有个办法：要杀蟒必须先盗得它的宝剑。"另一个摇头说："不行，不行，宝剑在它的枕头下面，如何盗得着呢？"前面这个女子说："不难，蟒精平时大睡七天，小睡三天，我们等它睡熟了，在它床上放些跳蚤，跳蚤叮它，等它一翻身，用假剑把真剑换出来，交给这位大哥，用它的剑去杀它，不愁杀它不死。"杜朝选一听很有道理，就嘱咐她们小心行事，不要露了行迹。他自己连忙下山来做把假剑送去，然后守在洞外，等待时机。

一天，二女子果然盗得宝剑，送出洞来。杜朝选接过宝剑一看，青光闪闪，果然是口好剑，心里非常喜欢，随即叫二女到山涧中洗衣处相等，自己执剑仗着胆子走进洞去，蟒蛇正睡在那里，他心中大怒，举剑向蟒蛇猛力砍去，把蟒蛇斩为两截，再要砍时宝剑已被折断。此时蟒蛇已死，杜朝选带了断剑走出洞来。他来到洞边，想送二女回家，二女感激杜朝选救命之恩，又爱他英勇年少，愿意做杜朝选的妻子，杜朝选也觉得二女聪明可爱，不便推却，便与二女结为夫妻。

杜朝选斩蟒的事情很快就传遍了各地，附近的百姓感激杜朝选为民除害的功劳，纷纷都来看他，留住不让他走。从此，杜朝选夫妻就在周城居住下来。

后来杜朝选死了，百姓们为了纪念他，把他奉为周城的"本主"。至今杜朝选斩蟒的蟒蛇洞还在苍山的云弄峰下。还有在神摩山与旗鼓山之间的白石洞中有一赤红的大石块，相传就是二女洗血衣的地方。

文本四

整理者：王古魁
时间：1956年9月至11

　　大理苍山云弄峰南箐边有堵悬崖，中间有一石洞名叫"蟒蛇洞"。提起这蟒蛇洞，就会想起机智勇敢的猎人杜朝选来。据说，唐朝贞观年间，洞内有一蟒蛇，它能千变万化，非常狡猾，常常出来危害百姓。人们坐卧不安，十分愤怒，但无法消灭这万恶的蟒蛇。

　　在苍浪峰脚海边，住有一寨渔民。某年二月的一天，王作润老两口打鱼到这海东红山脚时，东山上下来了一个年轻力壮的猎人，名叫杜朝选。他身背弓箭，问二位老人道："近来鱼多吗？""嗯！这两天鱼少，不知小侄打猎如何？""是啊！我和二位老人一样，这东山经过九年打猎，野兽很不大见到，海西怎么样？""对！在我们西边野兽很多，特别是有一条狠凶恶毒的大蟒蛇，它常常危害百姓，使得人们生产、生活不安，要是有人能将它杀死，那多好啰！""哦？会有这样恶毒的家伙，它的洞在哪里？有人知道不？""有，噢嘛！这条蟒非常狡猾恶毒，为非作歹，常常践踏庄稼和牲畜不算，还挖吃人的眼睛珠呢！前些日子，听说它还将一家百姓独姑娘抬去做它的娘子，急得那家父母病倒在床。唉！百姓痛恨到恨（顶点的意思），但是没法。只要你一到那边时，附近村子就有人教给你。""啊！我想一定去照照，可是海子这样亮，绕路又不熟咋办？""好！小侄，你如真去，坐上我的船得哩。""那太好，但为这事帮我过海，使老人家们辛苦了。我没带钱呢？""不，小侄，你是去替百姓除害，要计工钱？就算不除害，又有什么关系？来！来！坐上船来，我们一定把你送到西边去就是，上来吧。""那好，多谢大爷大姆啰！"上船后，直往西行。杜朝选又向王作润问道："大爷，这几天鱼少，那生活是有些困难啰？""啊嘛，小侄但不知哪里鱼多，去捉上几天才好。""是啊！我以前记得有一个塘呢，那塘里鱼很多，可常去捉，费力不大，今后你家里可能就会一天天好过了，到西边时就交给大爷大姆。""噢么（惊喜）！小侄，你到西边去替百姓除害不算，还教给我们捉鱼塘，给我们的西边的九个村子过好日子，那真多谢你小侄啦。""大爷大姆多谢什么。我跟你家的儿女一样，你两位老人还这样勤劳，我们年轻力壮的更要向你老人家做（学习的意思）呢。要大家好才对呢。"不觉间就到达云弄峰脚前海边。杜朝选站起来，顺手拿了船篙向下一戳就戳了一个洞，越步登陆，转向渔民说道："谢谢两位老人的搭送了，两位老人家可在这里捉鱼了。以前我记得的鱼塘就是这点。""是啊，小侄，你去嘛。从这西面的山脚去吧。"

随后，这渔民就此定居捉鱼，鱼量逐日增多（每年二月间鱼特别多），生活随着改善。以后陆续移来渔民就成了村子，名叫弓鱼洞，现在叫桃源村。

再说杜朝选直往渔民指的方向，云弄峰右箐边前进，将到半山脚时，听见了哭声。杜朝选往哭的地方走去，见到一个男子在坟墓前流泪。杜朝选便上前问道："大叔，别伤悲，请问是家里哪位不在的（死掉的意思）？""唉！小侄，才将埋的是家里桂香她母。因为这北面山箐里有一个最恶毒的蟒蛇，在前月将我亲生的姑娘桂香抢了去，她妈气倒在床，昨天死了！这给我一身怎办？……""嗯！大叔，死的已经死了，无法挽救，我们还是想什么办法去营救桂香妹啊。""唉，小侄，那想什么办法呢？这恶毒的蟒蛇，它会千变万化，附近几村也把它没办法啊，现在我成了一个人！""叔叔别伤心，我也是单人独手的！前几年家乡遭荒，父母双亡，又还欠下租子皇粮，我自小好学拉弓射箭，便离开家乡永北，出外打猎为生。叔叔又这么不幸，不过，叔叔，我等于叔叔的儿女一样，我一定替叔母报仇。""嗯！小侄！那怎么去救桂香？""叔叔，你先回家去罢，我先去瞧瞧。""不！以后又瞧吧。""是啊，这恶毒的蟒蛇大概是在哪些地方？""嗯，它的在处就是向这西北上去，你要很小心啊！"杜朝选和桂香她爹分别后，向所指的方向走去。不多时，抬头看见山箐边石岩上坐有一个年轻的男子，详细地瞧了一下动静，感到奇怪。怎么这不像砍柴的样子，到底在这石岩上干啥呢？他回想到那渔民及刚才桂香她爹所谈的那蟒蛇，莫非就是这个吗？嗯，不错！他立即拉起弓箭，向它射了一箭，恰恰射中它的左肩。蟒蛇大吃一惊，转眼四望，不见人影，将箭拔去，大蟒痛得垂头丧气地跑回洞内去了。

杜朝选射中那万恶毒的蟒蛇后，忽然不见蟒蛇踪迹，便上前去瞧，直到天黑，不见形影，只好返回周城村去了。

第二天早上，蟒蛇命抓来的桂香到洞外水槽替它洗血衣。杜朝选因为头天射中了大蟒，一下不见了形影，一早就去瞧。这时，忽见一个年轻女子在洗血衣，杜朝选以为定是大蟒所变，便拉弓准备射她。桂香一见杜朝选在拉弓，便连忙说明：她是下山脚村子里的桂香，被大蟒抢来作为娘子的，昨天大蟒出外，不知什么人射中了它，现命她出来替它洗血衣。"不知大哥是哪里来的？如能救我为百姓除了大害，那人们将永远钦佩和尊敬你！"杜朝选听了后，感动得流下泪来，说道："桂香妹妹，别怕，别伤心，我说给你，我就是来救你的。主要的是，这大蟒有什么宝没有？详细给我说说，只要将它杀死，那就好了。""是，哥哥，这大蟒别无什么，只有一把'八宝剑'，它睡时常压在身边。得到这把宝剑，才能把它杀死。""好！那你是不是能把它拿出来？我在洞外等，但莫惊醒它。""是，大蟒贪睡，小睡三天，大睡是七天，这时是小睡，我去就是。"桂香已有杜朝选壮胆，直往大蟒窗前，巧妙地取出了八宝剑，交与杜朝选，在洞外等杜朝选的胜利。杜朝选已得到宝剑，便挺身入洞，叫道："残暴没心血的大蟒，醒来吧！"大蟒突然从梦中惊醒，见宝剑被猎人拿住，着了急，便和杜朝选搏斗。经过数十回合，大蟒终于敌不过杜朝选的英勇和武艺，就变老虎；还敌不过和吓不倒杜朝选，又变为狮子；仍敌不过，便不得不现出原形，最后终于被杜朝选劈死了。

　　杜朝选杀死了大蟒，和桂香回往周城村家去了，桂香她爹又高兴又伤心。邻居听桂香已回家，也拥挤地来问好，邻居看到身背弓箭的杜朝选，正想问一问，桂香便对大家说道："大爷，大姆，哥哥，姐妹们！我能回家同你们与我爹见面，这是做梦也想不到的。这是得到了杜朝选哥哥的搭救啊。我这最亲的人，救出了我的性命，并为我们百姓除了大害蟒蛇，我们从今儿过着安居乐业的日子了！"桂香她爹说道："各位来邻们，我们父女团圆，全靠这机智勇敢的杜朝选，他原是孤单一人，打猎为生，昨日途中相遇，朝选救了女，报了仇。我们是亲人，我要让他住在家里。"邻居们为桂香父女的团圆和杜朝选的结亲欢呼："英雄朝选，除了大害人敬你。桂香与你，生也亲来死也亲。"从杜朝选与桂香结成夫妇后，家内日子一天比一天好过，该村百姓也在杜朝选除了大害后，推他为全村白族的领导，歌颂他，景仰他。

文本五

搜集者：大理市文化馆

　　很久以前，在大理点苍山云弄峰的山洞中，盘踞着一条妖蟒，常常兴妖作怪，出来害人，并强迫周城附近的老百姓，在每年的三月初三这天，贡献给它一对童男童女作为饮食，如果不送或送迟了，它就要到村子里来杀害生灵，践踏庄稼。周城一带的老百姓真是苦不堪言，但也想不出什么办法来制服它，每年总有人家眼睁睁地看着他们的子女，被活生生地拿去喂大蟒。

　　一年，轮着姓陈和姓段的两家女孩子去当祭品。妖蟒看见这两个姑娘很美丽，就不吃她们，要把她们拿来做妻子。但这两个姑娘抵死不从，妖蟒始终舍不得吃掉她们，便用挑水、打扎这些粗活路来折磨她们，并且说：只要她们回心转意，马上可以享福，但这些工作磨折不倒两个姑娘。

有一天，一个名叫杜朝选的宾川猎人到大理来，经过周城的时候，知道了这件事，十分愤怒，便带着弓箭，主动到蟒蛇在的山里去，为民除害。到了山涧边，只见一个似龙非龙、似蛇非蛇的怪物在洞边喝水，杜朝选便拈弓搭箭，嗖的一声，向怪物射去。怪物受伤了，便狂吼一声，向山里窜去，霎时不见形影。因天色晚了，杜朝选也就不再跟踪搜寻。他回到村子里，把遇到的情形告诉了大家。有人说："这怪物大概就是妖蟒吧。"于是决定第二天在杜朝选的率领下，前去山中搜查怪物。

单说在杜朝选来到山中离蟒洞不远的一条溪边，见到两个姑娘在洗血衣，杜朝选心里想：在这深山老箐里，又是蟒蛇洞的附近，怎么会有两个姑娘洗衣服，并且洗的又是血衣，一定有问题。于是走上前去问道："喂，你们是谁家的姑娘？怎么在这个妖蟒出入的危险地方来洗衣服？衣服上的血是怎么搞的？"两个姑娘正低着头在洗衣服，突然听见有人在喊她们，吃惊地抬起头来一看，打量了杜朝选一阵后，一个姑娘先开口了："阿叔，你问我们为什么在这危险的地方洗衣服，你又为什么到这危险的地方来游逛？"

"我是来帮周城一带的人民除害的。"

"除害？！"两个姑娘不约而同地惊呼起来。

"昨日射着妖蟒胳臂的是你吗？"一个姑娘看了看杜朝选身边带着的弓箭后这样地问。

"是呀，昨日我射了它一箭后，它就逃走了，现在它在哪里？"

"它就在这洞子里养伤，血衣就是它的。"一个姑娘指着一个离溪水不远的山洞说。

杜朝选还没等姑娘把话说完，便拔脚要往山洞走去。

"忙不得，阿叔！"两个姑娘慌忙拦住了杜朝选的去路。

"怎么样？"杜朝选诧异地问，"难道你们不愿我去杀蟒吗？"

"不是，不是，你别误会，我们把这妖蟒恨透了，但是妖蟒虽然受伤，但力大无穷,并且它身边还有口'八宝剑',非常厉害,万一杀不了它,我们三人都休想活命,因此不能硬干,只能想个计策。"

"依你们又怎么办呢?"杜朝选焦急地问。

"有办法,妖蟒虽然凶恶,但每隔一段时间它要大睡七日和小睡三日,明天就是它开始大睡的日子,由我们两个人把它的'八宝剑'偷出来,阿叔用去杀它,就万无一失了。"一个姑娘说出了她们的办法。

杜朝选很佩服两个姑娘的机智勇敢,同意了她们的办法,约好第二天按计划行事。

第二天一早,杜朝选又到山里来,两个姑娘早已在洞门外等候他了。一个姑娘手里还拿着一把明晃晃的宝剑,见到杜朝选,一面把宝剑递给他一面说:"妖蟒已入睡,宝剑也已到手,但你总得要格外小心呀!"

杜朝选接过宝剑,拿在手里试了试,很觉趁手,便大踏步向洞里走去,一边走一边说:"放心,放心,你们就在外面等着好了。"

杜朝选进得洞来,见洞里倒也宽敞,在正面石床上蜷着一条大蟒,像座小山一样,一动不动地睡着。杜朝选便举起手中宝剑,猛力向蟒劈去,蟒皮虽然粗厚,却也受伤不小。只听见一声惊天动地的狂吼后,妖蟒从梦中疼醒过来,便扑向了杜朝选。人蟒从洞里战到洞外,山坡上的树木都被妖蟒滚成一片平地。任它妖蟒厉害,一则没有武器,再则是在大睡期间,并且身受重伤,因此凶焰大减。经过了一场你死我活的战斗后,妖蟒终于被杀死了。杜朝选也是筋疲力尽,八宝剑也被砍断,只留下一个剑柄。

杜朝选带着两个姑娘回到了村里,把除害经过的情形,一一地告诉了大家。大家为了以后能安居乐业的过日子,非常地感谢他,准备送他许多礼物,但杜朝选一样也不受。他说:"我除害不是为了报酬。"

救回来的两个姑娘的父母,知道了杜朝选还没有结婚,便把女儿许配给他。从此,杜朝选便在周城安家乐业,共享太平。

文本六

整理者：李荣华
时间：1956 年 12 月 17 日

在我们大理，流传着不少的故事，杜朝选杀蟒这个故事，最是博得了群众喜闻乐听的。

在很多年以前，大理苍山云弄峰的神摩洞里，有一条蟒蛇。这蟒蛇能够变化，有时化为一朵云，有时又变为狮虎，也能够变人，它依仗能够千变万化，便任意横行，为非作歹，强霸人间美女，吃童男童女的眼睛。一年里不知道要抢夺了多少年轻妇女，和活泼可爱的女童，美丽的姑娘们为了不和它交欢而死去的，不知有多少，到处布满了灾难和痛苦。

这时候，有一个三十多岁的杜朝选，生得气宇轩昂，从小学着一身武艺，打猎为生。一日穿上雪白的猎衣，挂上精锐的弓矢，手持宝刀，英气勃勃，上山打猎去了。来到路中遇见一个老人，很是忧伤的样子，问起来，很悲痛地说："我生一小子，年方十三岁，被此方蟒蛇吃了；他妈忧伤成病，也死了！"杜朝选一生疾恶如仇，一听到蟒蛇如此恶毒，便要前往寻找这毒辣的蟒蛇。但由于这蟒蛇恶毒，李忠厚留也留不住他，朝选便悬着宝刀，张弓搭箭，上山去了。

走不多远，前边有一股乌云，向杜朝选扑来，杜朝选不慌不忙一箭穿过乌云，霎时乌云就不见了。杜朝选走啊，走啊！在离神摩洞不远的地方，忽然看见一小溪边有两个妇女，洗着一件染红了领的衣裳。原来是当蟒蛇变为了乌云的时候被朝选射中了左肩，染红了衣领，让两妇来洗的。那妇女生得红唇白齿、面若芙蓉，真是人间少有，朝选便停止了脚步，暗中想道：山中哪有这样美丽的妇女？定是那蟒蛇作法，此时我不为人民除害，要待何时，就搭上了弓箭，大声喊道："你若是人，快说明理由！若是危害人民的蟒蛇，就要受我的利箭，休想逃出我手！"吓得两个妇人魂飞魄散，急忙诉说："我俩无辜受罪，伶仃孤苦，度日如年，今日大哥为何拔刀举箭？"朝选骂道："你乃百姓大敌，人民罪人，说什么无辜受罪，说什么伶仃孤苦？今日休想逃出我手。"又要一刀砍去，两妇人苦口哀求，哭诉被蟒蛇抢夺来因，声声流泪，句句悲伤。朝选本是慈善的人，急忙扶起两个妇人，共图良策。那两妇人早想要杀去这恶毒的蟒蛇，但怕打虎不死被虎伤，今日碰上了立志为民除害的猎人杜朝选，真是喜出望外。杜朝选一心奔到神摩洞要杀蟒蛇。受尽苦难，熟悉蟒蛇变化的两个妇女，急忙喊住杜朝选说："蟒蛇很厉害，恐怕大哥不是它的对手。"杜朝选说："我从小学得武艺，打猎为生，惯会一箭双雕。"二妇人还不够相信，要求亲自看到他的武艺。杜朝选抬头搭箭射飞雁，真是一箭双雁落。二妇人看到猎人果真有这种世人不及、万夫不当之勇，就把要去杀这蟒蛇，首先要盗出它多年修火宝刀和蟒蛇大睡一七、小睡三日，现在正值大睡一七的实话告诉了杜朝选，并说明，她俩决心帮助他共同消灭这恶毒蟒蛇的心愿。

　　杜朝选进了神摩洞，感到异常寂静，不禁毛发直立，当朝选一看迎面就是蟒蛇睡的地方，本要一刀砍下，又怕不能取胜。便用那猎人走的轻巧步伐，走去偷出了蟒蛇修获的宝刀。依理说来，在这蟒蛇大睡一七的时候杜朝选偷出来宝刀，蟒蛇也是不会知道的。但一经朝选取到了宝刀，蟒蛇的脸上好像火烧一样的疼痛，它正想伸手从枕头下要拿出宝刀作法，可是早已没有了。

　　蟒蛇失去了宝刀，气力已消失了一半。但它决心找回这宝刀，便在空中翻个跟斗，化作狮子出来去和杜朝选战斗。一阵激战之后，狮子就退回去了。蟒蛇哪里肯轻易将这宝刀断送给别人？它又变为一只老虎，向杜朝选猛扑，朝选立即闪过一边。这样三次，它捉不住杜朝选，气力没了大半。只好现出原形，最后与杜朝选拼个死活。蟒蛇本想用飞鹰吃鸟的方法来捉朝选，朝选一箭射中了它的额顶，蟒蛇就死去了。一对年轻的妇女被救出来了，从此，大理的人民又安居乐业了。

文本七

讲述者：杨炳春
记录者：杜惠荣
时间：1958 年

大理坝子最北头的云弄峰下，有一个桃园村。这村子在海埂上，前面是洱海，后面是湖潭。以前这里只有一条海埂，上面没有人居住。自杜朝选在海埂东面的海子里设下了弓鱼洞以后，打鱼的人才从附近的村落里搬到这儿住下。

杜朝选是下方人，自小搜山打猎。有一次，他从洱海东面的东山经过，远远看见西边的神摩山上有一条大蟒蛇，他想过去打这条大蟒蛇，但被洱海挡住。走到邓川的海潮河，杜朝选遇着两个老倌撑着一只渔船，便要求老倌把他渡过海来。快渡到现在桃园村所在的海埂上时，杜朝选才想起身上没有带着钱，就问老倌："你们打鱼是一网一个？还是几网一个？"老倌回道："能几网一个就很好了，哪能一网一个？"杜朝选说："我出门没有带渡船的钱，你们是靠打鱼为生的，也没有别样东西，只有给你们几个弓鱼洞，把你们的竹竿给我吧！"杜朝选接过竹竿，顺着船插了下去，他顺水把船一撑，撑出一个竹竿远，又插了一次，再撑出一个竹竿远，再插了一次，这样接连插了三次，在离岸边约三十丈远的地方，并排插了三个洞。杜朝选对老倌说："这里的鱼冬至出，惊蛰眠，到时候你们就来网鱼，如果担心以后找不到鱼洞的话，你们看东面西面的山形，你记好就行了。"

两个老倌在海里不容易网到鱼，生活困难，心想到了冬至节去试试看，到了冬至，他们来到了鱼洞，头天夜里撒下渔网，第二天就提起满网的弓鱼，从此他俩就在海埂上搭起草棚，天天在这里网鱼，日子过得很富裕。

老倌和波罗塝一个姓王的很相好，姓王的也天天来这个地方网鱼。老佫想：姓王的与我们相好，就让他站一坊，我们死后再全部归他。不久两个老佫都死了，姓王的成了弓鱼洞的主人，姓王的就搬到这海埂上来。接着，波罗塝、沙坪一带姓赵、姓杨、姓李的也跟着搬来了。但是他们只能在四周打漏网的鱼。这里的鱼很多，他们都得到了利益，他们先是盖一些草棚，后又盖起瓦房。明末以后，这海埂上就有了房子，那时只叫弓鱼洞，到了清朝，才改名为桃园村。就是现在也还有许多人，叫这个地方为"弓鱼洞"。

洱海里有三五十种鱼，但弓鱼只有洱海才有，别的地方就没有。在洱海的弓鱼洞，每到冬至和惊蛰之间的几个月里，几百张网撒下去，一天一夜可网两千多斤弓鱼。洱海其他地方，也有弓鱼，可是没有弓鱼洞那样多，鱼也很小，要七八个或十多个才能称一斤，弓鱼洞的鱼只要网三个就有一斤。而且这里只有弓鱼，没有别的鱼。传说每隔七八年，就有一两只大鱼来吃弓鱼，渔民的网撒下去，大鱼就把网钻破了，这时必须把大鱼捕住，才能网鱼。曾经有人把捕到的大鱼隔开，肚子里全是弓鱼，没有别的鱼。

杜朝选在神摩山打死了那条大蛇，为山下的周城人民除了大害，周城人民把他奉为"本主"。杜朝选在周城常常想念那两个老佫，想看看那两个老佫是否已经网到了弓鱼，后来周城人民每年正月十四日举行庙会，迎接杜朝选出来游行的时候，总要把杜朝选的雕像放在本主庙旁边的大树下歇一下，脸要向着弓鱼洞。

洱海到周城有一条涧，每到正月初十至二十日，就有弓鱼在涧里出现，周城上下都有溪涧，但是没有这种鱼。这溪涧中出现的弓鱼又与其他弓鱼不同，它们腮下肚子上都有一个红斑点，传说它们是挂着红来朝杜朝选的。

斩蟒蛇 ①

整理者：段立忠
时间：1956 年 5 月
搜集地点：云南省大理白族自治州大理市喜洲镇周城村

很久以前，在我们村子背后的山上，住着一条大蟒蛇。它很凶恶，而且会变成人形到各个村中逛，单独行走的人，都被拉去吃掉了。后来，人们很少出门，即使出门，起码就约上三五十人。它没办法，就硬要人们每年送一男一女给它，否则，就要把全村人都吃光。据说，它还有呼风唤雨的本事。它的洞门外，有一股从洞里流来的水，这洞里的水，成年累月地灌溉着我们村子的田地，没有它，庄家就种不上了。人们没办法，只得送去一个男孩和一个女孩，水才又潺潺地流了下来，人们才能栽种上庄稼。

这样不知过了多久，儿童也不知被它吃了多少，只见那洞门外堆积了像山一样的骨头。王老三夫妇就因为失去了独儿子被活活气死。这样的情形，也非常多了。

村里王树樑的老婆，是个既善于劳动，又生得绝顶美丽的妇女，在世间，很难找出她这样的人才。村里村外的人们，都喜欢她，善良的人们是不会起黑心的，人们都为王树樑暗自高兴，称赞着美满的姻缘。

蟒蛇见了王大嫂，心里老早就打下了凶狠的主意。一天，趁王大嫂在田里独个儿做活时，就去抢她。

蟒蛇作恶的事，引起了人们极大的愤恨，可是谁也没有办法。

这些情况传到了皇帝的耳边，他只觉得："该因百姓有难，这是上天对百姓的惩罚。"

---

① 这个故事与杜朝选杀妖蟒有一定关系，故编在此以供研究。

沉痛的噩耗传到百里以外的村落，人们听了，无不愤怒。一村传一村，一州传一州，到处都传开了。东山头上，住着一个单身汉，专门靠打猎过活，他的名字叫大武，他听到了这事情，愤怒得跳了起来。世间会有这种天理吗？长此下去，人们将会怎样生活啊！？

大武左想右想，可是什么办法都没有。他终夜睡不着，走出屋子，躺在那被月光沐浴着的大地上。他望着天空，天空并没有给他什么回答。星星忽亮忽亮地向西移动，也没告诉他什么。无情的天空和星星啊！他站起来，爬上山顶，一直往西望着。海，在月光下翻着白亮白亮白亮的浪花。往前，是一片灰蒙蒙的大地，无声息地躺在海的西边。为什么没有一点儿人声呢？是不是都遭蟒蛇吞食了？远处的狼声惊醒了他，他才明白，这是晚上。他又想：用我自己的猎枪打吧，但这有什么用呢？那么用毒箭射吧，喂，那只等于蚊子咬他一嘴哟，这又有什么用呢？后来，他决定马上起身去探听点消息，他带上一块木板就去了。

到了海边。他将木板放在海子里，向西游去了。

到了海西。找到村子，便到处探听蟒蛇的情况，然而人们都吓住了。大家想，从来也没人敢下决心消灭他，他既然问起自然有几分把握。可是人们又觉得，这么大的蟒蛇，怕也难消灭吧？！

他在村子里走着，遇见人就问："您知道这条蟒蛇的情况吗？"

"知道哪，去年它就是吃了我的小女孩哪。"这个人哭着走开了。

"大嬷，告诉我蟒蛇的情况吧。"他又问另一个人。

"唉！它呀，吃了我的小孙女呀！……"老大妈也流着泪走开了。

"大爷，你知道蟒蛇的情形吗？"他又一次问。

"别提吧。前几天才吃了我的独儿子呀，我怎么不知道呢？"老大爷说完，默默地呆望着他，眼里含着泪，没有掉下来。

"他的洞大吗？"他忙着问，可是不知怎的，他哭了。

"唉，谁敢到那里去呢？我想，那一定是大的。"这个人擦着泪走掉了。

他这样不知问了多少人啦，可是他所需要的，却一点都没得到。

他正在不断地探问,这时前面正过来一位白发苍苍的老人。他跑上前去问道:"老奶奶,蟒蛇几天出来一次?"

"这个嘛,谁也不知道哪!前几天,他抢走了我们的王大嫂,听说王大嫂还没被吃掉,你去问她吧。白天是蟒蛇睡觉的时间,不过,你得小心。"

他想了想后回答道:"谢谢您老人,我一定去!"

"告诉我,你的名字叫什么?"

"我名叫大武,住海东山头上。"他回答。

当他摸到蟒蛇洞口,见王大嫂正洗着一件沾满了鲜血的衬衣,他问:"大嫂,你为啥丢下丈夫不管呢?"

"唉,大哥,这是没办法的哟!我跑了,丈夫就会被它吃掉,而且他会再捉人类来替他洗这些东西。"大嫂说着指了指身旁的一堆衣服。

"天天就这么洗吗?"他抢着问。

"唉!"大嫂长叹了一声,哭着说道:"白天洗,晚上洗,总是那么洗不完……啊!你快走吧,它马上就会醒来的。"

"它每天什么时候开始睡呢?"

"早饭后它就睡,太阳落山就要醒来的;有时不睡觉,就到外面去了。"

"你呢?"

"我,进得去的。"

"洞很大吗?"

"很大。啊呀,你快走吧。"

"别怕,现在太阳还没下山哪。"他说,"那么你能不能帮助我杀死它呢?"

"我?"大嫂抬起头,用惊奇的眼光望着他。

"是。"他回答道。

王大嫂说道:"你隔四十天再来吧,那时它要睡七天的时间。"

于是大武就匆忙下山来了。

大武回到家,立即请铁匠打了一把九十斤重的大刀,隔了一天就把刀子磨快了。

他用这把刀子整天砍伐着树木。开始时，树芯宽五寸的树木，需得双手举刀砍个三四回才断，举起这把刀子，也不是那么轻而易举的事。可是他并没有灰心，为了除掉蟒蛇，他日夜练习着。到后来，就能用一只手举着刀子，而且能砍下树芯一尺的木头了。

　　四十天，一眨眼的工夫就过去了。

　　第四十天，大武天还没大亮就带上刀子到海西去了。

　　洞外，王大嫂正洗着一件汗衣，大武忙着问："怎么样？"

　　"它正睡得甜蜜呢！赶快下手吧！"她带着紧张神情说："要记着，只能砍一刀，不这样，它会现出原形的。"

　　"我记得住。现在就把刀子带来吧！"大武说着紧了紧腰带，扎好了头巾。

　　王大嫂转进洞内，提出一把闪着银白色的大刀。大武接了过来，估量了一下，约有二三十斤重，他觉得像切菜刀一样的轻便。

　　他提起双刀，然后对大嫂说："现在您可以回去啦。"

　　"不，我也为自己准备了一把刀子呢！"说着跑到洞的左面取出足有五尺长的刀子。"你可知道，我们全村受了多少苦哟，它使人们失儿失女，丢夫丢妻，它简直要绝我们的后代啦，我是决不回去的。"

　　这个洞很大，约十丈宽，二十丈高。洞内一片灰蒙蒙的，正中睡着肥大得像大水牛的汉子，鼾声像风箱一样地响着。这就是蟒了。大武摆了摆手，叫大嫂注意着。他挥起银光闪闪的马刀，对准它的脖子砍了下去，只听见"嚓"的一声，蟒蛇忽然变成了原形，它张着嘴，吐出舌头，对着大武猛扑过来，大武一躲，闪过一边，蟒蛇正好碰在一块大石头上，石头随即就落了下来。王大嫂趁势砍掉了它的尾巴。大武又抡起马刀砍了过去，蟒蛇往后一退，逃开了。正当它退后时，把大嫂摔倒了，她晕过去了。

　　大武机灵地跑到蟒蛇的前面去，蟒蛇对着他冲了过来，大武随即把它引到了外面，它的身子刚出来一截，还来不及转弯时，大武就对准它的头，猛力砍下去，正好砍中脖子。这样，蟒蛇无能为力地躺下去了。

这时，洞也明亮了许多。大武想起了王大嫂，就急忙地跑进洞去，见她在那里躺着，一动也不动。他忙把她背出洞外，摸摸她的胸口，心脏微微地在跳着，可是一张脸，完全涨成了紫色的了。凭他的经验，边喊她，边活动她的身子，让她翻过来又翻过去，这样不多次，大嫂"呼"地吐出了一口气，醒转过来了。

大武背起了大嫂，匆忙回村子去了。

这个故事，就这样一直流传了下来。

樵仙农神

整理者：少峰

洱源县南边有一座天马山，山上长满着茂密的松林，清清的凤羽河就在山下不断地流着，成群的鸟儿飞到松林住。传说，许多年前，有一个贫苦人家搬到凤羽河旁安家。这家人被财主弄得只有一间破草棚和一把斧子。正月十五，这家的大娘生下一个儿子名叫赵善政。

就在善政出世那天，他爹死在财主家。善政的妈妈，好容易把他抚养到了十三岁，眼睛就瞎了。从此善政天天上山砍柴奉养母亲。

善政的孝心感动了天马山上的樵青神。有一天，樵青神就变成一个跛足的老者，跌在善政砍柴的路上。善政见了连忙将老者扶起，老人说："我脚下无子，老来没有个依靠，因而在山中找食为生。"善政很可怜这老人，就把自己带做晌午的一点米糠粑粑递给老人，还说："我家也有老母，如老人愿到我家熬苦，我愿砍柴奉养你。"话刚说完，忽然刮起一阵大风，风停时，老人不见了。善政惊奇，乱迷迷倒在地上。这时老人又出现在他眼前，并对他说："以后你到这里砍柴，可向南走两百步，那里有捆好的柴，还有饭菜，那是我给你办的。"

第二天善政上了山照老人的话走了两百步，突然有捆好的柴，他刚要把柴扛起，又见前面出现放着饭菜的石头石凳。善政吃了饭才挑着柴回家。以后每天吃饭之前，善政都先挑好的留起来装回给母亲吃。

　　樵青神的帮助，使得善政母子的生活逐渐过好起来。可是善政还是天天上山砍柴，到冬季下雪天，他就把柴送给自己邻舍贫苦人。

　　过了一年，遇着天旱，河水干断，田地晒起大裂，不能种庄稼，农民们天天流眼泪。这天善政照常上山砍柴，看到西边的洞里，水流向西方，东洞干着。他吃了口水，在洞边休息一会。闷热的天气使人发昏，他刚坐下一会就睡着了，在睡梦中又见着樵青老人。他就苦苦哀求老人，请他从东洞弄出水来，救救受旱灾的农民。老人说："东洞出水倒容易，就是东洞一出水，山上的松树就没有了，你就砍不成柴啦！"

　　"只要救了许多农民，我无柴可砍没有关系。"善政坚决向老人说。

　　这时老人才把方法告诉了他，叫他用柴担喷碰山顶三下，便有大水。

　　善政从梦中醒来，喜欢得跳起来，他马上用柴担碰了山顶三下，果然顿时狂风大作，雷鸣电闪，轰的一声，东洞炸开，冲出一股大水来。这股大水，冲走了农民的忧愁。

　　从此，善政和其他农民一起种田，以后这里农民们庄稼每年都得到丰收。

　　后人为了纪念和感谢善政，就把他称为樵仙农神。

夜梦村本主

讲述者：西钧邑
记录者：洪思照、张家珩
搜集地点：云南省大理白族自治州大理市大理镇才村

　　相传以前太和县受旱灾，久日不下雨，连吃的水都没有，田里种着的粮食都被干死。太和县县长看见这情况，很伤心，就去段赤城庙里求雨。县长拿了一根链子拴到脖子上，另一头拴到段赤城的脚上，请求段赤城下一点雨给农民，段赤城看到这县长一心要给农民求雨，因段赤城那时还不是龙王，不能下雨，到晚上来给县长托梦说："明日你到中和峰的后面，那儿一个大石头，旁边有三个老人在那里下棋，你偷偷地藏在旁边，等他们走时，一把把穿黄衣服那个拉着，同他说说就行了。"第二天，县长到山上，看见三个老倌下棋，县长就躲在旁边，等他们走时，一把把穿黄衣服那个拉着，说明了求雨的事。那老倌就给县长一个瓢，说："你到洱海边用这瓢去把海水戽三下，不能戽多。"县长把瓢拿到海边，看到粮食快要枯死忘了，就用瓢多戽了几下，就满天下了大雨。这县长回去走到半路上，一个村子边，就被大雨淋死了，后来这村就叫夜梦村，县长死后，就做了夜梦村的本主。

瓦色本主

讲述者：杨景素
记录者：郑谦
时间：1958年10月
搜集地点：云南省大理白族自治州大理市上关镇兆邑村

以前双廊有个秀才，要去赶考，临走前妻子缝了一套衣裳和一双袜子给他，并嘱咐说："你穿上这双袜就好像把你拴住了，你穿上这套衣裳，就好像你在我身边一样，你不要贪闲花野草。"夫妻二人依依惜别。

第二天这个秀才就去赶考，有一人牵了一匹马送给他，他俩是到宾川龙头山，只看见有几百个老太婆在念经，很是热闹。这个秀才就下马，叫马夫去问是什么回事。不多时，马夫回来说："这山上每年都有三个老太婆要升天，今天是升天的日子。"这个秀才不相信，说："哪有此理。"于是就亲自走去问大家说:"你们到过升天的地方吗?"大家说:"没有到过。"他很怀疑,便仔细地去看,只看见升天的三个老太婆站在升天的山头,别的人在这边平地上念经。忽然间,那三个老太婆很快就凭空而起,不见了。这时秀才已看清楚那三个老太婆从一个山洞中进去。他更加怀疑了,断定地说:"里面一定有一条大蛇。"他想,不知这条蛇害了多少人了,我一定要为大家除害,于是他就到附近的地方找了很多利刀,扎在身上,把情况向大家说清楚,就独自一个走到洞口。果然,那大蛇一口就把他吸进去了,他在蛇腹中打了几个滚,大蛇翻动起来,把山也翻塌了,不多时那条大蛇就死了。群众赶紧把蛇腹剖开,可是这个秀才已经死了。大家向马夫问明这秀才的来历,非常感激,就派人去把他妻子接来。

他妻子来了以后,看见丈夫为民除害而死,自己也一心要随他走了,于是,就在岩石上碰死了。

当地人民为了纪念他俩,就把他们奉为本主,一年四季都去祭祀,这就是瓦色的本主。

南海阿老

南诏时代,玉几岛出了一个很大的猴子,非常恶毒,它常把附近的庄稼、粮食弄到水里,有时又放火烧民房,或是偷吃了百姓的大米并拉上大小便,劫去食物和破坏农具,更是常事。但最毒辣的是在夜间强奸妇女。当地的百姓非常痛恨它。

这时,一家有三兄弟。大哥以捕鱼为生。他看到不把猴子消灭不行,于是手拿渔网,寻拿恶猴。一天,来到石崖下,看见猴子正在石洞里,他爬去把网一撒,把猴子网起来。但猴很凶,几下就把网抓破了。人猴展开了恶斗,两个滚在一起,后来都从石崖下滚了下来,同归于尽。

当人们发现这事时,大哥和猴子还扭在一起。人们把大哥埋葬了,上报国王，封为玉几岛本主，俗称"南海阿老"。

村里为了纪念这英勇、有功于人民的大哥，就给他盖了一个庙。在塑像时，才塑起就倒了，一连几次都是这样。他托梦给村人说："必须塑出他和恶猴搏斗时的英勇姿态，才不会倒。"照着做，果然就塑好了。

八月二十三日，是南海阿老的生辰，村人都去通会祭祀，并演出滇戏。传说，演唱的戏，要人们把纸笔墨摆在神像前，由阿老来点戏名呢！

包大邑本主

讲述者：张玉萼
记录者：郑绍堃
时间：1958 年 11 月 7 日
搜集地点：云南省大理白族自治州洱源县包大邑村

包大邑的本主原来是禄丰县人。他妈妈得了重病，他就跑到包大邑后面的黄冲山上去挖药，挖了几天，家里派家丁来找他，给他说："你的妈已在家里病死了。"他一听这消息，也就急死了。来报信的家丁看见主人这样孝顺父母，自己觉得活下去也没有意思，也就死在山上。第二次家丁又赶来，又死在黄冲山上，以后传出去，人们就把他立为这里的本主。以后，他全家也就来到这里住，他共娶了三个媳妇生了九个儿子。

他在这里做本主很灵验。有一天晚上，下大雪，别村的人来偷这个本主。几个人抬到龙王庙时就抬不起了。第二天，大保村的人出来，看见一座佛爷丢在这里，于是把佛爷抬了回去。包大邑失了本主后，到处访问，才知道大保村的人捡着了。两村协商的结果，大家共同供这个本主。

凤羽街本主

讲述者：赵如谦
记录者：郑绍堃
时间：1958年11月7日
搜集地点：云南省大理白族自治州洱源县凤羽镇

  我们凤羽街的本主李文颈很灵验，有求必应。在清朝的时候，有一个到云龙赴任的县官，路过凤羽时，我们本主显圣。远远地，他看见旗号连天、敲锣打鼓来迎接他，响声把狮子山都震动起来。可是一走拢凤羽街，什么都没有，冷清清的。县官觉得很奇怪，问当地人："我远远地看见旌旗翻滚、敲锣打鼓地来迎接我，等我来到你们这里，哪样都没有，这到底是哪样原因？"当地老百姓说："恐怕是我们本主老爷显圣，我们的本主是很灵验的。"

力头村本主

讲述者：耀文佬
记录者：张福三
时间：1958年11月10日
搜集地点：云南省大理白族自治州洱源县力头村

  力头村本主叫护国和尚，一次他去犁田，牛要吃水，没有，他用犁头在一地方犁了一下，就出水了。有一次，他到红营坝去，用手巾包了一些土回来，撒在窗子的南面，以后，这些地方的谷子就早熟了。

本主不吃牛

讲述者：段鹏翀
记录者：赵国栋
时间：1958年
搜集地点：云南省大理白族自治州洱源县西山乡

从前洱源山区一带很信奉本主，无论大事小事都要去求告本主，时常还有人要去杀牛祭本主，表示对本主老爷的答谢，杀牛祭本主的风气是很盛行的。

有一回，山区里有个人的妻子病了，病得很重，他急得没法，就去找巫婆问卦。巫婆告诉他："只要杀一条牛去谢谢本主，你妻子的病就会好了。"回到家里，他想："我只养了一条耕田的独牛，要是杀了，今后盘庄稼咋个办？再说，千辛万苦养大一条牛，活生生地拉去杀掉又咋个忍心呢？如果不照巫婆说的，不杀牛去谢本主，妻子的病又不能好。罢！罢！罢！不如把牛牵去送给本主，要杀也让本主老爷自己去开刀吧。"他终于十分难舍地把牛牵到本主庙，拴在本主身上，然后深深地向本主作了一个揖，说道："谢谢本主老爷，牛送来了，请你自己拿吃吧。"说完，就回家照顾妻子去了。

到晚上，牛肚子饿了，想走又走不脱，便大吼大挣起来，拼命一拉，竟把本主泥像从佛台上给拉下来了！这下牛越惊了，伸开腿往庙门外就跑，牛拖着本主泥像一路"哗啦""哗啦"地一直跑回到牛厩门口，厩门关着进不去，牛就大叫起来。本主一听牛哞，一咕噜翻起来，到牛厩一看，嘿！原来是牛回来了，还拖着本主老爷哩！他赶紧把牛绳从本主身上解下来牵回厩里，又出来把本主泥像竖起来，说道："本主老爷，谢谢你，既然你也不忍心宰吃这条牛，叫弟子我牵回来就得了，怎敢劳驾你老人家亲自送来，把你老人家的金身玉体也碰坏了。真是得罪！得罪！现在让弟子送你老人家回去吧！"说完他就把本主泥像背起来送回到本主庙。

　　这件事，一传十，十传百，一下子就传开了。从此以后，大家都认为本主老爷不愿杀吃牛，也就不再杀牛去祭本主了。

豆儿哥哥和子孙娘娘

讲述者：杨金义
记录者：张文勋
时间：1958年

　　有一次干旱历了十八年，豆儿哥哥的母亲想吃猪肉，没处买。朝安和妻子商量说："只有再生的儿女，没有再生的父母，我们把小惠兰杀给母亲吃吧！"妻子不肯，说："我把他拿去卖了，买猪心肺吃吧。"但是干旱十八年，家家买不起养。无奈，就决定杀他，替他洗了澡，然后杀掉，把头、小手、小脚放在灶头上。

　　这时候来了两个收粮的，进去一看，就说："这家杀吃人。"他两个"鼻子骇成吹箫样，牙齿骇成敲棒棒"，就跑回到县衙门叫道："他们杀吃人。"

　　儿子就把惠兰的肉端给妈妈吃，老人还叫道："小惠兰你来，奶奶分点肉和汤给你吃。"儿媳妇就说："你还叫什么，你口口吃的惠兰肉，口口喝的惠兰汤。"老奶奶听了，就大骂儿子道："短命朝安，你用我老树椿整哪样？"说完后就跌下床死了。

　　后来收粮的又来，看见老奶奶死，就回去说："他们杀了小孩吃，现又杀了老妈妈吃。"于是派武装把朝安抓去，审问时，才把原因说清楚。县长就要他去做官，他说不肯去做官，只想享香火，于是他妻子被封为子孙娘娘，惠兰被封为豆儿哥哥，朝安心毒，所以只站在半边，老妈妈也只在半边。

土主打房子

讲述者：段鹤寿（农民）
记录者：张文勋
时间：1958 年 10 月
搜集地点：云南省大理白族自治州大理市马甲邑村

马甲邑土主庙，前厅的墙倒了一缺，猪羊牲口跑到里面去屙屎。几个月后，每天有石头打房子。大家也不管，还以为小娃娃打。但每天下午总有大石打在房头上，只打在马甲邑两头大房子上。请人来许愿。老人天天去参拜，但是石头也不住地打。摆了个斋堂，男男女女去拜着，画了千万道符，当晚不打，但后来还是无效。

有一天，段鹤寿连续看到三个邓川装束的女人出现。晚上，还给他托梦。梦见去卖豆，到了江尾街，只一个人，很生气，就把豆倒了。上来后，遇一个老妈妈卖鱼，要卖给他，他不干；走了一段，又有一个买靴子的老妈妈，要卖一只草靴给他，拿起来一看，破了一点。第二天醒来，才大悟，他想：豆是"豆儿哥哥"，鱼是余化龙（即豆儿哥哥），到庙里一看，余化龙神像的靴子破了。后来许了愿，当晚就没有石头。第二天去修庙，从凤羽来了一位老塑匠，说是听说这里要塑像，于是就请他塑神像。以后，就平静无事了。此事发生在一九四五年八月十七日。

有一个凤羽的卖烟老倌，担子未歇下，一块砖头飞来，落在扁担上，就不掉下来，他骇得飞跑。国民党派人背枪来调查，也给骇跑了。石头打得很厉害，但就是没打着人，只在前前后后，很准。

现在，土庙已给拆掉了，但是一点事也没有，真奇怪。

中央本主

讲述者：唐沛然
记录者：陈瑞鸿
时间：1958 年
搜集地点：云南省大理白族自治州大理市喜洲镇

  喜洲中央本主，是大理国的一个武将，名叫段宋榜。当时，狮子国侵占了缅甸的土地，缅王到大理国救兵，大理国王就派段宋榜去援救。段带了二十万兵马去援缅，结果把狮子国的人打败了。缅人非常感激段宋榜。当段奏凯回归时，缅人民用几千辆金子塑了几尊金佛送段宋榜。段回到保山时，大理国内部有一奸臣想夺王位，内部混乱。有一忠臣就写信给段。段知消息，想了一计，写回信给国王说我已凯旋，有很多缅人来送，请国王派人前来迎接一下。信上便写叫那奸臣同时也来迎接。既后，国王果然将那奸臣也派来迎接，那奸臣到了时，段就将他杀死，这样才使大理国内部得到平静。

  当段回来的第二年，大理发生了严重灾荒，人民生活极其痛苦。这时，段就将缅人民送他的几尊金佛砍成一小点一小点的，分给了穷苦百姓，使百姓度过了荒年。当时，喜洲百姓感激不已。段还活着时，百姓就供其长生禄位牌，待段死后，便修了寺庙，塑其像，尊为喜洲中央本主。

武宣王段思平

讲述者：李汉章
记录者：赵国栋
时间：1958 年 10 月 22 日
搜集地点：云南省大理白族自治州大理市上关镇江尾村

　　唐朝时候，邓川白王城里的白王造反，唐皇就派了一个大将叫段思平的来征服白王。白王被他平定了，皇帝就派他驻守白王城，封他为武宣皇帝。后来他死了，人们就在邓川大邑村盖了一个庙子叫"武宣王庙"来纪念他，并把他尊做本地的本主老爷。明朝时候，这个庙子倒了，一直到了清朝时，才来修盖他的庙子。庙子虽然准备盖在大邑村，但是大邑村的绅老不同意，他们说："能在寺前坐，莫在庙后蹲。"所以他们就偷偷地在晚上把盖庙子的木料运到大邑村的下南边，堰塘寺的地基上。第二天，传言说，这是本主老爷的意思，要把庙子盖在这里。所以建立新的武宣庙就盖在堰塘寺这里。而原来的老地基呢？很发，就是最干旱的年辰这块地也种得出最好的谷子。传说，这是因为这块地是本主老爷原来住的地方。

　　新庙子这个地方也很灵验，文官走到这里要下轿来走，武官走到这里下马来走，否则就一定会从轿子或马上跌下来。

景庄皇帝与武宣王

讲述者：杜铿新
整理者：杜乙简
时间：1961年

　　邓县兆一乡的坝子里，有一所景庄皇帝庙。景庄皇帝名字叫世隆，是南诏蒙氏的十二世孙，曾为南诏王，是兆邑几个村的本主。会期在正月初八。每到会期，兆邑几个村子人便过春节，还接本主，佛祖一堂，叫作"迎春接佛"。景庄皇帝是蛇象，显身常为一条小蛇，约有八寸长，金身，银鳞，秃尾巴；据说是他与海东大蛇恶蟒作战，被大恶蟒咬掉了尾巴的。又一说是他去化缘，被人家打了一顿，打掉了尾巴的。

　　他一显灵，总是时和岁熟，也同时向人民提出一些要求（通过巫婆传达），譬如要人民替他们换衣服呀（彩画一下），翻修本主庙呀。

　　兆邑坝子的北头是李登村，有一所武宣王庙。武宣王就是宋时大理国王段思本，是邓川马甲邑、大邑村、李登、井旁、湖潭寺、溪长存几个村子的本主。这几村的段姓称他为"大老公公"，是他们的一世祖。

　　景庄皇帝庙与武宣王庙同在一个坝子里，相隔半里路，武宣王庙在北，景庄皇帝庙在南。两所皇帝庙就像两个椅子，都是坐南朝北，景庄皇帝在前，武宣皇帝在后。

　　武宣王对景庄皇帝开玩笑说："景庄皇帝，你活像我的儿子，乖乖地坐在我的怀抱里。"景庄皇帝听了不大高兴，便在一夜之间把自己的庙子转移成坐西朝东向了。所以景庄皇帝庙到现在仍然是坐西朝东地屹立着。

　　景庄皇帝喜欢喝酒，脾气也怪，因此，凡是煮酒卖酒的人家从景庄皇帝门前过，必须放下酒篮子，取出一小勺清酒来，举到额头奠敬一下说："本主老爷请酒吧。"不然就叫卖酒的人在路上跌一跤，打碎了酒坛子。

武宣王最好骑马，因此在大门两厢塑着一对神马，是供他骑用的。

武宣王庙前的田里，宫上有两匹大白马来偷啃豆麦，践踏得很厉害。农家只有夜夜防守，可是这匹大白马很狡猾，防得西来东又偷。农民追赶，等跑到武宣王庙口就突然不见了。此后，农民尾着两匹大白马正在田里偷啃麦时，不先去追赶，先悄悄地到武宣王庙里一看，果然那两匹神马挣脱了缰绳，破门不见了。由此证实武宣王的神马不体谅农民，不爱惜庄稼的。

农民气愤不过，上了一道皇表向武宣王控告；也给景庄皇帝上了一道皇表，希望景庄皇帝正直地支持他们苦痛的呼声。武宣王、景庄皇帝接到了表章，景庄皇帝便在二月初八日武宣王的寿诞上提起这件事，两个争得脸红脖子粗，最后得到石岩本主（在石岩庙，是马厂村、江尾一带村落的本主，据说名叫吕凯）在中排解，决定：由武宣王管住自家的畜生。武宣王想了想，也同意，便专用两个牧人，一个牵住一匹马。所以武宣王庙里不但有神马，而且有"扯马神"。

二月八庄稼会与段白王

文本一

讲述者：段贺寿
记录者：张文勋
时间：1968年10月11日
搜集地点：云南省大理白族自治州大理市上关镇马甲邑村

唐朝时候，段思平的三弟平服迤西，二月八日在马甲邑开会。一方面是庆祝，他要亲自来看看，同时，来看看这里的庄稼如何。凡是庄稼种得好的，他亲自奖赏给他们劳动工具，如犁、锄、耙等。后人为了纪念这个盛会，所以每年二月八就在这里举办庄稼会。会上，主要就是买卖农业工具，四方人民都到这里来买农具，很热闹。段思平后来死在邓川，葬在旧州背后卧牛山（现有碑文存在）。他死后，被祀为马甲邑本主。每年二月八，村民把他神像接来赶庄稼会，非常热闹。

文本二

讲述者：杨时胜
记录者：张家珩

从前，有两位老人，经常在海里打鱼为生。二老年纪都很大，没有孩子，随时在想着有个孩子。后来，出了一个男孩，是海龙王的三公主连投生的。生得很漂亮，到大来，做了白王。白王对农民的生产很重视，到二月八，他的寿日，都要买些农具给贫民。有一日，白王去问观音老母说："我的江山有几年？"观音老母说："你的江山很长，要等日、月从西出，才不是你的江山。"过了几年，兰季子来攻打，从西山连夜打着锣、点着火地来，被白王的士兵看见，忙去见白王说。白王问他抬的什么旗子？士兵说是日月号。他听了就开跑，一直跑到海边，观音老母开着小船在那里等着，叫他把鞋子脱掉上船，去到海心里，忽然不见了。后来，每年到二月八，就有很多的人在这里办会，做了他的像身，抬到豆田里藏着。晚上人们去找，把豆子全部都踢倒，到二日它又全部活了起来。

赤子三爷育物景帝

整理者：李树康
时间：1956年12月25日
搜集地点：云南省大理白族自治州大理市南甸村

大理苍山有十九峰、十八溪。白云、莲花两峰中间，是茫涌溪，下面有个村子，望着这茫涌溪灌溉的水田，有二万几千亩，都是土地肥沃，两季丰收。唐朝时候，每逢五月栽秧，正要雨水，云封峪口时，茫涌溪头发现两股火花，人们叫它鬼火，或叫它磷火，有人又说电火，发出声音，似风声，似鼓声，或似雷声。这火光一发现，就是雨散云收，干旱了。这样好几年，许多人民，有的扶老携幼地迁移去，有的饿死了。这时，政府派兵去察看，见云里有一猪畜作怪，名叫旱魃，吓得兵士魂飞魄散，才知道云里火光，不是鬼火。磷火、电火，其实是旱魃的两个眼睛。政府出榜招纳勇士，谁人能除旱魃，重重有赏，还将这几万亩肥田的公粮，让他享受。

这时，姓张的两个夫妇，有三个儿子，长名金马，次名碧鸡，武艺都高强，出外去了；只扶着第三个六七岁的男孩叫小三。这一个张小三抱着为人民除害、为群众利益的精神不怕牺牲地去应募。英勇的张小三，带着一根短棒和几个麻布口袋，装着断肠毒药，不怕牺牲地上山察看，晚上退到下面十多里的小石崖洞里。有时云封峪口，乌云遮天，旱魃出来作怪，英勇的张小三站在崖上，远远望着它归落在那里。白天上去察看，不怕苦、不怕死地满山搜寻，这样的苦过几个月了，一天，找着深渊莫测的一个洞，他在洞上作好记号，就走下来，一面走，一面向后看那记着的目标，边走边看，仍旧回到小石崖洞。天黑了趁旱魃未出之先，不辞劳苦地站在崖上，定睛望着他所记的目标，眼睛不敢一眨。看见旱魃由目标下面窜出来了，一夜地看着，也就落在目标下面归洞去了。他等到大太阳的中午时候，带着口袋短棒，上去在那深渊莫测的洞外，竹背上、茅草上、石崖上，到处撒着药粉，还把几个口袋不封口地遍地歇着，又退回下面，倾耳静听。

这天晚上，旱魃出来吼了几声，震得山摇地动。大风吹着，把药袋吹得乱倒，旱魃吸着毒粉，如风似雷，吼声不歇，在云里在崖山乱七八糟地闹个不了。张小三半惊半喜，在崖上挺身看着。天亮了。旱魃不知归洞，声音渐轻渐矮，不一会吼声断绝了。赶忙上去，见那里约十余亩的地方，茅草乱飞，柴竹打碎，看见旱魃，吓得勇士倒退几步，缩颈伸舌地睁眼望着。他长约两丈、似蛇、似鱼、似鸟、人脸、鼠嘴、鸡脚、有尾、有翅、遍体鳞甲，嘴里咬着三五背①大的一块石头，簸箕大的眼睛，没有闭着，翅膀收一只张一只地搭在崖下，遍地吊着斗数②的鳞甲。他跑下山来，站在溪口大路上，不准人们上山采樵，恐中毒粉。

不一日，大雨倾盆，雨后，许多百姓纷纷去看，大家都称赞张小三的英勇，胆大，少年英雄。这年五月，雨水大作，这些良田，都得灌溉栽种，禾苗茂盛，产量丰收，人民转危为安，转悲为喜，个个感谢他除害救民有功。过了几年，每天早上太阳出前，人们见白云峰腰，有数丈高抱粗的一股火烟冲天。张小三连夜露天睡在那里，细细查看，不是火烟，是无数的白蛾、白蝶、蝗虫出洞，把田里咬得禾苗有秆无穗。张小三在深夜里，把石灰塞着蝴蝶洞口，上面铁水浇封，禾苗就无灾患了。皇上封他为"赤子三爷背物景帝"，就是甸中的本主，祠的大门上，有一副金子对联是：

显应绝蝗虫，并带嘉禾遗我穀；

妙权驱旱魃，源头活水沛民膏。

这副对联现在还是挂着哩。

---

① 背：原义为负担、负荷，云南方言中用作量词，"一背"指一个人背部所能负担的重量。
② 斗数：数量词，形容很多。

清平景帝

整理者：李树康
时间：1956年12月18日
搜集地点：云南省大理白族自治州大理市南甸村

唐朝时候，大理甸中村有个姓段的贫苦夫妇二人，受了封建地主的剥削压迫，终日佣工过活，生活困难。某年六月初六日，农妇生一小孩，不能出工，三子母生活，独赖农夫一人，生活更加困难，于是夫妻同意，要把小孩放弃了。送给人家养育，又没有人接受。一天，把孩子取个名字叫段清平，把他的姓名生辰八字和无力养育的情况，写了一封信，上面写着："请过路的官客们，把小孩拾去喂喂，致谢。"就把段清平抱出丢在大路上，信封丢在旁边。夫妻二人哭了一会，就硬着心肠回去了。不一会，马九邑姓那的卖酒翁挑着担子过来，听见小孩子哭，走近拾起信封一看，就把段清平这小孩拾起，装在担子里挑回去了。原来这一位卖酒翁，年过四十膝下无子，拾起了段清平回去，夫妻喜悦，当如掌上明珠，就把他隐姓不改名叫作清平。光阴过得很快，段清平长到十五六岁了。

那时，云贵两省地方，有段白王造反，要在大理独立，在苍山雪人峰上凿一个白王洞，修筑一座土城，苦死了许多百姓，政府兴兵征剿，难以抵敌。据说白王有一个女儿，名叫白花公主，有三把飞刀，飞刀放出杀人无数，谁也不敢对战。那时段清平，抱着为人民除害，为群众利益，不怕牺牲的立意，出去投军，和白花公主对战。白花公主放出飞刀，把段清平的耳朵割掉一只，勇敢的段清平，仍然不肯退歇。他想："射人先射马，擒贼先擒王。"把箭射中白公主的坐骑，雪玉龙驹马中了数箭，就不住地乱跳起来，把白花公主摔在地上，头跌晕了。段清平英勇地跑过去，把白花公主擒了过来，叫将士们把她捆起来。那时候段清平还是不肯歇战，带了一支人马，一直打进白王洞，终于把白王剿灭了，才把白花公主活活献给政府。政府封段清平为七十二个大将的领袖。后人称他们为七十二堂景帝，段清平就是上阳溪村的本主清平景帝了。本主祠下造了七十二个台阶，用来纪念段清平的英勇，表示是七十二大将的领袖。

（四）段赤城的传说

蛇骨塔

搜集者：杨萌
时间：1955年8月10日
搜集地点：云南省大理白族自治州

大理城南约八公里的田坝中间的小山丘上，有座三丈多高的塔。它的四周生着一腰深的野草，塔身糊着的白石灰已大部分脱落，塔下边几十步的地方，便是马路。在很远的路上便可以看见这座塔。人们每走过这里，都会用敬仰的眼光望着，议论起它的来历：

南诏国时，有一年，山洪外发，田地淹没了不少，饿死的人也很多，都纷纷逃往外地，人民生活极其痛苦。腐朽的国王还借修堤为名，大肆搜刮民间财物，一见美貌的女子便抢入宫内。国王天天酣歌醉舞，在洱海边修起海心亭，看花赏月，过着荒淫的生活。

在城外田边的山洞里，有一条大蟒，每年都要出来糟蹋庄稼，伤害人畜，已有好多人被吃掉了。这一年，它更是猖狂，水涨得特别大，大蟒到处，田地都被淹没，百姓集合起来到宫廷请求国王减轻苛税，派人立刻扑杀大蟒。国王不但不答应请求，反而把请愿的人打出宫廷，说他们想造反，罚他们修宫廷。

北门处红桃村有个二十多岁的小伙子，名叫段赤城。有一天，他看见了国王的告示，限百姓在三天内纳清修堤税，并限令国内的猎户在十天之内扑杀大蟒，否则将所有的猎户充军出境。段赤城在村子里是很好的小伙子，只要他做得到的事情都肯帮别人做，宁可自己吃亏，也不让别人受苦。他看见了告示，非常气愤，心想：人民生活已经到了这种地步，而国王还私立苛税名目，几天要缴纳一次，堤不见修，大蟒却下坝来吃了好多人，田也淹了。他巴不得领起一些人杀入宫廷，打开仓库救百姓，放火烧掉王宫。

有一天，他来到田里，看见很多村子的父老哭哭啼啼的，他们都害怕蟒来吃他们。段赤城心想：大蟒下坝吃人，很多猎人也杀不过它。这怎么办呢？只要能为老百姓除害，哪怕用自己的生命去拼了也行。于是，他把乡亲找来，对大家说：“我杀蟒去，一定与它拼个你死我活！”大家都说：“多少人都打不过它，你怎能去呢？”他说：“不要紧，我在身上绑起二十四把小尖刀，把祖传的两把宝刀拿起与它去拼。”说罢，就绑起刀子，刀尖朝外像豪猪一样，提起宝刀，和乡亲告别找大蟒去了，人们留也留不住他。段赤城找了半天，也找不到大蟒，只见很多的秧苗被水冲走了，田也被大蟒滚平了。他沿着大蟒印记过的地方找去，忽然只听见前面哗哗地响，两道蓝光直射过来，他知道这就是大蟒了，于是奔上前去，举起宝刀向天空挥了几挥，大声叫道：“你吃了多少人、践踏多少庄稼，现在终于找到了你，我与你拼！”跳上前去朝大蟒的身上砍了几刀，大蟒正想吃人，把嘴大张着转回身来，段赤城又朝头上砍了几刀，但蟒很大，没有砍死，缠住了段赤城，最后把他一口吞了。因为他遍身是尖刀，把蟒肚子割得很烂，到半夜的时候，蟒也死了。乡亲们当天不见段赤城回来，第二天很多人带着大刀、斧头同猎人一齐来找他，找了很多地方，最后找到了。只看见田堤中间，大蟒直直地躺着。人们剖开大蟒，把段赤城的尸体拿出来，还是好好的，后来就把段赤城埋在这里。人民为纪念这位人民英雄，在这里修起一座塔，把大蟒的骨头烧成灰拌在石灰里，糊在这座塔的外面。所以叫作"蛇骨塔"。

除蛇妖

讲述者：冯德璋
记录者：李治唐
时间：1950 年 11 月
搜集地点：云南省大理白族自治州洱源县

段赤城是南诏时洱源白族人，从小以打铁为生，对选矿、炼铁很有经验。他发掘一些铁矿，每日同他九个儿子去黑谷山一带采矿销铁，制造农具供给当地人民使用。由于他制造的工具又好又轻便，大家常常争着买，后来人们把他所住的地方叫作"销铁坪"。

在这时，洱海有一妖蛇作怪，造龙骨塔高达十余丈，兴水淹城，上下关已经倒塌，大理的房屋也被淹倒，人马牲畜淹死无其数，情况万分危急。

这消息被赤城得知，就同九个儿子商量，要去为民除害。他的九个儿子都同意了，于是他们挑了炉子、风箱、铁钻、钳、锤，一直走到大理。

赤城和儿子们去探访妖蛇到底在什么地方。原来这条妖蛇就在下关天生桥那里，它不光把水堵住，凡是人马经过那里都被蛇吸吃了，两只眼睛有碗大，口如血盆样子，甚是凶恶。

当晚，赤城就对儿子们说："我们是来为人民除害的，看这怪蛇十分凶恶，难免被它所伤，事到如此不得不下手了。如果我被它吃了，你们不用伤心。"随即吩咐几个儿子，烧起炉火照着他身材的粗细，打九道铁箍，再打七七四十九把利刀，每边箍上七把，准备和妖蛇肉搏，九个儿子就照着做了。

次日，东方发白天刚亮，他们就带上所准备的铁箍、利刀来到妖蛇住的地方，赤城叫九个儿子帮他套上铁箍，拽上利刀，向妖蛇跑去。妖蛇看见有人走来，就张开血盆大口，张牙舞爪，要吸赤城。赤城早有准备，除身上带的七七四十九把利刀外，两只手各持一把锋利的长刀。九个儿子也各抓一把长刀，准备父亲被妖蛇吞下后，很快抛开蛇肚，救护父亲。

在段赤城和蛇相差丈把多远时，只见他借着妖蛇的吸力，耸身一跃，跳入了妖蛇的口中，不到两三分钟，整个身子就被妖蛇吞下去了。这时，赤城在妖蛇腹中极力滚动，刺坏了妖蛇的五脏。妖蛇疼痛万分，一连滚了数十道，然后肚子朝天，不能动了。九个儿子看得清清楚楚，马上跑去，划开了妖蛇的肚子，把父亲救出，可是这时赤城只有从鼻子里稍微出一点气，眼不能睁，连话也不能说了。

这妖蛇被杀死后，河水不涨了，不几天，被淹死的田地房屋，在水陆续下降后都完全现出来了。这件事，不几天就到处传开了。以前逃难的人们也从四方回来了，耕作自己的田，洱海仍是风平浪静了。

人们为了纪念段赤城的功劳，把他葬在大理县马耳峰下，并把妖蛇烧成骨灰，在那里立成一座塔，就叫"蛇骨塔"。

蛇骨塔现在仍然巍然屹立在大理羊皮村后，段赤城的义勇事迹，至今也仍为劳动人民所喜闻乐见。

绿桃村

整理者：段水

段赤城是大理绿桃村的人，在他出世以前，绿桃村还不叫绿桃村。

那时，苍山上淌下来的溪水里夹着许多沙子。每年七八月间，稻子黄熟季节，雨水特别多，溪水最大，洱海的水骤涨，海里的那条蛟龙特别高兴，要痛痛快快地洗几个澡，就用沙子阻住出海口，结果，水就淹没了村子，淹没了庄稼。海里的蛟龙作怪就已经够苦了，山脚下又还出现一条吃人的蟒蛇。蛇洞离大路有半里路程，只要有人打那里经过，就都被蛇吸进肚子里。大理的百姓被这两种灾害弄得衣食住行都困难得很，皇帝因此挂出皇榜，说有人能为民除害，杀死蛟龙和蟒蛇的，就招他为驸马。

段赤城的母亲是个还没有结婚的姑娘。一天，她在溪边洗衣服，看见水面漂下来一个绿亮绿亮的桃子，刚巧她的肚子正饿，便把桃子拾起来吃了，谁知以后就怀上孕。

看着自己的肚子天天大起来，姑娘着急得不得了，正在抱着肚子发愁，忽然，肚子里有一个声音叫道："阿妈，您莫急，我是你的儿子。"

姑娘又惊又怕，忙问："我为什么不着急——无缘白故，你到底是从哪里来的？"

"阿妈，您吃了绿桃子以后就怀下我了。"

以后姑娘只好盼望胎儿早些下地。然而，过了一年又一年，还是不见临盆，姑娘又着急得不得了，这时，肚子里的声音又说："阿妈，您别急，我要在您肚子里够十七岁才下地呢。"

到了孩子在肚里十六岁那年，海水涨得特别凶，姑娘家里什么东西都给冲走了，姑娘想着孩子快要下地了，可是，连块屎布也没有，姑娘就哭起来。

肚子里的声音就问："阿妈，您为什么哭呀？"

"地下没有一片干燥的土，家里没有半尺布，明年你要下地了，可是我连一块屎布都没有！"

"阿妈，你莫急，我不要屎布。"

"就是你不要屎布，吃的也还是艰难呀！为娘的怎能忍心让你一出世就受冻受饿？苦命的孩子呵，你为什么偏偏生在这样的年头？蟒蛇是要吃人，蛟龙在作怪，哦，哪天才能有个太平日子？"说着说着，姑娘又哭了起来。

肚子里的孩子不愿母亲痛苦，就说："阿妈！阿妈！你莫哭，我出来会把蛟龙、蟒蛇都除掉，给大家安安生生过太平日子。"

"你说什么，能够杀蛟杀蟒？"

"是的，我能！"

"那么你快点出来吧,你不知道老百姓给糟蹋得好苦呵!"

"我要等明年才出来。"

"为什么一定要到明年呢,难道你愿意让大家再受一年苦?一年要死多少人呵!到明年,人都怕要死光了,出来,出来吧!孩子!妈的宝贝。"

母亲既然这样说,于是,孩子就只好生下来了。

母亲给孩子取名叫赤城,赤城一下地,给母亲磕了几个头就揭皇榜去了。

赤城一路走,一路在长大。

揭榜回来,赤城找了一匹马,又找了几百斤石灰,他把石灰捆扎在马上,把马拉到大路边,使力一鞭,那马就一溜烟顺着大路跑了。蟒蛇肚子正饿,老远看见跑来一匹马,正合胃口,便使力一吸,把马吸进肚里,马身上的石灰就在蛇肚子里发作起来,蛇疼痛难当,飙出洞来,死在外面。

段赤城把马打走以后,回来用杨柳编了一百条龙,又蒸了几甑子馒头抬到海边,在馒头旁边又捡了一大堆鹅卵石,以后就把这一百条柳龙放进海里。

马上,只见又刮风,又下雨,又打雷,又扯闪,海水就像一锅煮开的水,一百条柳龙和海里那条蛟龙干起来了。

只要海面翻起白浪,段赤城知道是柳龙的肚子饿了,就连忙朝海里丢馒头;要是海面翻起黑浪,段赤城知道是蛟龙的肚子饿了,就连忙朝海里丢石头。蛟龙因为吃下的尽是些石头,肚子哽得怪疼,没有力气打仗,终于被柳龙打死了。

段赤城本来要到十七岁才能出世,要是十七岁出世,他还要做一件大事:要让整个大理坝子的人既没有穷富之分,也没有做官的和老百姓的区别,就是大家都吃成一样,穿成一样。可是,他为了孝顺母亲,同时又听见母亲说"要是再等一年,人都怕要死光了",就赶前一年出世,身体就单弱,耐不住风吹雨打竟至被海水冲走,做了大理的龙王。自他做了龙王以后,苍山上淌下来的溪水里就不见再夹带着沙子。又因为他手下管辖着一百多条龙,所以大理一下雨,就几乎都下得很大。

人们为了纪念段赤城,叫后代的子孙们永远知道他,于是,就把蟒蛇烧成灰,用蛇灰造了一座塔,叫"蛇骨塔"。同时,把他出生的村子改名为"绿桃村"。以后,每当春季耍龙午的时候,人们也要在龙上插些杨柳枝呢。

耍沟会

讲述者：奚君邑老人
记录者：张家珩
时间：1956年
搜集地点：云南省大理白族自治州大理市大理镇才村

唐朝时候,大理绿桃村有一个姑娘到水旁去洗衣服,忽然水里冲下来一个桃子,姑娘看见,就把这桃子吃了。过了一些时候,身上有了孕,村里的人就不许她在村里住,姑娘在田里盖了一个棚子,安下身来。过了几年,姑娘生了一个男孩,取名叫段赤城。段赤城的母亲生活很苦,每天去割草卖,把段赤城放在草棚。但是,天气冷,来了一个孔雀把段赤城盖住,肚子饿时,有一个老黑龙来喂给他奶。这样过了几年,段赤城长大了,会同母亲去割草卖了。据说这孔雀和黑老龙是仙人显化出来的。

段赤城长大时,大理发生水灾,全部土地被水淹了,水漫到大理城边,他看到这样大的水,把天地都淹没了,就找出水涨的因由,是有一条蛟把出口堵起来了,段赤城回去同母亲商量,要去杀蛟,他母亲同他去,段赤城就拿了两把锋利的刀子去把蛟龙杀掉。后来,群众把蛟烧成灰,建立蛇骨塔,为了纪念他,把他在的村名改为绿桃,把他尸首埋在沟涧村。

每年八月八日的耍沟会,就是为了纪念段赤城。以前是在七月二十四日，因为七月二十四日是段赤城的生日，过了几十年才改为八月八日的。

栽秧

讲述者：杨邑
记录者：张家珩
时间：1958 年
搜集地点：云南省大理白族自治州大理市大理镇龙凤村

  以前我们大理龙凤村有这样的一回事：每年到栽秧时，天不下雨，没有水不能栽秧，天干时间一长，夜晚或半夜时会有红绿成对的灯笼从段赤城的龙王庙里出来，有几百个，一路地顺着庙子后的路，走到绿桃村的龙母庙里。隔一阵，又出来，顺着路到苍山上的龙洞口，就不见了。只要哪个看见，不超过三天就要下大雨。有时，哪晚上看见，哪晚上就要下雨。村里有很多的人都能看见，很亮。只要他的龙火一出来，就有水栽秧了。

通海井

讲述者：杨臣必
记录者：张家珩
时间：1958 年
搜集地点：云南省大理白族自治州大理市大理镇龙凤村

  大理龙凤村有一眼井，据说是可以通海子的。在五六十年以前，把粗糠倒到海子里，井里是会出现粗糠，后来，人民要在这里给段赤城盖庙子，忽然井里出现了木头。据说，这木料是段赤城抬来的，盖庙子的木料，只需到井里拿。但是，当从井里拿木料，木匠在上面数数目时，把数目数错了一棵。井里的人问："可够了？"上面的人说："够了。"后来井里还有一棵木头没有抬出来，在三十多年以前还有人看见井里那棵大木料。

落水洞

记录者：张家珩
时间：1958 年
搜集地点：云南省大理白族自治州大理市大理镇龙凤村

大理城西北角，就是现在的铁工厂。那里有个落水洞，从苍山上流下的一股大水，到那里就落下去了。传说：以前段赤城有一个女儿，她不听段赤城的话，段赤城骂她，这女儿就跑到湖南住起来。这女儿也是龙王，在湖南住了一些时候，生了儿女。但是湖南地方没有水，田里也不出粮食，这女儿就回来同段赤城要水，段赤城用棍子戳通了一个洞，给了女儿一股水，后来水就从那个落水洞流到湖南去了。

龙王庙

讲述者：谷家
记录者：张福三
时间：1958 年 11 月 7 日
搜集地点：云南省大理白族自治州洱源县五充地区

相传在南诏时候，洱海城北苴碧湖旁住着龙王段赤城，这里还有他一座龙王庙。这庙正对着洱海城南的赵天子[①]住的地方。他是这里的神，他和段赤城随时吵嘴。一次，段赤城趁赵天子不防时，射去一支水箭，当时，就

---

① 赵天子，即赵善政。

从山里涌出两股水来，把赵天子的村庄、田地冲毁了，只剩下了赵天子自己住的地方没有冲去。赵天子一见大怒，就给段赤城射去一火箭，把茈碧湖边的村庄烧着了，只留了段赤城的龙王庙。这样，他们都吃了亏，后来才讲和了。

龙母祠

讲述者：杨佑万
记录者：浑斌
时间：1956 年

南诏时（唐宪宗元和十五年），大理绿桃村（今小岭峰脚）有个割草卖的姑娘，日子过得很贫寒。一个下雨天，姑娘割了草，拿到流下来的山溪水去洗泥土，忽然看见水流里流下一个小碗大的绿桃，她就把它捞来充饥，此后，就怀了孕，村中的人很惊异，也给她添了不少烦恼。

姑娘怀了十三个月的孕，在七月二十三日早晨，在麦田里生下了段赤城。姑娘很爱惜他，在十分困苦的情况下，终于把他抚养大了。

段赤城从小跟着母亲割草过活。以后，又学会了做石工，在苍山脚下求生活。他练得两臂很有力量，又是胆略宏大、见义勇为的人。

这时，龙尾关出了一条巨蟒，危害人民。据说，蟒蛇把尾一摆，树木都会折断，很是厉害。当时，斋婆常去山中拜经，往往被蟒蛇吸吃了，乡人误以为是升天。后来有人发觉是大蟒吐出毒雾迷人，才知道它危害不小。

段赤城为了除去蟒害，就和附近几村人民商议，帮他打制了许多钢刀，绑在身上，然后手持宝剑与大蟒搏斗。巨蟒张开大口一吸，就把段赤城吸入肚中，刀剑穿破蟒腹，大蟒就死了。人们挖开蟒肚，要救段赤城时，他已没有气了。人们把他葬在阳皮村左侧，并用蟒骨灰建了一塔（在今下关北二公里地与洱峰下阳平村）来纪念他，叫"蛇骨塔"。

段赤城斩蟒的事，传遍了整个苍洱全境。龙凤村（今大理东五华里"耍海会"处）白族人民更是仰慕他。一天晚上，段赤城托梦给他们说："我已被封为洱海龙王，以后要在海边建一个龙泉祠。"传开以后，当地人非常喜欢，马上商议选择地点和买地。① 可是要盖大庙，开支和木料成问题，又把大家难住了。

在想不出办法的时候，段赤城又托梦说："鸡足山下有个松树园，木料很多，但不必去买。到了动工时，自然会送来。"大家半信半疑，就先去找了好木匠。准备动工的头天晚上，洱海边漂起了数不清的木料，大家十分惊奇，等去抬它时，几十个人连一根也拉不动。村里人又上表祈助，段赤城托梦说："不必心焦，到时候自有道理。"

次日，来了两个人，一个是木工，一个是泥工，这就是张班师傅和鲁班师傅。他们亲自下凡来盖这座庙子。这时，突然陆地上现出一口井，后人称为"钵井"②，木料都从海边冲进了这口井，木料一从井里取上来，都是已经做了水口眼子的梁柱。到最后一根梁时，井上面的人错数了数，说了一声"够了"，于是那根木梁就出了一半，再也拿不上来，张、鲁二师傅只好用推花木渣做成一根来补上。

庙盖好了，给段赤城塑了个二丈多高的神像。两旁有木刻联对，题云："绿桃人杰，玉洱民天。"

到段赤城母亲年老归天，绿桃村也给她盖了一庙，叫"龙母祠"。传说：

---

① 原有石刻买地的碑文，现为重刻石碑。
② 段赤城塑像前祠檐下，修了个四方亭，每方约二尺余，左右侧石础上有碑文，一为《潜田老人跋》：其井，故箓传闻，中有神异。此次重修殿宇，试凌验之。有井形、上复石板，有孔：瓦砾填塞。掘至八九尺，又得一石板，如前，为浚之，闻轧轧声，忽有忽无，亟掩之茸之而出。颜曰："钵井，以保存古迹云尔。"一为奚冠南《钵井铭》："榆鄢城东洱水清，汪洋万里古昆明。传为唐代蟒为患，田园湮没，舍倾。赤城段公有侠行，翻江倒海屠长鲸。慷慨捐躯葬蟒腹，四境黎民庆重生。蟒灰垩塔埋忠骨，矗立山川仰令名。敕封翊运玉洱水，巍峨庙貌震寰瀛。缅惟钵井留阶砌，潜通洱海驭百灵。驭百灵兮纳轨物，海晏河清歌太平。摩挲古迹思王泽，石祀千秋观此铭。"

天旱时，有灯笼出现于山间，像龙母去寻水源。

龙母祠到了明代正德十三年五月初七午时，被地震震坏了，清代又遇火灾。一九二五年又受地震损坏，现在的是第四次建的了。

据说，段赤城有结义兄弟五人。大哥在苍山庙内为神，三弟在凤仪下庄做本主，四弟去湖南未回，五弟是龙凤村本主，敕封五老爷，五月五日生辰有会，像在龙泉祠左侧，和他住在一起。他有三个义子，像塑在龙泉祠右侧，敕封三太子。

英雄段赤城

整理者：丁炳森

从前，大理出过一位舍己为群的白族英雄，名叫段赤城。

在很长一段时间里，大理人民流传着这样一个说法，就是"好好修行，老来到苍山上成仙去"！老年妇人往往活到七八十岁便把家里安顿个一清二楚，然后向乡里亲邻一一辞别，洗过澡，换上新衣，戴上自己尽好的金玉首饰，捧好经书、木鱼、银磬、跪垫，相约结伴，高高兴兴地到羊皮村后苍山马耳峰山脚去虔诚祈祷诵经。念呀，念呀，直到太阳落了山，夜幕将要笼罩大地，晚风呼呼地吹起来的时候，也就是飞升成仙的时候到了。只见念经的老奶奶一个接一个地向西飞去了。没有飞去的，只怪自己修持不够，回来又再苦修苦持，过一段时间又去。就这样，日日有人去成仙，月月有人成仙去，日子久了，人们也习以为常了。

羊皮村有一个替地主放羊的青年叫段赤城，他赶着羊群回来，经过马耳峰山丫处，有几只羊便上不粘天、下不着地地掉进山丫里去了。赤城十分惊奇，便追去看，忽然感到一股腥臭的吸力，他赶快退了回来，回到村子里他把这事告诉地主，可是地主不分红黑，打了两耳光，说道："你明明是偷卖了老子的羊，还说什么羊飞进山丫里去了，要不就是你照顾不好让野兽吃了，让它跌死了。你还来扯什么白？"赤城分辩了几句，地主命人竟将他绑在柱上用皮鞭狠狠地打，只疼得赤城叫天叫地。就在这时，连村里的人们也不相信赤城的话是真的。第二天傍晚，赤城不敢再领羊群由山丫口经过，但他牵了地主家的一只狗到那里，让狗在山丫处吃东西，一会那条狗就四脚朝天地掉进山丫去了。这时他开始想：人们常到这里成仙去，莫不是也像狗和羊一样地飞进山丫里吗？这一定不是好事情。于是他大着胆回来把他所见所想告诉人们，地主气极了，又命人把他吊起来，说道："你一定给我的狗让豹子衔去了，要不就是你把它打死了，你还胡扯什么谎？！"又是骂，又是打。村里有的人们也说段赤城"胡言乱语，有欺上天，有欺佛爷"。赤城分辩道："不相信，你们明晚都去看！"地主道："等我去看了，若你的话是假的，我非打死你不可。"

第三天傍晚，段赤城放羊还没有回来，地主领起他的狗腿们气冲冲地跑到山丫近处的水山上去看个究竟。一阵阴风吹起来，地主打了个冷战，站立不稳，骨碌碌连滚带飞地快要掉进山丫去了。这时候狗腿们见主子如此，吓得拥上去拉，怎拉得住呢？一群地掉进山丫口去了。

这个事大家都知道了，地主和狗腿们死了，大家都很高兴，这时也才相信了段赤城的话。

从此，大家纷纷议论着，推测着，山里一定是有一种怪物在作怪。过去自己的老人白白地死了的人家，伤心极了；还没有"成仙去"的老人们，过去还悔恨自己修持不够，现在却庆幸自己的好运气。可是山里究竟是个什么怪物，谁能知道呢？谁又能把它制服呢？大家紧张地焦虑地商量着，这时段赤城挺身而出说道："我愿意去杀死怪物！"大家说："你有什么本事啊？"赤城说："只要大家支持我，我手拿利刃，身绑利刃，让怪物把我吸到眼前，我便杀死它；万一它把我吸到肚子里，我手里有刀，身上有刀也可以杀它！大家都拍手称好。许多人都说我们定在外面同齐配合你和怪物战斗，里应外合便可以杀死它了。"

过了几天，一切都准备好了。这天，远近村子的人民都置酒相邀，像往常送自己的战士出征一样。段赤城手拿双刀，身绑利刃，兰巾包头，脚穿草履，辞别众乡邻。许多人也各执武器准备战斗。这是一个上旬日的黄昏，天空飘着淡淡的瓦块云，苍山顶上映衬着一道道晚霞，洱海的一端露出一勾新月。赤城站在最前面，后面是拿着各式各样武器的壮年，远近的山冈上站着密密层层的人群。晚风习习地吹着，人们的心在震荡着。一时阴风四起，一股恶腥味扑来，赤城一跃而起，就像驾云一般进山丫去了。霎时间，在月光下，只见山里涌出一条庞大的怪物，在山坡上翻滚，一棵棵小松树被连根拔起，大树也枝叶齐落。人们后退着呼吼着，一时像把天都要震塌一般。三更时分，眼见怪物动弹不得了，人们拿着灯笼火把、刀叉剑戟一齐上去，一看大吃一惊，原来是一条长满粗鳞、头身鸡冠红毛、水桶粗、几丈大的大蟒蛇，口里流出黑血，死了。大家壮着胆把它破开，这时段赤城已经牺牲了，在蟒腹里还取出金银、玉器首饰几箩筐。

天亮了，人人都怀着一种又悲痛又喜悦的心情，盛殓了段赤城，在宽阔的山坝里举行了千万人的最庄严的葬仪，把赤城葬在白羊皮村后马耳峰下的小岗上。

之后，大家把蟒蛇腹里取出的金银首饰作为用费，用烧化蟒蛇的灰拌和在砖泥里，烧出砖来，在段赤城的墓前建立了一座很高很高的十级宝塔，作为对赤城的永久纪念。这是唐朝元和十五年的事，到现在一千多年了，这座宝塔仍屹立在苍山洱海之间，夸耀着白族人民英勇的功绩。

附记："蛇骨塔"是一篇纯传说，也就说它有一定的历史依据，有一定古迹证实，与其他的神话是有区别的。有的同志在整理这个故事或把它编写为剧本时，都把它当作神话处理，这是不恰当的；更有的把它和"绿桃村""八月八日的故事"（即"火烧松明楼"）混在一起，他们说："段赤城是绿桃村人。""杀死了洱海里的以水为患的蟒蛇。"又说："八月八日是捞段赤城的尸。"这都是毫无根据的拼凑。

龙母神话

整理者：徐嘉瑞

在白族自治时的兰峰和三阳峰下西有一个村子，叫绿桃村，村子的前面有一面亮堂堂的镜子，那就是洱海神祠面前的临水亭了。在绿桃村旁边，有一条溪水，叫作双鸳溪。溪水从山中奔涌下来，弯弯曲曲经过绿桃村和双鸳村，有许多小小的瀑布，冲起雪白的浪花，大石阻着溪水，就蓄成了小小的池塘。绿色的浪涛，从大石中流了下来，因此又叫绿涛村。农民们空闲的时候，就在大树下面乘凉。那大树很高，树叶最大，树荫最浓，做了农民们的歇气的地方，他们在这里服草烟，说故事。娃娃们在溪中洗澡，妇女们在田里做活，在山中砍柴。他们虽然是这样的辛苦，滴汗，但是在劳苦当中，也唱歌来安慰自己。她们是喜欢说话的民族，爱唱歌的民族；她们热爱生活，尽管生活是如此地折磨她们，她们富于幻想，也许因为她们的生活太劳苦了，而她们的生活愿望，又是那样的强烈，她们的家乡，在大海的旁边，在高峰的下面，云雾是那样的多，那样的富于变化，那样的幽深，那样的神奇。海中的风涛，又是那样的汹涌，疯狂，使她们感到惊异和恐怖，感到爱和怕，她们从深山背柴出来，坐在大石头上，长长地嘘了一口气，放下百多斤重的背子，高声地歌唱起来，那声音像白鸥似的在空中飞翔，像银线似的在空中战斗，在苍山上发出一阵波涛似的回音，她们说着笑着，背上背子，又下山了。这是绿桃村一般妇女的生活剪影。在夜晚，男人们在大树下说着龙母的神话：

原来龙母也就是这样的一个砍柴女子，她本姓段，她只有一个妈妈住在绿桃村里，种有几亩薄田，那些田都在海边临水亭附近，年年涨水年年都遭水淹，有一年，从腾越坎死凹地方，来了一条黑龙占据下关黑龙桥，兴风作浪，海边的田地都被水淹了，连绿桃村下面都成了汪洋的大海，人民遭了水灾，到对乡去逃荒，娘儿两个没法逃走，只有每天到兰峰上去割草、砍柴。有一天，她口渴了，她看见山上的桃树，结着一个很大的绿桃，她摘了下来，吞下喉去，过了些时候，觉得身体很不舒服，去告诉她妈妈，她妈妈也觉得有些稀奇。又过了些日子，她有孕了，她天天躲着哭。她妈妈说："你是一个规规矩矩的姑娘，天天在妈妈身边，是妈妈相信得过去的。"后来她生下一个儿子，非常着急，悄悄地把这个娃娃丢到深山里去。第二天她偷偷地去看，儿子已经长大些了，也不哭，她很奇怪。第三天又去看，看见一条大蛇盘在树上，把食物含着，垂下头来喂养这个娃娃，她骇呆了，跑回家中。第四天又去看儿子，已经长得两三个月的婴儿那样大。

她把他抢了回来，不到三年，已经长成十一二岁的大娃娃了，他跟着母亲上山去砍柴、割草。他割草的地方，草长得很好，刚才割了，第二天又生了出来。有一天，他去龙潭里喝水，水平常是冰凉的，今天确实温吞吞的。他说："莫不是龙生病了，怎么水是温吞吞的？"忽然，水中出来一个神人，问他会不会医病？龙王真是病了！他大胆地说："能医。"于是龙潭上面起了波纹，慢慢地从两边分开，分成两堵水晶的墙壁，水晶的石阶也出现了，一直通了下去，通到看不见的水底，他跟着那神人走下阶梯，这阶梯好像是无穷无尽的，永远走不完的。里面隐隐地奏起音乐，出来迎接的是一队龙女。

神人通报上去，一座五色宝石造成的宫殿也出现了。等到珍珠的帘子打开的时候，音乐停止了，龙王睡在床上，哼着。他走到龙王面前，看了一看，不知怎么医治，很是着急。忽然想起他随母亲打柴的时候，看见一根仙草，非常好看，他摘下来揣在怀里。现在没有办法，他把仙草掏了出来。原来是一棵香气扑鼻的仙草，恭恭敬敬地呈献上去。龙王吃了以后，病就好了，把他留在宫中，叫龙女们轮班歌舞，把他当作贵客看待，把宫中的珠宝拿来给他，他都不要，他只想在龙宫中多住些日子，他到处去游玩，忽然走到一个绿玉砌成的宫殿门口，宫门是云雾封锁着，他轻轻地把宫门一敲，云雾都退出了。他走了进去,宫墙是各种颜色的砖石砌成,上面挂着各种颜色的龙袍,黄的、红的、紫的、白的。

他取下一件黄袍,披在身上,到碧玉砌成的池塘里照了一照,正在十分高兴,忽然雷声响了,宫门已经关闭,龙王出现在他的面前,大声责骂说:"你胆敢偷偷地跑进内宫!"他慌忙地来脱龙袍,已经是不能了。[①]龙王十分懊恼:不应该把他留在宫中,但也没有法了,还是告诉他说:"你已经变了龙了,你再去照一照。"他又走到那碧玉镶成的池子里去一照,果然是金光四射的一条黄龙,又惊又喜。龙王就对他说:"你已经变成龙了,应该替百姓立一点功劳。现在腾越坎死凹的黑龙,冲进洱海,盘踞下关,洪水把田都淹了,你马上去和黑龙打仗,把它赶出下关,让百姓安居乐业。"他想起他的妈妈,也和他说过:"黑龙兴风作浪,百姓年年遭受饥荒,总有一天,我们大理的黄龙,会把它赶出去,我们才不会挨饿。"他越想越高兴:"我现在变成黄龙了,妈妈也会喜欢的。"龙宫中的角声响了,海水翻腾起来,黄龙沿着海中的军队,冲到下关,和黑龙在江峰寺(下关)大战。黑龙伤了一只眼睛,断了一只角,负痛去了。现在下关天生桥有一个圆洞,传说就是黑龙冲出去的地方。黄龙吹起号角,向龙王报捷,从此洱海的水有了出路,向天生桥流了出去,水患就消失了。

黄龙打了胜仗,满心欢喜,要回绿桃村去见他的妈妈。但他又想起来,像这样去见她,会不会把她吓死呢?他想了又想,把他的身子缩得很小,变成一条小龙,拿一块绿草皮做他的船,自由自在地漂着,向临水亭(绿桃村前面)回来,一心去看望他的妈妈。不料到了临水亭,天已亮了,神是不

---

① 临水亭洱海神祠,根据龙母传说和1944年我来访大理毕么(巫)所得的"临水亭本主龙王造"中有"尊同四溪、泽溢两关,早是绿桃人杰,远为玉洱明神,力制乌龙,千秋存无字之碑;功并神禹,……黑水庆安澜之福,加水利而遗神丁,助农功以存民命"。足见洱海神祠的本主是绿桃村龙母之子。国民党伪县长立碑于临水亭,是段赤城。不知段赤城是础石街人,是一个石工,本主庙在羊皮村,与此无关。虽然是神话,但有它的历史根据,不能混乱。

能叫人轻易看见的，他只好住了下来，即是现在的洱海神祠。[①]他想念他妈妈，他妈妈也很想念他。以后，每到他妈妈的生日，他要回绿桃村祝寿，那时绿桃村就会下雨。他的妈妈，成了绿桃村的本主神，祀奉在龙母祠。到了那天（五月五日）海边有红灯向绿桃村远远地就漂浮上来，那是黄龙来看他的妈妈了，海水也就随着红灯上来，农民们说："龙王来绿桃村拜寿，快预备栽秧了。"（下面还有示梦祈雨的故事遗失了。）

四海龙王

讲述者：赵俊珍
搜集者：李缵绪
时间：1961年7月12日
搜集地点：云南省大理白族自治州大理市大理镇才村

1

我们柴村[②]的四海龙王对百姓好，百姓有什么请求，他都帮忙解决。有一次，两农民两渔民来找四海龙王，一个农民向四海龙王说："这几天天天下雨，明天我家要打麦子，请你出出太阳吧。"另一个农民向四海龙王说："今年雨水少，明天我家要栽秧，请你下下雨吧。"两个农民说完了他们的要求，两个渔民又上前来，对四海龙王请求，一个渔民说："我要划船到下关，偏偏没有风，请你吹吹北风吧。"另一个渔民又说："我要划船到上关，偏偏没有风，请你吹吹南风吧。"

[①] 以上材料是1944年采访所得。
[②] "柴村"应为"才村"，此处保留原文误字。

四个人提出了四个相反的要求,这该怎么办呢?四海龙王想也不想,干干脆脆地回答说:"早吹南,晚吹北,夜间下雨,白天打麦。"四个人回去后,真的,要南风的有南风,要北风的有北风,栽秧的栽秧,打麦的打麦。直到现在,大理的风都是早吹南,晚吹北。到了夏天,也多是夜雨天晴,当地还有"早雨不过巳时"的俗话哩。

2

四海龙王对柴村的百姓扎实好,村民为了感谢四海龙王,给他盖了个庙子,庙子就盖在罗凤村。庙房就盖好了,四海龙王对村民们说:"你们给我盖了房子,我没什么报答你们,这叫我怎么做才好呢?"说着,四海龙王就到了东洋大海,从东洋大海取回来一把海菜籽,撒在洱海里边,从此洱海边上就有了海菜;这种菜怪好吃,稀奇的是,这种海菜,天干干不死,水淹淹不死,拔不完,吃不厌,越拔越多,越吃越好吃。真是不要钱的好菜儿。

四海龙王的三太子在赵州当龙王,听说四海龙王带回了海菜籽,要向龙王要点海菜籽,四海龙王一见三太子,心里好不高兴,对三太子劈头骂道:"天天让百姓献给你猪头公鸡,好吃懒做,我才不给你呢。"三太子挨了一顿骂赌气说:"从此以后,我不喝海水不吃鱼。"屁股一扭,背着四海龙王坐着,直到现在,三太子都不愿面对四海龙王,背朝他坐着。

段隆

讲述者：段继模、段照甲等
记录者：马泽斌

元朝时，有个人叫段隆，大理周城人，性情忠厚，自幼爱周济贫苦。据段氏家谱记载和传说，段隆有一块田，坐落在云弄峰下，田名"靠天峰"，无水灌溉，靠天下雨才能耕种。他时时都为此忧虑，经常到石上来睡，想找出水源，又时常在山神庙前祈祷。

有一天，他遇到一个老道人在庙内诵经，并对段隆说没有饭吃，已经几天无米下锅。段隆听了，回家煮了素饭，足够道人吃几天，道人见他心诚，就问他："是否希望得到点什么？"段隆把这望天石无水的事说了，并说："要有一股泉水就好了！"道人叫他去编一个篾圈来。段隆不知其志，也没有问要编多大，等到回家后才想起来，他就把纺车上裹针的篾圈解下来，带给了道人，道人把篾圈拿来埋在山腰后，就不见了。移时水从篾圈内源源涌出。道人忽又从段隆身后闪出，说："今后此水四时不涸，当与邻人共用。否则泉水必干。"至今这股水，还长流着呢！

段隆求得水源后，农事有了依托。几个月后，妻子临产，但几天也没分娩下来。段隆又来到庙内，道人又出现了，问知此情后，便给他一颗"舍利子"，嘱咐他："放在孕妇口中，片刻即可安然生产，但切记，不能下咽。"

段隆匆匆拿回家去，照样做了，但孕妇却不留心地把珠子咽下去了。婴儿生下来时，手里却拿着这舍利珠。段隆无法，只好把它洗净了送还给道人。道人知道这情况，命段隆把它种在地里。

段隆把舍利珠种在周城北面田里，生出了一棵树，此树开花，为世上所无。平年开十二朵，闰年开十三朵，花芯结子一百零八颗，人们称为"朝珠花"。来看的人很多，惊动了官府，皇帝就派人来护花，周城北面的北教坊，据说就是当时驻军马的地方。

据说：为了浇花，由斜阳峰脚下开了一股水到周城来，所以有"下关水灌溉上关花"的说法。现在还有古物遗址在苍山脚下。

村人为了纪念段隆求得水源和种出朝珠树这两件事，就在出水处建造了"龙泉祠"，称段隆为本境"得道龙王"或"龙公公"，尊为本主。塑像奉祀他，祠内还有水池的遗迹呢。

（五）大黑天神的传说

黑脸天神

讲述者：黑明星
记录者：马泽斌

天上的玉皇，听到耳目神的谎奏，认为大理很坏，便命天神下降，叫天神去散布瘟疫符章，让生灵死亡一半。

天神奉旨驾云而下，来到湾桥，看见有个妇人，身背七十多岁的老婆婆，后跟六七岁的一个小孩。天神问她："婆婆可以走路，为何不背小孩？"妇人回答："孝敬婆婆，这是人子知道。小孩走路，并无妨害。"

天神知道玉皇错怪了好人，不忍人民惨死，心想莫如自己一人来承担。就把瘟疫符章一气吞吃了。霎时，全脸发黑，倒在路上旁。当地的蛇都来医救天神，用嘴去吸瘟毒，因为天神身上吸出了许多洞，但始终没有吸完，因而蛇就有了毒。

天神死了，湾桥的人们，为他建祠塑像，奉为"本主"。因为脸黑，所以称为"大黑天神"。

大黑天神

整理者：施灿

（先期选入《剑川民间故事选》）

洱源的"大黑天神"全身是黑的。

传说：明朝万历年间，有个张本瑞要进京应考，路过蓬峰堤三营街时，见一县老百姓吹吹打打，抬着两乘花轿，一直朝东北角的山洞里走去。他觉得很奇怪：山洞里灌木丛生，荆棘长得连个小雀也飞不进去，左前又后尽是一片阴森森的树林，又没有人家，看样子又不是打发姑娘。他急着要弄明白到底他们是干什么的，就追上抬轿的问。

原来，三营一带有个风俗，每年正月间都有年老夫妇升天的事。只要五十岁以上夫妇成全的，都送到大山洞里升天了，而夫妇不全的，年满六十也就送去升天了。今天正是他们送一对刚好年满五十的老夫妇升天的吉日。

张本瑞心里想：升天可这么容易么？不，这里面一定有怪事。他就脚跟脚和抬轿的到了山涧，定要看清楚这对夫妇怎样升天。

花轿抬到大山涧里，送轿的人们把带来的"谢蔬菜"和煮好的公鸡丢到黑洞洞的涧流，立刻白雾就从涧底升上来，等候着升天了。

送轿的人都回去了，只有张本瑞一人在年老的夫妇后面目不转睛地望着。

那股白雾从涧底慢慢升到天台附近，越来越大，越近越浓，年老的夫妇不停地磕头。这时白雾沉沉的地方，出现了一个张着血盆大口的怪物。

不一会，那怪物的腥味都闻着了，两个老人就慢慢地朝前滚去。马上白雾退光了，张本瑞发现洞底有条比大柱还粗的蟒蛇。沿着蟒蛇的去路丢着两个老人随带升天的东西。张本瑞见这悲惨而又令人凄凉的景象，眼泪不断地从眼眶中冲出，他立志要把这条大蟒除掉。他很快地跑到村里，把所看到的怪事告诉村里人，大家还是半信半疑，只有一些青年小伙响应他去治死大蟒。

张本瑞和小伙子们连夜请了个铁匠打了一百把小钢刀，同时把它磨得很锋利，刀尖上擦了毒药。第二天，张本瑞把带有毒的钢刀一齐扎在身上，青年小伙子们带着火药和石灰一同到山上去治蟒。他们仍按照过去的老办法，把煮好的公鸡照常丢下山洞。大蟒闻着香味，就把白雾喷出，张本瑞登上升天台时，对青年小伙子们说："大蟒快要来了，你们快躲到后面去，蟒蛇把我吸去后，如若它还不死，你们就把石灰和火药丢下去；要是蟒蛇死了，很快把蟒蛇肚子划开，救我出来。"

霎时，白雾滚滚，蟒蛇把张本瑞吸进去了。张本瑞在蟒蛇肚里横戳直滚，毒药发作，不一会，蟒蛇就死了。几个青年飞快地把蟒蛇肚子划开，但张本瑞因猛跌猛撞，使他中了内伤，失去知觉，况且蟒蛇肚里有毒，张本瑞全身变黑，死去了。

从此，这里的老人再也不去升天了。后人为了纪念和感激张本瑞，各村各寨盖了大庙，把张本瑞的塑像供在庙里，称他为本主，全身是乌黑的，因而知道现在人们还常用"本瑞皮黑心不黑，舍身杀蟒有恩德"话来感谢他和称赞他。

（六）龙的传说

蝌蚪龙与银河

鹤庆坝子有许多龙潭，如西龙潭、羊龙潭、白龙潭、黑龙潭、温水龙潭等。传说这些龙潭以前都住有龙王，他们常常打架争夺龙潭。黑龙潭的黑龙王因为打架打断一只角，成为独角龙，温水龙潭的龙打瞎了一只眼睛，成为独眼龙，现在温水龙潭里面的鱼都只有一只眼睛。蝌蚪龙原来也住在鹤庆不知哪个龙潭里，因鹤庆的龙天天打架，他日气了，跑到现在洱源的牛街地方去了。观音老母想要蝌蚪龙王做甸南的龙王，他不干。观音老母请了大愣神、二愣神去把蝌蚪龙拉回来。

大愣神、二愣神是两个大力士，他们是两兄弟，分别住在鹤庆的和邑村与建邑村。有次大愣神的牛去吃他弟弟二愣神地里的麦子，二愣神拔起一棵松树去打牛，大愣神看见了，把牛背在背上就跑。

两兄弟应观音老母的请求到牛街去拉蝌蚪龙，他们擒住蝌蚪龙的两只角从××坡拉过黑泥哨，路上蝌蚪龙执拗着横滚顺滚不愿走，把地都滚成一条弯弯曲曲的沟。现在到牛街去经过烂泥坝，可以看见烂泥坝中有一条"一"的沟，就是蝌蚪龙滚过的地方。

从黑泥哨流向甸南的银河，老辈人说这条河是滴水成河没有水源，它的源头就是那一条弯弯曲曲的沟。

大愣神、二愣神拉蝌蚪龙来，蝌蚪龙不愿到甸南，与他们商定：以后每年七八月间回来一次。老辈人说，她回来时就有狂风暴雨，那一天日子很好，鸡也不叫，狗也不咬。又说她是一条母龙，不好意思见人，回来时总在晚上，要是那一晚大风大雨，老人们就说："怕是蝌蚪龙昨晚回来了。"

蝌蚪龙在牛街那面，所以那面水很多，到处都哗哗地响，水用不完淌到洱海去，汇成了洱海。

甸南坝的田地一半要靠银河的水灌溉，一旦雨水不足时，人们就想起了蝌蚪龙："要是蝌蚪龙不跑到牛街去就好了。"他们对蝌蚪龙是很有意见的。

母鸡龙搬家

搜集者：彭子晶

故事出在我鹤城东五里的东山脚下，有个母鸡龙潭，这是在鹤庆小水美的东北面，忽然出着一股水，那个龙潭附近生长着又团又大的两棵树，树旁有很大的一蓬棘。在小水美附近村中，有一个教书的老先生，因为去来路过经常爱在这龙潭树下吃水乘凉，像这样去来休息，日子已久。有天老先生早饭后，路过龙潭旁，同样又去吃水乘凉，但老先生当半醒半睡的，忽然走近老人身旁一个年轻男人，对老先生说："你经常来往在我这里坐闲，今天我要请你去我的房中闲闲。"老先生便问这年轻人说："你的家在哪里？有好远？"青年的龙王就对老先生说："我是这里的母鸡龙王，我原来是住在永胜县的山川坝，因为那里的人藐视我，对我不好，我才由山川坝搬来这里，也想为这里人民供应点水，现在只供着二三十亩的田用，以后还想继续扩大水源，多灌田亩，多给人民一些享受。你可把眼睛闭着，我会带你去。"老先生听了说："既然你有意约我，我把眼睛闭着，同你去坐坐也好。"龙王领着老先生，不多一会对老先生说："你可把眼睛睁开，已经到了。"

老先生睁开眼睛，详细观看，只见全是雕梁画栋，住的房子、凳子都特别美丽，不与平常相同。当时龙王便叫佣人把晌午（午饭）拿出来。吃的全是山珍海味，十分可口。真是说不出的各种美味，吃罢闲了一会，便向龙王辞行，龙王说："老先生，你把眼睛闭着，我送你出去。"不多一会，老先生把眼睛睁开，已又到了原来在休息的那里。他想：我今天还是回去书馆看看学生。当日回到村中，到一隔壁朋友家去闲，看到邻居有个十三四岁的一个娃娃，身上生满了白生生的一些小包，看来相当痛得可怜，便问这孩子昨日尚来读书，为什么今天就会出了这身？他母亲说："也不知怎样，在昨日下午日落时分，他跑到东山脚下去玩，手拿小刀，砍得小小树枝一根拿回来，吃晚饭以后就慢慢生出这样的疮泡了。"

老先生坐闲了一下就辞别回家去了，次日又经过大树旁，仍然去坐下休息、乘凉，一会那个年轻龙王又来请老先生去闲了，他因已去过一趟，便同前回一样跟随走进龙王院中，起眼一看，忽然见院中家人在破明子，用的垫墩恰像隔壁的那个生疮泡的娃娃。老先生便问龙王说："这个娃娃为了什么事，把他用来做垫墩，这种做法过于可怜了。"龙王说："在昨天他把我的房角搬坏，所以我特别要罚治他。"老先生听罢，辞别龙王回去了，他在晚间睡着想到："这个娃娃只是不防地砍了小树一枝，就是龙王的房角，我把它一蓬棘烧了吧。"次日，老先生头顶竹笠，身披棕衣，跑到母鸡龙潭旁边，点起引火物件，把那蓬大棘一把火烧了，后来生疮泡这个娃娃也好了。过了两天，母鸡龙王又与老先生路遇东山脚下，说："老先生，在前天有个头生千只眼、身出到卷毛的人，把我房院都烧了，这里我不愿住了，我要搬到丽江地界关脚附近，以后你来找我闲。"从此，东山脚下这个母鸡龙潭这股水也就没出了，只落下这个故事。

石龙

搜集者：赵珍
搜集地点：云南省大理白族自治州鹤庆县

从鹤城到文台的路上，灵地坡西面新乐乡桃园村的上面，从山脚一直到山顶，有一连串比较整齐的大小石头，长约七八十丈，附近的人们都叫它是石龙。这的确像一条蛟龙爬上山顶一样。据从前的人说，金沙江阻隔了鹤庆和永胜的交通，桥简直没有办法修起来，来往的行人到江边要找木船，有时水大，小船十分危险，人们感觉到十分不方便。这事被观音老母知道了，她就出来给人们解决困难。她知道鹤庆西山有一条恶龙，经常发起洪水，泛滥成灾，危害鹤庆坝区，决定把这条恶龙赶到中江，搭成一座石桥，让人们能够很方便地行走。观音老母便在一天晚上作法，从鹤庆西山驱赶恶龙朝中江方向走，要在那晚鸡叫前完成架桥，否则就不灵验了。到了桃园村上面，有两个卖猪的过来了，他们俩互相开玩笑，装鸡叫，蛟龙不走了，落到地上，第一个卖猪的大吃一惊，慌忙后退，第二个卖猪的胆子大，上前一看隐隐约约像石头，他就说："原来是一堆石头呀。"这样蛟龙就不走了，耽误了一段时间。观音老母再作法时，桃园村的鸡听见假鸡叫，真的叫起来了，观音老母也没有办法，蛟龙就变成了现在的石龙。

白面书生三龙王

讲述者：谢现南
搜集者：寸汝宏、郜绍舜
搜集地点：云南省大理白族自治州鹤庆县赵屯村

很早以前鹤庆在一个干旱的年头里，四月栽不下秧子，求雨无效，农民十分心焦，纷纷向州官提出要求官绅诚心求雨。官绅也无法求下雨来，只得去向龙王庙，各处祷告求雨。后来到了黑龙庙，发现有了水源，州官大喜，奔回黑龙庙祷谢，默祝龙王多出一点水。当晚州官就梦见红胡子老人二人，告诉他说："你要水，我给你，你把水潭开挖出来，我给你四十人村的用水。"从此四十人村的旱象解除了。农民得到水，丰收了，人民常去烧香设祭。龙王感到受人敬奉是州官带给的，就与州官结为兄弟。

州官死后，人们把他的像塑在黑龙庙，称它为黑龙三老爷。

传说黑龙庙大老爷二老爷红头发、红胡子真是龙相，三老爷白面书生原是州官。

关于"河头龙王"家系的传说

讲述者：杨卓生等
搜集者：张文勋、郑谦
时间：1958年11月
搜集地点：云南省大理白族自治州洱源县五充地区

洱源牛街附近有座"白头山"，山边有个大崖洞，洞里有条大蟒蛇。崖洞靠近大路，每次赶集的人路过这里，都被大蟒蛇吸进洞里吃掉。当地老百姓痛苦万分，出了一张布告："若有人制服大蟒，赏以千金。"

牛街西边有个地方叫三锅石，在这里住着一个老倌。他有九个儿子、九个姑娘，家里穷，养不起这么多人，人家就劝他去杀蟒，以取得这笔奖赏，而这老倌平时也有意想替老百姓除害，于是满口答应了。

一天，这老倌全身武装，系满了锋利的小刀，蹲在崖洞旁边等待，大蟒嗅到生人气味，就把老倌吸进肚子里。老倌在蟒肚里使劲打滚，不一会，大蟒被刺死了。以后当地人民剖开大蟒的肚子，老倌从里面跳出来，并未受伤。

当地人民认为老倌有功，就封他为梨园龙王，为他兴建房子，雕梁画栋的，将要完工的时候，老倌表示不喜欢梨园而喜欢河头这地方，不一会，忽然来了一阵恶风暴雨，把梨园所有新盖的这些房子通通都吹到了河头，木匠也都被吹过来，继续修盖房子，于是这老倌就定居在这里，成为"河头龙王"了。

在河头龙王庙中，老龙王（即老倌）两夫妇的像居中，他们儿女的塑像居两旁。他家大老爷封在官营做龙王，二老爷是在大庄的龙王，三老爷封在河头附近做龙王。

四老爷封在大果村当本主，这是个恶辣的家伙。当他做会那天，当地老百姓必须猪头三牲，诚心祭他，天才放晴，不然，这一天就一定会要来一阵恶风暴雨。谁冒犯了他，他就要追谁的魂，让谁家鸡犬不宁。

五老爷封在哨平附近关上这地方当龙王，也是这里的本主，这家伙更加毒辣，他经常弄得人们祸事连连，并散布瘟疫，让人生病，这样，当地人们就不能不拿猪头雄鸡到他面前磕头了。（据说前不久，有个人刚参军回家，他不信迷信。一天，他上山砍柴，用镰刀砍断了五龙王的左臂，回家后就一病不起了。据说又有一次，关上有家人病了，就到五龙王处去杀鸡敬香叫魂，结果鸡未被杀死跑到龙王像后躲起来了。过了几天，一个樵夫找到了这只鸡，拿回去杀吃了，五龙王很生气。一天，这樵夫上山砍柴，忽然一棵大树倒下，把他压死了，据说这是五龙王对他的谋害。）

六老爷封在河头地区的一个山上当龙王。七老爷的封地不清楚。八老爷封在两地，一地在五充（河曲龙王宫地附近），是小甸本主，另一地在鸡登，他有一群羊，还找了一个放羊人。九老爷是汉登的本主，脾气很好，不找老百姓的麻烦。

河头龙王的大姑娘，封在八老爷的附近做龙王，当地人称她"皇姑老太"。皇姑老太心肠好，肯帮助人民，当地人若有婚姻大事，需要碗、筷、杯盘等物，只要写一个借条，贴在庙前面的一棵大树上，第二天，这些东西便摆在庙门口，由你借，用完后则必须如数归还。但后来却有些人贪小便宜，借了不还，她很生气，就不再借东西给当地人了。据说，她曾借出的一个大瓷盘，正中刻了一条金鱼，很美丽，现在还有人保存着，但究竟是哪家保存，就无法查考了。

河头龙王还有一个姑娘（是第几个姑娘就不知道了）。悬检司下山口的黑龙大王曾向她求亲，这姑娘不愿意，结果嫁给云南驿龙王。云南驿地方很穷，庄稼不好，当然做这地方的龙王也很穷。当每年正月二十三日与七月二十三日，河头老龙王做会这一天，这姑娘就回家做客，向老龙王哭诉自己的穷苦。每当这天总是恶风暴雨，就是这个缘故。后来老龙王可怜她，就多给她一股水，这股水可以灌溉她领辖的所有土地，从此云南驿地方五谷丰登，人民为了感激她，所以她庙子里经常香火不绝。洱源人每路过云南驿的时候，都要给她磕头。倘若衣服破烂了，只要你把它放在庙里，第二天去取，则补得好好的了。倘若你缺少旅费，只要你如实地写一张借条，焚化在香炉里，第二天你就可在香烟炉里扒出一些银子。

河头龙王还有一个姑娘嫁给邓川漏一村龙王，以前洱源人过邓川漏一村，倘若遇见祭龙王，当地人就一定要招待洱源人吃饭，特别客气，因为龙王娘娘是洱源人的缘故。

河头龙王其他那些姑娘的情况，就不可考了。

白龙潭的传说

文本一

讲述者：王七一
搜集者：周维鸿
时间：1958 年 11 月
搜集地点：云南省大理白族自治州洱源县牛街乡

  牛街的东山是一座苍松翠竹常年青山，山洪流水永不完的好地方，因此在传说中流传着今天白龙潭的故事。山上有个白龙潭的小白龙颇有神通。有一回，大理海子的红龙听闻小白龙所住处甚好，便起霸占地盘之心。一天，红龙便起身到东山来，小白龙知道他不是红龙的对手，当天晚上便托梦给观音阁的老和尚求救，他教老和尚明日清早做些猪油饼子，到中午时分红龙与小白龙在龙潭决斗的时候，小白龙一定会打败，只要老和尚骑在小白龙身上撒猪油饼子，红龙便会逃跑了。第二天早上老和尚真的照着梦中所嘱咐的话做好了猪油饼子，到中午时分，天色忽然大变，天昏地暗，飞沙走石，山上呼呼地刮起大风，老和尚头顶猪油饼子来到白龙潭，果然见到一头红牛和一头白牛在龙潭里打架，打了一阵，白牛败了，红牛想斗死白牛的时候，老和尚纵身一跃，骑上白牛背，急忙将猪油饼子投到红牛身上，红牛便转头逃跑了。

  后来，小白龙为了感谢观音阁的老和尚救命之恩，变成一个老人到观音阁，看见老和尚刚由静度庵挑水上来，坡陡路滑，吃水很困难了，这个老人便告诉老和尚说："你老人家吃水不易，你可以从白龙潭挖一条沟，沟挖到哪里水便会流到哪里。"老和尚听从了这个老人的话之后，他每天抬锄挖沟，辛勤不断地劳动，不久这条沟通了水，至今这条沟还存在。

文本二

讲述者：王七一
记录者：周维鸿
时间：1958年11月
搜集地点：云南省大理白族自治州洱源县牛街乡

相传一千多年以前，在牛街东山白龙潭的白龙有许多金碗，专门借给老百姓做喜事摆设宴席之用，什么人都借，只要烧香磕头写一借条烧了之后第二天龙潭边便出现你所要借的碗了。传说有一个贪心的地主家做喜事，他到白龙潭借了许多金碗，大摆宴席甚为阔绰，金光闪闪的金碗使地主贪了心，在送还金碗的时候，他起了不良之心，换了几个假金碗。被白龙发觉了，变成一个老者来村中访问，结果问来问去，只是地主家做喜事，地主在群众面前的压力之下，不得不把金碗送还到白龙潭，从今以后白龙潭便借不着金碗了。

青龙得病出气黄

讲述者：杨文清
搜集者：李福照
时间：1958年11月
搜集地点：云南省大理白族自治州洱源县白米村

洱源凤羽有个鹤林寺，寺上有个洞，叫作鹤林海眼。从这洞里看进去，不管什么地方也看得到，并且还能看见一些奇形怪状的事物。看守这个洞的有几个和尚，如果要去看，就必须先给那些和尚三个铜钱，就可以进去。当时地方官吏看得比较多，穷苦人民很少人去看。

新登有青蛟龙，此洞就是龙的后花园。青龙家发出一沟热水，新登就有洗澡塘，这也是官家地主洗澡的地方，穷苦人还是难享受。

洱源城内有个好地方，这条青龙要搬家，搬到城内好地方，不知青龙有点什么事，太阳偏西了，顶着石头才出发。去到练城就黄昏，到达不了目的地，就在练城睡一晚。

第二天青龙又顶着石头，要去占那好地方，谁想赶不上黑龙，好地方被黑龙占领。青龙只好另找地，搬到城东九气台。青龙到了九气台身安心不安，抬头看看好地方，看见热气腾腾放金光，青龙心里十分难过，气得四肢也无力，气得脑黄干。所以现在九气台不仅出热水，还有气黄（叫天生黄）。练城也出热水但没有气黄。因为同是一条龙，所以练城的温泉温度高可以喝，九气台的温泉也可以喝，但好地方黑龙出的温泉不可以喝，也没有气黄。

自从青龙搬了家，鹤林海眼也失去了作用，什么也看不着，只是看见黑洞洞。

河曲龙王

讲述者：杨卓生、杨性苏
搜集者：郑谦
时间：1958年11月
搜集地点：云南省大理白族自治州洱源县五充地区

以前河曲地方有个人叫陆坤，在浪穹县（今洱源县）做县官。有一年全县大旱，他来到我村求雨。这里原是荒山老林，他求雨后马上下了大雨，他因淋了雨，一回去就病死了（一说，他求雨的时候，一跤摔死了），于是玉皇大帝就封他为此地的龙王，人民则称他为"河曲龙王"。

每逢遇到干旱，当地人民就来向河曲龙王求雨，总是有求必应。每年一到栽秧季节，前前后后十三村的农民兄弟就用柳枝扎龙，用柳叶扎帽，戴起帽子耍起龙去求雨，往往头天求雨，第二天就下倾盆大雨。

河曲龙王与附近大庄龙王有仇（为啥有仇，就不知道了），彼此发誓，互不来往，河曲龙王所辖河中的鹅卵石不得冲到大庄龙王所辖的海子里。有时洪水把东凤桥都冲垮了，但鹅卵大石不能冲下去，大庄龙王所辖海中的鱼也不准游到河曲龙王的河里，老百姓也不能把大庄龙王地区的鱼带到河曲龙王地区。倘若违反了，就马上狂风暴雨大作，因为河曲龙王不高兴了。

两父子

讲述者：李晓亭
搜集者：张福三
时间：1956年11月6日
搜集地点：云南省大理白族自治州洱源县官营村

过去有父子俩，外省人，身披蓑衣，在各处窜来窜去。一天，他们来洱源老君山，发现这山的龙脉落进龙马洞，是一幅好山水，如果谁家的坟埋在这个地方，就会发家。当这位外省人看着后，心里想："我年纪大了，我死了埋在这里，以后对儿子是有好处的。"

于是他对儿子说：你在这里等我一下，我下去打水来烤茶。"他儿不知道内情，让父亲去了，他下到山脚，就跳到水潭里，马上从山上又冲出一些泥沙把他埋住。他儿子坐在山坡上，左等不来，右等也不来。后来下去看，才知父亲死了，他痛哭一场才回家。不久他果然发家了。这以后很多年，发洪水又把这位外省人的蓑衣冲了出来，流到洱海里，变成段赤城斩的那条妖龙。

高郎照的传说

文本一

讲述者：罗玉书
搜集者：郑绍堃、张福三
时间：1958年9月26日
搜集地点：云南省大理白族自治州大理市喜洲镇周城村

苍山上有一个玉皇阁，阁里设有一个学堂。仁里邑的李贡爷在玉皇阁里读书。阁里的一条龙变作一个年轻的小伙子，经常来和贡爷玩，结成了老友。有一天，他们出去游玩，年轻小伙子把贡爷的鞋子丢到水里，鞋子滴水不沾。又有一次，小伙子和贡爷在山下被一条河水所阻，不能过去，年轻小伙子就背着贡爷渡河，双脚踩水如踏平地。贡爷觉得很奇怪，怀疑起来，便问道："你是一条龙吗？"年轻小伙子被贡爷纠缠不过，回答说："我就是一条龙。"

不久，龙王告诉贡爷说："山上有洪水冲下来，经过你们的村子，你在你的田地上插上白杨，做了暗号，洪水就不会冲坏你的田地。贡爷回到家里照着这办法去做，结果全村田地被冲塌了，只有他的保留下来。

第二年的五六月洪水又要暴发，龙王提醒贡爷叫他照着去年的办法去做，贡爷回到村里，把这件事传开了，村里的人也把自己的田地插上白杨，龙王觉得贡爷不守信，大怒之下，洪水把全村都冲塌了。

李贡爷痛恨起龙王爷来，去质问他："为什么你说话不算数，连我的田地也被冲坏了？我要去告你。"龙王爷自得地说："任何地方去告我都不怕，除非你到张天师那里去。"李贡爷真的告到了张天师那里去。张天师问他说：

"你是一个普通百姓,怎么见到龙王呢?"李贡爷便把他们交往的情况叙说一番,并一定和龙王爷当面对质。

张天师说:"你一定要见他,你是文见呢?还是武见呢?"贡爷说:"文也要见,武也要见。"于是张天师命龙王爷变作一个书童端茶出来。贡爷不满意,要武见,结果龙王变成一条龙盘在梁上,吓坏了李贡爷。

最后,张天师对龙王判决说:"你危害百姓,应该让位。"龙王爷愤愤不平,化着一道烟腾空而去。贡爷很感谢张天师,辞别回家。张天师对贡爷说:"你回家很危险要小心,这里我有一套盔甲你穿着,路上千万不要解开衣服。"

贡爷穿着天师的衣服回家,龙王一直跟在他后面,但不能加害于他。于是龙王爷想了一个办法:把米糠往天上一撒,落在贡爷的身上变作虱子,贡爷忍住,可是离村子不远了,他实在忍受不了,解开两个扣子搔痒,龙王爷就趁此机会变成一只大马蜂,拼命刺他把贡爷刺死了。

后来,张天师把龙王迁到水石海(现在腾冲)地方,这海水直到现在都不能为人民所利用。

文本二

讲述者:杨之高
搜集者:郑邵堃
时间:1958年10月
搜集地点:云南省大理白族自治州大理市仁里邑村

李随家中很贫苦,父亲死得很早,全靠母亲卖豆腐豆粉来生活。他家养了一些鸡,下的鸡蛋卖来供给他读书。他在玉皇阁那读书,成绩很好,老师很看重他,其他的同学只是白天读书,老师叫他晚上也在那里读书。李随在学堂里不管对老师和同学都很好,在家里也很孝顺母亲。他读书的学堂在苍山上，离家也有一两里路，晚饭回家吃，吃了饭又到学校。每天黄昏的时候，老师就到学校门口望望他，看他是不是来了。有一天晚上，老师同往日一样在学堂门口去看他，忽然看见仁里邑那边的坟坝上有人影在走动，随着人影的还有一对灯笼，灯笼越来越近了，不一会，李随来到学堂门口，老师问他："李随，你不是提有一对灯笼吗？"李随回答道："老师，我没有提灯笼。"老师才明白他能双肩发光，必定是一个异人。李随很勤劳，在学堂里面经常帮老师做这样做那样，老师更加喜欢他。李随上学或回家时，都要经过玉皇阁下面的一条小溪，由于他年纪小，只有十二岁，要跨过这条小溪是困难的。他想了个办法，在溪的两边放上两块石头，这样就可以过去了。隔两三天，这两块石头都被水冲到下面去了，李随又把它放好。但隔几天，这两块石头又被水冲下去了里，李随很奇怪，自言自语地说："难道你是条龙吗？等我考上进士后，我要告你。"他又继续在学堂里读书。毕业后，李随考取了进士，回家后很想念老师，于是上山去看他的老师，走到溪边遇见一个老倌，老倌问他道："你考上进士吗？"李随回答道："我考上了。"老倌又问道："你说你考上进士后要告龙吗？"李随想了想，回答道："这句话我说过。"李随又说："告是要告他，但不知道他姓甚名谁。"老倌告诉他说："这龙名叫高郎照。"老倌说完话就不见了。

　　李随见了老师，把前后所遇的事详细地告诉老师，并且在这里写好了状纸，把状纸告到按察使那里，按察使管阴又管阳。按察使看了状纸觉得高郎照没有道理，于是问李随道："你要见龙吗？"李随回答道："要见。"按察使又问："要文见还是武见？"李随回答道："文武都想见，就是有点怕。"按察使说："你不要怕，文见时，他端一杯茶给你吃，你千万不要吃，武见时你就会见着龙。"按察使升堂审问这件案子了。他问李随道："你要和龙文见吗？"李随回答道："是。"不一会，一个女子端了两杯茶出来，一杯敬堂上，一杯给李随喝，李随把茶倒在地上，顿时地上就烧起来了。按察使又问李随道："你要和龙武见吗？"李随答道："是。"忽然堂上震动起来，屋梁上出现了一条龙张牙舞爪地要来抓李随，按察使把堂上的鼓敲了一下，龙才慢慢地缩回去了。官司审讯的结果李随打赢了，龙被贬到保山去。李随回去以前按察使对他说："你这次回去沿路上很危险，高郎照是不会甘心的，我给你一件衣服穿，在未到村子之前，千万不能把衣服脱掉。"按察使又抓了一把糠皮朝李随身上一撒，这一来，李随身上长满了虱子，痒不得了，他沿途一直忍受着。李随在离开村子时曾对村里的人说："等我的官司打赢后你们可派轿子来接我。"果然，村里面知道他和龙打官司打赢后，就派了轿子来接他，李随走到"接官台"时，看见村里的人张灯结彩地来迎接他，而自己穿的是一身破衣裳，觉得很不好意思。这时他把按察使的话全忘了，把破衣脱了，准备穿官袍。谁知老龙王一直都跟着他，等李随一脱下衣服，高郎照就变了一只马蜂，使劲地刺了李随一下，把李随刺死了。高郎照也就迁到保山去了，从此大理一带再没有水灾了。

美龙潭

讲述者：杨沛顺
搜集者：杨德超
时间：1958年12月25日
搜集地点：云南省大理白族自治州鹤庆县

东山脚小水磨村，有个美龙潭，这美龙是永北的。

美龙从永北下来到水磨村，碰着个老妈妈，变成个美女，求助于老妈妈。老妈妈看见她是个美女，不敢留在家中，美龙说："不怕，我做你的姑娘，叫你吃穿不完庄稼丰收，你不要向外说。"老妈妈让她住下，但逢人便说，不久，永北的人也知道了，到老妈妈家找她。美龙变成只白公鸡钻进柴堆里，永北的人找不到，问老妈妈，老妈妈说："她变成白鸡钻在柴堆里了。"永北人到柴堆里找到了白鸡，带回永北去了。

美龙到了永北，又变成美女回到老妈妈这里，再次央求老妈妈留住她，不要说出去，老妈妈之后又把这件事告诉出去了。

　　美龙在老妈妈家住，屡次不得安宁，便坐地三尺，使水磨村的人，渴水难找，菜地难浇，芒种季节，到中伏时地旱田枯，无水灌田。过了芒种，到谷结实成长，满望秋收时，遍地是水，洪水横流，冲坏田亩，连房屋也被淹没。以后水磨村这带特别干枯，至今还流传着：夏季栽秧时，恶风暴雨一来，就是美龙回到永北的时候了。

抢龙潭

讲述者：杨李登、李唯一
搜集者：赵胜
时间：1958 年 12 月
搜集地点：云南省大理白族自治州鹤庆县金墩乡

　　从前龙华山下面有一个小花龙，他大概修炼了几千年了，已得到很大的神通，变化无穷，到处云来雨去，要想找寻一个快乐窝，过那个甜蜜的梦想生活。他到了甸北绿水河的地方，遇到了一个很漂亮的女子，花枝招展般地在绿水旁漂洗红色的衣裳，红绿掩映愈发照映出玉貌花容的秀色。这龙王喜欢极了，慌忙变成一位美貌郎君，同她谈起恋爱，终于成就了美好的夫妻。他们一个住在南山之麓，一个家在东山之北。

　　有一天，他随着爱妻顺着东山到甸北回娘家，归宁父母。在头天晚上，他就准备着一篓鸡蛋，画上许多符篆，临走的时候，他嘱咐他的爱妻道："我本来是一条龙，但是没有很阔绰的龙潭，现在我选定了我们经过着路上东山麓的美龙潭，风景优美，潭水洁白如玉，中间水如喷珠，是一个最好的所在，恰好美龙王又是本领平常的，今天我准备夺取他的龙宫。"我们走到那儿，我先下水同他交战，你可助我一力，把篓子内的鸡蛋一个一个朝着红龙身上丢去，千万不要打着花龙，并且我的肉身睡在路旁，你必须要照管他。说着说着已到了目的地，小龙王就睡在路旁，其神出窍，自己满怀信心地照着这个庞大的军事计划，凭着无限的法宝神蛋，决定能满足欲望的。

一会微风吹动，细雨纷纷，接着就是霹雳一声，一阵阵的大风飞扬，雨也下得更紧，龙潭上波浪大起，他的这一员女将，十分惊慌，又要接应战斗，又眼见爱人头上淋着大雨，急忙把自己的围腰一副，解下来蒙在爱人的头上，一面就提着一篓神蛋跑到潭边。但见潭子里波浪冲天四起，风雷大作，两条龙一个是红光夺目，一个是五色迷离，一个是舞爪张牙，一个是撞头剪尾，彼此在风涛波光之内，做神奇的紧密接触，战斗得非常激烈。这女将慌忙把神蛋向红龙的身上掷去，一开始颇为沉着，颗颗命中。战斗越来越紧张了，天色也昏暗了，那女子不免胆战心惊，忙手忙脚地把神蛋乱丢，也分不清敌我所在，最后索性把存在神宝一股脑儿倾倒下去。这一来可就糟了，眨眼间又是霹雳一声，风浪平息，云散雨收，依旧是一轮太阳，光芒辐射得更为耀目，恰恰时刚正午。

这一回，小花龙已苏醒过来，向他的爱妻说："快走快走。"一面收拾着，急匆匆地走向北去，一面又吩咐她道："这一回真是大败而惨败了，这也怪不得你，因为你把围腰蒙着我，使我眼睛看不分明，而且围腰始终有些秽气，逼得我神志不清。哎哟，你始终是爱护我啊！最主要的是你太慌了，把神蛋一回丢下，反而使我受伤。现在我在屋子里面静养七天，修炼元神，可以恢复平常状态。对外只说我有病，千万不要开门看我，这一点最为重要。"他们到家之后，她确也照他的指示，家中人和一些亲戚来探问，都说他正在发汗刚刚睡着，不要惊扰他的一类言语，搪塞着不开门。挨到第三天，他老母亲整天乱吵，说一个人不吃饭也罢，几天不喝水如何支持？又推到第四天，老母亲大怒，骂她女儿心肠太狠毒，她在气愤愤下又默念一个人几天不喝水，不见面，确也不像话，就端着一碗糖开水把门儿打开一看，只见一条小花蛇蜿蜒走入墙缝里面，床上更是无人。唉！这一个野心勃勃的花龙王，仍然变回几千年前的一条小蛇，终于自食战争的恶果了。现在他们村名就喊为小蛇村，一名秀水村。村中的父老们在风和日暖的时候，还看见这条小花蛇时常出现在墙边园角呢。

三娘娘

讲述者：杨正祥、赵品端
搜集者：汤培元
搜集地点：云南省大理白族自治州鹤庆县下登村

相传大约在明洪武年间，马耳山东麓的上坡罗庄（今金跃进公社上登村），绞家有个姑娘，不但人才美貌，爱好劳动，而且唱得一手好曲子（鹤庆调）。鹤庆松桂坝和松桂两边的波罗坝都缺水，庄稼不能很好地成长，这个姑娘也常常为这事烦恼。她常常和村中的劳动人民一起上马耳山去砍竹子扎笤帚卖，以解决生活。由于它的调子唱得优美动听，惹得马耳山道德龙王的姑娘心里羡慕。

一天，绞家姑娘又到马耳山砍竹子，曲子唱得满山声响，龙女实在忍耐不住了，便出了龙宫，与这姑娘相见，主动要与姑娘结为姊妹。龙女对绞家姑娘说："你和我到龙宫玩耍，你只要闭上眼睛，拉着我的衣角，马上就到了。"这位姑娘照着做了，一眨眼便到了龙宫。

这些日子互相更为熟悉，情意很深。一天，绞家姑娘便向龙王请求要水，龙王答应了。姑娘在原来的那小缺口上挖了一个大缺口，水马上大流出来，把整个上波罗庄都淌遍了。龙王道："姑娘，你看你的地方冲成什么样子了？"姑娘忙回转头一看，的确，大水沙石满坝都是。她着急了，她想：不塞起一些，整个坝子都要淹没，忙用草帘子堵塞缺口，但又塞得太紧了，水只能从缝隙中流出少量来。流水虽有了，但还是不能供够庄稼浇灌，更不能流到松桂坝去。后来那草帘子①变成石帘（现在还能看见）。

另外，据传说，龙里潭的水是从一条孟江往南流去了。但这条江是忽隐忽现，从前曾有人看过。

人们为了纪念绞家的三姑娘和龙女，塑有神像。每逢正月初一和七月初一日都迎接供奉，迎的佛二娘娘就是龙女，三娘娘就是绞家的三姑娘了。

木龙

讲述者：陈银汉
时间：1958年12月25日
搜集地点：云南省大理白族自治州鹤庆县城郊乡

从前鹤庆要造一座比较大的寺院，造这座大楼的主师最有能力技术，房子的每一根梁、柱都是他亲自设计的，有些精巧的是他自己亲自动手来做的。最出色的是他在造楼南柱子上的两条龙时，用尽了自己的心血，使出了自己最好的技术，将这两条龙造得像活龙一样雄威，特别是东边柱上抱柱的那条，因做得太好了，最像活龙，日久以后有了仙气，成了一条活的木龙腾空而飞起来了。西山脚下有一龙潭（就是现在的黄龙潭），里面住着一条黄龙，有一天晚上，这条木龙跑出了城区和黄龙相斗，出去时，将西城门南面的城墙冲垮了一个大缺口。（这个缺口后人几次修了起来又垮了，简直修不起来，因为这条木龙经常从这地方出去，随时将新修起的缺口冲垮。）木龙和这黄龙相斗，黄龙是肉体，木龙是木体，肉体哪能斗得过木体？黄龙打不赢木龙。

第二天人们看见柱子上抱柱的这条木龙的角上挂着几朵海草。第二天

---

① 草帘子：方言用语，类似于草席的一种，用稻草制成，常用作床垫。

晚上木龙又去和黄龙相斗了,这次将黄龙打得满身大汗,简直不能有一小点力量抵抗了,只好向这木龙投降,还给这木龙角上挂了美丽的红绸子。第三天,人们又在这龙柱上看见了木龙角上挂着鲜红的绫绸。后来这条黄龙没有办法,为了自己的清静生活,只好变了一个老人出来,给她所供给着水的村民们说明了她的遭遇,人们不赶快搭救她的话,她的龙宫就要被这木龙占去,她就无法再化出她的清清的泉水来给人们灌溉良田。当地人们知道了这条木龙在作怪,为了自己的幸福生活,自由地永远灌溉良田,就到处请道人来治掉这条木龙。过几天,人们请来了一位神法广大的神仙道人,他用狗血淋在木龙身上,用两个铜钉钉在他两个眼珠子上,画了三道符,嘴里还念了一些咒语。从此以后,这条龙柱上的木龙就成了两眼失明、没有了仙气的木龙,所缺掉的城墙修起再也不垮了。这条木龙现在还在,你要看就到鹤庆中学去。

龙塘借碗

文本一

讲述者:杨合云
搜集者:张家珩
时间:1958 年 8 月
搜集地点:云南省大理白族自治州剑川县海东村

我村的上面有一个龙塘,里面有一个黄龙王,但是没有人见过。有一日有个王举人去赶街回来,在半路上,见一个穿黄袍的人走在后面,这举人是很仁义的,就同黄袍人说起话来。问他说:"你住哪村?""我住三林村。""三林村我认不得你呀!""我认识你,只是你不认识我。"黄袍人又问王举人说:"你住哪村?"王说:"海东村。"二人就对了老友。来到水塘边上,黄说:"老友你去吧,我已到家了。"话说完就不见了,王举人才知道他是龙王。这龙王很好,听说在以前要什么东西都可以同他借,村里办事没有碗,到他那边去说,就见碗从水里出来了。没有什么东西都可以借,后来村里有些人借了就不还,只认借,不认还。龙王很日气,就不借了,我有十多岁时还看见我村同他借了没有还掉的碗哩。

文本二

讲述者:高蕴秀、杨红美
搜集者:李均耕
时间:1958 年 12 月 16 日
搜集地点:云南省大理白族自治州鹤庆县六合村

碧龙邑后面有一支高山叫阿柏,碧龙邑村人民从坝区搬来以前,这支山顶上就有一个大龙潭,四面都是大森林,白天也很少有人上去。百多年以前,村人每逢办事,用着碗筷,都去龙潭边烧对金银颗子,买点茶酒菜饭,磕几个头,走开一小下,回来以后,潭子里就漂出你所需要的大小碗、盘子了。到后来因有人没有良心,借用后不送回去,所以到我一二代人就借不着了。据说这种大小碗现在有人还保存着,如枯之树村四代家还有小碗两个。今年建立公共食堂发动报碗筷时才被人逼着拿出来,碗上的花是红色,花是一条红龙,下碧龙邑文上远、高勿文家也还有。

破锅膏药补

讲述者：杨铠
时间：1958年11月
搜集地点：云南省大理白族自治州鹤庆县

前记：这篇故事，是根据一个题材而有两种不同说法的神话，经过分析、综合以后集成的，其很多情节都是笔者的想象和渲染。在保持原有的精神面貌上，曾做了很大的努力，然而毕竟自己的水平有限，更没有什么写作经验，所以只好由它成这个样儿了。

因为它是鹤庆的东西，那么如此编写是否合适，就有待于全体乡亲们、同志们的不客气的批评了。

明朝中期，鹤庆玉屏山后有一潭碧水，非常清澈可爱。潭边古柏参天，野花灿烂。春天里幽香满谷。无论是跋涉的旅客、砍柴的樵夫，谁都愿意到那里休息一下，喝几口甘洌的清泉。

一到晚间，明月如昼的时候，不消说是银波恍荡，松柏啸吟，就是没有月亮的夜晚，水中也还映着一轮圆月的影儿。这就是"鹤阳八景"中的"天池应月"了。

据说这天池里，住着位很好的龙王，他有个公主叫"荞花"，生得性情豪爽，体态娟娟，真的比春天的荞花还要美丽，父亲疼爱极了。

有一天，父女俩出外游玩。不防碰到一个凶恶的少年上山打猎，这少年是城内一家大官僚的儿子（父亲在江西某地做府官），生得弓腰驼背，鹰鼻狗嘴，性情万般卑劣。一见荞花姑娘就立刻欲火烧心地向他的士兵吆喝一声，一大群狐假虎威的家伙便蜂拥上来把荞花抢跑了。

老龙王急得什么似的，只是乱叫："是哪里的畜生呀……把我的荞花抢走啦！荞花……荞……花……"他的声音像山洪暴发一样。

那少年生怕别人听见赶来，于己不利，因而张弓搭箭，朝老龙王"嗖"的一箭把他射倒在地，才勒马而逃。

龙王负了伤很久才苏醒，狼狈地奔回家里，提起荞花的遭遇，家人无不伤心，只好一面差人打听公主的下落，一面商量报仇的大事。

且说公主被豪奴抢下山来，自思：喊叫、哭闹终究无用，只好暂时抑制着悲痛，到了这家官僚府上才开口说道："我是天池龙王的女儿，你们把我抢来是想干什么？"

"做我的太太嘛！"那少年挤眉弄眼地说。

"呸！"公主吐了他一口唾沫，愤愤地说："你才够不上。"

"你既为龙王的姑娘，我又是知府的儿子，咱们两家门户相当嘛，你说不嫁，你要嫁什么样的人呀？"

"我爱的是那健康、善良的劳动青年，又会种田，又会砍柴，又会歌唱；而绝不是你这样的饱食终日、荒淫无耻的畜生！……"公主再要骂时，这孽障已气得暴跳了，说："哎呀呀呀！我出世以来从没挨过谁的骂，今日却被你这骚丫头痛骂了，小的们，给我绑呀！绑呀！"

于是就三拳四手把荞花公主捆进后花园的黑房子中关着了。

再说进城打探消息的是鳅鱼小将军，他把虚实打听明白，就打水洞找进后花园去，摸到关着公主的地方，在门外小声地说："公主公主，我是鳅儿，我来找你。你有什么话要说吗？"

公主哭泣着对他说："请你告诉我的父亲，女儿从小长大没有离开过爸爸的跟前。如今被人抢走了，关在这滴水不漏、微光不透的房间里，真是苦楚得再一个时辰也过不下去了！请爸爸赶快想办法前来搭救。"

鳅鱼小将军得了信，急忙赶回家，一字不差地转告龙王。

龙王听了，气得肝胆皆炸，七窍生烟。说："我一辈子只有这一个心爱的女儿呀，如今被人抢去受罪，我还有什么心思在这里称王了。罢了罢了，这个位职置着不做地和他们拼了罢……"

随即又问鳅鱼小将军道："鳅儿，你打听得那孽畜究竟是什么个东西？"

"他是江西知府的儿子。"鳅鱼道:"在城内西南角,有他们的高门大院,城外一大片田地都是属他们家所有。"

龙王听了忙道:"好得很,咱们就学个'水冲汤阴县'吧,要把他房屋田地一扫光!"

一面就命螃蟹大将为先锋,擂起战鼓,举起军旗,召集各部分水族排开阵势前去进攻。

这里荞花公主挨到五更时节,正在思娘想父,忽听到城外喊声震天,杀声震地,知道父亲给报仇来了,暗自欢喜,突然牢门"嘭"地响了一声,不禁吓了一跳。仔细看时,却是鳅鱼小将军接她来了,一时解开绳索,化作雄鸡飞出城墙,给她父亲助阵去了。

且说这位知府少爷睡得正香,偶被一片水响和喊杀声惊醒,正在不知如何,家人就来擂门大叫:"公子公子,城外大发洪水了!水里漂来多少鱼精水怪,看着要漫进城来把咱们的房子冲起跑啦!"

公子心下有数,一边穿衣,一边问道:"后花园那个骚丫头跑了没有?"

"跑到柳州西面去了!"

"糟糕糟糕!"公子说着开了门要冲出去,蓦地又想起"去不得!",于是缩回来将门闩上大叫:"小的们防水防水,我就来了!我就来了!……"

城外洪水滔天,老龙王乘着龙舟指挥着,可是城墙太高,水师怎样也冲不进去,没奈何,只好暂时退兵,以后三日冲一回,五日冲一次。周围几十里的田地被泥沙淹没了,城墙外积得高高的一层,公子再派人挖也挖不完,他有些着慌了,忙差人星夜赶往江西,告诉他那知府老爹。

他的官老儿接到凶信,便立即办起花红酒礼,亲自往龙虎山张天师那儿求救,张天师给他三件法宝,如此这般地说了一阵,知府又马上派专人赶回鹤庆来。

差人到家那天,正碰上老龙王大兴水师,气势比前大了万倍,眼看一时三刻城墙就要垮了。差人忙坏手脚地将三道符贴上,城垛放出三道黄光,当时洪水就消了大半,府里边将天师给的一口沙锅盛了水,架在火炉上烧,顷刻水沸腾起来，外边龙王的阵容就自行大乱：一会里边的沙锅底上烧破了个洞洞，差人便急忙将张膏药贴住洞口。说时迟那时快，天空就连接响了三个霹雳，老龙王的水即时干涸了，差不多全军覆灭。

他气黄了脸，率领着一部分残军败将，和他的荞花公主转回后山。可是，当他们走到离自己的水府不远的地方，才发现不知哪里飞来一座山把天池填平了。龙王大哭一阵，又只好领着她的爱女和残兵，往外逃难，一直到了洱源县的漏一村一带才安居下来。

如今漏一村一带，有鹤庆人的乡亲龙潭；鹤庆玉屏山后尚有天池遗迹。

小黄龙的故事

文本一

讲述者：杨正兴（六凤奶）、魏明香
记录者：孙大炳、杨锦兴

从前，邓川青索村住着父女两人，日子过得很贫苦。有一天，女儿去河里洗菜，突然从水里跳到筲箕里一尾小黄鱼，她回来就把小黄鱼烧吃了。吃了后，不料女儿的肚子一天一天地大起来，村里人议论纷纷，说她乱搞，大家都瞧不起她，她受了不少气。

怀胎满十月，生下一个小男孩，孩子长得很壮，很聪明。日子过得很快，一晃七年过去了。村子里的牛没人放，孩子要求放牛，妈妈不许。别人也说两个大人都不能管得住的牛，怎么能让他去。可是他却苦苦地哀求一定要去，大家只好答应了。他去放了两天牛都没有什么问题，大家才放心。

他虽年纪小，却做了不少奇事。有一次，他对砍柴的人说："你们今天背一背，明天背一背，背十天也不如我拔一棵松树扛回去。"大家都笑他吹牛，和他打赌说："死丫子（私养子），如果你有那个本事，我们情愿把今天砍的柴背到你家去。"孩子便不慌不忙、一点气也不费地拔起了一棵松树，扛着松树吆着牛回家。结果几背柴的都背到他家。

又有一次，村子里唱戏。大家都去看戏，他说："我也要去。"别人说："你要放牛。"他说："我牛也放戏也看。"大家怕他把牛丢了。他却说："不怕，我只要在下找一个圈圈，把牛放在圈子里，就一条也不会跑出圈子外边。"果然他看了一天戏回来，牛一条也不少。

还有一次，他对和他一起去放牛的小孩子说："今天我们杀牛吃。"一个都不敢答应，他又说："不怕，就杀我家的那条，杀吃了，我有办法。"他把牛头埋在土里，牛尾巴露在外面，把牛身子拿来煮吃了。回家后，他对他老爷爷说："阿老，阿老，我家的那条牛钻到地下去了，拉也拉不出来。"他爷爷跟他一起去拉牛，一边拉牛一边叫，把牛尾巴拉出来了，牛还在叫。他爷爷也没有办法，只好回来了。现在这条牛的头还在漾濞。

有一年，青索村发大水，河埂垮了，怎么修也修不起来，小黄龙说他可以修。年轻人不信，只有老年人看到他做了好些奇怪的事，相信他能把河埂修好。

他告诉村里的人打给他一个铁龙头、几个铁龙爪，准备下一箩鹅卵石、一箩肉包子、一箩糖包子，扎九条草龙。东西准备好了，他吩咐村中人说："我下水以后，如果是黄水翻起来，你们就丢肉包子、糖包子，如果黑水翻起来，就把鹅卵石打到水里。"

他把一条草龙丢下水，只见水翻起来，就像有什么东西在水里打架一样。不一会，草龙漂起了，烂了，他又丢下第二条草龙，一直到九条草龙都漂起来了，烂了，他就戴上铁龙头、铁龙爪，跳到河里。人们好像看见有两条龙在水里打架，有时黄水翻起来，有时黑水翻起来，人们就照小黄龙的话去做，黄水翻起的时候就丢包子，黑水翻起来，就赶快丢石头，打了一天一夜，平静下来了，水也落下去了，黑水没有了，一河都是黄水。①

全村才知道这个小孩子是龙，为他盖了一间庙子。小黄龙的妈妈是个姑娘，村里人也知道过去是错怪了她，对她特别好。

文本二

搜集者：王国均

在很久以前，而海里有一条妖龙，名字叫作大黑龙，她经常兴风作浪，淹没沿海的田地房屋，人民受到了不小的祸害，大家都想斩掉这条妖龙，好安居乐业。但是屡次都失败了，而这条妖龙却越来越作恶多端。

过了许多年才出了小黄龙，把妖龙赶出洱海，赶入大洋，人民才得到安生，不用受大黑龙的害。

小黄龙的妈妈是一位乡村姑娘，她常到一个池子旁边去洗衣洗菜。有一天午后，她又到这池子边洗菜，忽然有一条小红鱼跃进了装菜的筲箕。这是一条很美丽的小红鱼，姑娘轻轻拿起活跳跳的红鱼，看了又看，最后很怜爱地把红鱼放回池水里面。不料刚放回去，红鱼又跳了上来，跳进筲箕，好几次都是这样。最后姑娘便把小红鱼带回家，用菜叶包着，放在火里烤熟后吃掉了。

吃了小红鱼之后，渐渐地，姑娘便觉得身体不太舒服了，原来她已经

---

① 小黄龙跟黑龙打仗，另一说法是在下关洱海水尾（天生桥）那里。说法如下：小黄龙对他妈说："妈，你准备下一只公鸡，如果我打胜了，你就叫我，等我现出原身，你就赶快把公鸡丢下，我就会变成人和你们一起过日子。"小黄龙打胜了，他妈在河边哭，叫着他的名字，小黄龙听见了就游出水来，他才伸出龙爪就把他妈吓死了，公鸡也没有丢下去，小黄龙一直都没有变成人。下关人为了纪念小黄龙的妈妈生了小黄龙为人民除害，打开了水尾，就把她的金身塑在天生桥。不管什么时候，只要邓川人走到她的金身旁边，她总要哭，天上就要落下九点雨来。

怀孕了。那时候，一个姑娘怀孕，伤风败俗，是会被吊死的，村里面的一群绅士便商量着要处死这个姑娘。姑娘很伤心、很委屈地把小红鱼的故事哭着告诉了这群绅士。这群绅士听了以后议论纷纷，有的主张还是要把姑娘处死，有的主张让姑娘活下去，看看这条小红鱼的后代是个什么怪物。最后有个绅士轻轻告诉其他的绅士们说，既然是小红鱼几次放了又跳出来，想必是个神物，触犯了神灵，怕大家都吃不消。众人一想，果然不错，便放了姑娘。从此都心惊胆战的，再也不敢提追究姑娘的事情。

十月怀胎期满，姑娘生下了一个男孩，孩子长得那么俊秀，祖父祖母看了，真是欢喜不尽，便好好招呼他。眼看着快到七岁了，这孩子身体那样结实，脑筋那样聪明，做事说话都像个大人似的。对祖父祖母和母亲都很孝敬，尤其是游泳游得那么好，谁也比不过他，村里人个个都很怀疑。不幸就在这年上，祖父祖母都先后去世，家里的事情都已经使人很伤心。恰巧大黑龙又作怪起来，弄得洱海波浪滔天，许多房屋牲畜都被海水漂走，祖父祖母和母亲辛辛苦苦开起来的几丘田地也给妖龙用海水卷跑了，孩子心里十分痛恨。

妖龙继续作怪，大家都只好搬到山上去住，同时就开大会商量对付妖龙的办法。大会上，孩子自告奋勇向大家报名，要求准许他去跟妖龙搏斗，人们都不相信一个六七岁的小孩子会打败妖龙，母亲更舍不得自己的孩子去和妖龙拼命。孩子再三向大家提出要求，并且向大家发了誓：一定要打败妖龙，拯救沿海人民的生命财产！又再三安慰母亲，不必为他担心，说他不是不知道妖龙的厉害，正是因为自己可以和恶龙搏斗，才向大家提出要求。母亲看他这样坚决，又看到人民的生命财产被恶龙残害的情形，便答应他去和恶龙搏斗。

事情决定以后，他请全村和沿海的人民都帮助他与妖龙作战。他要求大家准备好几千只战船，扎好几万条草龙，蒸好几千甑带馅的馒头，并且在每只战船里都装上半船苍山脚下的坚硬的鹅卵石。他告诉大家，在他下海的同时，全部战船都随带草龙、鹅卵石、馒头一起下海，当洱海里波浪翻滚得更厉害的时候,就是他已经开始和妖龙战斗的时候,这时就必须辨清海浪的颜色,帮助他打击妖龙。他说,如果黑浪上翻的时候,大家就把船上的草龙抛下海助战,把鹅卵石用力打在黑浪上面,因为这就是大黑龙,那些草龙抛下海,可以模糊他的视线;如果黄浪上翻的时候,就请大家把馒头倒下海,因为这就是他自己,吃饱了肚子,作战会更有精神。临下海之前,他悄悄告诉村里人,请他们在以后转告母亲,此次下海以后他再也不能变回人形,再也不能回到母亲身边来了,请母亲不要伤心,并且请村里的人帮助照顾他的母亲。

决斗的时刻到来了,沿海的人民都已经把战船放到海边。勇敢的孩子走到一岭倾入海中的悬崖上面,脱光了衣服,向站在战船上的沿海的人民大声说:"老乡们,准备跟妖龙大战了!"又回头对母亲说:"妈妈!再见了!"就翻身跳进了滚滚的大海中去,随着他跟到水里去海水激起来的响声,沿海的几千只战船也扬帆冲进海中。

海面上一霎时就风云四合,翻腾的海水这时更像一锅沸腾的井水,狂浪涌来涌去,发出骇人的声响,几千只战船被浪头一下子抬得老高老高,一下子又没入两浪中间的夹缝,洱海简直暴怒得好像要挤倒苍山和小东山。战船上的人们知道,在这样亘古未有的风浪中航行是十分危险的,但是每一个人都不觉得自己是处在极其危险的境地,反而万众一心,更坚持着掌稳舵把,更出力地划着桨,迎着风浪向浪头更大的地方航行。人们知道,那个为沿海人民的生命财产和子孙万代的幸福跳下洱海去的孩子,在和妖龙决斗了。

海心里,风更大,浪更猛,但是突然有几万人的声音欢呼起来。远处一股金黄的浪花翻腾起来,奋勇地追逐着一股乌黑的海浪,战船勇猛地靠近黑浪,几万双手高举起草龙、鹅卵石,用力投掷下去,海面上一下子出现了几千条、几万条黄色的小龙,兜住黑水,缠住黑水,阻住黑水的去路;金黄色的浪花带着"哗哗"的巨大声响愤怒地追过来了,几千只战船上几万双手随着欢呼声投下了无数的热馒头,那些馒头迅速地沉入金黄色的浪花里面去了，金黄色的海浪，卷得更大，涌得更快，一支箭向黑龙冲击过去。

傍晚，黑水退出北洱海，但仍然在南洱海中与黄水周旋。北洱海风浪稍平，南洱海浪滔汹涌，几千只战船鼓帆向南洱海进发。深夜，南洱海还没平静，几千只战船点起灯笼，打起火把，几万双手投馒头、投草龙、投掷鹅卵石。人们在火光中，在星光下面看得到金黄色的水流越流越猛，卷起雪白的浪花，涌向前，再涌向前；黑色的水流，渐次渐次后退，渐次渐次低落。

黎明前，一股黑水由下关往西，向漾濞方向涌去，冲开了封锁住洱海的石峡；背后便是那股金黄色的水流追逐着，一直追到澜沧江，追到漂洋大海。

从此，洱海里风平浪静了，沿海现出了几十万亩良田，人民安居乐业，歌唱自己的好时光。

从此，人们知道那个为沿海人民的幸福生活下海与大黑妖龙搏斗的孩子，是黄龙的化身，人们都叫他"小黄龙"。

大黑妖龙是逃走了，但小黄龙一直不见回到人世间来，虽然人家已经把小黄龙临走前说的话转告给母亲，但是不管怎么说，小黄龙能够再回到母亲身边来，那该有多好。

又是几年过去了，母亲天天都到洱海边去，希望看到自己的孩子，但是天天都带着失望回家来。这一天，母亲坐在海边，哭着叫唤小黄龙的名字，黄龙在海里，天天见到母亲，看到母亲忧愁的面容，心里很难受，怎样才能够解除母亲对自己的思念呢？自己已经不能再化为人身了。这一天，他听母亲哭得那样伤心，听母亲叫唤自己的名字，忍不住在海底答应了母亲，并且劝母亲不要为他伤心，不要为他难过，因为他住在海里很平安，而且已经为大家做了一件好事情。但是，母亲坚持着要见他一面，不管他变成什么样子。怎么办呢？小黄龙最后再三请求母亲不要害怕，只要不至于吓倒母亲，他可以把脑袋伸出海面来。母亲满口答应了他的要求。

风吹起来了，乌云忽然布满了天空，海水奔腾起来了。海面上"哗啦"

的一声，突然伸出来一个长着双角、面目可怕的巨大的龙头。母亲吓了一大跳，两眼一黑，往后一跤跌倒在海滩上，就再也活不转来了。黄龙一看到母亲吃惊，便赶紧把头缩回海里面去，但是已经来不及了，母亲已经给吓死了。他很伤心地在海里哭泣，哭到眼里流出了血泪——那两天航行的人们还在海中间看到一线红色的海水。

人们为了纪念小黄龙为大家驱妖降怪的功绩，并且为了表彰他孝敬母亲的好心，便在邓川㳽苴河畔盖起了一座庙宇，叫作"黄龙庙"，里面塑造了小黄龙、母亲的塑像。每年农历四月十五日，也就是黄龙下海降妖的这一天，如果天气稍阴有微雨，你静静地坐在㳽苴河旁边，约莫在早饭之后不久，便可以看到有三条小水蛇成品字形从河的下游游上来。那前面的一条便是黄龙的母亲，后面并排的两条便是黄龙和他的妻子，他们是到庙里去接受人们的祭祀的。

文本三

讲述者：黑明星
记录者：汤培元
时间：1958 年
搜集地点：云南省大理白族自治州大理市湾桥镇

大理绿桃村，有一个姑娘，人才十分丑陋，是一个麻脸，超过了结婚年龄也嫁不掉。她帮人放牛割草，常常吹起牛角走到龙潭附近。

一天，气候非常炎热，口渴得非常厉害，便在龙潭里去喝水。水塘中漂有一个绿桃，她随手就捞起来吃了，从此就怀了胎。村庄的人都议论纷纷，说一个姑娘怎么会怀孕，家里的人也感到败坏门风，因而把她撵了出去。这个姑娘只好到山神庙里去住，过了些日子，生下了一个男孩，她自己感到很冤枉，左思右想，想到自己在水潭里捞吃了桃子以后，马上就全身松散，一定是那时怀孕了。她又想，既然如此，那把小孩放还原处，说着就走向龙潭把小孩放还原处。

绿桃村里的人，到山上砍柴时看见一条黄龙用尾巴哺乳小孩，他们把这事告诉了这个姑娘，姑娘想到小孩未死，是骨肉之亲，又恐被龙所害，故将小孩抱回了。

大黑龙在下关江丰寺堵住了河口，洱海水大涨，人民不得安居，只得搬到苍山顶上去住。唐献宗知道人民不得安居便出皇榜道："谁能制服洱海水患，要官给官，要钱给钱。"这小孩就去报。小孩平时会水，他向母亲请求去和大黑龙斗争，母亲说："你年纪小，怎样和大黑龙做斗争？"小孩一定要去，他向人民要求，只要一顶铁帽子，帽子上要有两只铁角，扎九十九条草龙，另外要蒸一些面包子和整一些土包子。

一切都准备好了，小孩首先把九十九条草龙放下去和大黑龙斗，自己要下去之前嘱咐道："黑水翻上来丢土包子，黄水翻上来丢面包子。"人民都照办了，小黄龙和大黑龙斗的结果，小黄龙把大黑龙的眼睛也整瞎了一只，大黑龙便逃到阿斯洼去了，小黄龙也没有回来，唐献宗便封他为龙王。

小黄龙制服大黑龙后，洱海水就落了。

文本四

讲述者：杨臣明
记述者：郑绍堃
时间：1958 年
搜集地点：云南省大理白族自治州大理市上鸡邑村

在很久以前，有一个姑娘到海边去洗菜，看到一个绿桃子，她拿来尝了一口又香又甜，于是她全部把它吃了。回去不久就怀了孕，她家里的人骂她不学好，在生孩子前二十天就把她赶出家去。别人见她可怜无依无靠，左邻右舍的送些镰刀、竹筐给她,她每天到山上去割草,割的草总是卖不掉。有一家人养了一匹马,你再喂它哪样好的饲料它都不爱吃,主人生了气才把这个孕妇的草买来喂马。

说也奇怪,这马很喜欢吃这草。这样每次她割的草都卖给这家人喂马,卖来的钱换些米来吃。孩子生下来后,她每天还是到山上去割草。有一天她把孩子放在一块空地上就到山上去了。周村有一个老倌到外面去看见一条大黄蛇用尾巴塞在小孩口里,小孩就不再哭了。那时正是五六月天,热得很,又有一只贼老鹰来遮太阳,这老倌忙回去把这事告诉其他人说:"龙生养,凤遮阴,以后一定了不起。"是同村人这家出草那家出木料搭了个草屋,叫他母子俩住在里面。这小孩长得很快。

有一年,海子里涨大水,有怪龙作乱,官府出了布告找人去收这条大黑龙,这小孩把榜文揭了,回家对母亲说:"我要去打大黑龙。"他又跑到太和县官那里去说:"我要去打大黑龙,你们准备打三十六把很快的尖刀。我要周身扎,蒸几大箩包子,准备许多大石头,你们看见黄水翻就丢包子,黑水翻就丢大石头。"大家都照着他的话去做。小黄龙打饿了吃包子,大黑龙打饿了挨大石头。大黑龙战不过小黄龙,于是把小黄龙吞到肚子里去,尖刀把大黑龙刺得在海子里翻滚,大黑龙没办法,只好向小黄龙哀求:"我让位给你,你出来吧!"小黄龙说:"我从哪里出来呢?""从我口里出来。""不行,等我头出来,你把我脚咬住。""那你从我屁股中出来。""我才不从屁股出来。"大黑龙没有办法,"那你从哪里出来呢?"小黄龙说:"我要从你眼中出来。"小黄龙出来后把大黑龙的眼睛刺瞎了一只,他把大黑龙赶跑了,海水也就消下去了。

当地老百姓很感激他,要给他立庙。他对大家说:"你们给我一个草坪,我在上面浮走,去找修庙的地点。"他到大庄、古井看了看地势不好,他又到龙王庙,认为很好,但那里缺乏木料。他说不要紧,要多少我给多少,你们在井里去拿,果然井里不断地出来木材,他问木匠木料该够了,木匠一看堆了一大堆木料,以为够了,说:"够了,够了。"井里就不再出木料了。但在庙子要修好时才发现少了一块过梁，木匠想了个办法，用刨花裹起来用米汤一糊就成了过梁。现在段赤成庙中的一个过梁就是由此刨花做的。

小白龙的故事

讲述者：李国兴
搜集者：张文勋
搜集地点：云南省大理白族自治州鹤庆县新民村

彭都堂有个妹子，长得丑陋，又是癞头。

皇帝选皇妃，四处张榜，彭的妹子家穷，心想："我到井边试去照照样儿，能选得上吗？"

嫂子骂她："拉癞头，丑八怪，还照什么？你还选得上？如选得上，我用脊背拿来让你做路走进京。"

小妹去井里照了一次，头就少痒些，照了几次后癞头就好了，成为绝色美女，结果就做娘娘了。

上京之日，用轿子抬进京，出来走路时，她想被嫂嫂骂够了，在过桥时，让嫂子垫着脊背，从上面走过。

彭都堂随小妹进京。鹤庆龙王（红、黄、蓝、白、黑五龙）也进京当值。抬到京城，抬轿的要脚费，不懂礼节就喊："大嫂，我们要回去了，请付轿钱。"

皇帝听见，就嘲笑说："鹤庆轿夫不识宝，皇帝娘娘叫大嫂。"就叫旁边的人给他们抓几把"金豆"，轿夫听错了，以为是"生豆"，就说："生豆我们那里到处都是，抓几把一顿也不够吃，咋走得到鹤庆？我们是要钱！"

皇帝听不清，心想："这是什么地方？金豆一把还不够吃一顿，那里遍地都有？"就派钦差到鹤庆看，原来遍地是蚕豆。

彭都堂在京依仗妹势耀武扬威。五龙也在当值，有一天，在金殿上，白龙当值，穿的西山服，穿的旧一些，皇帝问："国舅认得他吗？"

都堂说："这是我们后面那个孽畜。"

白龙大怒，现原形要抓他。皇帝用龙袍挡住，不准动。白龙记恨在心。

都堂要回乡，白龙说："我赐给你放水灌溉田亩，但还骂我是孽畜，我以后不给你放水了，要做地三尺。"后来，白龙潭就不出水，往下面迁移，地势低了一些，比田低，不能灌田，要水时只能去求。

皇帝知道了，就给国舅一些肥粉，另外九十九条干黄鳝，说："哪里没有水就放一条干黄鳝，到处撒肥料，土质就肥了。"

他把肥粉装在口袋里，干黄鳝装在筒子中，到大理时，心想："我背了几个月，到底背的什么东西，试打开看看。"打开一看，原来那些黄鳝是龙，都飞往苍山去了，结果苍山十九峰，峰峰有水，筒子里只留下三条。

又打开口袋一看，尽是沙子，他想：背这远的路，背了沙子来干什么用，就把撒了！到漏邑村，放了一条在那里。到牛街板桥又放了一条，这就是现在的鹤庆龙。最后还剩一条。

白龙要报仇，想要在路上抓死他。但皇帝给他一件龙袍，用它护身。到鹤庆黑林哨望城坡，白龙撒了一把糠在他身上，生虱子，都堂觉得很痒，把袍子脱掉，小白龙就变成一只白公鸡，啄了他一嘴，结果就生了个背疮，还变成马蜂叮了他一嘴。

都堂觉得很疼，就赶忙穿上袍子往前走，到了王官屯，遇见几个老倌，向他们要烟抽，休息一会，这些老倌问他："你进京带了些什么回来？"他把情况说了一遍，老人说："你真冤枉，现在还剩下什么？"他口袋里这时只剩下一点沙灰，把这些灰撒在五官屯，结果这里的田就很肥。

老人们要向他买这条黄鳝，他要三十两银子，老倌们就用三十两买下来，这就叫"三十两买干黄鳝，卖的是真龙"。现在王官屯路旁边上有一眼井就是这条小龙。

都堂回家后，就生大疮死了。

斗龙

讲述者：李唯一
搜集者：赵明
搜集地点：云南省大理白族自治州鹤庆县

鹤庆的西南山下，有一个羊龙潭。这龙王神通非常广大，十分凶恶。据说从前有一个探龙穴的专家，也有一些降龙伏虎的手段。他来到鹤庆，探查了十几个龙潭，最后到羊龙潭上面挖掘，先开出碗口来宽的一个小窟窿，摸到一个羊脑壳，他就大吃一惊，认得这是最凶恶的一条龙，同他玩弄不得的，他马上飞跑而去。随后这穹隆荡漾成一个龙潭，占据在深林和大阱之中，一个最灵验最凶恶的神秘地方。还有一个特征是他最恨铜器，如果有人把铜器放在龙潭里面舀水，马上风波大起，露出冰雹。

有一次县衙的一个官吏不相信这个话，故意拿铜瓢放下潭中打水，一眨眼的当儿潭子中心起了一道白霞，有一丈来高，接着大风飞扬，细雨飘荡，板栗来大的冰雹，随着飞沙走石向众人头上打来。这个瘟官慌忙坐着轿子向北逃跑，这风雹紧紧追了他六七里路才平静。距离这羊龙潭的北方大约八九里的西山脚下，又有一个温水龙潭，水源由地下喷射出来，像一个个的珍珠，一连串地冲上来，景致非常清秀，春秋佳日，到这里洗澡的人很多。

有一天，羊龙王要想来侵占他的龙潭。他得到这个消息，在那天晚上托梦给庙祝道：“明天羊龙王要来抢我们的龙潭，在天井里竖着的长杆上，我已画了些符篆，等他来时，你可拿着长杆单朝着黑龙身上打，切实地补助我一臂之力。”到那天早晨，突然间从西南角上来了一阵大风，卷着一派雨点、冰雹朝向温水龙潭扑来，那庙祝急忙拿着长杆跑到潭子旁边，但见满潭子波浪滚滚，风云雷雨笼罩得密密层层，波光之内，一条黑龙紧紧地围绕着红龙追去,一个是昂首张须,一个是屈伸顶角,战斗得难解难分。潭子上一股白色冲天,明光照眼,半空中龙腾了两颗珠儿,一个是紫红色的,一个是褐红色的,滴溜溜在空中乱滚。

庙祝紧紧拿着杆子,在风雷怒吼的场合之下,不慌不忙,着实地朝着黑龙身上猛击。一会雷声大作,冰雹乱飞,那红龙看看支持不住,急得庙祝险些要飞进潭中。正出神之间,只听见半空中一声霹雳震天响,山头上打下来威力强大的一件法宝,摇动山岳,闪电般地射入龙潭,那庙祝吃了一惊。等到定了神睁眼一看,好了,黑龙已不见了,潭子上已是风平浪静,赤日当天,龙潭出水的地方斜嵌着一张石头桌子。啊呀,这张五花大石凿成的桌子原来是供奉在山头上圣母殿前面的东西,为什么会飞到这儿呢?这是圣母弄的神通帮助我们龙王去赶侵略的妖魔啊!当天晚上龙王又来托梦,首先慰劳和感谢庙祝的大力帮助,作战十分英勇,并说明在战争的决定阶段,最后得到圣母的无边法力,终于击败孤立无助的恶魔,结果我是被竹竿误伤着左眼睛,而黑妖已被击断了一根须,最主要的右边触须,他的一身神力已完全粉碎了,无法再发动战争了。现在羊龙潭里的鱼确实只是一根触须,而温水潭里的鱼只有一只眼睛,人们还称赞它是比目鱼呢。

么龙潭的故事

讲述者:刘明华
搜集者:王国均
搜集地点:云南省大理白族自治州鹤庆县围子田村

老北衙有一个么龙潭,从前么龙潭里面时常有鼓声乐声和唢呐声。么龙潭还有一件奇怪的好事情,就是能够借给做红事白事①的人碗筷桌椅板

---

① 红事白事:当地人把喜事叫作"红事",把丧事叫作"白事"。

凳。老北衙附近的居民，一遇到屋头做红事白事的时候，事先写好一张文书，文书上说明家中做事，需要借用碗盘桌椅板凳多少，然后带起文书，买点祭品，到龙潭边敬一敬神，把文书烧掉，龙潭里面就如数漂出来碗筷和桌椅板凳了。

这件事情已经是经过了许多年了。后来有一家做喜事的时候也照常到龙潭边去借东西，喜事已毕，借来的碗筷被打烂了很多。往常，打烂了东西要赔还的，但是这一家就不守规矩，打烂了东西不赔还。从这一次以后，上文再敬神也不灵验了，么龙潭不再借给做事人家东西了。不过到现在到龙潭边还看得见湖底上有一大扎一大扎的碗筷，就是不再漂起来了。

么龙潭附近还有一坝良田，有三十六丘。这坝良田也是么龙潭龙公的土地。以前老北衙要盘这坝田地的人，每年要到龙潭边去上祭。龙潭边有一小座石山。石山是一级一级从湖潭边上向上伸的，最顶上是平坦坦的一片石头，上祭的人要抬着祭猪，到这座小石山的山顶上去祭神。

这件事情也经过许多年了，年年如是，没有什么怪事。后来有一家盘了这坝田，第一年就不上祭，不上祭也没有出什么事，这家人就干脆第二年也不去上祭。一连两年不去上祭，就逗恼了龙公了。有一夜，他家里的人都梦到有位白头发老公公说要收回这坝田地，不准他家再盘了。第二天，这坝田就被大洪水冲掉。

洪水冲掉了这坝田地以后，么龙潭里面倒是出了一块平坦坦的大石头，这块石头上现出三十六丘田的印迹。以后附近的人祭神就在这块石头上祭，不再到小石山上去了。

母猪龙造反、水冲旧州城

文本一

明朝时候，旧州杨御史要回家乡，皇帝问他："你们邓川的大黑龙和母猪龙都在这里任职，它们的功绩怎么样？"杨御史说："大黑龙镇守浺苴河是有功劳的，母猪龙没有什么功绩。"皇帝就叫杨御史把母猪龙捉回来，用七口锅压在旧州甘家村背后。不知过了多少年，甘家村有两老口（夫妇）上山捡柴，看见锅漏出来，把锅翻开，见又有一口锅，觉得奇怪，接连着六口锅都翻过来，看见有一只箱子，认为是宝，着实喜欢，赶忙把箱子打开，母猪龙就被放出去了，飞走了。那天晚上，老两口梦见母猪龙来说，叫他们第二天插三棵柳树在门口，不插就有大祸。

第二天，老两口照着做了。当天晚上，竹竿粗的大雨下来了，山里发出大水，一夜就把旧州城给冲了，只有老两口家没有什么损失。

文本二

讲述者：魏鸿熙
搜集者：杨锦兴

母猪龙闹事，被观音老母捉了，用七口锅压在旧州，外面贴上封条，母猪龙就永远出不来。从那时起，每逢新州（县）官上任，都要去贴上一张封条。

有一年，一个姓朱的州官前来上任，听说要去贴封条，他就不相信。不但不贴封条，反而把七口锅都揭了，把母猪龙放了出来。

那年，母猪龙就大兴风雨，冲走了旧州城。

后来又有一年，山里不发水，地里也没有水，可是泥沙就像和稀了的面一样，流垮了一座山，据说也是母猪龙做的坏事。

文本三

讲述者：杨时圣
搜集者：张家珩

旧州后面有两座山，一是卧牛山，一是虎头山，在卧牛山下有一条母猪龙。

从前，卧牛山上盖着一座庙子，里面塑着一位牛神，因为牛是克猪的，所以有了牛神，母猪龙不敢作怪。

每一个新官上任，都要去拜望牛神，成为例子。有一年，一个姓牛的新官到邓川来，他想他姓牛，不合去拜牛神，反而派人把牛神挖了。母猪龙知道没有牛神，就造反了。第一次冲走了旧州城，第二次咬断了虎（虎头山）脖子，第三次，不见水，只见房子大的石头、沙土、泥巴像一条龙一样从山上直冲下来，一座牛头山就被它（母猪龙）拱垮了。旧县城冲走了，县城才搬到新州（现在的县城）来。

母猪龙

文本一

讲述者：刘秉信、秦正基
记录者：郑谦
时间：1958 年 11 月
搜集地点：云南省大理白族自治州洱源县邓川镇刘官营

从前邓川坝子并没有㳽苴河，现在的㳽苴河是怎么来的呢？这有一个传说。

据说从前洱源海子里有一条金母猪（又叫母猪龙）被金链子拴在海中。有一天，附近的妇女到洱源海子打捞杂草，惊动了金母猪，于是金母猪就挣扎怒吼，把套在脖子上的金链子扭断，向南逃跑，最后经过邓川，跑到大理海子——洱海里去了。它由洱源海子到大理海子沿途抓出了一条水槽，这就是现在邓川的㳽苴河，金母猪向洱海跑的时候，时时回过头去看它的小猪，所以现在㳽苴河有九转十八弯。

文本二

文本来源：巍山县委宣传部编《民间故事选》第二集

在巍山县乐秋乡瓦午村，这里山形凹凸，一支支地爬下河里，像长蛇似的伸到山脚去饮水。人们走路便在这里迂回弯曲忽上忽下地经过，路上是直立的陡坡。将进瓦午村，路下分布着一大片梯田。最引人注意的是五条溪水，人们还没有走到溪边，在那荫浓一片长满芭蕉和苦葛杂树的地方，溪水流过，从望不见山岭的陡谷里泄下来，水声啪啪地不断地流着。这几股水却有一个故事在人们口头上相传着。

从前瓦午村的人们盘田只是靠天吃饭，生活非常困难，河里有水，可是田高水低引不上来，有一年遭了干旱，收成不好，可是皇粮还是逼着照数要缴。催粮的人一天紧似一天，地主也逼着要粮。人心惶惶，眼望着大家就要饿死，人们议论纷纷，啼啼哭哭，十分凄惨。

这时杨老大望着大家一筹莫展，自己也愁眉苦脸，他劝解大家说："我们大家啼哭有什么用处，还是大家来商量商量，想个办法。"于是人们带着一线希望走拢一堆来，有些妇女却止不住悲伤，泪流满面互相诉苦，担忧着将来的生活，有的说："只有上吊。"有的说："以后要搬家。"有些问杨老大："噶想得出什么办法来解决？"杨老大说："我们还是大家来商量，我想只有一个办法，去衙门请求县太爷减少我们的皇粮。"大家一齐高兴地说："合啰，合啰，只有这个办法。"有些人提议请杨老大担任这件减粮的事。他推辞了一阵，终于接受了这个任务，准备明日就走。

杨老大等天不亮就吃了饭带上干粮，背包走了。路上不敢休息，匆匆忙忙走到县城。第二天，天一亮就到县府衙门，可是一直到下午才达到他求见县长的希望。这时，他远远望见县长太爷坐在大堂上威风凛凛的，两旁班头高声大叫。从来没有进过衙门的杨老大见到这样森严的情况，心里有些发慌，两腿有些软了。他头也不敢抬地走到大堂内，这时把早准备要说的话几乎忘记了，他结结巴巴地说："太……太爷，田高……水……低，收成……不好，请求每石增加五斗。"

县长说："哦！每石增粮五斗，好！好百姓！批准照办。"杨老大知道话说错了，就更改说："请减五斗。"县长听了，大怒说："出去。"

这时，两腿发抖的杨老大歪歪倒倒地被卫士赶出了衙门。他过了一阵头脑清醒，想起说错了增粮五斗，县长批准照办的怪声，使他痛苦极了。他回到店里，即时背上包袱走出了城，一直往南方，走啊走，他两脚不听使唤，似乎挑着万斤重担。太阳落到山下去了，他不由得坐在一片草地上唉声叹气地睡下去，自言自语地说："瓦午村多少人的希望落空了，咋个活下去呢？"他滴下了心酸的眼泪，无脸面去见村里的人。天黑了，他睡在草丛里，沉浸在痛苦的深渊。突然他听见一种声音，心里想："送到野兽口里也算了。"这种声音和草响声越来越近，他站了起来，只见一头母猪领着四头小猪走过来，走到他旁边叫了几声睡下，不走了，他很奇怪，附近又没有村寨，这谁家的猪呢？但也没有心思去管这些。

东方发白了，他见猪仍然在他旁边，他拿了包袱走了几步，准备跳河，自杀，可是那只猪起来，跟着他走，走到哪里，猪就跟着他到哪里，这引起了他的兴趣，这几只猪竟认他做主人了。

这时他忧愁解了一大半，他向回家的路走去，猪也跟着来，这才奇怪呢。

杨老大想："就让它跟我回家，把它卖了，不是可以做上粮的一部分吗？"想到这里他自杀的念头消失了。他大胆地赶着猪，向着回家的路上走去。走着，走着，快要到瓦午的村子了，这时母猪突然狂叫了一声，小猪四面奔跑，他赶快追赶，可是这几只小猪都跑到山上草里不见了，只听见霹雳一声，山摇地动，一会他听见老母猪"板板板"地呾嘴，过去仔细一看，原来是一股清澈的水发出响声，一直流在山下，只听见谷里发出人说话的声音："田高水低救你们。"四只小猪跑的地方，也有四股小溪水的声音。

杨老大这时惊喜交集，很快地跑回村子，把这奇怪的事情告诉村里的人。大家你喊我叫的，男女老少一齐奔去观看，有些男人扛着锄头，把晶莹的溪水放到干涸的田里，人们喜欢地蹦跳起来，唱的唱，跳的跳。到了晚上，开了一个晚会，烧起了火，吹起了笛子，跳起舞来，打歌的脚步声震动了山谷。在大家的商议下，把较大的那股溪水命名为"女猪龙"，把小的那四股溪水叫作"小猪龙"。还商量到明天天亮就开始挖沟，以后开出田来。他们不久开出了梯田，获得了丰收，附近村子的人也搬来一些这里，形成了彝、汉、苗族杂居的地区，人们就得到了丰衣足食。

这件事被县长知道了，他准备亲自来看一看这件奇事，顺便增加公粮。于是先派了他的亲兄弟帮凶和一个官吏叫"刮地皮"的来瓦午。他俩到了母猪龙溪边观看着，这时突然下了猛雨，大水从山上奔腾汹涌地冲来。帮凶葬身在溪里，刮地皮跌得半死不活，回去报告了情况，县长亲自要带领兵马前来，县长太太急得要命，阻拦县长不准去。

果然，以后再也没有人来增加粮，县长也没有御驾亲征。

解放后的这几股水，更发挥贡献出它的力量，增加了田的亩积，但这个故事一直流传在村里。

"独脚龙王"

讲述者：汤聘依
搜集者：郑谦
时间：1958年11月
搜集地点：云南省大理白族自治州洱源县邓川镇陈官营

过去宾川县缺水，土地干燥，年年闹旱灾。

洱海里有个水手很习水性，他知道洱海东边有三个落水洞，洞口都有铁锅关闭，只要把这落水洞打开，就可使洱海的水流到宾川县。

某年五月，宾川栽秧缺水的时候，这个水手就对宾川的农民说："你们与其向龙王爷磕头，还不如求我，我比龙王还强。"于是他就潜水到洱海底，搬开一个铁锅，洱海的水就由一个落水洞源源不绝地流到宾川坝子了，从此宾川农民很相信他。

过了几年，宾川遭遇了更大的旱灾，农民又来求这个水手，水手又潜水到洱海底去搬开更大的铁锅，谁知这个大铁锅一搬开，水流又大又急，一下就把水手冲到落水洞，水手的一只脚被冲断后，就在落水洞里淹死了。

以后宾川农民为了纪念这个水手，就替这个水手盖了一座庙子，并塑了这个水手的独脚像，称它为"独脚龙王"。

龙女的故事

搜集者：陈银汉

从前有一个单身汉出门，回家路过一个地方，忽然有一个老人请他带一封信回来，老人告诉他到了白龙潭（现在鹤庆的北山脚），用三个石子打进水里，就有人出来了，你便将信拿给他们吧。这个汉子和他告别后走了半个月，一天来到北岩脚，看见一潭清水，他走上前，用三个石子打了进去，忽然一声水响从两边排开让出一条路来，走出一位老太婆，问他有什么事，这个汉子便将信拿给了他们，老太婆为了谢他，请他进了龙宫中欢迎他。要走时，老太婆问他要什么东西，汉子一样也不要，只要一个龙女做妻子。老太婆给了他一个龙女和他去，这位美丽龙女带了一只油瓶，一起和他出了龙宫回家来了。他们夫妻的生活过得很美，要什么东西，美丽的龙女将她的宝贝油瓶摇一下，所有的东西就出来了。

日子越来越长了，这个汉子和一个流浪的县差结交，慢慢地变成了好吃懒做的人，一样也不做，天天去赌坊中混。这个县差将龙女如何用油瓶一摇什么也就有了的事情告诉县官，一天县官便把这汉子请去吃饭，首先将很多的金银摆着，叫他的老婆少太太陪他吃饭，这个汉子便动了心，又加旁人劝说，最后说成，县长将他的太太和这很多金银一齐来换龙女。汉子带着县官的太太回家，他俩的生活过了些时候钱就花光了，那个太太又不太像龙女一样地勤劳，只会吃，渐渐一样也没有了，这汉子也懒得一样也做不成了。最后，他俩只有做了花子。

县长不做县长了，带着龙女回家。路过白龙潭时，龙女说要回家看一看。走进了水里,也就再也没有出来了。

烧海石

讲述者:赵鹤鸣
记录者:陈瑞鸿
时间:1958年10月
搜集地点:云南省大理白族自治州洱源县邓川镇北营村

从前有一个穷人,帮一家员外放牛。起先这个员外说一年给这个穷人一条牛,这个穷人已经给员外放了廿年牛,他就要回家自己过活,临去时这个穷人要向员外要廿条牛。这时员外看到自己只有四十多条牛,叫他赶去廿条,那自己的牛都去了一半,很舍不得,因而就反了口,员外说:"那时和你说过一年给你一斤油。"结果这个穷人也只得背了廿斤香油走了,半路上,这个穷人就把香油送到和尚寺点佛灯。和尚送给这个穷人廿斤盐巴。走到半路上,由于大雨把他的盐巴淋坏了,这个穷人就非常生气地到山神庙里歇。当晚,这个穷人睡着以后,山神老爷就在穷人做梦当中给他说:"员外没有良心和你反口,现在你的盐巴已被雨淋坏,是龙王故意整你,不叫你过日子。这里庙前面有一块石头,你把它丢到海子里就会把龙王的海宫烧掉。"第二天清早起来,这个穷人就照着昨晚做梦当中的山神老爷对他说的话,把庙前面的一块石头搬起要往海子里丢,这时龙王的姑娘出来劝他不要丢,但是这个穷人为了复仇硬要把石头丢到海子里,龙王姑娘也劝不下就回去了。这个穷人就把石头丢下海里,最后就把龙王的龙宫烧掉,迫使这个龙王搬了家。

陶进士与龙王的故事

文本一

讲述者：段文斌
搜集者：郑谦
时间：1958年10月
搜集地点：云南省大理白族自治州洱源县陈官营

从前洱源县有个陶进士，他小时上学，在"大成至圣先师孔子"牌位前叩头的时候，牌位忽然跳动，响了一下，他老师就断定这个小学生将来有功名，并且可以管着孔夫子。后来这个学生长大了，果然中了进士，并且被派在孔子的故乡——曲阜做县官。恰好洱源的一条黑龙也被派到曲阜县当龙王，于是陶进士与黑龙就结成老友。一天进士对黑龙说："曲阜离云南老家万里迢迢，欲归不得，咋个整？"黑龙说："不怕，我可以帮助你。"霎时，黑龙兴云作雨，陶进士随黑龙腾空返滇。到家后陶进士大摆酒席招宴一切亲戚朋友，个个人已入座，但还空着首席，主人说是要留着他的老友龙王坐。一会他的老友来了，身披蓑衣，口流唾沫，满脸鼻涕，众客不相信这就是龙王。入座后，这老友现出龙王的原形，于是所有的客人都被吓死了。

文本二

讲述者：李汝义
搜集者：张文勋
时间：1958 年 11 月
搜集地点：云南省大理白族自治州洱源县

　　陶文彦是洱源进士，他和龙王做老友。他上京赶考时，龙王也在皇帝处应役当差。他俩同路走，白天同路，夜晚各宿一处。龙王对陶说："老友，你一定会中进士，你中举后请在皇帝面前说一下，免去我的役使。"

　　陶后来中了举，皇帝问他："你们那里风调雨顺吗？龙王好吗？"

　　陶说："很好！"

　　皇帝指着旁边的一个人说："这就是你们的龙王了，从今后就是他当值。"

　　他俩一路回来，龙王请他到龙宫做客，叫他走进龙王的衣袖里，就到了龙宫去了。他只做了一天客，出去后，外面已经一年了。

　　陶又请龙王去做客，请了很多官绅，把上八位之座留下。龙王变成一个破衣烂裳的人，穿破草鞋，大家见了很轻视他，他就走掉了，以后不再出来。

龙王耍珠

讲述者：杨卓生
搜集者：郑谦
时间：1958年11月
搜集地点：云南省大理白族自治州洱源县五充地区

从前五充附近有一条龙，每晚耍龙珠，一片亮堂堂。五充有一家富户姓段，一天晚上，段财主到厕所去，碰见龙珠滚到他家天井里去了，光芒四射，煞是可爱，他就把它拾起来挂在家中，以后就黑夜如同白昼，不必点灯了。

龙王打失龙珠后，到处寻找，很着急，后来打听到龙珠落到了段财主家，就化身一个道人，到段财主家去赎珠。

龙王对段财主说："倘若还珠，我可保你后代，代代有功名。"但段财主仍然不干，要留珠做宝物，龙王一气之下，就从五充附近搬到别处去了。

龙王搬家后，来了一条乾龙，性情很暴躁，稍触犯他，他就要老百姓生疮害病，使老百姓遭受很大的危害。

以后段财主死掉了，家里也败下来了，但他家的后人仍和段财主一样，贪心不足，有一天，海口村有家人杀猪过年，杀后用稻草来烤，只烤了一半，这只猪还没有死，一挣扎，就从海口跑到五充，这时段家后人也正在烤猪，看见一猪跑来，就连同这条猪也都烤吃了，段家后人吃了这只猪，全家都中毒而死。

龙王的故事

讲述者：张玉萼
搜集者：郑绍堃
时间：1958年11月
搜集地点：云南省大理白族自治州洱源县凤羽镇包大邑村

　　从前包大邑有一个人叫张大倌，他爹和儿子都是做官的。有一天他路过一片坟地，看见坟地上坐着一个很漂亮的妇人，他走拢看时妇女不见了，只是在地上发现了一团结发夫妻的头发，张大倌把这团头发捡起放在自己的怀里。他回到家里，吃完了午饭坐在房里休息，忽听得门外有人叫他的名字，出去看时是一个很年轻的妇人。张大倌问她："这位大嫂找我整哪样？"那妇人答道："我的东西掉在路上被你捡去了。"张大倌说："我没有捡着你的东西。"那妇人又说："你真的捡着了，你再想想。""我真的没有捡着。"那妇人起初不敢说明，后来没法只得说道："你在回家的路上不是捡了一团头发吗？"张大倌才想起："对，对，对，我忘了。"忙从自己的怀里把那团头发拿出来还给她，并问道："你这位大嫂为哪样把结发夫妻的头发都打失了？"妇人叹了口气说："一言难尽，我家丈夫不在家，公婆对我不好，我才跑出来的。这团结发夫妻的头发要打失了，丈夫回来怎么回话呢？"妇人拿了头发，临走时对张大倌说："你捡了我的东西，我应该报答你，以后我报答你两根柱子。"说完就走了。张大倌也没有把话记在心上。隔了几年，张大倌到京城去，吴三桂收他为干儿子，回来后就修起衙门来，修衙门时木匠把两根柱子的眼子打错了，逗不上去①，当天又下起大雨来，正在没法的时候，忽然从包大邑来了人，向张大倌报送："天下雨时，从山冲里淌出来两根柱子，上面的眼都打好了的。"张大倌说："叫人把它抬回来看看是不

---

① 逗不上去：云南方言，意思为"接不上去、装不上去"。

是逗得上去？"抬回来一装恰好合适，张大倌才想起那年妇人说的话，这不是妇人而是龙王。

（七）木匠传说

黄公爷吹苞①

讲述者：杨玉树
搜集者：段寿桃、周天纵
时间：1961年7月31日
搜集地点：云南省大理白族自治州剑川县沙溪镇（原金华公社）石龙村

剑川巩北有一个姓刘的木匠师傅，又会雕，又会画。他的手艺可好哩！不管雕的、画的，花草禽鸟都像活的一样。这师傅的手艺高，所以远近左右的人都喜欢来请他去雕点什么，画点什么的。刘师傅也从来没有拒绝过。

一次，有一个财主来请刘师傅去雕门窗，刘师傅收拾起工具就去了。咳！这个财主对待匠人可刻薄啦！自己大鱼大肉地吃，但给刘师傅吃的不是煮豆瓣就是炒豆瓣，再不然就是腌豆瓣，总之顿顿都是豆瓣。刘师傅很生气，便在门窗上也给他全雕上一串一串的豆瓣。财主看见了，很不高兴地说："大师傅，你怎么尽雕些豆瓣！不能雕点别样吗？比如说鸟兽花草什么的……"刘师傅抬头望了财主一眼，懒洋洋地答道："东家！你叫我雕什么呢？我肚子里全是这个东西嘛。"财主听了，气得掉转头就走了。

又有一次，一个叫黄公爷的财主要画屏风。听说刘师傅手艺好，便叫人来请了刘师傅去。黄公爷也是一个刻薄的家伙，他给刘师傅吃的不是豆

---

① 吹苞：即吹苞谷。

瓣,却顿顿都是蚕豆和苞谷。刘师傅想了一想,便在屏风上画了一个人——这个人样儿就跟黄公爷一模一样——骑在驴子上,左手拿着一串蚕豆,右手拿着一个苞谷,放在嘴里啃着。

屏风画好了,黄公爷一看,就问刘师傅说:"大师傅,你这画的是什么呀!"刘师傅笑着:"东家!这画可有一个名堂,这叫'黄公爷吹箫'。你看!那左手拿的是马鞭杆,右手拿的不就是箫吗?"整天只知道吃喝玩乐的黄公爷本来既认不得箫,也认不清苞谷和蚕豆,但他却装着很懂的样子连声称赞说:"画得好!画得好!尤其是这个箫画得真大、真好看!"

第二天,黄公爷的三亲六友,都跑来看屏风。一进大厅,客人都忍不着好笑。他们问黄公爷说:"公爷!你这屏风画的是哪样?"黄公爷扬扬得意地说:"可有一个名堂,这叫作'黄公爷吹箫'。你看!左手拿的是马鞭杆,那右手拿的不就是箫吗?"客人听了更捧着肚子大笑不止,好半天勉强止住笑说:"公爷,你那手里拿的不是箫!是苞谷,这不是吹箫,是吹'苞'呵!"黄公爷听了,才晓得上了刘师傅的当,只好红着脸,很不好意思地把屏风收了起来。但从此"黄公爷吹苞"的事很快地就传开了。

一幢也住不成

讲述者:杨仕清、赵鹤松
搜集者:李缵绪、周天纵
时间:1961年7月29日
搜集地点:云南省大理白族自治州剑川县甸南镇(原金华区西湖公社)朱柳村

从前,我们剑川的木匠虽多,可是在家里的却很少,一到农闲,都背着工具到外乡去给别人造房子,修寺院。有一年,刚刚栽完了秧,一个姓李的木匠带着他的小徒弟又出门去了。他到了夷方,正值一个姓刘的大财主要请人做木活,于是,李木匠和徒弟就在刘财主家里住了下来。咳!这个财主心可毒哪！李木匠起早摸黑，辛辛苦苦地替他干了两三个多月，临走时，他不但想方设法地克扣了工钱，而且，还派了手下的狗腿子在半路上装作强盗，把李木匠杀了，把钱和工具也抢跑了。李木匠被杀了，小徒弟急得一点办法也没有，只是守着师傅的尸首呜呜地哭。这时候路上又来了一伙人，也是干木匠手艺的，他们看见了，就问小徒弟："阿弟！被杀的是你的什么人呀？"

"是我师傅！呜……呜……"小徒弟哭着说。

"你们从哪儿来，你师傅被哪个杀了呢？"

"不知道……我跟师傅从剑川来这里替刘财主干活，干完领了工钱。走到这里，几个强盗就把师傅杀了，钱和背囊也被抢跑了。"小徒弟哭得更伤心了。

"这一定是刘财主叫人干的。我听人说这家伙心最毒啦！"一个姓王的木匠说。

"这家伙这样狠毒，我们一定得想个法子整治整治他，出出这口气。"一个姓赵的木匠师傅也愤怒地说。

"对，得想法整治整治他。"同路的木匠师傅都点头同意。

于是，他们一合计，就对小徒弟说："阿弟！不要哭了，你是剑川人，我们也是剑川人，把师傅埋掉，跟我们走吧！我们送你回家去。"他们马上动手把李木匠埋了，就带上小徒弟回剑川来了。

第二年，栽完了秧，王木匠、赵木匠约了些人，背上斧头锯子，又出门了。他们到了夷方，故意跑到刘财主家问道："大东家，你家有木匠活吗？我们是剑川来的。"这财主正想要盖三幢房子，给他三个儿子一人一幢。正愁请不着好木匠，现在一见是剑川木匠，便忙答应说："要哩要哩！你们替我盖三幢一个样式的房子吧！"

讲好工价，选好地基材料，马上就动工了。不到两个月，三幢房子都快修好了，朱红的柱子，雕花的门窗，真是又高大、又堂皇，刘财主和三个儿子高兴得整天这里逛逛，那里瞧瞧，笑得眉毛像个弯豆角。

刘财主高兴，木匠师傅可暗中给房子安上法了：他们在第一幢房子的正梁角上，暗暗挂上一个细木条做的和这幢房子一模一样的小房子；在第二幢房子正梁的角落里钉了两把头上被打开了花的凿子把；在第三幢房子的正梁中间却用泥土捏成了两个小人，小人中间放一个泥做的碗，碗里摆着三颗骰子，一个幺，一个二，一个三。安好后，木匠师傅念了符咒，点上了血。

房子修好了，木匠师傅拿上工钱就走了。刘财主高高兴兴地在第一幢房子里大摆酒席，请来了三亲六戚，准备把三幢房子分给三个儿子。可是，就在这时候，这房子可出了怪事了。那天正遇上起风，风把梁上角落里吊的那架小房子吹得来东摇西摆，小房子一摇，大房子就随着摇了起来，风越来越大，房子摇得也越来越凶，酒席也摇翻了，摆设也颠坏了，客人都吓得从房子里跑了出来，怎么也不敢进去了。刘财主只好把客人请到第二幢房子里去，重摆酒席。第二幢房子倒是稳稳当当的，一点也不摇。可是到了晚上二更时分，正当财主和客人喝酒划拳，兴高采烈的时候，梁上那两个凿子把忽然变成了两个披头散发的恶鬼"通"的一声，从正梁上跳了下来，这一下可把刘财主吓得三魂出窍，"哇哇"地号叫着从房里没命地逃了出来。眼看第二幢房子也不能住了，酒席只好搬到第三幢房子里去。这幢房子却真是清静无事，客人们在这里白天喝酒，晚上赌钱，总算闹热了几天。三幢房子剩下了一幢，分也分不成，只好老大、老二、老三，住在一处。

过了几天，客人都走了。梁下没有赌钱了，可是梁上那两个泥人却围着骰子碗闹了起来。夜晚，刘财主睡在床上总是听到大厅里"幺、二、三，幺、二、三"地喊个不停。他想：今天客人都走了，半夜三更，是谁还在大厅里赌钱呢？一定又是那个爱赌钱的老三！他爬起来悄悄地走到大厅一看，可真怪，大厅里一个人也没有，声音也没有。可是等他刚刚回去睡下，"幺、二、三，幺、二、三"又照样地喊个不停。从此以后，天天晚上如此，折腾得刘财主夜夜睡不着觉。更怪的是刘财主的三个儿子从此爱上了掷骰子，而且一掷总是个"幺、二、三"。不两年，刘财主万贯家财，就被三个儿子输个精光。刘财主也气死了。

木龙和蛟龙

讲述者：赵鹤松
搜集者：周天纵、李缵绪
时间：1961 年 7 月 21 日
地点：云南省大理白族自治州剑川县西湖社区朱柳村地区

坎子凹地方有个龙潭，龙潭里有个蛟龙，脾气很怪，爱与其他龙打架，一年要打几回。一到它出来打架呀，不是刮大风，就是下暴雨。要是刮大风，田里的禾苗被风吹倒，树木也吹折掉；要是下暴雨，田地冲成了荒地，怒江桥也往往被洪水冲走。这还不说，龙潭里还有瘴气，要是不小心，走到龙潭旁边，不死也要大病一场，害得坎子凹地方的百姓好苦呀。

后来，剑川有个王木匠来到坎子凹的土司衙门里做木活。王木匠手艺高明，待人又很和气，自己有什么手艺都肯教人，当地的木匠都喜欢跟他在一起干活，不会做木活的都喜欢到王木匠那里玩。有一天坎子凹地方的一位老人到王木匠那里玩，提起了蛟龙兴风作浪的事。最后，老人对王木匠说："你也要小心呀，千万不要到龙潭旁边去，那里边有瘴气，要是去了呀，不死也要大病一场呢。"王木匠听了蛟龙作恶的事，气愤地说："怕什么，我有办法制服它！"老人听了王木匠的话，急忙劝说："人家连它的名字也不敢提，你怎说出要制服它的话？"王木匠回答说："既然要制服它，我自然有我的办法。"老人听了王木匠干脆而肯定的回答，心里万分高兴，可是怎么治法，心里总是有些不明了，就问王木匠道："你要用什么办法？"王木匠对老人说："办法到时候你自然会知道，只是有两件事要请村民们帮助，我才有办法去做。"老人说："要什么，王师傅尽管说，只要我们能做到的，我们一定帮助。"王木匠回答说："有两件事要请村民帮忙。第一，我要雕一条木龙，请给我一些木料和大铁钉；第二，龙雕好了，要请村里做一次会，我好开光点血。"老人说："这有什么困难！"说着就到村里抬来了一些木头和大铁钉来。

　　王木匠得到了木头和铁钉，就不歇气地雕了起来，不几天工夫，就雕好了一条木龙，然后把木龙的头钉满了铁钉。龙雕好了，村里就在龙潭边上做起大会，烧香点烛，敲锣打鼓，放起鞭炮。王木匠则手抱一头金鸡，一边磕头，一边念咒，给木龙开光点血。王木匠用鸡血朝木龙的眼上一点，木龙的眼睛就滚动起来；朝身上一点，身子就动起来；一下子，一条木龙变成了一条活龙。这时，龙潭里的蛟龙听见锣鼓喧天，知道潭边有人，就要出来作恶。王木匠见蛟龙就要出来，就把木条放入龙潭。木龙一放进龙潭，就与蛟龙大战起来，打得龙潭波澜翻滚，水柱冲天。蛟龙与木龙斗了一阵，蛟龙见木龙力大，着实气愤，想一角撞死木龙，就用了全身之力，一角朝木龙的头上撞来，可是木龙的头全是用铁钉钉着，这一撞没撞死木龙不说，反把蛟龙的眼睛撞瞎了一只。蛟龙撞瞎了一只眼，斗不过木龙，连忙躲了回去，再也不敢出来。从此，蛟龙不敢作恶了，可是，蛟龙恨死了剑川的木匠，若是剑川木匠到了坎子凹，蛟龙就要报复，让你病得回不了家门。所以剑川木匠中有句俗话说："出门去到坎子凹，先把老婆嫁。"也就在那次以后，蛟龙只有一只眼，龙潭里的鱼也只有一只眼了。所以直到现在，剑川蛮头山下龙潭里的鱼，都只有一只眼睛。

送木神的来历

讲述者：赵鹤松
搜集者：周天纵、李缵绪
时间：1961年7月28日
搜集地点：云南省大理白族自治州剑川县甸南镇（原西湖社区）朱柳村

鲁班手艺高明得很，他做什么就像什么，人家想不到、做不出来的东西，他都会想出来、做得到。他做出来的东西不唯好看，还是活的哩。有一年，田里的谷子遭了虫灾，害虫多得捉不完、灭不尽。眼看黄生生的一片稻田就要给虫吃光了，农民们一个个都愁眉不展，可是谁也没有办法。这件事被鲁班知道了，就让大家抬了许多木头，刻了许多木鹰，一个个都是活的，一齐放到田里，一下子就把害虫捕捉得干干净净。农民们看见鲁班的木鹰捉光了害虫，一个个都又高兴又佩服。

有一次，鲁班去帮人建房子，要盖四合五天井的一大院房子，可是木匠只有他一个人，这怎么办呢？鲁班就刻了许多木神。那木神一个个都是活的，样子跟鲁班一模一样，手艺也像鲁班一样高明。鲁班刻出了一个木神，就让木神又造十个木神，这样，一造十，十造百，百造千地刻了许多木神。木匠有了，大伙刨的刨，锯的锯，噼里啪啦地盖起房子来。一天，鲁班的女儿给他送饭，一进院子，见这许多木神凿的凿，锯的锯，个个像她的爹爹，这饭送给谁呢？小女孩只得提着饭盒，到处喊，到处问，可还是找不着自己的爹爹。小女孩找不到爹爹，把小屁股一扭，跑回家里来了。回到家里，小女孩噘着嘴对妈妈说："您要我给爹爹送饭，可那里的木匠个个像爹爹，叫我送送给谁呀？"鲁班的老婆听说那里有许多木匠，"个个像爹爹"，知道是鲁班造的木神，就对女儿说："傻孩子，那是你爹爹刻的木神！木神会做活，个个像你爹，可木神是木头做的，只会做活，不会出汗，你爹是人，做活就出汗，你爹爹做起活来，鼻梁上有三滴汗。傻孩子，快快送去，这下你爹的肚子可饿了。你爹的鼻梁上有三颗汗！"

小女孩听了妈妈的指点，又提着饭盒去给爹爹送饭去了。这回一进院子，她不问不喊，一个个地去找，找到一个鼻梁上有三滴汗的木匠，小女孩"阿爸"一声叫出来，把饭送给这位木匠。鲁班接住饭，心里一怔，心想：我的法道只有我才知道，到底是谁教女儿的呀。就问女儿："你怎知道我是你爹爹，是谁教你的？"女儿撒娇地把嘴一口撇说："我妈妈教的。妈妈说帮你干活的是你造的木神，他们会做活，不会出汗，爹爹是人，做活就会出汗。还说爹爹一做活，鼻梁就有三滴汗，这回我就把您找着了。"鲁班听女儿说是妈妈教的，心里一怔，说："我费了多少脑筋想出来的办法，着一个女人家一下就看破了，这有什么用，这有什么用！"说着就把木神们一个一个丢在火塘里的丢在火塘里，抛到江里的抛到江里。眼看木神就要烧的烧了，冲的冲了，木神们对鲁班说："用得着的时候，让我们给你干活；用不着的时候，让我们火烧的火烧，下水的下水，这可不行啊！"鲁班觉得很难为情，对木神们说："以后凡是我的徒弟盖起房子，叫他们先敬你们再敬我好了。"从此以后，木匠盖好了房子，都要念经先送木神。

斩断铁链子

讲述者：张信楼（农民）
搜集者：段寿桃、郭思九
时间：1961 年 7 月 29 日
搜集地点：云南省大理白族自治州剑川县甸南镇（原西湖公社西中地区）

剑川西湖地方，有个木匠，名叫张炳清。他的木匠手艺很高明，尤其是雕龙画凤，那是远近几个县都出了名的。

有一年，张炳清师傅到腾冲去做木匠，正遇着腾冲县老爷要盖审案的大堂，请来了不少木匠，有剑川的，也有其他地方来的。张炳清也被找去了，就叫他为大堂的柱子门上雕花。县老爷对他说："柱子门上的雕花不能只雕些花草鸟兽，因为这是县老爷审案的大堂，所以，要雕一堂和审案有关系的花。"张炳清听了，心里暗暗地想，这大堂既是县老爷审案的地方，就离不了喊冤告状、戴镣受刑的人。于是，他就在格子门上雕了一个受冤屈的人，被人用铁链子拴在大堂的铜柱子上，旁边放着皮鞭、铁棒、刀、叉等拷打的刑具。张师傅天天雕、月月雕，越雕越觉得这个人的冤屈很深，就不想再雕了。这时，县老爷从旁边走过，看看雕在格子门上的画，感到雕得很好，就是有二处使他不满意。为什么只有拴着铁链的犯人，而没有审问的判官呢？县老爷就对张炳清说："你这格子门雕是雕合我的意了，就是只有犯法的人，而没有审问的人。"说完，县老爷就走了。

张炳清想了想，就在格子门上雕了一个审判官，正森严坐在大堂上，审问这个被铁链拴着的人。雕好以后，他又在审判官的旁边刻了"捆子上吊"四个字。格子门算是雕好了。

县老爷看了他雕的格子门，非常高兴，就拿出金银重赏张炳清，张炳清没有要金银，就离开了县衙门。第二天早晨，张炳清师傅的眼睛突然望不见了，只好在腾冲住下来。一天晚上，张炳清做了一个梦：梦见那个被铁链拴着的犯人，受不了审判官的捆打，就想悄悄逃跑，可是，他的脚被铁链拴住了，拉着铁链在地上哭。他一边哭，一边把铁链摇得叮当响，嘴里不住地喊："老天爷，请你给我们百姓申申冤吧！我并没有犯罪，官为什么要叫人用铁链拴住我的脚呢？"他哭了一阵，又跪在地上说："是什么人替县官拴住我的脚，求你把我放掉吧！我家里的小孩正等着我挣钱去养活他们哩！"

张师傅被这噩梦惊醒了，就把睡在他旁边的小徒弟喊醒，说道："徒弟，你快拿着斧子到衙门去，把大堂格子门上那个被铁链子拴着的人的链子砍了！"小徒弟听了他的话，拿上斧子，悄悄地摸进衙门，把格子门上的铁链子砍断了。

等到小徒弟从衙门里回来，天已经亮了。张炳清掀开被子，觉得屋里亮堂堂的，他眼睛一疵，眼睛就睁开了。张炳清师傅高兴地叫起来："我的眼睛亮了，我的眼睛亮了！"

于是，就叫徒弟收拾行李，到别的地方做木匠活去了。

李寿鹏的故事

讲述者：李灿庚、李灿金
搜集者：李缵绪、周天纵、郭思九
时间：1961年8月
搜集地点：云南省大理白族自治州剑川县马登镇（原马登公社东塔大队）

剑川马登有一个木匠师傅李寿鹏。提起李大师傅，名声可大啦！远近方圆百里，谁都跷起大拇指称赞说："这可是我们剑川木匠的第一把手！"的确，李寿鹏师傅不但会造亭楼修大屋，而且粗活细活样样精通，尤其是雕点什么，刻点什么的，那更是雕啥像啥，就跟活的差不多。

有一回，马登一个姓金的团总来请李师傅去雕一副格子门（格子门一副是六扇）。金团总是马登的地主，有钱有势，穿的住的都很讲究。李寿鹏一到，金地主就对他说："李师傅，我这格子门的工价随你要，可是有一个条件：门上的花得凭手刻，不准用笔画。"李寿鹏一听满不在乎地说："行呵！"

工作开始了，李师傅用指甲在门上画个印印就动手雕刻起来。金团总虽然有钱，但对匠人很苛刻。自己喝酒吃肉，李师傅吃的每顿都是淡菜淡饭，连油星星也看不见。做了一久，李师傅支下了一部分工钱，金团总眼又红了，便拿出两个小钱来笑眯眯地说："李师傅！来赌两盘，我包管你赢。""不行！我这还得拿回去供家养口呢？"李师傅摇了摇头。金团总又连拉带劝地说："不怕！不怕！输赢凭手硬，说不定你还会赢几个！"李师傅一想："来就来吧！我就不相信你会赢。"谁知这一来正上了金团总的圈套,三盘两盘,李师傅不但把支下来的工钱输得个精光,还拉下了一大笔账。

李师傅知道上了当,越想越气,在还剩了两扇格子门时,他便对金团总说:"剩下的你找别人吧!我不做了!"金团总心想:"高山上还有高山,强中还有强中手,我就不信除了你李寿鹏,就没有人会刻哪!"便说:"好吧!你不刻就搁下!"李师傅一走,金团总便忙着派人到处去找人。哪知找来了几十个木匠师傅,他们一看都摇摇头说:"这个我们不行,你家另找人吧!"一个来是这样,两个来也是这样,一拖两拖,拖了几个月,金团总剩下的两扇格子门还是纹风不动地摆在那儿。

金团总看能刻的只有李师傅,便又叫人去请李师傅,谁知请了几回都没请来,金团总只好亲自跑到李师傅家里,低声下气地对李师傅说:"大师傅,还是难为你家帮帮忙吧!"李师傅说:"行呵!不过我也有个条件。""什么条件?"金团总忙问。李师傅说:"我两扇门要五十块钱,而且要先付,你肯出吗?"金团总一听,吓了一跳,心都疼哪!"什么!要五十块钱,哪会要这么多!""那你家还是请别人吧!我还有别样事哩!"李师傅爱理不理地说。金团总没有办法,只得忍着痛答应说:"好吧!五十块就五十块,算我倒霉。"李师傅拿过了五十块钱,才又开始雕那两扇门。不几天就刻好了,金团总的门才算安装了起来。

二七一两三

讲述者:杨玉树
搜集者:段寿桃、周天纵
时间:1961 年 7 月
搜集地点:云南省大理白族自治州剑川县沙溪镇(原金华区川北公社)石龙村

从前,有一个剑川的木匠师傅去给一家财主干活,讲好工价是七厘银子一天。做了二十天，活计完了。结账的时候，财主见木匠师傅老老实实的，认为好欺负，便对他说："大师傅，你一共做了二十天工，每天七厘，二十天，二七一两三。"说罢就称一两三钱银子递给木匠师傅。木匠师傅明知自己吃了财主的亏，但他还是不声不响，千道谢、万道谢地接过了银子。过了一会，他笑嘻嘻地来对财主说："东家！我在这里做了二十天工，承蒙你家招待，现在我要回家去了。今天赶街，我想去卖点东西，看个月份。东家有新衣衫借我件穿穿，也体面体面。如果小少爷没事，我也带他去街上玩玩。我的工具背篮放在这里，回来时再拿。"东家心想：这个人平时怪老实，大概不会有什么坏主意，而且他工具还在这儿，也跑不了。至于孩子，带去也好，家里还可省顿饭。于是就满口答应了。

木匠师傅穿上新衣衫，带上小东家，把工具背篮放在大门后面，另外背了一个背篮就上街去了。临走时，他对财主家的一个丫头说："大姐，假如晚上东家找我，叫他在大门背后找好了。"

到了街上，木匠师傅带着孩子到饭馆里去，叫上饭菜，吃了个一醉二饱。过后，对饭馆主人说："老板，我钱带忘了。我把孩子放在这里，回头拿钱来取，行吧！"饭馆老板答应了，木匠师傅背着背篮就出了饭馆。

天都黑尽啦！财主还不见儿子回来，心里着急，赶忙派人到处去找木匠师傅。这时，丫头忽然想起了木匠师傅临走时的话，就对财主说："老爷，师傅走时说：叫老爷在大门后去找他。"财主听了虽然觉得非常奇怪，但也顾不得细想，便急忙跑到大门背后去看：大门背后什么也没有，只有木匠师傅在壁头上写了一首诗："二七一两三，莫把剑川人当憨。拿你儿子当饭吃，还赚得一件新衣衫。"财主看了，气得说不出话来，赶忙叫人去把木匠师傅留的背篮找来，揭开一看，背篮里只有几截烂木头。原来背篮的工具，木匠师傅走时早已悄悄地带走了。财主没办法，只好自认晦气，拿钱派人到饭馆里去取儿子。

木马浸水一分三

讲述者：赵文昭（白族那马人）
搜集者：郭思九
时间：1961年9月
搜集地点：云南省怒江傈僳族自治州兰坪白族普米族自治县黄梅村

从前，剑川有个木匠师傅，和一个鹤庆木匠师傅是好朋友。当时鹤庆县要盖一座钟鼓楼，他们两老友就去包钟鼓楼的活计来做。鹤庆的绅士们说："工钱一定多出，光吃辣子的钱就给你们一百两银子！"这个鹤庆木匠一听，觉得这门活计得的钱一定不少，就起了贪心。

两老友回来以后，鹤庆木匠想独自一人去干这份活计，就去挑唆鹤庆的大小木匠说："这钟鼓楼是我们鹤庆地方的，应该由我们鹤庆的师傅来主盖，为什么要请剑川木匠来盖呢？"其他木匠听了，觉得这话也有道理，都纷纷地说："对！对！对！钟鼓楼应该由鹤庆木匠来盖，我们把那个剑川木匠撵走！"

开工的头一天晚上，这个鹤庆师傅去找剑川师傅说："老友，最近你听到什么闲话没有？"剑川师傅说："没有！是不是出什么事情了？"鹤庆师傅回答说："事情倒不大，就是鹤庆木匠要自己来盖钟鼓楼，想请你回剑川去。"剑川师傅一听，就和他争吵起来。两人争论不下，就吵到县衙门里，要请县老爷排解排解。县官把两个木匠师傅提去审问。县官问："你们谁的手艺高明？"剑川木匠说："剑川师傅高明！"鹤庆木匠说："鹤庆师傅高明！"双方争执不下，县官也没有办法判决。过了一会，县官旁边的一个差使说："县老爷，他们两人都说手艺高明。以小人之见，叫他们各做一匹木马，把木马放入水中，过一天一夜后，拿出木马来看。哪个的木马榫口浸水最少，哪个的手艺就最高明，这钟鼓楼也就是给他盖！"县官一听，觉得这办法很好,就命令两边的木匠去赶做木马。两县的木匠听了,也很同意这一判决。

他们回来以后,赶做好了木马,第二天抬到县衙门里。县官召集了鹤庆的大小绅士来看这木马浸水的判决。当天,县官派出不少兵丁,把鹤庆城外一个大水塘看守起来,然后当着大家把木马丢进水塘里。

第二天早晨,鹤庆县的大小绅士,周围的百姓,都赶到水塘边来,看看这木马浸水的事情。县官派人从水塘里捞出木马来,大家用尺子去量榫口浸水的地方,鹤庆师傅做的木马,浸水三分三;剑川师傅做的木马,浸水是一分三。县官看了,就当众判决说:"此案照本官看来,还是剑川师傅的手艺高明,这钟鼓楼还是包给剑川木匠来盖!"

从此,剑川木匠也就因为"木马浸水一分三"而名扬滇西了。

鲁班造船

讲述者:李冠伍
搜集者:郭思九、李缵绪、周天纵
时间:1961年7月19日
搜集地点:云南省大理白族自治州大理市喜洲镇沙村

古时候,世上没有船,人们也不知道用什么东西去海里打鱼。

后来,世上出了个鲁班,他有一个聪明的老婆,针线活计很灵巧。有一次,她做了一双顶漂亮的飞头鞋,天天把它穿在脚上。一天,她到河里洗脚,就把飞头鞋脱了放在河边。突然之间,从河头刮来一阵大风,把她的鞋吹进河心里,鞋顺水往下漂走了。鲁班的妻子一看,鞋子正在水上漂着哩!就连忙跳下河去捞鞋,一不小心,把鞋弄沉底了。她默默地站在河心里发愁,正着急的时候,飞头鞋突然又漂出水面来了。她高兴地捡来鞋子,坐在河边暗暗地想:为什么鞋子落水会不沉底呢?她想了很久很久,都没有想出个道理来。

她提着飞头鞋，闷闷不乐地回到家里，独自一人坐着想心事。鲁班师傅看见妻子愁眉不展，就问："你往日回家，总是高高兴兴的，今天回家，是什么事使你不高兴呢？"他的妻子回答说："今天我去河里洗脚，看见一件很奇怪的事情，使我想不通。"鲁班忙问："什么奇怪的事？"妻子说："我的飞头鞋落在水里不沉底！这到底是个什么原因？"鲁班师傅一听，朝着妻子的飞头鞋仔细看了看，说："你的鞋是空的，是不是空心的东西都不会落底呢？"他的妻说："你看，仿照我的鞋做张船放在水里试试，到底落不落底？"鲁班师傅听了妻子的话，就白天黑夜地赶造好一只飞头船，喊着妻子把船抬了放在河里。船在河里漂去漂来，他们高兴极了，就一齐跳上船去，随着船在河里到处漂。回家以后，他们造了很多只船，送给海边上打鱼过日子的人。人们坐在飞头船上，就可以漂到海心心里去捕鱼。

因为这些渔船是仿照鲁班师傅老婆的飞头鞋造的，所以，现在的渔船就和妇女穿的飞头鞋一样了。

师傅带徒弟

讲述者：杨玉树
搜集者：段寿桃、周天纵
时间：1961年7月
搜集地点：云南省大理白族自治州剑川县太和村

在过去，剑川巩北有个王师傅，带着徒弟下腾越做木活。帮了一家财主，活路做了几天，财主心尖，就起昧良了，想打条把工钱减低，说徒弟做活不如师傅，工价是一样，很不合算。

那天，财主老婆出来，狗眼一瞄，说："王师傅，你徒弟和你一样拿工价，有点不合，还得下降点呢！"

王师傅摆摆手说:"不得不得!我们同吃一碗饭,同做一样活,有什么要下降的?"

财主婆就说:"不得!那先要考考,给他独自上楼隔板壁,做好了,就不降,做不好要降。"

王师傅答应:"可以!"一句话定下来,徒弟在旁边听见,心里难免有些急,马上跑来向师傅说:"师傅我不得,一人做不出活来。"师傅笑笑说:"莫怕,你上去,哪里不懂,我编成调子唱给你!""好!"徒弟鼓起勇气,拿起工具,咚咚咚地登上楼,把木料摆开,削、推、锯,把木料准备好,他就在楼上往下唱:

木棒一推木渣飞,

料子推好在这里,

银白一片堆满地,

师傅怎么办?

王师傅在楼下听到了徒弟唱,就一边做活一边答唱:

料子推出心莫慌,

先隔板壁后做门。

五尺板壁四分甩,

听见了没有?

中板壁捡开个槽,

五分凸豹六分心,

推甩推在两边排,

才能喂得进。

"叮叮咚咚"响了一半天,板壁隔好,徒弟又唱:

渡渡小溪要过河,

板壁做好要做门,

不知怎么做?

师傅唱:

小门一扇一面光,
每扇二尺四寸五,
门管一寸加半寸,
水厚一寸整。
上钉水来下钉水,
门扣钉在腰身上,
一寸二的压水板,
开出又开进。

徒弟果然把门也做好,财主婆出来检验工程,她还是说这回不算数,再来一次,做一张桌子。"好吧,再来考!"徒弟一边答应,一边走上楼,在楼上翻开木料、摆开工具,又做桌子,手边削、嘴边唱:

屋漏过雨也要捡,
坐船逆风也要行,
板壁隔好做桌子,
师傅快教来。

师傅唱:

桌子上面四只脚,
安在上面压子鲁,
压子鲁上雕格花,
这样才清秀。
推捧抬台推它边,
三分边来六分心,
无头一个一寸二,
雕花在上头。
无头上安四大横,
上出头来下出头,
四脚用圆或用方,

圆方要分明。

桌子面是三块拼,

要用扣锁把锁紧,

光光滑滑推个面,

四方桌就成。

徒弟照师傅的话去做,把一张桌做好,还做了一对木凳子,摆在两边,把财主婆叫出来,给她检验工程。她一看桌子又光滑,样子又好看,才闭口不说话,徒弟照样和师傅得一样的工价了。

木花柱子

文本一

讲述者:赵鹤松
搜集者:李缵绪、周天纵
时间:1961年7月
搜集地点:云南省大理白族自治州剑川县甸南镇(原金华区西湖公社)朱柳村

传说保山县修玉皇阁的时候,鲁班师傅也在那儿。玉皇阁的木料都要又大又长的上好木料。近处没有,鲁班师傅就带人到很远的山上砍好后,顺着水道一直送到玉皇阁的一口古井中来。在玉皇阁的木匠师傅,只要站在井口边往上捞木料就行啦。

从井里捞起来的木料,一天天地多起来,堆成了一座木头山。这天捞木料的工人看见木料堆了这么多,就向玉皇阁的大师傅说:"大师傅,木料够了吗?"大师傅拿眼睛瞟了瞟,也没有仔细算算,就顺嘴答道:"够了,够了,不要捞了。"大师傅话刚落脚,井里的木料就没有了。

鲁班师傅回来，就向大师傅说："井里的木料都捞起了吗？"大师傅答道："都捞起来了，在井边堆着呢！"鲁班师傅就跑过去一看，便说："糟了糟了，你们没有捞完，还差一根哩！"大师傅不在意地说："那就叫他们再到井里捞一根吧！"鲁班师傅摇摇头说："不行了，不行了，捞不着了。"据老人说：这根木料现在还在玉皇阁井里，人把手伸入井水里，无意中还碰得着，但有心去摸去捞，却什么都没有。

玉皇阁差了一根木料，到上梁时有一根大殿柱子就缺了材料。木匠师傅们急得不得了，大师傅更是连连搔着自己的脑袋，骂自己糊涂。这时鲁班师傅却不慌不忙地说："不要紧，不要紧，差一根柱子木料，我们用推下来的碎木花掺着米汤做一根好了。"匠人们都说："这咋个行，大殿柱子要承那么重，木花做的怎么会要得？"鲁班师傅说："能行，不信你们试试看。"大家觉得实在也没别的办法，便只好照着鲁班师傅的主意办。

碎木花柱子做好了，跟其他柱子一个样，又粗又长，承着大殿，稳稳当当的。更奇怪的是：这根两人合抱的大柱子中间有一个小方眼，从柱子中间横穿过去，直径都是一样大。因为这根柱子是碎木花做的，不是整木料，所以它的经纹也和其他柱子不同，不是直的。这根柱子现在还在玉皇阁，不信，你们去看看！

文本二

讲述者：王永进
搜集者：段寿桃、郭思九
时间：1961年7月
搜集地点：云南省大理白族自治州剑川县甸南镇（原西湖公社）西中村

腾冲小溪炼囤脚村有座护珠寺。传说，在盖这座寺的时候，当地的绅士请来不少木匠，有架梁的，有竖柱的，也有雕花的，就是没有请到剑川的木匠。

　　这座寺是由一个不会做木匠的人当大包头包来做的。地方绅士对包头说："这是一项大工程，你要有把握才能吃这碗饭，不然，你就不要包这份活做。"大包头很傲慢地说："我这一世走南闯北，比这份工程更宏伟的寺庙都盖过不少，难道连这护珠寺都盖不了吗？"绅士们听了，就把盖护珠寺的工程包给他。

　　半年的时间过去了，护珠寺的工程快完成了。在竖房子的头几天，主持盖寺的人就通知各乡各寨大小官员、贫苦百姓，一定要在竖房子这天赶来祝贺。

　　到了竖房子的头天晚上，有一个出门人路过囤脚村，就歇宿在这个村里。晚上，只听得村里的人闹闹嚷嚷，准备明天竖房子的事。这个过路人就问："你们村里有什么喜事吧，家家户户这样忙碌？"人家告诉他说："明天要竖护珠寺的房子，当事的早已下命令，要附近各乡百姓准备盛装、香腊、礼品，前去朝拜。"这个出门人一听，觉得来的正是时候，也想看看这护珠寺到底有多堂皇。

　　第二天一早，各乡各寨的人都带着礼品赶来了，护珠寺周围，真是人山人海。太阳刚冒出的时候，只听火药炮一响，就开始竖房子了。这时，全体木匠忙个不开交，抬梁的抬梁，递柱的递柱，一锅烟时候，就把一大堆木料抬光了。抬到最后，怎么不见了一棵最要紧的中柱，中柱没有，这房子就竖不起来。有个木匠忙禀告包工头子道："不好了，中柱不见了一棵！"包头一听了大吃一惊，顿时手慌脚乱。旁边的绅士官员一听中柱没有，今天竖不起房子来，都纷纷责备这大包头。有的说他："欺骗官府，拐骗钱财，要把他抓到衙门治罪！"正吵得不开交时，突然从人群中走出一个人来，他对着木匠说："弟兄们，中柱不见一棵有什么了不起，你们去拿些推花来，我自有办法。"大家一听，都用奇怪的眼光看着他。他催促道："弟兄们，越快越好！"事情紧迫，大家也不敢怠慢，就七手八脚地拿来推花。他又叫人挑来几挑米汤，用米汤和推花就做出一棵顶好的推花柱子来。木匠们把柱子抬了去，护珠寺的房子就竖起来了。

大家看着这棵推花柱子，都夸奖这个过路人的手艺高明。盖护珠寺的木匠，都纷纷拜他为师，大包头也诚恳地跪倒在他面前，甘愿作为他的小徒弟。大家主张把他留下来，做他们的大师傅。这个出门人一再地说："我要到别的地方去做活，不能留在这里！"大家留他不住，就要重重地酬谢他，他拒绝了礼物。人们还想再把礼物送去，突然刮来一阵大风，风就把这过路人吹走了。人们忙追上去问："师傅，你是哪里人，请留个地址，今后好来找你！"只听得半天空有人说："我是剑川的木匠，你们到处都找得到。"

人们一听，都高兴得笑起来了。

张班去了鲁班来

讲述者：杨玉树
搜集者：段寿桃、周天纵
时间：1961年7月
搜集地点：云南省大理白族自治州剑川县沙溪镇（原金华区巩北公社）石龙村

鲁班师傅早先原来叫张班，他为什么要改为鲁班呢？这中间有一段故事：

原来，张班手艺高明，做的东西、盖的房子又快又好。这个名声，一传两传，连京城里的皇帝都知道了，便差人来把张班师傅请去，叫他负责修造一座金銮宝殿。

张班师傅带着工人日夜不停地忙着，修了九十九个白天，又修了九十九个晚上。眼看快完工了，张班忽然发现自己做的椽子尺寸短了一截，原来是量尺寸时搞错了！这一下可把张班师傅急坏了。怎么办呢！金銮宝殿的工程是误不得期的，误了期，不杀头也得坐一辈子牢。他急得饭也吃不下，觉也睡不好，左想右想，总想不出办法来，最后，他只好骑着会飞的木马，丢下工程，悄悄地逃回云南来。

张班师傅一路上越想越气，真糊涂！怎么会把尺寸搞错呢？唉！该死！该死！他拿着画签的手不住地捶着自己的脑袋。不料，一不注意，画签一下戳进了他的左眼，把眼也弄瞎了。张班师傅痛极了，把手一松，墨斗和画签就从空中掉了下来，恰好掉在剑川。于是，墨斗变成了剑川的墨斗山，画签被剑川人拾得了。所以后来，剑川的木匠都很会画，就是这个道理。

张班师傅回到家后，他的妻子见他眼也瞎了一只，一脸是血，骇慌了，忙问他说："你怎么啦！出了什么事？"张班师傅连连叹气说："祸事啦！祸事啦！"接着就把事情从头到尾说了一遍。妻子一听，就笑着说："我以为什么大不了的事，原来是这个小事，不怕！不怕，我教给你一个办法。"说罢，就把自己做的伞拿出来给张班师傅看。张班师傅看看想想，想想看看，忽然大声说："明白啦，明白啦，我有办法啦！"也顾不得眼痛，抓起伞，骑上木马，就又飞往京城去了。

这时，京城里的工人，因为张班师傅悄悄地跑了，没有人领头，监工的在骂，做工的在吵，闹得正不得开交。张班来了，他便对监工官说："这殿房我能修。"监官一听："什么！你能修！张班都没办法跑了，你是谁，敢说这个大话！"张班也不敢说自己是张班了，便说："我是鲁班。我说能修，我自然就有办法。"监官说："好，那你就修吧！误了限期又是要杀头的呵！"张班："你放心好了，不会误期的。"

金銮宝殿动工了，张班照着伞骨的原理，教匠人做了不少的"飞爪"，用飞爪斜伸出来接在短了一截的椽子上。不但椽子长短刚刚合适，而且比原来的好看多了。

金銮宝殿修好啦，又富丽，又堂皇。匠人们对鲁班都佩服得五体投地，跷起大拇指夸奖说："鲁班！你真行呵，连张班没办法的事，你都办好了，你真比张班强多啦！"这时，鲁班才笑着说："我就是张班呵！"从此人们都叫他鲁班，再不叫他张班了。"张班去了鲁班来"的故事也越传越远了。

因为鲁班被刺瞎了一只眼，所以后来木匠师傅吊眼画线时也都是只能用一只眼睛，不然就看不准，看不清。又因为这次是鲁班师娘的伞救了鲁班，所以，后来塑鲁班像时，总带着一把伞，就是为了纪念鲁班师娘。

篾圈和小木槌

讲述者：尹应清、赵鹤松
搜集者：李缵绪、周天纵
时间：1961年7月
搜集地点：云南省大理白族自治州剑川县甸南镇（原金华区西湖公社）朱柳村

从前，有一个叫阿松的小孩，家里很穷，很小的时候他家里就把他送去学手艺。以前，学手艺可苦哩！一点不合[①]，师傅不是打就是骂。阿松的师傅也是一个狠心肠的人，常常打骂阿松。有一回他带阿松去修怒江桥，除了烧饭的事全归阿松外，一天还得叫阿松推出十根柱子来。阿松从早到晚，两头摸黑，也总还免不掉挨打受骂。

有一天，工地上来了一个穿得破破烂烂的老头，手里拿着一根竹棍棍。修桥的木匠师傅看他穿得这样破烂，都把他认作是讨饭的，谁也不理他。只有阿松看见老头又冷又饿，怪可怜的，每天老头一来，他总是很热情地招呼他："老爷爷，你冷吗？来来来，这里烤火。"到吃饭的时候，大师傅走了，阿松就捏一个饭团，悄悄地塞在老头的手里。老头吃了饭团，就不声不响地走了。这样过了一个来月。

一天，老头吃罢饭后，不走了，却在火堆边坐了下来，向阿松说："小兄弟，你是在这里烧饭呢，还是做活路呀？"阿松说："饭也烧，活路也做。"老头又问："做什么活路？""推木柱子。""本柱子好推吗？"老头关心地问。

[①] 不合：系白语音译，即"不对"。

阿松说:"可不好做哩,推不光,做不完,还要挨师傅打。"说着就伤心地哭起来。老头忙安慰他说:"不要哭,不要哭!这不打紧。我送你一个篾圈圈。你推柱子时,只要把这个篾圈圈套在柱子上一拉就成了。但是,要记住,每天只拉十根,不要多拉了!"说罢,老头从怀里摸出一个篾圈圈来,递给阿松就走了。

第二天,阿松烧完了饭,就拿着篾圈圈去做活路。果然,把圈圈套在柱子上一拉,就成了一根又光又滑的柱子。阿松心里一高兴,把老头说的话也忘了,拉着拉着,一下就拉了二十多根。这时候,大师傅来了,一看感到很奇怪,就问:"阿松,你手里拿的什么呀!怎么做得这么快?"阿松把手一扬说:"没什么,师傅,就是这个篾圈圈。"大师傅不相信地说:"就是这个篾圈圈吗?好,给我看看。"说也奇怪,篾圈圈到了大师傅手里就不灵了。大师傅一气,就把篾圈圈丢在火里烧了。

第二天,老头又来了,见了阿松就说:"小兄弟,篾圈圈好用吗?"阿松哭丧着脸说:"好是好,又是被师傅抢去烧了。"老头叹口气说:"唉!谁叫你不听我的话呢?不要紧。不过我再给你一个小木槌。明天打铜桩的时候,他们打不下去,你只要把这个小木槌拿去捶三下就行了。但是,你得事先跟他们讲好,一百银子一槌,少了就不要打。打完后,就把木槌丢在河里。"说罢,老头就把小木槌给了阿松。

第二天,桥的基石安好了,该打铜桩了。这铜桩又粗又长,大师傅叫来了几十个身强力壮的汉子,抡着百斤重的大锤,轮流地打着铜桩,想把铜桩从墩上打下去。可是,捶了一天,累得精疲力竭,铜桩还是一分也没有打下去。大师傅没法,只好带着人走了,准备歇会再来。他们一走,阿松就赶忙拿着小木槌悄悄跑到铜桩面前,心里想到,老爷爷说只要用小木槌捶三下就行了。不知道灵不灵,让我来试试看。于是,他就举起小木槌在铜桩上轻轻一点,呵!真怪!比水桶还粗的铜桩一下子就下去了小半尺。阿松心里高兴得不得了,拿着小木槌跑回火房去了。一会打铜桩的人来了,一看铜桩下去了一小半尺,都很惊奇地说:"我们打了半天,还没打下去一寸,这是哪个来过，把铜桩打下了这么一长截？"有的说："没有谁来呀！是烧饭的小阿松来了一趟，在铜桩面前站了站就跑了。那一定是他干的，赶快去叫他来。"大师傅一见阿松，就大声地说："阿松！这铜桩是你打去的吗？"阿松说："是呵！我刚才把木槌轻轻一点，不知怎么它就下去了一截。"大师傅喝道："你不要瞎说，你一个小娃娃，哪会有这样大的本事！"阿松道："我可没有瞎说，你不信就算啦。"打木桩的都说："好！阿松，既然是你打的，那你就再打几下，把铜桩打下去吧！"阿松说："打是可以，但是得先把价钱讲好，一百两银子一锤，打几锤，就几百两，一点也不能少。"大师傅没有办法，只好答应说："好吧！好吧！就给你一百两银子一锤。打不下去，我又要狠狠地收拾你。""不准反悔呵！"阿松说。"当然不反悔，我把银子摆在这儿，打好，你就拿去！"大师傅爽快地答应，心里却想道："哪有这么怪的事，一个小娃娃会把那么大的铜桩打下去。"谁知阿松拿着木槌站在铜桩前面，举起木槌重重地捶了一下，只所见"嗵"的一声，铜桩就下去了一大截，第二锤下去"嗵"的一声，铜桩又下去了一大截，两边的人都看傻了。当阿松举起木槌正要捶第三下时，大师傅一看，赶忙叫道："阿松！阿松！轻点，轻点只要半锤就够了，不然就要不得了。"结果，只打了两锤半铜桩就钉好了。大师傅只好给了阿松二百五十两银子。

铜桩打好了，大师傅和打铜桩的人都争上来要抢阿松的木槌。阿松一急，把木槌一举，只听见轰的一声，把来抢的人一跤跌在地上，那木槌却顺着阿松的手，飞到河心里，顺着滚滚的河水冲走了。

造洛阳桥的故事

讲述者：张泽生
搜集者：段寿桃、郭思九
时间：1961年7月
搜集地点：云南省大理白族自治州剑川县甸南镇（原西湖公社）

古时候，皇帝要造洛阳桥，派出文武百官，四处找造桥的木匠。他们找了很久很久，都没有找到一个好师傅。后来，打听到有个姓鲁名班的人，是一个手艺出众、四乡五里闻名的木匠师傅，于是，就把鲁班找去，要鲁班把洛阳桥修好。

鲁班师傅接到皇帝的诏书，不敢不服从，就四处邀约许多木匠，挑着木匠家什，一齐来到洛阳。那时候用的钱是金子银子，皇帝家不想多出钱，就叫鲁班包活做。鲁班明明知道皇帝拿出来造桥的钱很少很少，是万万修不好洛阳桥的，但是，皇帝的旨意怎能违抗呢？只好忍气吞声地领着大小几百木匠修起洛阳桥来。几个月过去了，皇帝家拿来修桥的钱全用光了，可是桥还只修起一半。皇帝家给鲁班修桥的日期一天天接近，现在没有钱怎么办呢？大家都很着急。

晚上，鲁班师傅做了个梦，说是明天有一个漂亮的姑娘要到洛阳桥来玩，造桥不够的钱，她会替你想办法！

第二天，是个晴朗的日子，洛阳桥边游人不绝，有穿红袍绿袍的，也有乡下来的贫苦百姓。人们走过洛阳桥头，都无有不夸赞鲁班师傅造的洛阳桥手艺高明。人越来越多，真是热闹极了。

忽然，洛阳桥下有一个穿红衣、戴金簪的漂亮姑娘，撑着一张小船，唱着小曲，把船划过洛阳桥来。到了人多的地方，她停住小船，站在船头只管唱小曲。游玩的人听到悦耳的歌声，都集中到桥头来听。人们一见到船头上站着的姑娘，生得这般美貌，真是世上少见了。尤其是那些公子哥儿，一见就着了迷，指手画脚，人人都想挤上去看她几眼。这时，姑娘说道："要是你们哪一个人用金子银子打着我，我就嫁给他！"桥上的公子少爷一听，都叫："好！好！好！"有的说："从桥上打桥下的人，哪有打不着的？"又有的讲："我包包里装的是金子银子，打你十次、百次都划得来！"于是，这些有钱的公子少爷就纷纷掏出金子银子来，不断地往船上站着的姑娘打去。打去打来，始终打不中姑娘，姑娘的船里，倒落了不少金银。

游人中有一个穿红袍大褂的花花公子，已经把身上装着的钱都打完了，可是，还打不中姑娘，他真是急死了。要想回家去拿金子银子，又怕去后被别人打中把姑娘要去；不回去呢？又没有得金子银子了。幸好，他的家靠洛阳桥很近，又是当地最有钱的大富翁。他就叫家里的佣人回去禀告财主老爷。老爷一听，连忙派了几个人，收拾两挑金子银子，挑到洛阳桥上。这花花公子一见家里挑来金银，就想：一个个地打，难于打中，我有这两挑金子银子，不如抓了做撒，一颗不中一颗中，总会打中她。于是，就抓起金子银子往船上撒，不一会，两挑金子银子全撒光了，还是没有打中。可是，姑娘的船上，金子银子已经堆满了。这花花公子正急着叫人回家挑金子银子，这时，突然一阵大风吹过，只见桥下金光闪闪，姑娘划着小船不知往哪里去了。

鲁班师傅回到家里，只见屋里堆着一大堆亮光光的金子银子。正在奇怪的时候，突然走出一个姑娘来，鲁班师傅抬眼一看，不正是刚才站在船上的姑娘吗？他刚想问问姑娘，只见一道霞光从门外闪过，微微听得说："我是观音老母，下凡来帮助你造洛阳桥的。"鲁班师傅再看时，什么也没有了，只剩下屋里一堆金子银子。

洛阳桥下打美女的事，才一小下就传开了。传到吕洞宾的耳里，吕洞宾连忙启程赶到洛阳桥来，也想来看看这个美女。等吕洞宾赶到，洛阳桥上人也散了，船也不见了。只是见一些木匠忙着抬木架桥。吕洞宾问木匠，木匠回答说："来迟了！来迟了！"吕洞宾一听，感叹地在洛阳桥上写道：

"洛阳桥上有美女，洞宾到时不遇春。"

石将军"造反"

讲述者：李灿金、李灿唐
搜集者：李缵绪、郭思九、周天纵
时间：1961年7月
搜集地点：云南省大理白族自治州剑川县马登镇（原马登公社东塔大队）

  从前，有一伙剑川木匠到远处一户财主家干活，财主很吝啬，不同意木匠师傅们在他家吃饭，只答应供点锅什碗盏与木匠师傅们。匠人们没得办法，只得派一个小徒弟去烧饭。

  有一天，快到吃晚饭的时候，财主正在大厅里看木匠师傅干活，忽然小徒弟满头大汗，慌里慌张地跑进来对大师傅说："师傅！师傅！不好啦！不好啦！石将军造反，打破了铁围城！"大师傅听了吓得一怔，知道是小徒弟舂盐不小心，盐杵掉在锅里把锅打通了，便着急地问道："那范（饭）将军呢？"

  "范（饭）将军被困在木州城！"

  "汤呢？"

  "汤将军落在火中存！"

  大师傅慌了，一面赶忙收拾工具，一面说："坏了！坏了！快跑快跑！"带着小徒弟出门就跑。财主一看木匠慌成这样，心里也慌了，心想：莫不是强盗打来了，咦！一定是！赶快！逃命要紧，就摆动着肥胖的身躯，三步并作两步地跟在木匠师傅的后面跑开了。

  跑了几十里，财主累得上气不接下气，话也说不出来，只是张着大嘴巴直往外出气，木匠师傅看见财主累成这样，心里暗自好笑，便停住脚对财主说："东家！这下太平没事了，你慢慢地回去吧！"财主听说没事了，看看周围也安安静静的，不像有乱事的样子，才放了心。财主拖着跑痛了的双腿，一跛一跛地走回家去。到家里一看，什么都是好好的，只有借给木匠师傅煮饭的一口大锅被盐杵打穿了，半生不熟的饭还留在木甑子里，锅里的汤漏下去把灶火也淋熄了。财主才晓得上了木匠师傅的当。又急又累，一屁股坐在地上气得半天爬不起来。

杨天觉的传说

讲述者：赵鹤松
搜集者：周天纵、李缵绪
时间：1961 年 7 月
搜集地点：云南省大理白族自治州剑川县甸南镇（原西湖公社）

杨天觉是个有名的木匠，手艺非凡，还知道道法。在我们这里流传着好多杨天觉的故事。

1　得无字天书

杨天觉从小就没爹没娘，无依无靠，只得去帮人放牛放马，给人家讨点残汤剩饭糊口。杨天觉，这孩子穷，可长得聪明哩，在村里跟小伙伴们处得好，只要有空，他总是跟小伙伴混在一起，蹦蹦跳跳地玩。他肯帮助别人，对老人很尊敬，在路上遇着眼瞎跛脚的，他总是要帮个忙，所以村里的老老小小都很爱他。杨天觉有了老小的爱戴，自己虽然没爹没娘，天天给人放牛放马过活，也总是乐乐呵呵的。

一天，杨天觉到上甸箐去放马，在箐口遇着几个人在那里下象棋。杨天觉这孩子年纪小，可对什么都感兴趣，见几个人在青石板上下象棋，就蹲下来看。那几人越下越起劲，连饭也不吃，肚子饿了，就从荷包里捞个桃子吃。杨天觉也越看越兴趣，连肚子饿也忘记了。几个人就这样下了三天三夜的象棋，杨天觉也跟着看了三天三夜。到第三天早上，肚子饿得实在难受了，可是他们还没下完。他也不愿走，肚子太饿了，随手捡了个桃核在口里含着，一边含着一边看。谁知那几个是仙人，吃的是仙桃，杨天觉含了桃核之后，就沾了三分仙气。

几个仙人下完了棋，正想要走，见牧童还站在旁边，见这孩子学啥看啥很有恒心，问他，又说是个没爹没娘的，临走时，就在青石板上丢下了一本无字天书。无字天书上，没有字，只在皮上写着"若遇危难事，书中有道法"几个字。从此，杨天觉就学会了折路法、钉身法等许多法术。

2　东山萝卜西湖鱼

杨天觉得了天书，懂得许多法术，照理说，从此就靠玩弄法术生活，日子也一定过得顶不错了。可是，他从不吃便宜饭，还是跟着老木匠师傅去学手艺，靠给人起房盖屋吃饭，还过的是紧迫的生活。

有一年，他跟几个老师傅去昆明给人盖房子。照惯例，剑川的木匠总是夏出秋回，可是这一回，几个不说找到几个钱，连回家的盘缠也没有。几个只得又包了一幢房子，等找了钱再回剑川去。

秋去冬来，一下子就到了腊月三十。腊月三十，这是农村里最讲究的日子，不管出远门的，到其他县做生意的，都要回到家里。在这天，家里再穷，杀不起年猪也要买个大红公鸡，办个好饭菜，一家子欢欢喜喜地团聚一场哩。可是这一年，杨天觉他们几个人因为没回家，到三十晚上还流落在昆明。腊月三十这天，几个人还是给人在干活，手里干着木活，嘴里你一言我一语的，都说："腊月三十回不成家，几个人还是要过个穷年哩。"说着，几个人把仅有的几个钱拿出来，去买了点米呀菜呀，还是要过一过腊月三十晚。

这天是腊月三十，几个人早早收了工回来，围着火塘，烧火的烧火，洗菜的洗菜，烤茶的烤茶。看来，几个人还是可以过个马虎年。可是普天下，哪一个不爱自己的家乡？俗话说："家乡水最甜，家乡菜最香。"

尤其在这过年时节，有谁还不谈一谈自己的家乡？几个人一边煮饭一边凑起家乡的事情来，一个说："要是在家里呀，我就喜欢吃一盘生肉！"一个说："要是在家里呀，我就喜欢吃一盘香油煎乳酪！"另一个说："家乡东山的萝卜多甜，西湖的鱼多香，要是在家里呀，我就喜欢吃一盘东山萝卜西湖鱼！""是呀，什么都比不上东山萝卜西湖鱼！"几个人齐声应道。不提家乡则可，提起家乡呀，心里越发愁闷了。杨天觉看见大家总是喜在表、愁在肚，就插了一句说："要吃吗？马上就来！""到哪里买？"一个人问。"东山萝卜东山买，西湖的鱼西湖买。"大家听说他是回剑川去买，当成是开玩笑，一个人打赌说："昆明隔剑川千多里，东山隔西湖几十里，你能买到，我的房子输给你！""什么都不要，你们煮饭吧，我马上就回来。"说着，杨天觉照天书嘴里叽咕念了几句，拿手帕，折起路来，一下子就回到了剑川。不一袋烟工夫，杨天觉真的一手提萝卜，一手提着鱼进来了。他去的时候就下米，回来的时候甑子才上气呢。这样，几个人煮了一锅东山萝卜西湖鱼，吃得乐哈哈，几个人在昆明过了个欢乐年。

3　钉贼

杨天觉和伙伴们做了一年工，好容易挣到了几个钱。到第二年的秋天，几个人就背着家什用具，回剑川来了。可是事情真不巧，几个人在半路上遇着几个强盗。那几个强盗都是些彪身大汉，满脸横肉。杨天觉和几个伙伴刚要爬过山坡，几个强盗大呼一声："站住！"就从树林子里冲了出来。杨天觉和几个伙伴当作没听见，还是大摇大摆地走自己的路。于是，几个强盗就舞着手里的木棒，朝他们扑了过。一个强盗大声叫着："为什么还不站着？是不是不要狗命！"杨天觉见几个强盗气势汹汹，用温和的口吻说："我们是出门做手艺的，手里只有几文盘缠，要是没有这几文盘缠呀，我们就回不到家了。请你们弟兄发发慈悲吧。"几个强盗听见"盘缠"二字，就抢上前去要搜索，杨天觉恼怒了，大声对强盗们说："好商量不听，是不是要动武才行！"强盗们还是不听。杨天觉动火了，右手朝强盗们一指："站着，不许动！"杨天觉嘴里一念，右手一指，几个强盗就定定地站着，再也走不动了。杨天觉把几个强盗钉在路上，又和伙伴们走自己的路。走了一程，迎面走来了一帮人，杨天觉对他们说："你们前边有几个强盗站在路上，你们去告诉他们，以后不准再抢劫行人。要是他们答应了，就对他们说：'杨天觉说，你们可以走了。'"杨天觉他们朝西走，那一帮人朝东走，不多远，路上真的站着几个强盗。那一帮人照着杨天觉的吩咐，问那几个强盗，几个强盗再不敢说个"不"字，就把他们放了。这样，杨天觉和几个伙伴走呀走地走了半个多月，才回到了自己的家乡剑川。

4　到京城看戏

杨天觉回剑川那年的春节，家乡的春节过得特别热闹，玩狮的，唱花灯的，唱滇戏的，到处是锣鼓声。

大年初一那天晚上，隔壁的几个小孩蹦蹦跳跳地跑来杨天觉那儿玩，这个说狮子好看，那个说花灯好听，叽里扎啦地议论起来，杨天觉说："花灯好看，滇戏好看，京戏更好看呢。"几个孩子一听说京戏好看，就一齐拥上来要杨天觉领他们去看，杨天觉说："京戏在京城里唱，哪里去得到呀！"孩子们哪里听话，这个抱着他的腿，那个吊着他的脖子，一定要让杨天觉领他们看京戏去，弄得杨天觉没有办法，就对孩子们说："好，我领你们去看去。可是你们要答应我一件事：听我的话，我让你们怎样做，你们就怎样做。"孩子们一齐答应了，杨天觉把衣袖一抖，说："都到我的衣袖里来，路上不准往外看，看了就会丢落在半路上。"孩子们争先恐后地钻进了衣袖，杨天觉把手一抬，嘴里叽咕了几句，人就在半天空飞起去了。一飞飞到陕西，一个孩子不听话，往袖口外一看，就落在陕西。到了山西，另一个孩子也往外一看，也落在山西去了。不一会，他们就到了京城，在戏院里看起戏来，把孩子们乐得合不拢嘴。看完戏，杨天觉又让他们钻进袖口，带他们回家来了。可是孩子老是不听话，回到家里，袖子里只有一两个了。

杨天觉回到家里，孩子的爸爸妈妈也羡慕地跑来问，可是进了杨天觉家，却不见自己的孩子。这个问"孩子呢？"，那个也问"孩子到哪儿去了？"，杨天觉不慌不忙地说："孩子们不听话，落在半路上了。""落在哪儿？"大家一齐问。"嗯，你的孩子在陕西，二叔的孩子在山西，大嫂子的孩子在河南……"还没说完，孩子的父母都惊呆了，都说："那怎么办？那怎么办？"杨天觉慢条斯理地说："不要紧，明天我去找他们回家，今天就让他们在那里耍耍地方。"第二天，杨天觉真的把孩子们一个个地找回来了，把孩子们和隔壁邻居都乐得合不上嘴。

木匠翰林

讲述者：张锡鸿
搜集者：周天纵、李缵绪
时间：1961 年 7 月 30 日
搜集地点：云南省大理白族自治州剑川县甸南镇朱柳村

剑川三坛神有个马木匠，手艺好，就是家里贫穷。家里只有一个孩子，名叫汝为。夫妻俩都是穷人家里生，穷人家里长的，省吃俭用，知艰认苦，夫妻俩总是手不离镰锄，但家里吃的总是有早没晚，穿的总是破衣烂裳。后来，马木匠的妻子死了，丢下了父子两个，孩子年纪又小，生活的担子竟全落在马木匠的身上。再说，那几年不是旱灾就是涝灾，田里没一点收成，这样雪上又加霜，父子俩更没法生活了。

眼看没法生活，马木匠就打定主意，到夷方去谋生活。一天，马木匠收拾了用具家什，找了副扁担、篾箩，一头挑着孩子，一头挑着木具家什，出远门做木匠去了。马木匠挑着孩子到了蒙化,就在那里做起木匠来,可是马木匠一天的收入就只够父子俩糊口。时间一天天熬过去了,汝为这孩子也一天天长大了。孩子长得精明活泼,很喜欢读书,每天看到主人家的孩子读书回来,就催父亲要送他入学堂,可是连吃的都顾不上,哪里有钱供孩子读书呢?幸好马木匠还识得几个字,因为常给人盖房彩画,还练得一笔好字,马木匠就让孩子白天跟着学手艺,晚上就在铺上教他识几行书,写几个字。

这样,父子俩都很乐意了。可是孩子老是这样想:"像主人家的孩子那样,整天到学堂一心一意地读书,那该多好?"一有空闲,就跟着小伙伴们跑到学堂去玩。一天,几个孩子照例蹦蹦跳跳地到学堂里来,正碰上在学堂教书的杨老师,杨老师看孩子长得聪明伶俐,向他说:"这么大了,为什么还不上学读书?""我爸爸是个穷木匠,我们连吃的也没顾得上,哪里有钱读书呢?"孩子回答说。杨老师是个好人,肯帮助别人,听孩子说得可怜,第二天,就去找马木匠,对马木匠说:"你家孩子多聪明,让他上学读书多好。""好倒是好,就是没有钱,还是让他学木匠手艺吧。"马木匠回答说。"没钱我负责,明天就让汝为来读书。"杨老师肯定地说。马木匠听到杨老师的这句话,感动得不知如何是好,说:"好,明天就让他跟杨先生读书。"从此,孩子就跟小伙伴天天上学读书去了。

谁知穷人的命苦,学不到几年,马木匠死了!眼看孩子又要失学了,杨老师就对孩子说:"你还是好好读书吧,住吃在我家,我也就有个独姑娘,就给你做妻子,从今后你就算我家的人。"孩子听到老师一片诚心话,心想那姑娘对他也很不错,就一口答应了。这样又继续跟杨老师读书,杨老师到哪个地方教,他也就跟到哪里学,不几年工夫,就读了一肚子学问,练就了一笔好字。杨老师看他读得差不多,就送他到京城去应试,果然一考就考了个翰林。可是,就在这年,杨老师死了,妻子也没有音信。虽考了个翰林,可只有名,没有官职,皇宫每月只给一点点俸禄,连生活也难维持,所以马汝为中了翰林后也就陷在京城里,回不到家了。马翰林在京城难过生活，就帮人家写写对联啦、匾啦、字帖啦来维持生活，可是这活计不经常。有人请，才有点收入，没人请，生活也就没指望了。加上马汝为是个穷翰林，来请的人就更少，穿的不说，连肚子也饱不了。幸好，马汝为对门有个卖杂食的老太婆，待人和善，马汝为没吃的，就到她那赊点东西吃。

马翰林在京城过着这种日子，家中又没音信，在京城实在没意思，下决心要回到家乡去。可是这时马翰林已欠了老太婆一笔大债，怎么办呢？左想来，右想去，还是没有办法，后来，只得写了一卷字帖、对联，送给了老太婆。临走，马翰林对老太婆说："这卷字帖对联送给您，要是有人买就请您把卖了，钱请您收下；要是没人买，就作我的凭据，等我找到了钱，就赔给你老人家。"老太婆说："钱又不是命，不要紧，你回去吧。"这样，马翰林就回家去了。

马翰林回家乡不久，老太婆隔壁失了火，火苗已经朝老太婆的房子上卷来了，老太婆急得手脚乱抢家具，把那卷书丢落地下，碍手碍脚，老太婆一把抓起就往火里丢。那卷书一落火，火就完全熄了。救火的看见火突然熄灭了，觉得奇怪，进房一看，地上丢着一卷书，旁边的家什全烧了，可是卷书一点也没烧着。再问那老太婆，才知是马翰林的字帖给扑灭了火。马翰林字帖灭火的事一传十、十传百地在京城里传开了，消息传到皇帝那里，皇帝在九龙椅上拍桌子问左右文武大臣："这样的翰林学士，为什么不早奏与我！""嗯……嗯……那是个穷……穷翰林，听……听说已经回……回家乡去了。"左右文武大臣吓得话也说不清楚地回答。"给我快快召回京城！"于是，大臣们拿着召书到处寻找马翰林，大臣们找到马翰林家里，只有马翰林的妻子在家，大臣们怒气冲冲地问："马汝为到哪里去了？""在村南做木匠去了。"文武大臣在村南找到了马汝为，把诏令递给马汝为，要他立即收拾行李回京城去，若是违反诏令就要杀头。马汝为冷冷地回答说："我只做木匠不做翰林，你们回去吧！"几个大臣只得回到京城里去。皇帝照样又派了大臣去召，马汝为还是不回京城，搞得皇帝也没办法。

三吹三打

讲述者：杨显廷
搜集者：段寿桃、郭思九
时间：1961年7月
搜集地点：云南省大理白族自治州剑川县甸南镇（原西湖公社）西中村

剑川北村有个木匠，由于家境贫寒，十岁上就跟着村里的人出门到腾冲学手艺去了。学了半年，他的木匠活儿门门学会，雕龙画凤样样都行，就单独去给人家造房盖屋了。

一年年地过去，他在腾冲已经快十年了，可是，还没讨个媳妇。他曾托人四处说亲，人家都说："剑川地方干旱缺水，日子不会过得太好。"他听了这些话，心里很戳气①，就不再找人保媒了。

有一次，他到一个寨子去做手艺，看上寨子里一个顶漂亮的姑娘，就想娶她做媳妇，可是，又不好开口。有一天，他正在雕花画鸟，这个姑娘约着几个伙伴到他做活的地方来玩。姑娘看着他的手艺这样好，雕的花、画的鸟活灵活现，就说："老师傅，你手艺这样好，你的家乡一定画得花花绿绿，鸟叫花开喽？"木匠回答说："我们剑川地方当然美丽啰，山清水秀，吃饭还要'三吹三打'哩！我们寨子的屋檐下，画的雀鸟都会飞呢！"姑娘一听，心里扎实高兴，就说："哪天我跟你去看看。"木匠说："去了你就舍不得回来。"

姑娘离开木匠，心里暗自想：剑川木匠手艺这样好，画在房檐上的鸟都会飞；剑川地方的人又那样阔气，吃饭还要三吹三打，保险是个好地方！第二天，她就来找木匠，木匠说："你和我去，就要嫁给我！"姑娘答应了。

---

① 戳气：系白语音译，意为"生气"。

木匠就领着她回到剑川。

他们回家已经好几天了。在一天吃饭的时候，姑娘突然问木匠道："你不是说，吃饭要三吹三打吗？为什么我来了这几天，吃了无数次饭，不听见吹，也不听见打呢？"木匠一听，不觉哈哈大笑。笑了一阵，就跑进灶屋里，从锅洞里拿出一个粑粑来，对着姑娘说："你看，这不是三吹三打吗？"他一边吹粑粑上的灰，一边用手去打。姑娘一看，笑着说："哟，剑川的粑粑都是吹吹打打！"过了一会，姑娘又问："你不是说屋檐下的鸟会飞吗？"木匠指着屋檐下画着的鸟雀说："你看吧，一下就要飞了。"这时刮来一阵微风，屋檐板的钉子掉了，风吹屋檐板，板上的鸟雀就像飞一样。姑娘一看，不觉笑了起来。

王木匠的斧子

讲述者：王永进
搜集者：段寿桃、郭思九
时间：1961年7月
搜集地点：云南省大理白族自治州剑川县甸南镇（原西湖公社）西中村

剑川西中村有个木匠，很小就跟着别人到腾冲去学手艺，不到几年，他的手艺就出名了。

有一年，他来到河西木宋村给一家姓黄的人家做木活。黄家有个独生姑娘，生得十分漂亮，她的爹妈托人到处为姑娘选女婿。王木匠在黄家做木活，一天天就和黄家的姑娘处熟了。她的爹妈看着这个王木匠人还年轻，手艺又巧，就想叫王木匠招他家的姑娘，做他黄家的女婿。后来，就托人去给王木匠说，王木匠一口就答应了。

王木匠在黄家上门后，常常约着朋友到家里去玩。他有一个朋友，和王木匠的感情很好，每次进黄家的门，王木匠的妻子总是热心招待。日子长了，这个朋友的行为也就更放荡了。他看着王木匠的妻子如此漂亮，就起了邪心。一见到王木匠的妻子，不是拉她一把，就是说上几句俏皮话。日子长了，次数多了，这个黄姑娘也就有了一点意思，趁没有人的时候，就和王木匠这个朋友在一起打打闹闹的。有时王木匠不在家，他们一玩就是一夜。这样一来，就引起隔壁邻居的许多闲话，人们都说黄姑娘勾引野汉子。一传十，十传百，不几天工夫，上下十里的人都传开了，都说王木匠倒了霉，讨个老婆还搭上个朋友。这些闲言话语传到王木匠耳里，气得他直跺脚，心想：我王木匠是这腾冲地方有名的木匠，怎么讨个婆娘来丢人的脸面哩？！一气一急，就心生一计，想把他这朋友杀了。正在王木匠气愤的时候，外面的难听话越来越多了。王木匠哪里听得下去，就拿来砍木头的大斧子，整天按在磨石上磨，一连磨了五六天，把大斧磨得闪光之后，把斧口磨得能剃下头发来。他把大斧藏在屁股后面的衣裳里，整天去寻找他那个无耻的朋友。

有一天，他对妻子说："今天我出去做木活，晚上不回家了。"这话被他的朋友听见了，就在天黑的时候，跑起来找黄姑娘了。当他刚一进门，王木匠就从隔壁人家跟了上来，到门口拔出大斧，用力朝进门的一团黑影劈去，"噼里啪啦"一声响，一扇大门被王木匠的大斧劈成两半。进门的人听到后面一声巨响，吓得直往里屋跑。王木匠第一斧没有劈中，又紧跟上去，又给了那黑影一斧子，只听得像砂锅被敲烂的一声响，他朋友的脑门被砍得稀烂了。王木匠又提起斧子，往内屋冲去，想连他妻子也砍了。正在这时，隔壁的邻人听到响声赶来，拉住了王木匠，黄姑娘才侥幸活了命。

王木匠用斧子砍死人的事，一下子就传开了。村里的当事人知道了，就大吵起来，王木匠来腾冲做手艺，还不安分，竟然"用斧伤人"，打死人就得填命。于是，就写了一张状纸，告到腾冲道台府内，状纸上特别写明，王木匠不守王法，竟用斧伤人，应该填命！道台看了状纸，不觉大吃一惊，这王木匠乃是腾冲县最有名的木匠，不但手艺出众，而且为人也很正直。按王法，杀死人应该充军！可是，眼下王木匠正在衙门里为道台做八人大轿，这轿子是万万不能歇下来的，他就想把这案子拖延下来。可是，木宋村的当事人天天催案，道台无法，只得把王木匠充军到昆明去了。

王木匠充军走后，道台留下一座大轿。每次道台坐着大轿出外巡察，都要引起很多人的注意。因为他这轿子上所雕的龙凤，所画的花卉、鸟兽，人们看着就像活的一样，龙会动，凤会飞，这怎么不引起人的注意呢？道台看着许多人围着大轿夸赞，就问："你们看得起我，四乡五里见我出来都赶来朝拜？"周围的人说："我们不是看上道台，而是看上王木匠做的大轿！"道台一听，觉得这王木匠的手艺这样被人看得起，要是再为我多做几样东西，这不是更体面吗？

过了几天，腾冲县就筹备着做城隍会。迎送城隍爷是这一带最热闹、最隆重的盛会，每年都要雕一座神轿，专门用来抬城隍爷的。城隍会的会首到处去请木匠来做神轿，四处找遍了，没有一人会做。大家都说："这神轿除了王木匠，是谁也做不出来的。"群众中知道没有木匠做神轿，这城隍会也不会热闹。人们就议论纷纷，道台不该把这好的王木匠充了军。

会首请不到木匠做神轿，就去禀告道台老爷。一见道台就说："人人都说，只有充军在昆明的王木匠能做神轿，请老爷开恩，想法找回王木匠。"道台早就有心找回这王木匠了，听会首这一说，正合他的意思。就对会首说："你们回去料理做会的事，做神轿的事交给我办理。"

会首走了，道台就翻出告王木匠的状纸，仔细地念了几遍，当他念到"用斧伤人"时，不觉高兴起来，心想："用斧伤人"则是有意杀人，这罪就重了；要是把"用"字改成"甩"字，不就变成"甩斧伤人"了吗？"甩斧伤人"则出于无意，这就可以减罪。于是，道台就给"用"字提了个勾，就把"甩"斧伤人的状纸呈到昆明，昆明的军门一看，"甩斧伤人"不该充军，就把王木匠放回来了。

人们听说王木匠回剑川来了，就三番五次地派人来接他到腾冲去。王木匠看着群众是好意请他，就跟着来请的人去到腾冲。把神轿做好后，就领着一些徒弟到别的地方做木活去了。道台还想找王木匠做几样装门面的东西，都找不到他了。

锯子的来历

讲述者：赵志登
搜集者：段寿桃、郭思九
时间：1961年7月
搜集地点：云南省大理白族自治州剑川县西湖下村

传说，鲁班是最早的木匠，后来的木匠都是他的徒弟，从弹墨线到盖房子，都是鲁班师傅传下来的。木匠用的各种工具也是鲁班师傅创造发明的。

开始做木匠的时候，没有得锯子锯木头，只是用一把很薄很薄的刀子削。鲁班师傅削了几天，都没有削断一棵木头。鲁班师傅冒火了，就拿起斧头在刀口上砍了几下，就把刀子甩在一边。他的徒弟看见师傅发了火，忙过来捡起被他砍缺的刀子，对鲁班师傅说："师傅，我们再锯锯看？"说着，两个小徒弟就拿起缺刀子锯起木头来。一锯就锯进木头里去了，木屑四处飞。鲁班师傅一看，忙说道："这砍缺的刀子怎么会锯得断木头呢？我才砍了两缺，要是多砍几缺，不是锯得更快吗？"于是，把刀子口开成缺，就有了锯子了。

鲁班师傅的墨斗

讲述者：钟少武（老工人）
搜集者：郭恩九、李继绪、周天纵
时间：1961年7月11日
搜集地点：云南省大理白族自治州大理市大理镇三文笔村

相传在很久很久以前，础石刚开采的时候，鲁班师傅曾经到点苍山来过。他看见点苍山的础石好，非常喜欢，就在这里住了下来，天天同人们一道上山开采础石。

鲁班师傅上山开采础石时身上总带着一个木匠师傅用的墨斗。找着了好的础石以后，鲁班师傅就用墨斗里的线叫徒弟拉着，按在础石上用手一弹，础石在墨线弹过的地方就会自动地裂开六七寸深的缝子。然后，用锥子凿子轻轻一弹，一方方完美的础石就出来了，一点也不费力。因此，人们都说鲁班师傅这个墨斗是个宝盒。鲁班师傅也常常用这个宝盘帮助工人们开采础石。

有一天，鲁班师傅又同他的几个徒弟上山去采础石了，到了山上后，鲁班师傅突然发现墨斗里面的水已经干了。于是，他就把墨斗交给一个徒弟，叫他去装点水来，并且再三告诉徒弟说，一定要装清亮透明的泉水。山上是没有水的，舀水必须跑到山脚的小河边去，这得要走好长一条路哩。

鲁班师傅这个徒弟却是个偷懒家伙。他接过墨斗后，心中很不高兴，埋怨师傅不应该交给他这样一个苦差事，但又不敢不去。走到半路时，他突然想出了一个偷懒的办法。他撒了一泡尿在墨斗里面，就跑了回来，把墨斗交给了鲁班师傅。可是，怪事出来了，当鲁班师傅用这个墨斗的线去弹础石时，础石却不会裂开来了，原来这个宝盒已经被这个懒徒弟污秽了，所以失了灵。

从此以后，由于没有了鲁班师傅的宝盒，人们采取础石就只好一锤一锤辛苦地敲打着了。

杨奎选

讲述者：王永进
搜集者：段寿桃、郭思九
时间：1961 年 7 月
搜集地点：云南省大理白族自治州剑川县甸南镇西中村

剑川做木活的人多，高明的也不少，羊岑杨奎选也是里面的一个，起房盖屋也好，雕花刻树也好，艺高心细，计谋又多，现在还传有些他做活的故事……

抬大梁

那年子，腾冲云峰山上盖云峰寺，是盖在万丈高崖的云峰顶上。一面靠峰顶，一面是一刀齐下的深涧，望下头打锣锅转，请了好些木匠师傅帮盖，可是，来看看场面就走开，不敢承当，只有碰上杨奎选，一讲就成了。

几天后，房基和木料都做好，等着要上梁。难了，有棵横梁又粗又大，升到房顶得几十人抬，房子架起的木料哪能上得去，做木活的人也为难起来，有徒弟就问："杨师傅！大横梁怎么抬上去呢？"他说："徒弟！你们想点法嘛？"就笑眯眯地走到横梁上用双手拍拍脑门，心里有个数，看看竖起的房架子，思量了半天，法子出来了。他叫徒弟们在房顶上搭一个木滑架，就和徒弟把大梁从滑架上滚上去。滚着！滚着，吸杆烟工夫，把大梁滚到了顶上。他才问："徒弟们！滚累没有？"徒弟们齐声回答："这法真巧，不费劲就上来了。"

水皮桥

永昌澜沧江上重修的江桥，也是杨奎选手里做的。他一接到修桥的事，就和伙计们三两下把旧桥拆了。这样一来，桥东桥西的路就断了，不能来往，很不方便。当地的领事人就和他说："杨师傅！路断了有别的法使人马通行没有？"他说："有！就是费工点！""不要紧！"他想着澜沧江里有很多竹子做的浮船，利用它做个水面上的水皮桥，不是很好吗？

但是东边到西边有几十丈宽，造起来还是很困难，于是他又叫徒弟找来了一根铁链子，从东边拉到西边，然后连上浮船，一座水皮桥就成了。人能过，马能过，平平稳稳，又好看、又结实。过路的人，一走到桥上，都称赞："多高超的手艺！"

木匠上梁时唱的吉利话

讲唱者：赵鹤松、杨仕清、杨玉树
搜集者：周天纵、李缵绪
时间：1961年7月
搜集地点：云南省大理白族自治州剑川县甸南镇（原金华区西湖公社）朱柳村、沙溪镇（原巩北公社）石龙村

一、点梁：用雄鸡一只，将鸡冠上血点在中，梁正中沾上一根鸡毛，并同时点梁之左右方。

唱：
接得主人一只鸡，
此鸡本是凤凰鸡（或"此鸡不是非凡鸡"），
头上戴的花花帽，

　　　　身上穿的五色衣。
　　　　今是鲁班黄道时，
　　　　拿来做点鸡（或"用你来点生"）。
　　　　一点四字四金刚，
　　　　恭贺子孙万年昌。
　　　　四字点了点中梁，
　　　　（缺一句）
　　　　左边点龙头，
　　　　金银万万有；
　　　　右边点龙尾，
　　　　富贵满堂红。
　　或唱："左点中柱大发旺，右点中柱五谷堆满仓；一点龙头保佑主人大发旺，二点龙尾保佑主人生贵子，三点中央保佑主人富贵荣华。"
　　总之，匠人根据主人愿望，或希子，或希财，随口编唱，无一定格式。
　　二、上梁：点梁后，接着上梁。
　　　　唱：
　　　　一把梯子高又高。
　　　　高高接入五云霄。
　　　　一对青龙来下凡，
　　　　故意下来接中梁。
　　或唱："天下散下五色云，叫我下来接中梁。中梁！中梁！你在山中为树王。我是鲁班的弟子，接你做中梁。"
　　然后，上面拉梁的唱："左边拴龙头"，下面的应唱吉利话；再唱："右边拴龙尾"，下面的也应唱吉利话。
　　三、敲梁：梁拉上后，要将梁敲正。
　　　　唱：
　　　　手拿金锤亮汪汪，

两头五宝镇飞黄。

一敲敲富贵，

二敲敲荣华。

四、撒钱：梁上好后，接着是撒钱。

唱：

接得主人一盘钱，

钱是道光嘉庆钱。

今是鲁班黄道时，

遍地撒金钱（或"用你做敬钱"）。

五、洒水。

唱：

接得主人一盆水，

水是五湖四海水。

今是鲁班黄道时，

遍地洒金水。

六、撒馒头。

唱：

接得主人一盆粑，

粑粑蒸得五味香（或"麦子酒，麦子酒！麦子出在地中央。麦子做成馍馍后，蒸得馍馍五味香"）。

大的蒸得一百对，

小的蒸得一百双。

双双又成对，

对对又成双。

今是鲁班黄道时，

拿来破五方。

一破东方甲乙木，

二破南方丙丁火（"火"字不唱出），

三破西方庚辛金，

四破北方壬癸水，

四方破了破中央。

子孙跪在中梁下，

接得粑粑享富贵，

接不得粑粑享荣华。

　　用作点鸡的公鸡，照例是归木匠师傅得，所以有些吝啬的主人，往往只用一只小公鸡。逢此情况，匠人是很不高兴的。据说：有一次，主人用来做点鸡的雄鸡太小，匠人在点梁唱吉利话就挖苦主人说："小小公鸡小小公鸡，你是鸡蛋变成的（意思是说刚出蛋壳就变成了点鸡），不值二分钱的货，拿来充公鸡。"

（八）白王的传说

白王的出生

讲述者：段国柱
记录者：刘法丽
时间：1958年
搜集地点：云南省大理白族自治州大理市大理镇月溪村

　　白王的妈妈是保山的姑娘，打了个冷噤就怀了孕，回到家里，一下生了九个儿子。九个儿子一个也不像母亲。九个孩子，一个妈妈是养不起的，龙王知道了，就现身，变为一个化缘的，到她家化缘，对她说："你把他们领回龙潭就自然养活了。"

妈妈把他们领到龙潭,前八个儿子都跳回龙宫去了。妈妈着急,认为必须留一个,就把第九个拉住。第九个儿子总算是留下来了。

这小子在保山初等学堂上学,同学们都骂他:"你是姑娘养的,你没有老子!"他回家告诉爷爷和娘。他们不好待在这里了,于是就搬家,搬到大理来了。

他们不会做生意,只有盘田、开荒。有个白头白鬓的老妈就骂道:"这是何人的田?你们在此混搅混犁,我把你们犁头砍断!"老爷爷回答说:"你莫砍,我给你租约,你租给我好了。"老妈妈说:"你记下我砍的刀数。"老爷爷数下来的结果是十八刀。那老妈妈就说:"我恭喜你,你的孙子要做十八代的皇帝,江山要坐二百七十年。"

果子文和段白王

记录者:剑渔
搜集地点:云南省大理白族自治州剑川县

相传很多年以前,在云南通海地方,有一个老农民,名叫杨劝善,他为人忠厚老实,靠家里的几亩地自耕自食,生活虽不见得怎么好过,但可以称得上是一个"小康"人家。

不过给杨劝善时常愁闷的是:他和老婆已经年过半百了,膝下尚无一男半女。老两口虽为这件事做过无数次的求神问卜,结果还是孤零零的两个干人。

当时的风俗习惯,一般都有这种说法:"三十无子,停妻娶妻;四十无子,停妻娶妾。"因此,杨劝善曾经几次和老婆商量过讨小的事,谁知老婆是个强性子人,生怕老倌讨小后,会把她丢在一边,所以始终没有赞成。而且每次一提起这件事，老两口总要吵上一架，这样更使老倌忧上加愁。特别是一看到人家的小孩在面前跳跳蹦蹦的时候，心里就像刀子割一样的难过起来。

日子一天天地过去，老两口也一天天地衰老了。杨劝善在这种愁苦的日子里，除了招呼田园以外，常常做一些修桥补路、周济贫穷的事情。他认为这样多做些好事，老天爷是有眼睛的，就是这辈子绝了香烟后代，说不定可以修修来世。日子一久，他便慢慢地减轻了一部分心头上的愁闷。

再说杨劝善家里除了有几亩地种外，还有靠近房子侧面的一小块菜园，园里栽着桃、梨、李、杏等果树，另外还栽了一些蔬菜，这也给杨劝善增加了一部分收入。同时，当他早晚没事的时候，就到菜园里种菜浇花、培植果林，心事也就慢慢地遗忘了。

有一年，在他果子园里的一棵桃树上，结了一个比一般桃子还大的果子，杨劝善起初就感到很奇怪，就很细心地保护它，找了一根杆子顶在结着这个果子的那条果实累累的枝丫上，使它不会因风吹雨打而掉落下来。更叫人奇怪的是，这个果子越长越大，大得简直不像一个桃子，只是皮色有些像桃子外，就和一个瓜儿差不多，皮面的颜色，也比一般桃子红得好看。杨劝善又生怕外人知道这件事，特别是担心村里顽皮的小孩们知道，会把它偷走。因此，他又加固了菜园的围墙，找了一块小篱笆，遮拦在果子朝外的方向，他每天几乎要探望它一次，尤其是碰着刮风下雨的日子，就要一天几次的探望，他就像对一个初生的婴孩一样，想尽一切办法去保护它。

他对这个奇怪的果子，也曾产生过很多恐惧和幻想。他想这果子可能给他带来意外的灾祸，也可能给他带来美好的幸福，但始终迫切希望的是能够给他带来美好的幸福，同时还暗暗地祷告过天地神灵，保佑他能逢凶化吉。

这个大果子，每天只见它在长大，却没有看见它有些什么意外的变化。这样，一直到了农历八月初八的那天早晨，杨劝善才刚刚起床，忽然听见果园里有呜哇哇哇的啼哭声，他急忙跑到园里一看，不是别的，正是他早晚关心的那个果子已经坠落下来了。他走上前仔细一看,果子已经破成两半,而且使他感到又惊又喜的是,有一半里面躺着一个赤裸裸的初生婴孩。他连忙把她抱在衣襟里,再仔细看看,是个小女孩。于是他急忙三步两步地跑回家中,把这件意外的喜事告诉了妻子。妻子见了,好像十年九旱逢甘霖一样的喜欢得跳了起来,马上把小孩抱过来,洗好裹好,跑到村子里请了一个奶妈,并把这件奇怪的喜事一五一十地告诉了村里的人。不到半天的工夫,全村都传遍了。一个个都好奇地争先恐后地跑到杨劝善家里,来看看这个奇怪的女孩子,一面还向他们恭喜庆贺。杨劝善还给这些道喜的人煮白酒汤圆和鸡蛋吃。大家看过了小孩,都说孩子也和平常的婴儿没有什么两样,有些年纪老的人都异口同声地说这是杨劝善做人好的报应,杨劝善自己也感到这实在是老天爷生了眼睛,使他杨家不会绝了香烟后代。老两口不但像发了横财、得了珠宝一样的非常高兴,而且无微不至地抚育着这个掌上明珠一样的小女孩。

俗话说得好,愁生不愁长,这女孩一眨眼间就已经五六岁了,生得非常聪明俊俏,大家都叫她"果子女"。两老口更加爱逾拱璧,喜慰万分。

到了这女孩将近二八年华的时候,越是艳丽超群,很多人家都来向杨劝善说媒下聘,可是老倌始终没有答应许人,只推辞说孩子年纪还小,而且只有这个独姑娘,准备招个姑爷来接上杨家的香烟后代。

后来有一个武威郡(今甘肃省的一个地方)人,名叫段珑,委到通海当节度使,还没有妻室,他听到杨劝善有一个奇怪而美丽的姑娘后,也曾多次央媒下聘,可是老倌还是没有答应,最后,由段珑和他商议,如果他把女孩出嫁,情愿负责他老两口养老送终的大事,老倌才把姑娘嫁给了他。

时间简直就像驹子马从一个小洞边跑过一样地迅速,不久,段珑和果子女就生了一个男孩,取名叫段思平。他也长得非常聪明伶俐,从小就喜欢操习弓马,与众不同。后来,他在南诏国做了武官。南诏亡后,他具有雄厚的兵力,就带了军师董伽罗,领兵剿灭了东方黑爨,建立了大理国,称起云南王。当时,白族人民认为他是白子的皇帝,所以都叫他段白王。

白饭王开国

记录者：丁炳森

大理喜洲圣元寺内有一堂雕刻精致的殿堂门，每道门的下部雕有文字，门的上部都配了图画，这些文字和图即根据《白国因由》一书雕的。《白国因由》是部描述大理远古白国的书，其实也是佛教记述观音大士在大理业绩的书，里面却没有关于"白国"本身的记载。

不过提起"白国"倒有个传说：

很早的时候，大约等于中国的周朝时候吧，印度有个佛王叫阿育王，他有三个儿子，大儿子叫佛邦，二儿子叫弘德，三儿子叫至德。三个儿子中要数三王子最聪明能干，他能想到别人想不出的事，他也能做到别人做不到的事；他生性又是最和平慈善的，甚至听到有人跌了一跤，出了点血，他都会流泪。

一天，阿育王把三个儿子找到跟前，又把宫中文武臣僚们也请到跟前。阿育王举办了丰盛的席面请他们。一会，大家都吃得半醉了，阿育王对大家说："今天请大家来这里是有件大事定夺不了，请大家商量。"阿育王停了停又接着说："先请大家猜猜，看是件什么大事？"宫廷上静悄悄的，一个看着一个。忽然二王子弘德恍然大悟似的笑了起来，大家看着他，问他笑什么，他说："我猜着了，父亲是要替我和弟弟至德物色两个天下的美人，给我们成亲了！"这时逗得大家都笑了起来，宫廷上的人们开始活跃起来了。有的说二王子猜对了，有的说猜错了。大王子佛邦说："据我猜是……"说到这里，他看看父亲的脸色，阿育王说："你就猜吧！"佛邦说："一定是父王要准备把王位传给我了。"说完他很快地偷看了父亲一眼，又立即把头低下。这时宫廷上又沉静起来。阿育王说："胡猜！你们都猜错了。"说着，阿育王走到三王子至德旁边。这时,至德正自发怔,热泪润湿了他的眼角,以至父亲走来都没有发觉。阿育王抚摸着至德的头,一面低声说:"你说说看?"至德抬起头说道:"父王,你一定是要把那匹神马赐给我们,可是为了它,我们要离开您,离开母亲,离开我们亲爱的王国的人民……"说到这里,眼泪已滴到了衣襟上。阿育王用袍脚拭去至德脸上的泪,说道:"王儿完全猜对了,不过这应该是喜事,不必伤心。"阿育王转身向大家说:"你们都听见了吗?现在听我的吩咐好了。"

原来阿育王有匹神马,身高八尺,红鬃赤尾,身上金鬃毛。阿育王想把这匹马赐给儿子,可是三个儿子他都一样宠爱,给哪一个呢?他终于想出了一个办法。他吩咐说:"你们都把我的马拉进来。"马拉到了,他对王子们说:"这匹马我放他跑出去,谁追着就给谁。"

神马长啸着向东奔驰去了,佛邦和弘德也追了上去,至德停了一停之后,也就依父亲吩咐追了上去,可是他的脚步快如风驰电掣。不知道追了多少天,终于跑到中国南方的滇池东岸,拖住了马。他高兴极了,腾身骑了上去,立于山头。这时随从们都高呼起来,从此这座山就名金马山。佛邦赶到西山,听到弟弟已得了马,他不再前进了,正在西山脚下休息,忽见碧凤飞舞,那五光十色的羽毛,那清扬婉转的鸣声,实在招人爱。佛邦叫人捉住它,碧凤并不惊飞,反而飞到人群中来,这又是后来昆明碧鸡关名称的来历。这时,二王子弘德也来到了昆明北边的长虫山。三个王子和侍从们都分别驻扎了下来。不久,他们的舅父奉了阿育王之命前来找他们回去,大儿子、二儿子两个王子都不肯。舅父问至德,至德说:"我来的时候,经过一处地方,这个地方有翡翠般的山峰,白云缭绕,有水晶一样的湖泊荡漾着渔舟。我仍然想要经过那里回去,还要在那里住上一久。舅父回报了阿育王,阿育王同意。三王子至德骑着神马,领着随从们顺滇西而上,到了苍山洱海之间。这里的人们知道他是个善良勇敢的了不起的王子,都很敬奉他,他也愈爱上了这个地方。不久,阿育王知道他的三个王子都到了很好的地方,就仍然派王子的舅父领了王意到云南,把大儿子、二儿子两个王子封在现今的昆明一带,把三王子封在苍山洱海之间,即现今的大理。

至德被封为王后,由于他和平慈善,有智慧,把苍洱一带治理得风调雨顺,人民富裕。他又继承他父崇奉佛教,不食荤食,每顿食净白饭,人们也就称他为"白饭王"。后来他的子孙尊他的遗教治国,一共传了十七世,这段时间即称"古白国",据说这就是大理地方建国的开始。

白王建土城

讲述者：杨锐成
记录者：陈瑞鸿
时间：1958年
搜集地点：云南省大理白族自治州大理市喜洲镇

白王要建造一个城以御外敌,白王问他的军师说:"你看我们白国的天下能坐多久?"军师对白王说:"我们白国的天下在日月西升时才能做不稳,但是筑个土城就怕猪来拱。"为此,白王在建土城时就说:"猪来拱除非它是要来找草根之类的东西吃,那我们筑城时首先将土拿来蒸上一蒸,这样草木皆不能生长,猪就不会来拱了。"的确,在筑这个土城时,就先将土拿来在大甑子里蒸过以后,才筑成城墙,土城筑好了,白王心想除非日月西升才没有我的天下,所以安稳地想着:我的天下是永久坐下去了。

明朝朱元璋部下由西边来进攻白王,将白国灭亡了。这时白王才想起军师早有预见,日月西升就是明朝从西面来攻我嘛!怕猪拱就是指朱皇帝嘛!当时应当建造石城,城下挖上深壕,墙壕相顾,并早有兵马御防,可能还不致被灭亡。

白王的事迹

讲述者：杨光龙
记录者：郑绍堃、张福三
时间：1959年1月31日
搜集地点：云南省大理白族自治州大理市下关镇

很早以前，有一个妇人，一胎生下九个儿子。九个儿子渐渐长大起来，大的四个儿子生来就有一身了不起的力气，平时最喜欢打抱不平，附近贫苦的人没有不喜欢他们的。

有一天，四兄弟对阿妈说："阿妈，我们想到云南一带去玩玩。"阿妈对他们说："去吧，路上要多加小心。"兄弟四人走了很久，翻过了九十九座高山，跨过了九十九条大河，早起夜宿，终于来到了云南的边境。他们爬到一座顶高的大山上四处一瞧，只见云南境内遍处都是大大小小的海子，海里长着各种不知名的海草，山上是豺狼虎豹和飞鸟出没的地方，一丝人烟也没有。四兄弟在各处游了很久，发现云南原来有四条大江，现在被九十九条孽龙阻塞了，海水流不出去，才把所有的坝子都淹了。兄弟四人决心，要除去这九十九条孽龙，放出海子里的水。他们找了很久才找着这九十九条龙住的地方。兄弟四人赤手空拳和九十九条龙战了九天九夜，结果失败了。

他们疲倦地坐在白岩上，默默地望着银晃晃的海水，不出一点声息。"喂！小伙子们，坐在这里干哪样？"大家都被这突如其来的话声吓了一跳，回转身一看，原来是一个白发苍苍的老倌。大哥段实诚忙回答道："大爹，我们兄弟四人从很远很远的地方来这点游玩，发现九十九条孽龙阻塞了四条江，我们想除去这九十九条龙放出海里的水，我们和龙战了九天九夜，但失败了。"老倌对他们说："要战胜九十九条孽龙，就要学会治龙的本领，如果你们愿意学，我可以教你们。"兄弟四人听了很高兴，天天跟老倌学治孽龙的本领。一年过去了，四人的本领也学会了。有一天老倌对他们说："你们的本领学得差不多了，我也要走了，这儿有四把宝剑送给你们，它会帮助你们战胜孽龙的。"话刚说完，老倌不见了。兄弟四人又去和孽龙打，又战了九天九夜，这回九十九条龙全被四兄弟赶到大海里去了，海水顺着金沙江、怒江、澜沧江、元江通畅无阻地朝大海里流去。海水流干了，大大小小的坝子也露出来了。兄弟四人心里很高兴，可是等他们来到大理，看见大理坝子还是一片水汪汪的海子。他们又用宝剑劈开苍山，挖出了一条西洱河，水流走了，坝子也慢慢地露了出来。

这一带地方，从来没有过人烟，只有在高山上的原始老林里住着一些野蛮人和许许多多的飞禽走兽，这里野人吃的是生肉野果，住的是石洞。四兄弟从山上把他们赶下坝来，教他们取火、盖房、耕种庄稼。不久野人全跑光了。四兄弟气极了，用宝剑往天上一指，天上出现了一朵飞云，再指，飞云变成了大火，树林子被烧着了，野人被火烧得四处跑，他们逃到哪里，大火就退到哪里，一直把他们赶到耿马麻子坝一带地方的深山老箐里去了。

教野人开辟坝子的法子失败了。他们并没有灰心，兄弟四人又在一块儿商量，段实诚对弟兄们说："这样多的好坝子要没人住那太可惜了。野人被赶跑了，以后又要到哪点去找人来呢？"段实平说："只有一个法子，我们到人多的地方去劝他们搬到云南来，如果他们不来，我们用绳子捆着他们来。"大家想不出比这更妙的法子，就依着四弟的办法去做：他们从四川、江苏、南京一带捆回来很多人。四兄弟供给他们一切，还帮他们开荒、种地。大理坝子土地硬，来的人没有办法，四兄弟亲自把这块把子开辟出来，以后，人越来越多了，满山遍野都是田地和村寨。人们的日子也过得满好的。

过了不多久，兄弟四人从别的坝子又来到大理。他们走了很多村子，没有瞧见一个人，到处都是关门闭户的。田地也没人料理，长满了青草。四兄弟觉得很奇怪，决心要弄清楚到底这块坝子出了什么事。一天，他们走进一个靠海边的村子，瞧见一个老大爷坐在家门口抽烟，他们赶忙上前问道："老大爹，你们村子里的人都到哪里去了？"老人叹了口气回答道："一言难尽，我们这里出了三条蟒精，村子里的人被吃去了很多，连我这条老命也不晓得哪天完蛋。"四兄弟对老人说："老大爹，蟒精凶不了多久了，我们兄弟四人就是来杀蟒精的。"他们辞别了老人继续往前走。

谁知四弟兄和老人的谈话全被周城的蟒精听去了。她慌忙变成一个妇人，在半路上等四兄弟。见他们走来，她迎面走上去，问四弟兄道："四位大哥，你们要到哪点去？"段实诚说："不瞒大嫂，我们兄弟四人要去杀蟒精。"妇人装着惊慌的样子忙说："我劝你们不要去了，蟒精很厉害，能把人吸进肚子里去，去一个死一个。"四弟兄回答道："谢谢大嫂的好意，蟒精再厉害，我们都不怕。"蟒精没办法，只得找蟒王商量去了。弟兄四人离开了那妇人又往前走，要去找寻蟒精的住处，为百姓除害。

一天，他们来到周城，遇着杜朝选老大爹，他对四兄弟说："这后山上的蟒精很厉害，能千变万化，每年要我们献上童男童女，三月三这天就要下来食人，这一带的人不知被她们吃了多少，我年纪已经老了，如果是年轻的时候，我一定要去和她们拼个你死我活。"四弟兄把他们的来意告诉了杜朝选。杜朝选老大爹听了很高兴。当天晚上他们五人悄悄地设下个计策。三月三那天，他们从村子里选了一对童男童女放在仁和村、弓鱼洞村之间的庙子里。四兄弟和杜朝选大爹埋伏在蟒精路过的海边上。不一会，狂风四起，昏天黑地，从云弄峰上出现了两盏又大又亮的灯笼。四弟段实平忙对大哥说："快瞧，山上有人走路。"杜朝选大爹对四兄弟说道："大家注意，蟒精来了，那两个红通通的便是她的眼睛。"蟒精越来越近了，使人恶心的腥臭越来越浓，兄弟四人等蟒精走近他们不远的地方，便对准蟒精眼睛射了几箭，把蟒眼射瞎了一只，蟒精带伤逃走。他们跟着一滴一滴的血迹紧紧追去，在杜朝选大爹的帮助下，把蟒精杀死在半山腰的岩洞里。

兄弟四人杀了周城的蟒精后，回到下关又杀死了四平村的蟒精。最后剩下五台山上的蟒王了，她的本领比其他那两条都要大得多。不但能变化人形，而且会呼风唤雨，更凶的要算她的气了，她只要一吸就能把十多里远的行人吸到她的肚子里去,任你有多大的本事也近不拢她的身旁。他兄弟四人想来想去想不出一条计策,大哥段实诚着急万分,天天坐在大树下苦思苦想,终于想出一个非常巧妙的法子来。他忙把三个弟兄叫了来对他们说道:"你们在明天早上帮助我准备好几十把最快的钢刀,我有非常重要的用处。"第二天,弟弟们都把钢刀准备好了。他用毒药水把钢刀全部煮过,然后浑身绑上钢刀,才对三个弟弟说:"今天我要去杀蟒王,我想出了一个再好没有的办法,蟒王的气很大,我要让她把我吸到肚子里去,好把她杀死。我去了之后,你们快些赶来,把蟒王的肚子剖开救我出来,迟了我就会闷死在她的肚子里。"他收拾妥当后,手里拿着宝剑朝五台山走去。蟒王从老远的地方就闻见有生人味,她几天没有吃东西了,肚子饿得很,她用尽全身力气一吸,把段实诚吸到肚子里去了。段实诚在蟒王的肚子里东翻西滚,用宝剑使劲乱砍,痛得蟒王满山遍野地打滚,起初蟒王还滚得厉害,隔了一会,渐渐地不动了。等到弟兄三人赶来时,蟒王已经死去了,他们剖开蟒王的肚子,救出了哥哥段实诚。

蟒王虽然死了,但还不甘心。她变成千万条飞蛇出来咬人,四弟兄把整个大理坝子都撒上了雄黄、烟油,飞蛇才被杀得干干净净。他们为了镇压一切蟒蛇,于是用蟒王的骨头建了座塔,人们称它为白骨塔。

蟒精死后,大理坝子的人们才过着太太平平的日子。兄弟四人为百姓除了害,又在大理修建了一座榆辕城。人们认为他们四兄弟有功,要他们做国王。不知多少年后,从外面又搬来了许多人家,从此大理坝子一天比一天地热闹起来。这里的人以段姓为大,因为他们都是白王的后代。

南诏国王的诞生

大理金齿龙泉寺下有一个村子,名叫易罗丛村,村里有一个最美丽的女子,名叫茉莉媸。有同村的蒙迦罗娶她做了妻子,后来蒙迦罗出去捕鱼,淹死在大江里面，茉莉嵯出去找他，没有找到，见江里面有一根怪木头逆着流水漂上来。一会她好像在梦中一样，迷迷糊糊地看见一个美男子上岸来同她讲话。她醒转来的时候感到自己的丈夫又找不着，又有美男子来调戏她，就哭哭啼啼地回来。后来，她常常到龙泉洗菜洗衣，又在池边遇着不久前遇着的美男子，上岸来同她讲话，她醒转来的时候，正是晚上三更时分，这个美男子就来和她交合，因而就有了身孕。她的父母责怪她，认为没有名声，茉莉嵯把经过的事告诉了她的父母，她的父母觉得很奇怪，心想这个美男子一定是池塘里的黄龙。

后来茉莉嵯竟一胎生下九个儿子来，儿子们慢慢长大了。有一天晚上，黄龙又来和茉莉嵯相会，看见九个儿子非常喜爱，茉莉嵯对黄龙说："小孩子太多了，无法养大成人，想把九个孩子送还黄龙。"黄龙欣然答应，叫她送到他俩初次相会的池塘边上，芭蕉竹林茂密的地方。第二天，茉莉嵯如约送去，刚刚到了池边，八个儿子都平地飞驾着祥云，茉莉嵯带着最小的儿子抬头一看，见云彩里有九条黄龙，她前夫蒙迦罗也化为一条大黄龙，率领着他的八个儿子，看着茉莉嵯和幼子，大叫三声，飘然去了。茉莉嵯恍然大悟，携着她的幼子回到家里，就叫幼子为细奴罗。

细奴罗从小就聪明出众，茉莉嵯见邻居的人很坏，怕把孩子引坏了，就带着孩子移居到保山哀牢山下。不料，在那里又遇着邻居恶霸想来谋害她母子，因此，她就请了一个名叫波细的什人，背着细奴罗回到大理来。细奴罗长大成人后，耕田耕地，奉养母亲，后来娶了蒙欻做妻子，生了一个儿子，名叫罗晟斋。他知道细奴罗要做南诏国王，因而就侵犯细奴罗，做了白国国王，这就成了南诏国的始祖。

大理国王的诞生

讲述者：赵文藻
搜集者：杜惠荣
时间：1958 年 12 月
搜集地点：云南省大理白族自治州鹤庆县、剑川县甸南镇

大理国的国王名叫段思平，他的诞生也有一段传说：在大理喜洲的凤鸣村（又叫晨登村）的三圣宫里，有明景泰元年庚午（相当于公元一五五年）①的三灵庙碑记里，有这样的记载，现根据这个记载和民间口头的传说介绍在下面：

大理喜洲浣磅村有一个长者，没有子嗣，天天祈祷。他的后园有一棵李树，结了一个大李子，掉下地来，出现了一个美貌的女子，生得花容月貌，这个长者就把她收作姑娘，取名叫白姐阿妹。当时有一个蒙诏的清平官，名叫段宝璃的，知道她貌美，娶了她做了夫人。白姐阿妹在霞移溪洗脚，忽然看见一段木头逆流而来，碰着她的脚，当时他想到蒙诏元祖至光（碑文上半说蒙诏阁罗凤的儿子死后显灵，追封为元祖至光鼎祚皇帝）化为龙，感而有孕，因而她就把这段木头捞起来，培养在庙庭下边。后来，木头吐出木莲两枝，就生下思平、思胄，号先帝先王。思平在丁酉年立位，国号大理。他修建了灵会寺，追封他的母亲为"天庙景星懿慈圣母"，重建三灵庙。共传了三十五代，有三九一年。从晋天福二年（九三七年），到段思平开国，到宋理宗宝佑元年（一二五三年）元世祖灭了段氏，段氏领云南共二二主，三一五年。

---

① 明景泰元年庚午应为一四五〇年，括号中"一五五年"或为误记。

（九）红军传说

红军医生

讲述者：赵寿荣
记录者：洪恩照
时间：1958年12月
搜集地点：云南省大理白族自治州鹤庆县松桂镇

在松桂街后面衍庆村里，有个农民叫张奎斗，红军来时他已经有三十多岁了。这一年，他得了一种病，医了很多的时间，把家里的财产都卖光了，但病仍然没有医好，天天病在家里做不起活，日子过得很痛苦。

一九三五年阴历二月尾，他正病在家里。有一天，突然有一个卖药的医生来到他家，见他病在床上，就问他说："你生病？"张奎斗把病情对他说了以后，医生说："你这病我能给你医好。"张奎斗因没有钱，就对医生说："先生，我现在没有钱，只能待我几天。"

"好！病医不好我连药钱都不要了。"

过了几天，他的病渐渐好了，但不见医生来要药钱。

三月初，红军来了，村里的地主老财都跑光了，只剩下几家贫苦农民。红军就把大地主赵锡铭铺子里的布匹拿出来，分给贫穷的人。

红军过去了，这医生仍然没有来要药钱。原来这医生是红军的先头部队呀！以后，张奎斗逢人便说："红军救我的命。没有红军，我的骨头早成灰了。"

卖菜的故事

讲述者：罗子清
记录者：段寿桃
时间：1958 年 12 月
搜集地点：云南省大理白族自治州鹤庆县黑泥哨村

　　正是晌午时候，街上也热闹起来。忽然听见几里远的地方传来了歌声，原来是红军路过这里，在这里宿营了。
　　我母亲正把家里园子的莴笋背出去卖，可是只顺耳听人的妖风说不好了，就丢下篮子里的菜跑了。等到过后，回去看了一下，原来提篮并没空，反而都装满了银钱。奇怪，平常我只能卖二元，如今怎么会有五六元呢？唉！我早知道这样，该好好卖吗？这多怎样还他们呢？去找吧！……

青龙保驾

讲述者：王庭汉
记录者：高少松
时间：1958 年 12 月
搜集地点：云南省大理白族自治州鹤庆县

　　青龙大显圣，
　　吓得蒋匪连夜跑。
　　除了大祸害，
　　人民群众少遭殃。
　　话说二十多年前，中国工农红军路过鹤庆，蒋匪军随后追赶而来，住在金墩公社和一大队菩提寺。

这群匪帮住在菩提寺后，杀烧抢掠，鸡犬不留。秧田内黄鳝捉光，黄龙塘内鱼捉光，污秽了青龙。青龙显圣变成两条大黑蛇，从菩提树旁爬入寺内，在台阶月塘里大摆尾，把蒋匪军吓得目瞪口呆。蒋匪营长即刻下令开枪，两条大蛇爬上房顶抱在宝顶上，与蒋匪军势不两立，顷刻间全寺房屋震动起来，蒋匪军没法只得连忙逃走。迎一村相传曰：

匪军来害民，

青龙来保驾，

但愿烧香给青龙，

不愿交粮给匪蒋。

人间哪有几回闻
（回忆红军片段）

讲述者：赵淑渊
记录者：汤培元
时间：1958年
搜集地点：云南省大理白族自治州鹤庆县松桂镇

民国二十四年（1935）闰三月，红军长征，经过我们松桂，我们家中也住着有红军。隔现在已有二十多年了，但我还记着他们。

他们来的时候，有钱人都跑了。我们听说红军来了，穷人穿吃不愁，所以没有跑，反而去看他们呢！一进大街，走在最前的是小红军，都是十多岁的一个个，有的骑着马，有的骑着毛驴子，多和气、多活跃的一个个红军啊！他们看见街旁衣服穿得很破烂的穷人，就把身上挎着的毯子拿下来说："老乡，给你！老乡，给你！"一张张毯子给了穷人。接着他们又说："老乡，不怕，我们是一家人。"路旁的人差不多看呆了。

就在这个时候,松桂街上的穷人金容姆等老奶奶,挑着一桶桶的稀饭出来了。一个活跳跳的小红军很和气地说:"老奶奶,卖不卖?""卖的。"说着就拿出镍币来买稀饭吃,要多少给多少。

黄昏,我在堂屋里,一个壮年人手里拿着一本簿子对我说:"老板,哪家是当官的?哪家有钱?"那个人是外省口音,我听不懂。最后他写给我看,意思是:"我们是红军,和穷人是一家。哪几家有钱,哪些人当官?我们要去收拾他们。"这样,我才知道,我就告诉他:"曹良标、苏大勇……"不多时,他们就去把曹良标捉起,吊打了他一台,才搞出半开和粮食来,他们就叫穷人去背。

红军草鞋治沙症

讲述者:阮子宣
记录者:汤培元
时间:1958年
搜集地点:云南省大理白族自治州鹤庆县(原铁进公社)

红军长征,曾住过我村。他们当中衣服破烂的也多,而且也脏。那一定是行军忙碌,无时洗衣。他们到我们这里,不知走了多少路啊,一个个的脚都肿了,有的是走开裂了,腿上包着药。但是,他们还是很精神、很乐呵。他们走后,丢下了不少破草鞋。这些草鞋对人民太有用了。

红军过后不几年,我们地方沙症大发,中草药吃了以后虽然也医好了一些,但多数人没有治好,沙症仍然流行。在无可奈何的时候,不知哪一个传出:"红军的草鞋烧成灰,是治沙症最好的药,吃了最课①。"有的人就去试,确实灵验,后来到处都寻找红军的破草鞋,一直找光了,这样沙症也就

---

① 最课:正治合病的意思。

没有流行了。

这是什么道理呢？等沙症停止后，大家想想：原来，红军走长路，爬山越岭，草鞋上流了不少汗，而且脚痛他们就打针擦药，所以汗和药就可以治病。

红军攻打宾川城

文本一

讲述者：张福山
记录者：林惠荣
时间：1958年
搜集地点：云南省大理白族自治州宾川县

红军攻宾川的前两三天，人们瞧见信号弹五颜六色的升上天空后像玉带一样飞下来，化成一束白光。后来，红军来了，他们才说是红军后队在宣威放的信号，那时红军前路已在攻楚雄。

红军攻宾川前，就发现一通孔明碑："三三两桃花，天下刀兵起，四海少新主，一字十四点，价值二千五，有人解开此中意，好似蓬莱一洞仙。"人们都解不开，红军来了才认得了。红军攻打宾川是闰三月初三，故说三三两桃花，米贵了，故说一字十四点。人们看见信号时，红军已到了祥云。

宾川杨县长，搜集亡命徒，出下告示说："有罪未到案的，快来协助，红军要到宾川，恕你们无罪。"最调皮的大恶霸丁臣相也回来了，就打发他去调查红军消息。那时红军歇在冷水箐，红军在做吃晌午。丁臣相到那里后，回来时已是三更，他扮成一挖田的农民，回来喊城门，常备队不开门，后来因杨县长巡察到那里，丁臣相说："大哥，是我回来了！"丁说红军有二千多人（实际上有几万人，他只见到一部分，那时萧克部队还在祥云呢）。

只有一百六十个常备队，史华为保大理，从宾川调走六十人，各县都调，故宾川只剩了九十人。杨县长就把县村各乡，一共三千多人调来保护宾川。宾川城很烂了，西门关起，土基把城门口堵高，砍些刺围在城墙脚。常备队的队长姓赵，他说南门最重要，红军从祥云来要走南门，就守南门。他把土炮安在西城门口底下，朝外打，后被贺兰英打死两个。

冷水箐的红军分两路，萧克去攻大理，贺龙去打宾川。参谋长是贺兰英的未婚夫，他坐起滑竿、拿起红旗到南门南星桥，他一摇旗，城上就开炮，他往桥头拐上避。炮停了，他又站出来摇旗说："你们不要打，我们过了几省多少州，要打，小小宾川打不赢我们，我们走这里是公买公卖，不扰乱老百姓。"他的口音城上听不懂，常备队说他在骂他们，就开炮把参谋长打死了。这下两边都开炮，贺龙队伍从天亮寅时打到下午四点。贺兰英用长梯子，四人一架，抬了四五架，下面的红军把梯子脚用烂破布裹住，人掌住梯子，红军就踩着仙人掌林把梯子抬到西城门下，架在墙上。北门东边有一碉堡，那里有民团守着，红军把民团打跑，拿下碉堡。他们把西边墙挖大些，机枪安在那里，扫射西北角的民团。机枪一扫射，民团就跑下城去，红军就趁这时爬上西城门。传说红军是用升降机升上城的，其实就是爬梯子上城的。南门的民团打死的被打死，活捉的被活捉。赵中队长被打死在死人堆里，金牙齿都露出来。西北民团一下被打散，死的死，躲的躲。打进城后，红军到处搜索民团常备队。

杨县长有一个随行，他背一杆大十响。红军抬一个梯子攻南门，他用枪打，红军躲，他用绳子铁钩把梯子勾上来。杨县长听说，他抢来红军一个梯子。为了使红军没有梯子用，杨县长叫人把梯子搜进城来，搜了五百多架堆起来。西门外尽是仙人掌林，常备队认为红军来不了，不注意守。贺兰英就从这里攻城了，搭起六个梯子。上城后，右手拿着十响，左手拿着手榴弹，枪打得着的就打，手榴弹炸得着的就炸，把常备队打得死的死，跑的跑。

那个杨县长的随行，勾上来红军的梯子后，杨县长赏了五元大洋、一盒纸烟。红军攻进城来，其他随从退进衙门，他跑回家喊门，他女人害怕没开门，红军从后面把他打死掉。他女人恰在那时生了小孩，有人说那个小孩就是他投生的。那个孩子生下来后取名叫小乱生，现在在某地做干部。

贺兰英腰里别两杆手枪，咚咚咚咚，手也不扶梯子就登上了城墙。两手拔出两杆手枪，两边打开。常备队见已登城了，就跑了。她带着弟兄们去攻正衙门，衙门常备队被打死了好些，县长逃到衙门背后一座三层碉堡上，是一个妇女用竹竿把他救出去的。后来这个县长当了专员，解放后才把他镇压了。杨县长随行的20多人都在三层碉堡，贺兰英来把20多个捉住，问他们县长逃哪里去了，他们说认不得，贺兰英把他们编为新编排。

攻进城里，红军喊老百姓不要惊慌，说："我们就是为了老百姓。"没有吃的就到仓库里领，衣服穿的烂的领着皮袍，把地方官僚的都拿给他们。每人发给十块镍币（一百个）一封，或者就用洋碗打上一洋碗，镍币给完了，给花钱的（即银币）也有，人人都得到。

红军在宾川住了三天就离开了宾川，百姓非常欢喜。

红军攻宾川未下时，一个传一个（那时无电话）传到大理，萧克不攻大理，调兵集中攻宾川。宾川既下，萧克由海东到上关、洱源、剑川，到苦宗人住的地方。贺龙打鹤庆，据说鹤庆未打就进城了，鹤庆解放后，也到了苦宗人住的地方去了。

以后，鲁道言旅长、刘正富旅长、安绳三旅长、龚旅长他们是一个纵队，带着国民党的军队尾着红军屁股到了宾川。打是不敢打，红军过了草地，他们走到丽江就转来了。他们乱抢乱整，老百姓说："红军过，我们有吃有钱，国民党来，等于匪抢我们。"

文本二

讲述者：杨国喜
记录者：汤培元
时间：1958 年
搜集地点：云南省大理白族自治州宾川县

红军来的前一二十天，伪县长杨鲁菴（剑川人，是一个武捧捧）逢人就进行反宣传。见着两三个老人或青年，他就蹲下去讲起来了。他说："共军要从我们这里过，但不要紧，他们是弹尽援绝，我们只要坚持五六个钟头，滇军就来了，我们要大家行动一起保城。就是攻进城来，用桌子板凳也要抵挡。"

另外，杨鲁菴还找了宾川大恶霸阎德成商量。阎德成主张守住梁王山，不给红军进入宾川。而杨鲁菴认为梁王山守不住，坚决主张守城。杨鲁菴命令老百姓筑城，用了很多仙人掌和刺把城墙脚扎得紧紧的，有一丈多高，丈把宽，围成了一个一丈多高、一丈多宽的刺城墙。同时，命令百姓托了土基把四城门塞得严严的。把卖药的、道人和外方人，都一起撵出城外，把附近村落的梯子全都抬进城来。有钱人、当官的都搬进城来了，除常备队守城外，老百姓也被骗去守城。南门是由分队长王鉴横把守，东门是由张少康负责（当过团长，恶霸），北边是常备中队长陈晋贤担任（后被打死），西边是熊国珍（城防队长）把守。红军来的头几天，白日要百姓做饭、送饭，你家三升，我家两升；夜晚，每家在门口都要挂一个灯笼，把街心照得亮亮的。

那时，我们家开馆子，叫杨鲁菴一说，很多老百姓都不知道红军是什么人，哪个还不是怕死？所以，大家都编成城防队参加守城了。我是参加守南门的。阴历三月廿九日，天才蒙蒙亮，王鉴横对我说："老弟，你们来看，来了。"我们一看，的确三三五五地来了。王鉴横又说："哨子响时一齐开枪。"最先头来的是一个骑着一匹枣骝马的人（据说是参谋长，贺兰英的未婚夫），他把手抬起来招着大喊，但他是外省人，听不清楚说什么。队长王鉴横哪还听他的话，命令大家快放。那个骑在马上的红军，从马上打跌下来了，从这个时候起，仗就打起来了。红军把尸首往小河抬，顺着小河到东门，东边也发生战斗了，西门也打起来了。红军的机枪连续放射，里面守城的人很慌张。伪县长杨鲁菴说：这是他们在汽油桶里放电光炮。他叫大家喊："你拿电光炮吓不着我们。"他又召集了一部分人讲话，安安心，计划组织部分人去外面打。

吃早饭时候，发现南门外只隔丈把远的草房里已有红军，杨鲁菴命令用竹竿引火烧那间草房。烧着以后，红军还救火。红军又转到一间民房里，挖了枪眼。战斗仍继续打着，就在这时一枪打来，我的头顶被打了，我负了重伤，人事不省，被抬到中学里去了。

我的侄儿子杨勋也是城防队，他参加守西门。据他说，红军最后转到西门猛攻，他们用柏树和扁担扎了几十架梯子搭起进攻。队长熊国珍说："上来两个了！"话还没有说完，手榴弹就炸伤了两个人。有一个说："我挨了！"接着两个红军就跳进城来了。熊国珍躲在角角里，叫："用梭镖戳。"在西门守城的老百姓都吓呆了，熊国珍被红军打死了，西门的兵就这样垮了。红军一个跟一个地跳进了城，红军从南北两头追。在北门指挥的周宣、陈绍康都被打死，参加守城的老百姓有的往家里躲，有的和那些当官的、有钱的往东门城墙上跳。这些从东门逃跑的，有很多是跳到刺里跳死的，也有跑脱的。守城的兵被打死二百多人，红军打死打伤的有多少就不知道了，以后连尸首都不见一个，据说他们用火化了。

伪县长杨鲁菴，到了衙门口，还带着一些人和红军抵抗，直到抵不住了，才带着黄排长，他的师爷等七八个人躲到衙门后面的烂碉楼上。擦黑时，红军前往搜查，已发现有人。杨鲁菴早就安排好了，叫其他七人下碉，他把身上的大刀也拿给他们，自己身边还留着十响枪，红军问："还有人没有?"他们都说没有了,红军用手电照着找,但由于杨鲁菴躲藏在一个很暗的角角里,躲脱了,才换了烂衣服逃到硝厂。

我们受伤,睡在中学的有七十多人。在红军进城的时候,带轻伤的都跑了,只有我和张幼良跑不动。张幼良对我说:"老弟,人家进来,我们该死了。"我说:"不要紧,就说我们是学生。"说着几个红军就进来了,都是些年轻小伙,他们问我们要连枪(十响),我又昏过去了。不知什么时候,我母亲来把我叫醒,我认为是第二天太阳出了,母亲对我说,太阳才落的。这时进来了一个背着手枪的红军,可能是长官,我母亲对他说:"娃娃读书(实际没读书),县长要他送水,打伤了。"红军说:"好,你把他背回去。"据家里人说,他们在学校门上和我们家的大门上写了个字,又画了两个圈圈,不知道是什么原因。

第二天(四月初一),萧克的部队由盐丰来了。

我的妻子在街上看见红军在宣传:"我们红军就是为了农民打倒土豪劣绅,抗日必须倒蒋……"他们又说:"如有带伤的老百姓,我们可给医治。"我妻子听了,就把情况告诉了他们,两个医官就走到我家,给我医伤口来了。红军太好了,那时,我的小孩才两个多月,一个红军把小孩接过去抱起,另一个红军给我上药。他说:"怎么头发都没有剪去,这药是包在半边,伤口上都没包着?"说着他把我的头发剪了,上了药,用纱布包扎好,还给了我黄碘药、纱布、药棉,他们教我们如何上药。红军真的太好了,不但给我上药,还给了小孩三块镍币,毡帽一顶,棉絮一张。若不是红军,我的伤是不会好的。我们去打红军带了伤,红军还来医治,现在才更感到红军的确是为人民,早知道哪个还会去守城?

红军宣传后,所有的铺子都打开了。他们公买公卖,有些商人还抬高市价。红军还放出了犯人,在西门开镣,分给他们布、钱等。

红军未到前,有一个道人被抓进衙门关起。当时一个常备队的老班长,很忠厚,他向县长为道人说情,道人才被放走。后来才知道,那个"道人"是一个红军,红军进城后老班长也被抓住,那个"道人"遇着说:"这是老班长吗？好人，好人！"老班长就放了。红军只要看见手上有老茧的人都很爱护，如我侄子杨勋在南门被抓，后来看见他手上有老茧就放了。

红军只住了一晚上就纷纷走了，后来滇军随着追来。红军走到金沙江边，在附近写着："滇军们：不要送了，我们已此过江了！"

红军走后五六天，伪县长杨鲁菴偷偷摸摸地回来了。这时，建设局长张子英、民团队长王汝林等，牛驮马驮，有的送钱，有的送行李，如梅子酒、火腿等，马上堆积如山，杨鲁菴的大家当又摆设起来了。

杨鲁菴像母老虎一样，个个怕他。这时，由平川抓来五六个红军，报告杨鲁菴后，他说："谁还去看守他们，把他们通通枪毙了就是！"这几个红军就这样活活被杀在北门坡。

当时，穷人无不得到红军的照顾，他们叫穷人去背官家的粮食、肉，但老百姓都不敢要，他们就主动送来。红军走了，杨鲁菴又当县长了，有钱的、当官的又回来了，穷人不敢说话，那哪里还敢说红军如何好呢？解放前，我也从不敢说我的伤是红军医好的。

一只火腿

讲述者：李国柱

一九三三年，解放军长征部队经过云南，到了丽江，在丽江宿了一夜。有五个士兵，在丽江四方街和之槐家宿了一夜。和之槐家，成分是中农。他家因为把红军看得像蒋匪军一样，全家逃跑了，衣服油肉米完全放在家里。到了第三天，回来看看，不见了七斤左右的一只火腿。当时的火腿价是四角一斤，可是他家放肉的柜子里，放下现金四元。柜头上又放下件旧棉军衣，这可见红军不动人民一根线。这是我在昭通当兵时，丽江同事和之镜讲给我的。

玉镯还家

记录者：张力奋
时间：1958 年
搜集地点：云南省大理白族自治州鹤庆县

  玉镯还家，是一个真实的故事。这个故事发生在什么时候呢？是在一九三五年咱们红军二万五千里长征的时候。当毛主席的队伍经过鹤庆的时候，有一个贫农得到了一只很好的玉手镯。当时，他是多么高兴！因为在那时，穷人想得到这样的手镯是很不容易的啊！这支玉手镯又是谁赠送的呢？这就是咱们的红军。当时，红军只不过是路经鹤庆，不可能多留，在了[①]不久又开始出发了。但本村的恶霸知道有很好的一只玉镯落在这个贫苦的家庭里，这个恶霸就利用自己的权力，托人几次去要，说这只玉手镯是他的。这个贫农认为，这是没有根据的，而且也根本就不是这个恶霸的东西，所以不肯拿出红军赠送的礼物。这个恶霸恼羞成怒，亲自跑到贫农的家里追逼这只玉手镯。这个有权有势的恶霸，终于把这只玉手镯抢走了。当时，这个无依无靠的贫农，就这样忍气吞声地过下去了。日子过得多快啊！1952 年来到了，毛主席的队伍又来到了我们家乡——鹤庆城，日子算是出头了。这个贫农有了党做靠山，有了解放军来撑腰，轰轰烈烈的土地改革在鹤庆卷起暴风骤雨，人民闹革命闹翻身开始了，斗争也开始了。在斗争中，这个贫农积极地起来斗争，和这个恶霸清算。特别使他伤心的是：这件红军的礼物——玉手镯已经在恶霸家里十七年了。他是多么渴望重新得到这一件不平凡的礼物呵。直到这个恶霸当着群众交还这只玉手镯时，这个贫农高兴得跳起来了，他激动得脸上流出一滴滴的眼泪。我们胜利了，

[①] 在了：云南汉语方言，意为"在某地方待着"。——编者注

玉镯还了家。他很久地摩着这件红军的礼物，追忆那个送礼物的红军战士。

报信

讲述者：郜庆兰
记录者：张福三
时间：1992年3月25日
搜集地点：云南省大理白族自治州大理市下关街道

赵屯有个老妈妈，虽是五六十岁的人了，身体却很硬朗，下地做活，上山背柴，样样都做。她家里没有别的人，有个女儿也快要出嫁了。一天傍晚，老妈妈提着一篮糕走出村子，忽然碰见从山上冲下几十匹马队来，把她吓坏了，赶忙躲进坟地里，头也不敢抬。只听见马蹄声响过，马队像一阵旋风似的朝前走了，老妈妈才安心了，站起身来准备继续走路。这时，一个人从坟地里爬起来喊住她："老妈妈，你知道他们是谁吗？"

老妈妈看了半天，才认出喊她的人是本村有名的一个大地主。回答道："大爷，我不知道是些什么人。"

"嘿嘿，你还不知道！"地主走上前来，低声地说，身体有点发抖："这就是传说的红军！"老妈妈听说是红军，心里着实吓了一跳，提着糕篮子就要回家看女儿。那地主挡着路央求她说："老妈妈，我不回家了，我就在这里躲几天。你去给我家里说，带点吃的来。"老妈妈问："大爷，你怕什么？你有钱有势！"地主哭丧着脸说："听说红军最恨有钱人。"

老妈妈回到村里，已是掌灯时候。她一进门，女儿就跑过来埋怨妈妈不该乱跑，又说家里住有红军，都是些好人。老妈妈不相信，把糕篮塞进门背后，要藏起来，红军看见了，笑着说："老妈妈，放进柜子里去吧！在门后边可能给老鼠咬坏了。"

不出两三天，红军的大队人马就来了。前几天的马队，只是红军的先锋队。老妈妈不再害怕了，她给红军烧开水，钉纽扣，还卖砂糖凉水。

老妈妈忙忙碌碌，把地主委托的事，忘记得干干净净。红军正要捉拿他，可是在坟地，没找着。一次，她出去找女儿回家吃饭，出村口没多远，地主就从一草堆里钻出来，挡住去路。才几天他已饿得面黄肌瘦，声气也没有了，他有气没力地说："老妈妈，我快饿死。你去我家看看，家里怎么样？"老妈妈说没工夫，地主给她又是磕头、央求，又是许愿说："红军走了，我会给你好处。"

老妈妈想了一下，答应了。她找到女儿，就跑去把地主藏的地方告诉了红军。地主终于捉到了，几个红军审问他，问他粮食藏在什么地方。这家伙死不开腔，装死。经过搜查，从一谷仓脚挖出粮食，已发霉了，是红军来以前才埋的。还有很多鸦片烟、银洋、衣物、古董，数也数不完。

红军把粮食分给穷苦人，把鸦片烟放火烧了。地主在一旁眼睁睁地看着，烟要烧完了，很是心疼，几次扑过去抢救，都被红军抓住。晚上，趁红军第二天要走，不注意，他挣断绳子溜跑了。

没几天，红军的队伍过完了，给老妈妈留下几盒砂糖，好久好久她都还舍不得吃，最后作了女儿的陪嫁。那地主呢，一去就没回来，听说参加了国民党的军队去追红军，被打死在路上了。

（十）杜文秀的传说[①]

一副对联

讲述者：金达尊
记录者：郭思九、李缵绪、周天纵
时间：1961 年 7 月 10 日
搜集地点：云南省大理白族自治州大理市大理镇

    从八国联军闹中华以后，洋人就大批跑到中国来了，我们云南也来了不少的洋人。他们口头上说是传教、经商，其实，做的尽是些欺侮压迫中国人的坏事。到处霸占田产，修筑教堂，奸污妇女，敲诈百姓，都是些"好话说完，坏事做尽"的家伙。当时那些清政府的府官、县官，见了洋人，真像老鼠见了猫一样，吓得屁滚尿流，六神无主。不但不帮老百姓说话，反而臂肘向外弯，同洋人一鼻孔出气，串通一起来整老百姓。老百姓恨是恨死了，却是"有冤无处申，有苦无处说"。

    到了咸丰六年六七月间，太和县（今大理县）遭了灾，老百姓的生活也是没法过啦，可是官府还在老百姓头上派粮派饷，出告示要老百姓交一升粮时，还得另交三个通洞钱。告示一出，老百姓可气坏啦，一时大街小巷，尽是闹嚷嚷的人群，眼看就要闹事了。就在这时候，出了一件怪事。

    一天早晨，有人忽然发现一副奇怪的对联。上联贴在洋人住的教堂门

[①] 杜文秀（1828—1872），回族，云南保山人，清代滇西农民起义领袖，他领导的回、白、彝、汉等民族人民的反清起义最终以失败告终。在滇西各地（尤其是杜文秀起义的大本营大理）广泛流传着杜文秀及其义军的民间传说，成为滇西地区汉、回、白、彝等民族共享的民间叙事传统。——编者注

口,下联却贴在县太爷衙门的大堂上。上联是:"什么天主教?敢称天圣天神!欺天理,灭天伦,将青天白日闹得天昏。待到天讨天诛,天才有眼。"下联是:"这等地方官,都是地痞地蠹!搜地财,括地宝,以胜地名区翻为地狱。又加地课地丁,地也无皮。"

一传十,十传百,不到一时三刻,全城的人都晓得啦。大家都跑来看这副对联,兴奋地说:"嗨!这副对联骂得真痛快,可算替我们出了口气!"可是,这却气坏了洋人,吓坏了县官,他们赶忙叫人撕毁了对联,赶散了人群,并扬言说:"查出写对联、贴对联的,一定要严办,决不宽贷。"

自此以后,老百姓更恨洋人和官府了。不到一个月,杜文秀就领着老百姓闹了起来,打进了大理,赶走了洋人和县官,立了元帅府。据说,这副对联就是杜元帅的人写的。

三毛牛

讲述:马恩金
记录:郭思九
时间:1961年7月13日
地点:云南省大理白族自治州大理市大理镇阳河村

杜文秀在大理闹事之前,下关出了个三进士,绰号叫"三毛牛"。他有一身好武艺,玩枪耍刀,门门在行。尤其喜欢打抱不平,地方上的土豪劣绅,看着这三毛牛武艺高强,都感到有点害怕,就想趁早除掉这个祸根。当地土豪中有个叫苏荣的人,是个强吃霸拿、输打赢要的坏蛋。由于他常常在地方上欺压百姓,被三毛牛整治了几次,就和三毛牛结下了冤仇。他早就想除掉三毛牛,好让自己称王称霸。一天,他和许多土豪聚在一起,商量如何除掉三毛牛。会上,苏荣想借此机会显示一下自己的本领,就向大家说:"除三毛牛的事交给我去办!"大家知道这三毛牛不是好惹的,既然苏荣愿意出面杀他，这是再好不过的事了。于是，就把下关的团兵交给了苏荣。

苏荣领着团兵，一连训练五六天，就开出城去打三毛牛，接连几次都吃了败仗。一天，苏荣在一座庙里摆下酒席，埋下伏兵，然后派人去约三毛牛到庙里吃酒，说是讲和，其实想给三毛牛个措手不及，趁机把他杀了。

到了那天，三毛牛真的来了。一进庙门，庙里静静的，只见后院的客厅里，苏荣背着手走来走去；再朝四周看时，墙后有人伸出头来偷看，三毛牛知道上了苏荣的当，心想：现在已经进了庙门，要跑吗？来不及了。不跑吗？难道被他们活活杀死？！他正在打主意的时候，只听客厅里一声枪响，埋伏在四周的团兵冲了出来，有的抬枪，有的拿叉，都朝三毛牛身上戳来。三毛牛赶忙朝后院跑进去，看见苏荣正躲在那里。他一步跳过去，抓住了苏荣，像鹰抓小鸡一样，反手把苏荣背在背上，直奔后门。后门早被苏荣用大铁锁锁了，他把苏荣放在地上，用左脚踩着他的脊背，用右脚朝后门上一踢，只听"当啷"一声，后门被踢倒了。他连忙背起苏荣，从后门冲了出去。

团兵追了上来，想要开枪，又怕打着苏荣；想要用叉去戳，又追他不上，只好在后面大吼大叫。三毛牛背着苏荣，一口气跑到漆树村，团兵已经被他甩得老远了。他把苏荣摔在地上，苏荣早已经吓得魂不附体，像个面做的人一样，瘫在地上动也不动了。

三毛牛歇了一口气，走过去指着地上的苏荣说："苏荣，老子饶了你几次了，如今你还想来老虎头上拔毛！现在可对不起你了！"说着，就从腰间抽出雪亮的大刀，举在头顶上骂道："你还要命不要？"苏荣一看那把雪亮的刀子，一骨碌翻起来，"扑通"一声跪在地上，又是作揖，又是磕头。吓得结结巴巴地说："大哥！请你……饶我这条……老命吧！"三毛牛收回刀子，插在地上，对苏荣说道："我还不想杀死你，今天只给你点厉害尝尝。现在放你回去，一不要欺压百姓，二不能伤害起义的弟兄。假若你不听，下次碰上我，就休想饶你！"说完，就收起刀子，朝蒙化（今巍山县）的路上走了。

苏荣看着三毛牛走远了，才从地上站起来，领着团兵逃回下关去了。

三毛牛到了蒙化，听到杜文秀联络了许多起义人马，扎下了大营，到处杀贪官，打财主，声名传遍四方，三江五岭的人都来投奔他。三毛牛知道杜文秀待人诚恳，政事清明，也带领着一帮人马来投奔杜文秀。杜文秀的人马越来越多了，就一齐朝下关打来。三毛牛向杜文秀请求道："元帅，下关的仗，让我去打！"杜文秀知道他本事很好，就封他为大将军。当时守下关的土豪是苏荣，他一听说三毛牛带领兵马打来，早吓破了胆，慌忙领着团兵逃跑了，下关就被白旗军占领。不久，又攻下大理，就在大理成立了元帅府。

杀死张祖严，投奔白旗军

讲述者：杨绍标
记录者：李缵绪
时间：1961年7月8日
搜集地点：云南省大理白族自治州大理市大理镇大理古城

白旗军打到大理时，红旗军已经把地方糟蹋得不像样了：老百姓死的死、逃难的逃难，房屋也倒塌完了，田地也荒芜完了。白旗军见这情况，到处安民贴告示，说白旗军是为了反对清政府的统治才起来的，对各族人民一定不分彼此，一律保护，希望逃难的人民重返家园。这样，逃难的百姓都纷纷回来了。百姓回来后，没有房子，白旗军帮忙盖了房子；那时吃的很困难，杜文秀就拨出粮食，一天一个人发一碗炒豆，总是让百姓有吃的。从此，村子里才有了人烟，荒芜的田地也才陆续开发出来。

有些红旗军听说杜文秀待老百姓好，也远远地跑来投奔他。这时，有个大恶霸张祖严，他是红旗军的将领，原来驻守在大理。张祖严平时可是只山老虎呢，要是谁对他有点不好，他说要打就打，要杀就杀，谁敢说他一个"不"字！可是白旗军一来，一家伙就打得这只山老虎夹着尾巴逃到喜洲去了。张祖严到了喜洲，还是整天在家看戏打牌，吃喝玩乐，胡乱糟蹋百姓，百姓没法生活，只得携儿带女的到邓川、洱源一带去避难。百姓一走，蒿草刺蓬长满了田地，土地荒芜完了不说，喜洲的房屋都被他拆毁完了。

张祖严整天在家躲在喜洲，跟他的小老太吃喝玩乐，不敢出去见白旗军，可是为了他好升官发财，却没日没夜地让士兵们上前为他卖命。士兵们本来就不愿跟白旗军打仗，再加上他这一横行，士兵们可就忍不住气了！于是，士兵们秘密地商量：杀死张祖严，去投白旗军。

一天夜里，两个身强力壮的大汉，身背大刀，悄悄溜到张祖严的住房，侧身进门一看，张祖严同他的小老太正在床上睡觉。两个大汉见是个好机会，举起大刀，一个箭步跃上前去，朝张祖严一刀劈过去，"嚓"的一声，两个大汉以为这下子可结束了张祖严的狗命。两个大汉高兴得几乎叫了起来，连忙点起火来一看，糟了！张祖严的小老太倒砍死了，可是张祖严不见了。原来张祖严这只狡猾狐狸见势不妙，一把抓起睡在里面的小老太去抵挡，刀子正落在小老太身上，把小老太劈成了两段，他自己却趁机溜跑了。

士兵们听说张祖严没杀死，着急死了，都说："今晚不把他干掉，明天我们也就活不成了。"于是，连夜打起了松明火把四处搜寻，张祖严住房的前后左右、楼上楼下都找遍了，好容易才在地板下找到了他。"原来他是藏在地板下哩！"一个士兵叫了起来。士兵们听说找到了，一齐冲了进来，把张祖严剁成了肉泥。

杀了张祖严，士兵们就连夜投到白旗军方来。杜文秀听到了这消息，马上派人去接他们。张祖严的部下一来投，白旗军的力量可就大大地增加了，可是杜文秀左思右想：这几年兵荒马乱，把地方糟蹋得不成样子了，还是让他们回家耕田种地的好。于是，就劝他们回家种地去了。

原来张祖严部下的士兵都回家盘庄稼去了，农村里劳动的人多起来了。百姓见杜文秀处处为百姓着想，从心里感激他，做起活来劲头都特别大。

不到几个月时间，荒芜的田地上又种上了绿绿的庄稼，荒地也完全开发出来了。杜文秀在的时候，年成又好，风调雨顺，庄稼长得蛮好。据说，那时一颗谷子生双穗，谷穗有马尾长，不到一年，百姓又过起好日子来了。

拜帅旗

讲述者：杨子俊
记录者：李缵绪
时间：1961年7月8日
搜集地点：云南省大理白族自治州大理市大理镇大理古城

白旗军打下了大理，地盘更大了，军队也更多了。大理又是个好地方，真像大家说的：上有上关，下有下关，东有洱海，西有苍山，在军事上也是个重地。打下大理后，兄弟们都说要建立个元帅府，推一个总统兵马大元帅，这样才好管理军事政务。元帅府倒好建立，可是要推谁来当元帅呢？一说要推举元帅，兄弟们都说杜文秀曾经为百姓告过御状，在起义的这些日子里，率领部队也很出色，真是有才学、有胆略、有智谋，"总统兵马大元帅"就让杜大哥来当了。可是杜文秀总是说："为了共同的事业，我一定献出终身力量。至于总统兵马大元帅，还是让其他的人来当好了。"弟兄们就这样推举来推举去，总是没有人答应担任元帅的职务。后来，弟兄们出了个主意，并作出决议：既然弟兄们都互相谦让，没有人答应当元帅，那只好立旗拜帅，祭旗拜帅时，帅旗倒向谁，谁就当元帅。事情就这样决定了。

丙辰年九月二十五那天，弟兄们就在大理城西门外的跑马场上摆起了香坛，插起了帅旗，马场上站满了人，黑压压的一片，等到人马到齐了，就开始祭旗拜帅。照决定，白旗军共推举出功劳最大的十八个弟兄出来拜帅，并且按顺序给十八个弟兄挑好了号，等到拜旗开始，就按号入拜。杜文秀当然也被选在十八个弟兄之列。杜文秀名列第五，所以后来也有人叫他杜老五。

祭旗的礼炮响了，十八个弟兄从老大开始按着次序入拜。老大、老二、老三、老四都拜了，这回就要轮到老五了，可是叫号的叫了几声"老五"，老五没有在场，听说他有事出去了，叫号的只得往下叫。到午时三刻，十七个弟兄才拜完了帅旗。十七个弟兄拜完了，可是帅旗还是没有倒，这可怎么办呢？弟兄们都发愁了。正在这时候，人群里走出了杜文秀，弟兄们就把杜老五拥上前去补拜帅旗。说也奇怪，杜老五上前敬了香，才向帅旗叩了一拜，帅旗就倒了下来，落在老五的身上。"杜老五拜倒帅旗了！"叫号的高兴得一声大喊。弟兄们从四面八方把杜文秀拥得紧紧的，高兴得把杜文秀抬了起来，一时间，场上鞭炮齐鸣，锣鼓喧天，附近的百姓都跑来为杜文秀祝贺，杜文秀就被拜为白旗军的"总统兵马大元帅"。

杜文秀当了元帅后，便对弟兄们说："既然弟兄们推我做元帅，我一定好好为大家办事，弟兄们也要听我指挥。我们的事业就一定会成功。"接着，杜元帅又对在场的百姓说："回汉要团结，一致反对清朝统治！"在场的无不同声呼应。这样，白旗军反抗了清朝统治十八年，杜文秀当了十八年的总统兵马大元帅。

压米价

讲述者：王勉生
记录者：郭思九、李缵绪、周天纵
时间：1961年9月28日
搜集地点：云南省保山市隆阳区

蔡七二（扬威大都督蔡发春）攻破保山后，杜文秀就派了一个大使来镇守保山。这时，保山的米价天天往上涨，从原来的四五十文一升，几天就涨到了七八十文。城里的老百姓急了，便推选了几个老人去见大使，想请他出个告示把米价压一压。大使听了几个老人的话后，点点头说："好好好！请你们回去对乡亲们说，我马上就叫人写告示。"几个老人出来一说，老百姓都高兴地说："这下可好啦！米价再不会涨啦！"

不一会，告示就挂了出来，大家忙围上去一看，可惊呆了。告示上定的米价是每升一百二十文，比市价还高出了几十文。"也许是大使听错了吧！"大家围着几个老人说，"你们再去说说看！"

几个老人又来到都督府，对大使说："将军，告示写错了吧！怎么定的米价比市价还高几十文呢？"大使不经意地说："啊！是这样，那我马上叫人改改，你们请回去吧！"

不到一顿饭的工夫，第二张告示又贴出来了。一看，可怪，米价从一百二十文又变成了一百五十文。大家又急又气，愤怒地说："算啦！算啦！不消去说啦！再说，可要涨到两百文了！"

这么一来，米商们可欢喜死了，都争着把囤积的谷子连夜舂出来卖，乡下的人也不断地往城里运米，卖的米差不多把街都压断了。哪知，第一天还能卖一百五十文，第二天就不行了，到了第三天，第四天……米价一股劲地往下跌，最后，一升只能卖到四五十文。

米价一跌，老百姓心里扎实高兴，可是，却被弄糊涂啦，他们想不通，为什么米价会往下跌，便去问大使。大使才笑嘻嘻地对他们说："这道理很简单呵！告示一提价，有米的都抢着拿来卖，米一多，价钱自然就便宜了。"大家听了都佩服得不得了，见人就称赞说："杜元帅派来的人，办事真能干啊！"

穷孩子上了学堂

讲述者：杨立成
记录者：李缵绪
时间：1961年7月18日
搜集地点：云南省大理白族自治州大理市喜洲镇

杜文秀在大理的时候，听说喜洲有个出名的私塾老师杨老先生，他能写一手好字，学问也很高深。杜文秀就差人把杨先生请到元帅府来，一面请他帮元帅府写写字帖、对联，一面请他教自己的儿女认字读书。杨老先生到了元帅府后，觉得杜元帅待人很好，又看得起他，也就勤勤恳恳地为他办事。

杨老先生才高学广，教学有方；杜元帅的儿女也很精明，凡杨老先生教过的字、讲解的书，没有学不会、记不牢的。不几年，这杜家儿女就从杨老先生那里学了一肚子学问。杜文秀见儿女读书已经读得有个路数，想让孩子再去习习武艺。一天，杜文秀就对杨老先生说："烦杨先生费了一片苦心，才让孩子读了点书，书是读不尽的，学问也是慢慢加深的；现在是战乱之交，不习习武艺是不成的，我想让孩子去习习武，不知杨先生的意向如何？"杨先生觉得这话很有道理，就笑了起来，很诚恳地回答杜元帅说："元帅之见，真个高远。让孩子习武是台好事，就按元帅的意向办吧。"于是，杜文秀就让孩子投师习武去了。

杜元帅的孩子去习武以后，杨先生觉得自己在元帅府里事儿不多，还是回家一边务农、一边教学的好，就去拜见杜元帅。他说："孩子们去了，我在元帅府里没有多少事情可做，我还是回乡务农，同时还可教教村里的孩子，不知元帅意下如何？"杜元帅觉得杨先生年老体衰，这元帅府又没有一天安宁的时候，也就答应了他的要求。临别，杜元帅向杨老先生说："杨老先生在府里辛苦了这么些日子,该送个什么礼给杨老先生好呢?"杨老先生知道杜元帅的一片好心,便回答说:"喜洲喜欢读书的人多,但多是穷人的孩子,没钱上学读书。元帅既然有心栽培穷苦人家的孩子,就请给我一点膏伙钱,我回去买点纸笔,好让穷孩子们读读书。"

杜元帅听了这番话,心中扎实喜欢,觉得杨老先生能为穷人着想,说的话很有道理,就答应杨老先生说:"杨老先生想得真好,沙边上边那坝田,过去被一个财主霸占出租给百姓,白旗军来了,财主自动交出那片田来。现在就拨给你们作义学田,请杨老先生当监学,回去好好办学堂,让穷孩子都进学堂读书吧。"杨老先生被杜元帅这番话感动了,摸摸花白的胡须,感激地对杜元帅说:"我跟元帅相处了这么多年,元帅没有亏待过我。现在要离别了,可也没有什么好东西留给元帅做个纪念。往常我在元帅府里也是写字帖对联,这回就给元帅留个匾额吧!"杜元帅就让人拿了笔墨纸来,摊开在桌上,杨老先生就写了"而民从之"的一块匾,作为临别的赠言。杜元帅很喜欢这块匾,亲自把它挂到中堂上。

杨老先生回到喜洲后,就按着杜元帅的意旨,在喜洲办起了学堂,让穷孩子免费进学堂读书,从此,穷孩子才有了上学的机会。后来喜洲的读人那样多,这跟杜元帅拨款办学很有关系呢。后来,白旗军失败了,喜洲的人到大理城赶街,过去杜文秀的帅府里看看,周围的墙壁门窗都被杨玉科捣毁了,但是那中堂上"而民从之"的金字匾,还亮堂堂地发光哩!

杜文秀分牛

讲述者：杨俊
记录者：郭思九
时间：1961年7月19日
搜集地点：云南省大理白族自治州大理市喜洲镇

清朝咸丰同治年间，云南迤西一带，由于清政府苛派捐税，老百姓的日子扎实过得苦。当时的永昌（今保山）、云州（今云县）、蒙化（今巍山）、三姚（今大姚、姚安、盐丰）等地，都有人集伙起义，到处抢吃抢穿。那时的太和县（今大理）是闹得最凶的地方，不少土豪士绅，也趁机起来抢夺钱财。今天姓张的带着一伙人杀来，明天姓马的又带着一伙人打来，闹得老百姓日夜不安。由于兵荒马乱，百姓的耕牛都被抢光杀光了。农民没有牛耕田，就用篾索拴在犁架上，用人去拉。两个最精壮的小伙，拉一天只犁得半亩田，农民再也苦不下去了，天天对着老天说："老天爷，你看见农民的苦了吗？要是看见了，就来帮帮我们百姓的忙，让老百姓过几天安逸日子！"

过了不久，大理城来了个人，名叫杜文秀，是永昌府金鸡村的人。他把各地起义的百姓团结拢来，成立了元帅府。并对百姓说："我们起义，刀口要对准清政府，不是打汉人。"又过了几天，杜元帅贴出告示，告示上写着："凡归顺白旗军的弟兄，不许随意宰杀耕牛，糟蹋庄稼，违者严办。"告示贴出以后，各地驻扎着的白旗军都认真地执行，不敢违背。

有一天，杜文秀听到一个乡下人来禀告说："百姓没有耕牛犁田，犁田是用人拉，请杜元帅想想办法，帮老百姓找些耕牛。"杜文秀听了，立即派出许多人到各地去买牛，并向四川、缅甸来赶三月街的商人说："你们可以多吆些牛来大理卖。"不到三个月，大理一带的街子上，卖牛的人多起来了。杜文秀拨出一笔款子，到街上买来许多黄牛、水牛，然后喊来各乡各寨的百姓，把这些牛分给了老百姓。从此，老百姓再不消用①人来拉着篾索犁田了。

杜文秀赶三月街

杜文秀很鼓励赶三月街。各地商人，如陕西、广西、四川、贵州的都来了，只要一进入杜文秀的地界就会得到保护。税捐只是按价值收，不重收。这样，每年的三月街都很繁荣，大大地发展了大理的商业，所以他才有钱养兵。战争十八年，老百姓无一句怨言，全力支持他。

每年三月街，杜文秀都要由帅府坐轿子亲自去赶三月街。到三月街后，他先到他的大布棚里休息一会，吃一杯茶，然后再去逛商行。他从不买奢侈品，只是到药材行里走一走便回到布棚里来。布棚里铜钱堆得像小山一样高，这时他就叫手下人开始发铜钱，越是穷的老百姓就越发的多，每人总是二百、八百、一吊地得着。杜文秀为人简朴，总是穿一件半新半旧的长衫子，腰系一根黄丝带，脚穿一双虎头鞋，鞋尖上有几根银丝线，丝线上挂着两个响铃，走起路来叮叮当当地响着，后边跟着挂有马刀的三四个亲随。他走八字路，笑嘻嘻的。这时，两边路上的老百姓总是要说："看，杜大元帅来了，杜大元帅来了！"

---

① 不消用：白语，即"不需要用"。

清正的杜元帅

讲述者：马飞龙
记录者：张克亮
搜集地点：云南省大理白族自治州大理市喜洲镇珂里庄村

杜文秀为大理元帅时，很清正。整个帅府和他本人，每月只向管账的领取五百两银子，作为全部开支，从来不乱花钱。

每月领这点钱是不够用的，但他还是想办法尽量少用，每月还给管账的交回一部分结余。他对待手下的将官和士兵很好，所以将官和士兵都很爱他，打起仗来都很勇敢。人虽少，还是和清政府对抗了十八年。

杜文秀严办坏乡府

文本一

讲述者：邓襄武
记录者：李缵绪
时间：1961年7月8日
搜集地点：云南省大理白族自治州大理市大理镇大理古城

杜文秀被白旗军拜为总统兵马大元帅以后，派了好些乡府（县官）去管理各地的政事。当时弥渡是个重要地方，这该派谁去才好呢？刚好杜文秀手下有个又年轻又有才干的回族青年，杜文秀很看重他，就派他去当弥渡的乡府。可是这回族青年到了弥渡后就胡作非为，不按杜元帅的意旨办事。

弥渡的百姓都恨他，但又拿他没有办法。有一回，年轻乡府看中了一个弥渡姑娘，想娶她做妻子，可是那个姑娘不愿意，乡府就下了毒手，给人家姑娘强娶了过来。乡府强占民女的消息一传出去，老百姓更是愤愤不平，于是就公推了人去大理元帅府告发乡府。可是事情被乡府知道了，乡府怕事情被杜文秀知道，马上就派人把守红岩坡，并命令：告状的来一个杀一个，不能放走一个。这样，告状的被他杀死了好几个。后来，老百姓又出了个主意，让告状的从蒙化绕路去，好不容易才去到了大理。

告状的一进元帅府就擂鼓大喊，杜文秀听见外边鼓响人喊，马上出去，向擂鼓的说："又擂鼓又喊叫，到底是什么事？"告状的生气地回答道："弥渡乡府在弥渡强占民家妇女，胡作非为！这还不说，还杀了几个来告状的，真叫人忍无可忍了，请杜元帅一定要严加惩办。"杜文秀听了这话，心里怔了一下，心想：乡府是个年轻能干的青年，怕不会干出这样的蠢事来吧？可是又想，老百姓是不会说假话的，更不会为点小事跑到元帅府来。就马上派了一个参军，骑着飞马，星夜赶到弥渡去查访。参军骑的是飞马，催得又急，一天一夜就赶到了弥渡。传说参军马催得太急，到了弥渡，把飞马也累死了。参军到了弥渡，就挨家挨户地去查访，查明乡府强占民女的罪情属实，马上就把乡府押回了大理。到了元帅府，参军把案情一一禀告给杜元帅，杜元帅气愤已极：下令把乡府绑出西山外砍了。

杀了乡府，杜元帅含着泪对左右的将官们说："我们是为老百姓才当官的，为什么要欺压老百姓呢？"左右将官们听了，没有一个不感动得流泪。

文本二

讲述者：邓襄武、马国珍
记录者：赵国栋
时间：1959年2月17日
搜集地点：云南省大理白族自治州大理市大理镇大理古城

杜文秀时候，弥渡分为三府，设一个府官。他派了自己的一个姓马的亲信去当府官。

马府官到弥渡上任后，不好好当官，大肆剥削屠杀汉人。老百姓怕极了，只好到大理来向杜文秀告状。不料这事被残暴的马府官知道了，他就派部下亲信堵在去大理必经之路的红岩坡上，等告状的老百姓一走到这里，便被他派来的卫兵抓着杀了。来一个杀一个，来两个杀两个，杀得老百姓简直不敢去告他。后来有几个老百姓从小道绕山路，好容易悄悄地绕到了大理。杜文秀很客气地接见了他们，他们终于把马府官乱杀汉人的罪恶告给杜文秀。杜文秀一听，十分愤怒，连夜派了三个旗牌，第二天把他调回到大理，当面对质。府官理屈词穷，在几个老百姓面前只好承认。杜文秀毫不留情地在第三天早上亲自押着他到西门外斩了。斩了后，杜文秀流着眼泪，很沉痛地告诉大家说："我们当官就是为了老百姓。我们是为老百姓才当官的，为什么要乱杀老百姓呢？"最后他还高声说："回汉要团结！"两边成千上万的老百姓和拿着马刀的兵丁都感动得哭起来，跟着他高呼："回汉要团结！"

杜文秀的两只大象

讲述者：闫子键
记录者：郭思九
时间：1961年7月8日
搜集地点：云南省大理白族自治州大理市大理镇大理古城

　　杜文秀在大理建立了元帅府后，声名很快传遍四方，各民族的百姓都纷纷归顺了他，并选出自己民族中最好的东西来敬送他。当时永昌（今保山）的摆衣族（即傣族），挑选了两只顶好的大象，赶到大理城来送给了杜文秀。杜文秀看着各族的人心都归顺了，心里扎实高兴，就把大象养在城北的过梁房里，并挑选了一个很会养象的人去招呼。过了不久，连大象也归顺杜文秀了。每天早晨，养象的人都要赶着两只象去元帅府给杜文秀做礼拜。杜文秀觉得这两只象越来越有礼节，就更加喜欢这两只象了。

　　每次，大象来到元帅府，看着杜文秀站在石阶上，就很恭敬地在石阶下并排站好，一动也不动。养象的人就说："有礼的大象，快快参拜元帅！"两只大象马上跪下前脚，向杜文秀接二连三地磕头。杜文秀一看，高兴地笑着对大象说："大象，你们对我这样有礼，我一定叫人好好地服侍你们！"大象听了杜文秀的话，又一个接一个地给他磕头。杜文秀点点头，转身走进元帅府去了。等到杜文秀走了以后，两只大象才从地上站起来，养象的人才赶着大象走出元帅府。

　　日子长了，大象给杜文秀做礼拜也就成了习惯。每天天一亮，大象就甩着鼻子走出院子，自己就到元帅府给杜文秀做礼拜来了。大象每次走进城门洞，看着城楼上飘动的白旗，城墙上守卫着的白旗军士兵，它们就伸长鼻子，朝着城墙上的士兵点头致敬。

　　有一天早晨，已经是去做礼拜的时候了，大象还站在院子里，只是甩鼻子，不肯走出大门来。养象的人见了，很是奇怪，就上前去对大象说："有礼的大象，做礼拜的时候早到了，为什么还不去给元帅做礼拜呢？"他的话刚说完，大象就甩着鼻子朝门外走了。养象的人奇怪地跟在大象后面，来到城门洞口，大象低着头走过城门洞，不像往日那样给城墙上的白旗军点头致敬了。

大象来到元帅府门口，看见杜文秀走了出来，还不等养象的人说话，就先跪在地上磕起头来。等杜文秀折回帅府以后，过了好些个时间，大象都没有站起来。养象的人看见它们和往日不一样，就奇怪地对大象说："好心的大象，今天为什么我不说话你们就磕头，磕了头又为什么很久都不站起来，是不是我亏待了你们呢？"话刚说完，大象甩了甩鼻子，就站了起来，眼里不住地淌出泪水。养象的人看见了，不觉吓了一跳，以为大象害病了，连忙赶着大象离开了帅府。

大象出了帅府的大门，就在门前站住了，它们看着府门外面蹲着的两个石狮子，朝石狮子甩了甩鼻子，又朝帅府里望了望，不住地流着眼泪，就睡在石狮子旁边不走了。养象的人一见大象睡在地上一动也不动，刚想俯下身去问问大象，忽听得城外人喊马叫，忙转身看，只见苍山脚下，数不清的红旗军向城里杀来。他吃惊地喊道："杜元帅，红旗军杀来了！红旗军杀来了！"他一边喊，一边忙去赶大象，可是，两只大象一动也不动，已经死了。

关于杜文秀起义的传说片段

文本一

讲述者：刘世中
记录者：张家珩
时间：1958年
搜集地点：云南省大理白族自治州大理市大理镇下兑村

  杜文秀到大理做了元帅，但是，有清朝的官吏张正太、王文举、杨六经等人要来推翻杜文秀，便算计自己的军队和义军的人数，张正太是鹤庆人，算了结果，说一百零八个清兵对杀一个义军，就准备对付起义军。被杜文秀知道，就去攻打张正太。张正太军队多，没有人民的支持，被杜文秀推倒以后，张正太跑去躲起，被他手下的军人杀了，军人投了杜文秀。杜文秀的军纪很严，对回、汉是一样看待；对自己的回族士兵很严，对汉族士兵还有一些宽大。

文本二

讲述者：马洪春
记录者：张克亮
搜集地点：云南省大理白族自治州大理市大理镇下兑村

  杜元帅下京告御状时，和在四川峨眉山修道的吴和尚结为知己朋友。吴和尚同杜元帅一齐去到京中告御状，后来杜元帅返回，吴就落籍在京城修道。

杜元帅事败后，他的头被岑宫保、杨玉科解到京城，悬在午朝门外示众。吴和尚知道后，就连夜偷偷地把头取下来，装在一个上好的大木鱼里，埋在紫金山，可能现在还有痕迹。

文本三

讲述者：杨正声
记录者：张家珩

太平天国时，洪秀全派兰大帅来组织回族起义。兰大帅做了大帅，首先一闹起就在大理。但是兰大帅的军纪很严，一犯错，兰大师就把他拉出去杀了。后来又推杜文秀做元帅，杜文秀对汉族也很关心。他的十八大司当中管钱粮和最重要的是汉族。杜文秀对百姓很爱护，他专杀对人民不利的人。他到大理城时，大理城的毛太和把关着的犯人放出来同他打，但是，犯人出来就到杜文秀那里去了。后来，杜文秀把毛太和的头砍了下来。

文本四

讲述者：马洪春
搜集地点：云南省大理白族自治州大理市下关镇

清政府派钦差大臣来同杜文秀讲和，说："如果杜文秀投降，就把西南划给他。"杜文秀说："我不要土地，我要给人民得到自由！"

蔡七二追杀褚军门

讲述者：何棣棠
记录者：郭思九、李缵绪
时间：1961年7月
搜集地点：云南省大理白族自治州大理市大理镇大理古城

提起蔡七二，这个人才威武哩。蔡七二名叫蔡发春，是杜文秀的亲家，又是杜文秀手下最能干的一个将领。白旗军在大理立了帅府后，他被封为扬威大都督，所以部下都叫他扬威将军。扬威将军有一把关刀，他那把关刀别人抬都抬不动，可是他一舞可以舞七十二个回合，所以大家又叫他蔡七二。

褚春生是红旗军的一个得力将领，他原来驻守在大理。白旗军来攻大理时，被蔡七二揍了一顿，就逃到宾川，在宾川聚集了许多人马，准备以宾川作为立足地，再攻大理。传说他有三丈五尺长的一把钢叉，打起仗来，他那三丈五尺长的钢叉一舞，什么人都拢不了他，他凭着这把钢叉曾经打了无数次胜仗。清朝封过他云南提督军门的官衔，所以人家也叫他作褚军门。这回蔡七二遇着褚军门，可说是刀子遇着斧头。

褚军门逃到宾川后，聚了许多人马，在那里耀武扬威，对白旗军是一种威胁，于是杜文秀就派了蔡七二去收拾他。蔡七二一收到杜文秀的令旨，马上就整顿队伍，领着八百多兵马，骑着飞马，不到三天三夜的时间就赶到了宾川城郊。蔡七二到了宾川，正想歇脚，整顿整顿兵马，可是不等蔡七二下马，前面的报兵就跑上来禀告说："红旗军已从城里冲杀出来！领头的是个身材宽大的大汉子，骑着一匹大马，手舞一把长长的钢叉，后边跟着黑压压的兵马，恐怕现在已经出了城门了！"蔡七二听说领头的是舞着钢叉的，知道褚春生要亲自出来较量较量，就马上带着兵马，手举大关刀，上前迎战。蔡七二的兵马还没走出两里多路，褚春生已经舞着钢叉杀了过来。蔡七二就举起关刀，上前与褚春生战了起来，一连与褚春生打了四十个回合。可是这回蔡七二的兵马只有八百多，又赶了几天路，兵马都走乏了，还没战多久，就折损了不少。蔡七二见势头不对，立在马上一看，硬拼硬打，看样子怕打不过褚春生，就暗暗传下军令："兵马全部撤退，听我号令，再与他打。"军令一下，蔡七二的部下就装着溃败的样子，一退退了好几里。褚春生见白旗军往后撤，趁胜追了上去，可是越追越不见人了。褚春生知道事情不逗头，正要勒马回头，蔡七二把大刀一挥，四面的兵马从田沟沟里冲了出来，还不等褚春生举起钢叉，蔡七二的关刀已经架到褚春生的脖子上，活捉了褚春生。

　　蔡七二把褚春生带到兵营，把他关进一个小房子里，准备押回大理，叫部下派了两个士兵看守着。蔡七二还特别对两个士兵说："老鼠关在屋里，要防他打地洞哩。"可是哪知这两个士兵，一个是褚春生的侄儿，一个是曾经在他手下当过兵的，后来不知怎么搞的，两个都混进了白旗军里。褚春生进门时见两个看守，一个是亲戚，一个是部下人，到天黑人静了，就悄悄地对两个看守兵说："好亲戚，好部下，请你们放了我吧。要是你们放了我，我有重赏又加官。"那两个看守兵听了这话，就给他在墙上凿了一个洞，让褚春生悄悄地跑了。褚春生逃了出去后，还回头来对着蔡七二的兵营不服气地说："老褚（鼠）打洞出去，这回我就要来乱咬人！"

　　褚春生逃出去后，又跑到牛井收拾了残兵败将，死死守住牛井不动。蔡七二知道他在牛井，又领着兵马去打牛井，可是褚春生防守得紧，蔡七二围了他几个月，褚春生还是死不投降。蔡七二冒火了，派了一队得力的人马，直往城门冲去，一定要打开城门。褚春生是个狡猾家伙，看势头抵不住，就理起一把大刀，把城门打开了一扇，躲在门后，等蔡七二的士兵冲进来时，一刀一个，结果，蔡七二的部下折损了不少，还是攻不进去。蔡七二的部下恨死了褚春生，一定要活捉褚春生。蔡七二更冒火了，就派部下找了许多铁镐，暗暗地到城墙下挖地洞，等坑道挖好了，一声号令，部下一齐扑上去，推倒了城墙，一窝蜂冲了进去。褚春生听见人喊马叫，还来不及仔细一听，门外已经有人围上来。褚春生一时吓得手忙脚乱，提脚就朝门后跑去，刚一出门，蔡七二已经横在他的面前，褚春生正想转身往回跑，蔡七二的部下已经从后面围上，又活捉了褚春生。捉了褚春生，个个都说："老褚不杀掉，永远是祸根。"于是把褚春生押出城外砍了。

蔡七二智杀羽道人

讲述者：马玉德
记录者：郭思九、周天纵
时间：1961年9月29日
搜集地点：云南省保山市隆阳区

杜文秀在大理立了帅府后不久，派扬威大都督蔡七二（蔡发春）领着兵来攻取保山。蔡七二是杜文秀手下出名的勇将，他带着人马从永平方面进攻，一路势如破竹，不几日就打过了沧江。保山的县官听说蔡七二的人马过了沧江，可吓慌啦，赶忙派了羽道人带着兵来抵挡蔡七二。

羽道人是个妖道，懂邪法，会呼风唤雨，撒豆成兵。他出阵的时候，前面有十二个童男童女排成两行，捧着香盘，打着旗幡；羽道人自己一手拿着净瓶，一手拿着柳枝。见了敌军，口中念着咒语，然后，把柳枝蘸着净瓶里的水一洒，霎时，就天昏地暗，雷电交加，飞沙走石，人喊马嘶。这时候，他后面的兵马乘势杀过去，没有不打胜仗的。羽道人就是仗着这个妖法，在沧江边上挡住了蔡七二的千军万马，每次都把蔡七二打得大败。蔡七二一时想不出办法来，只好带着人马退了回去。

蔡七二回去后，天天思谋破羽道人的办法。后来，终于想好了一个法子。于是，蔡七二又重新领着人马改道从昌宁方面来取保山。羽道人赶忙又从保山跑来阻截蔡七二。

到了蛤蟆桥，蔡七二的兵马就住了下来。他把手上的金镯头取下来敲了一小截，放在火线枪里。然后，派一个勇敢的弟兄，拿着枪埋伏在蛤蟆桥下，等羽道人来到桥头就开枪。

不几天，羽道人果真来了。一出阵，羽道人还是和从前一样：前面两边走着捧香盘、抬旗幡的六对童男童女，自己拿着净瓶柳枝不慌不忙地在后面踱着方步。走到蛤蟆桥头，离蔡七二的兵马不远，他张开嘴正想念咒，突然，桥下"砰"的一声，就像天上响了一个炸雷，随着响声，羽道人身子一晃，一个倒栽葱掉进了河里，在水里冒了几下就不见了。

羽道人一死，吓得他带来的兵回头就跑，蔡七二乘胜追了过去，一直追到了保山城下才住了脚。这时，保山的县官都跑了，蔡七二就领兵进了保山城。

气杀杨背锅①

讲述者：杨绍标、何棣棠
记录者：李缵绪
时间：1961年7月
搜集地点：云南省大理白族自治州大理市

二龙反关②后，杨玉科的兵马从上关、下关闯进了大理坝子，从四面八方围攻大理城。想一下子把白旗军杀得一干二净，杨玉科亲自出马，整天奔跑在大理城的南门、北门和西门督战。东门面临洱海，是白旗军增补粮草的主要航线，为了一把掐住白旗军的咽喉，杨玉科特别派了他的猛将董三老爷做东门的督战官，并增派了一个水师营驻扎在柴村。水师营的士兵又多是海东人，身强体壮，熟悉水性。杨玉科想：有这样一个水师营驻扎在

---

① 杨背锅：即杨玉科。据说，杨玉科背驼，故有此称。
② 二龙反关：指杜文秀指派镇守上关、下关的董飞龙、马飞龙降了清营。

那里，白旗军就是长上两只翅膀也很难飞过洱海来，他就好在其他三个城门狠狠地揍白旗军，大理城就举手可得。谁知北门有个白旗军的炮台，地险人强，它既牵制着杨玉科的行动，又压住了东边董三老爷的水师营，叫水师抬不起头来。这可气坏了杨玉科和董三老爷啦！

董三老爷恨死了北门的炮台，就是折损多少兵马，他也要拔掉这颗眼中钉，于是接二连三地派兵马去攻打，可是每次都被北门炮台打得丢盔撂甲，把董三爷更气得吹胡子！

有一天，正当夕阳西下，董三老爷调集了全部兵马，并亲自上阵督战。他命令部下带上火药、干粮，想趁天黑人静时悄悄爬到炮台附近，趁北门炮台上的白旗军不防，一拥而上，攻占炮台。黄昏，太阳刚刚从苍山顶上落下，董三老爷的全部兵马就出动了。还不到半夜时分，董三老爷的兵马就爬到了北门炮台的附近，把炮台围了个水泄不通。董三老爷见黑夜隆咚，正是进攻的好机会，便一声吆喝，向炮台扑了上去，哪知炮台的守兵早已发觉，只是按兵不动，待董三老爷的兵马来到附近，好跟他拼个你死我活。正当董三老爷的兵马一窝蜂涌上来时，突听炮台上喊了一声"打！"，守兵们把火药枪一齐点燃，黑夜里雷声隆隆、电光闪闪，一家伙就把董三老爷的兵马打退了。董三老爷见活命难保，把手中的旗子一扳，大叫道："谁能把旗子插上炮台，我保他加官晋爵！"他手下的赵飞豹听见"加官晋爵"四字，就咚咚地跑上前来，扑通跪在地上："禀告老爷，我愿上前卖命！"董三老爷连声说："好！"他带着其他军兵跟着冲了上去。炮台守兵见势难抵挡，一齐出来跟董三老爷的兵马杀成一团，由于敌我悬殊太大，结果全部壮烈牺牲。赵飞豹虽然把旗子插上了炮台，但他已被戳成了一个蜂窝窝！炮台被董三老爷占了，可是他的兵马已经折损了不知其数！

董三老爷占了北门炮台后，杨玉科更耀武扬威，乘势加紧围攻大理城。他想：北门炮台打下来了，他就好乘胜杀进城去。可是不知攻了多少次、多少天，杨玉科还是拿白旗军没有办法。杨玉科见白旗军死守城池，打不开城内，于是又想了个狠毒的办法，命令部下从各地运来了许多火药和棺木，把棺木一个个装满了火药，然后又一个个往城墙下的地洞里送，想一下子轰开城墙。这时，白旗军因为守城的日子长了，兵马、枪弹已消耗了不少，连城墙上的石头、砖块也搬光了，眼看杨玉科又要埋火药棺木，他的人马又多，就是用枪也打不完啊！正在万分危急的时候，白旗军出了个主意：用开水拌大便往城下浇。（传说，拌了大便的开水浇在人身上，浇着哪点，肉就烂到哪点。）这样，白旗军就搅拌了许多大便开水，一桶桶地往下浇，浇死了不知多少敌人。可是敌人的兵多马多，城墙又长，这办法始终抵挡不了敌人，城墙下仍被敌人埋下了不知多少火药棺木。

一天早上，东方还没有发白，突然一声巨响，火药棺木一齐炸开了，爆炸声震得山摇地动，城墙上的石块砖头都炸飞到半天空，城墙城门被炸倒了好几处。杨玉科这下可高兴哩！他想："看你杜文秀可还飞得了天！"

城门炸开了，白旗军还是死死守住街门巷口，红旗军打不进城。这可把杨玉科气坏了，便给部下发了一通脾气，然后像赌咒似的自言自语道："硬的攻不下，我用软的来，看你杜文秀飞得了天不！"于是命令士兵："下面军兵给我死死守住城门缺口，一步也不准离开！凡带有一颗粮食入城的人，不分哪族哪教，统统斩首！"杨玉科想活活饿死白旗军。这样，大理城整整被围困了六个多月。

一天，杨玉科身穿长袍短裤，带上了一个"千里镜"，爬到了苍山的半山腰，想去看一看城里的动静。他一边爬山一边想：打不死你饿死你，看你杜文秀还有几条命！爬到苍山的半山腰，杨玉科把脑瓜子上的长辫子一甩，得意扬扬地举起手中的"千里镜"，细细观看城里的动静。可是一看，城里街道上人来人往的，铺子里、摊摊上摆满了大米、花生、地瓜……做买卖的人热闹得很哩！这下子可把杨玉科的笑脸气成了哭脸，指着部下直骂："一定有内奸，一定有内奸！替我好好追查，替我……"话没说完，扑通一跤昏跌在地上，把手里的"千里镜"也跌得稀烂。

后来才听说守东门的士兵不愿打白旗军，不但让白旗军从海东大批大批地运进粮食，还把东门附近的仓库打开，让白旗军运粮食进城。就这样，杨玉科还是拿白旗军没有办法。

杨玉科应咒

讲述者：赵文昭（白族那马人）
记录者：郭思九
时间：1961年9月3日
搜集地点：云南省怒江傈僳族自治州兰坪白族普米族自治县营盘镇黄梅村

杨玉科率领的红旗军打到大理后，三番五次地派人去劝杜文秀投降。杜文秀听了大怒，不但不理睬派来的使节，而且调集白旗军与红旗军奋战。当时白旗军镇守下关的大司是杨骠骑，这人武艺高强，曾几次打败红旗军，红旗军听到他的名字就有些害怕。杨玉科要围攻大理，必须先打下下关，然后才能攻能守。于是，就派人去劝杨骠骑投降。杨骠骑看到红旗军来势很猛，就起了反叛之心，但又害怕投降杨玉科没有好下场，心中总是犹豫不定。杨玉科的使节摸透杨骠骑的心事后，就去回报杨玉科。杨玉科听了很是高兴，对使节说："你好生劝说劝说，就说他的身家性命由我担保，要是不相信，我可以当着青天发誓，'我杨玉科要是杀了杨骠骑，今后给我挨冷枪打死！'"使节把这番话转告杨骠骑，杨骠骑就悄悄地去见了杨玉科，最后写下了降书，下关就不战而破了。

杨玉科劝降杨骠骑以后，就接管了他的全部兵马。过了不久，就派人悄悄地把杨骠骑杀了。

一天下午，杨玉科和随从到城墙上去察看军情。他们刚去到西城门洞口，忽然看见城外的大路上，有一个老妈妈赶着一群羊，直往城里走来。杨玉科一看这老妈妈如此逍遥，就隐蔽在城门后面，想看看这赶羊人到底是干什么的。老妈妈赶着绵羊、山羊，满面笑容地走进城来。杨玉科从门后走了出来，把这老妈妈挡住了说道："你这老婆子，在这兵荒马乱的时候，你还逍遥自在地赶羊进城，你是来干什么的？"老妈妈一甩羊鞭，吆喝一下羊，一板一眼地说："我是赶羊进城来卖的！"杨玉科有点生气了，大声说："难道你不晓得这城里要打仗，你不害怕吗？"老妈妈笑了笑说："不怕，一个放羊的人，管它什么战不战！"杨玉科一听大怒，骂道："你这该死的老妈子！等一会我的兵马进城，把你的羊子统统杀吃了，看你还怕不怕？"老妈妈冷言冷语地回答说："不怕人杀羊，就怕羊（杨）杀羊（杨）！"说完，向杨玉科瞟了一眼，就把羊子吆进城去了。

杨玉科看着这老妈妈走了，就大模大样地走上了西城门。正准备向城外观看时，突然"砰"的一枪，随着枪声，杨玉科被打倒在地上。侍卫见杨玉科突然倒在地上，忙俯身看，只见杨玉科胸口"卟卟"地冒着热血，旁边有一颗亮晶晶的子弹，再仔细看时，这颗子弹是用金子做的，上面写着两行小字："不怕人杀羊，只怕羊杀羊！"

侍卫看了，大为惊奇，连忙去追赶那吆羊进城的老妈妈。刚追到杨玉科扎营的地方，这老妈妈和羊都不见了，只见半空中有一片红通通的云彩在跑。一下子红云也不见了，只微微听得天空有人说："杨玉科犯咒神！要挨冷枪打！"

白马将军

记录者：郭思九
时间：1961年7月

白马将军名叫锁名扬，是蒙化公郎人。杜文秀起义时，他带领一帮人马投奔杜文秀。杜文秀很器重他的精明能干，有胆有识，就封他为白旗军的前锋将军。他喜欢骑一匹大白马打仗，曾屡次打败红旗军，红旗军一见骑白马的军兵冲来，就吓得不战而逃，人们就叫他白马将军。

杜文秀失败后，杨玉科曾千方百计地劝他投降，都被白马将军严词拒绝了，并大骂道："男子汉，大丈夫，可杀不可辱，休想我投降你这伙乱臣贼子！"于是，他就率领着四个副将和几百个军兵，边战边退，一直退到蒙化的公郎，在鞑子山上的老虎营扎下大营，继续和红旗军奋战。

鞑子山的地势非常险要，山上森林密布，山高坡陡，山后是万丈悬岩，山下是汹涌奔腾的碧溪江，只有几条羊肠小路通到山上，只要一人守住路口，万兵就休想上山。杨玉科曾调集数万红旗军，竭尽全力作战，都被白马将军打得大败，杨玉科气得吹胡子，瞪眼睛，最后把鞑子山层层包围，想困死白马将军。白马将军被围困后，就领着弟兄们开荒生产，自己种荞子、苞谷，继续和红旗军作战。

杨玉科围了快半年了，都没有攻上山去，就派人去勾通白马将军手下一个姓刘的副将，想内外夹攻。一天，刘副将和杨玉科密约，撤去了把守山口的白旗军，红旗军就趁机攻上山来。白马将军听到四面一片喊杀声，知道事情不好，就奔出房门，到山上去察看。他来到一条山路上，刚隐蔽躲好，就听得"砰"的一声，一颗子弹朝他飞了过来，正打在旁边的古松上，把松皮打得四处飞溅。白马将军侧转身来看时，只见一个黑影正朝森林里逃去，他知道这不是好人，手起枪响，那黑影在森林里倒下了，被打死的正是刘副将。这时，红旗军已经逼近，他领着剩下的几十个弟兄，退到山顶。最后，他身边的副将和士兵都战死了，红旗军呐喊着快攻到山顶了，他急转身看，背后是万丈深壑，便翻身骑上白马，连马带人跳下悬岩。

他骑着白马刚飘到悬岩的半腰时，忽然从岩缝里横生出一株大树来，把白马卡在树杈上。等红旗军攻占了山头，往悬岩上看时，白马将军还很威武地骑着白马站在大树上哩！他们用枪打、用箭射，都打不着马，射不中人。过了一些日子，人们从碧溪江边路过，抬头一看山腰的岩石，只见一副金鞍玉勒，金光闪闪地挂在树枝上。人们都说："那是白马将军！"

人们想念这位将军，逢年过节，都要拿着香肠祭品，到山下去祭奠他哩！

李大司空死守腾冲城

讲述者：马玉德
记录者：周天纵
时间：1961年9月29日
搜集地点：云南省保山市腾冲市腾越街道

腾冲是一个交通要道，很重要，杜文秀特地派了大司空李国纶来镇守。

李大司空到了腾冲后，很爱护老百姓，军纪严明，从来不准部下去老百姓家里吃喝、勒索和欺压老百姓，部队买老百姓的东西，也是公平交易。由于他对老百姓很好，所以老百姓也很爱戴他。

大理失陷，杜元帅殉难后，李大司空没有投降，还在腾冲坚守着，岑毓英就派了丁军门和李军门带着兵来攻打腾冲。这时，腾冲的兵只有几百人，力量非常单薄，但因平时李大司空训练得好，对百姓也好，部下很出力，老百姓也自动参加守城。因此，尽管丁、李两个军门带了几千人把腾冲围得密不通风，今天打，明天攻，攻了一年多，还是攻不下来，只能在城边转。

岑毓英听说腾冲拿不下来，非常着急，又派了一个军门蒋炳堂来。蒋炳堂没吃过李大司空的苦头，不知厉害，一到腾冲就夸口说："哼！这么大点地方，围了一年多还打不下来，真不像话！"马上就下令攻城。

李大司空早有准备，他让部下的一些兵穿上红旗军的衣服，冒充红旗军，乘混乱时放出城去。这些冒牌红旗军到了红旗军里就到处喊问："蒋军门在哪里？""蒋军门在哪里？"蒋炳堂听了，以为是部下在找他，就答应说："我在这里……"话还没完，一根长长的梭镖就狠狠地朝他肚子上戳来。蒋炳堂见势不好，就把身边的一个护兵向前一推，那梭镖恰好扎在护兵的肚子上，穿了个大窟窿。这一下可把威风赫赫的蒋军门吓得魂飞魄散，勒转马头就跑。"兵败如山倒"，那些红旗军见主帅一跑，也像受了惊的马群一样，乱七八糟，你推我挤地跟着逃命。这时，李大司空带着兵从城里追出来，赶鸭子似的把红旗军赶出了几十里，原来丢掉的二三十个村寨也夺了回来。

蒋炳堂吃了一次大亏，再不敢夸口了，只得提心吊胆地同丁、李两个军门一起一步一步地往前挤。

时间越围越长，城里的兵也越来越少，粮食也吃光了。李大司空见到这种情形，不忍让老百姓跟着受苦，就带了剩下来的几十个白旗军退出城去，不久就全都战死了。

李大司空死了，可是，腾冲的人民却很怀念他。后来，每到正月，腾冲的妇女都用白布包头，据说，就是为了悼念他。

杨威

讲述者：马洪春
地点：云南省大理白族自治州大理市下关街道

杨威是杜文秀手下十八大司中的一个，又是他的姑爷。他武艺很好，带了一队骑兵，打垮了一切队伍。清军来攻大理，打到五里桥，杨威还把他们追到祥云去哩！

兰大帅

讲述者：马洪春
搜集地点：云南省大理白族自治州大理市下关街道

兰大帅是一个勇将，他平生使用一个流星，一下能打出千斤力气。这兰大帅，在打下关时，两流星就把下关的铁寨门打开，把清兵的官员打垮了。

白旗闹事

讲述者：郜庆兰
记录者：张福三
时间：1958年12月27日
搜集地点：云南省大理白族自治州鹤庆县金墩乡赵屯地区

白旗张大老爷做鹤庆的父母官，他讨得三四个女人，找些青年子弟服侍，称为伴当。这些太太，你害我，我害你，说："你的金镯头给了伴当。"掌印太太（原配夫人）说给老爷："她们把首饰给伴当脱完了！"老爷听着，要办伴当，这些伴当听见，连夜把老爷杀了，跑完了。张大爷的四弟四老爷在别处做官，要报仇，到鹤庆说："要把鹤庆杀得鸡犬不宁。"

鹤庆人躲在城里头，外面的人被杀完了。鹤庆人拿着刀叉站在城头，白旗军围在城外。里面吃的没有了，站不住，"兵无粮草各自散"，就开城门。白旗子张四老爷进城，就杀城里人，有的钻在死人脚底，盖在身上才没杀着。后来拖尸拖了几十天，活起的人很少，他们在了十八年。那时，我母亲也只几岁，逃难逃出来，隔现在，已有一百多年了。

杨大人原是卖柴人，卖来卖去卖扫把，就把红旗子裹在扫把里，进城把红旗挂在竿子上，说："红旗进门了！"白旗害怕，就追出来；退了，红旗就追出来。白旗在南边山脚化龙村歇了三夜，在不住，白旗才往大理退去，十八年举事就平息了。这台事，就是为了这些太太闹起的。

李文学的传说

记录者：郭思九
时间：1961年
搜集地点：云南省大理白族自治州大理市下关街道

李文学是蒙化县（今巍山）蒙乐山小李子摩村的人。家境贫寒，没有住的，就用木棍、茅竹搭个小窝棚居住。他的阿妈给财主家帮工，靠卖工过日子。

有一天，他的阿妈回娘家去，路过花鱼洞。刚到洞口，忽听得背后有人叫"阿妈！阿妈！"，她转回头来看时，后面一个人也没有。她又继续往前走，才走了几步，后面的喊声更急了。她很奇怪，站住一想：我独自一人走路，是什么人叫我呢？她抬眼四处看了看，一个人影也没有。她又继续往前走，刚走出去几步，后面又叫起来了："阿妈！你等等我嘛！"她一听，这声音是那么近，仿佛就在自己身边一样。她镇静下来，就问："你是哪个？你在哪里？"耳边有人回答说："阿妈！我是花鱼洞里的小蛤蟆，我已经住在这里千多年了，我天天等你不着，现在你来了，有句要紧话要给你说哩！"李文学的阿妈听了这番话，不觉骇了一跳，站都不敢多站，拔腿就跑，边跑边说："你要说什么话就快些说嘛！"

"阿妈，明年桃花开的时候，我要来做你的儿子！"

她一听，更是害怕，一刻都不敢停留，一口气跑回家里，独自一人闷闷不乐。过了不久，她就怀孕了。

第二年的三月，竹棚边的桃花开了，她生下一个又白又胖的娃娃来。这娃娃肚子很大，脐带也特别长，周身布满螺蛳形的花纹，整天喜欢玩水。要是一哭起来，他阿妈就打一盆清水，把他放在水里，他就不再哭了。村里的人见这孩子肚子大，肚脐长，大家都叫他"爹勒密"（即大肚脐）。

孩子一天天长大了，肚子也就小了，身上的花纹也不见了。人变得十分聪明，又爱读书。后来进了学堂，老师给他取了个名字，叫作李文学。

由于家境贫寒，八岁就去给财主家放牛，常常给财主家的少爷小姐洗脚洗手，端尿端屎，动不动就挨骂受气，日子过得扎实苦。李文学想："为什么财主家的娃娃要欺辱穷人的娃娃呢？"他不愿受财主的气，供财主家的娃娃使唤，就悄悄地从财主家逃出来，和其他穷人一起，去背石头卖，给人家砌墙铺路，混碗饭吃。有一年，这蒙化地方闹饥荒，有的人被冻死，有的人被饿死，有的拉着老婆儿女挨家讨饭，有的流离迁徙，四处逃荒。李文学看到这般情景，真是愤怒万分。在一天夜里，他悄悄地邀约附近村子的几十个穷人，组织了"南山军务总理第一司"，李文学任司长。第二天，他就领着这帮穷人打开官府的粮食，分粮救济穷人。不几天，声名震动蒙化，三江五岭的百姓纷纷投奔他，人数增到万多人。大家拿着大刀、抬着火枪，打财主，杀贪官，抗捐税，闹得个天翻地覆。

过了不久，杜文秀领着一帮人马打入大理，建立起元帅府。杜文秀知道李文学兵强马壮，武艺出众，就派人去联络李文学。李文学很高兴，就和杜文秀联合抗清，被封为白旗军的大司防，统兵驻守蒙化、景东一带地方。

李文学在蒙化扎下大营以后，一方面和红旗军作战，另一方面领着弟兄开荒生产，挖塘筑坝，老百姓扎实喜欢他。有一年，李文学的粮草没有了，他就派部下去和老百姓借粮，他对部下说："我们借老百姓的粮食，有借有还，今年借百姓一升，明年还百姓三升！"部下的人到老百姓家里，百姓都纷纷拿出粮来，送给白旗军。才几天工夫，李文学的仓房里，白米、白面、苞谷、荞子堆得满满的。他召集大小将领来说："借来的粮一定要还，说了的话一定要做，大家应当开田种地，明年就不要再和百姓借粮了！"

第二年秋天,李文学领着军兵种的粮食丰收了,士兵就背着粮食,按"借一升还三升"的标准去赔还百姓。百姓说:"你们挖的水塘,我们百姓都放了水,粮食就不用赔了!"李文学说:"我们的水,大家可以公用,你们要放水,尽管来放!我们借的粮,一定要还!"

由于白旗军军纪严明,爱护百姓,老百姓也很支持他。后来,红旗军围攻大理,下关的战事吃紧,李文学知道了,赶忙率领着白旗军从蒙化打过来,接应大理的白旗军,保卫元帅府。不幸,在下关和红旗军作战中被俘,被刽子手岑毓英杀害了。

百姓听到李文学被杀死的消息后,真是伤心万分,有的人像死了自己的父母一样,痛哭流涕。人们时常思念李文学,就把他的像塑了供在庙子里,逢年过节,四面八方的人都去祭奠哩!

(十一)白族勒墨人民间传说

氏族来源的传说

讲述者:阿普介爹
记录者:周天纵
翻译者:普六介
时间:1961年9月
搜集地点:云南省怒江傈僳族自治州泸水市洛本卓白族乡二村

在不知多少万年以前,天神阿白偷偷地告诉人们说:"地上要发大水啦,你们赶快把房子搬在葫芦跟前去住吧!"人们都不相信天神的话,只有阿布帖和妹妹阿约帖听了阿白的忠告,把房子搬到了大葫芦跟前。不几天,地上果然发了大水,大水发了九十九天,连天上也装满水啦,到处白花花的,地上的人都淹死了，只有阿布帖和阿约帖坐在大葫芦里，随水漂着，才活了下来。

洪水退了，大地又露了出来，可是却不见一个人影。阿布帖和阿约帖从葫芦里爬出来，各人手里拿着一根长长的银棍子，一人从河东，一人从河西，分头去找人，约定三年在原地相会。三年过去了，两个人手里的银棍都磨得只剩下一小截，可是，连一个人也没找着。为了传代，阿布帖对阿约帖说："妹妹，咱们两人成婚吧！"兄妹怎么能成婚呢？阿约帖不同意，可是又没有别的法子。阿约帖就说："哥哥，问问天神的意思吧！"妹妹在河西放了一个贝壳，哥哥在河东拿银棍打过去，刚刚打在贝壳的中间；哥哥在河东放了一个贝壳，妹妹在河西拿银棍打过去，也刚刚打在贝壳的中间。天神同意了，阿布帖和阿约帖成了婚。

兄妹成婚后，生了五个女儿，一个儿子也没有。阿布帖种了一块苞谷地，苞谷熟啦，阿布帖叫大女儿去守。大女儿到了苞谷地，看见一个老熊在偷苞谷。老熊看见姑娘，就招手叫她，大姑娘吓得大声叫阿爸。阿布帖听见女儿叫，急忙拿着弩弓和弩箭去射老熊，可是怎么也射不着。老熊对阿布帖说："阿布帖，把你大姑娘嫁给我，要不，我把你种的苞谷和稻子全吃光。"阿布帖不愿意，说："老熊，你又不是人，怎好讨人做媳妇？"老熊说："我会变成人的。"说罢，就变成了一个小伙子，阿布帖又说："那你会干活吗？""会的。"老熊答应说。"那你去砍背柴和拿点蜂蜜来吧！"说罢，阿布帖领着大姑娘就回家去了。

不多久，老熊就背了一大捆柴来，还叫阿布帖跟他一起去取蜂蜜。阿布帖跟着老熊走到了一棵大树下，果然，有很多蜂蜜。老熊取了一背给阿布帖，阿布帖把蜂蜜背了回来，就把大姑娘给了老熊。后来，大姑娘生了几个儿子，就是后来的熊氏族。他们住在兰坪那一带地方。

大姑娘出嫁了。一天，阿约帖带着二姑娘上山去砍柴，走到山上，迎面碰见一只大老虎。大老虎拦着路对阿约帖说："阿约帖，把你的二姑娘嫁给我吧！要不，我就吃掉你！"阿约帖回过头来看着女儿，二姑娘虽然害怕，但为了救阿妈，就答应了。

　　过了一年，二姑娘在老虎洞里生了两个小孩，长得都跟人一样。阿约帖非常想念二姑娘，但她每次想去山里看看女儿时，总看见一只大老虎睡在路上，心里一害怕就折回来了。二姑娘知道阿妈要来看她，就舂了一口袋苞谷粉，从洞口一直撒到阿妈的门口。阿约帖顺着苞谷粉走，果然，就到了老虎的洞里。走进洞里一看，大老虎变成了一个非常强壮的小伙子，但在远处看，却还是一只老虎。老虎问阿约帖想吃什么？阿约帖说："想吃肉。"大老虎跑出去，不一会就抗回来很多肉，有鹿，有野猪，有山羊，有麂子，还有兔子……临走，大老虎还背了一只麂子、一条犀牛送到岳母家。阿约帖招待他吃了一顿饭。大老虎回到洞里，二姑娘问："你在阿妈家吃了饭没有？"大老虎说："没吃，没吃，只吃了几根草。"二姑娘就回去告诉阿妈说："阿妈，下回你儿来，吃饭时，拴一只猪、一只羊在屋后，不要去看他。"下一次，大老虎又到岳母家去，阿约帖照着女儿的话办了。大老虎吃了，高高兴兴地跑回去对二姑娘说："这次可吃饱了，现在还不饿呢！"

　　阿布帖听说二女婿很会打猎，一天，他就约大老虎一块去打猎。大老虎叫阿布帖拿着弩弓在大石头后面等着，他去撵野兽。不一会，一只老熊跑过来啦，阿布帖一箭射去，没射着，老熊跑了。阿布帖向前一看，在老熊后面还跑着一只老虎，他赶忙瞄准放了一箭，老虎被射死了。阿布帖把老虎拖到了二姑娘家，二姑娘一见就哭道："阿爹爹！你把你儿子射死啦！"阿布帖懊悔死啦！只好把二姑娘和两个虎小子带回家去。

　　不几年，大老虎的两个儿子都长大了，老大讨了一个媳妇生了一个儿子，儿子又生了三个孙子，最小的一个儿子叫拿格波，拿格波又生了五个儿子，老大叫拿格，老二叫拿雄，老三叫拿板，老四叫拿巫，老五叫拿翁。他们有的住在丽江，有的住在贡山和泸水。只有老二拿雄见着碧江好，就搬来碧江怒江边上住。现在碧江四区的勒墨人都是虎氏族。按老人说：因为他们是老虎的后代，所以，老虎见着他们也不会咬。

　　阿约帖的三姑娘也长大了。一天她同阿妈一起上山去割茅草，茅草割好、捆好了，可是，阿约帖费尽了力也背不起来。她奇怪极了，心想，这背茅草咋个这么重，也许里面捆着什么东西吧！她解开了绳子，突然茅草里钻出来一条又长又大的青蛇。青蛇把阿约帖紧紧缠着说："阿约帖！阿约帖！把你三姑娘给我，不给，我缠死你。"三姑娘为了救阿妈，就跟着青蛇走了。

三姑娘到了蛇洞里，同蛇成了亲，不久就生了十几个小孩。三姑娘忙不过来，就把阿妈接来洞里，帮她照护孩子。

阿约帖来了，三姑娘告诉阿妈说："阿妈！孩子在那个大木柜里。等会哭，你就喂他们饭吧。"说后，就同蛇郎一起出洞干活去了。阿约帖在洞里，不多久就听见大木柜里孩子哭，她跑去打开柜子一看，呵！可把她吓坏了，柜子里哪有小孩，只有十几条大大小小的蛇昂着头看着她。阿约帖赶忙盖上柜子，想道：糟啦！糟啦！小孩一定被这些蛇吃啦。她恨极了，就烧了一大锅开水，倒在木柜里，把十几条蛇都烫死了。

不一会，三姑娘回来，就问阿妈说："阿妈！阿妈！你孙子哭了没有？喂了饭了吗？"阿约帖气呼呼地说："木柜里哪有孩子，只有十几条蛇。"三姑娘说："阿妈！那就是你的孙子呵！"阿约帖一听可惊得呆了，她连声说："糟啦！糟啦！我以为孩子被蛇咬死了，我一气就烧了锅开水，把他们都烫死啦！"三姑娘急忙打开柜子一看，小蛇果然都烫死完了。她吓得连忙对阿妈说："你快跑吧！阿妈！等会蛇郎回来会咬死你的。"阿约帖刚要走，大蛇就回来了，一口就把阿约帖咬死了。

大蛇咬死了阿约帖，带着三姑娘搬到别处去住了。后来，又生了两个儿子，一个叫李保，一个叫李少，他们都生了好几个孩子，有的说怒族话，有的说傈僳话……这就是蛇氏族。

阿布帖的四姑娘嫁给了一个老鼠，那时候的老鼠是会飞的，他白天出去找粮食变成老鼠，晚上回来又变成了人。老鼠和四姑娘生了一个儿子，已经长到十四五岁了。一天，大老鼠出去找粮，到天黑还没回来。四姑娘就对儿子说："你去接接你阿爸吧！"儿子带着弩弓就到江边去等，等了好久也不见他阿爸回来，肚子饿得咕噜噜直叫。这时，他看见一个大老鼠把找来的仙米衔在嘴里，从溜索上爬过来，儿子一箭把老鼠射死，烧了一堆火，把老鼠烧来吃了。吃完后，还不见阿爸回来，他背上仙米就回家去了。到家，四姑娘就问："你阿爸呢？"儿子说："阿爸没见回来。"四姑娘看见地上的仙米就说："那这仙米你从哪里弄来的呢？"儿子把射死大老鼠的事告诉了阿妈。四姑娘听了哭着道："傻孩子！你阿爸被你射死啦！"

后来，四姑娘同儿子搬到泸水去住，后代就住了下来，这就是鼠氏族。

阿布帖四个姑娘都出嫁了，只剩下最小的五姑娘在家里。阿布帖怕她出去又遇着什么，便天天叫她在家里织布。

五姑娘在家里织布，每到晚上，有一个漂亮的小伙子总从窗口上跳进来同她玩，五姑娘很爱这个小伙子，小伙子也很爱五姑娘。

一天，五姑娘正织着布，忽然看见布机上爬着一条很大的毛虫，昂着头向五姑娘望着，五姑娘心里一烦，一巴掌把它打下去了。到晚上，小伙子来了，捂着腰老叫疼。五姑娘问说："你怎么啦，摔着了吗？"小伙子说："不是，是被别人打坏了！""谁打的呵？""就是你呵！"小伙子捂着腰说。五姑娘奇怪极了说："我几时打过你呀？"小伙子说："你白天不是一巴掌打了个毛虫么，那就是我呀！"五姑娘听了又惊又怕，连声说："你快走吧！快走吧！我可不喜欢和毛虫住在一块。"小伙子拉着五姑娘说："好姑娘，你不要怕，今后我不再变毛虫了，你肯嫁给我吗？"五姑娘说："你要是不变毛虫，我就嫁给你。"小伙子答应了。不久，他们就结了亲。

五姑娘同小伙子成亲后，就搬到大森林里去住。大森林树可密哩，小伙子把绳子拴在大树干上，铺上柔软的香花和野草做床，又宽又密的树叶就是帐子。小伙子告诉五姑娘说："五姑娘，你晚上，千急不要往上面看，一看就会出祸事的。"

一天晚上，小伙子出去很晚还没回来，五姑娘一个人在床上怎么也睡不着，她想：为什么不能向上面看呢？看看该多好，天上的星星该有多美呵！想着！想着！她就睁开了眼睛，呵！吓死人啦！树上吊满了千千万万条大大小小的毛虫，五姑娘吓得叫了起来。五姑娘一叫，树上毛虫就不断地往下落，叫得越凶，毛虫落得越多，不一会，毛虫堆满了五姑娘的全身，把五姑娘吓死了。

阿布帖听说五姑娘被毛虫吓死了，心里又痛又气，他跑到树林里咒骂道："你们这些毛虫，真不是好东西，不配变人，今后永远也变不成人，只配吃树叶，喂雀子！"从此以后，毛虫真的就再变不成人了。五姑娘呢？因为没有儿子，绝了后代，所以也就没有毛虫的氏族。

（十二）其他传说

金凤羽

搜集者：丁炳森

明朝时候，大理喜洲有一做官人家，天天谋算要找块好坟地。一年，做官的爹死了，便物色了个好地师给她家去看地。地师请好了，就择了个天气晴朗的日子，到祖坟地上去看。但地师看了好几个地方都摇头，最后走到一块地边，地师便站着不动了。旁人问他："这块地怎么样？"他还是摇头。旁人不知道是什么意思，又问他："先生的意思是这块地也不行吗？"地师叹了口气，说："好是好了，……可是这块地是属于另一家人的了。"老管家插嘴说："先生，假如这块地确实是好地，那么我们可以设法弄过来的。"地师说："不能这样做。"老管家改口说："我的意思是可以多出点钱，给它买来呀！"地师说："嗯，我看总不行，因为这块地的主人不知道他的地好，我们知道了不对他说明，而用金钱去买，这是做不得的；若说明掉，他又不会卖。"管家说："虽然损失了一家，却成全了另一家，这还不是一样的，况且我们还给他钱的呀。"地师说:"我这样做会遭到天的谴责的。古语说,破了天心地胆,人眼会瞎的。"旁人也都问:"先生说得如此严重,这块地究竟好到什么程度?"地师说:"若葬了这块地,子孙要发三斗三升芝麻那么多的官!"众人听了,哪里肯放弃呢!于是回到家中和老爷、太太商量定,愿供养地师一辈子,硬逼地师答应下来。

不久,地买到手就把老头子葬在那块坟地上,以后地师的眼睛果然瞎了,地师也就在他们家住下来。有一天,一只母鸡跌进茅厕里去了,太太是个苛刻吝啬的家伙,命丫头把鸡捞起来,洗剥煮熟,给地师吃。地师还认为主人很好,用鸡招待他呢。一个长帮工实在过意不去,就问地师:"先生,鸡里有没有臭味啊?"地师奇怪了,想着定有蹊跷,就再三追问,于是长帮工就把实情告诉地师。地师气极了,但一直闷在肚里。一天月夜,地师找到长帮工和他商量定,拿了大锤钻子,他们摸索到主人的坟地上,把新坟后的一个大石头给破开了。石头一开,顿时红光照野,石里飞出一对五色灿烂的金凤凰,向西飞去,还留下一对蛋,光芒四射。地师和长帮工把蛋取了出来,敲开食了,地师的眼睛便恢复了光明,坟主人家后来也就没有发三斗三升的官。

金凤凰向西飞去,经过邓川出去的一个小山口处,雄凤的一片羽毛落了下来。凤远飞去了,这片羽毛却在山口上发出万丈光芒,把远近几百里的鸟都惊醒了,一齐飞来朝贺金凤羽,直到东方发白才散去。

几百年来,虽然金凤羽早已不见了,可是每年的这一天夜里,几千几万的鸟儿飞过山口,鸣叫飞舞,直到东方发白才飞出山口,各各飞散。人们利用这个机会进行猎鸟,每次都有很大的收获,去的人多了,集成一个寨子,就是现在的凤羽坝。

凤羽

搜集者：白梅

在很久很久以前，大理连年遭受水灾，人民连吃树皮革根都捞不上，但是贪官污吏又无恶不作，成天在收逼租税。

那年头大雨下个不停，雨水冲坏了庄稼，人们的哭声、喊声混成了一片。

正在这个时候，不知从什么地方来了一位头发花白的老人。这老人简朴直耿，看起来已是八十近了。老人给人们安慰了一番，朝天努了努嘴，指了指手，被冲去的草棚，马上重新立了起来，而且更加美观了。

人们向老人叙述着遭水灾的事，官家、财主的压迫和剥削，提到这些，老人愤怒极了，说："只要我们共同友好，团结起来，就可以战胜水害，而且也可以抵抗官家财主了……"又有人告诉他，草棚被水冲了，现在又搭起来的事，老人听了只微微一笑。

村里的有钱有势的张亡人，对人凶恶，又狠心，农民交不起他的税租，往往被他的大狗咬伤，死去的也不少。此次遭的水灾，他家虽然没有什么损害，但他的父亲张狗皮被水淹死了。

张亡人为了使后代子孙大发大旺，跑来跑去找地师，恰巧遇着了白发老人。

"我给你父亲安葬，你家就会大发大旺了。"老人对张亡人说。"好，既然是这样，我会重赏你的。"

"你如果听我的话，那么你家后代要做三石三斗三升芝麻多的官呢！但是有两个条件，你须得依我：第一，你要负责喂养我；第二，将来你家所做官的人都得为穷人服务。"

张亡人听了，更是乐得眉开眼笑，马上便答应了。

老人还告诉了张亡人如何，如何……，这样做就成了。

安葬那天，张亡人照老人的话去做了，坟挖得很深，在坛子里放一对活鱼，这样漫山遍野的湖水马上就退尽了。

可是白发老人的眼睛却看不见东西了。

过了几年，张亡人家中了举人、进士的确实多了，他的家庭兴旺了，于是张亡人忙着盖房子，抢地，抢田，对老百姓越来越狠毒了。

张亡人见老人眼睛瞎了，便随便给老人吃喝，把淹死的老母鸡给老人煮吃了，老人知道后气愤极了，便马上离开张亡人家，径自去了。

老人悄悄地来到了张亡人父亲的坟墓边上，努努嘴，指指手，不知念了什么，霎时间，张狗皮的坟墓裂开了，只听得"扑通"一声响，从坟墓里飞出了一对美丽的凤凰，老人的眼睛又亮了，一刹那老人便不见了。

一对凤凰在天空转了三圈，身上的羽毛落下去了，羽毛所落的一带，从此便叫作了凤羽。凤凰最后飞到下边去了，那便是大理白族自治州的凤仪。

张亡人升官发财，忘恩负义，最后落了一场空，子孙死的死伤的伤，房屋也一扫精光，只剩下一幢幢的破墙了。

柏洁夫人戏拨巴

讲述者：段鹏冲
记录者：杨作钧
时间：1958年11月5日
搜集地点：云南省大理白族自治州洱源县

相传，以前，凤羽坝子水多陆少，水的面积约占三分之二，陆地只占三分之一，耕地面积不多，人民生活困难。当时有一个妇人，不知她从哪里来，人家叫她柏洁夫人。她有心要解除人民的痛苦，决心要把凤羽海子的水泄干，开辟出广阔的耕地。想了好久，想得一个主意，她知道凤羽海子上，有一个气力大的汉子名叫拨巴，便去动员他把凤羽海子的东北角上挖开一口。但是拨巴提出了条件，要这位年轻貌美的柏洁夫人在把海子开出后和他成婚。当时柏洁夫人为了解除人民疾苦，便答应他的要求。于是拨巴便使起他撑船的篙子，用尽平生的力气挖了几天，就把海口挖开，给凤羽海子的水全完流出去，现出了一大片肥沃的土地，给凤羽人民都有耕地盘种，从此生活一天一天好过起来。这位拨巴，把海水排干后，就要求柏洁夫人同他结婚。她也不拒绝，走在拨巴前面，向他招手，拨巴拿起篙子跟着她，只见她走得并不快，但始终追不上。最后，追到南边山上，不见那位柏洁夫人。只见前面现出一个庙子，大殿上坐着一尊夫人形象的泥佛，就好像刚才追的那位妇人。仔细看看她，嘴角眉毛还很生动，只是端端正正坐着。拨巴不敢再请求，只呆呆地站在一旁，渐渐地也不动了。当地人民为了纪念柏洁夫人和拨巴的功劳，在凤羽南山跨鹤峰上建起了一个庙子，每年旧历六月十五日举行热闹的盛会来纪念他们。

罗时江的来历

讲述者：刘汉章
记录者：张福三
时间：1958年10月
搜集地点：云南省大理白族自治州洱源县邓川镇

德源山上有个名叫罗时的人，从小很勤劳。当时西山和德源山相接，罗时江的水流不出去，淹没了许多田地。罗时下定决心要把山挖开。他带领着村里的人去挖，可是今天挖了，明天又合起来，左也挖不通，右也挖不通。

一天夜里他在江边听见龙王在和他老友闲谈。龙王说："罗时这样挖，就是挖一辈子也挖不开，我就是怕他们用红绿口袋来背土。"罗时听见这话，心中大喜，连夜把人召集起来，男人缝红口袋，女人缝绿口袋。果然把山挖开了，水流了出去。以后人们为了纪念这一点，男人爱穿红裤子，女人爱系绿腰带。

白蛇围营

文本一

讲述者：海上中
记录者：张福三

夏一松从北京出来到剑川当州官，在半路遇着一个划船的，这划船的见着夏一松的婆娘生得漂亮，就问夏一松："先生，你们到哪里去？"夏一松回答说："我到剑川当官。"这划船的趁他们不防时，把夏一松掀到河里淹死了，并强迫他妻子说："我带你去上任，如果你说出实情，我就把你杀了。"女人只得跟着去了。这时旱灾，兰坪人民交不起税，假夏一松就亲自出来收税，不讲仁义道德，老百姓怨恨他，在半路把他五牛分尸杀了。绅士去北京告了，派了一营人来剿。来到剑川野鸡坪，半夜三更，卫兵看见一条白蛇把营盘围起来，忙去报带队的长官。长官听了，很是奇怪，便摆着案祷告："不知是何神在此？我是奉了皇上的命令来的，不是我们愿意来，到底是县官错呢？还是老百姓错？如果不是老百姓错就开南门，我们回京禀告皇上不杀他们；要是老百姓错，就开北门。"话一说完，只听刷的一声，把南门开了。第二天他们派几个人到剑川调查，真有个假夏一松，欺压百姓，就回京去了。而他老婆等他死后，也出来申冤，把实情说了出来，这白蛇是剑川的城隍变的。

文本二

讲述者：杨国昌
记录者：张家珩

> 不善不恶吴三桂，
> 损阴薄德夏一松。

以上这两句诗，是说以前来剑川的一个县长名叫夏一松，他到这里以后，对我们老百姓的事情一点不管，整天在家里吃吃玩玩，整得农民无吃无穿，他还说："我是这里的父母官，谁人敢说！"有一年闹了灾荒，农民们去向他请救，他不但不答应，还骂农民。他每天不做任何有利的事情，吃饭以后，到山上去玩，生得很好的一支卧龙山，他说这山对我做官不利，就派了一些农民去把它挖掉，整得人民生活更过不下去了。后来，农民组织得一支队伍，拿了锄头镰刀，在晚上把他杀死了。京城里知道把夏一松杀了，就派来了一营军人，要来剿平剑川。但军人来到白塔庙，在那里做饭吃时，被白塔寺里的白神看到，就说："夏一松整天游手好闲，不管民事，百姓杀了夏一松是对的。"说完白神就变成很大的一条白蛇，把整个军营都围了起来。军人没有什么办法出去，就对白蛇说："我们是京里派来打剑川的，你是什么变的？要我们进去，你就开了北门；叫我们回去，你就开了南门。"话刚说完，南门就开了，军人只好回到京城去，把事情告诉皇帝。后来皇帝又派人来查，来的人到了剑川的甸尾时，这里的世代城隍知道，就化为人身，又把这军人打退，说："夏一松是带军掠民，你们不要来了。"所以皇上几次来剿，都没有把剑川剿平。

文本三

记录者：杨举

听说在清朝时候，剑川编为一州，国王①派来了一个州官来管辖剑川州。这州官一来到，苛捐杂税就大大地增加，敲诈勒索，比前人更毒辣，荒淫无耻到极点，给老百姓带来了痛苦和悲伤。那时又遇到大旱灾，弄得老百姓饥寒交迫，妻离子散，喘不过气来。于是百姓到处酝酿起义，有一天老百姓大集会，拿了棍棒、锄头、镰刀、斧头等武器，一齐冲向衙门，把州官杀死了，打开了仓库，获得了大量的钱财。

不久，这消息传到了国王那里，大大地触怒了国王，国王就下命令，派了几千军马来剿剑川。正当这时候，城隍老爷知道了，为了搭救老百姓，当国王的军队开到了离剑川不远的路上的时候，城隍老爷变作一个老头子，身上穿着一件红袍，挡住队伍的来路，说道："我奉劝你们不要攻打剑川，那不是剑川老百姓的错，而是那个州官的错！"但是军马不听老人言，推开老人往前去了。当晚他们驻扎在"野鸡坪"，准备第二天就要进攻剑川。这回剑川老百姓将遭到怎样的灾祸啊！城隍老爷更着急了，这天晚上，他又变成水桶那样粗的一条白蛇，围住了这几千军马。

第二天清早军队起来了，忽然发现四面八方被大白蛇包围，个个吓得目瞪口呆，脸色苍白，不敢动手，连指挥军马的大将也吓慌了，但是这条蛇仍然没有走开。过了一会，那大将对着大白蛇自言自语地祷告说："唉，如果是老百姓错了，你就开给我们北门，就去攻打剑川；如果是那州官错了，你就开给我们南门，我们就回去了！"话刚一说完，南门就大打开，于是几

---

① 国王：该篇中指皇帝，原稿如此，故保留。——编者注

千军马就拼命地挤出圈子，回家去了。从此，更不敢再提攻打剑川的话了。

火烧松明楼

搜集者：杨国宪

  农历六月二十四日的火把节，在西南少数民族里是比较普遍的一个节日，在大理白族中流传着这么一个具有历史意味的故事：

  在一千多年以前，南诏王皮罗阁阴谋害死六诏的王子，吞并六诏，造了一座松明楼，是用最易燃火的松明的木料造的。造好以后，他就邀请各诏的诏王来松明楼宴会。六诏中有一个诏王的夫人，名叫慈善夫人（又称柏洁夫人），智慧异常。她看出这次南诏王的邀宴是不怀好意的，她苦劝丈夫不要去，去了凶多吉少。她的丈夫，摄于南诏王的威力，不敢不去，因此不听慈善夫人的话。慈善夫人在无可奈何之下，赠给她丈夫一只铁镯，戴在手上作为纪念，她丈夫依从了。赴宴的结果，南诏王果然放火烧了松明楼，把各诏王都烧死了。在他火焚松明楼的时候，火光冲天，附近的各诏，派兵马来营救，但已经来不及了。慈善夫人闻讯赶到松明楼下，所有被烧死的人，只剩一堆焦骨，无法辨认。独有慈善夫人连夜点着火把用双手去挖丈夫的尸骨，把手上的十个指头都挖破出血，后来发现了一只铁手镯套在焦骨上才认出是丈夫的尸骨。这是一段可歌可泣的故事。现在大理区域内的白族人民把农历六月二十四日这一天称为火把节，不论大村小寨，都立一大火把表示是松明楼，家家户户都点着一小火把，到大火把前点火；同时所有的妇女都用一种草根（白族话叫家庆草）把手指包起来染成红色，表示纪念慈善夫人挖夫骨手指染满鲜血的情节。在这一天，各村又有跑马会，表示各诏兵马来救诏王的情况。这一段传说不仅是一段民间故事，而且已经成为宗教信仰和民间礼俗的一个组成部分了。

白洁夫人

搜集者：董绍仲
时间：1956 年 12 月
搜集地点：云南省大理白族自治州巍山彝族回族自治县大仓镇南甸地区

在六诏的时候，大理诏势力强大，六诏为他所管。他有三妻四妾还是心未满足，见宾川诏的夫人美貌无双，想要娶她为妻，就起了狠心，假意召开六诏会议，着手谋夫霸妻。要各诏诏王于六月廿一日到达大理，唯要宾川诏迟到一日。宾川诏接了召开会议的信，就和妻子商议。原来他的妻子精通金钱爻卦，对丈夫说道："大理诏素怀不良。此次走与不走，要看卦课吉凶。"就设起香案，双膝跪下，口中念着咒语打了一个金钱卦。起来，对丈夫说："此卦凶多吉少，兼有杀身之祸，夫君决不可去。"宾川诏低头一想，说道："此次六诏大会，倘若不去，恐后不祥，大理诏为领袖，我诏系他所管，不遵召令，终必受其折磨，或者我去的好，夫人不必焦念，我就去了吧。"妻子双手拉着他说道："夫君！决定要去，要听奴一言奉告。"连忙走进内室拿了一圈铁镯出来，"请夫君把这只镯儿戴上才去"。

宾川诏笑着说："我堂堂一个诏王，身居万民头上，这里有许多金镯玉镯还不戴哩，铁镯戴它何用？"夫人道："我主知其一，不知其二，就算有朱砂宝镯，不及这只铁镯的好。"诏王就依妻言套在脚上，离别妻子带着从人去了，飞船到达海岸，进大理城。且说，先前五诏到达，秘密商议谋夫霸妻的情事，要把宾川诏害死，火烧松明楼。各诏附和赞成，等到宾川诏来时，以举杯为号。再说宾川诏进大理城，看见红旗飘扬，知道各诏来齐，认为自己迟到，赶忙进去对众道歉说："船风不顺，误了时辰。"席上各诏假意欢迎，劝酒安慰，各找措辞脱身。楼下积极生火，红焰连天，可怜一个诏王葬在火焰中去了。他的从人，拨船回宾川，向夫人报信。

宾川诏的夫人，闻知此信，痛哭连天，赶速飞船来到大理。见了松楼火烬，倒身痛哭，双手刨尸，烫得十指通红，不知疼痛，刨了一会，发现铁镯，就把丈夫骨头捡装在瓶。此时大理诏正在设计，令手下丫头，去问她。丫头奉命，走向夫人说道："夫人不必悲伤，听老奴一劝，死者不能复生，丈夫虽然去世，自有光明前途。大理诏王听得夫人哭声连天，替你心寒掉泪。可怜青年失偶，替你设想办法，想要把你留在这里，和大人结婚，叫你永享康乐，过好日子。夫人意下如何？"

　　夫人想：口是心非的，这样苦毒，明明把我夫君害死，又说可怜我，替我设想办法，明明喂我一嘴黄连，却说是砂糖蜂蜜！啊呀，现在我是笼中之雀，插翅难飞，若执意不从，想必遭他毒手。最好以虚情缓计为上。于是答道："大人不嫌弃和我匹配，也好。但要请大人依我三件事。"丫头追问："夫人，什么三件，请道其详。""第一件，把我丈夫发回宾川安置，修墓立碑；第二件，要请高明道士，超度丈夫亡魂，举行七七四十九天的大会；第三件，洱海面上，要修大理到宾川的一座大桥，以便奴家把丈夫的魂魄叫回宾川，就可以和大人成亲。请代奴家转达。"丫头去了，把三个条件详细报告上去。大理诏说："一二两件，可以做到。第三件，洱边宽阔深渊，此桥难得修造，虽然有力修造，须要几年，这是一个缓兵之计。"丫头道："石桥难以造成，只好把海封锁，众船集中排列，用大红布从大理拉到宾川，以作暂时呼魂之桥也可。"这样，夫人也就答应了。

　　大理诏急速将她丈夫尸骨发回宾川葬好；又做超度大会；下令集中海船把桥扎好。这时夫人穿白戴白，上桥呼魂，一面走，一面叫。走到桥的中心，趁众人不注意的时候，夫人咬定牙根跳进海里去了。这样，弄得大理诏，白背丑名，后人就称夫人为白洁夫人。六月廿五男人跑马迎魂、女人带凤仙红，遍地村落，竖立火把；八月廿三日，花船捞尸会；都是用来纪念白洁夫人的。

火把节

搜集者：丁炳森
时间：1954年7月

　　唐玄宗开元年间（公元713年左右），也就是说离开汉武帝元封年间八百多年，现今的大理、邓川、浪穹、蒙化（巍山）、丽江、鹤庆、洱源、漾濞、弥渡、宾川等一带地方分为蒙舍、越析、邓赕、剑浪、浪穹、越嶲六诏。六诏中以蒙舍诏为最强，每想并吞其他五诏，便借口纪念阿南夫人殉夫一事，造了一座松明楼，于六月廿五这天召其他五诏首领齐集松明楼饮宴。邓赕诏的妻子慈善是一位美丽而智慧的女子，她看破了蒙舍诏的野心，屡劝丈夫不要去。她丈夫明知此去凶多吉少，但怕蒙舍诏的兵力，只得勉强应约。临行时，慈善赠丈夫铁镯头一只，嘱道："夫君此去凶多吉少，但愿吉多凶少；奴赠铁镯手上戴，金沙之水难冲去，明楼之火毁不了。毁不了，妻心爱君如铁样。"

　　邓赕诏到了松明楼，当时除越嶲诏未到外，五诏齐集了。酒至半酣，蒙舍诏假言下楼化纸钱，点起了火，火遇松明，立刻大燃，霎时间松明楼一带变成一片火海，四诏均烧死其中。事后，蒙舍诏假言因误起火，要各诏家属前来领尸，还想扣其家属好吞并各诏。各诏妻亲也都到了，领尸时血肉模糊难得辨认，只有慈善以铁镯为证，认出了丈夫。蒙舍诏知道后，召慈善，慈善说明前事。蒙舍诏见她如此聪明美丽，更起了歹心，想占为己妻，知道威逼难成，便假惺惺愿以金银珠宝行聘，慈善也假口丈夫未葬为理由不从。蒙舍许以丧葬完毕再行聘礼，慈善答应了，于是发丈夫回邓赕。但等葬仪完结，慈善便闭城坚守。蒙舍诏领兵攻城，屡攻难破，于是围城三月。这时城中粮已尽，兵入城，慈善被捉到蒙舍营中。蒙舍问她为什么不实践前约，她学前阿南夫人，亦提出三个条件：第一，要蒙舍诏集文武官员穿礼服于洱海边设台祭亡夫；第二，准许她乘彩船游海一周，表示悼念丈夫阴魂；第三，准许穿素纸孝衣三日。蒙舍诏对一二两条均答应，唯问第三条为何要着纸衣？慈善答道："三日后即为君（指蒙舍诏）妇，若以素绫作衣岂不浪费。"蒙舍诏听说更信以为慈善忠于己了，于是均依条件照办。

祭礼举行完毕，慈善乘彩舟游海，蒙舍诏不放心亲自作陪，舟到西洱河，慈善便扑通一声跃入水中，蒙舍诏忙拉，可是只拉住纸衣，纸衣沾水，怎能拉起。这样，慈善最后便以身殉夫了。蒙舍诏后悔莫及，深感慈善的贞烈，并想掩饰自己的愚笨，便追封慈善为白洁夫人，并立祠于大理城西以为纪念，又改邓川城（邓赕诏地）为德源城。

人们痛惜这位反抗压迫势力、忠实于爱情的女英雄，便划起木舟捞尸。第一天在邓川下洱河捞，第二天在上关捞，第三天在大理捞，这天即夏历的八月八日。

由此，多少年来人们每到六月廿五日，均设丰盛的酒菜和鲜果致祭她们（阿南和慈善）。又以松明扎火把，上插龙凤旗，点燃以示"火烧松明楼"来纪念她们。每到八月八日，人们于洱海里扎彩舟来回串游以示当年捞尸。至今，两者都已成人民欢乐的盛会了。

星回节

搜集者：马泽斌

远在汉朝元封年间，大理有个酋长曼阿娜，被汉将郭世忠杀死。郭世忠想娶曼阿娜的妻子阿南为妻，阿南在逼迫之下，无法反抗，打定了自己的主意，就向郭世忠说："你要娶我，必须允许我三件事：第一，要立碑祭奠；第二，点火焚烧曼阿娜的衣服；第三，要让国内人们都遍知你是礼娶我。"郭世忠件件依从。到了农历六月廿五日,各项都准备好了,并集合了许多的人,张松幕,置火炬,在墓碑前祭奠。阿南在身上藏了一把刀子,亲手焚了故夫衣服,痛哭拜祭之后,说道:"妾不忍以身事仇!"说罢拔刀自杀投火而死。人民痛惜这个有气节的妇女,因而在这天燃火炬以纪念她,取名"星回节"。白族火把节就由此而来。

望夫云

文本一

整理者:曹自新、郑嘉宾、李嘉增

  大理是滇西文化圣地。它有终年戴着雪帽子的苍山,波平如镜的洱海环顾着古老的榆城①,具有北方风光。每当天气清和之日,苍山顶峰出现一朵五霞缤纷形似女人的云彩。当这朵云彩由苍山飞向洱海上空时,就天色昏暗,顿时使洱海翻波倒浪,行人止步,船家停舟。据说这朵云彩是一位公主的化身;她的精神变成了斗争的自由花朵。

  相传她的故事是这样的:从前大理是一个国都(约于一六五六年,明末清初农民革命领袖李定国迎桂王于滇时,曾建都大理——请参看《中国历史纲要》三七七页)。国王有一个美丽贤淑的公主,这公主爱上了在宫中服役的一个劳动人民,彼此感情很好。这事被国王知道以后,他非常愤怒,认为这是羞国辱家的事,决定杀掉他(她)们。公主知道这消息后,知道父亲的脾气是至死也不能相容的,就相约她的爱人连夜逃上苍山。这山没有人烟,

---

① 榆城:大理城的简称。

山势险峻，山峰如嫩笋，耸立云端，山腰竹林遍野，山顶终年积雪，人迹罕至。他俩到了山上，住在一个岩洞中。他俩为了维持最低的生活，除了山上能吃的东西外，有时不得不悄悄地下山来找寻一些能充饥的食物。有一次当她的爱人下山时，不慎被国王派遣的爪牙抓到了，遭到极端残酷地拷打后，还被捆上了石块丢进了洱海。

公主在山上不见丈夫回来，料定是凶多吉少。隔了几天，这位公主就因丈夫不再回来抑郁致死。她虽死了，但她的一股怨气还凝结不散，后来就化身为一朵五霞灿烂的云彩，常常飞到洱海上空，看望她的丈夫。当她看到丈夫压在海底的惨状时，不禁发出了无比的愤怒，顿时天昏地暗，吹起了暴风，想吹干海水把丈夫救出来。一直吹着，她忘了时间和辛苦，想靠着她仅有的这一点力量和海水做斗争。

现在每当苍山飘出这一朵云彩时，人们都寄予深沉的瞻望，并意识到紧接着大风暴就要来了，人们都叫这朵云彩为"望夫云"。

文本二

讲述者：杨老三
翻译者：杨祺、杨炳春
记录者：杜惠荣
时间：1958年10月3日
搜集地点：云南省大理白族自治州大理市仁里邑地区

从前，大理北门外，出了一个柴郎，是个穷苦人，家里只有一个母亲。柴郎从小就上山砍柴，他喜欢唱歌，下山时总唱着调子。

有一次，他背着柴下山来，一边走一边唱着调子，走到北门外，恰遇白王的姑娘白花公主出来私游。卫护公主的，听见柴郎唱调子，走上来吼道："公主在这里，你在唱什么！"说着就把柴郎痛打了一顿，打得血肉模糊。

柴郎在那里恸哭，白花公主听到了，上来问他："你为什么在这里哭？"柴郎说："我是砍柴人，下山来唱着调子，被你手下的人打了。"公主听说后，就取了十两银子拿给柴郎，叫他回去休养。

柴郎回家，休养了些日子，身子痊愈了，心里很感激公主。上山砍柴时，他在苍山上采了一枝花，挖了一袋苍山贝母，心想，别样的礼物没有，把这花和贝母送给公主吧。但是，公主是住在宫里的，柴郎哪能找得到呢。于是柴郎闷闷不乐，上山砍柴时，调子也不唱了。

有一天，柴郎在山上碰见了罗筌祖师，祖师问他："你咋个不唱调子了？"柴郎把心事给罗筌祖师说了。罗筌祖师说："你既然有这一片诚意，我这里有一株腾空草借与你，含着它，你就可以飞到公主的宫中。"

那时，白王正在给公主选女婿，选了许多富贵人家的子弟，公主这个也不喜欢，那个也不喜欢，因为公主想自己选择一个合意的女婿。那晚三更时候，她正闷闷不乐睡不着，忽见窗外飞进一人，这人正是柴郎，他双手捧着一朵鲜花和一袋贝母献给公主。公主吓了一跳问道："你到底是人是鬼？"柴郎说："我是你救过的柴郎，感公主的恩，特采了鲜花和贝母献给公主。"公主见柴郎这样诚实有情意，心里很爱怜柴郎，就说因父王要给选女婿，自己又不愿意，心里很烦闷。又知道柴郎只有一个母亲，就要柴郎把她带出宫去。他们谈着谈着天快亮了，被人发觉，报告给白王。白王因自己给公主选女婿，公主总是不愿意，又听说公主私自与男人来往，心中大怒要杀掉公主。事已至此，柴郎只得与公主一同逃走了。

他们逃到苍山佛顶峰一个岩洞里住下。公主要柴郎和她结成夫妻。柴郎说："你是公主，我是贫穷人，这怎么可以？"公主说："你已经把我带到这里来了，不成夫妻又怎么办？"这时柴郎只好与公主结为夫妻，他们就住在石洞里过日子。

日子久了，公主经受不住岩洞的寒冷，患了病。柴郎听说白王在城里做大斋，请来海东一位大法师，这个法师有一件袈裟，穿起来热天不热，冷天不冷。柴郎想到公主衣服单薄，决心去偷这件袈裟给公主穿。那时正当法师在坐功，忽然醒来不见了身上的袈裟，摘下颈上的珠子向柴郎抛去，把柴郎打沉在洱海底，变成了石骡子。

白花公主想念着丈夫，天天在洞里哭，最后死了，变成云彩。苍山佛顶峰上云彩一出来，海里也起了大风（老虎吼声也没有风声那样大）。这时海里波浪涌起，海水也要下落，这是公主情意厚，她要把海水吹干，看看丈夫的尸首。

文本三

讲述者：杨元极
记录者：杜惠荣
时间：1958年10月
搜集地点：云南省大理白族自治州大理市仁里邑地区

万历五年，大理出了个白王。白王有三个公主：白花公主、玉花公主、茶花公主。白花公主是第三个公主，人才绝色的美丽。许多读书人与她谈婚姻，她都不喜欢，她只喜欢一个名叫柴郎的。柴郎年方二八，一十六岁。二人情投意合，一个喜欢一个。白花公主禀明白王，要招柴郎为婿，但白王又不同意，于是两人私下里双双逃到苍山去。苍山佛顶峰一个石崖下，有一个石洞，他们就在那里过日子。

过了几个月，公主生了病，热似炉中火，冷如冰上冰。柴郎下山找药医治，找不到医这病的药草。那时白王正请了海东法师在御花园里做斋打醮。法师念经到第三天晚上，上法座赈济孤魂，穿了一件八宝袈裟，能避水火。柴郎听说，想去偷那件宝衣给白花公主挡避风寒。法师已经回到了海东罗筌寺，晚上法师正参禅打坐。柴郎趁这时机把八宝袈裟从他身上取下，走到海边，被法师发觉了，追来，用他颈上挂的铁数珠打在柴郎身上，把柴郎打死，丢下洱海。柴郎沉到海底，就变成一只石骡子，冤魂不散。洱海风大时，石骡子就叫起来，这时划船的不敢行船，就把船拖到海边。白花公主等待丈夫，一等二等，不见回来，自己一急也就死了，死后变成一朵白云，石骡子一叫，它就出来。那时天上没有一点云彩，只有它独独的一朵，在佛顶峰上面，风都吹不散。这朵云，名字就叫"望夫云"。

文本四

搜集者：杨国宪

相传在南诏的时候，大理苍山玉局峰上，有一个青年猎人，家里很是贫穷，每天靠打猎生活。有一天，偶然遇着南诏王的公主出来游春，他见公主的花容月貌，惊如天上的仙女下凡。

公主看见了这个英俊的青年，也很爱慕，对他不禁嫣然一笑。从此以后，他天天想念公主。后来，他在苍山云弄峰上打猎，忽然看见一只带箭的马鹿，跌落在山沟里。他把马鹿背上坡来，在坡上见到一位老猎人。他说："这是你射的鹿子，请你把它抬回去吧！"老猎人看到他很忠实，心里很高兴，说："你真是老实人，你帮我背上来，我就把鹿子送给你吧。"青年猎人说："我不要，因为这是你射中的！"老猎人说："你不要鹿子，我传授给你一件法术吧！"

老猎人过来把他的胁下一按说："我传给你的法术在你身上了，你就飞起来吧！"说完话就忽然不见了。天上闪现着一片云光，他在自己的胁下一摸，忽然长出两扇翅膀来，平地飞升，他好像一只大鹰在空中游戏。忽想起南诏王的公主，他就飞到了南诏宫里，会见了公主。公主见了这个飞来的青年，又惊又羞又喜，惊的是这个人会飞，羞的是他是一个青年男子，喜的是这个飞人就是她游春时遇见的意中人。她不由自主地说："大胆的人，你从哪里来？你不怕我父王的杀人宝剑？赶快离开这儿吧！"飞人笑眯眯地说：

"公主！我是苍山上的猎人，住在玉局峰上，你如果心愿，我带你到我们那里，同我共同生活，享受大自然的幸福。"公主说："你如果真心实意，要依我一件事，我才相信。"

青年猎人说："莫说一件、十件百件，只要你说出来。"公主说："我要你去取凤羽山上的凤毛，感通寺的龙女花，雪人峰上的千年不化的积雪。我要绿桃村的桃子，我要万花溪的月桂。还要绿玉溪中的绿玉，又要清碧溪的翡翠。我要兰峰上的兰花，还要云弄峰上的白云，又要蝴蝶泉的蝴蝶，还要会跳舞的素馨花，又要苍山主峰上的雪茶。还要那美如玉的大理石，又要那稀有的雪兰，还要那十八溪里没有子的弓鱼，又要那十九峰下没有渣的雪梨。"青年猎人说："只要公主喜爱，件件都立刻办到，只要公主同我到玉局峰上。那里的山景，真是自然美丽，不但风花雪月俱全，在一季里一天里同时可以欣赏到四季的景致。有下关不进屋的风，有上关四时不谢的鲜花，有苍山上六月不化的雪，有洱海里的月。苍山十九峰十八溪，那里你看到绿绿的草地就是春天，靛蓝色的山峰就是夏天，遍山布满红叶，就是秋天，山顶有了积雪，就是冬天。"公主听了，非常喜悦。青年猎人说："公主，你且稍待，等我去把这些稀奇东西取来。"说完话，他就像一只大鹰飞去，还不到三个时刻，青年猎人果然取了各处的东西，一样样地摆在公主面前。

公主说："你既是这样的真诚，我就同你去吧！"于是猎人就扶着公主飞到玉局峰上结为伴侣，他两人相亲相爱，寸步不离。只要公主喜爱的东西，猎人都能取来，饮食器皿，样样无缺，公主乐而忘返。南诏王宫中失了公主，后来才得知是玉局峰上的飞人摄去。南诏王大怒，请东山罗荃寺罗荃法师破坏他两人的美好自由生活。罗荃法师故意使人告知青年猎人说，他有一件七宝袈裟冬暖夏凉，可以赠与公主。有一天，猎人问公主："你心爱什么东西？"公主说："什么都有了，只是山高气候太冷。"青年猎人安慰她说："这有何难，洱海东面有一个高僧，有一件七宝袈裟，夏凉冬暖，他许可赠我，等我去取来。"他就连夜飞到海东罗荃寺向罗荃法师拿了袈裟，在归来途中，冷不防被罗荃法师一拐杖打下洱海淹死了，化为了一个石骡子。

公主在玉局峰一时一刻，一天两天，一月两月地望夫不归，后来罗荃法师差人来说："青年猎人来盗取法师的宝裳，被法师打落在洱海里淹死了，法师愿接你回宫。"公主得到丈夫被人害死的消息，骂说："原来我的亲人是被你们害死了，我死也不愿回去，我要变作暴风把你们吹成碎粉，我要把洱海的水吹开，看一看我的亲人！"说罢，一愤而死，化为一片云彩，名为"望夫云"（又名无渡云），在苍山顶上忽起忽落，好像探望的样子。每年冬天，就出现了。只要"望夫云"一出现，洱海里也有一朵云彩出现，飓风就大作起来，船舟不敢行。飓风把洱海的水吹起数十百丈，不把海里的"石骡子"吹出来，就不会停止。一直到了现在，"望夫云"还是常常出现。

在《大理县志·艺文部》里，赵廷玉有咏"望夫云"的一首诗，这样写道：

一缕浮云几度秋，
坚心常注海中沤，
踉跄涛打蛟龙窟，
绰约神明水月楼，
卷地难平千古恨，
回峰又锁百重忧，
可怜夫婿无消息，
空抱情根护石头。

文本五

搜集者：丁炳森
时间：1955年
搜集地点：云南省大理白族自治州

刚立过春，天气是暖和过来了，大理北门外古道上的垂柳，由于在小溪边的缘故，已经吐出嫩绿色的长芽。这天正是正月初五，赶葛根会①，这条平常很平静的柳林道显得热闹极了。宫廷官衙的官员、良家的仕女、四野的农人、洱海的渔翁、苍山的猎户，都在路上拥拥挤挤。一顶红绫小轿在吆喝声中排开众人而过，大家都传说着：今年崇圣寺由南诏国王主持，大开斋筵，公主亲往寺内敬香。于是成千上万的人也都不自持地拥向崇圣寺。只见崇圣寺的确不比往常，满院香烟缭绕。大雄宝殿上的世尊佛也好像格外庄严，中殿的雨铜观音也刚刚换过金身。

公主礼佛完毕，听说院内的茶花开得分外茂盛，便命侍女用凤尾扇遮住天光，步下台阶一一观赏。事有凑巧，火把花树下站着一位青年樵夫，他也是挤在人群里来赶热闹的，看他怎个模样：

头戴大理麦秆帽，穿套青布衫，足踏苍山青草鞋，一把斧头腰中藏；红润的脸上，露出亲切的光。

公主去到火把树下，正与樵郎看个对面。不看罢了，这一看却引出了件千古难泯的大事来。原来这位樵郎是点苍山玉局峰上千年得道的猴王，这天他是变作个樵夫来赶葛根会的。不意碰上公主，这下他可惊呆了，他从来也想不到公主是这样的美貌：

一池春水微含情，岸放桃红二月香。莲步轻盈叠裙绕，肌托珠翠放豪光。

公主不是侍女拉她一下，她也为这一个英俊的少年弄得连在什么地方都忘记了。

自从葛根会二人见面以后，公主回到宫中，每日不思茶饭，脑子里老是出现青年樵郎的影子。猴王回到山上，也是左思右想，觉得仙家生活总味淡，不如人间美满。他每天在山上总要对着城里的南诏王宫凝思几回。

就在三月的一天晚上，猴王潜入南诏内宫。公主正在千头万绪地睡不着觉时，猛然见到崇圣寺所见的樵郎来到，她又惊又喜。趁宫女都睡熟了，

---

① 葛根会：在大理三文笔村崇圣寺旁赶会。

猴王背负公主越出重重宫墙，连夜逃回玉局峰上。当晚他们就在那山茶花装饰起来的、暖和的石洞房里成了亲。

公主久住宫中，突然来到洞里，有些不惯，但由于爱情的真挚，二人生活过得顶舒畅。山鸡还没有报晓，樵郎到后山去砍了柴，晌午到城里把柴卖去买些米粮蔬果回来，公主做好热腾腾的饭等着他。二人在石桌旁吃着热腾腾的饭，一面叙着深情。他们喝的是凉彻心底的溪泉，听到的是百鸟的歌声，嗅到的是百花的香味。这一切使公主再也想不起宫廷的那种无聊生活。

可是，日子过得飞快，冬天到了。天气一天比一天冷起来；苍山上的雪一天天积厚起来了，几乎石洞也要被冰封锁了。公主如何耐得住这样的寒冷呢！樵郎找了干松柴，在洞里搭了火塘，霎时洞里变得暖和极了。可是山被雪封住，干柴究竟不多，找来的柴一会就要烧光了。樵郎坐在草席上，公主扑在他的膝上，下巴抵着自己的手背，她睨视着快要燃完的火苗，樵郎心疼极了。他问她："你耐得住这种生活吗？"公主微把头仰起奇怪地看着樵郎说："当然耐得住。哦，干嘛你要问我这样的话，你不相信我吗？"樵郎听说，感动极了，紧紧地用发烧似的脸贴住公主的头。公主的泪珠噗的一下滴在火灰上，冒起一股细微的白烟。樵郎说："洱海东面罗筌寺里的罗筌法师有八宝袈裟一件，冬暖夏凉，明晚我去盗来给你。"公主说："那还行吗？听说罗筌法师道法高，你去不是多危险呀！"樵郎说："不要紧，罗筌师是佛弟子，讲慈悲的，他还会同情我们的。"

第二天夜里，樵郎深入罗筌寺重重的围墙，可是不见罗筌法师。他翻到寺后的天镜阁外，见阁里灯烛辉煌。他往里面一看，见罗筌法师正在禅台上打坐。樵郎轻轻推开门，潜入供桌下，等了一会听到罗筌微微的呼吸，樵郎知道罗筌已经入定了，便钻出来轻轻地拉了袈裟，一个箭步往外溜走。可是狡猾的罗筌立即发觉了，因为他早已经接过南诏王的旨令，要他缉拿盗去公主的人。每天，事在心上，正一筹莫展，所以一直不能很好地入定。罗筌拿了金钵禅杖追了出来，见海里波涛起处，猜定是盗衣人，他祭起金钵，金钵落下，将樵郎罩入海中变成一匹石骡子。

公主在山顶上眼望穿了也不见樵郎回来，她知道是遇了害了，气得好几次昏了过去。一天天过去了，樵夫还是不见回来。这时公主已有九个月的身孕了。又过了不久，公主生下了孩子，这时洞里的积食全都吃尽了。冬天，又还有几天才过得完呢？樵郎哪年才能回来呢？她看着孩子，伤心得不能再作声。

在这样的生活里，公主终于被折磨死了。公主虽死了，可是一朵白云却代替了她，这朵白云也就是公主的化身。她出现在玉局峰顶上：

  有时像洱海的烟波，

  起伏荡漾；

  有时像白族姑娘的花裙，

  前后摇晃；

  有时像苍山千年的白雪，

  闪耀银光；

  有时像逃出闺房的姑娘，

  左右顾盼，

  慌慌张张。

  仿佛像受了委屈呵！

  低头在悲悲伤伤。

  她指挥着风兵和风将，

  不吹干洱海心不甘。

这朵白云，就叫作"望夫云"。洱海的渔翁说："白云公主一出来望夫，我们知道她要发脾气了，就把船靠岸了；并非我们怕她发脾气，实在是同情她的可怜遭遇，所以顺顺她的心。"

正是像柴村民家调唱的：

  有一个，

  南诏公主春心烦，

脱却牢笼上苍山。

啊咦哟呵嗨嘿！

罗筌心肠狠，

小哥压在洱海底，

小妹送入白云乡。

这件事，

多少年来人人讲，

多少年来人人传。

啊咦哟呵嗨嘿！

文本六

讲述者：杨宗佑
记录者：郑谦
时间：1958年
搜集地点：云南省大理白族自治州鹤庆县新民村

　　故事发生在海东。有个老师叫陈容，学生叫王宏。大理苍山有一白狐变成美女，每夜都来王宏书房与他同宿。王宏盗得白狐一颗珠子，含在嘴里面就有点道法，他就常对老师说："我要杀千家万家。"老师很害怕，心想："他要杀千家万家，恐怕我也在内了。"就问王宏说："你有何本领，可显给我看看。"王宏道："我可以从海东一步跨海西。"老师说："明日你演给我看看。"

　　第二天，陈老师带着一个砚盘，当王宏扭过头向大理海子跨步的时候，陈老师一砚盘就把王宏打在海子里了。于是白狐就化身为人去责问陈老师："你为何要把我爱人打死在海子里？"陈老师说："他要杀千家万家，不是连我也在内了？"白狐说："先生说话差了，他要杀的是姓千和姓万的两家，这时噶可把他救活？"陈老师说："我是无法可治，海水深三十余丈，我看你不是人形，你是何方妖怪，给我照直说来。"白狐说："我是高年白狐，久经修炼，可变人形。我家住在苍山上，我慧眼观看，与你门生王宏有姻缘之分。每夜三更，变成美女与他同宿，已三年多了。"陈老师说："古话说'百日夫妻'，现在你们已相处千日，你们的姻缘已满了。"白狐说："虽然姻缘已满，但我们还有夫妻之情。我必须要见他一面，方得罢休。"陈老师说："现在你哭闹也是枉然。在我这里，你不必哀求了，我指示你到南海去请求观音老母给你六瓶风，把大理海子吹干后，你就可见到你爱人了。"

于是白狐就到南海去求观音，观音也知道她是南海的一个白狐跑到苍山去的，就给她三瓶风。白狐说："陈容说，要六瓶风才能把海子吹干，三瓶不得。"于是观音就给了她六瓶，但叮嘱她：天机不可泄露，一路上不可与任何人说话。白狐表示牢牢谨记。

于是白狐就背着六瓶风回到下关江风寺。鸡还未叫，她背不动了，就歇一口气，恰好有个樵妇上山砍柴，走到江风寺就要生产了，她对白狐说："大姐，请你同我去找一下我妈，我在这里要生小孩。"一下子哇的一声，白狐才知道自己已违犯以前对观音的诺言，同别人说了话，于是六瓶风就有五瓶钻到地洞里去了，只剩下她抱着的那一瓶。她就把这一瓶放在大理苍山上，这一瓶风就吹到大理海子里，风一大，波涛汹涌，就要翻船。而下关因有五瓶风在地洞，所以现在下关的风特别大。现在大理的大风一起，点苍山上就出现一朵"望夫云"，就可看见白狐仙站在云端，这时船夫们就非停泊不可。但因苍山上只有一瓶风，所以尽管风吹得多么凶，也吹不干大理海子，而白狐与王宏也就永远不能见面了。

文本七

整理者：马荣康
搜集地点：云南省大理白族自治州洱源县凤羽镇

滇西大理，间于苍山洱海的陆地上，风景很美丽。传说清朝乾隆年间，派驻大理的提督叫罗思举，他是行伍军功出身，生得魁伟高大，武艺高强，能拉一张三百斤重的硬弓，是当朝著名的一员军门。他生有二子一女，女排行第三，一般呼为罗三小姐。这三小姐，生得如花似玉，学得诗词歌赋，还学得一手好武艺，才貌超群，文武兼备，她父亲爱她如掌上明珠，年方二八，待字闺中，并精通韬略，替父参赞军机。三小姐每当风清月白之夜，常入花园玩弄，吟诗作赋或练武术。有一良宵，三小姐和众丫鬟们，在花园之中，凭栏闲眺，约近黄昏稍后，突然嗖的一声，空中降下一飞人，年近二十，生得面如冠玉，年少翩翩。众丫鬟惊得四散奔跑，呼号脱逃，三小姐定睛看时，确见飞人两肘下生有一对肉翅膀。

飞人不待三小姐撤身，即将她背负背上，蓦地腾空，飞返到苍山斜阳峰顶端峭壁岩下石洞中，与三小姐订约白头。开初三小姐力拒其约，飞人亦不敢强其志，但飞人以忠诚之意，优遇三小姐，未及一年，她感其诚，遂受其约，在洞中结为夫妻。自三小姐失踪后，罗提督令所属州县悬赏缉捕拐逃，久难寻求蛛丝马迹。一日飞人应三小姐之求，飞往海东盗窃雪梨，适遇途中一牧童，在园外信口吹笛。突见梨树之上响动，这牧童停下吹奏，信手拉开弹弓，向梨树顶端发去一弹，恰中飞人右翅根处。飞人中弹忍痛飞逃，飞越洱海，不幸伤重，即投跌河中而死，死后变为石牛一头。三小姐日望其夫，望穿匝月，不见形影，遂忧伤而死，化为白云一朵。后人盛传"望夫云"从斜阳峰顶吐出复又折返，则海中石牛作怪，洱海波涛滚滚，此正是夫妻欲求相聚之征候。现洱海渔民和航行洱海的船户，如见斜阳峰上吐出白云一朵，反复徘徊，即不敢冒险航行。故苍山斜阳峰上"望夫云"出没，成为洱海中航民渔民家有力的安全气象台了。

辘角庄

文本一

采编者：徐嘉瑞

白王有一个太子名叫白林，有两个公主，大的名叫白雀，小的名叫白圭。白圭生来是一个老实忠厚的人，她从小就爱喂牛，她懂得牛的性情。牛也懂得她的话。她的姐姐白雀，喜欢骑马，会使三把飞刀，使起刀来立刻天昏地暗。姐姐到苍山下面骑马射箭，她却喜欢骑着牛去农村中游玩，洱海旁边的村庄，她到处都游玩过了。

她已经十七岁了，白王要替她招一个驸马，她听见了，非常忧愁，因为不久以前，白王要替她的哥哥选妃，把文武官员家的千金小姐，召进宫中，随太子选择，太子都不中意。后来，太子去问智者长老，长老说："好花开在深山箐，好女出在百姓家。"太子就决心到山中去选配偶，白王也答应他，给他一张圣旨，选中哪家的姑娘，把圣旨贴在门上，就算定亲了。太子拿着国王的圣旨，所到的地方，姑娘们都早已跑光了。太子没办法，只好把它贴在一个大石头上面，那石头跟着他飞进王宫，白王大惊，一箭把石头射穿，落在苍山脚下，百姓叫它作"美人石"。太子又向智者长老请教，长老说："山羊不跟豺狼作亲戚，耗子不和老猫打亲家。"太子从此走出王宫，隐姓埋名，去当一个平常百姓去了。白圭公主看见她的哥哥这样结果，她的姐姐又整天骑马射箭，舞起飞刀，天昏地暗，也没有找到一个合心的女婿。白圭忧愁地对老水牛说："老牛，你能驮着我去找一个好人家吗？"老牛点了三下头，白圭高兴极了，把手里拿的山花，挂在水牛角上，拿一些草料，给老牛饱饱地吃，骑上牛背，到洱海边的村庄中，到处去游玩，这样地漫游了好久。有一天的夜晚，月儿团团照在洱海上面，杨柳在路边轻轻地摇摆，远远的微风吹来一阵笛子的声音，公主骑在牛背上，被笛子的声音迷惑住了，随老牛的脚，慢慢地走，她好像做梦一样。突然被宫中侍女一叫，惊醒过来，才知道来到宫门外面了。她回到宫中，一夜不睡，那笛声在她的耳中响着，一直到了天亮。

她去向白王说："我是不愿出嫁的；一定要我择配，我就要请你答应一件事。"国王问："什么事？"白圭说："天婚。"白王十分奇怪，问："什么叫天婚？"她说："我要倒骑在牛背上面，随牛去走，不管走到哪家，不管那家人穷富贵贱，就是我许配的人家。"白王叹了一口气，叫姐姐来劝她，她死不改变，白王没有办法，只好答应她了。

她骑着牛，顺着昨天夜晚走过的路，来到霞移溪边。那时正是春天，三月街已经赶过了，路边的绿柳，一条一条地垂了下来，好像嫩黄色的线，结成的帐幕，遮遮掩掩。成群的耕牛，在溪边喝水。溪边开遍了十姊妹、四季红，还有青色的叫"青花"，艳红的叫"阿花"，黄的叫"报春花"，还有樱花、李花，开遍了各个村庄。老牛顺着霞移溪，慢慢地走了下去，溪水冲在石头上面，溅起似雪的泡沫。一片片的报春花、十姊妹、青花的花瓣，顺着霞移溪淌了下去，溪水渐渐地温暖。

她把十姊妹和报春花挂在牛角上面，走到一个村庄外面。这个村庄由大石砌成，一条巷连一条巷，巷里的绿柳垂了下来，把村庄遮在里面。她坐在牛背上，目不转睛地看着青翠的苍山，兰色的玉上面有许多白雪，太阳照着十九峰越发好看，她回过头去，牛已经走进村中去了。她看见这个美丽的村庄，这村庄是用大理石砌成，绿荫作了纱帐，苍山作了它的屏风，山腰的玉带云，把屏风画成两段，一条石巷连着一个石巷，不知往哪里去？她还是随着老牛的性子，慢慢地穿过大巷，又穿个小巷，来到了一个人家，外面是两堵大理石的墙，垒成一道门，但并没有门，只有一些南瓜堆在墙脚下面，一些苞谷挂在墙上。从石门看进去，有一座房屋；石墙石壁，黄金般的茅草，作了屋顶，下面开着一个小窗。巷子越来越狭窄了，牛角又长，进不去。白圭说："老牛，要到里面去吗？"老水牛点三下头，把它的角弯了又弯，转了又转，转进巷内，这个村庄，就叫作辘（转）角庄（辘牾角庄）。老水牛哞哞地叫了几声，后腿一弯，坐在地上了。

白圭从牛背上下来，她看见这间茅屋，很是高兴。她站在门外，不见一个人影，她就走进茅屋。看见一个身材高大、满脸笑容的老婆婆，在机上织布，看见公主的穿戴，知道是贵客来了，就赶忙下来去迎接她。白圭问道："阿妈，你家有几个人？"阿妈说："姑娘，我一家就是母子两个。"她又问："你的儿子呢？""他一早上山砍柴去了。"阿妈一面说，一面拉出一条木板凳，擦了又擦说："小心把衣服弄脏了，穷人家从来也没有贵客来过。"白圭就坐下来了。阿妈把火塘中的火吹燃，把茶壶放在三脚架上，加起火来，火光就燃烧起来，照着公主的脸，她的脸是方方的，眼睛很大，眼珠很黑，说话时很和缓。阿妈觉得这一位贵宾，是一个善良的、容易亲近的人。她走来走去，把烤茶罐、茶杯都搬了出来，茶烟从房里飘到巷内。公主一面喝茶，一面和阿妈谈心，把她的心事，一件一件地向阿妈说了出来。

她说："我到你家就是'天婚'了，我是你家的人了，你这样的慈善，难道还不配做我的婆婆吗？"她跪了下去，阿妈吓得抬起手来，用白族话说："阿呗呗，没当子啦！你叫我咋个说，请起来啦！"阿妈扶起白圭，正在没有办法，她的儿子回来了，放下了柴背，呆呆望着公主，不知是一回什么事，阿妈又惊又喜，用手背去擦眼泪。白圭看见樵夫和他妈妈一样高大，瘦长的脸，高高的眉棱骨，黑的眉毛，包着一块白汗巾，披着白汗衫，黑领褂，衣服打了许多补巴，连补巴都洗得雪白，虽然劳苦，却有一种年轻人的潇洒气概。白圭说："衣服是阿妈替你洗的吗？这样干净。"樵夫不知道怎样对答，阿妈说："他月亮底下就磨斧子，东方发白就上山砍柴，衣裳被松枝刮破，补补连连，浆浆洗洗，我还苦得动呢？"白圭说："阿妈，你也要一个人帮你的忙了！"说着就脱下宫中的长袍，卷起袖子，就去烧火煮饭，住在樵夫家了。白王听见这个事情，他气得发昏，从此不和她往来。她亲自去请白王来认亲，白王说："除非你造成金桥银路，把金砖铺到王宫门外，我才能到你家。"

后来阿妈生了病，没有钱去医治，樵夫心中发愁，白圭说："你愁什么？"她把金手镯取了出来，"你拿去城里，换了银子，替阿妈买药。"樵夫说："这是什么？""这是金子。""金子吗？我打柴的地方遍地都是。""你不要乱说。""真的。"他用手比着："金砖、金块多得很！"白圭说："好，明天少砍些柴，带几块来看看。"他果然只砍了半背柴，加上一块金砖，回到家中，大汗直流地说："压死我了，今天少砍了半背柴。"白圭看见，笑了起来说："这是金子。"樵夫说："这东西，这么重，又不能烧，又不能吃，你们叫它作金子。"白圭说："你莫要说了，快去请医生吧！"

阿妈的病医好了，白圭叫他到山中去背金子，来造金桥银路。一块接着一块，一直铺到王宫，造了一座金桥，金光四射，剩下一挑金砖献与白王。白王率领文武官员，前呼后拥，踏着金砖，一步一步地走向女婿家来。白圭扶着白王，樵夫吹着笛子，上前引路。到了金桥下面，白王看见金桥上的金栏杆、金柱子、金凤凰、金狮子，把眼睛都射花了，不知不觉跪了下去，文武官员一齐都跪下去。拜过了金桥，用黄缎子铺在桥上，走过桥去，到了女婿家，拜见亲家母，封樵夫为驸马。白王拉着白圭的手说："你是我最爱的最爱的女儿啊！"

这是二千年前的故事，一直到了今天，辘角庄的风景仍然是那样的美丽，那樵夫的家依然存在，还有庄外的一条大路，上面的石头，都是黄色，太阳照在上面，闪闪地发出金光。合作社的汽车路修到辘角庄外来了，农民们说："这才是真真的金桥银路呢！"

文本二

整理者：黄得浪
时间：1956年8月10日

那是几千年以前的事吧！大理本来是南诏国的京城，在华丽的五华楼上，在高高的深宫里，住着南诏王美丽的十个公主。她们的姿容就连最美丽的茶花也比不上，她们的高贵就连那最珍奇的玉石也比不上。而她们十姐妹中最美丽、最珍秀的，却要算她们最小的那个十妹妹。

十公主是王宫里最能干的人，最善良的人，她的心比苍山的白雪还要洁白，她的针线活计连南诏国里最有本事的能人看了也要十天十夜吃珍馐而无味。洱海的水可以干涸，但十公主的信念没有动摇过：她像恨毒蛇一样地讨厌宫苑的生活，她爱祖国的自然，更羡慕农村的生活，她愿意能像木犁一样和泥土打交道，她希望自己能成为一个农妇，在田里跑。

公主长大了，像丁香花开放，老国王喜欢得忘记了他的河山，他摸着下颔一个接一个地看过甜笑，他把十个女儿叫到身旁："我的宝贝们！我的心肝，将来，你们想怎么办？尽量谈谈你们各自的需要吧！只要你们愿意，洱海的月牙也要寻来做你们的小梳，苍山的雪也得找来点缀你们的小花圃。"

大姐像春天的茶花一样笑开了，她低下头说："将来我应该是一个至高无上的皇后。"二公主像枝夜来香，她的面颊泛着红晕："我希望自己是一个富厚的王朝的主妇。"三妹妹像几穗嫩柳，她多情地动着脚尖："能不能有一个美玉似的公子做我的丈夫？"四妹五妹……老国王笑得前仰后合，他拍着掌称赞女儿们的志向，表示一定满足女儿们的愿望。

最后十公主开言了，她像春雷一样震惊了姐姐们，像霹雷一样吓呆了老父王："我不要洱海的月牙，也不需要苍山的雪花，能有一个健壮的农村小伙做我的丈夫，比那高贵的王侯，我还更满意。"

公主们尖叫起来，老国王半天才恢复神志，他的愤怒，像狂风暴雨一样猛然来到。老国王吩咐牵来了一头牛给公主说："这是嫁妆，它驮你到哪儿，那就是你的家，皇宫里没有生来就是贫贱的人——像眼睛里夹不住沙，不是金砖铺地银瓦盖屋就别跨这道门槛。"

十公主跨上牛背，欣然出了宫门，绿翠鸟唱着歌来欢迎，小秧扭着细腰，白白的鹅卵石敞开它的笑颜，就是清绿绿的水花也情愿跳着舞引老牛到它们的邻庄。

路当口有一间最低最矮的茅屋，住着全村最穷的一家，青年人的力气谁也比不上。青年干活比哪个都强，小伙子调子唱得响，但是几辈子也把青年的苦楚诉不完，他的母亲苦了一生一世，落得个满身老来病，春风掉泪，飞鸟也伤情。

老牛迎茅屋走来，往茅屋钻进去，高门大户他不走，就是要往里钻。老牛的角扭弯了，公主也进了茅屋——十公主成了他家的人。

早上，星星还眨着鬼眼，小夫妻俩就起来了。他们把自己一滴滴血汗滴到土里，浸进植物的根里。秋天，变成一颗颗金黄的粮食，但不是自己的！青年能在一顿饭的工夫，从最高的中和峰上砍下够烧一年的柴来，一顿饭工夫，从洗马塘里喂足马水；十公主从青年出门砍柴起到他把柴背回来止，可以织出十匹布，可以纺出十股纱——但是他们还不得不穿麻布，吃苦荞塞肚子，可怜的母亲一天比一天更憔悴。

"你来，我告诉你。"公主悄悄招手给青年，"你拿着这到京城里卖了，买药给母亲治病。"说着从手里拿下一个小黄戒指，递给青年，青年接过来之后，非常惊奇。"这是什么？卖了就能换药？"公主解释说这是贵重的黄金，是她从宫里带出来的。"啊！这就叫黄金。"青年不屑地说："有多稀奇嘛，我砍柴的那个山坳有几坎，还有白的也一样闪光。"十公主是最聪明的人，她不相信这太稀奇的事，公主说："遍山有的是础石，山坳里倒不会藏金银。"青年无法,到了第二天,除驮了柴外还捡了一些回家,十公主相信了。这之后,村子里的村民也就好起来了,他们有力气,他们有财富,河水也乐意流到田里,森林也负担起任务。"握角"就叫成村名,十公主还兴奋地说:"水落石出,我们的气也要争通了!"

正是南诏王的大寿之庆,京城里聚集了天下的古董玩品,有天下最名贵的奇花异草,珍宝要用马来拉。南诏王大寿惊动了各个角落,只要有人烟的地方就有寿礼送来。于是洱海的鱼虾也被动员到厨房里来了。

那些王公大人、公侯卿相全都穿戴得光闪闪的。国王的大女婿,二的、三的……直到第九个公主和她的丈夫,全成了筵席的贵客。在宫廷里,聚集了全国最富有最高贵的人们,他们狂欢,他们忘掉了一切。

这时老国王穿着隆盛的吉服,惊慌地从座位上站起来,和他的高贵的女儿女婿慌得把玉杯坠地,把美味泼了一桌,离开了这个腾欢的场所,贵宾们不知所措地站起来,尾着出了宫。

十公主和她的丈夫携手牵了牛站在闪着金光的金砖地上,他们像晴天一样开朗,像春天一样美丽,他们穿了非常朴实的衣裳,却比绸缎还庄严。黄金铺成的路上,反射出强烈的光,国王和公主们狼狈地站着抬不起头来。"这就是金砖铺地、银瓦盖房,在农夫的手里出现这样的事,你们会像没有想到天上会出现两个太阳一样的,是不是?"小夫妇俩说完后笑嘻嘻地又跨上了牛背,头也不回地朝日出的方向走去,宫门口只剩下一套十公主曾经穿过的宫服……

文本三

南诏时候,白王有个女儿,名叫赛花公主,生得十分美丽。这位公主,生性古怪,宫中一切物件,珍珠、玛瑙、翡翠、琥珀,什么稀奇的东西她都不爱,她只喜欢牧放耕牛,每日常与宫女们表演耕田作为游戏。

公主长到十六岁的时候,白王一心要替她在大臣们的儿子中间,挑一个有才貌的人招为驸马。那些大臣,听说公主要招驸马,就把自己的儿子,收收拾拾,打打扮扮,弄得顶漂亮的领来见白王,争着能够招进宫去,做个驸马。可是白王的这些做法,并没有讨得公主的喜欢,相反地逼得公主不得不骑着她喜爱的耕牛,偷偷地从后宫门逃跑了。

公主从来就不喜爱那些讨厌的大臣的儿子,她逃了出来,一心想找一个安身的地方,藏起来,不让她的父亲白王知道。她急急地赶着牛往前直跑,牛也好像懂得她的心意似的,驮着她飞也似的跑;跑了一段路程,来到一个村庄旁边,牛停下了脚,公主在牛背上一看,见村边田里,有一老婆婆和一少年,用绳子拖着犁耙耕田,额头上的汗珠像雨点一样,滴落在地上。公主非常奇怪,问道:"老婆婆怎么不用牛来耕田,要用人拖呢?"那少年抬起头望望她,没有说话,老婆婆回答说:"我家穷得连饭也吃不上,哪里养得起牛来耕田嘛!"公主望着他们十分辛苦,心里很难过地跳下牛来对老婆婆说:"婆婆!我把这条牛送给你家耕田吧!"老婆婆家母子两人奇怪地望着她,上下打量了半天,最后老婆婆才说:"怎么!送我家?你是哪个官家的小姐姐,我可不敢当。"公主决意要送,老婆婆推让不过,只好架上牛,一会犁完了田,公主牵着牛儿跟在老婆婆后面进村去了。

老婆婆家母子感激公主借牛耕田,留公主在家吃饭,公主并不谦让,也不嫌老婆婆家吃的荞麦野菜。饭后又留住在老婆婆家,她也不嫌老婆婆家茅屋破烂,就此住下来了。每日她帮着老婆婆在家做些家务,洗衣、煮饭、做针线,老婆婆不忍要她做,她却事先就抢着做了。老婆婆问她家在哪里,她总是不肯说出真话。老婆婆也不便十分追问,就由她住下来了。

日子过得真快,公主来到老婆婆家转眼就是十多天了。老婆婆家的一切,公主都熟悉了,公主看着老婆婆的儿子十分勤劳,人又诚实,不觉地爱上了这个少年。

一天,她把自己的心思告诉了老婆婆,老婆婆听了,非常惊诧地问道:"你不嫌我家穷吗?"公主爽朗地答应说:"不嫌!我就喜欢这样的日子。"老婆婆听了又喜欢又诧异,喜欢的是:自己的儿子能够娶得这样既美丽,又有本事又温和的媳妇；诧异的是：她究竟是哪里的人，如何瞧得起我们这样的人家。夜晚，老婆婆把这事偷偷地告诉了儿子，儿子自然非常喜欢。从此他们俩相爱。公主也脱了旧时衣服，换上农民衣裳，同下地，同劳动，跟着老婆婆的儿子一起干活。不久他们就结婚了。

结婚以后，公主看看婆婆和丈夫的衣裳都十分单薄，一心想替婆婆、丈夫添置些衣服，但又没有多余的钱去买，于是想起把自己的金钗首饰，拿去换钱买布。主意打定，公主把金钗拿给丈夫说："你去街上把这金钗换了，买些布来。"丈夫接过金钗诧异地问："这是什么东西？也能当钱使吗？"公主回答他说："这是金子做成的金钗，能换很多钱。"丈夫仔细一看说："这样东西在我砍柴的山箐里遍地都是。"公主奇怪地问："真的吗？你明天去砍柴带一点回来看看。"

第二天，公主的丈夫果然带了一包回来，公主一看，完全是真金。公主对丈夫说："这一下我们的日子慢慢会好过了。"她的丈夫听了也非常喜欢，从此每日去砍柴都要带回一点来。不说公主和农人过着幸福的日子，且说白王自从女儿逃跑以后，派人四处找寻，结果被差人找寻着了，回宫报讯，白王听闻公主嫁一农民，心中十分恼怒，立即差人要把公主接回宫来。差人领命去接，怎奈公主再三不肯回宫，差人又只得回宫复命。白王因只有一女，平素就十分疼爱，不忍过于相逼，只好用软的办法，许可他们夫妻成婚，同进宫里。公主本来不愿意进宫，故有意刁难白王说："父王若要女儿进宫，除非金砖铺路来接我。"这本来是刁难的话，她想白王是不会做到的，谁知白王正想要显一显自己的财富，于是就命令手下人员打开黄金库，用金砖铺路去接公主。不料刚要铺到公主家门的时候，库里的金砖早已用完了，一计算还缺三块。公主看见白王的金砖不够，冷笑着对那些官员说："不要骄傲你们的金子多，快快收起来让我来铺一条给你们看。"说完走进屋里，一挑一挑的金砖从屋里挑出来，一直铺到皇宫门还剩下三块。白王手下人员急忙把这事禀报给白王，白王大为惊异，急忙带领大臣出宫来看，只见金闪闪、黄黄澄澄一条大路摆在眼前，公主和农民携手转身回村去了。

文本四

整理者：李祖光
时间：1957年3月
搜集地点：云南省大理白族自治州

在南诏时，国王阁逻凤膝下有三个公主：大公主为了国内部落争战，前去和亲，行至中途，惨遭杀死，尸首送回国来；二公主是为君买臣心，招赘有功的段大将军为驸马，驸马自恃功高盖世，每日寻花问柳，时刻欺凌二公主，二公主本着贤妻良母的教训，时刻规劝丈夫，驸马不惟不听，反因爱成怨，夫妻反目，如同陌路。二公主终日以泪洗面，常常入宫对父母哭诉终身之事，国王、王妃又恐得罪有功之臣难保江山，每次只是拿些三从四德的大道理，劝解安慰而已，也无法替二公主解除终身痛苦。

三公主名叫凤伽英，自幼父母娇爱，生性活泼天真，很爱老牛。亲眼看到两家姐姐婚姻不幸的遭遇，又看到王宫中有许多妇女都过着不自由的生活，时时都会触目惊心地发生一些伤心流泪的事，许多事实都深深映入伽英脑中，刺在心上，使伽英对王宫中养尊处优、享乐浮华的生活，感到愤怒厌恶和不安。

每天只是寄情于跑马射箭，放牛，喂牛，从后宫到苍山，从苍山回王宫，都是和亲爱的老牛做伴；羡慕那男女结伴，日出而作，疲劳之时，樵农对唱，高歌一曲；一早一晚，都看见成群结伴的男男女女，到苍山砍柴，上山下山，都唱着下面的山歌——

男的唱道：

大理坝子宽又宽，李阳砍柴上苍山。
斧头劈树山谷响，大背大背背下山。

女的唱道：

李家庄上李阳哥，天天打伙来做活。

苍山茶花开万朵，阿妹一心嫁阿哥。

伽英听到了这样美好的抒情的山歌声，留意地看见了青年樵郎李阳，结实的身体，忠实可亲的面貌，勇敢勤劳的姿态。每一个上苍山砍柴的人都看见，苍山脚有一个奇装异服、王家打扮的女子在放老牛。人群中也只敢以奇怪的眼光，偷看几眼。

十六岁天真的伽英公主，心中向往那无拘无束的生活，更越发地爱护老牛。宫中的人，都在谈论着，公主太不尊贵，不应与牧奴为伍，使伽英在宫中变为了孤高自慰、无人同情的人了。经她的母亲王妃屡次严斥、劝告、责备，都丝毫不能改变伽英爱牛的行动。王妃恐南诏王责备她教女不严，只得吩咐守宫门的人，不许伽英出宫。

南诏王在龙尾关西洱河打败唐朝兵将后，立下万人冢，得胜班师回宫。伽英已经十七岁了，王妃摆下得胜酒宴正在与南诏王贺功的时候，二公主回宫哭诉驸马欺辱之事。南诏王正在皱着眉头，安慰女儿，宫监又来禀报：三公主打倒守宫门的人，牵牛出宫去了。南诏王国事稍闲，家事又来，心中烦恼，重重震怒，命人去到苍山，将伽英找回宫来，牵牛见父。南诏王责骂伽英"有失公主身份""有损王家威仪"，不应学武夫跑马射箭，更不应每天出外放牛。伽英毫不在意，笑嘻嘻地说道："跑马射箭，是我们国人人应当要学的事，放牛喂牛是百姓家天天应当做的事，难道说，我是公主就不能爱牛吗？"

说完之后，牛叫起来，她转身一笑，牵着老牛走了，气得南诏王和王妃目瞪口呆，欲用法处置，又是自己亲生女儿，无可奈何，只好与王妃商议，伽英野性难收，不如为她择一女婿，远嫁出宫，折磨她的性情。女婿必须是中年之人，性情温和，柔能克刚，终身方能相处，免得在宫中父母面前，不听教训，做些下贱之事，使我枉为一国之君，贻笑国内臣民。南诏王为了伽英公主的婚姻，默默无言地思考着，开国功勋，文武大臣，五诏之内，三十七部落之中，研究何人才适合做伽英的乘龙佳婿。王妃以为南诏王心中多烦恼，连忙斟上一杯美酒，亲手捧给南诏王解闷，南诏王毫不理睬地离席站起，背着手走来走去。考虑着选择合自己心意的人，配给伽英。

王妃素来知道南诏王做事，是很英明的，国内有任何大事发生，都不会感到烦躁和不安，今天为着三女之事，举动异乎寻常。自己也愁肠满肚，焦思万状，站在一旁，看着南诏王的举动，为伽英发愁。贺功酒宴，变为了不欢酒宴。忽听南诏王对王妃说道："弥勒部主，忠心于我，年已四旬，性情温和，新近丧偶，下诏旨一道。将伽英赐婚于他。成配以后，带回国去，使他更能忠心耿耿地保着我家江山，不知你的心意怎样？"王妃答道："你赏识的，谅不会错。只是伽英自小娇养，任性傲上，不如今晚我与伽英说明此事，明日令弥勒部主入宫会亲，使伽英选择，方不致另生枝节。"南诏依允了王妃的话。

到了第二天龙柱上拴着老牛，伽英和南诏王、王妃坐在宫中，伽英见部主入宫，身穿锦绣官服，伛偻鞠躬，嘴边两撮胡子，年纪和父亲不相上下，想起两个姐姐的婚姻，暗恨父母做事糊涂，伽英不等父亲和部主开口，连忙站起来，迎着部主口叫："老干爹，你老人家入宫何事？"部主见一身穿公主服饰的美貌女子，迎着自己喊老干爹，一时不知所措，开不得口，羞愧满面，辞南诏王出宫回国去了。南诏王大怒，严责伽英，不应该违抗父母之命，羞辱部主回国。伽英愤怒，侃侃与父母争论道："爹爹，你看南诏功勋，各部王侯，文武大臣，个个都是三妻四妾，家家都有许多女子，供他们享乐。你生养我们三个姐妹，大姐为婚姻送了性命，二姐在你眼前天天看着她丈夫欺凌她，你也毫无办法，为什么今天又要逼着我嫁给这样的人？"南诏王骂道："难道你终身不配丈夫？"伽英言道："我自然要嫁丈夫，可是我不嫁公侯将相，不愿享受荣华富贵，我只愿骑着老牛，走出宫门，配一平民百姓，一夫一妻，两相情愿，白头相守，男耕女勤的丈夫！"

王妃流着眼泪对伽英说道："我儿真是野性难收，你要想想，你是王家公主。不能有这样的下贱行为。"伽英大声说道："若不许我出宫骑牛配亲，情愿一死。南诏王恐伽英烈性送了性命，只得对伽英约了两件事：出宫以后摘去公主封号，在外不许称是公主。不配门当户对或富豪之家，父女绝情，永不相见。伽英慨然应允，毫不留恋，牵着老牛，走出宫门。南诏王唉声叹气，王妃放声痛哭，看着女儿出宫去了。

伽英出了王宫，翻身跨上牛背，任随老牛缓步向南行走，眼中现出一幅美丽天然的图画，青翠苍山，屏列云端，蔚蓝洱海，渔舟荡漾，三塔高耸，一塔直立，桃红柳绿，春风拂面，林荫深处，烟霞绕村，良田万亩，男女农忙着耕种。忽听见东面田中微风飘来男女对唱的山歌声：

　　男：一轮红日从东起，

　　女：妹牵牛来哥掌犁。

　　男：阿妹牵牛快快走，

　　女：阿哥掌犁耕得深。

伽英怡情舒畅，心神洋洋，随着歌声，催动老牛，到了农人歌唱的田埂上站着静听歌唱。农人们看见一个奇装陌生的人骑在牛上走过来，心中奇怪害怕，打断歌声，不再歌唱。远远的田中歌声嘹亮地唱道：

　　苍山秀来洱海青，阿哥阿妹一条心。

　　不怕爹妈不答应，山崩海干要成亲。

伽英满心要和大家接近谈话，可是放牛牧童、田中农人、路上行人，都不敢和自己说话，有的还很惊怕，远远地避开了。她无可奈何地下了牛背，使老牛吃着绿油油的青草，站在路口，意欲等一个行路的人，拉住他问一问前面的村名和道路。等了一些时候，看见对面来了一个人，背着柴背大步向路口走来，到了面前一看，却是每天在苍山放牛的时候，听到和看见砍柴男女个个夸奖的青年樵郎李阳，连忙迎上前去叫道："李阳大哥，请问一声，这条路是通到哪里去的路？"李阳只顾低着头背柴进城去卖，听见有女人的声音，在叫自己名字，连忙抬头一看，却是一个装扮奇怪、容貌美丽的女人，站在面前问路。李阳从来不曾与这样装扮的女人说过话，感到十分窘迫，脸上有点发烧，只是难为情地一面走一面说道："从这边过去不远就是李家庄。"只听见后面风送来"多谢你"三字的娇声，李阳才觉得这声音很熟悉，好像在哪里听见过一样，把脚步放慢沉思着，回忆起来了：有一次和同伴上苍山砍柴的时候，听见女人唤牛的声音，同伴们远远地指着给我看，见一个奇装异服的女人，在山脚下放牛。从这天以后，早晨上山，晚霞归家，都得见这个女人在放牛。每天只是以奇怪的心情，远远地看上几眼，今天面对面地看着，却是一个满脸春风、和蔼可亲的少年女子，为什么她又会跑到这里来问路呢？为哪她又会知道我叫李阳呢？

一面走，一面想，不觉地回过头去看看这个美丽奇怪的少女，看见她好像对老牛说话一般在点头，老牛也好像很驯顺地抬着头在听她说话。忽然听见老牛叫了一声，少女跨上牛背，老牛驮着她走向自己的庄中去了。李阳一面走，一面回头远望，直到人影牛身消逝在村外绿荫中，方才大步入城卖柴。

伽英问路以后，心中悲伤痛苦起来，为什么田中唱山歌的农人、行路的百姓，都不敢和自己接近和谈话？一人孤孤单单地站在老牛边，看看人家，比比自己的想着，才发觉了因为自己身穿宫中服饰，大家害怕，才不敢接近。她痛恨追悔，应当在出宫时抛弃王家装束。眼看着炊烟四起，尚无室所，只好连忙牵过老牛，对老牛说道："你和我摆脱王宫，尚无安身之处。望你帮助着我，我骑在你的背上，任你行走，到了哪家，我就配给哪家，就是我们寻找和创立幸福生活的家。"老牛就像很懂人性似的叫了一声，伽英心中大喜，骑上牛背，任从老牛驮着行走。老牛把伽英驮到李家庄，许多人家开着广阔的大门，老牛都不进去。有一窄巷，牛角大了，不能进去，老牛把大角左右摆动，转来转去，直奔巷底。

巷底茅屋中，有一五十多岁的老母，在打草鞋。老牛到了茅屋门外，扬起头来，站着不动。伽英下了牛背，进屋拜母，老母惊异，局蹐不安。伽英连忙安慰了老母后，问老母家中尚有何人？有几个儿子？老母答道："有一个儿子十九岁，名李阳，家无别人，母子相依，种田砍柴为生，李阳已到城中卖柴去了。"伽英心中大喜，说出离宫骑牛配亲之意，愿与李阳成婚，愿为母媳。老母因家中贫穷，恐公主娇贵，高攀获罪，心中疑惧，不敢答应。

李阳到城中卖了柴,买了盐米,回到家中,见房外门前站着老牛,心中奇怪,忙伸头向屋内一望,又见奇装的少女,在和母亲谈话,连忙跨进屋中。

他放下盐米,叫了一声阿妈盐米买回来了。只是微笑地望着少女在想着:不知要怎样称呼地叫她一声才好……听见阿妈叫道:"李阳你回来了,这位是……国王的……三公主,她竟要做你的媳妇,我怕……"只见少女接过话来说道:"李阳哥!我是南诏王的三公主,名叫凤伽英,不愿配给公侯将相。老牛驮着我走到你的家中,我愿嫁给你做媳妇,不知你愿意吗?"李阳面对面地听见女人说出要做自己媳妇的话,从小长了这么大,还是第一次听见,不由羞得脸红红地低下头去,在思索着怎样回答她说的话。能够有这样好的一个媳妇,心中是喜爱了,话要怎样说才好呢?李阳想了一阵,挣出了一句话:"我很愿意你做我的媳妇!恐怕……但是……"

伽英笑道:"望你不要顾虑,切不要以为我是公主,有什么事,都有我会承担。你不是天天都看见过我,在苍山下放牛吗?我还会下田种地,砍柴煮饭。我不会做的活计,母亲和你,一教给我,慢慢地就会做了。你既是喜欢我做你媳妇,赶快出去请你们家族和庄中父老来帮我们办喜事吧。"李阳心中高兴地三脚两步地跑出屋外去请人了,屋内老母和伽英愉快地在谈着话,老牛也不再在房外站着,自动地移步到园边篱外啃着嫩草。

隔了一会,李阳引着庄中亲族和父老男女都来了,后面小孩子喊着,要跟着阿爹阿妈瞧瞧李阳阿哥的新媳妇,老母也眉欢眼笑地指引着伽英介绍给庄中的长幼。大家看着老牛长着磨盘大的双角,又量一量李阳家的窄巷,长幼称奇,誉为天婚。庄中公议,先给老牛角上披红挂花,然后东邻送来鱼肉,西邻送来酒米,族中送来棉布喜衣,请来唢呐吹手,鼓乐喧天;庄中青年男女,扶着李阳和伽英,行过白族婚礼,拜过亲族,吃过喜酒,大家围着新郎和新娘,歌唱起来:

　　　　春风吹来豆麦青,菜籽开花遍地金。

　　　　国王宫中选女婿,伽英公主要完婚。

　　　　部主公侯不愿配,抗命骑牛来配亲。

千万豪门牛不进，角转窄巷到穷门。

樵郎李阳忠实性，公主情愿嫁穷人。

阿哥阿妹成双对，并蒂连理牛造成。

李家庄上歌声震，大家相帮齐欢腾。

歌完之后，大家公议，把李家庄改叫作"辘角庄"（牛入窄巷角会像辘辘转的意思）来纪念这个喜事。伽英、李阳欣然成配以后，李阳仍每天上苍山砍柴，老母伽英种田做活，共同过着勤苦劳动的生活。

有一天，伽英交给李阳耳环一只，叫李阳拿到城中调换盐米鱼肉。李阳接过手来，反复观看，心中诧异，问道："这黄澄澄一小点，是什么东西做的，哪里能够换得着盐米鱼肉？"伽英笑着说："这就是大家十分稀罕的金子打成的，虽然是一小点，你把它换成钱可以买很多东西回来。"李阳很奇异地说道："像这样的金子，我每天砍柴的苍山上，遍地下和崖洞内都有。"伽英有些不相信，为什么苍山上有金子，无人去找？二人商量定了，明天同到苍山砍柴的地方，带着锄头，一同去看看。到了第二天，鸡声唤醒了夫妻，伽英穿上草鞋，带着大米饭团的午餐，李阳扛着锄，背着背板绳子，出门来，天空现出鱼肚白色。到了山脚，跨上樵路，碧青的洱海才捧出一轮金黄色的太阳，他们一步一步向着苍山佛顶峰前进。经过了许多羊肠小路、碰着鼻尖的悬崖，手抓树枝、藤子、草根，努力向上爬去，看见了千年不化的山洼积雪，又扶着老杈树枝，绕过莫残溪。

伽英不觉地惊叫起来，问李阳："大概是你认不得路，怎么领我走到三面峭壁，路尽头的地方来了，到底往哪里走？"李阳用手指着左边峭壁说："你看我每天砍柴，都要手拉着壁上石窟，脚蹬上有手掌宽的石缝，一步一步地往上钻，要扒上十丈高的峭壁，翻过了这危险的峭壁再走过些荆棘小路，方才到我砍柴的地方。砍好了柴在背上背着，又要从峭壁一步一步地下来，若不小心，失脚踩滑，就会跌进万丈深溪，粉身碎骨，连尸首都找不着。太和砍柴的人，有句俗话：'柴是一背，要老命过对。'有金子银子的地方，离我砍柴处，尚要走过古木参天的森林，草底雪坑，一望无涯的野竹，又要爬过风大雪厚的山坡，才看得见金银。你是初次上山很不习惯，看你汗都把衣裳湿透了，你太累了，就在峭壁下面等着我，我上去把柴砍好，把金银拿下来给你看看，是不是真正地像你耳环一样的金子，证明我不是说白话在哄你就得了，不知你心中是怎样打算？"

伽英笑了一声："你把我看得太娇嫩了，我只是路径不熟问问你。从前我在宫中跑马射箭，上山放牛；到了你家，种田做活，把我锻炼得比以前更坚强了。难道说这小小峭壁，你都能上去，我就不能上去吗？"一面说，一面挽挽袖子，紧紧草鞋，用手抓着壁上石块，回头对李阳说："来来来，我在前面，你在后跟着上来，你看我噶会害怕。"李阳无法，也只好跟在后爬上去，抬着头说给伽英手抓脚蹬的道路。二人一前一后，爬到峭壁半腰，脚手有点发抖，在壁上，向下一望，看见深不见底的大箐，觉得眼花头晕起来，李阳叫道："眼睛不要看下面，快抬着找上去的路。"

伽英才清醒过来，鼓起勇气翻过峭壁，拨草寻路，到了人迹难到、怪石矗立的岩洞旁，用锄头挖开沙土，发现了很多闪闪发光的金砖、银砖。李阳对伽英说："我噶不有说白话哄你，你看看这遍处皆是，和你耳环一样颜色的金子，有什么稀奇的，快到下面砍两背柴背着回去。"伽英对李阳说："金子很有用处，我们背一块下去，给大家看看。"李阳摇着头说道："老重重的金子，背下去当不得穿吃，不如砍倒一棵大树，扛着下去，用处还大一些。"伽英说："我们冒险吃苦到山上来，已发现了金银，为什么不拿下去？你不愿，我来背下去。"李阳恐伽英力弱，换替着背了一块下山，忽然天上下雨，泥滑路烂，清碧溪山洪暴发，将回庄木桥冲断。二人一步一跌，涉水过河，庄外农田，已成一片汪洋。只见庄中众人，拿着锄头沙囊，喊成一片，前来挖沟堵水筑坝。

李阳伽英忙放下金砖，随着大家，挑土运木，排堵大水，幸而雨住天晴，水势稍退。庄中父老，惊定思痛，眼看着桥路已被大水冲断无法过河栽种，有的落泪，有的唉声叹气，你望着我，我望着你，望着雨洗后晴空和田地，成为一片凄凉情景的画图。伽英心中也一阵难过之后，忽然远远地看见自己和李阳背下来的金砖，在闪闪发光，忙向庄中父老说道："我们愁眉苦脸地流泪叹气，也解除不了我们的苦痛，请求官府，也不会关怀到我们。我们自己的事，只有用我们大家力量去做。"

大家投以奇特的眼光，问道："依你又有什么法子呢？"伽英说道："现在我们已在佛顶峰山上土内发现许多金砖和银砖，明天我和李阳领着路，多上去一些人，把金砖银砖搬下山来。因为我们庄中，水少了不能按时栽种，水多了，把每年修的木桥冲坏，就遭水患桥断、路断，就不能过河栽种。不如用大家力量，开通水道，用金砖造一座金桥，用银砖铺一条银路，为子子孙孙谋永久幸福。不知大家父老的意思怎样？"一个青年说道："佛顶峰我天天都上去，哪里有什么金砖银砖，怕是你们看见云母石发光。"李阳跑去把黄澄澄的东西提过来，放在众人面前，众人才赞同了伽英的意见，欢天喜地地互相约着明天请伽英夫妇带着路，一同上山去背金银。

经过了许多日子，经过了许多人的艰苦流汗，许多人的辛勤劳动，一天一天地爬山越岭，把金砖银砖一块一块地运下山来。大理山茶花，开放了又谢，苍山顶上堆积了白雪，又已经被太阳融化了的时候，用大家血汗造成了辉煌夺目的金桥、蜿蜒发光的银路，使李家庄五谷丰登、家家富裕，生活好过起来。庄中每一个老老小小都敬爱着伽英李阳，使辘角庄变为了幸福庄。远近的人都互相羡慕夸奖着说，南诏王的三公主凤伽英，不愿在宫中享福，自愿骑牛配亲，嫁给辘角庄的青年忠实樵郎李阳，拿出许多金子银子，造了金子的桥、银子的路，使辘角庄的人，大家都过着富裕生活。

这样的话传遍了整个南诏国，南诏王听见女儿又是嫁了贫穷丈夫，又造了金桥，铺了银路，心中有些不太相信，暗中派人去到辘角庄访查。查访的人亲眼看到了黄澄澄闪闪发光的金桥，白生生耀人双眼的银路，一望无涯绿茵茵的庄稼，人人眉欢眼笑穿梭不断地走上金桥，踏上银路，唱着欢乐的调子，在辛勤地种着田地，才真正相信伽英富裕了，金银多了。

南诏王心中时刻盘算地想着，怎把金桥银路拆毁，收回宫中。又好笑痴呆任性的女儿，既然有了许多金银，为什么自己不会享受？为什么异想天开地把金银拿来造桥铺路？为什么不叫贫穷的丈夫和婆婆，把金银放到王家来做一个进宝状元和进宝夫人。又恐怕金银散失民间，对自己江山不利。又想到前三年性子傲犟的伽英，牵牛出宫，头也不回的情景。南诏王深思熟虑地盘算了一阵之后，最后决定，要用父女之情打动伽英，用王家富贵打动她的婆婆和丈夫，先把她一家接回宫来，许多金银自然会跟着回来。想到这里，即兴高采烈地亲手写了一道王旨，命令太监捧着速到辘角庄交给伽英。

庄中的人把伽英由田中找回来，伽英很不耐烦地接过来拆开，上面这样写着：伽英女儿出宫骑牛配亲之时，父女曾有不嫁富豪、永不相见的约言。现在伽英已配富豪之家，广有金银，望速将金桥银路拆毁，丈夫李阳封为驸马，婆婆封为夫人。公主为王家一脉，焉能久居田野？父母日夕追悔想念，望速携丈夫婆婆，回宫受职，父母子女团聚同享荣华，共受富贵。伽英看后，将旨扯碎，冷笑一声，对太监说道："劳你转告大王，金银是我们勤劳所得，金桥银路是用大家力量血汗造成的，关系着大家生活，不能拆毁。我和婆婆、丈夫都是种田砍柴的人，不习王家规矩，也不愿享受王家富贵，也没有这样的王宫父母亲戚，望绝了这样的念头吧！"

太监只得回转宫中，把伽英说的话，照样告诉了南诏王。南诏王气得须眉倒竖，大发雷霆。二次命大将军，执定尚方宝剑，若伽英再违抗王命，不回王宫，即将李阳母子及全庄百姓，杀得鸡犬不留。王旨一到，全庄震惊，父老们齐来劝慰伽英暂时转回王宫，保全大家性命。伽英为了搭救全庄性命，为势所迫，被逼不过，咬牙愤怒地对将军说道："若你今日依占威势要我回宫，我即将桥路拆去把金银投入海，我们也情愿葬身海腹。"将军一想，到底她是国王亲生的三公主，若真的将公主逼得投海，又恐国王降罪，只得赔笑地言道："依公主之见，怎样回复大王呢？"

伽英道："劳你转告大王，要我回宫，请把库内金银拿出来，照样地造一条金桥银路，接着辘角庄的金桥银路。铺好后，约定日期，随带文武，从金桥银路上前来，接我回宫。若不依允此事。决与金银葬身洱海。"将军恐事决裂，只得回宫转告南诏王，南诏王心中虽然恼怒，为了要得更多的金银，只得依允此事。一面发出库内金银，铺造金桥银路。一面暗中吩咐大臣将军，准备器具，等伽英走过金桥银路，做一个迅雷不及掩耳，即将桥路拆毁，运回宫中。过了些日子，南诏王造的金桥银路也造成了。

到了这天，辘角庄的男女老幼都含着痛苦悲惨的眼泪，依依不舍的心情，扶老携幼来相送为民造福的伽英和李阳母子。伽英和李阳母子，犹如身遭大难，带着万分悲愤的心情和老幼话别，夫妻扶着母亲在银路上一步一停地走着，父老们也是难舍难分地跟在后面。南诏王喜色洋洋地统着文武大臣和保驾将军，从自己库内金银造的银路上来收金银和接女儿。远远看见两座金桥，被一轮红日射着，放出奇光异彩，十里长的银路，宛如银蛇盘绕。心中在暗笑，这野性痴蠢的女儿，有了这许多的金银，自己不会享受，为什么要把它拿来造桥铺路？这许多的金银，跟着女儿，回到库中，真是金银归库、马放苍山的时候。正在心花怒放，越想越快乐的时候，不觉地到了辘角庄造的金桥，只见农村打扮的伽英母子，也到了桥上，南诏王喊道："伽英三女，你离宫几年，想死为父了，快将桥路拆去，和为父回宫。"

伽英怒目厉声言道："你为一国之王，不该不问大家疾苦。辘角庄用血汗造成金桥银路，关系着大家永久幸福，为什么要将桥拆毁，收回王宫，安心破坏大家生活？你哪里是来接女儿，明明是为贪金银而来，我哪里有父亲，我的父亲，前几年就死了。"出乎南诏王意外的愤怒，正欲发作，只见奉旨收金银的将军，心急气喘前来禀报：三公主一家所走过的银砖，完全变为土块去了。南诏王气得双眼圆睁，怒发千丈，拔出杀人的宝剑，向伽英一家砍去。只见一轮红日，发出万道光华刺着南诏王的双眼。耳内听见这样的歌声："可笑国王把财贪，一心难舍辘角庄。"在瑞彩缤纷中，伽英母子和老牛，忽然不见。南诏王跌倒在地，大臣侍卫，眼花缭乱，骇得东藏西躲，目瞪口呆，连忙扶起南诏王。睁眼一看，金桥已倒，变为土块，只得唉声叹气，垂着头转回宫去。

文本五

讲述者：刘汉章
记录者：郑谦
时间：1958年10月
搜集地点：云南省大理白族自治洱源县邓川镇

从前，一个国王有个心爱的公主，既聪明，又美丽。国王天天盘算，要为公主找一个好女婿，选来选去，当然都是皇亲国戚、王公大臣的儿子，公主一个也不喜欢。国王大怒，就把公主撵走出皇宫，只给她一条老水牛。

公主于是骑在这条老水牛背上去流浪，她说："老水牛走到哪家，我就嫁给哪家。"走呀！走呀！最后老水牛停在一家门口。这家是茅草房，门又小，老水牛的角又长又弯，进不去。公主跳下牛背进门去看看，只见一老婆婆坐在家里，一问，便知道老婆婆只有一个独生儿子，每天上山砍柴供养老母。于是公主决定嫁老婆婆的儿子。

一会老婆婆的儿子回来了，肩上还挑着一担柴，公主就坚决要求嫁给他，他当然又惊又喜。婚后，小两口的感情特别好，公主也并没有拿架子，每天喂猪烧饭，什么都做。

一天，公主出去，头上戴着一些首饰，她丈夫不认识，就问她："这是什么东西？"公主告诉他："这是金银做的首饰，非常贵重。"丈夫说："这有什么贵重，我砍柴的山上多得很。"公主听了，第二天就要丈夫带她一道去砍柴，果然看见满山都是金银，于是他俩就挑了许多回家。

日子长了，公主还是有些想家。想请国王来她家住几天。可是，国王不肯，还说："要我到你家，除非你家用金子搭桥、银子铺路。"公主一口答应了。国王不禁吃了一惊，看见女儿家的金银比自己的金银还要多，就认回自己的女儿了。

美人石

文本一

搜集者：丁炳森

  白王的太子长到十八岁了，俗语说男大当娶、女大当嫁嘛！作为太子是更有条件的，可是太子对这问题简直不提。白王和王妃都把太子的婚事想在心里，叨在口里替他着急。一天，白王问太子是否想娶个漂亮的妻子，太子看着白王周围的那许许多多宫娥彩女只是不言。白王认为太子的意思可能是要从这些宫娥彩女中选择。于是把宫中的全体宫女都集合到太子周围任他选择，然而太子选了三天三夜还是摇头。白王生气了，对太子说："你自己去找一个你所称心的吧！我也不管了。"

  太子去请教他的老师智者先生。智者先生对太子说："好花开在山箐里，好女生在百姓家，你到外面去找吧！"太子向父亲辞别，父亲给他一张"圣旨"，并且说："全国的土地都是我的土地，全国的财产都是我的财产，全国的人民都是我的奴隶，你看上谁家姑娘好，你就要她做你妻。"

  太子走了，他辛苦地过了一山又一山，过了一岭又一岭。可是他去到哪一村，哪一村就无人影，那些姑娘听见太子来，躲得更紧。太子看见这样情况，他气急了，向前走着走着，肚子饿了，脚也拖不起了，便坐在路旁的一块大石头上。他想想无希望了，便把父亲给他的圣旨拿出来看看，想想圣旨又有什么作用呢？顺手把它贴在石头上。可是等太子开始向着回家的路上走，那块石头也就飞起来跟着他。他走得快，石头也就飞得快；他走得慢，石头也飞得慢；他坐下休息，石头也停在路旁不动。太子回到宫门口了，石头也跟着飞到宫门口，眼看着石头要落下来压在太子身上了。这时，白王正巧出来看望儿子，见此情形，吓得面无人色，忙忙拈弓搭箭，嗖的一声，箭正射到石头上，石头也就落了地，落在宫门外。

太子回到宫中，把经过的一切告诉智者老师，老师对他说："你是一个王子，百姓家怎敢和你结亲呢！"一句语提醒了太子，太子自此便逃出宫门隐姓埋名当百姓去了。白王的宫殿早已化为灰尘了，可是石头却一直还摆着，摆在大理城南太和村西有名的南诏碑旁边。石头上有几寸深的一个圆洞，据说就是白王射的箭痕。

文本二

整理者：赵曙云

相传白王只有一个公子，他就分外地疼爱他。公子要娶妻的时候，白王把所有王侯将相家的千金小姐召进宫中，随公子选择。公子选过三天，最后还是摇头锁眉，因为一个也不中意。

公子就向智者老师求教，老师告诉他："好花开在深山箐，好女出在百姓家；你遍访民间，定然找着合意的伴侣。"公子听了很高兴，一心要照着老师的指教去做。白王劝解无效，就依允了他。临行，白王把一张字条交给公子，说："这普天之下，都是我家的土地，住在土地上的人，都是我家的奴仆。你看中谁，就把这张字条贴在她家大门上，她家马上就会把人送进宫来。"

只要老鹰在天空盘旋，小鸡就躲开了。公子每到一处，那里的百姓都极力回避，年轻女子更是连影子也不见。公子就这样访了三年，结果还是找不到合意的伴侣。有一天他走到一个村子，眼看所有的地方都访过，看来没有指望了。恰巧旁边有一个大石头，公子一气之下，就把那张字条贴在石头上，转身踏上归途。

公子一走，被他贴上字条的大石也追随着他飞向宫来。公子走得快，石头就飞得快；公子停住歇息，石头也就停在天空。

白王盼望公子回来，天天都到宫门外等他。那天，他看见公子回来了，但后面飞来一块大石。白王大吃一惊，急忙上箭开弓，向大石射了一箭，轰的一声，大石掉在宫门外苍山脚下，公子也吓倒在地。

后来，公子又向智者老师求教，老师说："山羊不跟豺狼作亲戚，耗子不和老猫打亲家；你是王子，老百姓怎么敢和你来往？"

不久，白王再也看不到自己的儿子了。公子跑到民间，埋名隐姓当百姓去了。只有那被贴上字条的大石头，永远还在苍山脚下，以后人们叫它作"美人石"。现在，从下关出去五里多的南诏碑附近，仍然看得着这块大石头，上面有几寸深的一个小洞，相传就是白王射着的箭痕。

文本三

讲述者：王体道
记录者：张家珩
搜集地点：云南省大理白族自治州大理市下关街道阳平地区

大理太和村上面有个大石头，有一丈多长，叫"美人石"，它会走路。在以前，白王有个儿子，二十多岁了还没有讨媳妇。白王讨给他，但是他不要，白王天天为这儿子忧愁。有一日，白王拿了一个御帖，叫儿子自己去找，找着哪家的哪个姑娘，合你的意，你就把这御帖给她，以后她就自己会来了。

儿子拿了御帖，到他家界上去找。头天出去，到晚上也没有找着，不合他的意。一直找了好几天，走遍了整个白国，都是不合意。有一日，找到晚上，回来，脚也走疼了，肚子也跑饿了，但是还是没有找着，很日气①，他就发了火，把御帖贴给这个石头，一会这石头就跟着他飞来了。他看见惊讶怎么石头会飞！就拉弓搭箭地射了一箭，这石头被射落了。后来，就称为"美人石"。

鱼潭会

讲述者：金桂奶
记录者：段寿桃、郑谦
时间：1958年
搜集地点：云南省大理白族自治州洱源县邓川镇马家邑村

在邓川马家邑村附近，有一座高大的西山。相传这座大山是由三个大螺蛳顶起来的，所以山里面有许多洞洞。洞里有很多鱼，大鱼吃小鱼，剩下的就只有大鱼了，这些大鱼后来成了鱼精。鱼精很厉害，人一进洞，就被鱼精吃了，对附近人民危害很大。后来这地方出了一个英雄好汉，把鱼精制服了，用铁绳铁椿把鱼精捆在罗刹阁上，并对它说："如果八月十五这天，你听见没有人声气，就可以翻身。"可是附近的人们从此却利用八月十五这天来做会赶集，人声嘈杂，特别热闹。这样，被捆在罗刹阁的鱼精便永远不能翻身，危害人们了。

---

① 日气：白语，意为"生气、气愤"。

蝴蝶泉

文本一

搜集者：尹菁

苍山是大理有名的地方。很久以来，在人民中间流传着许多关于它的美丽动人的故事。

苍山有十九峰，其中的一个叫云弄峰。云弄峰有一潭清澈的，约有两三丈宽的水泉。宽宽的树丛，团团地荫护着它；茂盛的枝叶，斜斜地横盖在泉顶的上空。每年三四月间树木开花的时候，青青的柔枝上满布着淡黄色的小花。这泉有一个奇怪的名字，人们都叫它作蝴蝶泉。关于蝴蝶泉这个名字的来源，有着这么一个故事。

这个泉本来不叫蝴蝶泉。早先，因为它异常清澈，泉水经年不断，从来也没有人知道它有多深，而且也看不见它的底，所以附近的人都叫它无底潭。

无底潭边住有一家姓张的农夫，只有父女两人相依为命。张老头终日在田里勤劳地耕作，他的汗珠不时流着，几十年来一直淌在那仅有的三亩田里。

他的女儿雯姑，有十八九岁。她的容貌，即使花儿见到了也要自愧不如。她的眼睛像星星一样的明媚晶莹；她那黑黑的头发像垂柳般又细又长；她的双颊像苹果似的鲜红。她非常善良，她的心就像泉水一样的纯洁。

她勤劳地帮助父亲耕田、纺纱和织布。她那两只灵巧的手织出来的布，任何一个姑娘都比不上。她那苗条的身段，终日在田间和织布机上。

她勤劳和美丽的名声，已经远远地传播到了四方，少女们用她来做自己的榜样，青年人连做梦也想得到她的爱情。

这时，云弄峰上也住有一个名叫霞郎的青年樵夫，他无父无母，一个人过着孤苦的生活。他的勤劳任何一个人也赶不上，他的聪明灵巧甚至赛过古时代的鲁班大师，他有着一副忠实、善良的心肠，他还有一副美妙的歌喉，他的歌声像百灵鸟一样的婉转，像夜莺一般地悠扬。每当他唱起歌来的时候，山上的百灵鸟都会沉静下来，连松树也不再沙沙作响，好似世上的一切，都在默默地倾听着他那美妙动人的歌声一样。

每隔六天，霞郎就要背柴到城里卖，来来往往都要经过无底潭边。霞郎也和别的青年一样，深深地爱慕着雯姑，每次经过她家的时候，都会情不自禁地偷偷地望上几眼。

雯姑也一样热爱着霞郎，每当他唱着歌走这潭边，她都要停止纺织，伏在窗栏上温情地注视着他，倾听他那优美动人的歌声。

日子一天一天地过去了，爱苗在这两个青年人的心坎里很快地滋长起来。

有一天，在一个月明的夜晚，雯姑在潭边遇见了霞郎，在浓荫里，在柔美的月光下，他们倾吐了自己的爱情。从此，无底潭边就常常有了他们的身影，树荫下也常常留下他们两个双双的脚印。

苍山下的俞王府里，住着凶恶残暴的俞王。他是统治苍山和洱海的霸主，是压迫剥削人民的魔王。若干年来，他独霸着苍山和洱海，他的一草一木，都浸透了人民的血泪。他豢养着许多兵士和狗腿，帮助他镇压人民的暴动，屠杀人民。人民对俞王的仇恨，比苍山还高，比洱海还深。

俞王也听到了雯姑美貌的名声，他打定了主意，要抢雯姑去做他的第八个妻子。

俞王带着他的狗腿们来到无底潭，打伤了年迈的张老头，把雯姑抢到俞王府。他像狗一样地流着口水对雯姑说："我府里有无数的金银财宝，吃不尽的山珍海味，穿不完的绫罗绸缎，只要你答应做我的妻子，我保你一辈子享受荣华富贵。"

"我早就爱上砍柴的霞郎了，不管你有多少金银财宝，也买不动我爱霞郎的心。"

"哼，我俞王爷势力比天高，沐家①封过我永世为王，我跺跺脚，天会动，地会摇，难道我还不如那砍柴的霞郎？假若你不听我俞王爷的话，你逃不出我的手掌。"

"不管你威风比天高，不管你跺脚天动地也摇，我爱霞郎的心啊，就像白雪峰②上的雪永远不变化。你想要我答应你，那是梦想。"

这样经过了三天三夜，俞王用尽了威胁和利诱，但一丝一毫也动摇不了雯姑坚贞的心。俞王恼羞成怒，叫狗腿们把雯姑吊起来，想用肉刑强迫雯姑答应。

这天霞郎怀着兴奋和期待的心情到无底潭边和雯姑相会，可是他见到的不是雯姑那可爱的笑脸，雯姑家里一片凌乱，将死的张老头挣扎着和他说完了雯姑被抢的情形，就停止呼吸死去了。

痛苦和仇恨燃烧着霞郎的心，他抓起斧头，气势汹汹地朝俞王府奔去。

黑夜里，霞郎翻过俞王府的高墙，杀死了看门人，在马房里找到了被高吊着的雯姑；他用斧头割断了绳索，搀扶着雯姑逃出了俞王府。

雯姑和霞郎在漆黑的道路上急奔，俞王带领着恶狗和士兵在后面紧紧地追赶。

他们逃上了高山，俞王追上高山；他们逃下了深谷，俞王追下了深谷。俞王耀武扬威地在后面大喊道："任你们上天入地，休想逃得出我的手掌！"

雯姑和霞郎逃到了无底潭边，俞王的狗腿紧紧地包围着他们，要他们跪下投降。

这时，雯姑和霞郎紧紧地拥抱着，他们用冷眼回答着俞王的叫喊，纵

---

① 沐家：指明朝沐英。
② 白雪峰是苍山十九峰之一，峰顶积雪终年不化。

身跳下了无底的深潭……

无底潭边的人们听到了这一对青年人的死讯，纷纷拿出武器打进了俞王府，把俞王和他的狗腿一个不留地杀个干净。

第二天，人们到无底潭准备打捞雯姑和霞郎的尸首，突然，无底潭的水翻滚着，沸腾了起来，潭心里冒起了一个巨大的水泡，水泡下有一个空洞，从水洞中飞出一对五彩斑斓、鲜艳美丽的蝴蝶，互相追逐在潭边翩翩起舞。一会从四面八方又飞来了无数大大小小的蝴蝶，围绕着这对蝴蝶在潭边和树下四处飞翔。

从此以后人们给无底潭起了一个名字——蝴蝶泉。到了每年的三四月间，各种各样、大大小小、形形色色的美丽的蝴蝶便飞来蝴蝶泉边，成群地上下飞舞；泉上和泉的四周，甚至满山遍野，完全变成了彩色缤纷的蝴蝶世界，成为罕见的动人的美丽奇景。

文本二

讲述者：杨光龙
翻译者：李树生
记录者：张福三、郑绍堃
时间：1958年9月
搜集地点：云南省大理白族自治州大理市周城村

在三国时候，孔明先生和凤雏先生经过周城附近，忽然看见有一座山一半是红的、一半是白的，两人都说："真是好风景。"于是孔明和凤雏先生睡在山上，仔细瞧为什么会变成半红半白。结果才发现这座山是伏羲的像。两人玩了一会，口渴起来，都想找点水来饮，但这山上连一点水都找不到。孔明问凤雏先生："这山上哪里才找得到水？"凤雏说："水是有的，这山落下去就是蝴蝶泉，再下去是龙泉，就有水。"孔明追问："你说有水，那你就把水找出来好了。"凤雏先生说："只要蝴蝶一出来，水也就会出来的。"凤雏先生下山去，到一块大石下面去挖，挖了几下，就飞出来千千万万双蝴蝶，随着蝴蝶的飞出，泉水也就涌了出来。孔明很佩服凤雏先生，他说："你真算得上是天下第一军师了。"泉水旁边那些树尽被蝴蝶爬满了，以后一代代传下去，就称这地方为蝴蝶泉。

三月街

讲述者：李全本
记录者：周天纵等
时间：1961年
搜集地点：云南省大理白族自治州大理市

"三月街"是白族人民一个盛大的节日。每年到赶三月街的时候，大理各地区的白族人民都来到大理城西门外的苍山脚下聚集在一起跳舞、唱调子、演戏、赛马，欢乐地歌唱着。这时，真是人山人海，热闹非凡，街上摆着各色各样的货物，人们可以在这里买到自己喜爱的各种物品。但是，"三月街"是怎么来的呢？在白族人民中流传着这样一个故事。

在很久很久以前，大理城还是一个十分荒凉的地方。白族的祖先，在这里砍除了野草，驱走了猛兽，人们日夜勤劳地经营着，准备在这里安家落户，建设美好的家园。可是，这美好的愿望却被一件突然的事变破坏了。

在一次突然爆发的战争以后，一个凶残的暴君霸占了这块美丽富饶的土地。他登位的那天，就发布了许多森严的命令，他规定每年老百姓必须向他贡献许多货物；年轻的小伙子必须替他卖命当差；甚至新婚的媳妇第一夜也要送到王宫里去住了以后才能同自己的丈夫居住。从此，这暴君就像一个带着病疫的瘟神，给白族人民带来了无穷无尽的灾难和不幸。

有一天，一个恶念头突然涌上国王的心头，他想长生不死，好永远享受这帝王的洪福。于是，在一次朝会的时候，他向大臣们下了一道命令："赶快献出长生不死的妙术来，不然，就要严办。"这一下可把两旁站的文武百官吓坏了，他们你望着我，我望着你，谁也想不出办法来。两边的刀斧手也捏着一把冷汗，不知今天谁又要倒霉了。一时，金殿上变得死一般地沉寂，除了大臣们咚咚的心跳声外，什么声音也没有。见着这种情形，国王不觉大怒，当他正要发作的时候，突然，从文官班中走出一个枯瘦如柴的老头，他一面颤抖抖地磕着响头，一面缓缓地奏道："神圣的陛下啊！我年轻的时候，曾经各处漂游，跑遍了天下的名海仙山，得到了一条简便的长生术：就是每天吃上一对人眼，十年以后就会长生了。而且……"老头又向前爬了半步，细声说道："陛下把人民的眼睛挖掉，他们就造不成反了，陛下的江山就很牢靠了。这是一举两得啊！"

国王听了这个主意，心中说不出地高兴。他立刻用鸡毛夹着火炭的公文，向四方传达了征取人眼的命令。从此，人眼就成了必须按时进贡的东西，一天也不能少。一年四季，天天如此，过一天，人间就多了一个被挖去了眼珠的瞎子。到处是一片凄惨的哭声，百姓们都恨死了这个残暴的、一点人性都没有的国王，他们暗暗练习着本事，准备机会一到就杀死国王报仇。

吃人眼的事继续了三年，到第四年春天的时候，国王最喜欢的一个王妃得了一个叫"鹦哥啄"的头疼病。找遍了国内的医生，吃遍了各种奇方妙药，却总是医不好，看着快要死了。宫廷里闹得乌烟瘴气，国王也十分着急，便出了一张悬赏的榜文："谁能医好王妃的病，国王愿赏以千金，并封他一个世袭的官位。"

榜文挂了出去，看的人很多，但谁也没有办法，一个个都摇摇头走开了。到了第三天，街上突然出现一个大家从未看见过的医生，他走过大街小巷，一边摇着手里的串铃，一边高声地叫道："我有能医百病的仙草，我能医好王妃的头疼。"当他来到皇宫的门前时，愈是叫喊不停。这喊声被国王听到了，便立刻命令武士把医生捉到宫里去，替王妃治病。果然，经过医生看了以后，王妃的病立刻就好了。但是在国王给他奖赏的时候，他却什么也不要，他只要求国王给他一块猫打滚的地方、一杯狗喝的水。并且约定，发赏必须在城西外的点苍山脚下由国王亲自举行。国王盘算着，这可以节省许多金钱，便马上答应了。

封赏的仪式在三月的大理举行，这天，苍山脚下挤满了人。猫和狗也都带到了广场上。不一会，国王同医生都来了。大家都静悄悄地等待着发赏的命令。突然，医生口中念念有词，用手向那狗儿一指，狗儿就飞奔到洱海边，一下子就喝干了冰凉的海水。晴朗的天空顿时阴暗下来，雷电轰鸣着，猛然刮起的风爆发出尖厉的吼声，国王同武士们大惊失色，赶忙想逃走，可是周围堵满了人，一个个捏紧了拳头，瞪着眼睛望着他们。这时，医生又向猫儿一指，那猫儿就像一匹冲出畜厩的烈马，一下扑在国王的身上，几口就把国王喉头咬断了。国王的尸首像一段烂木头似的倒在地上。

雨过天晴，大理坝子又出现了温暖明亮的阳光，洱海的水又是慢慢地恢复了平静。这时，人群爆发出欢腾的呼声，他们围着暴君的尸体欢跳着，高声唱着："吃人眼的终于死去了，要长生的终于死去了……。"但那个医生却不知去向了。有的人说他是天上的神灵；有的人说他是观音老母变化的，对他都充满了感激之情。

为了纪念这个复仇的日子，人们每年三月十五到二十日都聚集到苍山脚下来。这便是后来定期举行的"三月街"。又因为人们说医生是观音老母变的，为了纪念他，所以"三月街"又叫"观音会"。

上关花

讲述者：张汝敦、段士奇
翻译者：张向荣
记录者：郑谦、杜惠荣
时间：1958年9月下旬
搜集地点：云南省大理白族自治州大理市周城村

周城后面有块靠天石，离靠天石几百公尺的山脚下有一个龙潭，这个龙潭有个来历。

从前有个人名叫段隆，家里贫穷，一年三百六十天，天天上山打柴，靠卖柴为生。山脚有一个石头，他把石头当作山神，每天都要把他带的小晌午先敬了神才吃，如不砍柴那天，也要去敬献午餐，好几年从没间断过。

有次他妇人怀了孕，生不下来。段隆几天忘了上山，忽然记起来，感到很对不起山神，就赶忙上山去补敬。在山上遇见一个老倌问他："咋个这几天不上山来？"他回答后，老倌又问："现在该生下啦？"他说："没有。"老倌就说："不要紧，不要紧，我有办法。这里有颗明珠，拿回去让你妇人含在口里，孩子就会生下来，但千万不要把它吞到肚子里了。"但他妇人一时昏迷，就把它咽下去了（一说妇人不识好歹把它咽下）。小孩生下来，明珠托在小孩手里。他感到污了明珠，很对不起老倌，用洁净的薄荷子草细心濯洗了后拿去送还老倌。他把情况说了后，老倌说："不要紧。明珠我也不要了，你有什么祖田祖地拿回去把它种起来。"段隆把明珠拿回后，就种在现在周城东北边公路旁边的教场坝。后来种珠子的地方长出一棵树来，这就是朝珠树。每年都要开花结果，果子只结一百零八个，有的像珊瑚，有的像玛瑙，这果子就是朝珠，是朝廷里大臣们朝见皇帝时挂在颈项上的。宝珠的光照到皇帝金殿上，被皇帝朱元璋知道了，派了陆毒将军（一说派了一营人）来保卫这棵树。兵就住在教场坝，所以这个地方后来就叫教场坝。这些来的军队欺压老百姓，奸淫抢掳。老百姓反了，和他们干起来，并把一只死狗埋在树下把树亵了，树不再开花结果，以后就把这棵树挖掉了。这棵树在两百年以前就没有了。（另有一种说法是：有一妇女胆大，用红白精血裤子在教场坝洗了一次，就把此地污染了。陆将军发生脚疾死在这里，他现身出来是两头蛇。据传小男、妇女发生脚疾，到这里来敬敬就好了。）

原先，树长起后，下面没有水，陆毒将军从下关开了一条沟把下关水引上来。下关地势低怎么办，就向苍山借水，遇水涨三分，水才流到教场坝来。用不完的水，就浇周围的田地。

因此人们常说："下关水浇上关花。"

段隆天天上山砍柴，老倌问他："你砍这么多柴，能用完？"段隆答说是要靠卖柴维持生活。老倌说："你没有田地？"段隆原有二三百亩田地（就是教场坝那一坝），他说道："田是有，就是没有水。"老倌说："不要紧，我有办法，明天你拿个篾圈圈来。"段隆回家没找到篾圈圈，就把他妇人纺车上的一个篾圈圈拿去给了老倌。老倌叫他埋在地下，埋下后就流出篾圈圈般大的一股水，汇成一个龙潭，这潭现在还在山脚下。以前周城段家是做官的，说这龙潭是姓段的祖先开的，不准别人用这龙潭里的水。

苏龙溪将军曾带兵到上关剿匪，遇着山上下雪被土匪围住，段隆派人送粮送棉衣给苏龙溪的军队。苏龙溪后来把这事向朱元璋奏了一本，朱元璋私下给段隆修了一个庙，这就是段氏宗祠。

附录：段福墓志铭

公讳福，字寿山，姓段氏，洒九龙族之后。世为大理籍缨之胄，辅相蒙段，氏不乏贤。曾祖讳陇，任元金事之职，镇守大理上关。祖讳隆。性乐善，至诚感神，天赐以泉，即谓之曰龙淇公。公则靠天石之田得以灌溉。祖妣氏身怀有孕，难以临盆，因神人赐以菩提子含口内，果应；于是下咽，乳儿双手捧出，先祖将菩提子送还，神人×遂驾祥云而去。先祖于是得菩提子种于周城之北教场，遂名曰上关花。此先祖善果栽培之力也……

正统九年，岁次甲子。

1961年周天纵抄自周城段姓墓地

雁池海

整理者：杜惠荣、张福三

相传马耳山脚菠萝庄里，住着姓绞的两父女，女儿叫海妹。有一年闹旱灾，不能过活，海妹跟爹一道到马耳山上砍竹子，扎扫帚卖。一次，海妹砍竹子，砍着砍着，竹子就砍了一大片，突然在她面前出现一片亮汪汪的海子。海水清亮，水面没有一片落叶。树叶落进水里，就被岸上飞来的大雁衔去。这就是雁池海。

海妹找到海子，很高兴，马上背着竹子回家。第二天，她带了把锄头，看什么地方可以打开一个缺口，想把水放出去。她走了好半天，见海子四周都被大山、树林、岩石挡住，挖不开。她心里很焦，就坐在一棵大树下。忽然，一只雁鹅飞来，对她说："海妹，海妹，打开雁池水，要用金钥匙。"

哪里去找金钥匙呢？海妹正要问，可雁鹅已飞走了。海妹顺着海边走，来到一座柏树林，碰着树上站着三只鹦鹉。海妹问："鹦鹉，鹦鹉，金钥匙找不到，金钥匙到哪里去找？"

鹦鹉齐声说："海妹，海妹，要找金钥匙，先找龙王三姑娘！"说罢鹦鹉就飞走了。

海妹顺着海边继续走着,去找龙王三姑娘。她来到一座松林里,见树上歇着对孔雀。海妹问:"孔雀,孔雀,龙王三姑娘找不到,三姑娘到哪里去找?"

孔雀说:"海妹,海妹,要找龙王三姑娘,去到南边山丫口。"孔雀说完,就飞到南边一棵桂花树上去了。海妹跟着孔雀来到桂花树下,却没见着龙王三姑娘。孔雀在树上说:"海妹,海妹,三姑娘爱唱曲子,你唱曲子她就会出来!"说罢,孔雀也飞走了。

每天,海妹到这里来唱曲子。一天过去了,唱得山上雪化了,三姑娘没出来。第二天也过去了,唱得海子里的草都发绿了,没见着三姑娘。第三天,海妹又来唱,唱得满山花都开了,太阳落到山下,龙王的三姑娘才从海里走出来,她问:"你是哪家的姑娘?家住哪里?为什么天天到这里来唱曲子?"

海妹回答说:"我是海妹,住在马耳山脚菠萝村,来拿金钥匙,要取雁池水。"

龙王的三姑娘很喜欢唱曲子,但她听见海妹比她唱得好,心里很羡慕。按龙王的规矩,龙宫里的人不能随便来到人间。第三天,她实在忍不住才出来和海妹相见。她告诉海妹,金钥匙锁在龙宫的宝库里,一只大鹰守着,除非老龙王亲自去取,谁去都会被啄死!只有等龙王出门后,她们才能想办法。

龙王出门去了。龙王的三姑娘把海妹带到龙宫,她们轮流在宝库前唱曲子。开头老鹰不理睬,打它的瞌睡,后来,被她们的歌声打动,便展翅出来,寻找唱歌的人。这时,海妹走进宝库里。

海妹在宝库里,把眼睛都看花了。金银宝珠到处都是,只要取一小点出来,就可以发财。但是海妹一心要找的是钥匙,找遍整个宝库,都没有见着钥匙。她心急起来,顺手绊倒一个大木匣,木匣掉在地上,当的一声便开了,跳出一只金光闪烁的钥匙来。海妹取得钥匙,马上跑出宝库。取到钥匙,三姑娘停止了歌唱,她俩一同走出雁池海。老鹰又回到位置上打它的瞌睡。

海妹用金钥匙敲了石门三下,门就开了,海水涌出来,一会整个菠萝坝的水都淌满了。三姑娘看见水势很猛,冲坏了很多庄稼,一旁说:"海妹,看你们地方冲成什么样子?"海妹回头一看,心慌了,忙用草帘子去堵塞,谁知堵塞得太紧,石门没有了,水只能从草帘缝隙流出来!现在,那草帘子还在，只是已经变成石帘子了。

龙王回来，知道金钥匙不在，大怒，把三姑娘赶出龙宫。她就到人间和海妹住在一起。她们都喜欢唱曲子。后来，每到七月二十二，各村的妇女都要聚合在一起，欢乐地唱曲子。

现在马耳山上，已经没有这个美丽的雁池海了，只是一个干海子。传说这是龙王不让水流进波萝坝，让海水里的水，从山腹里一条暗江向南流走了。只要把耳朵贴在山岩上，还可以听见暗江里水流的声音。

海妹和龙王的三姑娘呢？听说还在人间，每年都要回家来看一次。

玉带云

整理者：渔山

在很多年前，苍洱一带的地方，有着肥沃的土地。每年夏秋两季之间，布谷鸟在催着人们很快地种下庄稼。可是老天总是不下雨，秧无法栽下去。在这人们如饥如渴、求之不得的时候，邓川东山和大理花山上却出现了一股像龙袍上的玉带一样雪白的云彩。从北朝南斜挂在半山腰，一直伸延到苍山的尽头。绿水、青山、白云，把苍山衬托得更美丽。

据传说：观音为了解除人间痛苦，化身下凡，变成一个卖黄鳝的老妈妈，手提着一百条黄鳝在街上叫卖。一个做手艺的出门人要回邓川的老家去。这个艺人想买条黄鳝回家。恰遇着老妈妈，他问："老人家，黄鳝多少钱一条？"老妈妈道："要三十两银子。"这个出门人很惊奇，为何要这么多钱？老妈妈又道："三十两银子买条干黄鳝，爱者是真龙。"这个久别家乡思亲迫切的人，也暗暗地打算着，既然要三十两银子，一定是好东西，便买了一条。谁知回家后，这条黄鳝却变成了一条小白龙，上天去了（这也就是流传在邓川县下三里一带民间传说"小白龙"的来历）。

老妈妈剩下九十九条黄鳝,无人来买。她看到苍山是个好地方,但很缺水,不长粮食,便将全部黄鳝摔在苍山下,变成九十九条龙,专门降雨水给大理人民。

小白龙因为被卖到另外的地方,与弟兄们相隔得很远,互相想念,弟兄们约定每年相聚几次。所以在夏秋之间,小白龙就变成云彩,从邓川的东山由北朝南走,一直走到苍山十九峰上,把九十九个弟兄在的地方都绕住。据说玉带云和邓川的云互相接触的时候就是弟兄们相会的时候,因互相思念而悲感,便落下泪来,它们的泪水变成倾盆大雨,灌溉着这块美丽而富饶的土地。

绕三灵

搜集者:大理白族文学研究组

每年农历四月二十三日至二十五日,是大理一年一度的"绕三灵"盛会,也是白族人民具有重大历史意义的民族节日之一。

从四月二十三日起,大理附近各县的白族人民,扶老携幼,穿红着绿,背着粮食和行李,纷纷赶来参加这一盛会。各县白族人民来到"绕三灵"的集会地点——大理庆洞庄建国皇帝的本主庙,各自怀着不同的愿望:有的祈求风调雨顺,五谷丰收;有的祈求清吉平安,消病免灾;有的祈求添福添寿,养子生女;向建国皇帝奉献虔诚的礼赞。此外,他们中间有很多的青年男女,手执杨柳,敲着八角鼓、双飞燕,打着霸王鞭,唱着大本曲、白族调,成群结队,载歌载舞,也来朝拜建国皇帝。入夜之后,人们聚在庙内、庙外、山坡上、树林里,一个挤一个就地睡着。这时,一对对姑娘和小伙子,隐没在僻静的远处谈情说爱。一群群的男女青年在一起一唱一答,尽情唱歌,从夜一直唱到天亮。节日过得热闹非常。次日,人群像长蛇阵似的陆续向河埃城进发，到洱河灵帝的本主庙祈祷。到那里后，他们又像头天一样尽情地欢度一天。四月二十五日从四面八方汇集来的人越来越多，他们沿着洱海的岸边，边行边唱，走过三十多里路，来到马久邑，到保安景帝和公主的本主庙前欢唱和歌舞后，便从这里逐渐散去。"绕三灵"就此结束了。

几千年来，"绕三灵"吸引着成千上万的白族人民。它不但在年老一辈的白族人民中留下极深刻的影响，就是白族青年男女对它也无不热烈地向往。"绕三灵"之所以对白族人民的社会生活、精神生活以及文学艺术的发展有这样重大的作用，是由于它经过白族人民不断地加工、充实丰富，才流传下来的。

原来，在隋朝以前，大理是个泽国，白族人民群聚在点苍山，过着极简单的原始生活。那时候，人们从事打猎和耕种的劳动，劳动之后，每逢猎得较多的野物，或是收获较丰富的粮食，人们便感到无比地兴奋和快乐。他们便以为是山林间的神帮助了他们，于是把山林看成为"苍山神"。为了感谢"苍山神"的帮助和倾泻他们劳动的欢欣，他们群聚在山林之间，燃起火堆，围绕山林唱歌、舞蹈，向神祈祷和赞美，希望神今后经常帮助他们，这便是当时的"绕山林"。

到隋末唐初，苍山下海水渐退。这时，群居在苍山上的白族人民，逐渐搬到坝子里居住。从此，不再受风雪之苦和野兽之害，生活得到安定和改善。人们因而感到莫大的幸福；以为又是神的力量帮助他们。据说那时观音下凡制服了罗刹，退了海水。归天时，把辅助他制服罗刹的西天护法神祇——五百神王留下来，封为大理国的建国皇帝，命他继续留在人间，帮助人们从苍山搬下坝子，创立幸福生活。建国皇帝依命留下帮助大家迁下坝子，又教大家耕田、种桑、织布，他自己就在庆洞庄一带种下了很多桑树。每年农历的四月间采桑的时候，男女咸集庆洞庄，和建国皇帝一起，一面劳动采桑，一面唱歌跳舞，十分热闹。这样逐渐成为一年一度的盛会，便是人们常说的"绕桑林"。

建国皇帝死后，人民十分哀痛，为了感念他的功绩，尊称他为爱民皇帝。在送葬的那一天（据说是四月二十三日），各地白族人民赶来这里，他们穿白衣，戴白帽，用披白的柳树作引路幡，前来庆洞庄哭悼他。葬后，人们用紧急鼓向四周泼汤饭，手拨双铃发出紧凑的声响，意思是向建国皇帝招魂。晚上，人们在建国皇帝灵前铺些草，睡到第二天，替建国皇帝守灵。

到去时，人们都许下心愿，要连续来守三年灵，并替建国皇帝修庙立祠，让后代子孙永远纪念他。又因建国皇帝是五百神王，白族人民便封他为最高的本主，尊称他住的地方为"神都"。而每一次来崇祀香火的人们，也都必是连续三年都来，从不中断，因而又称为"绕三年"。

唐太宗时，皮罗阁灭五诏自称为南诏王后，唐朝屡次兴兵征伐南诏。后来南诏虽然胜利，但国内连年兵荒马乱，人民生活已很困苦。又因天旱无雨，秧苗栽不下去；人人心中都很焦急。这年"绕三灵"时，人们来朝拜建国皇帝，祈求早降大雨：建国皇帝帮助他们解脱困难，赐给他们一个葫芦，叫他们去求河埃城洱河灵帝段赤城。第二天，人们拿着葫芦来河埃城向洱河灵帝祷告，祷告之后，就到洱海边装满一葫芦水带回去。后来，快到栽秧的时候，大雨果然来了，人们获得了丰收。到了第二年，人们又来参加"绕三年"，大家为感谢建国皇帝，表达丰收的喜悦，不再悲痛哭啼，除祭祀外，便尽情地歌唱和跳舞。第二天，人们由庆洞庄到河埃城，朝拜降雨的洱河灵帝，也像感谢建国皇帝那样感谢他。从此，"绕三年"又有人称它为"祈雨会"。

有一年，建国皇帝死前所喜爱的十分美丽的公主和她的丈夫保安景帝前来替他守灵。两人到湾桥后，保安景帝到小鸡足山去等她。公主去后，保安景帝见她没有回来，自己就回去了。公主守灵后，无人伴她回去，参加"绕三灵"的白族人民，无法送公主回去，便主动聚集起来，敲锣打鼓，唱歌跳舞，送公主回巍宝山。人们到马久邑时，恰逢保安景帝一家前来迎接公主，两边的人们会在一起，唱一阵歌，跳一阵舞，然后就分别了。白族人民为了纪念这件事，在马久邑修建了公主和保安景帝的本主庙。每年从庆洞庄到河埃城后都习惯地绕到马久邑唱一阵，跳一阵。

直到现在，人们在"绕三灵"时，歌唱毛主席、歌唱共产党、歌唱劳动

人民。幸福的歌声在苍山间、洱海、坝子上巡回震荡着,人们流传着这样的诗歌:

　　自古四月绕三灵,

　　即将栽秧雨又晴,

　　北亦走南南走北,

　　今原依古古成今。

　　霸王鞭乱红腰鼓,

　　双飞燕和短笛声,

　　路途皆是英雄客,

　　兴尽归家放卫星。

海舌

搜集者:大理州文化馆

　　从前,白子国有个国王,生性好战,凶恶残暴。他有万丈高、千里眼、顺风耳三个大将。这三个大将本领高强,武艺出众。另外,白王的女儿白花公主也是武艺惊人,巧使三把飞刀。白王倚仗这些能将,满足个人欲望,并吞了周围许多弱小国家,他制定了许多吃人肉、喝人血的纲领,经常到民间逼索美女,残杀人民。全国的老百姓在这样横征暴敛、暗无天日的岁月里,怨声载道,叫苦连天。狠心的国王还不满足,想要很多的国家向他朝贡献礼。他想:朝中谋臣如云,猛将如雨,又有雄兵百万,还不夺他中原江山,要待何时。于是白王天天操练兵马,筹粮备款,强拉民夫十余万,专门到他的京都(今大理)建造宫殿和建筑城垣、防线等。再说奸臣党羽又向他献计说:"要京都皇城牢固,必须要用蒸笼蒸出的土基来建造,国王的江山也就一劳永逸了。"白王喜出望外,立即摊派老百姓家家用蒸笼蒸土基来建造城垣与防线。虽然城垣与防线这样牢固,但白王还怕在战争中战死,又在兰峰山腰凿了一个洞（现在白王洞故址犹存），直通苍山背后的漾濞。洞中设备俱全，机关重重。白王怕泄露机密，在工程结束后，便将所有的民夫杀死。白子国到处是哭声哀哀，尸横遍野，满目萧条，真是令人不寒而栗。

一天，南海观世音驾着祥云，四方游历。路经大理坝子，忽然心血来潮，屈指一算，见势不好，拨开云头一看，下面杀气腾腾，原来白王大力准备战争，弄得民间一片凄凉。为了减轻百姓的痛苦，必须用计加速白王的灭亡。于是，观音变成一个和尚，迈进金殿，声称要见白王，白王见他傲然立于殿前，不禁大怒，令刀斧手将其推出杀头。和尚哈哈大笑道："我有一言相告，若要白子国亡，除非日月出西山；如要白王落马，羊角上开花。"说毕便不见了。白王又惊又喜，对左右说："孤家的江山，永保无虞了。这是天助我成功哩！"便立刻写了战表，差人送往中原朝廷。并随即调动兵马，浩浩荡荡地向中原进兵。

中原朝廷接到战表后，龙颜大怒，命令兰中林、兰中秀弟兄率领卅万雄师征伐。兰家兄弟都是武曲星下凡，英雄出众，军纪严明。天上神灵赐其天书、宝剑。尽管白子国雄兵百万，大将千员，怎么抵挡得住。不几日汉兵就攻破三十三道关、七十七座城，驱兵直抵白子国京都玉龙关。白王大惊，简直出乎意料，在王宫里急得直打转转，赶快整顿人马，叫自己的女儿白花公主与顺风耳将军镇守玉龙关。万丈高将军屯兵洱海，千里眼将军把守上关。自己亲率御林军和常胜将军驻扎崩崩石（今白王洞）和点苍山。汉兵日夜猛攻，兰家弟兄也用尽心机，却始终攻不下玉龙关。白花公主的飞刀无情，顺风耳的妖法厉害，只杀得汉兵弃盔撂甲，分寸难进。白王洞神出鬼没，汉兵立不住阵脚。上关的千里眼足智多谋，谙练兵书，加之上关地势险要，居高临下，滚石如飞，毒箭如雨。尽管汉兵将帅攻打，士卒卖命，也攻克不下。防守洱海的万丈高将军，更加厉害，不仅有浑身本领，而且能作法兴风，翻卷海浪，汉营船只更不敢轻易渡海。

一日，兰家兄弟正闷坐营中和众将商议破敌之策。忽然一个军士进帐报道："外面有一个老和尚声言要见元帅，能有破敌之策。"兰家弟兄正苦于无计克敌之时，闻报后，不禁喜出望外，连忙出迎。和尚说道："续战定胜。"兰家兄弟立刻传令三军，众将披挂上马，进逼玉龙关挑战。不多时顺风耳出现在上关作法，霎时天昏地暗，飞沙走石。这时，汉军前面的老和尚从杏黄色的袈裟内取出一个小瓶，不慌不忙，口中咕噜着，只见那刚起的黄风和飞沙竟像一股线似的钻进瓶里。只急得上关的顺风耳暴跳如雷。紧接着白花公主出战了。副帅兰中秀纵马迎前厮杀，不多时，公主拨马一旁，把手一扬，三把飞刀腾空而起，寒光闪闪直向中秀飞来。这时，只见老和尚也将手一扬，说也奇怪，三把飞刀便拨转方向飞往老和尚手里。公主一见，大惊失色，在慌忙中被擒。汉军势如破竹攻下了玉龙关。白子国的兵和马到了避死洞里，报给白王。白王大惊哭道："玉龙关攻破，我这避死洞还能避死吗？"他怒发冲冠，传令把全部兵马撤退到三阳峰麓的海边城垣防线坚守。汉军随即追赶，又是一场混战。由于防线坚固，相持半月之久。老和尚又来求见兰家弟兄，说道："若要白子国亡，除非日月西出；如果要白王落马，羊角上开花。"说罢就不见了。兰家兄弟连忙望空拜谢，并击鼓升帐，号召文武将官猜测老和尚的指点。有的说这是忠告我们不要打了，有的说这是给我们献计。兰家弟兄想："如果忠告我们不要打了，难道就让白王横行霸道吗？和尚又为何助我们攻玉龙关呢？"兰中林想起了"续战定胜"的道理。当夜风清月白，繁星满天，兰中秀带领人马翻过点苍山的雪人峰背后，四更时分，燃起了火把，顿时把峰顶映得通红。接着在很多只羊角上燃起松明，再把羊放下山来。白王在营中看见西面苍山顶上通红，霞光闪闪，吓得面无人色，对左右道："日月往西出，那还了得！"接着又见羊角上点着火飞跑下来，白王更是急得像热锅上的蚂蚁，乱嚷道："不是火，是羊角上开花，先前老和尚说过：'若要白子国亡，除非日月出西山；如果要白王落马，羊角上开花。'"你们这些死猪，这是应验！"

汉兵，势如潮水，兵马如蚁，铺天盖地而来。杀得敌兵人仰马翻，尸横遍野。天明时，白王单人独马走到海边，后面追兵喊杀连天。正在走投无路时，忽然间一个和颜悦色、银须飘飘的老和尚提着一只箩站在前面。白王见了连忙下马拜道:"请高僧救我!"老和尚哈哈笑道:"这箩糠皮撒在海上会撒出一条路来,你边走边撒,到了海东就可逃命。"白王大喜,接过提箩,和尚不见了。白王便抓起一把一把的糠往海中撒,果然,撒出一条路来。由于追兵紧,白王心慌便大把大把地往海中撒,结果箩糠撒完了,只走了四里多路,前面还是一片茫茫的大海,终于被活捉斩首了。兰家兄弟为白子国的人民除了大害,班师回朝。白王逃命时用糠在海中撒成的路,伸向海内,由于它形状像条舌头,所以白族人民给取了个优美的名字叫"海舌"。

玉白菜

文本一

讲述者:杨绍振、李桂伍
搜集者:郭思九、周天纵、李缵绪
时间:1961年7月18日
搜集地点:云南省大理白族自治州大理市喜洲镇沙村

　　大家都说洱海碧汪汪、蓝荡荡,这里边有一段古话呢。开初,洱海的水是白的,不但不好看,有时水还会发臭,成了个臭海子,那真糟糕。可是海底是块宝地呢,年深日久,宝地发了,海底里长出了棵玉白菜。这棵菜可大哩,菜心心上的一瓣叶,就有一双大船那么大,颜色像绿宝石,嫩汪汪的,好看极了,太阳一出,玉白菜就把海水映得碧蓝碧蓝的;要是刮起风来,海水越吹越蓝。这以后,洱海才老是碧汪汪、蓝荡荡的。

　　玉白菜在洱海里长了不知多少年,人人见,天天有,可是一个也拿不到,传说那是因为有蛟龙在保护着玉菜。有一年,大理来了个罗提督,看见洱海这么美,听说洱海里有棵玉白菜,罗提督想:"玉白菜多值钱呀,要是得了它，那就一辈子也花不完了！"他决心要把玉白菜捞到他一个人的手里，于是就派了七个水盗去偷。临走前，他对七个水盗说："从下关找到上关，找不着玉白菜就不要回来见我！"听了罗提督的吩咐，七个水盗下水去了，他们从下关入水，在海底里东找来西找去，一直找到上关，又从上关找到东山脚，好容易才找到了这棵玉白菜。这可把水盗们喜欢死了，水盗们跑拢去，摘了一小片玉白菜叶子，急忙回来禀告罗提督。罗提督听说找到了玉白菜，看到了玉白菜叶子，乐得合不拢嘴，说："快回去，快回去，给我连根扛回来。"七个水盗又入水朝原路回去。到了玉白菜旁边，刚要动手去拿，保驾的蛟龙惊醒了，抬着头儿，身子盘满了玉白菜，吓得七个水盗屁流尿淌地跑回去。

后来，杨绍廷在喜州当知府，也听说洱海里的宝物很多，像玉白菜啦，珊瑚树啦，金螺啦，洱海里多的是。他也请了两个水盗去偷，这两个水盗比罗提督的那七个水盗更凶啦！这两个水盗的脚生得像鸭子巴掌，能够像鸭子一样在水里游，而且，两个水盗的头上还生了一对腮，在水里能够呼吸，可以像鱼一样在水底过活。杨绍廷打发两个水盗去找，一找，就在挖色对面的深海里找到三件宝物：玉白菜、珊瑚树、一对金螺子。两个水盗见了宝物，心想：宝物有四件，人只有两个，怎么拿呢？一个水盗摸了摸腮，说："玉白菜、珊瑚树不会走动，金螺子会走动，得先扛走金螺子，金螺子有两个，你扛一个，我扛一个，不是刚刚合适！"说着，两个就动手去扛，一个水盗才触动金螺的门儿，一下就被金螺夹死掉，另一个水盗见同伴被夹死，吓得脚酸手软地跑回来。听说他回到岸上，已经吓得昏迷不醒，脚老是站不起来，只得请了个滑竿把他抬回知府去。从此以后，就再也没人敢到洱海取宝，所以，一直到现在洱海都老是碧汪汪、蓝荡荡的，老是这样美丽。

文本二

记录者：杨玉春
时间：1961 年

据说，在很古的时候，大理坝子被水淹住，变成一个泽洞。恶魔罗刹吃人的眼珠，凶残至极，百姓生活痛苦万分，只好搬到山上去住。后来，观音大士显圣，把罗刹制服，这个泽国的水才退了下去，现出大理坝子。水虽然退去，但是这块大理坝子只是像船一样浮漂在大海之上，随时转动着。因此原来因为水淹，迁居到山顶的人们，还是不敢搬回到坝子上来住。

观音眼看着这块像浮萍一样的土地，随时有沉没的可能，为使百姓安居乐业，不使地盘转动，观音就大显神通，把她手中的花瓶用仙法化为一棵碧绿的玉白菜，顶在大理的中心——五华楼的下面，把坝子牢固地撑住，使它不能转动。同时用九匹紫竹叶子变成了九条金龙，环绕着这棵玉白菜，日日夜夜地守护着它。从此大理坝子才固定了下来。日深月久，上面长出了树木花草。人们知道以后，才陆续相约，从山顶搬下坝子来居住，盖了房子，盘起田地，开始过着幸福的生活。

大理坝子下面有玉白菜的事情，一传十、十传百地传开了。传了不知多少年以后，就被七个贪心不足的坏人知道了。他们起了黑心，打着坏主意，想把地下的玉白菜盗取出来，变成百万富翁享乐受用，却不顾大理坝子的沉没和百姓的生命财产。

这几个黑心的匪徒，个个善于水性，能在水中闷三天三夜，也可以不吃一点东西。他们专门在海上偷盗为生。为首一人，人称"活阎王"。他们七人打定了这个主意以后，在洱海中练习了九十九个昼夜，最后能在水中生活七天七夜了。

他们分头到各地偷来不少锋利的刀子、斧头和大锤，每人都把利刀、斧头用绳子捆扎在身上，手中拿起百斤重的大锤，饱餐了一顿之后，各人怀着想独霸玉白菜的鬼胎，下海去了。

七个贼下海以后，从上关找到下关，又从东山脚找到西海坪，费了九牛二虎之力，好不容易花了三天两夜的时间，才找到通往玉白菜的水门。泗水进入门内，似乎别有洞天，从很远的地方射来一道耀眼夺目的亮光。他们高兴得不得了，一个个耀武扬威地向着有光线的地方泗去，寻了好半天，才到了五华楼的下面。

只见一棵高有数十丈、腰粗数百围、霞光四射的玉白菜摆在眼前，把整个海底照得比白天还亮，海中所有的一切都看得很清楚。突然，只见九条身躯庞大的金龙在玉白菜的周围盘绕着，把几个匪徒吓得面色如土。胆大的"活阎王"颤颤抖抖地上前去看，只见那九条金龙睡得如死一般。他们在九条金龙身边转了几个圈子，好不容易才找到一个只能容一人进到玉白菜旁边的空隙。于是就一个一个地悄悄地爬到玉白菜的跟前，每人都拔出了锋利的刀子、斧头，举起沉重的铁锤。他们使尽力气，累得精疲力竭之时，忽听得轰隆一声响，吓得几人目瞪口呆，说不出话来，以为是龙醒了来吃他们。隔了很久，不见动静，仔细一看，喜出望外，原来砍下了一片玉白菜叶。再看看金龙仍在沉沉的酣睡中，似乎它们并没有发觉在玉白菜周围发生着什么意外的不幸。贪心的人是永远不会满足的，砍下一片不够，他们还想再砍第二片、第三片……甚至整棵玉白菜。一喜之下，他们更使劲地捶着。直到第七天的早晨，铁锤完全坏了，人也支持不住了。但他们"不到黄河心不死"，哪里舍得丢下这无价之宝就走呢？几个匪徒正在无计可想，为首的"活阎王"忽然发现一根闪闪发光的圆棒在那里一动不动地摆着。于是他精神焕发，不分青红皂白地跑过去，双手用力一拉，只听得一声山崩地裂的嘶吼，他们周围突然闪出万道金光。

原来，刚才"活阎王"把金龙的长须当成圆棒，这一拉，把金龙拉醒了。他们一个个吓得胆战心惊，魂飞天外，丢下所偷得的那片玉白菜叶拼命地逃跑。说时迟，那时快，七个海盗刚一回身，就有四个活活地被龙打死在海中。剩余三个：一个从向俗亭钻出，一个从大我寺的井中钻出，一个从红龙井逃出。但因为吓破了胆，一出水面，也就都一命归阴了。

从这以后，大理这块坝子还是安然地在玉白菜上面，玉白菜还被九条金龙守护着。不过，由于玉白菜被砍断了几片，所以大理的地就有些偏向东，因为失去了平衡而常常发生地震。

文本三

讲述者：杨文华
记录者：张家珩
时间：1959年
搜集地点：云南省大理白族自治州大理市喜洲镇上关村委会波罗塝村

传说大理洱海里有一棵玉白菜，在大理城下面顶着大理的坝子（整个坝子是一块草皮地）。清朝时候，有一个杨思举来做大理的地方官，他是一个知水性的人，以前是个水贼。到大理以后，听说海里有玉白菜，就想去取玉白菜。杨思举派了四个识水性的士兵到海里，一直从海子里走到大理城下面，发现金光闪闪的地方。四人直走到发光处，看见有四棵石柱子、四条龙，每棵石柱子上爬着一条龙，石柱子里面有一棵不知是什么东西，把海水都映黄了。四人商量好，用两个人在外面守着，两人去取。这两人刚走过去就被龙打伤了，那两人来也被打伤了，四人连命都难保，就出来向杨思举报告被龙打的情况。杨思举听见有龙保护着，再也不敢去取。这玉白菜一直在着，所以洱海水是黄绿色。

础石的传说

讲述者：钟少武、杨昆
搜集者：郭思九、李缵绪、周天纵
时间：1961年7月12—14日
搜集地点：云南省大理白族自治州大理市国营石厂及下兑村地区

不知多少年以前，在一座高高的仙山上，住着一个非常漂亮的姑娘。天上的星星也没有她的眼睛明亮，鲜艳的山茶花也赶不上她好看，世间上再没有比她更漂亮的姑娘了。据说，这个姑娘住在哪里，哪里就会长出宝贵的玉石来。因此，人们都叫她"玉女子"。

玉女子很喜欢游玩。有一天，她偶然来到了大理坝子的苍山上。她站在高高的点苍山上一看，前面是一望无边的洱海，碧蓝蓝的，平得像一面明亮的大镜子。山下十八溪的流水日夜不歇地奔腾着，坝子上到处都是各色各样的鲜花，清香扑鼻。大理坝子美丽的风光，立刻把玉女子迷着了。玉女子怎么也舍不得走了，她就在苍山上住了下来。点苍山从玉女子住下来后，就开始长出玉石来了。

玉女子住在苍山上和苍山生长了玉石的事，慢慢地被人们知道了。于是，人们天天带着工具到山上去开采玉石。他们都很喜欢这个美丽善良、给他们带来了玉石的姑娘，都希望她能长久地住下去。

可是，这时却有一个贪心的人忽然想出了一个坏主意。他想：我要是把玉女子抢回家来关在家，该多好啊！那我家里就会长出很多很多的玉石来，我就可以发大财了。打定主意后，他就悄悄地带着绳子、棍子和干粮上山去了。他天天到玉女子住的地方藏着，想等玉女子游玩回来，就把她抢回家去。

贪心人在山上等了几天，玉女子果然从外面回来了。她像平时一样，进了洞后，就解下腰间束着的带子，想休息一下。这时，洞口突然钻出一个拿着绳子的人，凶恶地向她扑来，玉女子吓了一跳，急忙跳出洞口，踏着云彩飞走了，只丢下了一根慌忙中没来得及带走的用五色彩丝织成的腰带。说也奇怪，当贪心人把手伸向这根腰带时，腰带马上隐没在岩石中不见了。贪心人等了几天什么也没有得着，只得垂头丧气地跑回家去了。玉女子一走，苍山就不再生长玉石了，连原来的玉石也变成了础石。

因为玉女子在苍山时常住在雪人、三阳、中和、白云等几个峰上，所以这几个峰的础石最多也最好。又因为玉女子飞走时丢下了一根五彩的腰带，所以，在这根腰带隐没的地方采出来的础石，上面就有七十二股花纹交织在一起，像色彩斑斓的丝带一样。人们替这种础石取了一个美丽的名称，叫"玉带一股"。

天生桥[①]的故事

搜集者：杨恒胜

在很多很多年前，白族人民原来居住在苍山上。后来由于洱海水位下降，陆地慢慢出现，白族人民才移居到平地上来，关于洱海的海水下降的原因，有这么一个传说。

白族人民居住在翠绿的苍山上，不能种植谷物，靠打猎捕鱼生活；加上每年秋冬，苍山顶上盖满了白茫茫的积雪，白族人民在苍山上过着吃不饱、穿不暖的生活。但是他们在这种生活中，每个人都培养了艰苦朴素、团结勇敢、互敬互爱的性格。

在白族村落中，有一个较靠近海边的村落，人们都靠捕鱼生活。村落中有个青年叫"桥生"，听说是在桥下出生的。他八岁时死了父母，叔叔收

[①] 天生桥：地点在下关街道海口，又名江风寺。

养了他,把他当亲儿子一样看待。桥生到十四岁时,就长成一个身材高大、圆头大耳、非常健壮的青年了。他从八岁起就跟叔叔打鱼,学得一套好本事,能在水中行走一天一夜,不出水面。打鱼时,他不带打鱼工具,只拿一条大麻绳,用来穿鱼。由于桥生生得特别和有这样本事,村落里都叫他"天生"而不叫他"桥生"了。"天生"对海底观察得很清楚,因为他常听到老人们说:"若是洱海水位降低,便可以出现一块非常肥美的陆地来,那么,我们就可以不再过这种饥寒交迫的生活,可以在这块平地上种植谷物,过幸福的生活了。""天生"总是在想,怎么使洱海水位下降呢?

一天,"天生"去打鱼,看到一条七八斤的大鲤鱼向他游来,"天生"过去捉,可是鲤鱼跑了。"天生"就去追鲤鱼,一追一跑,不知追了多少路,最后追到一个峡谷内,迎面是一堵大青石壁,鲤鱼却不见了。"天生"非常丧气,上了岸一看,已经离家十多里了。再一看,这堵大青石壁只有八尺多宽,石壁过去是一条大深峡谷。他想:若把石壁打通,海水就可以流出去,洱海水面就可以降低,我们就可过幸福生活了。"天生"回到家已经很晚了,吃了饭,倒头便睡。到半夜时,做了个梦,见他父亲笑嘻嘻地对他说:"你想把青石壁打通吗?这是困难的。青石壁是黑龙王的海锁呀!你要打开它,我教你一个办法,但是要有勇气,要不怕困难。你请铁匠打一把二十斤的大铁锤和三十三把四斤重的钻子,你就去钻,钻它一天一夜就可以把青石壁打通了。"他父亲说完就走了。"天生"再想问问,就去追赶,可是一脚用力过猛,把床震倒了。他惊醒过来,发现原来是个梦。天才蒙蒙亮,"天生"便很快起来,叫醒叔叔,把昨天和昨晚梦见的事原原本本向叔叔说了。叔叔说:"这也奇怪,我想可能你昨天看到的大鲤鱼是你父亲化身来指点你,而昨晚是你父亲教你的办法。这可是真,你照着去办,我用一切力量来帮助你。因为这是为了大家的幸福嘛,我愿把一切财产卖光,将来成为花子也情愿。""天生"也发誓:打不通青石壁,死也不屈;死也要死在那里。村落里的人听到这个事情后,个个都愿意帮忙,共同出力打通青石壁。他们请了个铁匠连天连夜打造锤、钻,经过三十五天,终于把二十斤的铁锤和三十三把尖锐的每把四斤重的钻子造成。到第三十六天,村落里摆了酒席欢送"天生"到海湾里去,而人们站在高山顶上观看着,盼望着。

"天生"下到水里,使出全身力量,挥动铁锤钻打起来。一开始钻打,便震动了黑龙王的龙宫。龙王派了小龙去看,小龙回去报告说:"一位勇敢的青年在钻打锁海锁,要把它打开,叫海水流出去。"龙王大怒,便亲自出来察看。这时"天生"正在紧张钻打,看见龙王来劝告,便挥动了大铁锤向龙王头部打去。龙王一发怒,用了全身之力向"天生"撞来,由于用力过猛,把石壁撞通了个大洞,老龙和"天生"一同栽进里面去了。青石壁上面成了青石桥,下面,海水流出了深谷,洱海水位就下降了。人们为了纪念"天生",便把青石桥取名为"天生桥"。从此,白族人民才居住在洱海边缘的肥沃平地上。

三条江

讲述者:李国正
记录者:张福三
时间:1958年11月21日
搜集地点:云南省大理白族自治州剑川县三甸箐铁厂地区

在滇西的丛山里流着三条美丽的河流:金沙江、黑龙江、澜沧江,她们是三姊妹。在悠长的年代里,她们住在自己的家——青海,这里周围都是青山、湖水。三妹澜沧江从小就爱幻想,她想知道山外面的世界。一天,她对大姐金沙江、二姐黑龙江说:"我们去逛逛世界吧!待在家里真闷得慌。"大姐二姐很赞同,说:"要走就明天走吧!"三妹澜沧江年纪小,爱睡觉,早上醒来很迟,说:"大姐、二姐,明天早晨一定要叫醒我。"

第二天早晨,太阳还没露出山头,大姐、二姐就起来了,对着湖水梳妆。她们都想急于早些到新的地方去,走时就忘了叫醒三妹。等到三妹醒来，揉开眼睛，窗外太阳升得老高了。她忙翻身起来去叫大姐、二姐，她们都不在家，先走了。她头也不梳，一面哭，一面急急忙忙去追赶，但方向走错了，一直没追着。到现在，金沙江和黑龙江的水只是沙沙地流，没有多大的响声；唯有澜沧江，你隔几个山头，也能听见她的吼声，这就是她在哭，在喊她的两个姐姐等着她！

金江里沙金的故事

讲述者：章李海
搜集者：段寿桃、郭思九
时间：1961年8月9日
搜集地点：云南省大理白族自治州南涧彝族自治县（原金山公社）李家登地区

听说在过去，日夜奔流的金沙江和终年覆盖白雪的玉龙雪山，原来是一对善良的姊妹。大姐人很本分，服色穿戴很素雅，没有系围腰，性格却很温顺坚强；妹妹可不同了，长得俊俏，打扮又漂亮，氆氇领褂黑围裙，头巾结出一对兔耳，活泼泼的，很矫健，真是一个美丽的姑娘。

两姊妹远征，来到祖国边疆，落在这里，离开了母亲，离开了家乡，日夜怀念。想啊想！终于决定，要去东海找妈妈。鼓起勇气日夜奔跑，走过了昆仑山，闯过了康藏高原，翻过了深山老箐，穿过了老林草地，来到了丽江虎跳崖，突被绝壁陡崖挡住。停下了脚，站起来往下眺望，碧绿的丽江坝子，豆麦青青；星星点点的瓦舍，幢幢布满；幽静的黑龙潭，藏身在苍松翠湖的深处；出口的泉水，像条彩缎飘在丽江城前；四方街上的纳西族、白族人你来我往，载歌载舞，多么美丽！这一切把她们迷住了。妹妹手指着说："阿姐！多么美的丽江，我们往中间穿过，和姑娘们比美去……"姐姐偷眼再细看看，拒绝了妹妹的美意："丽江既然美，那我没穿围腰的姑娘怎敢乱闯到街上！"

"不怕，我朝前走，你后跟来！"

"不得！不得！盖面肉瞒不过客人的筷子。"

"那么，往哪里走呢？"

"丽江美，山外也美，还是往山外去。"

"不……"

两姊妹争嚷不开，观音就变成一个十分美貌又沉着的姑娘，飘闪着衣裙走过来，便问："多好的姊妹，在吵什么？"姊妹就把争去路的事儿告诉她，她笑眯着眼，说："莫争了！这里有一把金刀，借给你们，到明天鸡叫头遍时，看谁起得早，谁就拿刀砍开石崖，朝你心爱的方向走！""好吧！"两人谢过了她的美法，走进梦乡，期待着第二天的黎明。

夜晚，姑娘们围着熊熊的篝火，妹妹好睡，认为她这样漂亮的姑娘，明早一定起得早，肯定往丽江坝走，甜呼呼地睡着入梦！姐姐相反，一夜忧愁，睡不着，细听着金鸡叫头遍。果然金鸡一拍翅，"喔喔……"才开口，她就提起金刀，咔嚓一刀，把岩石砍开，流水欢跳下崖，跑向山外。但金刀砍缺，把妹妹惊醒。她起来一抹眼睛，睁眼一看，姐姐在欢笑——哗哗歌唱着朝山外跑远了。"啊呀！"妹妹一叹气，气呆在这里，一团地坐着，头发气白了，成了今天的玉龙雪山。

金江姐姐，达到了美意，沿途欢唱，时时可以听到她的笑声。不仅如此，还有她那把金刀砍缺的金块碎落在江里，和清水一同悠悠流去，成了金江的沙金，飘落在虎跳崖下的金沙江里，这使江边后代的人们有永远掏不完的金粒，常常闪光……

金沙江与玉龙雪山

讲述者：段守一
搜集者：郑谦
时间：1958年
搜集地点：云南省大理白族自治州鹤庆县

鹤庆的北面，同丽江接界。丽江是个好地方，那里的一座山、一棵树、一条溪水、一个地名，都有优美的传说故事。

传说，金沙江是个聪明美丽坚强的姑娘，玉龙雪山呢，却是一个英俊勇敢强悍的大汉子。

金沙江日日夜夜想念着慈爱的母亲和温暖的家乡，她鼓足勇气，跨过了云雾重重、悬岩万丈的昆仑山，到处寻找母亲和家乡。当她一走一走，走到丽江，雪山大汉见她长得这样聪明漂亮，就向前把她拦住，向她表示自己的爱情，要她和自己一起永远生活在丽江这个好地方。

可是，丽江美，家乡更美，金沙江姑娘谢了谢雪山大汉的好意，拒绝了他的爱情，决心要回到自己的家乡去。

雪山大汉并没有灰心，还再三地向她表白自己的真心，可是金沙江姑娘年纪轻轻的，她想念母亲和家乡的心很切，雪山大汉甜蜜的语言，她怎么也听不进去。她想从北边转过去，雪山大汉便到北边把她拦阻；她想从南边绕过去，雪山大汉又去南边把她拦阻。最后，雪山大汉的一片真心终于感动了金沙江姑娘，金沙江姑娘终于接受了雪山大汉的爱情，从此金沙江和玉龙雪山的名字就常常连在一起。

可是情人可爱，母亲更可爱，金沙江姑娘下定决心，还是要回家乡去看望母亲。一天晚上，她趁着雪山大汉一眨眼的时候，便神不知鬼不觉地悄悄地从雪山大汉的腋下逃过去……金沙江姑娘的愿望终于实现了。

三座山

讲述者：李国正
记录者：张福三
时间：1958 年 11 月 21 日
搜集地点：云南省大理白族自治州剑川县三甸箐地区

在丽江和剑川一带有三座山：一名老君山，一名阎路山，一名丽江雪山,他们相处很和睦。过了很久,他们想结兄弟,但是,他们都不知道谁是大哥、二哥和小弟,就去找碧罗山来评判,谁最高就谁做大哥。碧罗山在老君山旁,只看见老君山,他抬头一看:嘿,老君山多高呀!于是老君山就做了大哥。丽江雪山本来最高,应当做大哥,可是一听碧罗山的话,心中一气就把头发气白了。到现在,丽江雪山山顶终年都是白的。

洱源西山和剑川墨斗山

讲述者:王镜臣、段寿桃
记录者:汤培元、杨德超、郑谦

在滇西白族人民居住的地方,流传着下面这几句话:

仙人在西山丢下了打歌书,所以西山打歌多。

仙人在云龙丢下了唱调书,所以云龙曲子多。

仙人在邓川丢下了泥壁,所以邓川人多会泥匠。

仙人在剑川丢下了墨斗,所以剑川人多会木匠。

在上面的四句话里,每一句话都有一个小故事,现在只讲讲关于洱源西山与剑川墨斗山的故事。其他两个故事与前面两个有些近似,就不重复了。

很久很久以前,人们都不会唱调子,生活单调呆板。有忧愁的时候,只闷在肚子里;高兴的时候,也听不见欢乐的声气。于是,上天就派了一个神仙下凡来编调子。仙人下凡后,便坐在一架高山的悬岩上日日夜夜地编,编呀,编呀,一连编了三年,打歌、调子装满了几个大口袋。

仙人带着这几口袋调子的种子,四处撒播。一路上冒着风霜雨雪,跨过了万水千山,但走到西山区"斯佐库""咬之那"云间的地方,仙人眼睛忽然瞎了,一点也看不见了,于是他便把剩下满满一口袋的打歌和调子的种子,都撒在这个地方。

仅仅西山区就有一口袋种子，往后打歌和调子的宝藏，也就自然特别丰富了。所以西山人常说："流不完的穗江水，唱不完的西山调。"

离剑川城东北角三里的地方。有一座山，山上有一个塔。这山生得和木匠用的墨斗一模一样，山脚下流着两股泉水，与别处的水不同，一年四季都是黑油油的。要说起这里的山水，真是有个来由的。

也是在很久以前，剑川坝子大半被水淹着，而且地方靠近雪山，天气很冷，庄稼长得不好。勤劳善良的白族人民一年苦到头，还是吃不饱穿不暖的。后来被一位好心肠的神仙知道了，他就从天空丢了一个墨斗下来，叫剑川的穷苦人学木匠。

墨斗丢下后，就变成了一座山，农民管它叫墨斗山。山上的塔是画签，而黑油油的两股泉水，便是灌墨斗的墨水，只要墨斗山不倒，这两股墨水也就永远不断地流着。

从此剑川的木匠，就特别多，也特别有名。他们常常离开本山本土，远走彝方去谋生，他们那种雕龙画凤的本领，没有一个人见着不佩服的。

墨斗山

文本一

记录者：杨举

在我们这个地方，流传着这样一个离奇而又有点真实的传说：很久以前，有一个晚上，满天乌云密布，天上看不见一颗星星。有一个不知其姓名的龙王，他想把剑川坝当作它的活动范围，要想淹死剑川几万人民，就用三根丝线背起了一座小山，从北向南过来，要到海尾河的地方堵塞海尾河。

这事却被观音菩萨知道了，为了搭救剑川百姓，她便变成一只公鸡叫了几声。那个龙王一听到鸡叫，便背不起那座山了，于是就把那座山放了下来，自己也就钻进这小山的下面。

虽然没有堵塞着海尾河，但是，这座小山却压埋了一个小村子。过了几年，这个村子里出门的人陆续回来了，他们看到自己的家乡已被小山压没，很是悲痛，只得在小山旁边的空地上新盖房屋。有一天，正当他们上梁的时候，忽然天上乌云密布，刮起大风，随着就爬来了一条大蛇，有水桶一样粗大，头上长着一对角，绿色的身子上带有金黄色的斑点，缠在梁的上面，好像是不准这些人在这里盖房屋的意思。一个木匠师傅看见了，很是着急，立刻便举起了大木槌向那大蛇打了过去，恰好打在蛇的头部，把蛇的一只眼睛也打瞎了，那条蛇带着血就钻进小山底下去了。原来那条蛇就是那个龙王，从此它再也不敢作怪了。这次以后，这小山下吐出来的水都很浑浊，水的上面浮有像癞蛤蟆皮子一样的一块块的东西。有人说，那就是这条龙的脓血。奇怪的是，这些水里所有的鱼都只有一只眼睛。那座小山像木匠的墨斗一样，因此人们叫它作"墨斗山"。

文本二

讲述者：杨国昌
记录者：张家珩
时间：1958年
搜集地点：云南省大理白族自治州剑川县

离剑川城东北角三里的地方，有一支山，山上有一个塔。这山生得像一个木匠用的墨斗。黑油油的山脚上出了两股泉水，同别的水不一样，一年四季都是黑的，不会变样。要说起这山，是有个来由的。

在以前，剑川坝子大半是被水淹去，生产也不能种，人们过得很痛苦。

后来被天神知道了，就丢了一个墨斗下来，叫农民以木匠为生。丢下来这墨斗，就变成了一支山，取名为"墨斗山"。山上的塔是画签，泉水是墨水，所以它黑。到后来，人们就以木匠为生，大多数都是木匠。所以，剑川的木匠直到现在也很多。

鸟吊山

文本一

讲述者：汤聘依
记录者：郑谦

在洱源凤羽地方，传说曾有一只凤凰路过，掉落一根美丽的羽毛在这儿，从此每天夜里百鸟都来替凤凰寻找羽毛，所以就把这地方叫作"凤羽"。

从凤羽过去，有一座打雀山，每年从七月到九月这三个月中，上山打鸟的人很多。人们背米上山，砍下树枝、树叶搭棚。当天上无月、云雾笼罩山顶的时候，就燃起一堆一堆的篝火。红焰焰的火光映到云雾上，交织成五彩霞光，红红绿绿好像凤凰的羽毛。于是百鸟就来朝凤，个个从老远的地方飞来火焰旁边。这些鸟绝大部分是本地少见的奇禽异鸟，有天鹅、黄鸭、白鹤、山鸟等等，红黄蓝白青紫黑，各种颜色的都有，与红焰焰的火光、云雾上的五彩霞光交相辉映，构成一幅美丽无比的图景。

这时，只要你手中有一根竹竿，就可打到许多鸟；有时甚至不要竹竿，用手都可活捉许多，这些鸟都很肥。据说，在这里打到的鸟，胃里既没有荤腥的动物，也没有粮食，只有一些青草。人们说那是因为百鸟动身来朝凤凰之前，就吃斋以表示虔敬的缘故。

文本二

搜集者：周立民等

  在云南洱源县城的西南角，有一块方圆八十华里的大坝子，坝子中间横着一条清澈见底的河流，就像一条翠绿的玉带。坝子的后面是罗坪山，就像一条青龙从北蜿蜒向南伸去；中段是高耸入云的十六峰，正中一峰特别奇丽，拔海三千多公尺，是金山的最高峰，这里经常下雪。坝子的东面横着一架天马山，从山上可以望见城北一片天蓝色的茈碧湖。在山脚下有一个村寨，住着几户白族人家。

  相传在蒙氏的时候，这个村寨里有一对情人，男的叫春生，女的叫桂花。春生是一个标致的青年，桂花是一个聪明美丽的姑娘。好几年来，两人就倾心相爱着。当双方父母正在为他们筹办喜事的时候，晴天里一个霹雳，一个地方官要娶桂花做第七房小老婆。桂花宁死不愿，就被抓去关在土牢里。春生拿起宝剑，在漆黑的夜里救出了桂花，连夜双双逃走。他们逃到茈碧湖，狗腿们追到茈碧湖；他们爬上天马山，狗腿们追到天马山，眼看就要落到狗腿们手里了，春生和桂花就双双缢死在天马山上。

  他们死后，忽然从尸体里飞出了一对凤凰，翩翩向西方飞去。飞过坝子的时候，掉落了一根美丽无比的羽毛。从此，在夜幕悄悄地落下以后，就常有百鸟来为凤凰寻找羽毛，因此，人们就把这坝子叫"凤羽坝"；给流过坝子的那条河也取了一个名字，叫"凤羽河"。凤凰继续往前飞，想飞过万水千山，飞到一个最美丽最自由的地方去。可是飞到罗坪山最高峰的时候，那里大雪下得正紧，凤凰竟双双冻死在峰顶了。从此，每年阴历八九月间，就有百鸟从四面八方飞来，聚集在这里。

  每年稻谷金黄、四山碧绿的时候，上这里来打鸟的人很多。他们背米上来，砍起树枝树叶，找一块稍平的地方，搭起棚子。当天上无月、重重云雾笼罩山顶的时候，山上远远近近，就燃起一堆堆的篝火。红焰焰的火光，映到云雾上，映到山下那坝田里金黄的稻谷上，红红绿绿，就像凤凰的羽毛。微风吹来，又变成一团团微微动荡的五彩霞光，就像千万只凤凰在上面飞翔，一霎时，就会有千万只鸟一群群一队队地鸣叫着向火堆蜂拥飞扑过来，把这座高峰变成一个奇妙的世界。

山上打鸟的人，有时多到五六百个，整个山上都显得分外热闹和紧张。有的弹起三弦和月琴，有的吹起竹笛和唢呐，有的放声唱起高昂的调子，欢腾的声音，荡漾在整个山谷。然而这些鸟一点也不害怕，总是不停地一队队飞来。这时，只要你手中有一根竹竿，就可打到许多，有的甚至还停在火堆旁或打鸟人的身上，有的还扑到火堆中或钻进打鸟人的袖管里，一伸手就可以捉到。

这座山附近没有茂密的森林，看来这些鸟都是从远处飞来的。大鸟叫声高昂动听，小鸟叫声尖脆悦耳，飞动和啼叫的声音与人群的歌声、笛声、弦声搅在一起，似乎要把整架高山都摇撼起来。这些鸟种类繁多，绝大多数是本地少见的奇禽异鸟，如山鸟、鹦鹉、布谷、菜籽、翠鸟、黄鸭、鸳鸯、太子、大雁、鹭鸶、白鹤等二百多种。其中最大的叫"领腰"，几乎有小羊那么大，它总飞过来，飞过去，往往把人碰倒；最小的叫"宜聘子"，只有蝴蝶那么大。这些鸟颜色各异，红的艳红，绿的碧绿，青的靛青，白的雪白，与红焰焰的火光交相辉映，使打鸟人好像置身在一片彩色的云海里。

这些鸟虽然形形色色，可是有一个共同点，就是当它们从远方飞到这座高峰，一路上都是吃素。它们的胃囊里没有昆虫，没有鱼虾，甚至连五谷都没有，只有一些树叶、青草。据说它们虔诚斋戒踊跃飞来，是要吊念当年冻死在这高峰上的那对凤凰，因此，这里的白族人民就叫这高峰作"鸟吊山"。

清朝康熙年间（1715），山脚下一些村寨的青年男女，也为了追念春生和桂花，会用红、黄、青、白、绿五彩石块，在鸟吊山附近搭了一座桥，叫"彩凤桥"。五色石块象征凤凰的羽毛，石桥象征凤凰的翅膀，他们自己也希望有这样美丽的翅膀,飞呀,飞呀,飞出黑暗的人间地狱,飞过天马山,飞过冻死的那对凤凰没有飞过的鸟吊山,飞过大江大海,飞到最甜蜜的地方去。

金猪在三个海子里的故事

搜集者：陈瑞鸿、张家珩、张福三

1 在洱海里

在景物奇丽的点苍山脚下,便是一片汪洋的大理海子——洱海,海水亮晶晶,好像一面大镜子摆在苍山十九峰的面前。山上流下的十八条溪水,像水银一样淌着,天天叮咚叮咚地流进海子里。这个海子说起来真有点神秘,这里流传着许多离奇的古今。

海心的水,原来不是蔚蓝色而是黄色,据说这是因为海底潜伏着一口大金猪,已有好几百年了。金猪的身子有牛一般大,短短的脖子,亮晶晶的眼睛。平时它藏在海底,不大出来,所以海面上还是风平浪静,没有一丝波纹。

有一次,附近的居民,驾着一只木船到海心打捞杂草,惊动了金猪,金猪便咆哮起来,兴风作浪。一时波涛汹涌,淹没房屋庄稼,以后就常常出来闹事。

当时的大理总管并没有想到要为民除害,倒是时时盘算着怎样捕获这只金猪,这是无价宝呀！大理的一个术士听到这个消息,就去讨好大理总管说:"总管要捉金猪还不容易吗？只要总管下一道命令,说是为民除害,要老百姓捐粮献款,这样老百姓谁敢不依？凑足一万两黄金后,再把它打成一根很长很长的金链子。金猪是喜欢金链子的,用金链子去引诱金猪,保险①可以捉到,这样不是一举两得吗？"大理总管听了,满心欢喜,马上

---

① 保险：白语,意为"保证"。

就下令照办了。

术士率领一群手下人，把金链子挽成一个套子，然后丢到海子里。金猪见着金链子的闪闪金光，果然游过来，钻在套子里。法师正要叫手下人快拉金链子把金猪一齐拉上来，谁知金猪一挣扎，拉的人手一松，金猪就拖着长长的金链子向北边逃跑。法师带着一群人拼命去追，哪里追得着？最后金猪经过邓川，钻进洱源的茈碧湖里去了。法师恐怕总管加罪，也偷偷地逃到深山里去了。

据说金猪向茈碧湖跑的时候，沿路抓出了一条槽槽，这就是邓川的弥苴河。金猪奔跑的时候，时时回头望它的老家——大理海子，所以后来弥苴河就有九转十八弯。大理海子呢？自从金猪搬家后，海水就变成天蓝色，不再是黄色了。

2　在茈碧湖里

茈碧湖也是一个美丽的地方。

茈碧湖的水分成两种颜色，据说是因为海底长着两棵玉白菜，将海水映成青白两色。青水与白水分界的地方，就是茈碧湖的海心，不晓得水有多浅多深。在海面上，有一年四季开不败的清香小白花，花藤足有四五尺长，可以煮来下饭，这种花单开在茈碧湖里，当地人民就叫它"茈碧花"。传说，洱源本主神的女儿，嫁给祥云本主神的儿子，她舍不得她的父母和家乡，临别时流下许多眼泪，变成小白花，所以白族人又叫它"辞别花"。

在明代宣德年间，有个老渔翁李应和他的老太婆就住在这美丽的茈碧湖边一间破旧的小泥舍里，整整地度过三十多年。老两口没儿没女，相依为命。老头儿每天在海子里撒网打鱼，老太婆就帮助捞海草，摘茈碧花。

有一天，李应向海子撒下网，拖上来的，只是一网泥沙。他再撒了一网，拖上来的是一网海草。他又撒了第三次网，忽然从海子里捞出几扣沉甸甸的东西。拉近眼前一看，原来是几扣闪闪发光的金链子。他喊老太婆快到跟前来认宝，老太婆高兴得两眼眯成一条线说："这可好了，以后咱老两口不用再捞海草，捉黄鱼啦！你看，这还够咱老两口过半辈子吗？"

老太婆赶忙上前帮助老头儿拉金链子，老两口拧成一股劲往上拉，从太阳升拉到太阳落也没有拉完，眼看金链子已经堆满一船啦！

忽然天空中飞下一只白鸟，落在船杆上，声声地叫道："心莫厚，捞得一扣砍一扣。"

老头儿听见这白鸟的叫声，吃了一惊，就对老太婆说："金链子拉得多啦！咱俩半辈子也用不完了，把它割断算了。"

"要拉就得拉完，老傻瓜，你怕金子多了没用吗？"

老太婆哪里肯听老头儿的话，她一边把船杆上的白鸟赶到屺碧花丛中去，一边贪心地瞅着那堆黄闪闪的金链子。老头儿终于拗不过老太婆，老两口还是往上拉，不知又拉了多少天。

有一天，老两口正用劲拉着，忽然觉得越拉越重，拉近一看原来是一口大金猪。金猪一见人就哄起来了，一下子就把木船拱翻。船一翻，老两口在水底游了一阵，好容易才游了上来。他俩白白地拉了这些天，什么也没有得到，总算把两条老命保住了。

海面上起着黑色的风浪，激怒的浪涛翻滚起来，金猪不断奔驰着，狂吼着，最后钻进了海西海。长长的金链子，也一起拉着跑了。

3 在海西海里

在牛街的西山后面，有一个海西海。

相传：这个海子原来是一个大山箐，箐里长满了古老的树木，走进去，看不见天。附近的人们常常到这里来砍木料，做木瓢和木勺子。箐边搭起一座茅草房，里面住着穷苦的两父子。一天晚上，父亲梦着一个白胡子老倌对他说："你们赶快搬家，明天有两条龙要在这里斗架。"父亲醒来后，立刻就去告诉箐底所有的人家，可是那些人都不相信，没有搬家。到了中午后，忽然黑云满布天空，一阵暴风暴雨，山洪暴发，两条大龙在这里恶战一场之后都走了，而这大山箐一下就成了汪洋大海，这个空海子后来就被一只大金牛盘踞着。

且说庇碧湖那口金猪，自从打翻老头儿李应那只木船后，一路逃跑，最后钻进了海西海。平时金牛单独盘踞海底，不免有些寂寞，乐得金猪来同它做伴，也就允许金猪住在这里。有时它们还一道游出水面到海边山坡坡上去吃草、晒太阳呢！

那时海子的四面都是大山，没有海口，出出进进很不方便。有一天，金猪躺在海边对金牛说："金牛老兄，我们来挖个海口吧！"

金牛正在山坡坡上吃草，抬起头来笑了一笑道："好呀，金猪老弟，我俩来比比看谁挖得快。"

最后它们约定，金牛在南岸挖，金猪在北岸挖。

金猪心里暗暗地想："自己的力气虽然大，可是比起金牛来，还是要差一些，而且自己头上没有角，只靠鼻子去拱，这多慢呀！不赶紧加油干，落在金牛后面不好看呀！"于是在约定后，金猪就抢先到北岸动工了。金牛呢？它抬起头，骄傲望了一眼南山脚，心想："我的力气这么大，两只角这么利，挖个海口还不容易吗？且好好睡他一觉再说。"

海水哗哗地从北边流出，金猪早把北面的山拱开了（这就是现在的海口）。金牛一觉睡醒，看了很着急，就使尽力气，用两只角向南山撞去，谁知用力过猛，角撞断一只，海口再也挖不出了，现在只在南边海水很深的地方留下一个大洞。金牛打赌失败了，没脸面见金猪，就偷偷地跑到别的海子里去了。金猪呢？仍住在海底里。

现在只要是风平浪静的时候，从海面上还可以看见海底的树影，据说这就是过去大山箐里的古树。树影里有时闪出一道道的金光，这是金猪在海底游行呢！有些时候，金猪还把它的金链子露出一小点儿到水面上来，当你要走近去看一看，它又马上沉到海底，变得无影无踪了。

洱海里的金猪

搜集者：大理州文化馆

在月明之夜，一碧万顷的洱海，被微风吹起一点微波。三三两两的渔船，不时在海中出没。这时从海岸丛柳中望去，海心中出现了万道金蛇，荡漾不定。从金蛇的起处再瞧，似乎有一团金色的东西，耀人眼目，这就是传说中的洱海里的金猪。

在大理的居民们，有一种历史的见解，不知从什么时候流传下来。他们以为洱海里的水，设若干涸了，那么大理就要变作热瘴之区，无人敢住。现在有这样清凉的环境，完全是洱海造成的。而洱海之所以不能干涸，则又因海里有只金猪。这金猪是海水之宝。因为五行上，金能生水，所以它能保持海水的不涸。

究竟金猪有多大呢？虽然人人在讲说，可是各人猜想都不同，事实上也从没人见过。本来金猪是在海底，谁人能够见得到呢？大家只从船户们那里听到有点关于金猪的零碎消息。这个船户说：金猪睡着了，在海的东南角里。那个说：金猪早就窜到上关去了。有一个又说：曾经在下关一带行船时，看见一个金晃晃的东西，伏在海底。除这些零碎消息外，还流传着一个较完整的故事：

也是一个月明之夜，一个渔翁，驾着一只很小的船，到海心里去挖螺蛳。他用耙子一耙一耙地挖着，忽然挖到一根铁链。于是他把这根铁链收上船来，越收越长，继续收了很久，这铁链还没有收完，可是铁链已装满了一船。他很惊讶，铁链子为什么会这么长？不料收到最后时，海底似乎有沉甸甸的东西，突然拖着这铁链飞跑。渔翁收满的一船铁链，一霎间，拖得所余无几，几乎把小船也拖翻了。这渔翁在惊讶之下，很迅速地用刀去砍断了最末的一小段，就赶快划船回家。他没有对任何人讲过这次奇遇。过了很久的日子，这件令人莫测的事也被渔翁忘记了。一天，渔翁需要铁钩子，便把这段铁链子拿给铁匠去改造。"老哥，你在开我的玩笑吗？"铁匠一见很惊奇地说。又道："这是金链子，你为什么拿来当铁打呢？"渔翁默默不语地把金链子收回，后悔当时不多砍两段。从此，这金链子的来历在大家询问渔翁之下，传播开来。大家都说这是金猪项上所系的金链子，才知金猪被渔翁惊跑了。男女老少都抱怨这渔翁，很担心海水会干涸。日子一天天地过去，海水并没有干涸。但洱海里有个金猪的故事，却仍在民间流传着。

孝感泉

文本一

讲述者：张河
记录者：赵国栋
时间：1958年10月12日
搜集地点：云南省大理白族自治州洱源县邓川镇

清朝时候，邓川有一个人叫艾濂。他对父母很孝敬，是一个孝子。这一年父母得病双亡，他哭得死去活来，忍着悲痛安埋了父母。他一直在山上守着父母的墓，早烧香、晚换水，这样守了好几年。他在的这座山没有水，所以每天他都要到几十里外的另一架山上去取水。

因为他的孝心感动了天地，上天就赐给他一股泉水，人们叫这股泉作"孝感泉"。

文本二

讲述者：段文斌
记录者：郑谦
时间：1958年10月
搜集地点：云南省大理白族自治州洱源县邓川镇新联社地区

  现在邓川龙化山脚有个竹林寺，寺旁有一股泉水，叫"孝感泉"。这有一段故事。相传，明朝艾自修的父亲死后葬在龙化山。艾自修很孝道，先后守墓三年，每天在墓旁生活起居，每天打柴挑水都要到很远的地方，山又高，路又陡，很不方便。一天，龙化山上一株白鹤仙树忽然掉下一根枯枝，艾自修拾到墓庐作柴烧。烧时，火光起处，异香腾空，香气冲到九霄云外，惊动了上天神仙。于是派山神下凡打听，山神化身为一个白胡子老倌，打听后，才知道有个孝子在龙化山守墓。这个老倌就在龙化山脚用拐杖戳了一下，山脚立即冒出一股清泉，不大不小，恰恰够一个人生活的用水（现在能灌溉十五亩田），这股清泉后来就被叫作"孝感泉"。

  此后艾家大发，艾自修后来有了功名，明朝宰相张居正曾这样写道：
    艾自修不自修，白面书生背虎榜。

  艾自修听了，这样写道：
    张居正不居正，黑心宰相卧龙床。

神通坡

搜集者：玉春

相传唐朝天宝年间，大理还是南诏国的时候，在坝中发生了这样一桩奇妙的事情。

李密是唐朝一员赫赫有名的武将，他奉了唐王之命前来征伐云南。一路上势如破竹，只杀得对方无法抵挡。当他的队伍进发到南诏大理城边以后，兵突然停了下来。因为，大理这个地方地势非常险要，上有上关，下有下关，防守甚严，一时无法攻入。西面的白雪封山，大兵无法翻山取城；东面是茫茫的洱海，所有的大小船只都被南诏封锁，根本就渡不过去。只急得李密像热锅上的蚂蚁，坐卧不安，但总是想不出一条什么可行的计策来攻取南诏的都城。

大理坝子中的人们仍然在安居乐业地生活着。

一天，李密突然想出一条妙计，命令大小官兵在周围的山上砍伐了很多的树木，连夜修造战船，准备渡海取城。这台事①被南诏知道以后，十分着急，硬是找不出对策来。百姓们也只急得天天烧香求神，祈求上帝保佑，叫李密不要进来。若来了，人畜性命就要惨遭杀害。

这件事被观音知道以后，他为了要拯救这些无辜的生命，于是就变成了一个和尚来到了人间。

他对百姓们说：他有退兵之策。这件事被南诏王知道后，把他召进宫，问他如何才能退李密的大军。他说：“我只要一钵米、一杯水就可以退兵。”南诏王说："这简直太简单了。我宫中有的是米，只管拿去就是。"和尚说：

---

① 这台事：白语，其中"台"为量词，意为"件"。"这台事"即"这件事"。

"米当然皇宫是不缺,但皇宫中的米是不行的,这必须要从百姓中每人拿出一颗来,水必须要新开一沟。"这时,南诏王也没有什么办法,只好诺诺应允。

百姓们乱开了,大家一齐把米拼了出来。整个大理坝子的人,刚好凑够了一钵,一颗不多,粒米不少。大家都盼着这位神奇的和尚去捉李密的兵将。

在一个万里无云的日子里,和尚开始行动了。他身穿灰色僧衣,外罩金黄色的袈裟,手执银白色禅杖,出了南诏的京城,向着圣应峰步行而去。他在圣应峰上选定了一个能够瞭望整个大理坝子及海子的山坡。在山坡的背阴地方,用禅杖一指,口中念念有词,忽然只见山谷开处,流出一沟比银链子还白、比水晶还亮的水来。和尚用钵盛了一钵清莹的水,把百姓拼凑的米也歇在地上。他就面向洱海坐下来,一动也不动。不管是吹风下雨,他都是这样一天一天地坐着,整整坐了七七四十九个昼夜。

这天是李密的船只修建结束的第二天。李密已把一切布置停当,下令向南诏进攻了。晴空格外显得爽朗,洱海中的一切显得更加清晰。只听见海子的东南角上战鼓齐鸣,人喊马嘶,一张张的战船排成整齐的行列。号跑廿一响以后,战船浩浩落荡地出动了,一张接一张,一行接一行,就好像一条巨龙似的张牙舞爪向着南诏都城奔驶而来。

这时,和尚仍然安然无事,稳如泰山地坐在那里。等到战船划至海心时,只见他口中念念有词,用手拿一颗米向钵水中投去,突然李密先锋队的第一只船翻了。接着投第二颗,又翻了第二张,投第三颗翻了第三张,一连翻了十几张。李密着急了,海上风又不吹,浪也不大,为什么船会连连不断地翻了这么多张?他想了一想,最后肯定是被海中的礁石碰翻了。于是就命令水手到海中去探查,水手下去以后,等待了好久都不见上来。第二批第三批下去也是如此。他越发吃惊,用网打捞了半天,才打捞起一具水手的死尸。但是想不通这是什么缘由。

为了要夺取南诏都城,李密仍然命令战船继续前进。战船到海心一只沉一只,所修选的战船几乎沉翻了一半,人也死了将近一半,最后不得不鸣金收军,不敢再继续前进了。这样,南诏人民的生命财产得到了保全,他们仍然安居乐业地过着生活。

到李密的兵退了以后,坐在圣应峰上的和尚也不知去向,人们就称那个和尚退兵的山坡为"神通坡"。"神通坡"这个坡一直到现在还存在着,它位于感应寺之侧。

石飞坪

搜集者:大理文化馆

苍山伸下了一只脚,渐次由溪水包围成一块小平原。上面布落大小石块,其中有一块比较大的,大约有一立方丈。石上苔藓块块,宛如虎皮一般。这块石头,传说是由别处飞来,它有一段美丽的故事。

南诏王有一个心爱的儿子,从小聪明伶俐,喜文爱武,年满十二岁,就成为一个文武全才的人。日月如梭,他也渐渐地长大了。他父亲为他的婚姻十分注意地拣选,想要选一个才貌双全的女子。他也这样打算,不嫌时间的拖延,要找一个理想的伴侣,因此,他的婚姻到二十多岁还没有解决。他为这个问题苦恼着。他不满意一切官宦家的女子,想从民间选择一个理想的姑娘,于是,他自动地到民间去,脱去宫廷的服装,化装成个普通人。

在一个深秋的季节,当着夕阳下山的时候,王子从这村走到那村,渡过溪流,穿过丛林,来到了一个红叶深锁的村庄,面前被一股溪流包围着,溪畔有一个少女在洗衣裳。她生得眉清目秀,容貌端方,面色桃红,恰是一朵鲜花。她的美丽吸引了王子,他从来还没有见过这样美丽的姑娘。宫廷里虽有许多绝色女子,但哪能比得上她呢?于是他在溪边望呆了。等到女子起身走后,他便追踪而去,直到女子走进茅屋,他才悒悒而返。他记住了村庄和草房。走回皇宫以后，便用皇家势力去求婚。他以为一求就可允许，殊不知事实竟出他意料之外，以他王子的地位竟不能得到一个民间女子的允许。照理他应当发怒，甚至用武力去夺取。但是，他为她的情形系住，一点不发怒，也不用什么武力去夺取，他要寻求另一种方法，来争取少女的心。于是他去拜取国师——一个道法很高的和尚，用一道灵符能使少女随他而来。国师多方地阻止他，但他执意很坚，于是只好给他一张灵符，教他贴在少女背上，少女自然会跟着走来。王子拿着灵符去寻找少女。他仍然在那条溪畔找到了少女，便大胆子把灵符贴在少女背上。少女受了灵符的迷惑跟着他而来。他感到无比高兴，以为得到了少女。他就急忙向着皇宫转来，少女也跟着走来。不料走到现今"石飞坪"的地方，这少女不再动了。王子回头一看，心上的美女也不复存在。王子垂头丧气，满腔的希望变成了梦幻，留在心里的只有空想和怅惘。这块石头凭空而生，后人就叫它为"石飞坪"。

  原油印本编者附记：这个故事与《美人石》很相似。两个故事有什么差异？可以研究。请读者注意。

银箔泉

搜集者：玉春

  记不清楚是多少年以前，在大理城中居住着一个穷人，名叫小李。父亲早已去世，他和母亲相依为命，天天到苍山砍柴，卖了柴买米来供养母亲。他只希望自己多苦点，使母亲过得尽量舒服。因此人们都称他为"孝子"。

  所谓"人有旦夕祸福，天有不测风云"，不幸小李的母亲一日得病卧床不起。起初，除了在家照料母亲外，还可以到比较近的地方去砍柴来维持最低限度的生活。后来，母亲的病越来越厉害，甚至一点饮食都不进口了，把这个忠诚老实的小伙子急得一点办法也没有，想医治母亲又没有钱，只得每天待守着病得昏昏沉沉的母亲。

邻居们也常来看望，但心有余而力不足，都不能给他经济上的援助。母亲的病也一天天地沉重，看来已经是命在旦夕了。小李急得坐卧不安，又急又愁又累，也便昏昏沉沉地在母亲床前睡着了。这时，只觉得天空中仙乐齐鸣，非常悦耳动听。忽然，在仙乐响处，有一个白发白须、手执禅杖的老头，驾着一朵白云飘飘然来到他的身旁，用亲切的手摸着小李的头说道："好孩子，你千万不要着急，没有钱不要紧，明天早上你到西门外去，在离城半里路的地方有一个清清的水塘，你只要跪下去祈祷一声，要借多少银子，就自然会摆在你的面前。拿了银子，去请个医生来给你母亲看看，吃几副药就会好了。以后有了困难都可以去借，你也可以告诉穷人们，但是有一条：借了的银子，有了钱后要照数还，不然，就借不着了。"话说完，小李惊醒了，看看天已经亮了。他带着半信半疑的心，决定去走一趟。

到了西门外，太阳还没出，向西走了半里多路，果然看见一塘清如明镜般的水。这塘水说也奇怪，它四方没有水源，仔细观察，原来是一塘"骨沙水"。他便跪在水旁诚心地祈祷借三两银子，半年以后，一定还清。话未说完，在他面前真的就摆出了白花花的三锭雪花银。小李向水塘道谢之后，欢欢喜喜地回到了家。

母亲的病，请医生医治，不上半个月就好了。小李又每天照常到山上砍柴。这件事渐渐传遍了全城，穷人们都得到很大的帮助。人人都感谢小水塘，并很讲信用地按期赔还。

但不幸被一些贪心似狼、爱财如命的城中有钱人知道了。他们拼命地去借，借了又不还。一天，这小水塘突然停止了借银，不管怎么要求也是枉然。后来，人们为了纪念这个小水塘，就把它命名为"银箔泉"。

仙人塘

讲述者：白梅
搜集时间、地点：1956年7月于云南省大理白族自治州洱源县邓川地区搜集
整理时间、地点：1958年11月于云南省大理白族自治州洱源县整理

1 "诚仙老人"

在几万年以前，邓川的某坝田野上住着一位老人。这老人对人和气慈祥，为人很忠诚老实，并且懂得一些简单的药理，时常给村里的人民治病，因此大家都叫他"诚仙老人"。说也奇怪，这位老人从小就无父无母，无妻无子女，因而老人很想有个勇敢善良的子女。老人虽然白日昼夜想着要找一个合意的子女，但始终找不到，老人还是终日砍柴度日。

2 "梅生"

有一年初冬的一天，老人照常上山砍柴。等到把柴弄好，老人已累得无力了，便昏迷迷地睡了一觉。一阵凉风吹来，刺醒了老人，咦！面前有一棵梅树，而且满树都开满雪白的梅花。再仔细一瞧，树上还结了碗大的一个"梅子"呢！老人愣住了，正要准备回家，那梅子却开口了："老大爹，我想有一个父亲，现在遇着您，那我就做您的儿子吧！"老人还未开口，梅子又继续说道："我看您已经老了，但没有人奉养，我决定永远跟着您生活在一起。"老人虽急着要找个合意的子女，这时仍打不定主意，"这孩子是否可靠，忠实不忠实，能听我的话吗？"这时梅子好像知道了老人的心事一样，便说："老大爹，我会听您老人家的话的，请您放心，我决不会给您带来坏

处。"老人犹豫了一下,便答应了。

梅子掉下树以后,变成一个八九岁的孩子,抱着老人的柴,和老人愉快地回了家。从此老人多了一个伙伴——一个心爱的儿子。老人给他取了个小名叫"梅生",有时老人也叫他作"小生"。

3 瘟疫

这年头村里发生瘟疫,死的人很多,十个人中有九个人病死去,整个村子陷入死沉状态。能够医得起病的,还不都是有钱人家,穷人哪能医得起呢?瘟疫越来越多,竟使诚仙老人也得了重病。

老人把梅生叫到跟前说:"你看这年头,我们穷人哪能活得出呢?地主的压迫、剥削,再加上瘟疫……"

"你好好养病吧!明天我到山里找点药给大伙医治医治。"梅生说。

4 盗"仙草"

谁说八九岁的梅生没有勇气和能力?第二天,他很早就带上一把钢刀出了门,老人苦心劝说也没有效。小生费尽千辛万苦来到了九妖洞,这个洞有一丈深宽,据说是九个妖精住在里面。

小生虽然杀死了守门的小妖精,得到了仙草,但走不到半路,老妖精见仙药被人偷去,哪里忍得住,七手八脚就和小生斗起来了。斗不上几十回合,那妖精夹着尾巴就逃走了。老妖精逃走后还不甘心,又赶来了大小妖精几十个,并且还带来了九把飞刀,共同和小生斗起来。起初小生虽然被打翻了几次,但后来终于得胜回来了。

5　给人民治病

村里的人们听说小生取药回来了，有些人见小生是个小孩，还不大相信。但相信不相信，也得去瞧瞧，因为家里的病人正要等待着医治呢！也有人说，他能真的取回来药，我们去请他医治医治。

小生起初还不大相信自己取回来的药是否可靠，给父亲拌了一碗，药还没有吃完，父亲的病就完全好了。

老人见小生这样能干、伶俐，问起药源来，小生就一五一十地把事情的经过详细告诉了父亲。于是，父子俩马上开起药铺来，门前还挂了一块招牌，上面写着"不取药钱，给看病"。事情传开以后，家家户户、老老小小的病人都来了，父子俩忙着拌药，工作十分忙碌。这样忙了两三天，全村的病人完全医治好了。十里以外的人们也来请他们父子俩，老人和小生不辞辛苦，仍旧给人民治病。

6　不给地主老爷看病

有钱人家虽然有医生在给他们看病，但病始终医治得不怎么好，还是成天抬送死人。

小生能够治病，而且治得很快。这些话传到了地主王剥皮的耳朵里，王剥皮马上叫仆人把小生父子俩找了去，限他们在三天内把他家的病人全部治好，不然就要把小生父子俩送交衙门。小生父子俩哪里肯答应，父子俩被重重地打了一顿，又被关在土牢里，仍限三天之内来答复王剥皮。

一天，两天，到第三天早上，差人把小生父子俩叫去，左问右问，也问不出什么名堂来。王剥皮大怒，要杀小生父子俩。王剥皮的妻子哭哭啼啼地要求再留给他们半天日子，叫他们好好想想，把药交出来，或者为他把病医好。因为她的小儿子在这时候病得很厉害，迫不得已，只得求救于小生父子俩。但小生父子俩坚贞不屈，没有理会他们说的话，根本没有那番心思去想到自己将会有死亡的危险，只想到如果父子俩真的死去，人民的病又怎样医治呢？假如现在人身自由，那我们又在给人民治病哩！然而，地主王剥皮不许他们这样做。

在王剥皮妻子的要求下，几分钟以后，小生父子俩又站在王剥皮的面前了。

"你说不说？不说老子打死你。"王剥皮怒气冲冲地吼道。"我们不说给你。"老人坚决地答复。又是一记耳光。但王剥皮想想武力不能使他们屈服，又来利诱。

"你们说了，我会给你们有福享的。"

"就是死，我们是绝不会告诉你这臭狗的。"

王剥皮大怒道："拉下去，给我斩了！"

7 "仙人塘"

梅生父子俩被拉下去以后，见势头不对，一溜烟跑了。王剥皮随着几个狗腿追赶，一直追到了大荒地边，这时梅生大叫了三声，一刹那汹涌的水不知从什么地方流来了，王剥皮一伙来不及躲避，一下子被大水淹了。于是流来的这股水就变成了一个很大很深的湖泊了。诚仙老人来不及跑，被王剥皮的儿子王小二捉住了，硬要老人交出"仙药"。

老人说："好，我会把你们的病治好的。"来到湖边，老人叫了声："小生，你父亲来了！"

王小二认为老人真的取药了，满不在乎地往湖里看着，这时小生从侧面走来，和老人拖住王小二跳下了湖。

村里来的人民听到梅生父子俩跳湖牺牲后，又喜欢，又悲痛。喜欢的是小生父子俩把村中的大害除掉了；悲痛的是人们从此失去了恩人，大家掉泪痛哭。

人民为了纪念梅生父子俩，从此称这清静美丽的湖泊为"仙人塘"。这个湖灌溉着人民的田园，使田园得到丰收，因而这一带的人民，从此过着不再受压迫、剥削和挨饿的日子了。

陈官营、刘官营、葛官营的故事

讲述者：汤聘依
记录者：张福三
时间：1958年10月21日
搜集地点：云南省大理白族自治州洱源县右所镇陈官营村

陈官营、刘官营、葛官营，是三个村庄，出在三国时候。那时，云南还是不毛之地，没有文化，住着南蛮人。孔明南征来到这里，平定南蛮，教农民安居乐业，造林。把带来的兵队住下来，设三个营，耕种田地。每营派一长官管理，所以后人以这些长官的名字来叫这三个村子。

周城的传说

讲述者：费太兴
记录者：郑绍堃
时间：1958年9月
搜集地点：云南省大理白族自治州大理市周城村

周城南边有座象鼻山，山上有个玉皇阁，阁里有一个小学堂，学堂下面有一个龙潭。一放学，小学生就在龙潭里洗手洗脚，把水弄脏了。龙王高龙照给老师托了一个梦，叫小孩不准到龙潭里去洗手洗脚。老师不管，龙王生气了，就借金江的水来冲老师住的村子仁里邑。有个回族人，叫马三爷，他睡在永兴乡后的山上，结果水冲不动仁里邑却把凤阳桥一带的地方冲坏了（现在是沙坝和坟地）。

龙王高龙照有时变成人形，和南山坝老农结成老友（老农住在周城南边凤阳桥），龙王事先告诉老农说："我将要冲仁里邑，你快点在你家的田边插上白杨枝作个记号。"老农真的把仁里邑所有的田地都插上白杨，结果水没有冲到仁里邑，都冲到周城来了。后来这个老师到北京赶考，龙王高龙照要报仇，就到北京，盘在考场的大堂上，想要在他交卷的时候抓死他。但被皇帝看见了，叫龙不准动，龙就不敢动了。皇帝就告诉这个老师说："你结了仇了。人家要来报仇，你回去的时候，在路上要穿一件破衣裳。"当他去时，皇帝还在他的衣裳上撮了一把糠皮，让糠皮变成虱子，并且说："在路上你千万不要把衣服脱了。"他回去到"接官台"时，觉得自己破烂不堪，就把衣裳脱下了，于是龙王乘机变成了一个马蜂，咬他一口，把他咬死了。

原油印本编者附记：此故事与《高郎照的故事》大同小异，请参看《云南民族文学资料》第九集第37—40页。

漏邑村的传说

讲述者：杨素香
记录者：杜惠荣
时间：1958年
搜集地点：云南省大理白族自治州洱源县邓川镇

从前，有两个国家打仗，乱军所到的地方大大小小杀得一个人不剩，人民都纷纷逃到远方去避难。漏邑一个妇女也准备逃难，她背上背着一个七八岁的孩子，手里牵着一个三四岁的孩子。刚走出村子不多远，遇见一个白胡子老倌问她："你把小的背在背上，大的牵在手里，不是要跑得快些吗？为哪样反把大的背着，小的牵着？"这个妇女："你家老大爹不晓得，大的是我嫂嫂的，嫂嫂逃难走散了，孩子我要照顾。小的是我自己的孩子，失掉了,我以后还能生养。"老倌说:"你心地这样好,不必逃难了,你回到家里插根柳枝在门上,就可免除兵灾了。"这个妇女听了老倌的话就转回村子里,在自己的门上插了柳枝,她又把这件事告诉了村子里其他的人,其他的人也都在自己的门上插上了柳枝,这就是现在清明节家家户户都在门上插柳枝的来历。就在这天,乱军到了漏邑南边的沙坪,把村子里的东西抢了,房子烧了,男女老幼全被杀光,所以那个地方就叫作"杀坪","沙坪"是后来的名字。乱军走到漏邑,只看见一片白茫茫的云雾,云雾把村子罩住了,乱军没有看见漏邑,从村旁过去了,就漏掉这个村子没杀。所以现在这个村子就作"漏邑"。

文笔的故事

讲述者:那士通
记录者:杨德超
时间:1959年1月
搜集地点:云南省大理白族自治州永平县大村地区

明朝时,有个尹时英,是家大富户,他家的子孙很发旺。

原来这是一个地理先生给他点了一块绝好的坟穴,因此大发大旺。可是这地理先生的眼睛却就此瞎了,住在他家,已有两三年。

尹家有个小姑娘经常同地理先生吃饭。一天,她家的鸡淹在茅坑里,他们把鸡捞出来整给地理先生吃。小姑娘亲眼看见鸡是茅坑里拿出来的,嫌它脏,遂不与地理先生同吃。晚上地理先生和小姑娘闲谈,从谈话中晓得姑娘不吃晚饭的缘故,地理先生内心气愤,口里不说,忙给他的徒弟写信,告诉徒弟快来救他。徒弟来了,背地里跟他师傅说道:"这马尾岭(大村的东北方)前的大片平地就是砚瓦,可惜缺了支文笔,不然,这家人还要更发呢?"这家人偷听到这话,喜得不得了,赶忙在马尾岭上立了文笔——

塔（这塔今还在）。心想这回就要大富贵了。不料，文笔立起不久，家就慢慢地败下来，最后败得绝种灭孙。由于文笔朝向大村这方向，在大村的土司官也一天天地败下来，在不住①只得搬走了。这时，徒弟又告诉师傅："尹家前的平地不是什么砚瓦，是个血盆，缺了刀子这家人杀不成，文笔就是刀子，有了刀子这家人就败了。"

说也奇怪，这家人死绝了，师傅的眼睛又亮起来，他和徒弟遂离了这里走了。

象跪石

文本一

讲述者：李国鉴
记录者：李庆发
时间：1958年
搜集地点：云南省大理白族自治州鹤庆县板桥地区

一千多年前，雪山娘娘路过大板桥，因过桥时风大，把她的胭脂盒吹落了。经过了几百年，这只胭脂盒变为一块狼牙石，仙气很重，水涨石亦涨，水落石亦落。到了元朝时代，元世祖由丽江下来，骑着一头大象，到了大板桥，象不走了，跪在狼牙石上。此石后世传为"象跪石"。1928年，施正坤立碑，碑文为："此石距城北十里，形如狼牙。昔元世祖乘一白象，至此不行，因名为象跪石。恐古迹淹没，特立碑为记。民国十七年施正坤立。"还传说因江西人把狼牙石内之宝取去后，此石即成一块一般普通的马牙石，

---

① 在不住：白语，意为"待不住"。

也不随水涨落了。

文本二

讲述者：彭子昌

　　事情出在鹤庆大板桥旁，有个方方一丈来往的石头，存在河中。但这石头遇到七八月间，河水大涨时，这石头的面子仍离水面五寸来往；又二三月间，水没下去，这石头仍露出水面五寸高。村中年老的人，已有很多亲眼见过水涨石头随着涨，水没石头仍是没着下去。一般人们传言，都说：这个石头，真的有点神灵。又有些说：这个石头内中有宝，但又不了解宝是如何能取，或者是什么样的东西。

　　时间一长，有天路过一个外方的客人，在桥旁休息，听到有老年人在闲谈，说到这石头的一些特殊情况。这个外方客人听了，心中暗喜。他继续再问了一遍石头的原因，并亲身看了一下这石头的上下地形，便在大板桥村中住宿。到次日天将明，他就走到这个石头旁边，不知用什么办法，把那石头内中的一个三脚蟾蜍取出带走了。以后这个石头就永远落入水底，水涨也不会涨了。

文本三

　　二区大板桥，有一巨石。传说忽必烈跨革囊渡金沙江，白子国国王到鹤庆迎驾，骑着大象一只，在大板桥晤面。这象是训练过的，见忽必烈，它双足下跪。忽必烈很满意说："物类有这样的认识，我是真命天子了。"不过忽必烈到鹤庆，兵不血刃，鹤庆人以大象这一跪，免除忽必烈的屠杀，就在道旁立碑，刻"象跪石"三字，至今犹存。

九、民间故事

黄氏女

记录者：段纹
时间：1957年

在古时候，有一对年老姓黄的夫妇，膝下无子，只生一女，这女聪明秀丽，性情非常柔和，能尊敬父母，得到父母的器重。这女子名字失传，后来的人们管叫她黄氏女。关于黄氏女的故事，在白族男女青年中代代相传，很受欢迎。

黄氏女自小就秀丽柔和而温情，是一个多情能干的女子，是当时的女中之花。当黄氏女到十多岁的时候，附近村落就来求婚拜访，但始终未成。又因黄氏女性格柔和多情，对万物都非常怜惜，不忍食其肉。当时社会上就流行吃长斋之事、修仙成佛的思想，于是黄氏女不肯杀生害命，吃了长斋。但吃斋的事使她的父母很不高兴，因为吃了长斋的人，就不能嫁人，不能生育子女。

到黄氏女十八岁的时候，有很多有钱有势、才高貌美的人来求婚，但她的父母都不许配。他（她）们都恨黄氏女吃长斋，一心想不要她吃斋，但又不能劝阻女儿,于是就决心将黄氏嫁给一个屠户,因为屠户每日杀生害命,天天都食肉,看黄氏是否还再吃斋。黄氏因扭不过父母,就嫁给了屠户赵利芳。自嫁以后,她的丈夫也不顾她吃斋,天天杀猪吃肉,叫黄氏在厨中做饭,并且监视黄氏,不准重新做吃,要她同吃一锅。然而聪明的黄氏却找到了办法,每天煮的肉都放在锅中,使肉汤沸得滚滚,黄氏就在锅中沸得滚滚的地方盛肉汤(在这里盛到的汤实无猪油),就这样和丈夫同居二十来年。在这些年中,黄氏和丈夫处得很好,每晚都劝解丈夫不要杀生害命,劝丈夫不要再做屠户,因为屠户要杀生害命,同时在市井之中,重利盘剥别人不好,而且做屠户要受人看不起的,使人骂曰"屠夫"。虽然晚上利芳答应了黄氏的劝告,但到了第二天大天亮,利芳因财利引诱,又要提刀绳杀猪去了。黄氏女很气恼,但无处申诉,只好忍受在肚中,就这样愁苦过了七八年。后来他们夫妇生了一个儿子,名叫长寿,从此立利芳跟黄氏的关系也就陆续好起来了。利芳也听黄氏劝告改屠归农。

长寿长得白白胖胖,聪明活泼。又有黄氏学得一手好艺,织得一手好绢,双手能绣麒磨凤凰,鸳鸯戏水,活灵活现,将长寿打扮得锦上添花。夫妇俩总是你抱我抱的,一家三口人,也像一个家。夫妻关系也更好了。再过了三年,她们又生了一个女孩儿,名曰玉英。玉英也是一样聪明能干,玉英八岁的时候,就学会织绢绣花,学会了黄氏女的一手艺术。长寿四五岁时能读会写,一家人生活富裕,有鸡犬之声,读书和织机之音,有耕有读,怡然自乐。每日利芳劳动归来,黄氏三餐已好,热汤热饭吃个饱,长寿、玉英活活泼泼,忙叫"爸爸""妈妈",利芳看到贤妻和子女,就忘了一日的劳碌,一家四口人,过着欢欢乐乐的日子。

但到了中年三十多岁时,忽然晴空霹雳,大祸临头,阎王点到了黄氏女的名,黄氏女得了病,利芳请数百名医,用过千汤万药,始终未愈,终于失去了贤德而温情的妻子,长寿、玉英失去了自己慈祥的母亲,剩下父子三人,痛哭不已。黄氏女因阎王点名、不能久留,死后阴魂不舍父子三人。到死后的第三天上,她到了望乡台上(据迷信人说,死了的第三天,死者阴魂到望乡台上，能看到自己的家乡和儿女），回头看见丈夫和儿女跪于灵前，痛哭不完，哀哀的哭声，感动得想回转，但因阴兵催促，不能转身，只好饱含眼泪而赶行路，直到阎王地狱为止。

黄氏女在阴府中，终日思念，愁苦不堪，想念死后父子三人如何过日子。在阴府中不觉已有一年，于是黄氏不管阴府王法，逃出了十八层地狱，奔回到自己家中。一进门，那家中房屋已积满了污积灰尘，长寿、玉英父子三人都到田中种田播种去了，忙不及打扫庭院，每天三餐都只随便做吃。她看到了灶窝里半点热气也没有，连锅也不刷，锅里都上了铁绣。看到这些情形，长叹了一声："唉——！"还想到儿女们也可能是褴褛不堪，不觉自己心寒了起来，就给父子三人做了一顿热饭吃，做好后仍回阴府应阎王点名去，以后每天都来给他们做饭。

过了些日子，父子三人都非常诧异起来，到邻居去询问，是哪家发善心给他们做饭。但邻居们都不知道这些事情，长寿、玉英就在第二天在家躲藏了起来，利芳仍到田中做活去了。等到了时候，就突然吹了一阵冷风，风过之后，长寿、玉英就看见进来一个人影模样，他（她）们定眼一看，果然是她（他）们的母亲回来了。黄氏女的慈祥和柔和就和生前一样，可是面带愁容，面色惨白了，来后就拿笤帚给他们里外扫地，然后就给他（她）们做饭。饭做好后，又起了一阵冷风，就不见了，这时长寿、玉英为思念母亲的心急所使，恨不得追上去抓住母亲。但身不由己地在那里呆了半天，一点也没有动，而黄氏又早还阴府点名去了。到利芳回来时，就把这事的先后，一五一十地说了一遍。到第二天，父子三人什么活计都不干了，都藏在家里，等待着黄氏女回去。到了时候，果然吹了一般冷风，黄氏女又回来了，动作和前天一样，先扫地，后做饭。到做好饭后，想回府应名时刻，他们父子三人扑上前去，一齐抓住黄氏，玉英抱住黄氏的腰，长寿拉住衣角，利芳拉着黄氏的双手。这时，贤德和慈祥的黄氏现了原身，一家四口人，有如梦中团圆，别后的千愁万绪，心中犹如乱麻一团，一言难尽。不知说些什么为好，不觉泪如雨下，四个人只是抱头痛哭一场。

就在这难分难舍的时刻，阴府阎王点名，却不见了黄氏女，阎王就命了鬼门二将军来捉拿黄氏。这时黄氏也觉点名时间已到，但父子三人还在痛哭之中，就不忍丢下父子三人，终于硬心说：“阴府点名时间已到，明日又再来叙。”但父子三人哪里肯放。就在这时，忽然天昏地暗，吹起了狂风，好比倾盆大雨快来临一样，天空中传来了"黄氏女私出阴府，阎王捉拿已到"的吼声，黄氏女心如刀割，而父子三人抱得越紧，始终脱不了身。当然鬼神哪管你人情不人情，见黄氏不走，怒发冲冠，就亲自下手。黄氏女知阴府王法厉害，但父子三人之情实丢不下。这鬼神更加发怒了，一串阴府铁链丢到黄氏跟前，发出了巨雷似的响声，黄氏就被缚了去。父子三人的哭声，震动了大地，一声比一声厉害，而黄氏女的哭声忽明忽暗，一声比一声高而又一声比一声低，忽远忽近，她泪水淹没了整个大理，据说经大禹治水后，就成了今天的湖河水泊等等。

回到阴府，阎王升堂审问，见黄氏女泪流满面，全申前事，阎王哪里感动，翻眼订下了毒计。见死者都有后代子孙，如果此事传开，个个想家那还了得，于是就叫给十八层地狱中的人，吃了迷惑汤。据说：迷惑汤吃了以后就使人忘了后面的一切事。于是死者都吃了迷惑汤，死去后就不再回来了。当然黄氏女是首犯，就硬灌了一些，从此以后黄氏女也就忘了利芳父子三人了。

假黑衣财神

讲述者：海金畅
记录者：赵国林
时间：1958 年 11 月 18 日
搜集地点：云南省大理白族自治州剑川县龙凤村

从前有一个人，名叫杨翠芳，为人阴险，良心最坏。栽秧天，他为了独霸栽秧水，所以就穿上黑衣财神的衣服，戴上黑衣财神的帽子，装作黑衣财神蹲在沟旁边。其他的人去放水，一见有一个黑衣财神在那里，都吓得下敢去放水，于是只好跑回家去。结果沟水就被杨翠芳一个人堵到自己的田里边去了。栽秧季节过去了，大家的秧都还没有栽下去，只有杨翠芳一个人的田栽了秧，大家都很奇怪。这一天，大家聚会在一起商量，大伙都很气愤，认为黑衣财神太不该了，害得大家秧也栽不下去，明年闹饥荒可就不得了！商量结果，大家一致认为向城隍老爷告上一状，于是便写了一个状纸，说明黑衣财神不该于昨晚出来破坏大家放水栽秧的情形。第二天大伙到城隍庙杀猪宰鸡，谢了城隍一台，然后就把状纸烧了。城隍老爷接到状纸一看，马上传黑衣财神讯问。黑衣财神说没有，并请求查清此事，城隍就命黑衣财神出来调查。那天晚上，黑衣财神出来调查，到了城外，果然见对面也来了一个黑衣财神，假黑衣财神看对面也来了一个，他想："嘿！你看他们也学我装起来了，好吧看我们哪一个装得像！"于是满不在乎地冲着过去，可是他越看越觉得不对，走近一看，才发觉是真黑衣财神来了，吓得一趟就往后跑。他在前面跑，真黑衣财神在后边追，他一口气跑到自己家门口，可是大门关着，他才准备叫大门，真黑衣财神已经赶上来了，一把就将他揾死在大门口。第二天，大家起来一看：噫！怎么杨翠芳穿着黑衣财神的衣服，戴着黑衣财神的帽子，死在门口？这下大家才明白原来是他装了黑衣财神在捣鬼。

百羽衣

文本一

整理者：少峰

天马山上长着密绿的松林，清清的凤羽河水在山脚下不停地流着，成群的鸟雀飞向松林住下，成户的人家，在清莹莹的凤羽河边居住。

从剑川湖旁搬来一户贫穷人家，除有砍柴铁斧和住的一间破草棚外，并无一寸之土、半件之物，这就是赵善政的家。

赵善政正月十五一出世，父亲就和他长别了，母亲皎氏搬到浪穹把他抚养长大。但当他十三岁时，母亲双目失明，善政就上天马山采薪供奉母亲。

善政采薪奉母，感动了樵青神。一日樵神装作跛足老人跌倒在善政面前。善政把跛足老人扶起，那老人就说：“我膝下无半子，老来无依靠，因而常在山中觅食。”善政忙把带着的米粉粑粑拿给老人，并说：“我家也有老母，如老人愿到我家熬苦，我会采薪供奉你们的。”刚说完，大风忽起，风息后，老人不见踪影了。善政惊奇，昏迷在地，樵青神老人即入善政梦说道：“以后你到此砍柴，可南走两百步，则有现捆之柴，并有饭席，那是我给你办的。”

第二天善政南走二百步，果然确有现捆之柴，但没有饭席。善政正要把柴挑回去时，忽见前面出现石桌石凳，上有饭席，走近一看，饭菜还冒着一股股热气。

善政吃罢了饭，石桌石凳上饭席不见了。他后悔没拿与母亲尝尝奇味，以后善政每在吃饭时，就给母亲留出一份。

从此，善政的生活越来越好过了。每天砍回去的柴卖了后，就给老母亲买最喜欢吃的东西。

冬雪天，他给邻舍砍送烧柴。

这一年遇天旱，善政日子倒也能过。但农夫却为干旱而流出成河的泪水。

一天善政上天马山砍柴，他看见天马山流出的一股小水只流过西面，东面大片土地却没有一滴半点的水来灌溉，因而荒芜。现又遇天旱，以前能种的田地现在也不能种。他想这里能流出大水灌溉庄稼就好了。

这一天困睡于山中，又梦见樵青老人来了，他便问："樵大人，东涧能否出大水？你有法救民吗？"

樵青神说："能出大水，西涧小水也能出大水，也有法救。"

"那你就教我吧！"善政恳切地说。"教你则易，就是……"樵青老人很惋惜地说。

"就是对你没利。只要东涧一出大水，山上就没有松林了。"

"只要农夫有田种，我就无柴砍卖也可以。"

"只要你真的忠实于农夫，那你们就拿柴担触山三下，水便滔滔而出了。"

善政喜欢得跳起来，差不多滚下山涧。他惊醒后，就对着天说："老天，老天，樵老大人说这里能出大水，只要大水真的流出，我就无柴砍卖也甘心。"

他用柴担触山三下后，马上狂风大起，雷电交作，"轰"的一声，东涧冲出一股大水了。

东西两涧的大水冲走了农民的血泪，善政从此也就和农夫们过着辛勤劳动的生活了。

善政很快学会了种庄稼，他和农夫们种的庄稼年年都丰收。村里大人小孩称他"樵仙农神"。

村里最美丽的白姐姑娘也爱上了他，就和他结为夫妻。

善政越劳动越出色，白姐姑娘越劳动越美丽，他们真像一对美丽的蝴蝶。

善政会种田，白姐会织布，善政种出的庄稼垂头笑，白姐织出的布凤凰向天喜。

有一天，善政跟白姐说："我一步也不愿离开你。"白姐就问他为什么？他说："我看不见你在我身旁，没劲挖地。"

白姐是个美丽而聪明的姑娘，晚上她就在松脂火光下画了和自己一模一样的像给善政说："这是我的画像，只要你把它插在田边，我就像真的在你身旁了。"

善政把白姐的画像插在田头，善政一抬头，白姐就看着他笑，他就使劲地挖地。

有一天，突然刮起大风，善政怕白姐的像被风吹走，就跑去抓住白姐画像；可是风吹得天昏地暗，飞沙走石，使他不能上前。风息，画像不知吹到哪里去了，善政惊魂失魄地忙跑回家告诉白姐。两人为这不幸的事放声大哭。

画像被狂风吹走后，在空中飘了三天三夜，就飘落到国王的皇宫大壁上。国王见这奇美的画像，就每时捧在手里反复细看，喜欢得眉开眼笑。国王对这奇美的画像赞不绝口，心想把她收为后妃，可惜它是一张画像。

这天晚上，国王梦见和这奇美的后妃在宫中同欢共饮，喜出望外。但醒来，却只见奇美画像在身旁，并无真实后妃在此。

国王一心要得这样一个美丽的后妃，就命令钦差大臣张太爷等出去寻访。

钦差大臣每到一地就弄得地方官员手慌脚乱，老百姓鸡飞狗跳。一连几个月都没找着画像上的美丽姑娘，钦差大臣只得回宫禀告国王。一天，一个钦差大臣路过浪穹时，心里实在烦恼极了，看见地里有一个人在挖地，就想拿他开开心，说道："种田的良民，你天天挖地，一天能挖多少锄？"

原来这就是赵善政。善政被问得目瞪口呆，无话可答。钦差大臣就"哈哈哈……"乐悠悠地扬鞭飞跑了。

晚上，善政把白天的事告诉了他的妻子白姐。白姐脸上即刻出现了一道道的皱纹，气愤愤地说："这是他在玩弄你，明天如再遇这等人，你就反问他：太爷，你天天骑马，你的马每天跑多少步路？"

另一寻访大臣又从剑川来路过这里了，见善政在田里挖地，也同样问道："种田的良民，你每天能挖多少锄地？"

善政就直起腰抱着锄柄反问："太爷，你天天骑马，你又每天给它跑多少步呢？"这个大臣无言可答，只能垂头丧气地走了。

寻找美人的几个钦差大臣在上关会见了，高谈着自己访美的经过，其中有一个得意扬扬地说："为国王访美这几个月闷闷不乐的，只有一天几乎忘了苦愁。"

另一个说："你有什么可乐的呢？"他就说："有一个农夫在田里挖地，我问他，种田的良民，你每天能挖多少锄地，哈，把他问哑了。"旁边一个大臣就不满地说："我反被农民问得打马而走。"

大家追问他，他就把善政反问他的话说了。大家都说这里一定有文章，几个钦差大臣就勒马走回这个地方。

第一个问过善政的那个大臣又见善政在田里挖地，便问："种田的良民，你每天能挖多少锄地呀？"善政反问："你的马每天又跑多少步路呢？"

大臣跑下马背说道："种田的良民，你实在能干了，我这美人画像，想必你知道的。"说着他把画像拿出来，善政看了，吃惊地说："怎么我的白姐画像被你偷去了？"那个大臣暗喜，忙说："这不是你的白姐，而是国王的后妃。"善政半信半疑地说："这和我的白姐一样，就是她有点哭样。"

大臣听了这样一说，心里高兴极了，就对善政说："你白姐比国王后妃还美，我们能不能见她一面？"善政说："见又何妨！"

于是他们都走到了善政门口，善政先进去告诉白姐，白姐就出来迎接大臣。她左脚踩在门槛上向大臣说："钦差太爷，你们说我走出还是走进？"

大臣只能把右脚也踩在门槛上问:"你又说我走进还是走出?"白姐说:"太爷要进我就退,要出我用右脚来相送。"大臣明明知道被白姐侮辱了,但为国王访美,吃了苦也认为是嚼着甜的。

善政是一个淳朴的农民,他给白姐说:"太爷来到,一定要款待他们,拿什么款待呢?"白姐说:"家有铜钱一文去买九样菜来,七十七桌席面不用愁。"白姐买回韭菜做成三杯汤,就请大臣在漆桌漆凳上吃宴。

大臣在漆桌上吃着韭菜汤,心想白姐实在太能干了,她和画像上没有什么差别。就把画像取出来,但画与白姐一见了面,画就不见了。

大臣急得要命,大臣就大吼着:"来人,抬后妃上轿吧!"

随从们把后妃抬上轿,善政哭得地动三分。白姐是个聪明而能干的姑娘,她要求大臣说:"国王既要选我入宫,那就去换件红衣。"

白姐换上了新装,把善政扶起说:"针和线是不分离的,现在我们忍受一点苦愁吧!"善政拉着白姐的衣角:"你一去,你我永不相见了!"白姐很有信心地说:"一定能相见!"

大臣们催促白姐赶快上轿,白姐对善政说:"我去后,你每天上山打一只鸟,就把羽毛拔下一百片,打足不同颜色的一百只鸟后,就把他们的羽毛做成一件百羽奇衣。穿上这件百羽衣,就可救我了。"

说着白姐被逼着上轿走了。

白姐到官后,不愿从国王,脸上从来没有一丝笑容,国王就把她监禁在后院里,白姐天天盼望着善政来救。

善政自从白姐被抢走后,不管天阴下雨,不管白天黑夜,天天上山打鸟。一百天来到了,一百只鸟打足,把拔下的羽毛做成衣裳,要去救白姐了。

善政穿着百羽衣救白姐去了。一路上他耍着羽衣舞,诉着衷情曲,他耍到国王在的地方,唱到白姐关起的地方。

百羽衣耍到京城,看热闹的人把这个消息告诉了国王,国王要去亲自看一下。有人把这消息偷说给白姐,白姐第一次笑起来了。国王奇怪地问白姐："你终日愁眉苦脸，今天怎么会哈哈大笑，今天是黄道吉日吗？"白姐答："我笑的不是黄道日，而是笑耍百羽衣的人，他实能干，我能看着他耍一下就好了。"说着又大笑起来。国王下令，召耍百羽衣的人快快进官，给后妃看看。一声令下，耍百羽衣的人马上召进宫来了。

善政耍着百羽衣唱着："一进宫来笑哄哄，白姐在旁已笑我。羽衣底下是善政，为了救妻耍进宫。"美丽的百羽衣赶散了白姐脸上的苦笑，白姐显得和以前一样的美丽可爱。国王看见白姐开始笑，便问："夫人，你看了以后怎样，快快告诉我。"白姐笑着说："我喜欢耍百羽衣的人。"国王惊奇地嚷着："那你不喜欢我了？！""但是你不会耍百羽衣呀！""那我就给你耍吧。"说着他就脱下龙袍换百羽衣，白姐忙说："天君怎能换民衣，要换就到后宫换吧，以免丧失尊严。"国王听着说得有理，就和耍百羽衣的人到后宫去换衣去了。

国王从后宫耍出百羽衣，满宫满殿都出来观看，白姐放声大笑："耍得好，耍得好！"国王得到白姐称赞，忘记了一切，很高兴地耍着。

白姐把穿龙袍的善政拉在龙位上坐着，说道："天君，你看耍百羽衣的人耍得好吗？"

善政说："我看够了。"白姐说："耍羽衣的人可以走了。"国王耍得兴高采烈，哪里听见白姐说的话。白姐就大声对旁边的将士说："天君早看够了，给天君把耍百羽衣的人推出门外斩首。"将士们就将耍百羽衣的人推出门外斩首了。

善政和白姐胜利了。他们唱着：

　　　　凤凰永远是相爱，
　　　　离山隔水心不离。
　　　　善政白姐天生对，
　　　　双双挽手把家回。

文本二

整理者：赵邦玺
时间：1956年7月
搜集地点：云南省大理白族自治州洱源县

古代南诏时候，有一个种田的农民，名叫赵善政。干庄稼活什么都会，犁田、锄地、施肥、下种，样样都能；为人又很忠厚，所以人家都说他是个"庄稼宝"。但结婚以后，就懒得下地了。

原来赵善政的妻子是个十分美丽的姑娘，结婚后，夫妻间的感情又很好，赵善政舍不得离开她，因此，也就懒得下地。

因为赵善政不下地干活，他的妻子感到非常奇怪，没有结婚前村里人个个都说他是个"庄稼宝"，为什么结婚后，叫他下地干活，总是懒洋洋的，究竟是什么原因？始终猜想不出丈夫的心事来，就问丈夫说："先前人人说你是个'庄稼宝'，为什么庄稼宝不下地干活呢？"赵善政就直截了当地对她说："舍不得离开你。""啊！原来是这样的。"

她明白了丈夫的心事后，就想办法动员丈夫下地干活。于是她请了一位画工先生来描绘了她的两张像，交给丈夫说："这两幅画像你带着，犁地的时候，插在田的两头，这样你在干活的时候，来来去去都可以看见我，田里的庄稼活也就不会耽误了。岂不是两全其美？"

这样一来，赵善政就照常下地干活了。自此，男耕女织，却也过着美满的生活。

有一天，赵善政下地干活，刚把画像插在田头，突然狂风大作，吹得天昏地暗，飞沙走石。狂风过后，画像不知吹到哪里去了。急得他哭天喊地，惊魂失魄，赶往家中，告知妻子。

且说那阵狂风把美人像吹到了国王的宫里，被国王发现，捧在手里反复细看，喜欢得眉开眼笑，赞不绝口。"与这样的美人同欢共饮，难得人生一世。"即刻下令，派人分头出外寻访。为了访美一事，钦差大臣出京，地方官员忙得手慌脚乱，老百姓弄得鸡犬不宁。

有一天赵善政在田里锄地，钦差大臣骑着马过来，就在马上同他开心，问他："你这种田的农夫，天天在田里挖田，一天能挖几锄？"把善政问得目瞪口呆。钦善大臣见他好久没有应声，认为他是个哑巴，勒转马头就走了。

晚上，赵善政把钦差大臣问他的话告诉妻子。妻子问他："你怎样答应呢？"他说："我虽然天天在田里干活，究竟每天能挖几锄地，我从没数过，你叫我怎么回答。他见我好久没吭气，就走了。"妻子听了心里很不高兴地说："这是他在开你的玩笑。如果明天他再来的话，你可以这样问他：'相公，你天天骑马上路，你的马每天能走几步？'"赵善政把这话牢牢地记在心里。

第二天，他在田里干活，钦差大臣又骑着马过来了。他看得很真实，那骑马过来的，就是昨天问他的那个相公，一点不差。于是他就双手拄着锄头棒立着，等钦差大臣过来，就问钦差大臣说："相公，你天天骑马上路，你的马一天走几步路？"把一个钦差大臣问得哑口无言，半天没说话。后来，他才自言自语地说："昨天还认为他是个哑巴，怎么今天反问得我有口难对，这其中必是有文章。"就从马上跳下来和赵善政谈话，盘问他的底细："这话是谁教你的？"赵善政就把昨天钦差大臣问他的话，他不能回答，回家告诉妻子，妻子又如何教他的事实一五一十地向钦差大臣说了一遍。钦差大臣又问他："你的妻子是什么样人，相貌如何？""不瞒相公说，我的妻子是个勤劳纺织的妇人，论人才村前村后数她第一。"钦差大臣听他这样一说，心里也就热了。他自己在想，为了访美一事，在路上奔走也不止一日了，国王所要寻访的美人，可能就是他的妻子吧？真是："踏破铁鞋无觅处，得来全不费工夫。"就对善政说："这样看来，你的妻子是个有才有德的人，能不能叫我会她一面？"善政说："相公既然要见她，那有什么不可呢！"说完就和钦差大臣一路回家看他的妻子。到了家门口，善政先进去告知妻子说："那个相公要来看你，他已到门口了。"妻子听了，就出来迎接钦差大臣。她把右脚踩在门槛上，问那钦差大臣说："相公，你说我是走出还是走进？"钦差大臣也把右脚踩在门槛上，问她说："你说我是走进还是走出？"她说："相公要进我也进，相公要去我拿脚指头相送。"钦差大臣明明知道这是她在侮辱他，但也只好进去。

赵善政平素是个直心肠的人，就问妻子道："家中没有好饮好食，拿什么款待这位相公呢？"妻子说："一文钱买九样菜，七十七桌的席面你不必愁。"你知道这是什么席面吗？原来就是韭菜，漆桌子，漆板凳。

钦差大臣见善政的妻子与画像上的美人一模一样，虽然受了一肚子气，却也感到高兴，就将国王要选她做妃子的事告诉了她，等他转回京城奏明国王，即日接她进京为妃，说完就走了。

一个晴天霹雳，急得赵善政哭得死去活来，妻子也为这事闷闷不乐，悬棵树自缢吗？夫妻恩情难以割舍；活着吗？禽兽一样的国王是不会轻易放过她的，只有想办法弄死国王，夫妻才能白头到老。于是她劝丈夫说："哭有什么用呢？我们只有想办法弄死国王。""唉！真气人，国王躲在深宫里面，又有千兵万马保护，一个妇人家，你怎能弄死国王呢？""只要你听我的话，认真地去做，我有办法一定能够弄死国王，那时我们夫妻可以重新团聚。""要怎样做呢？""我去以后，你每天到山中去打鸟，要打各式各样颜色的鸟一百只，打足一百只鸟后，把皮剥下，做成一件雀毛衣，穿在身上。扮作一个耍雀毛衣的人，进京来找我。那时我自有办法弄死国王，夫妻一定能够团聚。"赵善政把这件事情牢牢地记在心上。

自从国王把他的妻子霸占去以后，他就天天到山中打雀。他非常痛恨国王，又很想念妻子。因此，他每天在打雀的时候，总是哼着自己编的调子：

一进门来哭唏唏，
抬头不见我的妻。
暴戾的国王心肠狠，
他不该霸占良民妻。

太阳一出红通通，
善政打鸟赶山中。
早早打足百只鸟，
去到皇都会我妻，

好几天过去了，他打足了一百只鸟，用羽毛做成了一件非常美丽的雀毛衣，穿在身上，扮作一个耍雀毛衣的人，到京城去寻找他的妻子。一路上看他耍雀毛衣的人，却也非常热闹。

进入京城以后，所见所闻的都不比乡下。街道宽阔，人烟稠密，人来人往的，非常热闹，独不见自己的妻子，也不知皇帝的金殿在什么地方，究竟什么时候才能与妻子相会呢？想到这里，鼻子一酸，眼眶里不由自主地落下伤心的泪来。但也无可奈何，只好在街头小巷耍雀毛衣度日。

几天以后，整个京城都传遍了，大家都说雀毛衣好看，街头巷尾传为美谈，连国王的皇宫里都传遍了。国王也听说雀毛衣好看，就在新收的妃子面前夸耀雀毛衣如何如何地美！

却说赵善政的妻子自从被国王强选入宫以后，终日愁眉苦脸，从来没有谈笑过。如今听了国王赞美雀毛衣好看，心里早已明白，原来是她的丈夫已到京城来了。心里非常高兴，于是她笑了，笑得那么温柔可爱，把那个国王喜得眉开眼笑，就对娘娘说："爱卿既然喜欢雀毛衣，何不早说。即刻下令，召见耍雀毛衣的人赶快进宫给娘娘欣赏。"一声令下，谁敢不从。耍雀毛衣的人早已被传入宫，国王和娘娘一齐出宫欣赏。娘娘见了耍雀毛衣的人，越发笑容可掬，显得格外美丽。国王见她这样的高兴，就叫耍雀毛衣的人把雀毛脱下，要亲自穿上雀毛衣去耍，这时娘娘就对国王说："既然这样，你二人到后堂互换衣服，岂不更好吗？"国王为了博取娘娘的欢悦，也不加考虑，竟脱下自己的王服换与那耍雀毛衣的人穿上，自己穿上雀毛衣，在娘娘面前耍起雀毛衣来了。大家看得正高兴的时候，娘娘突然变了脸色，厉声下令道："何处来的妖人，不知残害了多少生命，到此骗取钱财，快与我推出斩首。"娘娘令下，谁敢不从，刀斧手前冲后拥地将耍雀毛衣的人推出校场杀了。

赵善政就这样地做上了国王,人们称他为赵天子。现在的洱源城南十余里,尚有赵天子庙。在旧社会里每年的正月十五日是他的会期,迎神演戏,非常热闹。

毛牛洞

讲述者：芦耀隆
记录者：杜惠荣

小马场对面左下方的石宝山下有一个大岩洞,洞宽几十丈,深几十丈,人们叫它毛牛洞。据说从前只有岩子,没有洞。

有一次孙悟空和毛牛王打仗,孙悟空本领高,打得毛牛王大败而逃。孙悟空抬了它的金箍棒在后面追,一直追到这个石宝山下。毛牛王看看逃不脱了,变成一只很小的蚊子趴在山下的岩子上,但仍被孙悟空看见了,一金箍棒朝蚊子打去,把石岩打出一个洞,就是现在的毛牛洞。

假石宝山

讲述者：芦耀隆
记录者：杜惠荣

马场对面有个石宝山,这个石宝山有个来历。从前石宝山是准备建在这里的,砖石瓦块都已经搬上山上去。忽然有一次飞来只大蜈蚣,一个脚一瓦片飞到现在鹤庆东面的石宝山去了。于是人们认为神不让把石宝山建在这里,而把石宝山建在鹤庆东面了。马场对面的山也没有人再注意它,鹤庆东面的石宝山却十分著名了。

附记：讲述者把马场对面的石宝山称为假石宝山。

贪口腹的城隍爷

讲述者：柳士珍
记录者：郑谦
搜集地点：云南省大理白族自治州剑川县

多年前，保山县有个城隍爷只贪个人口腹，不管老百姓的治安。

城隍庙里有个学堂，学生五十多人，其中一个最机灵。一天傍晚他听见一个看客在城隍爷跟前像捣蒜一样地磕头，并且喃喃地祷告说："城隍老爷，只要你保佑我偷到东西，我保证明天就带雄鸡、猪头前来还愿。"这个学生听了，心里暗暗感到诧异。

第二天傍晚，这个学生看见昨天那个香客果然又来了，东张西望，贼头贼脑地，手中提着雄鸡、猪头、香烛酒礼一样不缺。这个学生越发感到奇怪，心想："若是城隍不灵，这个贼怎么会破费这么多来还愿？若是灵，这个城隍爷也就太不像话了！"于是就愤愤不平地写了一张状子，准备去控告城隍爷与贼勾结贪赃枉法的罪行。

老师听见了这台事，就急忙出来阻挡说："莫胡闹，城隍老爷不是好惹的！而且我们天天和城隍老爷眼睛碰着鼻子，惹出了是非，咋个整？"一边责骂，一边就把这张状子抓过来烧掉了。

谁知这一烧，这张状子就告到了玉皇大帝那里去了。玉皇大帝看了，心里七上八下的。一方面恨这个学生多事，不该把这台丑事到处宣扬，保山城隍虽然贪污得不高明，但到底是自己的老部下呀！另一方面又觉得，这台丑事既已在人间闹开了，若是不做一番处理，自己的脸又往哪里放？

更担心的是，倘然人间识破了玉帝包庇城隍为非作歹，那么，天宫也就威信扫地，而自己的宝座也就保不住了！左思右想，最后决定，牺牲个把城隍事小，保全玉帝宝座事大，就不得已下了一道玉旨，将宝保山城隍撤职查办，另处委派一个新城隍。

此后，保山城里很多人生疮。有人说，只要抓一把城隍土抹一下就好了。于是，你来抓，他也来抓，一下子，这个城隍爷的眼睛鼻子就被抓掉，一天后，城隍宝座上就只剩下一个空座位了。

偷鸡庙

讲述者：汤聘依
搜集者：郑谦
搜集地点：云南省大理白族自治州洱源县邓川镇

邓川城西北面山脚下有一座古庙，叫"老爷庙"，里面供着许多老爷，正中那座老爷像特别大，座后很阴暗，要是一两个人躲在这里，是不会轻易被人发现的。

过去邓川旧城里有个贼，偷了老百姓不知多少东西。老百姓来抓他，他一溜烟就钻进这座古庙里，偷偷地在佛老爷像背后躲起来，神不知鬼不觉的。老百姓老是抓不住他，他的胆子就越来越大了。

庙子里每天有人带着雄鸡、猪头、三牲酒礼来烧香，当香客们诚惶诚恐、毕恭毕敬地向老爷磕头的时候，这个贼就从老爷像后伸出一只手来，轻悄悄地把鸡偷走。磕头的人起来，一看，鸡不见了，有些诧异，但不敢声张，心里也高兴，还以为是老爷领了情呢！

从此一传十，十传百，这庙子里的老爷就更加有名，个个说他灵，于是拿三牲酒礼来烧香磕头的人更多，而这个贼每天偷到的鸡也更多。

离这座古庙十多里的地方，住着一户农民，家里很穷，每天靠砍柴度日。一天小孩患了重病，他急得去找巫婆问卦，巫婆告诉他："只要备齐三牲酒礼，再杀一个大公鸡到老爷庙去磕磕头，那么你孩子的病就会好了。"农民回到家里，很苦恼，心想："这几天要照料孩子，没上山砍柴，连饭都吃不上，哪有钱去买雄鸡三牲？不买嘛，孩子的病一天天加重，又咋个整？……罢！罢！罢！无论如何也要想办法。"于是他便硬着头皮到邻近的一个财主家里去借了高利贷，好容易才备齐了礼品，到老爷庙去烧香。磕头后，抬头一看，香案上的雄鸡也不见了，但农民并不奇怪，因为他早就听说过："老爷灵，会领情。"

烧香后，农民就急急忙忙转回家，心想："这一下孩子的病可有希望了。"边走边想，两脚越走越有劲。谁知还未走到门口。就听见老婆号啕大哭的声音，原来孩子已经断气了。

农民看见这副情景，既伤心，又怄气，左思右想总是想不通："嗯，老爷，老爷，你要知道，我的鸡是借高利贷买的呀！你吃了鸡，就该保佑我的孩子，可是你却……，个个说你灵，灵个屁！"

这个穷苦的农民越想越怀疑，一天，他为了看个究竟，又忍痛把卖柴的钱买了一只雄鸡，再到老爷庙去烧香。他一边像捣蒜一般地磕头，一边暗暗地瞟着香案上那只鸡，他看见一只手从神像背后伸出来，摸着了鸡爬还没缩回去的时候，他不禁叫了一声："老爷吃鸡了！"说时迟那时快，他猛地纵身一跳，就把这只手拉住了，用力一拖，滚下一个人。一看，哦！鬼头鬼脑的，原来就是抓了几年一直抓不着的那个贼！

从此，人们就不再叫这座古庙为"老爷庙"，而叫它为"偷鸡庙"。

笛声吹动龙女心

搜集者：杜惠荣
搜集地点：云南省大理白族自治州鹤庆县

很久以前，东坡有个穷苦的孩子，名字可不知道了。爹妈死时，只留这孩子孤零零一个和一对小羊羔。这孩子很会照管羊子，羊子一年生一对，两年生四对，不几年，就成了一大群。从此，孩子就天天在象眠山一带放他的羊群，日子越过越快乐。他开始从山上砍来一截竹子，做成一只小笛子，放羊时，一边看住羊群，一边吹他的小笛子。孩子的笛子吹得很好，传说他一吹起笛子来，河边的柳树就会迎风摆，山上的树叶儿就会落下来。几百只羊子，一听到他的笛声，就会乖乖地吃草，不叫也不跳。

有一天，太阳刚落山，孩子赶着羊群下山时，又吹起他的小笛子。不料笛声飘下山坡，落进龙潭里，被龙王的三姑娘听见了，龙女正在龙宫的后花园里玩，这时她望着花园外边碧玉颜色的海水，谁在外面吹笛子呢？这样好听的笛声，龙女还从没有听到过，从这时起，龙女每天都要到后花园去听放羊孩子吹笛子，她很想到海水外面去玩，外面的世界，一定比龙宫里美得多哩。可是父王有过家规：龙宫里任何人不许到外面的世界里去。

三公主是个很美丽的姑娘，这时候，有过四十九个龙子来向她求婚，她一个都没有答应，她已经很讨厌龙宫里的生活了。

有一天落黑，龙女又听见放羊孩子的笛声，便决心不管父亲的家规，悄悄从后花园门溜到龙潭外面去了。一见放羊孩子，龙女就爱上了。放羊孩子正吹着那支龙女最喜欢听的曲子。龙女也顺手从树上摘了一片叶子放进口里，还了他一曲。

放羊孩子愣住了，哪来的这个姑娘？她的叶子赛过他吹的笛声，她的美丽赛过天上的月亮。他问龙女时，龙女告诉他，她是龙王的三公主，因为喜欢他的笛声，才悄悄溜出了龙宫。这一下，放羊孩子心里可乐开了花，一个无亲无故的放羊娃，有谁爱过他呢？现在是龙王的公主爱上了他呀。

从这以后，放羊孩子更爱吹他的笛子，他的笛声也比以前吹得更好听。每天上山，他吹起笛子，龙女就从龙潭来到山上，跟他一起放羊。有时龙王不在龙宫，龙女还悄悄地把他带到龙宫去玩。

但是，有一天，放羊孩子把笛子吹了一遍又一遍，太阳都吹得快落山了，还是不见龙女到来。他心里焦急得真像热锅上的蚂蚁，龙女出了什么事了？正在这时，龙宫的使女慌张地跑来说，公主偷出龙宫，被龙王知道了，现在关在龙宫里，叫他赶快去救她。

听见使女的话，气坏了放羊孩子，他赶着羊群，挥动手里的羊鞭，马上就向龙潭冲去。这时，龙王刚从龙潭里出来，见黑压压一群向他冲来，吓得向山岩里退，放手孩子的羊鞭正巧打在他身上。于是龙王一个倒栽葱像滚石头一样滚下了象眠山。现在象眠山南面有两条冲，有人说这是龙王滚下山时，他的两只角擦出来的。象眠山南面山坡上没有人吹笛子滚石头，传说，只要一听笛子或滚石头，就会有恶风暴雨。

龙王被打滚下山去后，放羊孩子又赶着他的羊群冲进龙潭里，羊群一跳下龙潭就变成一群小鱼，放羊孩子进龙潭变成了一条大鲤鱼。

因为放羊孩子和他的羊群进龙潭变成了鱼，人们就把这个龙潭叫"羊龙潭"。

阿隆坝

搜集者、整理者：张文勋

这是三百年前的事了。

鹤庆城西门有一家姓李的大财主，这个财主老爷是一个卑鄙无耻而又阴险恶毒的家伙，他吸尽了人民的血汗，干的尽是些男盗女娼的勾当。他家里高楼大厦，田地成片，仆役成群，很多人给他打长工，丫头就养着好几个。

附近有一家姓李的农民，家里有一个聪明伶俐的姑娘，才十一二岁，父母很疼爱她。但因为家里有早没晚的，饥寒交迫，百般无奈，只得眼泪往肚子里咽，横着心把女儿卖给李大财主做丫头。

这个十一二岁的小姑娘，自从来到李大财主家后，就担负起繁重的活计，挑水、劈柴、煮饭、洗衣服……每天天麻麻亮就起床，晚上侍候老爷太太要到半夜。这样辛苦也不说了，稍不如意，还要挨老爷太太的毒打。痛苦的日子一天天过去了，虽然她是泡着眼泪长大的，但也一天比一天长得更漂亮，到十七八岁时，已长成一个人人夸人人爱的美丽的大姑娘了。

世上的狼生来就是要吃羊的，没天良的李大财主，眼看着家里有这朵鲜花一天天长大，早已垂涎三丈；虽然他已有三妻四妾，但像一个贪得无厌的野兽，在一天晚上把这个丫头强奸了。

一朵刚开放的鲜花，竟被野兽糟蹋了！羞愧和痛苦，交织在这个被污辱被损害的少女的心中，但是在人家的铁笼里，她又有什么办法呢？

日子一天天过去，痛苦折磨着少女的心。几个月后，可怕的事情又袭击着她——她怀孕了！李大财主知道这件事情后，生怕风声传出去，伤了这"大户人家"的面子，于是就打了恶毒的主意，在一个漆黑的夜晚，叫狗腿们把她撵出去，一直带到西山上，并且骇唬她说："不准你下坝子见人，如果见你下坝，就要把你杀死。"

照李大财主的计算，以为把她撵到西山，准是被野兽吃掉，就落得个一干二净，但是，事实却不像他所希望的那样。

这个身上怀了孕的丫头被撵上山后，心里痛苦得连眼泪也没有了，她想一阵，恨一阵，恨一阵，又想一阵，怎么办呢？四周黑黝黝的，古树丛林，像一群群幽灵在包围着她，远处传来一阵阵野兽的吼叫；她发抖了，她感到死神似乎在等待着她。

"死吧，最好是死。"她想。但是仇恨又给她一个新的念头，她想起身上的身孕，生的欲望又占有了她："不，我要活下去！"

于是，她摸索着，在茂密的森林中找安身的地方，第二天她独个儿在山上徘徊，肚子饿了，采些野果吃，后来发现了从鹤庆到剑川的那条小山径，白天还有人过路，于是她就在一个山坳子里搭了个小草棚，打了些草鞋在路上卖，过了一久，她制备了些家具，在路边设了个小摊子，磨豆腐和凉粉卖，这样，她坚持着活下来了。一个孤独的少女，无亲无故，生活在这深山里，是多么的凄凉啊！

过了几个月，她分娩了，生了一个男孩。这是她的希望，她的唯一的伴侣，她就是为他而活着的，她把他取名叫阿隆，决心要把他抚养成人，于是她更卖力地打草鞋磨豆腐卖，用尽心血去抚养这个孩子。

凄凉的日子一天天过去了，阿隆的母亲脸上从没有笑容，也很少说话，过路的人，又有谁知道她的不幸而辛酸的身世呢？

好容易熬过了十几年来，阿隆已经长成了一个又结实又能干的小伙子了。十五六岁的时候，他就练得一身好本领，又会开荒山盘庄稼，又会赶山打猎，个子生得又魁梧又漂亮，又有一副好嗓子，唱起山歌来，几座山头都听得见他那优美的歌声。他除了在附近盘庄稼外，每天都带上一张硬弩，插上一把竹箭，打上"裹脚"，头上打着"包头"，到山上去打猎。他的足迹走遍远近各个山头。他的箭法，真是百发百中，只要看到野兽，没有一个能逃得出他的手。

阿隆的名字一天天传开了，远近山民，没有不称赞他的。阿隆的母亲看见儿子一天天长大成人，又这样能干，心里也暗自高兴。

剑川有一个姓杨的姑娘，又美丽又会劳动，调子也唱得好。她上山劳动时认识了阿隆，就爱上了他。阿隆的母亲早就想给儿子说一门亲事，看到杨家的这个姑娘，也满心欢喜，于是就订了这门亲事，十七岁时，阿隆就结婚了。做喜事那天，请了附近寨子里的人来做客，非常热闹，新媳妇进门的那天，十几年来没有笑过的阿隆的母亲，第一次笑了，在干枯了十几年的眼睛里，重重涌出了喜悦的热泪。

阿隆结婚后，一家三口，日子越来越好走了。有一天，阿隆去打猎，发现山头上有一块小盆地，里面古木参天，遍地是瓜拉叶。阿隆进去看了一阵，感到很暖和，山风也吹不到这里来，在盆地的西北角，发现一块大岩石，石岩下面，有一潭绿茵茵的水。阿隆见了，心里非常高兴，觉得这是一个最宜于居住的地方，于是就回去和母亲、妻子商量，决定搬来这里住。

阿隆和他的妻子，用他们的双手砍倒了这里的大树，割去了遍地的瓜拉叶，在这里盖起了房屋，把母亲接来。白天，阿隆的母亲在家做家务事，阿隆夫妻二人就去开荒播种，种下荞子、麦子等各种粮食。由于这里气候好，所以种下去的庄稼也长得很好，在这个从来没有人来过的荒山上，在这野兽出没的山坳里，第一次出现房屋，第一次出现丰肥的庄稼，一家三口人，吃不完用不尽了。

从此以后，他们在这里开出很多荒地，种了很多庄稼，养了很多牛羊，日子一天比一天更好过了，于是就在这里定居下来。后来，阿隆夫妻二人生了三个男孩、一个姑娘，这样一代又一代传下来，直到现在，这里已经发展成一个几十户人家的村子了。后人为了纪念阿隆，就把这个地方叫作"阿隆坝"。

艾蒿与荨麻

讲述者：杨金凤
记录者：张福三
时间：1958年12月29日
搜集地点：云南省大理白族自治州鹤庆县赵屯村

大甑板、二甑底的阿母出门去了，留下她们两姊妹在家。晚上她们早早关门睡觉。在她们屋后岩子上有个老便婆①,是个妖精。一天晚上,她来打她们的门,大甑板在屋里问:"是谁打门?"老便婆装着她们家嘎婆的声气说:"大甑板、二甑底开门,你们家嘎婆来了!来给你们睡。"大甑板说:"是我家嘎婆,你就把手伸进门里我摸摸。"老便婆把手伸进去,二甑底摸着说:"不是,不是,你不是我家嘎婆,她手上没有毛。"她回去了。

第二天晚上,老便婆把手上的毛全拔了,又来打门,说:"大甑板、二甑底开门,你们家嘎婆来了!"大甑板说:"是我家嘎婆,你就把手伸进门里我摸摸。"老便婆把手伸进去,二甑底摸着说:"是我家嘎婆,快开门,快开门。"她们开了门,把老便婆放进去。

她们进了屋里,大甑板说:"我们点上灯睡!"老便婆赶忙说:"不要点灯,你家嘎婆正害眼病,她怕光。"大甑板说:"嘎婆,嘎婆,你吃饭没有?"老便婆说:"吃过了,我们睡吧!谁和我睡?"二甑底抢着说:"我跟嘎婆睡一头。"

她们睡了很久,大甑板听见老便婆在吃东西,嚼得咯咯响,她问:"嘎婆,嘎婆,你在吃什么?"老便婆说:"我在吃沙蚕豆。"大甑板说:"给我吃一点?""你不能吃。"老便婆说。

"我要,我要!"大甑板要哭起来了。老便婆把沙蚕豆递过去,大甑板接着,不是沙蚕豆是个小指头,她心里很害怕,过了一阵,她说:"嘎婆,我要去尿尿。"老便婆说:"就在火塘边尿吧!"大甑板说:"火塘有火塘神。"老便婆说:"你就在灶前尿吧!"大甑板说:"灶有灶神。"老便婆发气说:"任你去哪里尿吧!你一个人走路不放心,我用绳子把你拴起来,我一拉,你就赶快回来。"

大甑板走到猪圈,把手上绳子解开,拴在圈里大母猪的脚上,自己就开了后面跑出去,躲在池塘边一棵柳树上。老便婆等了很久都没见大甑板回来,她一面喊,一面拉绳子,老母猪咕噜咕噜地叫。她又拉绳子,老母猪

---

① 便婆:此处指变婆,原稿如此,故保留。——编者注

又咕噜咕噜地叫。没见大甑板回来，老便婆自己起来，顺着绳子去找，结果摸着老母猪，她又跟着追出来找大甑板，四处找不到。

在池塘的水面上，她看见大甑板的影子，老便婆说："你躲在水里，水里我也要把你拉起来！"她朝影子往水里扑去，水浑了，影子不见了，她又爬起来，等水清后，大甑板的影子又有了，她说："你躲在水里，水里我也要把你拉起来。"老便婆又往水里扑去，水浑了，影子不见了，她又爬上来。树上的大甑板看见就咯咯地笑起来，这时，老便婆才找着大甑板躲在柳树上。

大甑板赶忙说："嘎婆，嘎婆，这树上有几个花红，真是红通通的，你回去把门后的铁棍子烧红抬来，我把它们夺下来给你吃。"老便婆好吃，回家把铁棍烧红了抬给了大甑板，大甑板接过铁棍说："嘎婆，嘎婆，快把嘴张起，花红来了。"老便婆嘴一张开，大甑板便把烧红的铁棍往她嘴里掷去，把老便婆烫死了。马上，老便婆就跌在树脚下，变成一蓬荨麻把树围住，大甑板下不来。

天亮了，大甑板碰上一个放牛的过路，她喊："放牛大哥，放牛大哥，我下不来，把我接下吧！"放牛的男人说："不行，我有要紧事情，你等一会吧！后面还有人来。"他把牛吆起往山那边去了。

大甑板等了半天，太阳升得丈把高，她看见有两位放羊人来了，她又喊："两位放羊大哥，把我接下来。"两位放羊人把羊吆在一起说："树下有荨麻，我们也怕！"大甑板说："好心的放羊大哥，把你们按的羊皮毡铺在上面，我跳在上面，我跳在谁的毡上，就做谁的妻子。"放羊人忙把羊毛毡铺上，大甑板一跳，却没跳在羊毛毡上，跳到了荨麻里，就变成了一棵艾蒿。以后，有人被荨麻荨了，擦一擦艾蒿就会好的！

编者附记：这是一则典型的"狼外婆型"故事的云南地方变体，该亚型在云南昆明、曲靖、玉溪、楚雄、大理等地广为流传，细节各有不同。从现有调查来看，该故事在汉族中的流布更为广泛。

祭师

讲述者：王绍文
记录者：杨德超
时间：1958年12月26日
搜集地点：云南省大理白族自治州鹤庆县迎邑村

鹤庆小教场南面白蛇庙旁有一块坟地，这块坟地的来历有段小故事。

有个祭师，专门为人看风水，选择坟地。一次，他帮一家人决定下葬的地方，他选中了小教场南面白蛇庙旁的一块地上。他说："这块地巳时葬午时就发。"但是下葬时，必须是鱼上树，蛇打鼓，戴铁帽，马骑人，狐拉鸭。祭师又说："坟地是好了，就是下葬后，自己的眼睛就要瞎了。"要坟主人喂养他。

下葬选在街天，这天赶街的人都来看热闹，买着鱼的来了把鱼挂在树上，买着铁锅的把锅戴在头上，有个人的骡马生了小马，他就把小马扛在肩上，有个饿老鹰嘴里叼着个水蛇，从天空飞过，水蛇掉下来，恰好落在鼓上。

下葬了。葬坑旁有个水塘，一只鸭子在水里游，不防来只狐狸把鸭拉走了。大家去撵它，撵到石洞里，石洞里全是金银，坟主人发财了，确实是"巳时葬午时发"。

坟主人把祭师请到家里，殷勤招待，不知招待了多少时候，坟主人渐渐地厌了，对祭师不再那样殷勤了。有天，他家的一只公鸡跌进粪坑里，主人把从粪坑里拉出的公鸡杀给祭师吃，祭师知道了这回事，心里日气，感查到坟主人的心变了，但也不明说。有一天，他给坟主人说："我替你们看的风水还不算好，有个祭师比我会看，你们请了他，他会给你们大发大旺。"他讲的这个祭师就是他的徒弟。

坟主人听信了，请了他的徒弟来，另行安葬。祭师的眼睛又亮了，而这家人也一天天地败下来，原来坟上出现的十二畜——石人石马等也不见了。

郊边牧笛

搜集者：剑川县文化馆
搜集地点：云南省大理白族自治州剑川县

相传古时候有个人到江西做官，带回一个书童。这个书童琴棋书画样样会，尤擅吹笛。他跟主人到了剑川几年后很思念家乡，几次要求回家，但主家都不准，后来竟害了病，病后他就成了一个哑巴。

主家见他哑了，成了残废人，就把他赶了出去，他就只好在金华山脚下，每日帮人放牛度日。

每天他去放牛，都要带上他那支心爱的笛子，牛出去了，他就吹起笛子。渐渐地牛听惯了，听到他吹起笛子，牛就走去牛栏。等他又重新吹起一曲时，牛就开始吃草，太阳落了，他又吹起另外的一支曲子，几百头牛就又乖乖地回了家，这样他就拿笛子来指挥牛，要到东就到东，要到西就到西。

赵土官的姑娘，每天上西山去砍柴，当她砍柴回来，在石月亮外歇气时，总是听见一阵悠扬的笛声，笛子吹得太好啦！姑娘听着听着就忘了疲劳，忘了回家。笛声如泣如诉，姑娘听着，就会淌下眼泪来，姑娘听着听着，总觉得像是有什么东西挡着似的，觉得分外地难过。她听呀听呀，觉得这是一个不会说话的人在哭诉他的身世。

这一天，姑娘再也忍不住了，她悄悄地从家里背了一背□，带了自己的三弦出去，假装去砍柴，出了门却一直朝有笛声的地方走去。她走呀走呀，就来到了金华山脚底的西湖边上，却连一个人也不见。她等呀等，一直等到太阳开始偏西了，才看见一个牧童赶着一群牛出来，牧童一出了南城门就吹起了笛子,这正是姑娘在石月亮下歇气时听到的笛声,姑娘真有说不出的高兴,就走上前去问道:"大哥,是你天天在这儿吹笛子吗?"

"……"

"大哥,你是哪里人?叫什么名字?……"

"……"

姑娘连问几句,牧童总是不开口,只管吹着笛子赶牛,吹着吹着,他又吹起那支使人听了流泪的曲子。

从他的笛声里,姑娘知道他是个哑巴,也知道他有许多的苦衷。姑娘同情他的遭遇,也羡慕他的笛声,因此深深地爱上了他。但是怎么和他说话呢?姑娘于是就弹起了三弦,这三弦呀弹出了姑娘对他的同情、爱慕,也弹出了她的身世。

牧童为姑娘的弦声心动了,开口说道:"姑娘,你真好,你是第一个同情我的人。"

"怎么?难道你会说话吗?"

牧童点点头,就把自己的遭遇,向姑娘诉说了一遍,最后又说:"你每天傍晚听到我吹的那个调子,就是我想念我的母亲编出来的,因为我假装是哑巴,我就叫它'哑子哭娘'。"

姑娘听完了牧童的身世,很是感动,同时也把自己的身世告诉了牧童,约定明天仍到这里相会。渐渐地他俩有了深厚的感情,只是都不好意思开口,最后还是姑娘先说话了。

"我年纪也逐渐大了,可是父亲总要把我嫁给官家的人,我怎么能答应呢?每天我思念,要得到一个如意的丈夫,也编了一个调子,这个调子我叫它'绣荷包',这里我就把这个调子奉送给你,你要是不嫌弃的话,就和我做个终身伴侣吧!"

"啊!这怎么能行呢?……"

姑娘不让牧童说下去,就调好弦,开始弹了起来。

两人就这样私下订了终身。

赵土官知道了这件事，把女儿打了个半死，关了起来，不让吃，不让喝，活活地把她饿死了。

牧童不知道这件事，每天还是到西湖边去等她，等呀等呀，老是等不着，后来他索性就整天整天地在西湖边吹笛子吐诉心情。人们在每天傍晚就会听到笛声，听到的人都会流下眼泪来。

后来，牧童也死了，但他的笛声一直响在人们的耳边，这就是"剑阳八县"中"郊边牧笛"的由来。

他们吹弹的两支曲子，一直流传到今天，特别是"哑子哭娘"，人们一直把它当作哀乐来用，只是后来的人嫌名称不好听，把它改称为"清水流"罢了。

吹鼓手

记录者：尹俊山
时间：1958年7月
搜集地点：云南省大理白族自治州洱源县

凤羽河的泥头有一个洞，名叫"清源洞"。河水是从花甸埧岩壳中流出来的，水量深约一米达，宽约五米达。四面藤葛相附，水清可以见底，一般人认为这水是从龙嘴里淌出来的唾沫，扔进去里面鸡蛋，鸡蛋会变得绿阴绿霞，异怪非常。到了此地的人都是规规矩矩，不敢得罪龙王，如果得罪龙王，就是不死也要大病一场。

每年农历二月十五，清源洞前面就搭了美丽的戏台，请许多吹鼓手来吹吹打打，庆祝龙王的诞辰。山脚下人山人海，大家都穿了很漂亮的衣服。财主官僚们则摆着十足的架子，摇摇摆摆或步上高台，表示他们的光耀威严。

有一年，吹鼓手李荣业也被请了来吹唢呐。李荣业是个中等身材，光滑脸儿的人，穿一件长衫，腰围布巾，约五十多岁年纪，平常做事非常老实。在十五早晨，财主官僚们拈香进洞参谒，李荣业在前引导，吹着唢呐进去。才进去几步，洞内有水层岩、云母石，像狮子怪兽、冰柱、窗棂，其状不一。蝙蝠见了亮光，在石岩缝中纷飞。其中可容四五百人。进了一层又一层，财主老爷们只有在外欣赏那天然的岩层，不敢再朝前走。前面的景致更美呢！但财主老爷们，心中不干净，恐怕龙王老爷把他们吃掉，就不敢再进去了。李荣业心中没想什么，只顾吹着朝前走，边走边吹，越走越好看，由黑到亮，另有一重天地，也把跟在后面的这串人忘了。财主老爷们也认为李荣业只顾朝前走，走着走看，就不见了，想一定被龙王吃了。并且这岩洞内阴森可怕，黑得伸手不见掌，就派人点着火把去看个确实，也才好对死者的家属做一凭证，可是没有人敢去，恐怕踏李荣业的覆辙。

李荣业却醉心美景，越走越好看，前面有一座小石桥，下面溪水潺潺地流着，溪水两旁种着没有见过的各种各样的一行行的树木，高矮不同的山坡，嫩草平铺，好家毡柔毯一样。世外没有见过的小鸟在丛林中穿来穿去歌唱。再进去，朝霞照着山坡，放射出五光十色的异彩，红一片，绿一片，一朵朵红云起落，十分美丽。

桑树、麻田、稻子遍野，整整齐齐，农民们都在勤劳工作。堤埂小道都通了车。村落高高矮矮，疏疏落落，美观而整齐，没有渲染已是够美丽！好家锦绣的乐园。小狗在篱笆脚下咬那些来往的生客。公鸡叫着，互相应和。不像世间纷扰嘈杂，那些小孩跑来跑去，露出活泼美丽的精神，天真烂漫的姿态。见了李荣业，指指手，附耳相说，另眼相看。一般鬓发皆白、脸上发出红嫩光彩的老头儿过来相互交语，殷勤接待世外人，那种和平景象，真是美不胜收。

李荣业游闲了两三天，仍陶醉在来路的那些美景里面，于是就沿着小溪归来的路，欣赏那些如画的景致。不觉眼睛一黑，岩石峥嵘，挨着前行，有一块石板通一洞口，仅容一人出入。李荣业爬上洞口又见旧社会的污浊，十分惊异。回家见他的家人，家中人都说白天见鬼。经李荣业说明缘故，与旧事相符，才不怀疑，重把洞中所见一一说与家人。他才去了二三天家中已是三十年，但在这短短的三天里，他实在舒适实在痛快。

李荣业在家住了几天，决心携着家人带着行李，想到那自由平等、生活富裕的国度里去。可是进洞不远，黑得对面不能相见，只听得流水呼呼，十分可怕。他又点着火把进去，只见岩石狰狞，水流由岩石中涌出，已找不着那小洞洞口。无可奈何，只好长叹一声，折回家里过着痛苦的生活。

段域变虎

整理者：段仲光
时间：1956年8月
搜集地点：云南省大理白族自治州洱源县邓川镇

传说在很久以前，邓川城西面虎头山脚下，住着农民段域家小和几户贫苦农民。在这些年头，洪水暴发，卧牛山坍，邓川城（旧州城）被泥沙埋没，人民生命财产全部损失。田禾庄稼亦遭灾殃，农民颗粒无收，年年饥荒。吃的山荞野菜，树皮草根。然后地主老财催租逼帐更加凶横，整得农民们食不就口，衣不暖身，过着比牛马不如的生活。对这情景，段域十分愤怒，朝思暮想抱着为农民除害的志愿。但由于地主老财的凶横，不断镇压农民，他虽然没有起义反抗，然而总是想些办法，在暗中求师学法，不久学会了一套千变万化的法术，准备反抗这些地主老财，拯救受苦的农民。

有一次地主叫他去挖五亩田，限他一天完成，可是他十分抵触，只得勉强担当。他去到田中在埂子上睡大觉，到响午时地主去检查他挖田的情况，但见他仍然一动不动地睡觉，地主怒骂道："你这奴才，还不快挖，假如延误了我的庄稼，我要你的脑袋。"段域也怒说："我下晚可以挖好！"地主走了以后，他就使用了"缩地法"把五亩地缩成一市尺那么长，拿三齿耙只一锄就挖完了。结果地主也无法弄死他。

段域请裁缝做衣服,裁缝师徒到他家里吃早饭的时候说:"你把布拿出来,我们先裁一下。"他说:"布还没有买来,吃过早饭才打算去腾越(今腾冲县)买去。"裁缝着急地说:"你是给我们开玩笑,耽误了一天咋个办?"他说:"别急,不会耽误你们的。"说着家眷的菜饭已摆齐了,裁缝们吃着饭,段域告诉他们说:"你们吃着,我去就来。"不一会裁缝的饭刚吃完,段域的各色布已经买回来了。

到了晌午时候,段域说:"我去端给你们吃永昌(今保山县)面。"不一会,热气腾腾的几碗永昌面,也果然端来了。裁缝觉得这件事情十分奇特,至此以后他们便到处把这事传给群众,地主老财也十分羡慕和害怕。

他母亲从外面听到了这回事以后,又惊又喜。有一天便对段域说道:"儿呀,妈听人家说,你已经学会了一套本领,会千变万化,妈生育你一场,你也变给妈看看啊!"段域说:"妈,你要看什么?"他妈说:"我最喜欢看老虎,因为我生平没有见过老虎。""妈!可以的。"段域说,"但你老人家不要害怕,你拿这只小公鸡上楼去,把楼门关上,从窗口上看下来,等我变了以后叫我三声段域……小公鸡丢下,我吃了就变回原形了。"他妈依他所说去到窗口等待着儿子变虎。于是段域把大门关上,回到院心里就地一滚,变出一只张牙舞爪吊睛白额大虎来了,(左手玉镯没有变全)这一变非同小可,他妈在窗口被这只老虎吓死了,什么名字也没有叫,连个公鸡也没有给他吃。这回他变不回人形来了。段域急得暴跳,一则失去了慈爱的妈妈,一则还没有给受苦的乡亲报了仇消灭了地主老财,因而只有含悲忍痛地跳出了墙院,到了后山点苍山的云弄峰。直到送他妈妈尸体上山以后,他才离开云弄峰,去到腾越,驻守在祖国的边疆上。只要有危害人民的贪官污吏、地主老财碰到了他,就被这只老虎吃掉了,如遇我县农民到夷方(腾越永昌在我县都叫作夷方地)去,遇到了这只带玉镯的老虎,都是清吉平安的来往,同时这只老虎还流下几滴眼泪表示同情,沿途都保护了马帮的安全。因此直到现在这只老虎也为农民所敬仰。

九、民间故事

包文正断无头案

讲述者：杨珍贵
记录者：杜壳荣
时间：1958年
搜集地点：云南省大理白族自治州剑川县海东村

　　从前有个人叫丁丁，母亲死后，后娘姓张，家里挂着中堂一帖，中堂上写"九堂神会"。丁丁六七岁，他父亲去做客，他跟着父亲，后娘叫他不去，给他糖吃，父亲做客一夜没回来，后娘用乾酒和纸水灰把丁丁毒死，先给他乾酒吃，醉翻了，话都不说，然后用纸本灰搓成粑粑糊在他嘴上。后来父亲回来了，问后娘："丁丁去哪里？""你去做客，我把衣裳穿给他同你去做客了嘛！"父亲忙回转去找，村里问遍也没有找着丁丁。最后后娘说："同你去，怕撵不着你，怕在沟里、江里或豺狗吃掉。"他哭起来、假装去沟里、江里、山上去找。后来找丁丁几天没找着，把他气昏掉。梦中想着丁丁在后面檐水沟上，马上醒来找到檐水沟，见有新土新石板，挖下去丁丁死在里面了，他想："后娘爱丁丁，不会害丁丁。"父亲告本家，认为是本家搞死掉。告来告去弄不清，告到包文正手中。包文正来检查，看见他中堂上写着"九堂神公"。包文正打发一姓李的钦差下来挖"九堂神公"，钦差把中堂卷起用铁链锁起，带到包文正那里。包公把中堂吊起来用板子打。钦差迷起来后说："不用打板子，铁链拴我已受不了了。"包文正说："你名叫九堂神公，你保他家里什么？"九堂神公说："我在他家保清吉平安。"包文正马上说："丁丁咋死法？你好好说，不说出马上吊死你。"九堂神公说："说出来也得，我就害怕张氏。"包文正说："不怕，说出来就通融你。"九堂神公说："丁丁是张氏用酒灌醉后，用纸木灰把嘴糊起来弄死的。"他爹不信，认为这不是她，是本家害的。包文正说："我已摆出香案请来九堂神公，已弄清楚了。"包文正是大官，再没有哪个官管得了他，他把张氏杀了。

一朵花

讲述者：杨合元
记录者：赵桂炆
时间：1958年
搜集地点：云南省大理白族自治州剑川县海东村

　　几百年前，剑川海子的南边有一个小村子，村子里住有张三两个母子。他家没有田地、屋房，住在一间破草房里，缺少被盖、家具。张三的母亲年纪已有七十多岁，不能劳动。他们母子的生活，全靠张三终年在海子里撒网捉鱼，换取粮柴度日，生活很清苦。有一天，张三天一亮就划着小船到海中捉鱼，撒了几百次网，也没有捉到一尾鱼。太阳快要落山了，张三的心里很着急，如果今天没有捉到鱼，明天就要饿肚子了。张三懒意地撒下最后一次网，收网时，张三觉得很重，他把网收上，里面有一条大鲤鱼。张三很高兴，把网收拾好，划到海边，提起大鲤鱼回家。他母亲早在门口看望，一见张三回来，就问："小三，怎么这么晚才回来？"张三把今天捉鱼的经过告诉母亲，母亲也高兴，赶快到厨房里烧火做饭。张三把大鲤鱼提到灶边，正想煮煎，见大鲤鱼的眼泪一点点淌出来，觉得很奇怪，对母亲说："娘呵！这条鱼为什么淌眼泪呀？"母亲也看到大鲤鱼淌眼泪，很是可怜，就叫张三把大鲤鱼放进水桶里，不再煮吃大鲤鱼。第二天母亲让张三到街上买了一些金银纸火，把鱼提到海边，烧了纸钱，把大鲤鱼放回海子里。

　　隔了几天，张三又到海子里撒网捉鱼，忽然听到有人"老友！老友！"地叫，张三四面张望，不见一个人影，张三觉得很奇怪，但也不管它，他依然又捉他的鱼。"老友！老友！"，叫的声音更大，张三停下来静静地听，叫声是从海里响出。这就怪了，海子里为什么有人叫呢？张三振起精神问：

"是谁叫老友?"海子里回答:"是我,老友。"张三更觉奇怪,又问:"谁是你的老友?""是你呀!张三老友,到我们家里玩上几天吧!"张三很惊愤,大声叫:"你是鬼是神,我也不知道,为什么叫我到你家里去玩?""不管嘛!老友,只要你答应我,我就出来。"海子里又传出回话,张三不理睬,收拾好渔具匆匆忙忙地跑回家。

张三第二天又到海子里捉鱼,刚才撒下渔网,又听到有人叫他老友,他很气愤,就大声叫:"你是谁,出来嘛!""好!老友,你闭起眼睛,我就来了。"张三才合眼,听到海水哗哗地响,他赶快睁眼一看,面前站着一个穿白衣服的漂亮小伙子。张三呆住了,这个小伙子却拉着他的手说:"我们先去看望老友妈,再到我家去玩。"小张三点点头,就一起到自家去。他们在张三家住了一夜,第二天清早,漂亮小伙子向张三的母亲说明,他要约张三老友到他家去玩的心意,张三的母亲也同意他们去,但怕张三走后,玩的时间长,家中没有吃的,小伙子就拿出一个明珠,递给张三的母亲说:"老友妈,你把这个小珠含在嘴里,我老友没有回来,你是不会饿的。"张三的母亲照说把小明珠含到嘴里,觉得肚子饱饱的,心里非常喜欢,也就把他们送出门。

张三同小伙子来到海边,看到满海是水,怎能进去?小伙子笑着说:"老友,你看进我的袖筒,就可以进去了。"张三看进小伙子的袖筒,真怪:有一条宽大马路出现在眼前,张三就走进去。不多时,来到海底,有一所高楼大厦,红柱、金门、白石阶台,又是一重天。张三同小伙子走进大门,一进四院,雕龙刻凤,化乐天空,行人来来往往,好生热闹。张三住玩了三天,准备明天回家。他老友挽留不住,就向张三说:"老友!明天你要回家,老友爹、老友妈一定要送你一些金银宝贝,但我告诉你,不要。你就要我家厨房里的那一朵花。"张三听从他老友的话,去向他老友爹、老友妈辞别。他老友爹、老友妈叫人送给他很多的金银宝贝,张三这样也不要,那样也不要,他就要厨房里的那一朵花。他老友爹、老友妈很为难,因为那一朵花是他们的独姑娘,给人拿去,很舍不得。但他们看张三是个很忠厚的青年,又救了他们的三儿子大鲤鱼，只好把那一朵花送给了张三。

张三吃过早饭，由他老友陪同送出到海边，辞别了他老友。张三带着鲜美的一朵花，高高兴兴地回到家里，把他到老友家游玩的事情告诉了他母亲，他母亲感觉到儿子有了这样一个老友，心里也喜欢。张三很爱这朵花，晚上睡觉时也把这朵花挂在他的卧房里，时时看着它。第二天早晨，张三的母亲起来，走进厨房去热洗脸水，脸盆里已有热气冒出的一盆洗脸水；再看看锅灶，甑子里有一甑热的白米饭，还有一些好菜。这是谁来做的菜饭呢？张母看一看门窗，门窗还是关得好好的。急忙把张三叫出来看，张三也愣住了。他们母子想不出来菜饭的来源，洗了脸，吃了一些菜饭，张三拿起渔网出去捉鱼，他母亲也出去找柴火。下午，张三他们母子回来，洗脚洗脸水已经热好了，菜饭也做好摆在饭桌上了。张三母子以为是隔壁的亲友，看他们母子生活困难，暗中来救济他们的，也就高兴地把菜饭吃了。

这样一连几天，张三母子问完了隔壁邻居，也没人知道是谁做的菜饭，张三母子觉得非常奇怪。这是怎么一回事，难道是神仙替他们做的菜饭吗？张三的母亲心里想，我要看一看，究竟是什么人来替他家做饭。这天吃过早饭，张三已去海里捉鱼，张三的母亲假装出去拾柴火，走了一截，她就回来躲在厨房外边。等到做中饭时，听到厨房里的锅灶响，就悄悄地走进去，站在厨房门后偷看，只见一个美貌的年轻小姑娘正在厨房里烧火做饭。张三的母亲又惊又喜，原来是这个美貌姑娘做的菜饭，她不由自主地推门进去。这个貌如桃容的小姑娘一见有人进来，急忙放下炊具，向门边跑去。

张三的母亲用力抓住小姑娘的衣角，小姑娘挣脱不掉，只好哀求放她，张三的母亲哪能依允，说："你是谁家的小姑娘？怎么来替我家做饭？""我是你家的姑娘，并不是外人。"美貌的小姑娘好腼腆地说。"我家没有你这样一个小姑娘，你不要骗我呀！"张三的母亲很怀疑地问。小姑娘靠近她一步，笑着说："妈妈，我不哄你，是张三哥哥把我带回来的。""他把你带回来的？……"小姑娘指着张三的卧房上说："我就是他卧房里的那一朵花变的，妈妈让我变回去吧！""啊呀！不能让你变，不能让你变！"张三的母亲跑进张三的卧房，把那一朵花取下，真确只有花壳，没有了花蕊，不待小姑娘赶来，就把花壳踩得粉碎。小姑娘眼看花壳已被踩坏，再也不能变成一朵花了，只得上前拜张三的母亲，愿为她儿媳。张三的母亲喜出望外，马上跑到亲友处，择日替张三办理婚事。

张三捉鱼回来，他母亲告诉他今天的事，心里很愉快。母子走进厨房，见过儿媳，各说心意，很亲热。黄道吉日，张三的母亲备办了一些素菜，请来隔邻亲友数人，给张三与小姑娘成了亲。张三夫妇相亲相爱，每日张三去海里捉鱼，有他媳妇在家照料家事，一家生活过得很好。

有时，张三捉的鱼多，他们夫妇就到城里去卖，卖了鱼，买柴米肉，欢欢喜喜地回来，孝奉母亲。一天，张三夫妇又到城里去卖鱼，正是街期，买卖的人很拥挤，他们夫妇好容易才挤到桥头街，把鱼摊开，准备卖鱼。忽然听见人声非常喧哗，张三夫妇抬头向北望，有几个衙役正挥鞭驱人，后面有八人官轿，原来是州知事游乡回来，张三夫妇急忙把鱼收拾好，站在铺台前面。这个丑恶无耻的州知事从轿窗内探头张望行人，来到张三夫妇面前，看见张三的媳妇年轻美貌，顿起淫心，就叫衙役来问张三夫妇的家世、住地。州知事回衙后，一心想念张三的媳妇，茶饭不食，一夜未睡，心想有张三媳妇陪伴，今生幸福了。如何把张三媳妇夺来？左思右想，计上心来，就叫衙役明晨去捉张三来见州知事。

这日张三收拾好，正要去捉鱼，有两个衙役闯进门，不问青红皂白，拉拉扯扯把张三捆起就走，张三母媳哭啼不放张三，被衙役打倒在地，硬把张三捉去。张三被捉到州衙内，州知事已升堂等待，不等衙役回话，就传张三上堂。张三不知何故被捉，站在堂沿，问贼州官："我犯何罪？为何把我捉来？"州知事大发雷霆，说张三多年在海子里抓鱼，为何不上鱼税？张三说："我捉鱼度日，养活老母，哪有钱上税？"州知事沉思一会说："不管你养妻养母，限你明天抓不多不少够一斤的鱼三百尾见我，不然就以抗税论罪。"张三被放回，来到家里非常苦恼。他媳妇看这情形，走来问他，张三很丧气地说："知州事说我捉鱼不上税，限我明天捉三百尾鱼，不多不少，足够一斤的，不然以抗税论罪，这如何是好？"他媳妇笑着说："我怕是什么了不起的事，原来是这点小事，不必苦恼，你去卖些金钱纸火，到海边烧了，把知州事要鱼的事向海里爹妈说了，就会有鱼出来。"

张三听了很高兴，急忙去买了一些纸火，拿到海边烧化，说明来意。果然海水翻滚，很多鱼跳到海边，张三速急把鱼捉起，拿回家一数，足有三百尾，尾尾不多不少，足有一斤。张三很感谢媳妇，背起鱼进城去见州知事，州知事当堂清点张三的鱼，足有三百尾，尾尾有一斤。州知事很觉奇怪，暗想张三有这样本领，怎么害得死他，美貌佳人怎能陪伴我呢？张三会捉鱼，人的眼珠，他再也不会找到，如果找不到眼珠，就可以杀张三的头，他的媳妇就归我玩乐了。于是他就对张三说："你的鱼，本州事暂时收下，再限你一天要拿人的眼珠三百对见我，不然就论你死罪。"张三以为交了三百尾鱼就无事了，不料州知事又要限他交三百对眼珠，眼珠是生在人的身上，这么多的眼珠，要从哪里找？张三走出衙门，越想越急，天黑才回到家。他媳妇见丈夫这么晚才回家，一定发生不幸的事了，不等张三落脚，就来问张三碰到什么不幸的事？张三把州知事要眼珠的事告诉他媳妇，媳妇又叫他去烧纸火，向海里爹妈去要。

第二天，张三依然拿了纸火，到海边烧化，同样说了来意。不多时，海面浮出很多眼珠，张三高兴极了，谢了海里的爹娘，把眼珠一对对数进箩子里，不多不少，足有三百对。张三背起眼珠，又到州衙里，州知事听说张三来交眼珠，惶虑不安，叫衙役来清点眼珠，足有三百对。衙役回报，州知事内心很怕，张三究竟是什么神仙变的，会有这样的本领，与他争斗不得。但州知事想谋夫霸妻的心没有死，死心塌地要害死张三。又把张三传到大堂，追问张三杀了多少人，苦刑毒打，逼张三的口供。张三至死不招，没有张三杀人的确据，州知事无法，松了刑，放了张三，限张三捉活老虎三百只，捉不到，就要杀张三的头。张三被打得皮开肉裂，一步一急地爬回家。他媳妇见到丈夫受了这样苦打，非常气愤，张三的母亲更是伤心，哭痛了老眼。张三气愤填胸地说："贼州官硬说我杀人，逼我招供，把我极刑拷打。

这还不算，还要我捉三百只活老虎见他，捉不到，就要杀我的头。"张三的母亲听了张三的话，扑到张三的怀里哭说："儿呀！三百只活老虎，哪里去捉，我们母子怎样活命！"张三的媳妇赶快上前安慰说："等他伤好，到后山去拜求土地神，没要说三百，就是几千活老虎也有，不必伤心。"张三的母亲听了儿媳的安慰，这才放了心。

张三在家养了几天，伤势已好，照他媳妇所说，买了一些金银纸火，到后山土地庙里，烧化了纸火，磕头哀求土地神，召集三百只活老虎交给州知事。张三哀求过后，坐在岩石边相等，忽然刮来一阵狂风，树叶吹落，黄土飞扬，随着风势，有怪兽狂吼的声音，张三急忙跑进土地庙躲避。就在这时，从浮箐密林里，跳出一个个白额大老虎，向土地庙走来。张三看到这多老虎，魂也掉了，缩作一团。这老虎却向张三点头摇尾，张三看到这样情况，才大胆出来，数一数，足有三百只老虎。张三谢别土地神，赶着一群老虎，径向城里去。路上行人纷纷躲避。到了州衙内，吓得衙役东藏西躲，张三赶着的三百只老虎，一进衙内，就大发威风，大吼大跳，追捉衙役。州知事听到堂外混乱的声音，不知何事，正待出堂看看，一群老虎已扑进来。州知事，吓破了胆，叫张三把老虎打出去。这群老虎哪由分说，齐向州知事扑去，一只一嘴，把州知事撕成四五块。这个万恶的州知事，就这样被老虎吃掉。张三见贼官已死，平了气，正想把老虎赶回去，不料，一转身，一只老虎也不见了。张三独自走回家。从此，张三不再受官家的欺压，自由地在海子里捉鱼，一家过着幸福快乐的生活。

蛙儿讨媳妇

搜集者：施岐山、李泮芹
搜集地点：云南省大理白族自治州洱源县

不知在多少年以前，传说在东方柴柴山下，住着一家年老的夫妇。男的叫阿鲁，女的叫翠华。夫妻俩天天生产劳动，虽然年老力衰，日子还过得很甜。可是独有一桩事常挂在他俩的心头，夫妻已到晚年还是没儿没女，老两口气得白天吃不下饭，夜晚合不上眼。一天，翠华和老伴说："唉，真气人，怎么我们的运气倒霉到这个地步，哪怕是生下有蛙样的孩子也是够满意的。"

也真奇怪，自打话说了以后，翠华已怀孕了，不到十个月翠华生下了第一个小孩子，生得十分俊秀和结实，老两口相当疼爱他，取名叫"蛙儿"。

蛙儿长大了，平日很孝顺父母，说劳动，天天从风雨里打柴回来也一点不觉辛苦。说外貌，山上的映山红也不敢和他相比，实在是山中罕有的一个英俊男子。

"男大当婚，女大当嫁"，老两口又为蛙儿的婚事心急了。一天翠华对蛙儿说："哎，孩儿这么大年纪了，又有哪家的姑娘来上我们这穷人家的门！"蛙儿一点不作声。阿鲁又对蛙儿说："管他上不上，蛙儿！你先到东山去说亲。"

吃过早饭，蛙儿就动身去说亲，走了不到半晌午的路程，远远看见前边有一金碧辉煌的大户人家。到了大门前蛙儿就走了进去，蛙儿抬头一看，看见西边绣房里坐着一个很漂亮的小姑娘，和自己年纪差不多。蛙儿含羞地上前叫了声："姑娘，你姓甚名谁？是否许配过，我是来说亲的。"姑娘皮笑肉不笑地说："你远方的哥哥来说亲是可以的，不过有条件，你要把我们房子后面的那座山变作金山,我就许配给你。""这事谁做得到呢?"蛙儿愣住了,不作声地出了大门。蛙儿回到家里,把事情的经过告诉了父母,老两口想了想,又齐声对蛙儿说:"娃!东方不亮西方亮,你还是去到南山把亲寻。"

蛙儿走得把脚都磨破了,好容易才到了南山。南山脚下也住着一户很不平常的人家,排场和东山的那家不相上下。蛙儿推开半掩半闭的银色大门,刚走到天井里就看见花亭中有一少女正在摇扇乘凉,蛙儿上前讲明来意后,那少女开口说:"求亲来过无数,只因不合应不成,你要有心找我配,先把门前十里大路铺成银。"蛙儿手长袖短不回话,苦笑一声就头也不回地大步往家走了。

蛙儿走了这两趟,心里很是纳闷,母亲也对他发愁。父亲笑了一声说:"人说牛毛就算多,星星还比牛毛多。孩儿你还是到北山把亲寻。"

最后蛙儿又向着北山去了,走到半路上就远远看见一片五光十彩的瓦房,蛙儿向附近的人家打听了一下,才知这边不是一个村庄,是一户有钱的员外,还听说他家里有一个闺女和父母不对头,至今还未许配。这时蛙儿三步并作两步走,鼓足勇气闯进了员外的大门。走进第一第二两院,里边没有什么动静,走进第三院才听见西边房子里传出来"呼噜呼噜"的推磨声。蛙儿跟着声音走进了西边房子里,看见一位年轻的姑娘正在推磨,忙得额上的汗珠不断往下流,那少女长得十分美丽。蛙儿满脸带笑地说:"可爱的姑娘啊,看你忙成这个样,还不休息歇歇气。"这个姑娘真有点奇怪,声不出气不哼的。蛙儿仍然站在她旁边,等了好长时间,太阳也快要落山了,姑娘还是一股劲地推着磨,睬也不睬蛙儿一眼,蛙儿闷苦一肚子气只好回家去了。

蛙儿回到家里,晚上哪能睡得着,在床上翻来滚去,一心想着这个美丽勤劳的姑娘。蛙儿好容易才等到天亮,饭也不吃又向北山奔去了。他到了员外家里,姑娘仍然在推磨,蛙儿在姑娘旁边等了老半天,有些不过意,真想帮她来推磨,但又怕她不肯,实在是上下两难。姑娘一边推磨一边用眼睛斜视着蛙儿，心里却想着这小子生得还很漂亮，看样子是个穷家子弟，和过去来求亲的那些少年不同。姑娘便对蛙儿说："你是来求亲的吗？"蛙儿听见姑娘说话了，不禁喜出望外，连连回答："是的，我是来求婚的。"姑娘又说："不过要有个条件，你要替我推三天三夜的磨，还要不吃不喝，如果做得到才能许配。"蛙儿暗自高兴，心想莫说三天三夜，就是十天十夜也难不倒我。便走上前去替姑娘推起磨来，姑娘站在一旁瞧得出神，想着这小伙子真不错呀！将磨儿推得如闪电，我要是能配上这如意郎就是死了也甘心！时间过得真快，不觉就过了一昼夜，蛙儿不喘一口气不叫一声苦，姑娘真是钦佩，过去拉着蛙儿的手说："你是我的亲人，我要终身跟你成双对。"可是姑娘又愁苦地说："可是我父亲的心肠比狼还狠，我母亲的心肠比蛇还毒，你有办法对付吗？"蛙儿坚决地回答说："你父亲的心肠比狼还狠，我就用棒棒打，你母亲的心肠比蛇还毒，我就捏住她的七寸，你看行不行？"姑娘回答说："行，行，行！你是勇敢的少年，是我心中爱慕的人。"

姑娘领着蛙儿走到恶狠狠的父母面前，她父亲仔细打量了一下蛙儿说："你来求亲也可以，要把我的厢房装满金和银，要捉一对狮子和豹子拴在门前管家户。"话倒说得轻巧，可是这条件难如上青天，蛙儿在一旁不觉打了个寒噤，蛙儿正在寻思办法，姑娘却使了个眼色，要他退到后院去，姑娘对他说："捉活兽没困难，你把我磨的那些面撮一升来捏成狮和豹，拿给我吹一口气就会变成活的了。"蛙儿霎时高兴得跳了起来，不久一对活的狮子和豹子的确拴在大门前了。两个狠心的财主扇着凉扇一齐走到大门前，呀！真的一边拴着只狮子，一边拴着只豹子，张牙舞爪，实在神气。财主夫妇几乎笑掉门牙，才吞吞吐吐地答应了蛙儿的婚事。

蛙儿和姑娘手牵着手愉快地奔向柴山去了，这时那对野兽也摇着尾巴用殷勤的目光送走这对青年夫妇。

财主夫妇转回一看厢房里什么也没有，财主老爷急得跺脚，连忙叫了几个家丁一齐去追赶蛙儿和姑娘，要和蛙儿退婚。他们一伙人追出去的时候，两只野兽仍然很安静地睡在那里，眼看财主和一伙人快要追上蛙儿和姑娘了，突然间天空乌云密布，雷电交加，下起倾盆大雨，使财主和家丁们寸步难行。雨过天晴，地上的雨水却又变成满路的黄金白银，金光四射，刺得大家眼睛都睁不开，财主夫妇见了这些黄金白银当然眼就红了！他俩一边告诉家丁们暂且不要追了，赶快收拾满路的黄金和白银，一边撞撞跌跌地跑回去打算再喊几个家丁来搬运，可是财主夫妇刚刚跑到大门前的时候，狮子和豹子却把眼睛鼓得圆睁睁的，挣断了绳索向他俩猛扑过来。财主夫妇吓得没命地往回逃，他俩哪是野兽的对手呢？跑不多远就被野兽追上了，黑心的财主夫妇就这样活活做了狮子和豹子的点心。其他那些家丁都吓得抱头逃跑了。

蛙儿和姑娘摆脱了虎口，自由自在地像一对美丽的鸳鸯，飞也似的来到柴柴山。蛙儿和姑娘结成了一对美满的夫妻，女的在家织布，男的下田耕地，生活过得十分幸福。

啊呀呀

整理者：张福三
时间：1959年1月30日
搜集地点：云南省大理白族自治州大理市下关街道

在山的脚下有一小村落，沿村有条小河淌过。村落里住有父女二人，女儿叫小英，是爹的一颗明珠。爹上山砍柴，女儿在家织布，爹在田里耕作，女儿在旁边播种。他们的生活过得很平静，很快乐。森林里的小鸟时常飞到前为她唱歌。

每天傍晚，小英同着村里的姑娘，青年到山里去接自己的父亲。小英爹每次从山里回来，不是给她采集一些野花，就是给她摘一些野果。女儿见着父亲总是问："累了吧？爹！"爹总是这么回答："不累，小英。"一天，小英在村头河边，接着父亲打柴回来，她问："累了吧？爹！"小英爹只是

"嗯"了一声。小英觉得奇怪，抬头见爹的脸色很难看，柴也比往日砍得少，她不再问下去，跟在父亲的后面，一句话没讲地回到家里。

小英爹回到家，把柴放下，长长叹了口气，愁眉苦脸。小英从没见过爹这样愁苦过，一定出了什么事，忍不住问道："爹，你今天遇到了什么？和谁吵了嘴？"小英爹只是摇头不语。小英急得要哭了，小英爹才吞吞吐吐地把遇着的事情告诉她。

今天，小英爹上山砍柴，挥起斧头去砍一棵大树，斧头碰在树上就弹了回来，砍在手上，老爹负痛地大叫一声"啊呀呀！"，跟随着他的叫声，树林里回了同一声怪叫，就在老爹面前站着一个高大的怪物，青脸红发，说话声音震得树叶直响，小鸟也停止它的叫声。怪物自称"啊呀呀"，并对小英爹说："你既然叫了我的名字，就得送一件礼物给我，那就是你家女儿。"小英爹刚要说个不字，自称"啊呀呀"的怪物就不见了，只听见树林里传来它的声音："如果不把你的女儿送来，你们全村人就要遭殃。"

小英爹把事情说完，便抱着女儿痛哭起来。他们都不知道怎样才能免除这突然给全村和女儿带来的灾难。哭也没有用，最后，小英不顾爹和村里人的劝阻，一个人离开村子，朝着爹听说的地方走去，找着那棵大树。她叫了一声"啊呀呀"，顿时一阵狂风，自称"啊呀呀"的怪物就出现在她的面前，又是一阵狂风，小英和怪物都不见了。

啊呀呀把小英带着，赶过了一座又一座大山，最后，终于来到一块平地上停上。这里昏昏暗暗，树木茂密，看不见天日。草地上开满花朵，可是没有芳香；美好的小鸟枝头树头，没有叫声，一切都很沉静。在树林深处，有一幢高大的宫殿，房上积满腐叶，宫门紧闭。怪物把宫门打开，殿里更是昏黑阴森，好像很多时间没住人，使人感到害怕。小英跟在啊呀呀的后面，不敢出声，任凭把她带到什么地方。啊呀呀指着一间黑洞洞的房子说："这是你睡的地方。"它一边又拿出一只死马脚，递给小英说："这是你的早饭。"说罢，它把小英一个人留下，自己打猎去了。走了很多路，小英这时感到饿了，可是她一拿起死马脚，就一阵恶心，她想把它扔掉又没地方。她在屋里四壁摸了摸，才摸着窗子。她用力打开窗子，一阵灰尘落下。窗外是一片森林，深不知底，太阳光从树叶间射进一点来，窗下有一口井。她把死马脚扔进井里，就独自一人坐在窗下，出神地望着外面，等着灾难到来。

黄昏的时候，啊呀呀打猎回来，拖着很多野物，还有一只很美丽的孔雀站在它肩上。它把孔雀丢给小英说："这是你的伙伴。"又问起小英吃了死马脚没有，小英没答应，死马脚却在井里回答："我在这儿！"啊呀呀生气地骂了小英一顿，说："要是明天再不吃，就剥你的皮，吃了死马脚，我们就结婚。"骂完，它就去睡了。

深夜，小英睡不着，眼泪不住地留下来，吃下死马脚就要结婚，她越想越难过。她抱着孔雀，昏昏沉沉地睡了过去，好像自己回到村里，见着爹和村里的人。可是醒来，还是坐在一间没有光亮的屋子里，树木被风刮起呼呼地响，只有做伴的孔雀还睁着一双明亮的小眼望着她。这时，孔雀忽然开口讲人话："小英，别哭，你把死马脚割开，装在一个皮口袋里就行了。"

小英问孔雀："你是谁？"

孔雀回答："我是百鸟之王，昨天，我变只孔雀，去在空中看看我的百姓怎样生活，不小心，给它捉住了。"

小英很可怜孔雀，它像自己一样被捉住，关在这里。她说："你有翅膀，我放你自由飞去。"孔雀摇摇头说："我要飞到山后湖里，洗了澡，才能恢复人的样子。我的翅膀被它折断，飞不到湖边。"她听说湖水能够救孔雀，就要孔雀把湖水的地点告诉她，她去把湖水取来。孔雀很感动，这姑娘在灾难中还能帮助人，于是开口道："你是很好的姑娘，我把湖水告诉你吧！在山后面一块地方，有两湖水，一湖水洗了可以变成动物；一湖水动物洗了可以变成人。"并从头上折下两根羽毛，翅膀一扇，就成了两个瓶子，交给小英。又附嘴在她耳边说了几句，小英高兴地点头，没多久，他们就睡着了。

天亮了，啊呀呀起来，首先问小英把死马脚吃了没有。死马脚在小英身上的皮口袋里叫道："我在这里！"啊呀呀认为小英吃了死马脚，高兴地说:"吃了死马脚,就得和我结婚。"小英忙央求边:"迟一天和你结婚,今天得让我出去玩玩。"啊呀呀想了一下,便答应了。

啊呀呀照常出去打猎,小英趁这个时候,带起两个瓶子去找湖水。她走了许多山路,爬过了许多石林,走累了,歇一会,又继续向前走。走着走着,终于走到了金光耀眼的湖边,湖水平静,没有波纹,太阳悬在空中,湖边被树木围着,岸上有五颜六色的石子、奇异的花草。小英顾不得看这些,时间不早了,她忙把一小瓶丢进左边的湖里,湖水就干了,装进瓶里。把另一小瓶丢进右边的湖里,湖水也干了,装进瓶里。她把两个瓶取起来,沿来路飞跑着回去。在家里孔雀已在等着她。她们找了一块平坦地势,把瓶子往地上一丢,顿时,她们面前就出现了两湖水。

太阳快要落山的时候,啊呀呀打猎回来,小英对它说:"你的样子太可怕了,先在湖里洗一下,变得年轻些,我才和你结婚。"啊呀呀不相信,小英采了几张叶子往湖里一丢,马上变成五彩的蝴蝶,一只只从湖里飞出来,啊呀呀满心喜欢,一步跳进湖里。很久,很久,才从湖里跑出一只豺狗来,它一见小英,就转身躲进森林里去了。相传,豺狗就是它的后代。

小英回头去看孔雀,孔雀不见了,在它站的地方,站着个英俊的青年人。孔雀在啊呀呀跳进湖里的同时跳进另一湖里,变成人。他感激小英给他恢复了人形。啊呀呀已跑得无影无踪了,他们才一同走出森林,回到小英的村子里。

小英爹一见小英,哭瞎的眼睛也亮了。村里人听说她回来了,也来庆贺。不久,小英和孔雀青年结了婚,把小英爹接到啊呀呀在的地方,村里人也跟着搬去,过着美好的生活。从此,草地上的花朵放出芳香,小鸟自由地在枝头歌唱,阳光照亮了每个地方。每天早上,太阳还没出来,小英爹就和孔雀青年出去砍柴,屋里小英的织布机也跟着响了起来。

神笛

讲述者：左德华
记录者：段寿桃
整理者：张文勋

很久以前，在一个山坎坎里，有一个牧童，名叫腊月生。他每天都在一个大山箐里放着一条耕牛。腊月生自小就是个巧心眼的娃娃，喜欢玩弩射箭，又吹得一手好笛子，大家把他称作"韩湘子"。

有一天，他把耕牛吆到山箐里，让它在一块荒地上自由自在地吃草，自己就到竹林里面吹空心竹削笛子去了。不料这头耕牛却跑到一家财主的庄稼地里去，给财主打死了。等腊月生出来找牛的时候，反被财主用马鞭毒打了一顿。自己年纪又小，抗不过人家，有理没处说，只得忍着一肚子气跑掉了。那狠心的财主还放出两只恶狗去撵腊月生，一口气跑了几个山头，跑到一座大山上，上面长着许多大树，腊月生一手抓着树枝丫就爬上去躲着，两只狗在树下哇哇地叫了一阵，才夹着尾巴走了。

腊月生坐在树上，心里又气又恨，想起全家人就靠这条牛过活，现在给人家打死了，自己还挨了一顿打，真是一肚子的委屈没处说，就"呜呜呜"地大哭起来。

这时，下面忽然来了一个小孩，那小孩问道："腊月生，你哭什么？"

腊月生说："我家的牛给财主打死了，叫我咋个回去呀！"小孩说："你莫哭，如果你有本事，你到神山上去找那条神牛吧！"

腊月生问道："什么神牛呀？"

小孩说："我祖父说过，神山上有一条神牛，力气可大啦，一天会犁八千亩地，一夜会犁八百亩地，只要谁能找到神笛，一吹它就出来了。要是你能找到这条神牛，不是比你家的牛强几千几万倍吗？"

腊月生听见了，就从树上跳下来说："我会吹笛子，但不知道这神笛在哪里？"

小孩说："那我也不知道，你自己去找吧！"

腊月生回到家里，想了又想，总想不出一点线索。"到底这支神笛在哪里呢？"最后，他决定明天去找神笛。第二天一早，他就带上一把砍柴刀，肩上挂着弩子，到山上去找神笛去了。

他独自一个在深山里走呀走的，一直找了两天，但这支神笛连一点影子也没有。第三天，天渐渐地黑下来了，腊月生还在山上转来转去地找，这时周围是茂密的森林，风一吹来，发出哗哗的响。腊月生心里害怕得很，赶忙爬到一棵大树上躲着，等明天再去找。他蹲在树上，看看周围，尽是一簇簇黑黝黝的影子，好像是鬼怪一样，心里扑扑地跳。正在害怕的时候，忽然看见对面山坡上发出一道五颜六色的亮光来，忽起忽落，一阵比一阵亮，一会像一座彩桥，一会又像一座宫殿，腊月生看呆了。再仔细看看，只见五色亮光下面有一窝竹子，竹枝在亮光下面摆来摆去。

"这是什么东西呀？那里有仙人吧！"腊月生觉得很奇怪，胡猜了一阵，忽然兴奋地叫起来："那一定是仙人的竹子，我去砍它两根来削根笛子，不就是神笛了吗？对！对！"腊月生高兴起来，就马上要爬下树去砍竹子，但又想到："仙人住的地方，晚上去了得，他们会放野兽出来吃人的，等明早上再去吧！"于是他就蹲在树上看那边变化无常的美丽的亮光，一夜没有合眼。

鸡叫了三遍，东方渐渐发白，树林里的鸟雀也叽叽啾啾地唱起来了，腊月生摸一摸腰间的砍柴刀，紧一紧肩上的弩子，大着胆子爬下树来，朝着那窝竹子走去。走到离竹子四五丈的地方，忽然呼的一声跳出一只老虎来，张牙舞爪向腊月生扑来，他骇得大叫一声，倒退了几步，连忙取下弩子，一箭就把老虎射死，才松了一口气。又呼的一声跳出一只老虎来，腊月生又一箭射去，射中老虎的眼睛，只见老虎大吼一声，跳起三丈多高，从山岩上骨碌碌地滚下去，一直滚到箐底摔死了。腊月生擦了擦脸上的汗，正想歇一口气，不料又跳出一只老虎来，这家伙可更凶了！一下子跳到腊月生面前，他已来不及搭箭，只得顺手拔出砍柴刀，用尽了吃奶的气力，向老虎猛砍过去，正砍在老虎的脑门上，只听它大叫了一声倒在地上，再砍几刀就躺着不动了。

腊月生骇出一身冷汗，歇了一阵，不见什么动静了，才走近那窝竹子，砍了两棵，开始细心地削起笛子来，从早上削到晌午，笛子削出来了，腊月生想："让我试一试吧！"

他吹了一声，只见成群的鸟雀就从四面八方飞来，有大的有小的，有各种各样颜色的，什么奇奇怪怪的鸟都有，在他头上盘旋着。他吹了第二声，嗬！山上的山獐马鹿，老虎豹子，也成群结队地来了。腊月生继续吹着，美丽的笛声随着晚风飘荡在森林里，那些鸟雀也在头上叽叽啾啾地唱着，拍着翅膀，野兽也在旁边摇头摆尾地和唱起来。腊月生一面吹一面看，却不见神牛。于是腊月生就吹着笛子向山顶上走去，那些鸟雀也跟在头上飞，那些野兽也一群群跟在后面。走了很远，还是不见神牛的影儿，腊月生心里有点着急了，他就爬到一块高高的山岩上，使劲地吹起来，笛声就像珍珠一样，震响了山顶的每一个角落。这时，远远走来一条牛，它拖着慢腾腾的步子，摇头摆尾地向着腊月生走来，走到面前就驯服地站着。

腊月生仔细一看，咦！好一条大牛啊！长得又高又大，又肥壮又结实，一身赤黑色的毛，闪闪发光，鼻子上穿着一个铁圈，眼光盯着腊月生，像是要想说什么话似的。

腊月生心里高兴极了，连忙解下绿色的藤子腰带，拴在牛鼻子的铁圈上，拍拍牛的背，神牛也转过头来，用舌头舔舔腊月生的手，怪亲热的。于是，腊月生就骑在牛背上，一步步走下山来，走回家里去了。

腊月生回到家里，父亲母亲高兴得抱着他哭，问他道："腊月生，你这几天到哪里去了？我们以为是野兽把你吃掉了！"

腊月生说："阿爹阿妈，你们不要哭，我到山里去找到一条神牛来了。这条牛可好啦，它一天能犁八千亩地，一夜能犁八百亩地呢。"

父母听了,喜欢得就像获得宝贝一样,跑出来看神牛,这个摸摸它的头,那个摸摸它的鼻子,喜欢得一夜睡不着觉。

第二天,腊月生和父亲赶着神牛去犁地,才一小会,它就犁了一大片,父亲高兴地说:"够了,够了,再犁一阵,地就盘不完了。"父子二人吆着牛欢天喜地地回家去。

这件事情又一阵风吹到财主的耳朵里了,这个贪心不足的家伙,恨不能马上就把这条神牛霸占过来。他抓抓脑袋打了一下主意,就把全家老小都叫出来去翻查陈旧的老账簿,翻了半天,在最后一本上,查出腊月生家在好几年以前借了他的五斗米没有还,财主喜欢得叫起来说:"好了,好了,我去讨债去!"一面说着,一面就夹着账簿跑到腊月生家里,对腊月生的父亲说:"你们欠我五斗米,好几年了,连本带利已经有好几石了,到底哪天才还呀?"

腊月生的父亲说:"大爷,我们连吃的也没有,咋个还得起啃!"

财主说:"咯是想赖这笔债了?"

腊月生的父亲说:"哪里敢赖你家的债,实在是一下子还不起,请宽限到明年吧!"

财主就故意装作同情的样子说:"是呀,我也知道你的困难,但是债也不能不还呀!那么,你把你家的牛折给我吧!销了这笔债,我还可以送几斗米给你。"

腊月生听了,心里火起,就叫道:"不行!不行!就是饿死了,也不能给你这条牛!"

财主翻下脸来说:"不行就还我的米来!"

腊月生的母亲见势头不对,心里想:人家有钱有势,咋个扭得过人家,不如就把牛折给他吧!莫要惹是生非,对腊月生说:"大爷既然要这条牛,就让他牵去吧!"

话刚说完,财主就说:"好,这算你们答应了。"于是就不容分说,把牛牵走了。财主回到家里,得意扬扬地专门为牛盖了一间房子,地上还铺了地板，装上格子门，把牛关在里面。

心爱的神牛被人家霸占去，腊月生咋个服气啊？到了半夜时候，他拿着神笛，爬到房头上吹起来，神牛听见笛声，就连牛厩一齐驮到腊月生家里来。

第二天早上起来，牛和牛厩都不见了，财主气得直跺脚，叫人四处去找，最后在腊月生家里找到了，气得暴跳如雷，叫把腊月生抓来，关在一个大笼子里，把神牛也牵回来。若二天财主拿着鞭子，指着腊月生说："今天叫你去给老子犁地，听说你这条牛一天能犁八千亩地，今天你要是犁少了一分，老子就打死你！"

腊月生没有办法，只得扛起犁头，吆着神牛到财主家的地里去犁地。财主甩着鞭子，亲自跟在后面监视，腊月生赶牛下地，他也下地，腊月生架犁了，财主就在旁边盯着。

开始犁地了，腊月生吆喝了一声，神牛走动起来了，犁得快呀！泥土被唰唰地撬起来，像洪水一样地往后涌去，石头也被沙沙地硌得粉碎。财主在埂子上看着，高兴极了，心里想："只要有腊月生和这条神牛，就抵得几百个长工了。"想到得意处，不觉在埂子上手舞足蹈起来，挥着鞭子叫："快，快，好哇，真好哇！"

神牛越犁越快，一圈比一圈快，简直就像飞一样，财主高兴得什么都忘了，也不顾新鞋子被泥土玷污了，一步跳到田心里来看。这时神牛拖着犁头，就像闪电一样旋转着，快得叫人眼花缭乱，整个地面都旋转起来了！

到了最后，神牛转一圈，地就陷下去一截，再转一圈，又陷了一截。转着转着，忽然"垮啦"一声，整块地都陷下去了，变成一个白茫茫的海子，海水直往上冒。

这时，神牛把腊月生驮在背上，跃出了白浪翻滚的海子，飞也似的往家里跑。而这个贪心的财主，却连死尸都找不到了。

干梨树开花

记录者:树林

从前有个人,名叫露香,是一个机智聪明的女孩子,年方十六;她的妈妈五十多岁,心直口快,为人忠厚;弟弟十来岁,一共三子母。很早以前,父亲被帝王们逼死,她的家产剥削得一干二净,只还剥着一条木钩,阿香的妈妈用这条木钩,挖了一块两三分的山地,过着非常可怜的生活,住在破烂不堪的旧庙子里,好像蛙井一样。她的那块地,种了苞谷、四季豆、黄瓜子,长得相当好,苞谷一包九寸大,豆子一夹六寸多,瓜子一个像小孩,她子母喜欢得歌舞跳跃。

她母亲说给孩儿俩:"小乖乖,高兴吗?今年咱们苞谷好、瓜子大,喂上一口肥猪,给你们过二月八;现在咱们地里,听说有熊糟蹋庄稼,我去打它,好好在家吧!白天不要出门,晚上好好互相盖被吧!等到妈妈转回来,给你们嫩嫩的苞谷吃。孩子,我去啦。"

她妈离家,往山地里跑,边想儿女,边想苞谷。到了苞谷地里,一刻不停地撵雀赶兽,睡也睡不着。她们地的隔壁,有座高山,顶峰插云,下边有个深箐,豺狼虎豹吟吟啸啸,闻觉惶恐。对面岩壁上,有个深洞,常听人说:"仙人啊"内有观音培养着九尾狐狸精、玉石琵琶精、无头狮子精……时常变为活人,来同凡间人吵吵闹闹,接朋接友,打亲家。

有一天,阿香的妈妈喊着叫着,忽然听见她的东边,有人答应学她叫喊,她妈妈往前一看,原来有一个漂亮的姑娘,身穿白衣裳,黑褂领,披头散发,正伤心哭着说:"妈呀!爹呀!实在没良心呀!"阿香的母亲问她说:"你有什么心事?咱俩谈一谈,不要哭啦。"姑娘说:"哎呀!阿大妈,为了双亲同我打架,痛打我,毒打我,你看身上,打得血流起泡。"阿香妈说:"年小的姑娘,你同我女孩子好像一样,你爹妈这样子打你,太不讲理呀。我家连我三子母,很早以前,阿香的爸爸被帝王们逼死,财产也拿光,我已五十八,阿香的弟弟九岁啦,阿香年方十六,生活实在苦了。看今年的苞谷,这样子好,命该回转啦。"

姑娘说:"你家在哪儿住?你孩儿们呢?"

阿香妈说:"我孩儿俩很有规矩,不打架,天天在家,家住村东旧庙子里,房后有梁,门开北方。"

姑娘说:"大妈你好像几天不梳头了,头上有虱子了吧,我帮你看看来。"

她俩说话实在投机,阿香的妈妈坐得半睡半醒,那姑娘的嘴,忽然变成又粗又壮又大,流着唾液,将阿香的妈咬死吃掉啦,只剩下手脚指头,她拿来拴在身上的毛上,还一模一样地装作阿香妈妈,即往东奔走。

她到了阿香的门口时,就坐在门口石板上休息了一会,敲门叫喊:"孩子,阿香,开开门,妈妈回来啦。给你们嫩嫩的苞谷吃。"孩子俩正睡得热烘烘的,阿香在朦胧中梦着:"同树打朋友,山神不依他,甩了他一棒,才逃了回家。"忽然听见门外喊声,惊醒了阿香,在半睡半醒中心想:"半夜三更,到底是谁来敲门呀?"门外那姑娘加声叫喊:"孩子,阿香。你妈妈回来了,在门口冷得牙齿互相咯咯打架,睡死了吗?快开门。"阿香的弟弟说:"大姐!醒来呀,妈妈回来啦,快开门。"阿香说:"小弟弟,不要叫,这恐怕不是妈妈,闲人空喊哄叫。"她们姊妹再听了一下,同样在敲门叫着,阿香在床上说:"我妈妈常叫我俩小乖乖,叫得温柔和顺,恐怕你不是我们的亲生妈妈!"她的弟弟责备阿香说:"怎么不是阿妈,快起来。"

那姑娘回答说:"小乖乖,你妈妈在地里想你们,恐怕你们冻饿,所以深夜也回来,并且在地里撵雀叫喊,声音有点儿不像原来的那样,我背上背着苞谷,怎么会把门开呀!"阿香说:"咦,原来这样?"

阿香就急急忙忙从床上爬起来,去开门,一摸索到门边边上的手指,粗大生毛,阿香一惊说:"我妈的手指头不像你那样粗大有毛,你这是为什么？我妈手上戴着戒指手镯，你的手实在不像，我不开。"

那姑娘在门口见机生巧，她的手在石板上磨了几下，将手上的毛去掉了说："在山上怕贼子，所以把手上的戒指藏在袋子里，加上几天不洗脸，还再像原来的那样吗？小乖乖，快开门。"阿香听了这样辩护，就把门掀开了，请她进来，还叫说："妈妈你辛苦了，饥饿吗？女儿做给你点儿吃吧！"姑娘回答说："这时候太晚了，明天吃算了！可是你俩孩儿冻饿，烧起火，给你烧吃几包苞谷吧！"

阿香答应说："阿妈，没饿，明天再吃吧。"

姑娘说："走，那就睡吧，阿香，你睡在上头，我同你弟弟睡在下头，过了几天，我想你弟弟啦。"阿香说："妈呀，好，好。"

刚睡了一下子，那姑娘的嘴，忽然又粗又大，正吃着阿香的弟弟，吃到手指脚节，咬得咯咯地响，惊醒了阿香。

阿香说："妈呀，你吃什么？吃得这个样子响。"

姑娘回答说："今晚上在地里炒吃苞谷，一面吃，一面跑，现在还剩几个。"阿香说："妈，给我几个尝尝。"

姑娘说："女孩子的年纪太小不要咬太硬太冷的，如果吃了太硬太冷的东西，伤害牙齿，影响你长大，明早上给你嫩嫩的吃。"

阿香说："妈呀，不怕，试尝一下。"

那姑娘逼得没有办法，只好给了阿香两个手指头，在漆黑的夜里，阿香接住，将要想丢进嘴去，上面有唾液，吓得一惊，啊！是两个手指头！阿香转过身想，这不是亲生妈妈，脚往下一蹬，弟弟不见了，脚上都染满了血。怕得魂飞魄散，脸变得像青菜一样，想要逃跳了，但没有办法，扪心想，只得解尿逃跑，别无办法可想。阿香只得再安静地睡了一下，头鸡刚叫，想要跑了，说给姑娘："阿妈，我要解个尿。"姑娘说："女儿，鸡还没叫，你咯怕，我做你伴，领你出去。"阿香说："妈，我不怕。我自个去。"姑娘说："阿香就在门口解吧！走远了会跌倒的，听妈妈的话。"阿香说："妈呀！这里是出去往来的地方，太不好哇。"姑娘说："阿香，那在天井里解吧！"阿香说："更不行，阿妈，天井是咱们打粮食的地方，怎么解尿。"

姑娘说："这也不行，那也不行，要到什么地方解！"

阿香一面走，一面答应，加快脚步，大步大步地跑。那姑娘从床上跳下来追赶阿香，跑得好似飞马一样，跑呀，追呀，走了八九十里的崎岖山路，到了一个岭峰岩上，下面有个黑箐，壁陡悬崖，高约万丈，阿香走得气喘力绝，休息了一会，被她抓着了。

她俩手舞脚踢大战了一场，阿香将那姑娘一扭，甩进青岩黑箐里。阿香最后挣扎飞跑，一跌一倒，赶到了三岔路口旁边。正好那里有一棵几千余年的干梨树，三十多丈高，零星的枝丫，为了阿香，忽变成浓密鲜嫩的枝丫，马上就开了花，结了果，繁繁叠叠，阿香就爬上这棵梨树上，躲藏着身子，天天吃梨度时光。一天一天，想要下来，又怕那姑娘，不下来的确在不住啦，只好下去梨树半身。恰好那姑娘，跟迹找寻，从她走过的地方追赶，那姑娘自言自语地想："抓住你，给你看看……"找到梨树下三岔路口上，踪迹无处走了，只好回家，东瞧瞧，西望望，闻着梨树上有人气味，抬头看，看见了阿香在梨树上晒太阳。阿香往下一望，叫着说："不好哇，又来了一个冤枉啦。"

姑娘叫喊说："女孩子阿香，为什么在梨顶上度时光？你饿了，下来给你吃的一样，不见你好久，在这寒冷的梨树上不好啦！"

阿香说："阿妈，这梨树上，非常清爽啦！白天黑夜都吃甜蜜的鲜梨，阿妈，给你一个要不要？"再说："如果你要的话，找来一把镰刀，烘它一下子，比原来的更加好吃，把它烧得红通通的特别好。"

那姑娘去找来一把镰刀，烧得红红的，拿给阿香。

阿香说："妈呀！你眼睛闭起来，丢下给你嘴里，如果不闭眼睛，那么就吃得不好。"

那姑娘听了阿香的这样子吩咐，嘴张得大大的，吃了一个，觉得天然好吃。姑娘再要一个，她的嘴比前次还张得大，阿香将红通通的镰刀很沉着地往下一扭，甩进那姑娘口里，叫得惊天动地一声，变化成为遍地荨麻、围着梨树，花裳变成叶子，头发变成花，那阿香在梨树上唱着："千也难，万也难，去了一场又一场，坐在树上度空日，怎么下台过时光。远望高山长又长，郊野有个放猪郎，望你快到梨树下，扫除荨麻配成双。"

那放猪郎吹着苇草树叶，口唱山歌，到了三岔路口。阿香在树顶上请求他说："亲爱的放猪哥哥，请你把下面荨麻刺扫掉，给我下来，你喜欢，做你室内伴侣，不喜欢，做你家庭奴仆。"

猪郎回答说："早而出，暮而归，太阳到了大西边，若要再耽搁，帝王打手板，你玩意上树，叫我扫刺手不闲。"

那放猪郎，不理加鞭回家了。那女孩阿香哭哭啼啼，咒风骂云地过了几天。有日早晨，对面山上又来了一个放牛郎，阿香歌唱着："遍地花草黄又黄，牛郎吹笛在海塘，男耕女织成双对，树上单身望田庄。望你牛哥快到来，为妹托你事一桩，我要同你成鸾凤，不要帮你执厨扫地堂。"

唱着、唱着，那放牛郎，走到了梨树底下，阿香将事情告诉给了他。放牛郎回答她说："时也忙，刻也忙，我的妞儿满山场，若要再耽搁，回去报月亮，披月亮，又受帝王骂又打。"不理她，匆匆忙忙，收集山上的牛儿。那阿香，只得擦泪上树顶。一转身，对门山坡坡上又来了一个放羊郎，健壮活泼，眼珠像核桃一样，飘飘荡荡，歌唱小山羊调子前来。那放羊郎到了三岔路口上，正要赶路，但他的羊群咩咩咩地叫着，卧下不走啦，那放羊郎，吃死吃活始终不肯走往别的地方，只得随从坐下路旁，擦着汗珠，半笑半喜地骂羊群说："奇怪啦，来到树底下，不走了，你们想吃梨吧！"那阿香在梨树上，笑了，恳求说："放羊哥，今天你要往哪儿？妹有心事，同你谈一谈。恐怕你……"

羊郎回答："眼泪汪汪，面色饥黄，衣裳不结，有何悲伤，可以提讲，咱们受苦人，都是一样。"

阿香把经过的情况一一说了，并说："如果将梨树下的荨麻刺扫平，你要愿做白头鸾凤，不愿意，做你女孩姑娘。"

放羊郎想："原来有这样，那是可以哪！"说："不管姐姐和妹妹，这一事情很容易哪！"拔出锋利的刀子，用力劈开荨麻，还唱着说："红毡子，白毡子，铺在地上做媒人，左一张，右一张，跳在白毡为妹妹，跳在红毡做鸳鸯，这个问题你许可，请你跳下啦！跳下啦！"

阿香回答说："红毡白毡两件事，问心跳下那一张，不管一跳跳下来，决顾做鸳鸯。"

阿香跳下来的时候，慌慌张张，身子和红毡互不相对，但当时东风一吹，把阿香的身子恰好吹上红毡。两人对着梨树拜成鸾凤鸳鸯，树木为他们点头，羊儿为他们跳舞歌唱。他俩离开这个地方时，画上一圈一杆，作为他俩的媒证凭人，将帝王们的羊群赶到美满花开的地方。从此以后，那令人讨厌的荨麻，恰巧冬天来到，霜雪把它杀得净光，世上的妖精打得永逃西方，受尽苦痛的人民，听到了这个情况，欢呼而歌唱，为它取了一个名字叫"干梨树花开"。

哑口无言

讲述者：董学文
记录者：杨德超
搜集地点：云南省大理白族自治州永平县

有个装哑的人在路上走着，碰到三个赶考的先生。三个赶考先生看见这个哑巴，就给他一包东西，让他替他们拿东西，哑巴无话可说，只得跟着去了。走了一会，迎面有人背着板子走来，哑巴指指问他们："这是什么？"三个人说："这是风板楼。"走了一段路，又碰着几个人抬着棺材来，哑巴又指指问，三人又答："这是逍遥杆。"最后他们又碰着乞丐，哑巴又指着问，三人又答："这是买门窗。"

他们四人到了客店住下了。第二天早上却不见了哑巴，他们三人只得拿了哑巴抬的东西，继续赶路。一出店门，便见照壁上题了这样几句诗：

"去时遇着风板楼,来时抬着逍遥杆,三个先生死了后,儿子出来卖门窗。"三人看了,哑口无言。

憨姑爷

讲述者:苏六斤
记录者:郑谦
时间:1958年
搜集地点:云南省大理白族自治州鹤庆县

有个憨姑爷,讨了一个很好的媳妇。他家养着一匹骡马。一天,他爹要他去卖这匹马,憨姑爷就问他爹要卖多少钱。他爹说:"要十五两银子才卖。"他拉马到街子后,遇着一位韩先生来买马,问憨姑爷要多少钱,憨姑爷说:"要十五两。"韩先生又问:"可赊给我?"憨姑爷说:"我赊给你,你要给我一张条子。"韩先生说:"你赊给我几天?"憨姑爷说:"既然银子是十五两,就赊给你十五天好了。"

韩先生肚才好,就写道:"马要银子一块五,限至日子一月小,我家在那点,我家时再鬼门东,系姓什么我姓韩,家头有个一窝蜂(学生),门前有个吃米虫(碓)。"憨姑爷就把这个条子拿回去,他爹看不通,就拿棒去打他。结果憨姑爷的媳妇接过这字条一瞧,就说道:"爹爹不要打你儿子,这条子写得合理,你可问问你儿子,他把马一定是卖给这样一个人,他姓韩,是一个教书先生,他买马是十五元,叫十五天后去取银子。他家有一群学生,门前有一个碓,他的家在城隍庙东边。"

十五天后憨姑爷就去韩先生家拿银子,韩先生就热一碗油炒饭给憨姑爷,他吃得饱饱的,韩先生就问他:"人家都说你憨,你咋个懂得我的条子。"憨姑爷说:"这是我媳妇教我的。"韩先生说:"奇怪,你憨姑爷倒有个这样聪明的媳妇,我倒想见识见识你这聪明的媳妇。"

韩先生就给他十五两银子，要他交给他爹，又给他一个粑粑，一边是粗粮做的，一边是细粮做的，要他拿回去给老婆吃。

憨姑爷回来后，果然把粑粑递给老婆，他老婆一看就说道："我是细面配粗夫太划不着了！"于是她就跑掉了。

憨姑爷哭了，就向韩先生要媳妇，韩先生说："不怕！不怕！她从哪点跑？""她向东边跑。"

韩先生有三个姑娘，他就叫大姑娘抱着一个狗，去找憨姑爷的媳妇，大姑娘抱着狗在路旁哭，憨姑爷的媳妇遇见了，就问她："你为什么哭？"答道："我爹把我许配给这条狗做媳妇，我这一辈子咋个过？"

韩先生又叫二姑娘抱着一只大公鸡在路旁哭，憨姑爷的媳妇遇着了，又问她为什么哭。她就说："我家老奶奶把我许配给这只大公鸡做媳妇，我咋个不哭？"

又叫三姑娘抱着路旁的一个树桩哭，憨姑爷的媳妇又问她为啥哭，答道："我妈把我许配给树桩做媳妇，树桩不会动也不会说话，咋个整？"

于是憨姑爷的媳妇就不跑了，心想："他们嫁鸡随鸡，嫁狗随狗，嫁得树桩头，不得不守，我丈夫虽然憨，但到底还是一个人嘛！"于是她就又转回到丈夫家了。

三个姑娘就一路笑着回来，告诉韩先生说："憨姑爷的媳妇回去掉了！"韩先生说："好！我倒要去看看这个女人怎样能干法？"于是骑着马去了。

憨姑爷的媳妇一出来，一脚跨在门外，一脚在门内，韩先生一脚踩在马镫上，一脚在地下，韩先生对她说："小姐！小姐！你猜我上还是下？"妇人反问："先生！先生！你猜我进还是出？"韩先生又问："小姐！小姐！你猜照壁鲤鱼有几斤？"妇人转问："请你先生提下我来称。"韩先生又问："小姐！小姐！你猜我身上有几两金子？"妇人又反问："先生！先生！你猜我奶头有多大？"韩先生说："奶头大，用它做什么？"妇人说："喂出儿子做先生。"韩先生说不过她，于是就打起马转回家了。

鹅戴金牌

记录者：李唯一

从前有一个杨抡，做到光禄大夫的一品官，曾经做了册封琉球王的专使，一般人都喊他杨封王。那时的老皇帝御赐给他一对鹅，并且戴上两个小金牌，表明是御赐的特品。他这一对鹅而外，还养着七八只，一群鹅天天放出去农村里吃大家的谷子，糟蹋庄稼农户苗，一些老农民因为他的官高势大，敢怒而不敢言。这时候他们村庄又有一个李进士，做到浙江的温州府。另外杨抡的侄儿杨方咸也是个进士，有一里三进士的艳称。这个李进士名叫李闻诗，他的田里谷子也一样被这群鹅糟蹋不堪，心中很是不满，十分愤怒，要想替人民除害，可是他的官位比杨封王小得多，况且鹅又是御赐的东西，惹着鹅，就和惹着皇帝一样，是个欺君的滔天大罪，哪个承担得起，李进士左右为难，终于想出一个巧妙的办法。有一天，这群鹅在田里的稻谷里一面抠吃谷子，一面飞跃践踏，弄得真不像样子。农民群众看见，非常愤怒。李进士就吩咐他的家人，把两三个猛狗撵出去，向鹅群进攻，这一回把鹅群全数咬死了。观看的群众都拍手欢呼，大为高兴，可是御赐的两只大鹅已是同归于尽，祸就闯得太大了，杨封王大为震怒，马上到官府里去申告，说李闻诗伤害御赐金鹅，有意欺君。一班官吏都是害怕着杨封王的权威，又顾念到李进士的名望和他为人民除害的精神，这个案子就是弄到各级衙门，弄了好久，都不能解决。最后鹤庆地方来了一个董知府，替他们想出很正确而且很巧妙的办法，把这个案子批判得顶对。他的判语是："鹅嘴搓搓，吃谷不多。鹅上挂牌，狗不识字，禽兽相伤，干人何事？谷子赔鹅，鹅儿赔谷。"这件事就从此了结下去了。

财主与农民

讲述者：苏念祖
记录者：郑绍堃
时间：1958年
搜集地点：云南省大理白族自治州洱源县凤羽镇铁甲村

很多年前，凤羽地方有一个大财主，家里养了一只鹅，并且在门外挂上一个招牌："我家养鹅一只。"同村有一个贫苦的农民，家里养了一条狗。有一天，农民的狗把财主的鹅咬死了，财主生了气，就到衙门里面告了农民，这个财主在本地方势力最大，县官也怕他三分，于是县官把农民叫来问道："你为啥要放狗去把东家的鹅咬死，从实招来。"农民笑了笑，不慌不忙地回答道："鹅挂招牌，狗不识字，禽兽相欺，与我何干。"县官听了也没有办法，只好把农民放回家去。

妖怪请客

讲述者：杨桌生
记录者：郑谦
搜集地点：云南省大理白族自治州洱源县茈碧湖镇碧云村五充街

从前有两个读书人上京赶考去，甲是一个穷光蛋，乙是大财主的儿子。走到半路上看见一座庙子，据当地的人说，庙里有个吃人的妖精。乙听了很害怕，甲却不相信，两人争辩许久，最后乙与甲打赌说："你今晚若是敢到庙子里睡觉，我就给你五十两银子。"甲虽然满口答应进庙子，但心里仍然不免有些害怕，于是就爬到庙子台阶上的天花板上去睡。睡下不久，就听见一群小妖怪叫得很厉害，原来这天晚上，老妖怪要做喜事，老妖怪对小妖怪说："我家今晚有个贵人来到，你们不要大吵大闹了。"但小妖怪们因为太高兴了，哪里肯听老妖怪的话。

半夜里，老妖怪大摆酒席，约甲赴宴，碗筷都是玉石的。据老妖怪说，这都是从皇宫里拿出来的。甲一面吃，一面心惊胆战，还没吃完，就伏在桌上假装睡觉，无意中把桌子上的玉杯也压着一个。饭后，小妖怪们来收拾碗筷的时候，本要叫醒甲取玉杯，但老妖怪叫他们不要惊醒贵人，他们才作罢。

雄鸡一叫，所有妖怪都走了。等甲一觉醒来，天已大亮，才发现他袖口有一个玉杯。他走出庙门后，乙问他是否有妖精，甲就把头晚的情形告诉乙，乙听到万分惊异。

以后两人到京城应试，甲中了状元，皇帝请甲到皇宫吃饭，摆席的时候，只差了一个玉杯，宫人到处找不着。酒酣，皇帝忽见状元从袖子里掏出一个玉杯，拿过仔细一看，原来就是皇宫里打失的那个玉杯，皇帝以为这状元是一个异人，就招他为驸马。

一件奇案

讲述者：张澂
记录者：郑谦
时间：1958年
搜集地点：云南省大理白族自治州洱源县茈碧湖镇碧云村五充街

从前有赵、钱、李、陈四人相约去做生意，一天，大雨倾盆，天又快黑了，于是他们就决定在山上的一家客店里住宿。客店老板说："今晚客已住满了，没有空地方。"四人坚持要住："天黑了，又下大雨，这里又没有别的客店，不住，你叫我们到哪里去住？"店老板说："我店还有一间厢房，不久前我儿子媳妇就死在这里,如果你们不怕,就住在这里。"四人累了,哪里顾得害不害怕,搬进厢房就睡下了。

赵、钱、李三人一睡下,就呼呼大睡,只有姓陈的还没睡着。忽然他听见有鬼的声气,一会他见鬼在门缝里偷看,再过了一些时候,就见鬼提着油灯进来了。姓陈的赶快用被子盖住头部,鬼就对着赵、钱、李三人的脸吹了几口气,鬼见这三人都已昏迷不醒就提着油灯出去了。

姓陈的心想:"与其在这里睡觉被迷住,还不如出去。"于是就急急忙忙,赤着身子跑出去了,鬼听见有人跑去,就紧紧地跟在后面追,追到山脚,姓陈的听见有敲木鱼的声音,于是他就跑到一座古寺前面,要敲木鱼的老倌开口,老倌心想:"半夜三更来此大叫大喊,必有土匪。"决定不去开门,并把自己的灯藏起来,在门旁偷听。

寺门口有棵合抱十圈的大树,老倌偷看到,有两个人,围着大树打转追赶,转到三更时分,姓陈的心转晕了,就靠在大树上,鬼就使劲地抱大树,姓陈的吓一跳,就摔倒在地下了,而鬼因用力过猛,十指陷入大树中,拿不出了。天亮时,敲木鱼的老倌出来,瞧见这种情形,就把姓陈的背到自己床上给他喝了一点姜汤,把他救活了。姓陈的把昨晚的一切情况一一告诉老倌,老倌就把他送回店老板家里,问一问,赵、钱、李三人早已死掉了。

店老板想乘机捞一把,就到县府去告状说:"昨夜有个姓陈的把我儿媳妇拐走了。"县官听他一面之词,就去捉拿姓陈的法办,后来幸亏敲木鱼的老倌把真实情况一一说明,县官才责问店老板说:"你儿子媳妇都已死了,为什么还要赖人家?"于是就叫店老板赔给姓陈的二十两钱子做路费回去。

牛交

讲述者：张澈
记录者：郑谦
搜集地点：云南省大理白族自治州洱源县苴碧湖镇碧云村五充街

牛交出外做生意，去了七八年才转回，在半路上，他一不小心，摔了一跤，就不治身死了，他的伙计就把他埋葬在外乡。

牛交有两个孩子，一个姑娘九岁，一个男孩十二岁。牛交女人听说牛交死了，就不顾两个孩子的死活，带着所有家财出嫁了，幸亏牛交的妹妹心肠好，才把两个侄儿抚养成人。

牛交的儿子渐渐长大了，姑母就给他二十两银子，要他到外面做点生意，谁知走到半路上，遇着了土匪，二十两银子被抢光了。他没有办法，只好沿途讨饭，一走一走，走到了他父亲过去做生意的地方。

一天，他到一个店子里去讨饭，突然看见一个面孔很像他父亲牛交，心想："父亲死去多年了，为何又在这个店子里当老板？"但又不敢直接去问，于是他去请求在这店子里当个伙计，以便看个究竟，店老板见他能干，就把他留下了。

他在店里留了一些日子，越看越觉得店老板就是他父亲，一天，他见店老板出来，他就挨拢去叫了一声"爹"，他爹见此情形，也惊问道："你咋个来到这儿？"他就故意说："因爹出外做生意老不回来，我一直出外找爹。"他爹又问家中的情况，他就一一告知，说："自从爹外出不归，我妈就带着全部家产出嫁了，也不顾我兄妹二人的死活，幸亏姑姑把我们养大。"他爹听了，很生气，就对他说："你暂在这里住些日子，我要回家去瞧瞧。"

第二天，他爹就动身回去了，他就问他后娘（也就是这家的店老板娘）说："我爹多年前就死在外乡了，怎么现在又在这点开店做生意？"后娘道：

"几年前,你爹就未上我的门,我也不知道他是人是鬼了。"

一天后,他看见他爹回来,并把出嫁的母亲抓来了,痛骂之后,再加上一顿毒打,他母亲大叫救命,但他也不敢去救,附近的人听到救命的惨叫,就都来店里问发生了什么事情,但这时他爹和他妈忽然都不见了,只留下他爹的一些衣服和帽子。

他想到这件事很奇怪,就辞别后娘要回家去看个究竟。后娘舍不得他去,要他做自己的儿子,他说:"我回去瞧个究竟,以后再来就是了。"于是后娘就给他三百两银子做路费。

他回家后,把一切情形告诉姑母,姑母就告诉他说:"有一天,你母亲还和他男人在一起,有些人就看见你爹跑进他家把你母亲抓走了,这些人去追,老是追不着,过了几天,人家才在一个深山老箐里找到你母亲的尸首,这也是怪事。"

他听了,惊叹了一番。过了几天,他就送给姑母一百两银子,妹妹一百两银子,转去做后娘的儿子去了。

打鱼郎

讲述者:尹明寿
记录者:洪恩照
搜集地点:云南省大理白族自治州剑川县稗子田村

宛平县有个鱼郎,天天打鱼过日子。他父亲早死了,留下了双目失明的母亲。打鱼郎每天打了鱼后,到街上卖,卖了鱼买盐米来服侍母亲。如果不去打鱼,母子俩就要饿着肚子,生活逼得他不得不天天去打鱼。有一天忽然打着一条五花六色的小鱼,打鱼郎很爱这条小鱼,舍不得卖,也舍不得吃,把它放进水缸里养着。

第二天,他照样打鱼,当他回来做饭时锅里的饭菜已经做好了,甑子里热气一阵阵地冒着,他掀开甑盖一看,里面火腿肉、鲜肉样样都有。他很奇怪,不禁自言自语地说:"呀!这是谁来给我做的呀?"

他一面吃着很香的饭菜一面想:我打鱼郎一无亲二无戚,母亲又不能做,这是谁给我做的?他把村里稍微对他好的人都想了后,想:这一定是隔壁的张大嫂给我做的,我得去谢谢她!说着就走出去了。

"张大嫂,谢谢你们给我做的好饭菜!"

"你呀简直在瞎说!我是给你做饭的人呀?"张大嫂狠狠地骂着。

打鱼郎碰了一鼻子的灰回家去了。这一天他一直都在想着这奇怪的幸福。

第二天一早他照例又出去打鱼去了,到他回来时,锅里甑子冒出白雾,柜头上还放着自己家里从没有的菜哪、肉哪一大堆,他想:这可能是隔壁的李大嫂帮忙做的,我得去谢谢她的好意。

"李大嫂,我来道谢你!"

"为什么要来道谢我?"

"谢谢你给我做的饭呀!"

李大嫂一听以为他是来侮辱自己,愤愤地说:"你呀!癞蛤蟆想吃天鹅肉!我是给你做饭的人呀?"

打鱼郎又挨了一顿骂,不明地回家了。回到家里他想既不是张大嫂,也不是李大嫂。到底是谁呀?明天一定要闹个明白。

第二天一早他拿着捕鱼网,又出去了。这一次他没有真的到海里,在村里兜了一个圈,就回来悄悄地躲在门背后,注视着厨房里的动静,

厨房里仍然像过去一样冷清清的看不见什么,他再耐心地等,等到他平常差不多要回家的时候,忽然水缸里的水慢慢地涨起来了,快要淌出外面来了。就在这时候,一个很美丽的姑娘,手里拿着花鱼壳完全露出来了,从水缸里爬出来。灶生火了,灶房上面空隙处冒着一股股的火焰,姑娘正在忙着洗锅,切菜。

打鱼郎看清楚了,跑进厨房拿住水缸边上的花鱼壳,姑娘变不了,于

是和他住下来。打鱼郎每天去捕鱼，姑娘给他做饭洗衣服，料理家务，日子过得很快乐。

这一年尾，宛平县新调来一个县长来上任，路过打鱼郎的家乡，看见鱼姑娘的美貌人才，日夜不安，总想把这女子弄来做自己的妻子。一天县长来到打鱼郎的家乡探听见过的姑娘，问村里的人说："你们村里有一个很美貌的女子，是谁家的妻子？"村里人很不愿意把情况告诉他，但看来是个官，也不敢不谈，便把情况一一地告诉县长了。

县长知道这女子就是打鱼郎的妻子以后，就想了一个计，要叫打鱼郎在一天内打十二条鱼，每条鱼都要有一斤十二两重，多一钱也不行！打着了就偿给他三百两银子，如果打不着就要打鱼郎把妻子嫁给他。

打鱼郎想：自己打了这么多年的鱼，也没打过这样的一次，但又不敢不答应。答应了自己的妻子一定成了他的妻子，越想心里越难过，最后只得答应了下来。

打鱼郎带着一副焦愁的面孔，回到家里话也不说，这里站一会，那里站一会，终想不出办法。妻子见了就问："怎么？看你老是闷闷不乐的？"

"就是县长呀！"

"县长怎样了？"

"他要我在一天内给他打十二条鱼，每条都要一斤十二两重，多了也不行，少了也不行。如果打不着或者不符条件，就把你输给他做妻子，如果打着了他就赏我三百两银子。"

"这件事，很容易，明天你到海子西南角最深的那里打，包你一网就着，而且重量丝毫不差。"

第二天他提着网子走了，一路上，很焦急。心里好像压了一个大石头，脸上的表情一时高兴一时又皱着眉毛。到了那里，他提着网子，把自己的命运完全寄托在这一网了。便使劲把网撒下去，黄黄的十二条大鱼在网里跳跃着。这时候他高兴，高兴的是十二条鱼已经打着了；但也焦急，是否每条鱼都是一斤十二两？这个问题又在折磨着他的心。

到了县长那里，县长拿出秤来一条条地都称过了，每条都有一斤十二两，不多也不少，县长没法只得认输了。但是县长心里仍想着打鱼郎的妻子，他又开烂条了：把他留下。寻找空子再来霸占他的妻子，但一时又想不出主意，便对打鱼郎说："你今晚在这里和我吃饭，银子明天拿给你。"

他吃饭了，县长就事先令人在冷不防的时候在他背后打枪。打第一枪时，他正在喝酒，听见枪声在自己的背后响，吓了一跳，把手中的杯子捏破了，他自言自语地责备自己说："真气死人了。"正吃饭的时候枪声又响了，这一次他又吓了一跳又把手中的碗捏破了，他想前次捏破杯子，这次又捏破了碗，又说："真笑死人！"

这时候县长高兴起来了，让他在明天来拿银子时把"气死人"和"笑死人"两个人带来，如果找着就不说，如果找不着连银子也不给，同时还要把妻子送给他。打鱼郎想："他反去复来，就是要想我妻子的办法。"

打鱼郎仍然带着不舒服的面孔回家了。

回到家里，妻子问他："怎么了？赢了银子应该高高兴兴地回家，怎么又不痛快起来了？"

"他反正都想要你做他的妻子。今天又要我在明天内把'笑死人'和'气死人'都找去，如果找不到，就要你做他的妻子了。"

"这又何必难过呀！你去告诉他，明天请他备办十二只大公鸡和一石二斗火药，我给你剪一只纸公鸡和一个纸蛤蟆，'笑死人'和'气死人'就出来了。"

打鱼郎想一只纸公鸡和一个纸蛤蟆怎么解决得了问题！莫非我的妻子要想当太太？但又想，前次都有灵，可能也不会是这样，就去找县长去了。

第二天，县长备好十二只大公鸡和一石二斗火药，等待着新夫人和打鱼郎。

打鱼郎带着纸公鸡和纸蛤蟆去了，到了那衙门里，县长放出十二只大雄鸡来，打鱼郎把纸公鸡也放出去，十三只鸡就斗起来了，纸公鸡一忽到这里一忽到那里，把县长的十二只大雄鸡打得血淋淋地败走了，旁边的观众都大笑起来。县长又摆出一石二斗火药，打鱼郎又放出纸蛤蟆来，纸蛤蟆在地上"嘚！嘚！嘚！"跳了三下跳到火药堆旁边，一嘴接一嘴吃着火药，吃光了吃得胀鼓鼓的，最后"轰"的一声炸开了，把县长也炸死了。

打鱼郎高兴地回到家里，他妻子说："我是龙王的三姑娘，你有难，我来救你。现在我给你娶上一个妻子，我是要回家了。"

龙姑娘给打鱼郎娶了亲以后回去了。

打鱼郎和新妻子过着幸福的生活。

罗世基的故事

讲述者：杨益
记录者：洪恩照

罗世基是四川人，他还年幼的时候，父亲母亲都双亡了，家里又没姐姐、哥哥，成为一个孤儿，只得依靠他的叔父抚养。但他叔父待他很不好，总想害死他。有一天，他叔父做了一些好菜饭，放上了毒药要他吃，幸得他婶婶良心还好，背地里对他说："世基呀，今天晚上的饭菜你不能吃，你叔叔放了毒药要毒死你。"世基听了这话，便逃走了。

世基逃出去后心想：自己无依无靠，只有去投军一法了。但投军又没盘费，于是想了一个办法：到天黑时，他就爬到一家富裕人的房头上，卧着，准备到这家睡熟时，拿他家的一点东西，卖了好做盘费。

这家富人家里上无父母，下没子女。只是两口子过活，这一天，他两口子不知为了何事，吵闹了一台后，丈夫就出去了。他妻子在家里越想，心里越难过，就去寻死上吊了。正要吊的时候，世基撤了瓦片，看到有个妇人正要上吊，就跳了下去，把这人救了下来。第二天早上，她丈夫回来了，看见世基在他家里，便问世基："你到我家做什么？"世基把昨天晚上看到的情形给他说了一遍，把自己的困难也爽直地说了出来，这富裕人听了，很感激他，就给一罐银子作为报酬。世基得了银子，就去投军去了。

这时正遇湖南等地匪乱，到处抢劫百姓。世基在军队里非常勇敢，武艺也很好，把所有的土匪都打垮了。但还有一个女匪首，非常狡猾，她住处四面八方经常有一千多人保护她的帐篷，要杀她很不容易。一天夜里，趁女匪首不注意，世基一个箭步跳进帐篷，把女匪首的脚砍了下来，又一个箭步跳了出来，才把土匪剿平了。

在一次的剿匪里，很多百姓听到他剿匪有力，就来迎接他。他和百姓处得很好，在闲谈中，他问当地的老年人说："你们这里有什么不好的事使你们痛苦？"

"这里到苞谷快要成熟时，很多猴子便来偷吃，一片一片还不成熟的苞谷就被它们糟蹋了。"

"你们为什么不想办法来制服它呢？"

"没有办法呀！"

"你们能不能捉一只老猴子来？"

"能！能！"

"你们捉住时，来告诉我一声。"

过了一久，村里的人用一个笼子捉住一只猴子。罗世基把猴子脸上的毛都剃光了，用颜色给猴子画了个古怪花脸，准备在猴子多的时候，放了出去。一切都准备好了，只等着猴子来。

一天很多猴子又来扒苞谷，老人就来告诉他，他带着猴子走到地里，把猴子放了出去，其他的猴子见了这只猴子就跑了，这只猴子见了同伴就没命地追，把所有的猴子都攒了好几架大山，从此以后，猴子就不敢再到这里来糟蹋庄稼了。

罗世基剿匪有功，深受朝廷赏识，连升了几级。嘉庆年间委到大理来做大理府提台。罗世基自从做了大理提台以后，非常骄傲，目中无人，认为老子武艺天下第一，自称"半仙侠客"。一天他到理发店里理发，他脸上歇着一只苍蝇，这理发员手艺很高明，就用剃刀往苍蝇身上砍去，把苍蝇截成了两截，但他脸上一点没伤着。他看了以后，就认为理发员是在显武艺给他看。他不愿意示弱，发理好后，他拉了一个人来，让他躺住，在他额头上放了三个杯子，杯子里还盛满了水，然后退到五六丈远的地方，拉开了弓，接连射了三箭，把杯子射到很远的地方去，但这人的额头上也没淌下一滴水，把理发员都吓住了，连连称赞他的武艺，他才高兴地回府去了。

一天他又看见大理城南拐角的一家坟地有一条龙，他想这家人以后必有功名，会对自己不利，话还没说完，就一箭射去，把龙射死了。龙死后化为一个石头。

又有一次，他看见高家坡有一个妖怪在那里洒水，又一箭射去，正好射在妖怪的阴道上，还淌下来一些尿。后来人们就叫这里滑石坡，经常有人到这里来滑，把石头滑了一个槽，但尿的印迹至今还在。

一天，他正在审案，突然印不见了，他就马上退堂，不继续审了。从此以后他每天都闷闷不乐，心想："失了官司印，要祸延九族。"一个月过去了，仍不见印的影子，他就想了一个办法，把城里的名人都请来，看是谁弄去了印，便写了一行请帖，上面写着："吾下大理，爱慕苍山之雄，洱海之秀，是来投师访友，结交天下英雄，于×年×日聊备菲酌，邀请本地高人贵客前来饮酒。"地方上的绅耆迎逢上级，送来礼物来做客了，客来完了，他看不出谁的武艺来，他仍然忧愁着，要散席了，府门口突然来了个身穿破衣脚着敝履的人，从地上拣起一张破纸，拿一根蹓香棍子在纸上画了几下，说要见罗提台，传他快来求见。下面传道："今天我们提台请了高人贵客吃饭，你改日再来！"这人听了骂道："你们瞎了狗眼？"接着又说了一首诗：

　　微微钢铁有三分，
　　横横直直任尔行。
　　眼睛生在屁股上，
　　只见眼睛不见人。

卫兵听了，认为他可能和提台是亲属，如果不替他传话，恐以后对自己不利，就去禀告提台，把刚才的事详细谈了一遍，并把诗给提台看了。提台一看，知道是能人来了，便高兴起来，急忙出去迎接，吃饭的时候提台把他安在上席位上，旁边的高人贵客见了不觉一阵恶心呕吐，有的猜疑可能是提台的亲人，因此提台才对他这样好。吃了饭，提台把客人都送走了，把这人留了下来，客人们各自带着奇怪、猜疑的心情回去了。

客人送走了，两人就闲谈起来，提台说："我有心事一桩，愁闷了很久，但终没有知心人可以吐露，今日承蒙大驾光临，我的心事只有对大驾才能讲。我有官印一颗，正在审案时突然不见了，心想定有高人指教。"

"冒失了！冒犯提台了！我见我伙房里的人在玩着。"

提台听了又着急又高兴，急忙问道："现在何处？"

"在三文笔的顶上。"

"那我们马上就去拿，如何？"

"提台先走！"

提台一面走一面不住地往后看，但终不见这人跟来。快到三文笔了，提台调转头一看，呀，这人已经拿着印在塔顶，手里拿着印一晃一晃的，但不丢下来，嘴里道："罗世基！你走吧！从今以后，你要好好料理民政，不要再胡作非为了，不然，小心你的脑袋！"

提台回到府里等了很久，终不见这人送印子来，心里非常着急。不时跑出门外探望，但仍不见来，他回到堂上，打开印盒子一看，印已经在盒子里了。

巧媳妇

讲述者：杨育才
记录者：杨德超

从前有个老人，他有四个儿子，老大、老二、老三都已完婚，只老四还没婚娶。

一年，到了腊月三十晚上，新年就要到了。老公公让三个儿媳回娘家看望老人，也在新年乐一乐，便对三个儿媳说："明天就是新年了，你们也是回娘家去闲闲，过了新年，到初二再回来。"又说："大娘回去三五天，二娘回去七八天，三娘回去半个月，齐出齐回，回来时带回个'纸裹火'来。"

正月初二这天，三个儿媳收拾了，一齐回家，一路上大家议论公公的吩咐，觉得公公有些护小不公平，但又猜不透，大媳妇说："三娘给他闲半个月，二娘给闲七八天，我上只给我闲三五天。真不公平！"二娘也觉得有理，但是公公又说要一齐去一齐回，这又怎么办呢？莫不是公公疯癫了，胡乱吩咐，不觉好笑。这时，路旁放猪的一个姑娘，看见她们笑笑嚷嚷，非常有趣，便问："你们笑什么？"大儿媳便把公公的话，说了一遍，姑娘说："你们公公没有护小。"接着解释道："三娘回家闲半月，就是十五天；二娘回家七八天，七八一十五还是十五天；大娘回去三五天，三五一十五，也是十五天，大家都是闲十五天，正月十五的回去，这不是很公平吗？"三个儿媳又问："那'纸裹火'是什么呢？"这姑娘又说："正月十五闹花灯，公公是叫你们每人拿个灯笼回去哩！"三人听后，高兴地走了。

十五这天，三个儿媳都从娘家提着灯笼回来了。儿媳们一到，老公公就问："你们拿的'纸裹火'呢？"三个儿媳都将灯笼提出拿给公公看，公公看了觉得奇怪，怎么这三个儿媳一时这样聪明？问她们怎么知道要她们提个灯笼，又同在十五这天回来，三个儿媳听了，不好隐瞒，就将她们遇着的小姑娘的话说了。老公公又高兴、又佩服，便说媒将她讨来做他的四儿媳妇。

不料，这姑娘原被人讨过八字许了人家，只是姑娘很不愿，如今见这一家来讨，心想，他们公公这样聪明，儿子一定能干，还是嫁给他们四儿子好，于是就做了他四儿子媳妇。前门讨的这家不服气，到官府告状，老公公被捉去。县长也知道了这姑娘的聪明，故意难为老公公，说："罚你喂个山一样大的一口猪，煮罐海一样大的一罐酒。就让她做你的四儿媳妇。"老公公回家，气得躺在床上，四儿媳不知老公公为什么会气成这样，便问老公公，老公公将前事说了，儿媳说："公公就向他借称个山一样大的猪的秤，装海一样大的酒罐。"老公公得了主意到官府对县官说了，县官气得目瞪口呆，喝道："谁教你？"老公公照实说了，县官吼道："把她带来！"

衙役把四儿媳带来，县官坐在堂上，见这媳妇来了，叫带上来。四儿媳一进来县官拍了几下惊堂木，指着照壁上画着的鱼问道："照壁画鱼有几斤？"媳妇答："自从画了未曾称。"县官听了，将戴的冬帽砸下怒吼道："我的冬帽有四两。"媳妇又答："我的奶头有半斤。"县官继续吼道："你的奶头用它做什么？"媳妇道："养得儿子做先生。"县官气得两眼直瞪，拍案退堂。

一斗苞谷

讲述者：杨必
讲录者：杨德起
时间：1959 年 1 月 19 日
搜集地点：云南省大理白族自治州永平县大村子

有个女婿，人很懒家里也很穷。一天，他吃的没有了，去向岳父求情。岳父看他实没吃的，就借了一斗苞谷给他，然而岳父说："借去苞谷要称秤才好还。"说着就拿秤来称，称完岳父又说："这斗苞谷有七十斤，你还我时也要有这样多斤才行。"

女婿借了苞谷回家，想着要还岳父的七十多斤苞谷，就只吃了一部分了，一部分作种子种了，这年苞谷成熟后，女婿背了一斗苞谷还岳父，但只称得四十斤，岳父不收，女婿只好背一斗苞谷回家，二年女婿又背着一斗苞谷到岳父家，称后只是五十斤，岳父见斤头不足，仍然不收，女婿又只得背着苞谷回家了。

女婿两次还苞谷，岳父都不收，这一年他就下决心盘田，深挖多施肥，狠心地干，这年苞谷长得特别好，特别爱人。女婿收完了苞谷，又背起一斗还岳父去了。到了岳父家，称了称，足有七十多斤。岳父大喜，但不收女婿还的苞谷，叫他背回去，并对他说："我平时教你你不听，这回庄稼教你你才晓得。"接着又说，要庄稼好，就要舍得苦，苦了，才得丰收，粮食才有斤两，你不这样做，总不会有好收成！"说完把苞谷给了女婿。

女婿受到这次教育，以后就下功夫盘庄稼了。

四九见仁心

讲述者：段继尧
记录者：王国钧
搜集地点：云南省大理白族自治州洱源县邓川镇

从前有两个赶马的朋友，一个名叫四九，一个名叫仁心。仁心为人很老实，四九为人很奸诈，两个人赶马做生意，四九随时打仁心的坏主意。四九做事欺诈，仁心随时劝他要做好人，因为这件事，两人经常顶嘴。有一天，两个人又因为"好人""坏人"的问题争吵起来，四九硬说做坏人要比做好人好得多，两个人便约起去问一位老人，那老人告诉他们说："做人当然应该做个好人，但是年轻人坏一点也不要紧。"四九便听在心中。

隔了不很久，两人相约到远处去做生意。一路上，四九就打算谋害仁心，霸占仁心的牲畜钱财。有一天，来到一个僻静的地方，四九提议在那里歇马，仁心不知四九心中有鬼，便同意他把马驮子放下来歇气，这里是半山腰，附近有一条大涧，涧水很深，四九放了驮子以后，便装作信步走到涧边闲游。他走到涧边，突然大叫说涧里有一条很大的鱼，叫仁心去看，仁心很老实地跑到涧边，四九趁他低下头去找鱼的时候，便把他推到涧里去了。

四九把仁心推下山涧之后，便霸占了仁心的牲畜钱财，独自赶着牲口走掉了。

仁心不防被四九推下大涧，山陡水急，自认为一定无法得活命了，想不到这件事被山神看得清清楚楚，山神便搭救了仁心，并且领着仁心到山神庙里面去。这时早已天黑了，远处跑来好些野兽，山神便叫仁心藏在自己的泥像背后。一会野兽都进了山神庙，只听见豺狗向山神报告说："距离这里三十里有一对老夫妇，靠打铁为生，没有孩子，他们生活很煎熬，但是他家中楼梯下面埋着一大瓶银子，如若挖出来，足够他老两口快活下半世。"狼报告说："皇后正生奶花，请了许多名医无法医治，现在出了皇榜，说只要谁能把皇后的奶花治好，便招谁为驸马。其实国王的后园里有一盆兰花，兰花脚下有一丛仙草，只要用一根仙草捣碎后敷上就能治好了。"最后老虎报告说："离这里四五百里路的地方，有一片平原，现在正遭旱灾，几万亩良田里的庄稼眼看就要枯死了，人民天天号哭，但想不出办法。其实只要把东北方那座园山下的大青石打开，锣锅口大的一股泉水就可以解决问题了。"仁心一一记在心中。

野兽们报告完毕以后，山神叫他们各自归山。东方快要发白，山神叫仁心记住刚才野兽的报告，自己决定以后的行动。

仁心离开山神庙，到三十里外找到了那对老夫妇，帮助他们打铁，并且帮助他们从楼梯下面掘出了银子，自己不顾享受，便离开了两位老人到皇城去。他在京城里揭了皇榜，在皇帝的后园中找到了仙草，医好了皇后的奶花，最后不愿做驸马，离开了皇宫赶到旱灾严重的地方去。

这里是一望无际的一片平原，庄稼被太阳晒得一片枯焦，走了许多地方竟找不到一点水，仁心号召大家开河开沟，并且告诉大家只要开好了沟河，他可以负责找到水源，引水灌田。水是庄稼的命脉，大家一听到能够找到水源，便踊跃地开河挖沟，九天九夜就开出了许多沟渠河边。最后，仁心领着大家到东北方的园山下，用铁锥凿开了那块大青石，一股锣锅口大小的清水汩汩地涌出来，涌进河道沟渠，人们欢呼的声音震动天地。这里的人民敬爱仁心，公推仁心做他们这一方人民的领导。

这一天，是平原上的人民开盛大的庆祝会，庆祝他们敬爱的领导人——仁心领导他们打开大青石的第四周年的一天，人民为表示他们对仁心的敬爱，就在街头上找了一个打"莲花落"的，要他把引水灌田的事情编为一个唱调到台上去演唱，又请仁心前来观看大家演唱的节目。那个打"莲花落"的一上台，仁心立即认出他来：他正是五年前把仁心推下山涧的四九。原来四九吃喝玩乐，几年就把欺诈得来的钱财完全花光了。

仁心不记前仇，上前认四九为故友，并且很诚实地把被推下山涧后到现在的经过告诉了他。四九不听犹可，听了以后反倒认为仁心能够有今天，全是他的功劳。他说，如果当初不是他把仁心推下山涧，仁心便不会有这种奇遇，所以要求仁心也像五年前的他一样，回去在原来的地点把他推下山涧，分享一下这种奇遇，仁心起初劝他先不要这样做，但是当不起他再三要求，便答应了他。

于是仁心离开了平原上的人民，又重新买了马匹，跟四九一边回去赶马。这是，四九装成十分老实的样子，事事听仁心的调动，两人又来到那条大涧旁边，由仁心提议歇马，又假装在山涧中发现大鱼，叫四九去看，四九也装作不知是假，到山涧边看鱼，被仁心推下了山涧。

山神也搭救了四九，并且把他引到山神庙，让他躲在自己的泥身的背后，这一切都跟仁心所说的完全一致，四九心中十分高兴。

夜深了，好几匹野兽都跑到山神庙里来，但它们不是向山神报告什么奇事，而是嚷叫说闻见人肉香味，请求山神准许它们吃掉躲在这里的人。

山神答应了它们的要求，准许它们吃掉这个想要伪装好人去碰奇遇的四九，但告诉他们必须把人心留下来，几匹野兽张牙舞爪把四九从背后拖出来撕吃掉，最后只剩下一颗心。

第二天，仁心来山神庙看四九是否已经被搭救起来。走到山神庙，山神化为一个老头，告诉仁心说四九被野兽吃掉，并且指着庙门口一颗血淋淋的心脏说："这就是四九的心。"仁心上前仔细一看，那颗心是一颗黑心。

两老友

讲述者：杨育松
记录者：徐雨婷
时间：1959年1月
搜集地点：云南省大理白族自治州永平县

从前有两老友，一个好心肠，一个坏心肠。有一回，两老友一同去赶马，有一天赶到高山井上，在那里歇脚做午饭吃，要到井里去取水。两人到了井旁，互相商量是谁下午去取水，坏的这个老友说："你身体轻一点，你去取水，我身子重一点，在井外边接水。"这样他朋友就下井去取水了。在外面的人，趁这个时间将拴在身上的绳子割断，使下井的人爬不出来，而他自己连午饭也不做，把两人的马赶走了。

下井的这人，当天冷了一晚上，第二天再冷了一昼夜，到了第三天恰好又赶来了一个马帮，仍在这里做午饭吃，照样也去这口井取水，去抬水的人，一到井旁，往井底一看，井底有黑黑的一团，就说："这是什么东西？"井里那人说："不要打我，我是人，请救救我。"于是把自己为什么在这里的原因一一二二地向他们说了。而提水的这几个赶马人向他提出："你给我们取出一桶水，我们救你出来，怎么样？"他答应道："可以，可以。"结果，水取出后，又把他救出来，这帮赶马的做好午饭，还请他与他们一同吃午饭。吃罢,这帮赶马的也动身去了,而他呢?仍然在火边烤火,直到天快黑了,才起身。走呀走呀,不知不觉走到了山神土地庙前,向山神土地叩了个头,嘴里祷告说:"大爹大妈,今晚我要在这里住宿一晚,因我老友害我,方才让人救出,致使我现在无路可走。"头叩了,祷告了,就呆呆坐在那儿等山神土地答话。等到天已大黑,山神土地开口对他说:"阿弟,你怎么老是待在这里,等一下鸡狗(山神土地的鸡狗,是指狼、虎、豹等)回来会伤害着你呢!要是没有睡处,可到楼上去睡。他看看四周没什么楼,一样也没有,再仔细看看,原来旁边有一棵大树,树上的枝丫交错在一起,好像是一间楼,他想可能就是山神土地所指的楼上了,于是不管三七二十一,就爬上去睡,但因没有被盖,冷得睡不着。到夜半三更,山神土地的鸡狗来到了庙前,其中有一个用鼻子一闻说:"有一股怪气味儿!"而别的那几个说:"不要乱说!不要乱说!好好休息一下,明天我们还要走路哩!"说着,说着,这几个野兽就入眠了。到了三更时分,这几个野兽又醒了,互相说:"我们每个逗①几句诗,要早些回去哩!"互相之间推来推去,谁逗上前,这个说你逗上前,我逗在后,那个又说你逗上前,我逗在后,这样互相推脱了一会。第一个就站起来说:"我知道在一个城市里,有两个年老的夫妇,门前有金子一缸,银子一缸,但是他们不知道,仍是靠打草鞋过日子,生活很苦。在世上要是我修行有道,就去假装替他们挖菜园,把这金缸、银缸挖出来,送给这年老的夫妇,这可修得了一次大阴功。"接着第二个又站起来说:"北京城里皇帝的金銮宝殿低了一点和弯了一点,而使公主的奶头上生了一个大疮,吃了不知多少的高明贵药,仍未见效,要是我在世上修道到那步,到北京城去替皇帝把金銮宝殿重修一下,再修高一点、直一点,这样公主奶头上的疮就会好了,我也修得了一次大阴功。"第三个又站起来紧接在第二个说:"汉中府这地方,因缺水,地势干燥,庄稼更是年年歉收,人民生活很苦。可是他们背后那座山上有一块大石板,石板下面有股水,冲上来,

---

① 逗:云南方言,"对"的意思。

冲上来，又被石块压回去，流不出来。要是我在世上修道到那地步，去把皇帝的金銮宝殿重修一下，把公主奶头上的疮医好，皇帝给我什么都不要，便讨上一个小官职做，到汉中府去做官。发动每家一块柴，一背草，到这座山上，把柴草全放在这块石板上，点起火来烧，炸烂石板，水就可以滔滔不绝地流出来，这样汉中府就会五谷丰登，人民生活富裕。我就可修得了一次大阴功了。"

这些野兽在山神土地面前逗诗句时，被爬上树的那老友全听清楚，记在心上。

次日，这人仍不爬下来，直到太阳照遍了大地，方从树上爬下来，到山神土地面前叩头。回家还找了些礼物，寄了山神土地一台，祭完回家，对老婆说："我要去找马帮了，你在家。"于是就照野兽说的去做。那晚的事情虽听得很清楚，很详细，但开始去做时，思想上仍是有点动摇，是真是假还不能肯定。不过还是去做，就动身去了。

他想："先做第一件，后做其他两件，如果第一件是真的，那么其他两件也就是真了，假如第一件是假的，那么其他两件也就是假的了。"

他动身去做第一件，走呀走呀，走到所说的那个大城市，东走走，西走走，走遍了三个城市，最后才走到那年老的夫妇，在他家住下。第一天什么也没说，主要是观察情况，第二天才开始问那两夫妇："你们有没有锄头？我帮你们挖一下菜园，因你们年老了。"两夫妇说我们没有锄头，但可向邻居借一借。他接过锄头，假装替他们挖菜园，挖了半天，果然把金缸银缸全挖出来，并把它交给两个年老的夫妇，两夫妇坚决不肯收下，说："这是你挖出来的，是你的，不是我们的，不应该给我们。经过多次的说服，两夫妇才收下，而他本人为了要去北京城，所以只要了一点路费，就离了这里。

做完第一件，他就往北京路上去，走着走着，走了不知多少天，终于有一天到了北京城，一到城里就在街上到处转。嘴里还不断地用汉话念："公主奶头上生疮，吃了多少药，仍未见效。我有名贵特效药方，可以替公主医好奶头上的疮。这样一念，被皇帝下面的朝臣听见了，回去报告皇帝。皇帝说:"既有此情,把他请进来。"就派差役把他请到了皇宫,皇帝问明情况,他也把公主奶头上生疮的原因照前意思原原本本地说了一遍,然后再把怎样才能医好公主奶头上疮的特效药方也从头至尾说了一遍。说罢,皇帝和他就去看金銮宝殿。情况的确完全实在,一点也不假,就马上动手修那金銮宝殿。宝殿修好,果然,公主奶头上的疮也好了。事后,皇帝为了报答他的恩情,问他:"你医好公主奶头上的疮,用什么东西来报答你,要什么都可以,只要你提出来,就可以给你。"而他呢?金子也不要,银子也不要,高官也不要,便开口讨个汉中府的小官做做。皇帝大笑,并说:"真是有福不会享,金、银、财宝不要,高官厚禄也不要,要个汉中府的官做,有什么意思?汉中府那个地方缺水,地势干燥,庄稼歉收,人民生活很苦,要做官还是做地方的官吧!"但他还是坚决地说,我就要做汉中府的官,由于他坚决恳切地要求,皇帝便答应了。

次日,他就起身前往汉中府,走了不知多少天,到达汉中府。到后,就首先发动老百姓,每家一块柴,每家一背草。全背到汉中府背后山上,放在那块大石板上。并使群众远退三十里,最后只留下点燃柴草的几个人。柴草烧红了大石块,终于发出惊天动地的一声巨响,大石块被炸烂了。从此,数十年被压在石块下面的水滔滔不绝地畅流出来了。自此,汉中府改变了过去的面貌,五谷丰登,人民生活富足,老百姓就永远让他在汉中府做官。

话又说回,坏心眼的这个老友下落究竟如何?自那次害了他老友后,仍是赶马,过了不知若干年,最后只剩下两匹骡子,一匹头骡、一匹是二骡,旁的都死完。

又说自汉中府情况变化后,人民开渠挖道,挖修许多大道。坏心眼的赶马人就赶到汉中府。有一天傍晚,汉中府的官员出来游逛,好心肠的这老友,忽然看见被一赶马人赶着的这两骡子,好像是自己的。赶马的是他老友也记不清楚了。因中间隔的时间长了,就问这赶马人的来由,谈话之中,方才知道他就是以前害他的那老友。好心人终究是好心人,他直接对老友说:"我就是从前你的老友,自那次你害我后……。"把事情从头到尾地说了一遍，说完还邀其老友到汉中府休息数日。

由于坏心的这个人，干了坏事，还是不知其耻辱，贪心不足，生性不但不改，仍起坏心，打定主意，走他老友的路，想当官发财，就分别了老友，两匹骡子也不要了。回到家乡，还是到那座山神庙土地面前，叩了一个头，嘴里还是像他老友一样地祷告。但到天黑了，山神土地一句话也没说，等了一个时候，又照样爬上那棵树上，到了半夜，果然山神土地的山狗回来了，他心中大喜。可是这些山狗一到山神土地面前，这个用鼻子一闻，说："有生人味。"那个一闻，也是这样说。大家便向四面看，可是又不见什么，最后，往树上一看，异口同声地说："哦！树上黑黑的一团。来！把他拉下来，吃掉他！"于是就爬上树把这人拉下来，活活地撕裂成四腿五肢吃掉了。

这就是坏心人的下场。

两姊妹

讲述者：杨必信
记录者：杨德超

有两姊妹，姐姐富，心眼坏，妹妹家穷但老实。一天，妹妹家吃的东西没有了，就走到田边想找点东西吃。这时，正是谷子成熟的时节，到处是黄澄澄的一片，谷穗摇摇摆摆，实在爱死人。妹妹垂涎欲滴，很想拿点谷穗舂舂充饥，不禁用手摸摸谷穗，嘴里发痒，但又看看这黄澄澄的谷穗，想到盘田人的劳动，割了实不过意，对不起人，于是又将谷穗放下。忽然，半空一声巨响，"啪"的一下，似乎有沉重的东西打在她的背篮里，吓得她魂不附体。心想：是田主人打来了，就急速往回奔。赶到家里放下篮子，忽见里面有锭银子，喜出望外，马上拿着银子买东西给小孩吃。她姐姐奇怪，问妹妹哪来的银子，妹妹照实说了，姐姐贪财，也学着去做。

姐姐到了田里，看着黄澄澄的谷子，拿出镰刀乱割一阵，被田主人见了，撵来把她捆起带走。往后便不知下落。

教子归正

讲述者：赵世昌
记录者：杨德超
时间：1959年11月
搜集地点：云南省大理白族自治州永平县

从前，有家人有个独儿子，他父亲供他读书，他不干，只喜欢学做贼偷人，父亲苦劝不听，只是唉声叹气。

独子出外了好几天，一样没有拿着，闷闷不乐，独自东走西逛。一天，碰着两个人，他就问他们："你们做什么？"两人答道："我们是做小生意①的。"独子听了很高兴，就说："我同你们去，我正要找伴呢！"于是就跟那两个合伙去偷人。

有一回，那两个贼打听到一家人有三箱银子，便叫那独儿子去偷，说："你一个人进去把银子拿出来，我们一个一箱，就够用了。"独子有了他两个壮胆，不管三七二十一，让他们用索子把他吊下去。

那独子到了那家，把银子三箱用索子上吊出来。外面的两人拿到银子，丢下里面的人，背起银子就走。那独儿子还在里面等他们把他吊出去呢，不料，好久都没动静，急中生智，摸到了这家的蜂蜜罐，吃了一些，将蜂蜜粘在身上，又在他家的棉花篮里一滚，衣服全粘上棉花，并用棉花粘了胡须眉毛，就成个白胡子老倌，俨似财神，然后爬到他家的供祖先牌的窗

---

① 小生意：小偷的隐语。

上端坐。第二天，这家人上楼烧香，看见白胡子老倌，认为是财神菩萨驾临了，烧香磕头，更是虔诚。"财神"说是那些银子受不住，财神菩萨要走了，就叫那家人扎了担架，担架上扎把椅子，把财神菩萨抱下来放在椅子上，抬着送出门去。等他们解了索子，拿着担架回去时，那独儿子慢慢地走了几步，回头看看抬他的人已不见，才拔腿飞跑起来，追上了他的伙伴。他变了身，蹲在他们的背篮里，有个贼说："昨天，我这背子很轻，怎么今天越背越重！"看看到了分路处，那独子在他们背上说："我们分了再走！"这两个贼听得有人声，疑是主人已追上来，没命地跑，独子在背上着急地喊："分了再走！"越喊他们跑得越快，但是背子重，跑了一段就跑不动了，生怕被主人抓着，甩下背子，头也不回地跑，这独子还叫他们，他们哪里听着。

独子看着他们跑远，于是独自背起三箱银子回家，高兴得很，但还不足，要再去偷，他父亲劝他不要去了，哪里劝得住。他父亲又怕他出事，拿个葫芦给他，开始他还不想拿，但父亲一再要他带去，说是有好处，他才随便带上。

一天，他在挖壁洞，那家人听着早已准备好刀子，只等他的头一伸进来就砍，壁洞挖通了，他用葫芦试之，当葫芦才伸进去，只听"嚓"的一声，葫芦砍破了，吓出一身冷汗，抽身就逃跑了。

他回到家，他爹说："又拿了什么东西来了？"他说："幸好带了个葫芦，不然就看不着爹了！"接着把砍葫芦的事说给他爹，他爹说："我早说过不要干这事了，你总不听，以后不要去了。"从此，这独子才安下心来，不敢再做这冒险的勾当。

那独儿子把银子拿出来，买田买地，看看田哪顷好就买哪顷，但种了一年、二年不好就丢了，又去买那好的来种，田买了不知多少，但总是种了又丢，丢了又买。他父亲见不是话，便说："你不要买那么多的地，既买了又给它荒起来，盘庄稼不是这样的盘法。"便领他出去看了两块苞谷地，一块好，一块不好，父亲对他说："你看这块苞谷为什么比那块好，以后你每天再给这块上几次粪,隔几天薅它一下,把土好好地堆在苞谷根上,再看看它长得怎样。"独儿子照父亲的吩咐做了,这块地的苞谷真的长得又壮又结实,每秆结了两三苞,叶子绿茵茵的,再看另一块地,苞谷秆细叶黄,只结了一个苞,还不饱满。独子才恍然大悟。

从此,用力盘田,家财也慢慢地富了,久而久之成了个银百万家。一天,独儿子要去报百万,在路上碰着一个人,他也要去报百万,那独儿子说:"你报什么百万?"那人说:"我要报金百万,但是还不够一点,你且到我家等一等我。"说完就把那独儿子请到家里。这人请他在家歇,晚上把他安排在马圈里,那独儿子想:"这人好欺人,把我搞在他的马圈里!心中忿忿不平,但到了晚上,这些马都是金马。独子又想:这人真了不得,马也是金的。我还没有金马哩!要第二天问问他是怎么回事。

第二天,金百万对银百万说:"我百万还不够点。但已苦了不少,你还只是银百万,还苦不够呢!"银百万听了,回家更比以前勤苦了。

勤劳的老二

讲述者:罗敬德
记录者:李根

从前有一个老人,他有两个儿子,老大好吃懒做,老二勤劳生产,忠厚老实。老人恐怕自己死后老二受老大虐待,所以常为小儿担心。一天晚上,他对大儿子和大儿媳说:"我死后你们不要分家,要好好待老二。"大儿子答应道:"爹爹不必挂念,老二的一切由我照料就是了。亲胞弟兄哪能叫他独一个人住呢?"老人说后就死了,老大却暗自欢喜。

爹死后不上三天,老大就提出和老二分家了。分家时,肥田肥地都被老大独吞了,不好的东西和丑地才落到老二头上。从此,老二就独自住在一间破旧的茅草房里。

　　清明时节，家家都在撒种，老二连种子也没有，只好向老大去借。老大说："你明天来吧！"等老二走后，老大对自己的婆娘说："蒸上五斗谷子借给他种，明年饿死他，田地产业就完全归我们享受了。"

　　第二天，老二去了。老大指着蒸过的五斗谷子说："这五斗谷子颗粒很大，是最好的种子，你拿去吧！我们的种子坏一些，但不要紧，只要你的好就行了。"老二背着谷子回家，抓紧时间撒种。日子一天一天地过去，老二在秧田上招呼得非常周到、细致，可是始终不见发出芽来，他非常着急。老二仍然在田里不断地浇水、上粪。

　　忽然，一天中午，田心里长出了一棵秧苗。老二把仅有的这棵秧苗照样很用功夫地栽下去，说来也奇怪，这棵秧苗长得很快，每时每刻都在长着。这时老二便认真地浇水、除草、上粪，希望这棵秧苗成熟后作籽种用，最后他爽性搬到秧苗旁边住下，连天日夜地招呼它。这棵秧苗长出一穗又饱满又结实的金黄色的谷子来。老二心里喜欢极了。

　　可是，一个傍晚，有一只大鸟忽然从天空下来抓起谷穗就飞去了。老二气得眼睛直冒火，他一直追着乌鸦，不知追了多少路程，到了一片漆黑的大森林里，乌鸦不见了，他只得坐下歇一歇。一会天上出来了一弯月儿，微风在吹，一切都静悄悄的，这已经是半夜了，他孤零零地无路可走。在不知不觉间，从远处传来了一阵孩子的笑声，他抬头一看，隐隐约约地看见几个穿红衣裳的孩子在玩着，一个大孩子说："你们肚子饿了吧，要吃什么东西？"小孩都说："饿了，我们想吃鱼吃肉。"于是那个大孩子就拿起一把铁锤使气地捶，嘴里咕噜咕噜地说着，一会鱼呀、肉呀、饭呀就摆满了地上。他们正想吃的时候，突然来了一阵老虎的吼声，几个孩子都吓跑了，老二觉得有点饿了，便趁他们逃去时候把这饭菜吃了一点。回头看看，那把铁锤还在，他拾起来一看，上面刻着"赏给老二"四个字。老二拿着铁锤高高兴兴地回家去了。他回到家里就对铁锤说："给我锄头。"话刚说完，锄头就摆在面前，接着，他连喊了几声："镰刀、犁头、用具。"果然，这些东西都得到了。以后他更努力地盘好了庄稼，粮食物丰满，生活挺好过。

老二把丰收的粮食送给了和他一样穷苦的人，还借给他们农具，和大家一起劳动，一起过着快乐幸福的日子。

老大自从和老二分家后，整天睡大觉，大吃大喝，不上一年，把家产吃光了，饿着肚子，到处要饭吃。他听见老二有一把铁锤，要什么有什么，生活过得很好，就厚着脸皮，到老二家中借粮食吃。他对老二说："兄弟，分别这几年，我常常挂念着你，今天看见你过得挺好，高兴极了。但我现在穷了，生活很苦，特向小弟借铁锤用一用。"老二说："不能借你铁锤，如你要粮食的话，尽管你拿。"老大很是贪心，说："借我五斗谷种，生不出来，你才得着这把铁锤，现在你也借我五斗谷种，我也拿一把去。"

老二真的借给了他蒸过的五斗谷种。老大照样在田边守着，但只是睡大觉。有一天，田里也真的出了一棵秧苗，出了穗，这时同样飞来了一只乌鸦，把谷穗抓走，老大照样追赶，不知道多少路程，追到一片漆黑的大森林内，乌鸦不见了，那群红衣孩子仍然在草地上玩，一个大孩子说："今晚闻得一股生人气，兄弟们快去搜查。"他们就把老大搜查出来。大孩子说："就是这个人偷了我们的铁锤，兄弟们快打！"一大群孩子就牵着老大的鼻子，一口气跑了三十里路，才把他放掉。这时老大的鼻子已牵成一尺多长，拖得浑身疼痛，他捏着鼻子回家，见不得人，最后就这样饿死了。

不爱做

讲述者：马朝富
记录者：张福三
时间：1958 年 10 月
搜集地点：云南省大理白族自治州大理市喜洲镇周城村

从前有一个人，名叫"不爱做"，成天想吃好的，穿好的，看见人家坐轿骑马就眼红，可自己又不爱劳动，这样，一天闷闷不乐，后来就抑郁死了，死后去到地狱见阎罗王，阎罗王叫判官查了一下生死簿，不爱做的阳寿未终，要他回到人间。可是不爱做不顾生死簿，因为他想找一个不做活也能过好日子的地方。阎罗王就叫他去投胎变只花猫，名叫"乌云盖雪"，这样可以招得主人的喜欢，就可以吃好的了。

不爱做答应了，就去变了一只很好看的猫，起初主人很喜欢，都拿好的给它吃，等到长大后，它老是只想吃好的，但不捉耗子，让主人家里耗子成群，惹着主人很不安宁。有一次，主人出外去了，他的儿媳就把它塞在装粮食的囤子里，那天晚上，老鼠就不敢出来了。主人回来后，儿媳说："这花猫还是有用，它一进去，耗子就不敢来了。"于是就把花猫塞在那里不让它出来，这回可把它饿着了。

洞里的耗子饿得发慌，一个胆大的就对同伴说："光躲在洞子里也没用，还是出去想个办法才是。"于是一群耗子就偷偷地出来，可是花猫只是叫，并不来捉它们，这一来耗子的胆子越来越大，有时间还从花猫的嘴下溜过，花猫又饿又懒，在嘴下溜过的耗子也不愿捉，直等主人送好吃的东西来。耗子越闹越凶，把主人家的粮食、衣物都咬坏了，这样使主人生气了。他的儿媳就把花猫从窗口扔出去，跌死了。

花猫死后，它又来找阎罗王说："为什么主人没有给好的吃，反而把我扔死了？"阎罗王没办法，只得又想个办法，对它说："你去找世上最慈善的人，他会给你好的吃。"有个地方有一个最慈善的人，是个穷人，每天靠打柴为主，名叫张爱。他长了二十多岁，还没有娶到媳妇，于是不爱做就投胎成一个美丽的女人，因为她光吃不做，没有人娶她，后来张爱把她娶去，成天劳动来喂养她。可有一次张爱的祖父生了病，要离家三天去看祖父。不爱做很为难，丈夫一走就没有人服侍她了。张爱只好想了一个办法，烧了一个够吃三天的大烧饼，中间穿了一个洞，挂在她的脖子上。这样做好了，不爱做的丈夫离开后，她尽吃前面的烧饼，吃完了，她懒得移动头上的烧饼，就饿死了。

她死了，又来找阎罗王质问说："慈善的人也不行，我还是被饿死了。"阎罗王拿她没有办法，最后只得说："你要一点也不劳动，只有去变成一只夜壶，你一点也不动，人家也会把你灌满。"于是就叫不爱做变成了一只夜壶。

拾金不昧的故事

讲述者：杨国祥
翻译者：李绍文
记录者：郑绍堃
时间：1958 年 10 月
搜集地点：云南省大理白族自治州大理市仁里邑村

从前有一家人，很贫苦，儿子在一个学堂里读书，一天放学回家，在路上遇见一个箱子，他就坐在这箱子上，等原主来找。到了下午，有一个人慌慌张张地跑了回来找，这是一个押饷银的人。这小学生把这箱子还给了他，他很感激这小学生，于是把箱里的金豆子拿了一个送给小学生，小孩拿着金豆子回到家里，把路上见箱子的事一五一十地告诉了他的父亲。他父亲见了黄金，便大发脾气，骂这小孩儿道："你这没有出息的东西，财神老爷送上门，你还要把他赶走！"一边骂一边打这小孩，一脚把这小孩踢到天井里去了，把小孩的脚也踢断了一只，然后把他赶出门去，这小孩儿便成了无家可归的孤儿。他坐在大路旁边哭，一位要饭的老妈妈路过这里，看见这小孩哭得很伤心，便问他道："你为啥坐在这里哭？"小孩子把前事从头到尾讲给老妈妈听，老妈妈很可怜他，说道："我没有儿子，你愿意当我的儿子吗？"小孩点了点头，从此这小孩便和要饭的老妈妈在一起过活了。每天，老妈妈讨饭来喂他，他们把吃不完的饭晒在瓦窖上。有一天，老妈妈出去讨饭去了，天下起大雨来，小孩拖着断了的腿，爬上瓦窖去收饭簸箕，不小心从瓦窖上跌了下来，反而把脚跌好了，他母亲回来看见这个小孩脚好了，很高兴，小孩儿对他母亲说："妈妈，以前你讨饭来喂我，现在我的脚好了，该我讨饭来养你老人家了。"于是小孩子天天出去讨饭来供养他的母亲。这孩子很聪明，又长得很清秀，除了讨饭，有时还跟村上吹鼓手学习，有时帮他们唱戏。

隔了好几年，有一次有人举行结婚典礼，请他去唱戏，这家就是过去失掉饷银的人。他有个女儿与皇亲国戚结亲，那家的男孩生得很丑，又没有啥本事，觉得对女家不起。怕女家看见这孩子不好，不愿意把女儿嫁给他，于是商量请唱戏的这个小孩替他们去迎亲。正要把新娘迎去的时候，忽然大风大雨来了。女家的意思是既然我们是门当户对，在我们家交拜成亲也是一样的，男家没有办法，只得答应了。当晚新郎不去睡而在外间点着灯看书。女家很关心女儿，隔不了多久又去看一会，怎么见新郎到鸡叫都不去睡，于是很生气，姑娘的母亲、喊押饷人来对他说："新郎瞧不起我家姑娘，整晚都不去睡！"新姑爷慌忙向两位老人跪下，把由捡饷金今起，到现在的经过详细说给他们。女家的父亲忙跪下喊了一声："大姑爷，你是我的救命恩人，要不是你，我的性命都完了，这真是天结良缘，我家姑娘应与你成亲。"从此，这小孩便过着美满幸福的生活，他把讨饭的母亲也接来供养。

血海恨

讲述者：马朝富
记录者：张福三
时间：1958 年 10 月
搜集地点：云南省大理白族自治州大理市喜洲镇周城村

有两个从小要好的同学，年长的叫张居，年小的叫李翠。张居父亲是进士，作为广东府官。他决定把张居送到袁世凯的军事学校读书。张居到了北平，眼看着慈禧太后荒唐，修建颐和园，耗费很大。他想："把老百姓的血汗拿去任意挥霍，当官有什么意思？"因此，他书也不读就回到家里。父亲对他很不满意。隔了三四年，父亲给张居讨了一门姓郑的媳妇，她生得很美貌。不久，张居的父亲就死去了。张居得知和李翠商量，张居不愿做官，就让他去做生意，李翠同意了。张居安排了一下家，吩咐妻子在家少出外，有事就请李翠来商量。这样，就出门去了。

张居出门去了，妻子在家遵守着教导，安安稳稳地过日子。出外买东西都是叫丫头月香出外。这时大理街上有个李屠夫，生性暴躁、凶残，专门和有钱人家交接。他探听到张居有个漂亮的媳妇，但张家大门紧紧闭着，不见她出来，他几次来但都失望地走了。有一年，大理要办春醮大会，迎会很是热闹，敲锣打鼓，唱戏，搞台阁。月香回去通知张居的妻子出来看，但她很谨慎，不愿出外，在月香再三劝说之下，只好下得楼头，小开一扇门，从里面向外偷看。这时，正逢李屠夫在街上，一见着这美好的人儿，人都惊呆了，嘴张得大大的。张居的妻子和月香见着这样一个傻头傻脑的人，很觉好笑，就大笑起来，随后关门回楼睡觉了。

这一笑不打紧，李屠夫浑身都酥了，心里以为张居的妻子对自己有意了。于是天天去接近，但总见门关着，他就想了个办法。一天他向有钱的姓冷的大少爷借了二十两银子，到东边一家叫李妈妈的寡妇家里问："对门张家怎么天天关着门？"李妈妈说："你还不知道，张居出门几个月了。人家有钱人家的女子，怎么天天出外！"她又问道："你一个屠夫，来问这个干什么？"李屠夫说："我想和她结亲。"李妈妈听了这话，哈哈大笑起来，意思是说癞蛤蟆想吃天鹅肉！李屠夫也不管这些，把迎会上的情景说了一遍，李大妈还是不相信。李屠夫拿出二十两银子来放在桌上说："如果你能把事情办得成功，我给你二十两银子，现在就给你十两。"李大妈见钱眼红，就答应下来。

第二天，李大妈到张居家里去，说了些不三不四的话，被赶了出来。过了很久，时机来了，张居的妻子要李大妈修几双新式鞋样，晚上送去。于是李大妈忙去叫李屠夫来，说在今晚上就行事。晚上，李大妈来了，月香替她开了门。她进去不久，突然说："我还有一双好鞋样没拿来，我回去拿吧！"她出来开门，把李屠夫放进屋里，藏在花台下面，转身又进去了。

他们在屋里谈了不久，天已黑下来，李大妈又说口渴，想喝茶，张居的妻子叫月香去烧，但她一个人有些害怕，就叫李大妈一同去，李大妈说："我走了，留下张小姐一个人很孤单，不如我们三个去吧？"于是他们三个去烧茶。烧着烧着，李大妈又说她要小饼，走了出来，又把李屠夫藏到张居妻子的绣楼的帐子后面，这事办好后，她连茶也没喝，说有要紧事就回去了。

夜深了，月香睡了，张居妻子回到绣房脱衣吹灯睡觉，这时，李屠夫从帐后跳出来，把她强奸了。天亮前，李屠夫睡着了，张居妻子坐起来，痛哭，想寻自尽。但一转念，就是死了也没有用，不如等机会报仇。

天亮了，李屠夫才走了。月香知道了这件事，也替主人痛心，但毫无办法。李屠夫走时说："以后你丈夫不在我就来，你在后花园里墙上放上竹竿，我就来。"不久，张居做生意回来，他妻子还是照常带着笑脸迎接他，但暗地里就哭。后来被张居发现了，问她她又不说，没办法只好去和李翠商量。李翠想了一下，说："一定是你出外她被人侮辱了，这只有用激的法子才能使她说出来，但是你要注意，她说出来了，你不要马上离开她。"

张居照着李翠的话做。一天晚上，张居等人睡了，他说："你的事情我已知道了，你被人侮辱了。"这一来，他妻子更是痛哭起来，再三询问，她才说出来了。张居一直照看着她。这晚上，张居一直没合眼，但在天亮前，忽然发现妻子不见了，忙起来去找，见灶房门紧闭着，她就在里面，张居一面大喊，一面把门踢开，把她手里的刀夺下来，没有出事。第二天，张居把前前后后的事告诉了李翠，要李翠想法子报仇。李翠想了一下说："这件事还要和嫂嫂商量一下才行。"于是他们把张居的妻子叫出来，李翠安慰了她嫂嫂，说："要报仇不难，只要你能得到李屠夫的屠刀和他的舌尖。余下的事我们来办。"他又叫了张居假意出门。

张居回家还不到几天，又说要出门了，并到李大妈家里说："我出门你照顾了我家里，我很感激，这次出外时间更长，请你多多照看我们家。"说后就同李翠走了。他们走到大理城，就回李翠家里去了。李大妈一听张居又出门，等他一走，她就到李屠夫那里，这时，李屠夫正卖肉。她走去大声说："李屠夫快给老娘几斤肉来，那当家的又走了。"李屠夫一听这话，心中一乐，肉也不卖了，割给李大妈四五斤肉，就回家换衣洗澡，只等天黑。

张居的妻子听从李翠的话，晚上，在花园墙放上一杆竹竿，李屠夫来了，她带笑地接待他，月香等他进门之后，就把所有的门大打开，这也是李翠的主意，并到厨房里去煮肉，故意把菜刀弄钝了，肉煮不出来，让李屠夫等得心慌，他就把屠刀拿出来，被张居妻子藏起来，出来和他喝酒。吃喝时候，张居的妻子说："那一次你用筷夹肉给我吃，我天天就想念你，如果今晚你能用舌尖递肉给我吃，我一辈子也会记得。"李屠夫一听乐坏了，心想递百次我也干。于是他把肉递到她嘴里，张居妻子这时想起了自己蒙受的羞辱，心一横，牙也用力一咬就把他的舌尖咬断了。李屠夫一疼痛忙去摸屠刀却没有，张居妻子趁这时跑了。同时，屋外，有人喊捉贼，李屠夫慌忙地从开着的门逃路了。

张居妻子把屠刀和舌尖给与李翠，这时，天还未亮。李翠说："这表现了你真心忠贞。你们都睡去吧！我和张居还有事情。"于是他同张居拿着屠刀、舌尖到李大妈家去叫门。李大妈刚一开门，张居就把屠刀向她胸前刺去，又把舌尖放到她嘴里，就出来，回到李翠家里。

事情做完后，天已大亮；街坊发现李大妈被人杀了，去报官。官府里来人验了尸，找了屠刀和一舌失。于是县官下令差役到街上去，见有不会说话的屠夫就捉来。在街上，没见有不会说话的屠夫，有人说只有李屠夫没有来，他们到他家里去，李屠夫的老婆很受丈夫的气，她对差役说："他昨晚回家一直不说话。"差人一听，二话没说就把李屠夫捉走了。县官马上升堂审问，问他为什么杀了李大妈，他因为没舌头说不出话，又证实了屠刀和舌尖都是他的，县官判他强奸未遂才起杀心。这样就判了李屠夫的死罪。

由于李翠，使得张居的妻子活下来，仇也报了，真是两全。

千里马和万里羊的故事

讲述者：陈维益
翻译者：陈朝官
记录者：张福三
时间：1958年10月
搜集地点：云南省大理白族自治州大理市喜洲镇周城村

爱玉讨得一房有钱人家的媳妇，他岳父是一个贪财好利的家伙，处处想占人家的便宜，爱玉想整一下他岳父，当时，清朝要征高丽，选人挂帅。爱玉的岳父有一匹千里马，很有挂帅的把握。但他听说爱玉有一匹万里羊，必想：有了万里羊，我更能挂帅了。于是他就打发人把女婿叫来，愿意用千里马换他的万里羊，爱玉假意推辞了一番就答应了。岳父得着万里羊心中非常高兴，羊还没牵到家，在路上就骑起去，这头公羊见生人骑在背上，双脚一跳，把爱玉的岳父跌进刺蓬里，脸刺破了，衣服挂烂了，才发现这不过是一只普通的羊。岳父知道上了爱玉的当，帅也挂不成了，他想报仇。

有一次他岳父往一匹马的屁股里塞进一些银子，就去对爱玉的妻子说："你们家里很穷，我送你一匹能屙金屙银的马。"爱玉不要，他媳妇东说西说，他才收下了。爱玉按照岳父的吩咐，把这马放在楼上，一天喂它几大斗料，但马没屙银子，胀死了。爱玉上了这次当后，公开对岳父说："我要来偷你家，人家偷东西一声不响，我要敲锣打鼓地来偷。"岳父笑着说："我等着你来。"

约定之后，岳父到家日夜严防，大门前拴着两只大狗。可是几天过去了，都没见爱玉来偷，爱玉的岳母说："爱玉就爱说大话，我活了这么大年纪了，还没见着有敲锣打鼓来偷人的。"岳父虽然不听岳母的话，但经过几天日夜的防守，觉也没睡，人也疲倦了。就在这晚上，爱玉就来了。首先，他用肉包子给门口的狗吃了，借了狗的绳子，把岳父家的两口大锅放在拴狗的地方，又把他送给岳父的万里羊拉出来杀了，把羊头放进灶里，嘴用一木棍撑着，把羊肉倒进岳父的羊靴子里，把羊肠摆在楼梯上，在楼板上撒上些碗豆，把吹火筒按上"福特地"①。这些做好后，就偷了东西，吹打起锣鼓去了。当岳父从梦中醒来，听见锣声，大喊有贼。他翻身起来，裤子都没有穿好就去穿靴子，脚一伸进去，碰见羊血，他把羊血当作尿，便大骂他妻子："你越老越糊涂了，撒尿撒到人家的靴子里。"一面骂一面穿着靴子就走，刚一踩着楼板，豌豆就把他摔了一跤，他顾不得这些走下楼去，他妻子在后面听见丈夫跌了一跤，跟着爬起来去找，在楼梯上，摸着羊肠，就大哭起来："我的丈夫肠子跌出来啦！"

爱玉的岳父下得楼来，到灶屋里，手伸进灶里去找火，手碰着羊嘴里的木棍，羊嘴一合，把他手咬住，他一面取出手，一面求饶说："灶王爷饶了我这一回吧！我要去追贼，才忘记穿裤子。"他又拿起吹火筒吹火，一吹，"福特地"被吹响了，把他吓坏了，火也不找了，灯也不点，撒腿就跑，在

---

① 福特地：一种草，可以吹响。

墙壁上碰了几个青包。等他走出大门，爱玉他们已走了多远了。他站在门口，忽然想起门口还拴着的两只狗也没叫，在大怒之下，捡起两块大石往狗打去，狗没打着，反把两口大锅打破了。此后，爱玉的岳父就不和爱玉来往了。

招女婿

抄录者：汤培元

独家村在很久以前，居住着一个老么，家里生活很富裕，又有个独闺女，是个牡丹脸来柳条腰，做得一手好针钱的姑娘。前村后寨的青年小伙子无人不爱她，总想讨她。媒婆每天三两个不停，讨亲的像机梭穿来穿去。可是他父亲说："要做招，谁是打猎的能手就给谁。"人家一听说，他原来就住在独家村，为了抵御野兽，必须要个射箭的能手。从此就没有人来讨了。

一天，东寨有个二流子，听到这个消息后就说我去上门。首先找了箭打了两只鹊雀，然后把箭冲在鹊雀的胸膛，穿着往老么家后园里去，又跑到大门喊："哎！哪个在家，请开门！""噢！我怎么就把门开。"一见他，二流子说："大爹，麻烦你一下，我打落了两只鹊雀在你后园，来取一下。"就到后园找着鹊雀，说声谢谢，便走了。给人留下了深刻印象：一箭穿两只，老么心机也动了。

隔了一天，他又打着了一只松鼠，仍把箭穿在身上，丢到老婆婆家里，又来找了。这下给老么印象更深，就问："小弟弟，何村人民？家有何人？务何职业？""大爹，我家住在东寨，家打单身，以猎为生。"经一番问候，就招他做了女婿。

年冬腊月，心想结婚，可是他女人也如此，老么知道后，就出给女婿一个难题，买来二百只箭交与他说："你去打只老虎，皮披在客室里的靠木椅上，就结婚。"女婿九月出发，一天两天，一月两月，尽在山沟里跑，却没有打着。说到打老虎，他连见也怕，还要打呀！只是隔山隔水来度一下光阴，不觉跑到十月中旬。一天早晨，望见对画山上有只老虎，张着牙口，看势凶恶，很可怕，便老远射箭直把两百只箭射完，然后跑去一看，原来是只死老虎，就把皮剥去，这样就结婚了。

一晚，土匪来偷他家了，三个土匪互相说："当心，他女婿是射箭能手，着箭而死就这恼火了。"这样他们一个也不敢进去，只好趴在房头，扒开了瓦，钻下来，可是瓦一动，把女婿惊醒了，他就叫他女人："你把弓箭拿来，一个也不放他跑。"土匪们听到女婿的声音，怕得要死，只把瓦片歇在屋上，往茅草中跑，一跑，草擦着瓦，像射箭的声音，有箭穿一样，急得土匪们头也不回地跑走。

一天下午，岳母在村外放猪，突然来了一群狼，岳母一见话也不敢说跑回家去赶女婿出来打，女婿提着箭，气势汹汹跑出呐喊了几声，那群狼就扑向他。"救命！救命！"猎手喊叫着，可是人们听说是猎手的叫喊，不当成一回事，结果猎手就被狼吃了。

王老渔的故事

记录者：杨德季
搜集地点：云南省玉溪市元江哈尼族彝族傣族自治县因远镇

在很古以前，有一个勤劳而贫苦的渔夫。他没有房屋也没有土地，住的是一间破烂的小草屋，而这草屋地基也不是他的，是天皇大帝借给他的。他一生都是以拿鱼为生活。一天，他堵起来的水，到他快要泼干下面潭中的水，要开始拿鱼时，堵着的水就奔下来了，结果，他没有拿到一条鱼。他看这潭中鱼多，因此不灰心地又堵起来泼水，结果到水快要泼干拿鱼时水又奔下来了，他不灰心，一次又一次地堵水泼水，但是这天的事真怪，这潭鱼又很多，但是又没有办法拿。他整天一直堵了七次水，但没有拿到一条鱼。可是到第七次水奔下来时，已经是快要黑了，因此他没有办法，只想今天没有拿到一条鱼，就是这个潭子的石头也要拿回去一个。说着就拿回一个石头，好好地放在自己枕头底下，但是这个石头不是平常的石头，而是一个宝石，每天晚上它就能发出很亮的光，这光一直可射到大帝的宝殿中去。这样，这事就叫大帝知道了，大帝就叫兵将到村中去搜这宝石，那些兵将搜来搜去搜到了老渔夫的草屋中，就问老渔夫："你这里有没有晚上会亮的石头？若有，快拿出来，若不拿出来，叫大帝知道了就要你的命。"老渔夫听了说道："在我这样的家中，哪里会有这样的石头。你们要我这个石做什么？"兵将说："有了这个石头，拿这个石头到龙门那儿，在那儿再烧上香，龙门很快地就会打开，自己就可以走进去选龙家最好的姑娘做自己的妻子。"说完兵将们就走了。

老渔夫听了这番话，心中非常高兴。想：那是多好的事呀！我就照着他的话去做一做看吧！他照着他们的话做了。结果真的得到了个美丽的龙家姑娘。姑娘问老渔夫有没有土地？老渔夫非常难过地说："没有，就现在住着的这块草屋，还是天皇大帝借给住下的。"她听完后就说："你和大帝去说，现在因我们要盖房子，能不能把这地卖给我们。"老渔夫听说买地，他心中也有些怪，我又没有钱，怎能买地呢？虽然他这样想，但是也没有说出来，也就照着自己妻子的话做了。他到了天宫照自己妻子告诉的话，向天皇大帝说了一遍。大帝听了这话就说："若你能在那地上盖起房子的话，我就不要你的钱送给你，但是你要知道，若在三天内不能盖起来，就要你的命。"渔夫听了皇帝的话也很着急，回到家中与自己的妻子照皇帝的话说了一遍，她告诉他不要着急，我自有办法。

皇帝天天都叫兵士去看是否盖起来，可是第一天来，报说没有，第二天也说没有，这样大家都想这渔夫死得成了。而渔夫自己也在想这回可死得成了，就和妻子说："这事要怎么办？有什么办法快说出来吧！"她不慌不忙地说:"请你不要着急,你去娘家把大门后面的那个葫芦拿来,在路上你不要打开看。"渔夫拿回这葫芦时已经是响午了,他想着自己这次一定是要被皇帝杀死了,在天上的天兵天将也纷纷议论这渔夫该死,只有半天怎能盖起来呢?

他的妻子却又不慌不忙地点起灯烛,烧起香,在地基的四周都点起灯火,就把葫芦一打开,在葫芦中就出来很多的木匠、石匠、泥水匠、石头、木头等,结果很快地不到半个时辰的工夫,把这房子盖好了。

天兵天神就去告诉皇帝,房子已经盖好了,皇帝一听房子盖好,很奇怪,急急忙忙地到门前去看,结果真的看到了盖起来的房子,比自己的天宫还要好。他等不得渔夫来告诉他,就叫兵将把渔夫叫来,老渔夫到那里后,他就想害死他,因此,就想出一个办法来找茬说:"要你在明天内拿一百条肥大的鱼来,若拿不来就要杀你。"老渔夫听了,难过地回到家,向自己的妻子说:"皇帝要我在明天拿一百条肥鱼给皇帝,若拿不来就要杀我。"她就说:"不要着急,请你把房后的香蕉叶拿回来。"他拿回香蕉叶后,她就剪出很多的鱼样,放在水桶中就告诉他:"请你挑这到皇帝天宫门前时,在桶中放进一些水就可以了。"他到天宫前,就打点水在水桶中,结果真的变出很多而且很大的鱼来。皇帝看了没有办法害死他,就要他说出能盖起房子与能拿来鱼的原因,若不说出来也要杀头。他没有办法,只得把他妻子的事说了一遍,皇帝一听这事,就叫他把他的妻子叫来。他回去后又和他的妻子照皇帝的话一一地说了一遍。妻子一听这事就非常愤恨地说:"请你不要着急,这无良心的人,有一定的下场。"她就用一块烂破布紧捆成一个小球,叫自己的丈夫放在自己的衣袖中,说到皇帝那儿时,若皇帝因您不叫自己妻子来,而要杀你时,您就叫衣袖中的布球滚出来,他到皇帝面前,因没有把自己的妻子叫来,皇帝真的要杀他,他就照着自己妻子的话,由衣袖里滚出一只大老虎,把皇帝和兵将都吓死了。终于这老渔夫和那龙姑娘自由地过着幸福、愉快的生活。

土锅梦

搜集者：李子英（农民）
时间：1957年1月2日

从前有个聪明的小伙子叫陶仁，小时候就死了父母，替邻居王家放牛。到了十四岁那年，因为他放的牛与其他的牛打架，撑掉了角，被东家赶了出来，从此他一个人自己砍柴卖过活。转眼三年他已经十七岁了，长得很结实，平时爱说笑话，行动非常活泼，一有空就跑进私塾去玩，老师也很喜欢他。有一天，要到山上砍柴，一个人走进深箐里，那里长满了人一样高的茅草，摇摆不停，还发出索索的响声，他以为是野狼，吓退了一程，后来他爬上箐边的石头上看。哦，原来是乌龟，再一看是牲口，他想是哪家放在这儿的牲口呢？四处张望不见放马的人，倒怪着自己胆子小，这天因为背子背重了，回来比较晚些。

进村时，打谷坊边的闲人比平常热闹得多，一二十个人围着老师，请他念墙上的榜文。陶仁忙放下背子，挤进人群里去，听见老师念道："我家的牲口因不慎失踪，至今未见踪迹，全县官民士绅，有知其下落者，愿奉酬金……王世元启。"原来是城里王员外家牲口失踪。陶仁想一定是今天我看见的那些，这些"乌龟"说惯白话："狗嘴里打不出骨头来！还想个法子摆弄他，这一晚他整夜地没有睡着，结果把办法想妥了。第二天早起，他跑到学堂里向老师要了一张纸，还请老师替他写上"如意土锅，能知吉凶，百无一失"几个字，把它做成旌旗的样子，再向老师借了一套旧衣帽，打扮起来，很像个卜字先生，他走回家拿起唯一的家具"土锅"，大摇大摆地走进城，在员外家门口唱。员外认为多日找不到牲口，心中忧闷，请陶仁给他起个课。陶仁说："我不是卜字的，但有一个'如意土锅'，天下的什么事我前知道，百无一失。"员外就请他梦一梦他家目前的吉凶。陶仁拿出土锅，念了几句噜苏的咒语，把头伸进土锅里，又探出来说道："员外，你家失踪了一群马。"接着把失踪的数目、毛色也讲了，他最后又补上一句："万一没有把牲口找回来，你家运就从此败坏了。"员外听他说的一点不差，自愿送给他五十两银子，叫他把在什么地方说出来。陶仁吞吞吐吐地说："送银子却不忙，反正我有……"员外照他指点的地方去找，一找就找着了，怕他有什么法术，把五十两银子一分不少地奉送给陶仁。

这件事一传十、十传百传开了，满城的人都知道他有"如意土锅"，大家叫他"土锅梦先生"。事情有这样的凑巧，皇帝宫里遗失了玉玺，目前皇帝要行文处斩一批罪犯，所以他很着急，四处传下口诏，有人知道玉玺下落，奖他官居一品，禄享千斛。陶仁地方的官府把陶仁有如意土锅的事奏给皇帝，皇帝即时派遣皇轿来接陶仁，这一来弄假成真，陶仁吃惊不小，但到底他是聪明人，打定主意，一定要戏弄皇帝一场，于是他大模大样地跟他们下京，因为心中有事，一路风景无心赏玩。

有一天将近驿馆，他拉开轿帘，看见屋顶上一只老鸦正啄着一条黄鳝，他顺口说道："善哉善哉！黄的不死黑的死。"半夜，两个轿役跪在陶仁床前，苦苦哀求免罪，陶仁也莫名其妙，只得含含糊糊地说，我不会使你们有罪，有话直说。原来这两个轿役是皇帝的亲从轿夫，有一次皇帝把玉玺失落在轿里，两人同谋把它藏了起来，恰恰这两个一个姓黄，一个姓黑，他们以为陶仁知道了藏玉玺的底细，才说出"黄的不死黑的死"。聪明的陶仁从两个轿役嘴里知道了玉玺的下落，匿藏的地方，便安慰两个轿役说："我很同情你们，不会使你们有罪。"到了京城，陶仁使皇帝斋戒沐浴，向天认罪，大赦天下罪人，皇帝一一依着去做，于是他就在金殿上拿出"如意土锅"，大闹而特闹了一些手法，慢吞吞地说："位居九五之上。"使侍臣在金殿的第九寨沟第五片瓦下去取，果然找到了。皇帝非常喜欢他，把他招为东床驸马。

在皇宫里住了一年，有一天公主有意与他为难，摆了一个宴席，席间拿出一个描龙绣凤的荷包来，叫驸马猜里面有什么东西，逼得陶仁无法，只好拿出土锅来再梦上一次，许久许久都没有半句话，不得已说出："连我陶仁也不知。"公主听了这句话，连忙跪下，驸马你实在是了不起的人，能知道荷包里装的是个陶仁！原来公主把"陶仁"认为"桃仁"，天下竟有这样的凑巧事。

第二天起来，陶仁对公主说："我的'如意土锅'好久没有用，所以昨天应验很迟，我要把它净洗一次。"公主忙叫宫女打来净水，谁知陶仁脚下一滑，仰面朝天把"如意土锅"跌个粉碎，陶仁大哭不止，惊动了整个皇宫，皇帝都忙出来安慰他。

小青和二妹

搜集者：李真
时间：1956年9月24日

王佬佬两口已经五十多岁了，每到夕阳西下，孩童放学归家，一阵一阵的歌声从老两口门前荡漾的时候，他俩就各自把脸掉开，泪珠唰唰地落下。老两口盼望着有一男半女在他们的膝下，生养死葬才有个搁落处，可是已经生育了五男二女，却一个也不成人。老两口经常这样想着："家里这般寂寞，如此生活下去，也不成事。和谁家讨个孩子，家里又穷，人家哪能放心呢！"

"佬佬，最近屋后有一个青蛙日夜哇哇地叫，把他拿回家来凑个热闹吧？"老妈妈这么一说，佬佬同意了她的意见。于是老妈妈就用了一个木盘子把青蛙端回家里来了。

佬佬对老妈妈说："既然如此，该给他取个名字？"

"不要蛙字，就叫他小青吧。"老妈妈想了想答应着。从此，老两口到哪儿，小青也跟着跳到哪儿，老两口在说笑什么，小青也在哇哇地叫着，老两口家里热闹多了。

一天晚上，老两口在咕噜着："如今家里虽然比以往闹腾多了，可是小青还是……"话还未说完，就被小青猜着了老两口的心意。小青哇声大叫："爹爹！妈妈！我已经长大了，我要讨媳妇了。"

老两口大吃一惊，不知说什么才好。小青继续叫道："我要讨村南卢家的二妹。"

"卢家有钱有势，二妹长得那般标致，你呢？又才生得这般模样，哪里配得上人家，别想提了！"

小青再三叫道："别的我不要，就要讨卢家的二妹。"

卢家的二妹，果真生得美丽、可爱，她不用穿红绸绿缎，也不用带金钗玉镯，更不用擦脂抹粉，她穿的布衣就比红绸绿缎还要美丽，她生来圆蛋的脸，黑豆般发亮的眼珠，洁白的齿，朱红的唇，比戴上金钗玉镯，擦脂抹粉更要美丽。红润的双颊，春天的桃花与之相比还要逊色呢。可就是性情孤僻，心上好像有个疙瘩未解开似的。原来是这样：二妹从小就失去了父母，被卢家财主拿去做丫头，这姑娘一年一年地长大了，卢家打算在这姑娘身上赚一笔钱，可她又是个丫头，恐失卢家的门面，于是卢财主表面上就把这姑娘接纳为自己的女儿。卢财主自己也只有一个女儿，比这丫头大一岁，于是就叫她"二妹"。二妹同卢财主的女儿相比，真有天渊之别，卢财主的女儿长得同二妹一般高大，可就是长得满脸麻，虽然如此，二妹毕竟还是过着丫头的生活。并且从卢财主把这丫头接纳为女儿以后，麻脸姑娘就很不服气，经常欺负她，从此这姑娘除了白天在卢妹家做活外，晚上也多半只同其他的穷姑娘们回家歇。

王佬佬两口被小青逼不过去，只好答应说去试试看，三个人一起往村南卢家去说亲，小青在老两口前面跳着，不时哇哇地叫着……

卢财主听老两口说后，哈哈大笑说："既然如此，只要你们把金银由我家门前起摆出一里路，就把二妹给你们。"

"金银摆出一里路……"，老俩口几乎吓呆了，王佬佬说："奶奶，算了，回去吧！"小青在一旁答道："要多少就多少。"说时迟，那时快，卢家门前果真摆了满路金银。

卢财主带着慊意的眼光继续说道："哼！据说，你俩无儿没女，帮谁来说的？"

王佬佬两口面前突然站着一个年轻美貌的小伙子。原来小青一听，觉得这家伙太欺人了，他抖擞了一下身子，脱了青蛙皮答道："我就是王家的儿子，名叫小青的就是。"

卢财主最后问的这一句话，本来也是多余的，他希望的就是摆在门前的那满路金银罢了。

小青、二妹成亲后的第三天，一起去回门，一路上，一时小青变成了青蛙，跳到二妹的怀里，一时又变成一个美貌的小伙子，二人有说有笑。

"小青，到卢家，你不要再穿青衣了，免得人家笑话我们。"

"二妹，我相信你不会嫌弃我，是吗？"

到了卢家门口，小青果然顺从二妹的心意，脱下青蛙皮，一对年轻的夫妻，真是谁也不差，配得多么合适呀！人们不断地向他俩贺喜。

小青那般美貌的人才，被大姐麻脸姑娘看中了，她埋怨着："这样美貌的小伙子，我爹爹怎么不把我许配给他……"

以后，这对年轻的夫妇，在王家勤耕苦作，侍奉双老，过着自由美满的生活。可是二妹心中经常在希望着："小青不要再穿青蛙皮，那不是更好吗？"

一天夜晚，二妹趁着小青瞌睡来了，匆匆忙忙脱下青蛙皮，她就猛地把青蛙皮抢过来扯破了，此后小青再也不能变成青蛙了。

时间过得真快，二妹生下一个胖娃娃。这些时她怀念着村南的亲热的旧姐妹们，一年多了，没有同她们见过面，小青也知道她的心意，就让她抱着孩子到村南去探望探望。

从小两口到卢家回了门以后，卢大姐就经常在为思念一表人才的小青苦恼着，可又有什么办法呢？这明明是爹爹要把二妹许配给他，而不把我……

二妹这一去，刚又碰上了卢大姐，虽说卢大姐心里暗暗地在嫉妒着二妹，可过去爹爹曾经把她接纳为女儿，又相别了很久，当然一时也不便变脸。卢大姐又想："这也真好，她自己碰上虎穴来了，我不免想个计，同小青一起过活不是更好吗？"于是卢大姐就笑眯眯地把二妹接回家去闲去了。卢大姐想了许多主意，可一个也不妙，一天她俩到村外去玩。卢大姐边走边赞美着二妹的生活。忽然，她指着前面问道："那是什么？你瞧，二妹。"

"那是水井。我在大姐家，就经常到那里去汲水。"

她俩双双低下了头，在井面上照着面容，这时卢大姐心想："这不正是好机会吗？便用力把二妹一推，扑通一声，二妹掉到井里淹死了。"

过了几天，卢大姐照着二妹的打扮，抱着二妹的孩子到小青家去了。

"你……是……谁？"卢大姐刚进了门，她那斑麻的脸几乎把小青吓呆了。

"哈！哈！不见面几天，你倒把我都忘记了。"卢大姐从容地答道。

"你……你的脸……你不是二妹！"

"不，回村南这几天，住在娘家，又碰巧娘家去了许多朋友，屋里都住满了，晚上，我只好在厨房里睡，唉！油脸都被灶南虫咬坏了，幸好娘家有药，好得还快，也不觉得痛。"

小青细看了看，穿的、戴的都是一样，说话的声音也是一样，他想：天地间只有赖牛赖马的，哪里会有赖丈夫的，便让她住了下来。

一天，小青去南山上砍柴，走得又累又渴，路过村南边的吊井，他想喝点水。井边的槐荫树上，一只美丽的喜鹊对他小声叫着："妻子，换了，晓不得……"喜鹊叫着叫着几次飞过小青的面前。小青很奇怪。

小青抬着柴朝着回家的路上走，喜鹊也跟着小青一路飞。喜鹊从早到晚在小青的屋顶上叫着："妻子，换了，晓不得……"有一天小青把喜鹊捉来，关在雀笼里，挂在屋檐下，喜鹊不断地叫着："妻子，换了，晓不得……"

每当卢大姐从雀笼下走过，喜鹊就屙下屎来，常常落在她的肩上，卢大姐火了，她趁着小青不在家，把喜鹊丢进灶窝里烧死了。那天下午，邻居的一个老大妈从地里回来，到小青家讨火煮饭，火钳一夹，夹出了一把剪刀，她喊道："二妹，你家的剪刀怎么丢在灶窝里，快收拾起来吧！"

"啊！不知怎的……"她接过剪刀，把它藏在衣柜里去了。

过了一天，卢大姐要换衣服穿，她打开柜门一看，满柜子衣服都变成了碎衣。她拿起剪刀一路走一路大骂，往那天到她家要火的那个老大妈家去："老虔婆，你坑害死人，谁稀罕你的这贱东西，你拿回去吧！"

老大妈不知怎的，也不敢答口，接过剪刀装在框子里。第二天老大妈从地里回来，进屋一看，桌子上已经摆满了八碗美味的菜，甜香的白米饭。她不知是怎么回事，累了一天肚子也饿了，先吃了再说。从打那天以后，晚上从地里回来，菜饭都摆好了，她想：这一定是隔壁邻舍谁家可怜我帮我做的。天天这么白吃，也不是话，该感谢感谢人家才是。可她走遍了邻居，家家说："哼！自己的嘴都挂起无着落，哪个还给你去做饭。"老大妈存着一片好心肠去感谢人家，倒反碰了一鼻子灰。第二天早饭后，她大声嚷着："要到河东地里去了！"口说下地，实际上她躲在家里的一个破大箩下面，想偷看一下到底是谁来给她做饭的。

太阳已经偏西了，也不见什么动静，老大妈想要自己去煮饭吃了，忽然柜门"吱"的响了一声，走出了一个生得非常美丽的年轻妇人，又直走向厨房里去了。过了不多时候，那年轻妇人端着大盘小碟的菜往桌上摆。八碗菜刚摆好，年轻妇人正要往回走，老妈妈猛然掀起了破箩，拦腰抱住那妇人，说道："替我煮饭的原来是你呀！年老迈孤居，承你的好心，这般服侍我，我到哪辈子才能还你的情啊！"老妈妈一面说着，眼眶里不断地流出了热泪。

"老妈妈！你单身独人，年纪老了，怪难过的，我就做你的女儿，服侍你终身！"

"我到哪辈子才能还你的情啊！"

自从那年轻妇人在老妈妈家住下，常常替老妈妈在屋里做些家务事，老妈妈也不让她走出门去。一天，她好像做梦似的，想起了生前的事："曾经同姑娘们一起在河堤上唱过山歌，也曾经提过青蛙，小青……蛙……"过了些日子，她对老妈妈说："妈妈，自从姑娘在你家住下以后，已经好久了，可是三亲六戚，隔壁邻居的大叔大娘，兄弟、姊妹们还没有相认过，我们备点家常便饭，请人来吃顿饭吧？"

"屋里有这没那的，怎么请人家吃饭？"

"妈妈你不用愁，姑娘自有打算。"

老妈妈听她这么一说，也想自从她来到我家以后，虽说不是我亲生的女儿，可是比亲生女儿还要亲呢，自己是年迈力衰的人了，只要她能办到也是好的。于是老妈妈答应了。

那天请来的客有十几个人，坐满了两桌，王小青夫妇、孩子也来了。不知怎的，外面的人一进了门，那年轻的妇人就总觉得自己是没鼻子缺耳朵似的，不愿同人们见面。她躲在楼上从楼板缝里往下望；有年轻的夫妇，天真的孩童，有刚从地里做活回来、腿上还带有泥土的农夫，也有刚从山上砍柴回来忘了放下斧头（腰间别着斧头）的樵夫。她冷静地回忆自己——好像没有童年？不！曾经同姑娘一起在河堤上唱过歌，也曾经捉过青蛙，小青……蛙。她又看一看自己，噫，怎么是这样的打扮——不像姑娘，可又没有丈夫……她越想越悲伤，泪珠一滴一滴地从楼板缝中落下，恰恰滴在小青孩子的脸上，一滴拭了又一滴……

"老妈妈！楼上是什么？"王小青、卢大姐齐声问道。他俩这么一叫，那年轻妇人听着声音很熟，她想起了：小青，孩子。王小青一边吃着口里一面说："这碗菜盐太咸，那一碗又没盐味。"

"盐咸盐淡你晓得，妻子换了晓不得……"那年轻妇人学着喜鹊的音调叫着，泪珠又一滴一滴地落下，落在小青孩子脸上。

"老妈妈！楼上是什么？一阵叫，一阵水的，把他拿下来瞧瞧吧！"王小青又问道。

这时年轻妇人忍不住悲伤，大声号哭起来了，两三大步，由楼上直闯下来叫道："我的情郎王小青呵！"

王小青定眼一看："你……你就是二妹，是怎么样的？"

孩子还不等小青叫"二妹"，早就叫声妈妈，投向她的怀抱里去了。

接着二妹好像是说梦话似的，向大家诉说了回南村以后这多年的经过，人们还不等她说完，就七手八脚地把麻脸婆打死了。人们边打边骂道："卢家得了千金心不干，陷害了二妹狠心肠，有朝一日重相逢，深渊还是你自己葬。"王小青、二妹得到了团圆，可是他俩好像是过着做梦一样的生活，总不像从前。

麻脸婆被王小青、农夫、樵夫们一群人打死的消息传到卢财主那儿，卢财主带着家丁，刀枪棍棒，一哄来到了小青家里。小青夫妇看势头不对，各自变成了青蛙和喜鹊……喜鹊高飞去了，青蛙一步一步地跳着，青蛙不知如何是好，要追上喜鹊，看见前面有棵椰树，想爬上树梢同喜鹊在一起……可是爬的哪能跟得上飞的呢？他只好趴在树上哇哇地叫了。

编者按：搜集者曾有说明，"结尾问题略有增加：在讲述中是到团圆为止，但觉得有些不恰当，因为其讲述的是在二妹被害了以后又变成了人而团圆，并且又将卢大姐打死了。这难道在过去的历史条件下，统治者是甘心的吗？"请读者注意。

狗老爷

讲述者：周老
搜集者：苏靓华
时间：1956年12月
搜集地点：云南省怒江傈僳族自治州泸水市

从前有一个地主，他家里有很多的土地，由于他的本领很好，能叫鬼给他干活。他嫌农夫交的租不及自己种的多，于是他把农民租种的田地全都收了回来，然后每天念咒、画符，找了许多的死鬼帮他背粪、种地，他因为觉得一个人忙得吃不消，因此，又找了几个被收回土地的农民来做长工。由于他的狠毒，农民在背后管叫他作"狗老爷"。下边就是关于狗老爷的几篇传说故事。

鬼不干啦

狗老爷用符法逼了许多的死鬼给他干活，叫他们背粪、种地，管教得非常严格。

一天，长工向狗老爷说："老爷，你看他们的衣服多脏，怎么不叫他们去洗洗呢？"

"不要嚷！"狗老爷说，"他们不是真的人哪！他们是……"狗老爷想这是机密，怎能随便说出来！他只好把后半句话咽了回去。

长工知道他话里有话，也不敢多问他。有一天，趁狗老爷不在家的时候，长工故意把许多背粪的人叫来，问他们为什么不洗洗衣裳，他们说："我们的衣裳不能着水①，所以，老爷不叫我们洗。"

---

① 着水：沾水的意思。

长工奇怪极了，他想：一定要弄个水落石出才行。恰好隔了几天，狗光爷叫长工去监工，他再三嘱咐说："不要叫背粪的喝水洗衣呀！你可别给我大意！"

长工说："照办！照办！"一面吆喊着背粪的就走了。

到了中午时候，长工把背粪的集合在院坝里，命令他们把衣服都脱下来。他把衣服放在大门上，进来向狗老爷的老婆说："太太，大老爷说叫你烧点水，把这些衣服给烫一下。他说要快一点！"

狗老爷的老婆一听说是丈夫说的，也不敢怠慢，马上烧了一大锅滚水，把全部衣服都安放进盆里，一锅开水就往衣服上一倒，谁知这一倒，那些背粪的一阵叫"我们不干啦！"，就呼地不见了。狗老爷的老婆不知是怎么回事，忙叫长工说："快叫老爷去！鬼不干啦！鬼不干啦！"再一看盆里的衣服，呀！哪是衣裳，是一盒子白纸挂子呀！

长工一路往前跑，一路叫："鬼不干啦！鬼不干啦！鬼不干啦！"从此以后，狗老爷再也找不到鬼做活了。

不干三天活

狗老爷没了鬼做活，又想了一个法，叫农民给他做活。狗老爷和大家说："我家的牲畜、农具，随大家使用，我一概不收租费，但是要向大家讲明白，我一年只做三天活，就是栽种一天，除草一天，收割一天。这三天嘛，大家都不能干自己的。"狗光爷又说："谁不愿干，我就收回我的田地！"

农民们都叽叽咕咕地议论，不相信狗老爷会这样大方起来。但又为了种他的地，如果真的把土地收回去了，那怎么办呢？所以只得答应了下来。

到了芒种时期，农民都争着去抢用狗老爷的农具、耕畜，有的农民拿的多，有的农民拿的少，还有的农民连一件都不得，就在狗老爷家吵起来。狗老爷看到有些不妙，只好欺骗说："不要嚷，不要嚷！有事好说。这样吧！现在拿得多的以后多出，拿得少的少出，拿不着的可以不出！"这样，大家才散开了。

这天，狗老爷去叫大伙明天给他种庄稼了，他不管三七二十一，每家每户都去叫喊。叫到没有拿到物件的人家，人家就说："老爷我们没有拿到东西呀！"

狗老爷说："我只知道我的东西给拿光了，你没有拿到，那是你自己的事。明天是我要做的一天，大家都得去，不去的交回我的地！"

人们听了，都很愤怒，知道受他的骗了，但怕他抽地又不敢不去。

第二天，大家去帮狗老爷做活。有的犁，有的挖，有的挑粪，有的点栽，狗老爷的田里，简直是人山人海。但这么山山坳坳的田地，尽管人再多，一天也是干不完的。

到了下午，狗老爷见太阳快下山了，活还多着呢，如果今天一天干不完，那怎么办呢？于是他就拿了一把犁铧，趁人不见时往地边上一抻，这下，太阳老是在原来的地方，不会走动下去了。

农民干得累不住了，太阳还是在那里不动。农民真奇怪这太阳为什么今天老在那里不动。觉得今天的日子比往日特别长，可就不知道是为什么。

干！干！干！一直干到把狗老爷的活干完。狗老爷见活干完了，就走向插犁铧的地方，把犁铧一拔，呀！立时成了一片黑暗，村子里的雄鸡已叫第二遍了。农民们摸着夜回到家时，家里的孩子们已睡了。有些人家去做活时把家门锁了，因此，这些孩子饭都不得到吃，床上也不得睡，只在门口，墙脚边乱滚着睡。

农民吃了狗老爷的亏，第二天，农民都拿着狗老爷家的东西，一起去还。他们嘴上乱喊："不干三天活了，不干三天活了！"手上的东西直往狗老爷的门口乒乒乓乓一阵乱丢。狗老爷见农民来势不对，吓得缩到房里，顶上大门，连面都不敢露，只在里面干瞪眼。

狗老爷第一次遇龙

狗老爷的许多土地自己种不了，可是要的租子太重，许多农民都去外面租种，很少向狗老爷租，狗老爷的很多田地都荒了，每年收入的租子也渐渐地减少，家里的开支还是很大，原来的家产也一天天地少了，狗老爷感到再这样下去是不行了，只得跑到远方去做点生意。

狗老爷带了资本，驮在骡马上，又带了些佣人，一直走了几个月的路程，想赚笔大钱，哪晓得钱没赚着，本却蚀光了。再加上路途遥远，开支又大，不久就把所有的货都吃得精光。后来连驮马都卖光了，狗老爷只得讨饭回家。

一天，狗老爷在回家的路上遇上了一个上了年纪的人，这人身体很结实，他对狗老爷的态度也很好。狗老爷就把经过向这人说了一遍，老年人很同情狗老爷，向狗老爷说："巧啰巧啰[①]，我们一路走，你不必焦心了。我也是到某处去的，到你的家只要三天就到了。"

"怎么？三天就到？"狗老爷很不相信地回答。

"是的，三天就会到。"那人答道："但你要顺我的脚步走，我踩到哪里，你就踩到哪里，不要乱踩呀！"

于是他们就一起行走，狗老爷的一切开支，那人都热心地给他。他们走了一天，果然走了不少的路。狗老爷一计算："呀！走了将近一个月的路程。"狗老爷可疑地道："难道是我在做梦吧？"

狗老爷很奇怪这人为什么走得这么快？于是他准备要弄个清楚。晚上，狗老爷问那人说："伙计，你对我这般照顾，我真不知怎样才好，没什么赔你，不知你可同意？我想就交个朋友吧！"狗老爷又说："不知朋友住在何地？请介绍，介绍！以后好来相会。"

"巧啰，愿意交朋友，"那人说，"我家就是你们后面的五洋大海[②]。我就是里面的掌家，大家都叫我老龙王。不难，以后你来只管在海边喊几声："'朋友'，我就来接你进去。"

[①] 巧啰巧啰：白族话，意思是"好的，好的"。

[②] 讲者注：以前人说，在碧罗王山的一个地方，有五个不大的小海池。后来不知怎的，这五个海都干了，海子的位置也被填平了。现在有的是成了一大山，有的成了大平坝了。

狗老爷才知道老头原来是一条龙。第二天，他们继续走路。真的，走了三天多路，就到了狗老爷的家了。狗老爷向龙王说："多谢朋友帮助，叫我回到了家。看在朋友面上，今晚就到我家去住吧！"

老龙王也不推辞，就到狗老爷家去住夜了。狗老爷好肉好酒款待了朋友一番。

晚上，老龙王睡得怪熟，狗老爷却打了一个坏主意："你这不简单的龙王，叫你看看我的厉害吧！"他拿了一个小铜烟盒，用符法把老龙王化成一小股烟，放进小铜盒里，盖紧了盒盖，把小盒子扔到大江里。大江把这盒子冲向远方去了……

狗老爷第二次遇龙

老龙王被化进小铜盒扔进大江后，在大江里冲了很多时候，而后冲到了大海洋里。这小盒一直在大海洋里漂来漂去，过了整整三年多。后来铜盒生了锈，锈把盒子咬穿了，盒里的老龙王才从穿孔里出来，重新走回老家去。

再说狗老爷，把龙王化了以后，仍到远方去做生意。运气很倒霉，连做了三年多的生意，年年亏本，次次损财，在一次回家的路上，恰巧，老龙王从盒里出来也往回走，两人又遇上了。老龙王见了狗老爷，还是不起坏心，并且又招待他，一同往回家去。可是，狗老爷自从化了老龙王，已经三年了，他把老龙王早忘了。今天这人忽然叫他"朋友！"，他有些奇怪，仔细一看才认出这朋友就是他三年前害过的老龙王。他吓坏了，赶忙趴在地上连连磕头请龙王饶恕。老龙三说："没关系，过去的错，只要今天知道是错，以后改正就行了！不必难过。"

晚上，狗老爷越想越疑心，"过去我害过他，他一定要报仇"。想来想去，最后他想不如把他一回收拾了好些。于是他抽出刀子，准备在老龙王睡着时行凶。可是他刚抽击刀子，对准老龙王时，老龙王就醒了，他立刻警告狗老爷道："你要害我吧！那只有你自己吃亏……"老龙王的话还没说完，狗老爷的刀子就向他砍了过来。这时，老龙王将身一纵，立刻闪出一片电光。狗老爷一见赶忙朝门处跑，突然眼前一阵电闪，伸出一个龙头，对着狗老爷一阵哈哈乱笑，狗老爷立时往后一仰头，吓死在地上了。

忘恩负义

记录者：李惠

从前一个村庄里，住着一家老财主，他常叫佃户帮他做事，不给工钱，总说人情相委，以后你们有事找我，我还得帮忙。起初老实的农民还相信了他，可是到了有事找他，他哪里肯干呢？农民们骂他忘恩，后来就一个学一个，叫来叫去就叫成绰号了。一直到现在人们把他的真名字也忘记了，讲起他的故事也就管他叫忘恩。

忘恩虽然年年刮削佃户，收租万担，但没有儿子，老两口到六十多岁也仅有一个独姑娘，名字叫玉花，忘恩常想姑娘大了总是要嫁出去，所以他整天愁眉苦脸，担忧没有人继承他的家业。他老婆知道了他的心事，就给他说："我们现在也不能再生儿子，我看姑娘也不一定按老规矩把她嫁出去，皇帝不是也招驸马吗？我们也招上一个能文能武的上门女婿，一是能和亲生女儿一起继承我们的家业。二来能文可以回衙门里买上一官半职来继承我们的家业；能武就可以防备佃户造反，这不是一举两得了吗？"

忘恩听后，觉得很有道理，就说："要招得趁早，要不我们这么大的年纪，一时断了气，这些财产就白白地丢给长工了；何况姑娘也十八岁不算小了。"说着就把管账先生叫来，叫他写了许多招亲告白，贴得到处都是。上面写着："我家独女——玉花才貌双全，……因无子，需招一白面书生，文武双全做上门女婿，以继承家业。如具有上述条件，愿做上门女婿的，请亲到府商谈……。"告白贴出去后，许多闲游浪荡的富家子弟都来试探访亲，都给忘恩一一亲自试问辞去了。最后真的来了一个白面书生、能文能武的美貌男子；单从外表老财主忘恩就看中了八九分，再加上当场比了武、吟了诗、作了对，问了他的身世，知道他是上无老、下无妻小的单身汉，老忘恩摸摸胡子乐意地笑了。他想："这何愁他不爱我这个家，掌不下我这个家。"第二天他就请了亲戚，不管玉花愿不愿，硬逼着她嫁给了这个年轻人。

却说忘恩老财主招来了这个女婿后，却给全村带来了灾难。他们办完亲事不几天，村里就失踪了好几个精壮的男女青年。农民都在背后三五成群地议论着："万恶的忘恩！不仅收租放债压榨我们，还招来妖精想坑害我们全村。"哪有不透风的墙，说的人一多，这些话全就传到了忘恩耳里。他也有点奇怪了："怎么？初来时整天还在书房里看看书，现在却整天不在家了，三更半夜才回来？"正想着，恰好玉花从内房出来，他定睛看了下女儿，大惊地说："怎么女儿才办完亲事不几天就瘦成这个鬼样？！"他越想越不对，于是把他老婆喊了出来，责问她："你当妈的也不管事，女儿办完亲事后也不问问怎样，你看她瘦成个什么样子。"

他老婆强辩说："这也是你做事太急，做出来的好事，村里村外都说我们招来妖精坑害人，我刚才到女儿房里想问问底细，正碰上她在那里哭哩！她说头天一睡下就全身冰凉，第二天又见他回来时在窗口是由蛇变成人后才进来的，吓得她怎能同他入睡，昨晚一人陪灯坐到天亮！但就不敢对你我说。"忘恩听了觉得这的确是个蛇精无疑了，如不撵掉，女儿和全家的性命都难保，不禁大惊失色。又把管账先生喊了出来，叫他赶快写招人除蛇精的告白。管账先生照忘恩说的，写了："我家不幸招来了蛇精，如有人能替我家除去这妖精，愿将独生女儿许配终身，并将家产酬送一半。"告白贴出后，到了黄昏时分来了两个大勇士。一个叫大勇，一个叫负义，他们是出外仗义救人的侠客，看了布告后，互相笑道："出告白的人也太不高明了。"生怕蛇精闻风逃走，所以连饭都没有吃就赶来。老财主忘恩非常高兴，一面叫仆人设席款待，一面诉说情由。

大勇和负义两朋友只随便吃了一桌饭，就商量起办法来。二人分工，大勇躲在玉花房内屋角，负义躲在房门口，玉花睡在房内等蛇精回来诱他睡熟后才动手。

等到半夜果真从房头上飞来一条大蛇，一落下来就变成了一个美貌男子，开门进入房内，玉花装着很关切的样子说："鸡都差不多要鸣了，快睡吧！"随即装着睡着了。蛇精虽没有看见招人杀他的告白，但是两天的风声和玉花对他的惶恐、冷淡的神色也使他不安。今天玉花忽然变得这么热情，他更加猜疑起来。这时大勇以为蛇精睡着了，就从屋角里跳出来，举起板斧就朝蛇精的头砍去，可是蛇精一听响动就翻身抵挡，斧头只砍着他的肩臂，蛇精很快变成一条大蛇，吐出了几口青烟，大勇欲举斧再砍，却被青烟遮得看不见了，蛇精就乘机用尾巴卷着玉花逃走了。

负义因今晚见财主这么大的家底和美貌的玉花，他贪馋的心早就想入非非了。蛇精逃出时，他只顾想如何同大勇分享这半家财，如何同大勇争夺这位年轻貌美的媳妇，无意之间就把蛇精放走了。

这夜忘恩他老两口无心睡觉，听见两位勇士互相责怪、争吵，都以为把蛇精杀了，起来打着灯来看，哪知蛇精跑了，连自己的女儿都带去了，老太婆哭得昏来倒去，忘恩也吓得目瞪口呆，不知要怎么搞才好。大勇他俩劝慰了他们一番，并且给他们说一定把玉花找回来就是，老两口才收了泪，安定了下来。

次日起来，大勇和负义就背上长工们连夜给他们做好的干粮，出发去找玉花，可是该从哪方去找呢？大勇见了院内顺路滴着的血迹，知道蛇精负的伤不小，就同负义顺着滴着血迹的地方找去。一连走了四天，经过了许多大山大河，遇到了许多艰难困苦，但他们为了救回玉花不怕困难地继续前进。到了第五天血迹忽然没有了，负义有些灰心了，大勇却还坚持往前走。中午到了一个小村庄，刚进村就听见人声嚷嚷，哭叫连天，他俩异口同声地说："蛇精还未找到，难道这里又出了什么怪事？"一走进去，见一个穿长衫马褂的人指手画脚，不知在说什么。许多农民唉声叹气，一个穷老汉和老太婆坐在四方桌的一边，放声大哭；十几岁的一个小姑娘坐在两位老人的对方，她虽然没有哭，但眼圈很红，脸色已很惨白。呆呆地朝这方张望，不知在想什么？大勇上前问道："两位老人家，家中出了什么不幸的事，或受了谁的欺辱，为什么哭得这样伤心？请告诉我们，或许我们可以帮忙。"两位老人一起抬头望了大勇一眼，不但没有应声，哭声反而变大了。站在旁边的白发老人告诉他们说："唉！有什么办法？我们后面这座大山顶上有一个十多丈深的大岩洞，里面住着一个可恶的大蛇精，经常下来伤害人畜。经四邻绅老计议，为了防止蛇精横行，许愿给它每年各村输派，送它一个美女。唉，偏偏人穷命薄，这两位老人年高六十多岁了，只有这个十六岁的独女儿，长得还不错，蛇精给财主王百万托梦说："就要这个小姑娘，今天就是每年要送人的日子，姑娘马上就要送给蛇精吃了，怎么不伤心呢？"说着他也哭了。

　　大勇听了，好像得了宝贝似的喜欢得跳起来，对大家说："大家不要慌乱了，两位老人也不要伤心了，小姑娘也不要送了，我俩就专来找这个吃人的家伙，快告诉我们蛇精在什么地方？"那等长衫马褂的奚落他俩说："你俩想去送死是小事，惹下四邻八舍的祸害，谁来承担？！"大勇斩钉截铁地回答："我俩不但不会死，而且出事由我承担。"农民见了他们这般勇敢，很佩服，便细心指点给他们去路和岩洞在的地方，但总不敢让自己的家人同他们去。

　　两位老人和他的女儿，很诚意地要请他们吃一顿清茶便饭，而大勇实在等不住了，拿起东西就走。老汉看了他俩带的东西，才想到十多丈深的岩洞没有索子怎么能下得去呢？于是全家三人就把拴牲口的、背东西的索子完全搜了出来，送给他们。村里人见了也送来了一些，并帮他们拉成一根又粗又大的麻索。两个青年勇士扛着愉快地上山了。

　　长期远行，给他们练出了一双飞腿似的，太阳还没有偏西，他们就到了山顶，找到了岩洞。

　　千年的古树都挂满了树胡子，两三里外都听不见鸟儿的歌唱，一股逼人的腥气夺去了花香，一切都显得阴森森的。大勇很担心迟一刻动手，玉花姑娘都有被害的危险，休息都不休息就同负义商量分工。可是负义从那天财主忘恩家见财迷了心窍后，凡是危险的都只让大勇做，大勇一心只想着救人就不计较这些，所以还是大勇下岩洞，负义在洞外拉，放索子。大勇嘱咐他："不仅放索子，还得招呼那妖怪像那天逃跑了。"说着就拉着往腰一拴，板斧一插吊下洞去了。

岩洞越下越宽，到了底真像一间很宽绰的房子。只见玉花姑娘坐在一角，暗自流泪。大勇悄悄地走近了她，轻声地说："我是来救你的，快给我说蛇精睡在哪里？"玉花非常高兴地靠拢大勇且边说："这两天他正在养伤，现在他还正好睡哩！但他枕头下枕着一把宝剑，如不先拿掉是敌不过他的；待我把它偷了出来，接着就借刀杀他。"玉花走去哄他，从枕头底下找样东西，蛇精迷迷糊糊地一抬头，玉花就把宝剑偷出来了。大勇一手拿斧，一手拿剑，一步窜过去，使尽了平生力气，一剑就把他的头砍落在床下。头与身分家了，他就是有天大的魔术也变不了了。一次就结束了他的性命。玉花感激地拉着大勇的手，流出激动的眼泪，诉说这几天的心情，最后说："既然我爹事前有约，我就同你终身到老。"大勇这时无心想这些事情，只说了一句："回去再说吧！"就往玉花腰间捆索子。玉花央求道："你聪明、勇敢、义气，我就要你。"很快把随身带来的衣带上的玉片，咬成两半，将一半交给了大勇作婚约。大勇见她这样诚意也不好再推辞，只得收下。拉了拉藤索，示意给洞外负义往上拉。

洞外负义把玉花拉上去后，想着独占玉花，独享家财一半的机会已到。于是他把多年结义为患难朋友的义约完全背叛了！见机起不良之心。他的负义这个名字也就由这里叫起的。他把藤索丢回洞内，把大勇拉到半山腰时，故意把手一松，把大勇甩回了洞底，还装着惊叫道："啊哟！不好了！怕是蛇精复活把我朋友抛回去了！"接着就号啕大哭起来。玉花吓得面如土色，不知说什么才好。她朝洞口探头看了看，没有响动，像有所希望似的对他说："别哭了，说不定你太慌了，大意失了手，走，快下到村里借索子，另丢下去试试看。"负义也像恍然大悟似的说:"啊!我只顾哭哩,可忘记了照顾你,走,我们快跑!我的朋友是无救了,我们逃命要紧。说不定这几天家中二老也气昏了呢!"说完凭他这股气就把玉花强拉硬拖带回去了。

回到财主家,忘恩和他老婆看见女儿回来了,相抱痛哭了十场,互相慰问了一夜之后,叫仆人宰鸡款待救命恩人。负义酒兴一来,借着大吹大摇了一日,说得财主哪里不称心如意呢?第二天忘恩备了酒肉请了亲戚,第二次给女儿招亲了。这次玉花可不马虎应从了,她涨红了脸对她爹说:"爹,你这回做事要多想想,前次就几乎把我的命送了。真心救我的可不是这个,是他的朋友,可是现在他还在蛇精洞里,不知死活……我决不嫁这种负义的人。"说着掩面哭了。因为回来的一路上,她已看透了负义的心情。忘恩固执地说:"千错万错我只错一次,这回我只知道谁把你领回来见我的面,我就得照说过的话把你嫁给谁;眼见是实,说的是虚。何况他还不知死活,你在家从父,婚姻大事由我主管,你不必多嘴。"结果照样逼着玉花结婚了。婚后玉花仍像前次彻夜不睡地反抗他父亲和思念着蛇精洞内的救命恩人大勇。

再说,大勇因本身练有一套武艺,负义想把他掼死,他却没有跌着,只像飞一样地落回了洞底,骑马式地站着。他坐下后,一直从财主家放走蛇精经过的路上,想到今天的事,他明白了负义对他做的一切。于是他有些后悔,有些痛恨。他自言自语地说:"今天就这样完了吗?姑娘会来救我的。"他慢慢地拿出随身带着的炒面吃着。

他一连等了五天,他实在闻不住尸骨的腥味,蛇精尸体腐烂的臭味。带着的炒面也早吃完了,还不见有人来救他。他失望得有些焦急了,就静静地躺在一块石板上,忽然听见石板下面有微弱的呻吟。这几天的遭遇,给他产生了锐敏的警觉,他想:难道再有一个蛇精吗?他握紧了板斧和宝剑,叫道:"是什么家伙快给我滚出来。"又听见脚下说:"还装什么糊涂,几天前你就把我关在这儿,难道就忘了,快把我放出去。"大勇又好奇地问道:"你是好人还是坏人?在什么地方?"被关着的也觉得答的口气不同,反问道："你是蛇精还是好人？"大勇照实把来由说了一遍。

下面的也才告诉他说："我是湖里龙王的三公子，只因这万恶的蛇精，搅浑了我们的湖水，老父令我出来视察，不防就被蛇精抓了来，给我押在这大石板底下的小洞里。你既然杀了蛇精，谢谢你再救我吧！但是你不要害怕，你把石板翻起，我就由一根头发滚三滚变成蚯蚓，再由蚯蚓滚三滚又变成蛇，照样蛇又变龙，最后才由龙变成人。"大勇听了变这样，变那样，心中又猜疑了。他又转过来一想，如真的再有个蛇精，那也叫他逃不出我的手掌心。顺手把大白板一翻，闪在一边定眼看着，果然变来变去最后真的变成了个少年。

龙三公子一出来就说："我们就走吧！"大勇说："怎么出得去呢？"龙三公子笑着说："你只要往我的袖筒里一看，我们就出去了。"大勇才往他袖筒里一看，只听见一声霹雳，整个悬岩已炸得四零八乱，岩洞也炸平了。他俩走到了山脚那个村子边。这个说你救了我，那个又说是你救了我，互相感激不已。

山脚下整个村子听见了雷声巨响，都跑出来看，只见山坡石头乱滚。大家以为人没有送去，他俩又触怒了蛇精，闯出祸害来了，互相议论，互相抢路。正当他们乱作一团的时候，大勇和龙三公子走进了村子，大家都围上来问，他俩从头到尾说给他们，他们才知道蛇精也杀了，岩洞也炸平了。男女老少高兴得跳起舞来，推的推，拉的拉，不让他们走。夜晚全村联合欢宴他们，宴会上那天哭的那两位老人把自己女儿拜给大勇做干女儿，大勇和龙三公子也借着结拜为朋友。第二天早上龙三公子一定要约他朋友大勇同他去龙宫玩几天，全村再留也留不住他俩，才欢送他们走了，从此这个地方的四邻八舍都太平了。

一路上龙三公子走在前，大勇踩着他的脚印走，真像飞一样地快。走一天就到了大湖边，龙三公子吩咐说："这就是我的家了，到了里面父亲母亲就睡在堂屋内的两条睡凳上，见了他们不要害怕……到你要回家，父亲若送你金子、银子、珍珠都不要，因为那是用了就没有的东西，你就同他要中虚壶，那东西你要什么它就给你什么，但千忌不要说我教你要的。"说完照样叫大勇往他袖里一看，一座华丽的龙宫就现在大勇面前。红漆大门，绿漆柱子，光耀夺目的龙球……一道一边地进去，每边都有虾兵鱼将把守着，显得十分威武。到了大厅，两边睡着金光闪闪、又肥又大的一对大龙，龙三公子一进门就叫了声爹、妈！并同他们说一些不知什么话，他们才变成了头发胡子都雪白的一对老人。他们都拉着龙三公子说："三儿啊！派了多少兵马去找都没下落，我俩的泪水都哭干了。你不见湖水都涨高了吗？"龙三公子慢慢地把事情经过诉说给双亲听，才知道大勇救了他三儿。龙王、龙太太给大勇说了很多感激的话，很好款待，给三儿陪他游玩了好几天。

大勇玩够了，急着要走，龙王把金子拿出了几托盘，银子拿出了几大盆，珍珠拿出了几口袋，马儿带出来好几匹，要送给大勇驮着走，可是拿这样大勇不要，拿那样大勇也不接，只说用不着这么多，也用不着这么的客气。龙王奇怪地问："三儿朋友是不是谢礼太少了，你要什么尽管说，尽管拿，用不着客气。"大勇才勉强说："说也难开口，我要同老友爹的那中虚壶。"龙王想到他救子之恩，而大勇又偏只要这个，万不得已只得送给了他。

龙三公子把大勇送出龙宫，大勇独自往财主忘恩家走，找负义去评理，看一看玉花姑娘。走了一程，他对壶说："中虚壶，我累了，请给我一匹马。"很快就出来一匹大红马，大勇跨上马继续往前走。走着忽然碰上一伙毛贼从村里抢东西出来，堵住大勇就抢他的，还要杀他。大勇对壶说："中虚壶请出来几十兵马，将毛贼打退，东西送还老百姓，做完把兵马收回。"就见兵马叫杀连天，照他说的做完了。走着走着又见路旁种田的农民犁地用人拉，锄地也用木钩，他又对壶说："中虚壶，你看这些农民可怜啊！快给他们一些犁耙、锄头、耕牛吧！"很快又是锄头、犁耙堆着几堆，耕牛跑去犁地。一路上劳苦农民都得了大勇的救济，非常感激。大勇快马加鞭地走了三天，才到了财主忘恩住的那个村庄的山顶，那儿有一片一望无际的平原。他想这里可以站立一个幸福的家园，于是他勒马休息，四望观赏。随着中虚壶给变出了一院瓦房，用物家具，样样都全，牛羊六畜在房子周围愉快地吃草，他也就在此歇宿了一夜。第二天他把门锁上，骑着马下山找负义去了。

到了忘恩家，和忘恩、负义他们三人评了一天理，负义不但不承认朋友饮酒结义，反而说大勇是半路相逢跟他来的。他生怕大勇把玉花领走，就一口说定："人是我领回来的，你今天才到，相距也十几天了，怎能说是你救了她？"忘恩也附和地说："谁领着我的女儿回来，我只知道谁。"大勇一人说不过他们，就告州官那里，州官因得了负义送的银两，仍照忘恩、负义的理由判定。大勇又告到府官那里，府官问了一天，没有结局，又才找玉花来对质，玉花陈诉了理由，才把事实完全托了出来，并在当堂说她不嫁负义，她在洞内就以玉片作为婚约，亲口许了大勇。两人把玉片两半拿了出来，恰成一个圆的，府官就把玉花和忘恩的一半家财判给了大勇。可是大勇只要人，不要家财。官府就大大地罚了忘恩和负义一笔银子，借机抓了一把。

大勇领着玉花欢乐地回家，忘恩和负义却人财两空。到了半路，负义见了大勇老是不服气，见了他的中虚壶，就一把夺了过来，壶一到他手里马上就不见了。他恼羞成怒，趁大勇不防就脑后一石头把大勇打死，抱着玉花跑回去了。

龙三公子看见中虚壶回来了，知道他的朋友已经被害，同龙王要了回生药，赶出来救活了他的朋友大勇，找到了负义一刀把他杀了。忘恩老财主和他的老婆也就因此气死了。所有的家产都遗给长工分享，村里的农户也不再交租了。大勇把玉花带上了山顶，去过他们的幸福生活了。

中虚壶

讲述者：杨德元
记录者：张福三
时间：1958 年 11 月 20 日
搜集地点：云南省大理白族自治州剑川县三甸菁村

　　从前，一个皇帝要招驸马，龙王三太子知道这件事便从一洞中出来要去招亲，可是洞中有一妖，问道："三太子，你到哪里去？"三太子回答道："我去和皇帝的女儿结亲。"妖听见这话，心里暗打主意，便施出妖法把龙王三太子捉住，脱下他的龙衣龙袍来，把他放进洞里一块石板下。

　　这妖穿上龙衣龙袍便去了，皇帝见他生得好，就招他作驸马。妖和皇帝的女儿结了亲，但妖因长久没吃生肉，脸色变了。公主说："你脸怎么变色了？"妖说："我在家吃的大肉大油，在这里一顿只吃一小点，怎么不变色？"公主去对皇帝说，皇帝马上下命叫所有的村中的猪都送上来，这妖趁晚把猪一个个吃完了，脸色又恢复过来。

　　过了几天，妖要回家看妈妈，皇帝派了两营人送，走到半路妖施展妖法，把人全吃了，只逃走了几个，皇帝知道后，马上贴出告示："谁打败了妖，谁官上加官，职上加职。"

　　这时，在京城里有三个弟兄。大兄弟、二兄弟都做了大官，只有二兄弟杨茂生不肯做官，在外面跑来跑去，他知道妖住的地方，他去把告示撕了，带了一团人上山去，他坐上篮子，上面挂有一铜铃下到洞里。

　　妖精有大睡一天，小睡三天的习惯。现正逢他小睡，杨茂生把来意对公主说了，公主只是淌眼泪，说："妖很凶恶，我们制服不了。"正说时，妖醒来，问："屋里怎么有生人味？"公主忙说："这是我衣服的汗臭。"在晚上，公主用酒把妖灌醉了，问他说："皇上要派人来捉，你怕不怕？"妖大笑起来说:"就是他来很多人我也不怕。"公主又问:"你怕什么?"妖在酒醉中说:"我只怕用我自己炼了几年的一对铜锤打我。"

公主得到这消息,便来和杨茂生商量:要杀妖,只有盗出铜锤。公主趁妖睡着时,去拿妖的铜锤。当时妖醒了,问:"你干什么?"公主忙回答说:"我给你放一个枕头你好睡。"妖才不怀疑了。这样她盗出那对铜锤,一只给杨茂生,他俩用铜锤把妖打死了。

杨茂生把公主放进篮里,一拉铜铃,上面团长便把公主拉上来,但他见公主生得漂亮,就说:"快回家,皇帝为你差点气死了。"没把杨茂生拉起来,就把公主和士兵带回京城。但到了京城,公主说:"他不是救出我的那个人。"不愿同团长结亲。

杨茂生在洞里,左等也没有人来拉,右等也没有人来拉。心里很害怕,又怕妖没被打死。正在这时,他听见洞底有人叫他,他更害怕了,但洞底的人说,"我是龙王三太子,你救了我,我才救你。"杨茂生说:"我怎么救你?"龙王三太子说:"你只要把洞里的一块石板搬开,把石上的一道符撕了,我就能出来。"杨茂生果然发现一块大石块,他撕掉上面的符,搬开石块,龙王三太子便出来了。三太子又把杨茂生救出洞,他们结上了老友。龙王三太子邀请杨茂生到龙官去玩,玩了三天,杨茂生要回家,龙王就要送他礼物,三太子在一旁说:"你不要银和金,只要龙王帐上挂着的一个中虚壶。"龙王开始不答应,后来也送给他了。

杨茂生去龙宫三天就是人间三年,他回到家里,听说公主还没结婚,便去对官前的卫士说:"快来迎接姑爷。"卫士通报进去,公主隔了三年已认不出他来,说:"他有什么凭据?"杨茂生拿出铜锤一只,和公主的一只刚好是一对,于是他们结了婚,把团长杀了。杨茂生拿出中虚壶要什么就来什么,结果比皇帝还富足。

他们生活很好,一天到海里去划船,忽然起了大风,把中虚壶吹到海里去了。

李稿子

讲述者：赵老二
翻译者：杨光华
记录者：杨培元
搜集地点：云南省大理白族自治州剑川县青岩头村

　　李稿子一贯勤劳生产，但家里仍然很穷，无法生活。他不但是一个勤劳生产的农民，而且很勇敢、机智，而他岳父家倒很有办法，是富贵之家，全家贪财吝啬，特别是李稿子的岳父，的确是一个舍命不舍财的人。李稿子在生活无法的时候，心想："岳父家有办法，向他借点钱粮总是会借的。"哪知道岳父不但不借反而大骂女婿李稿子。李稿子伤心透了，很不服气，决心软整岳父。

　　一天，李稿子请岳父吃饭，李稿子便向妻子说："你要好好招呼母猪，不然它跑到外面去，银子就会屙打失了。"说着母猪真屙下了银子，岳父大人看见很奇怪，便追问："母猪怎么会屙银子？"李稿子答道："我也不知道，这母猪是前天才买来的。"岳父一心要买母猪，李稿子表面装得很像，起初是坚决不同意，后来李稿子说道："我的生活主要就靠这母猪屙银子生活了，卖给你我就没有办法。但是岳父既然瞧着，不卖给你又怎么好意思。"岳父照李稿子所要的价钱马上付出了银子一百锭。李稿子表现出很舍不得的样子接下了银钱，随着便嘱咐岳父道："这个母猪有它的脾气，你回去要喂给它三斗蚕豆，三石水，然后把它关起来夹它一下，母猪才会屙银子的。"

　　岳父高兴极了，忙回到家里，照着李稿子的话去做，首先喂了三斗蚕豆，喂了三石水，再关到圈里去夹，他认为夹得越重，银子就会屙得越多，所以他使劲地夹，左夹右夹不见银子屙出来，岳父再用劲地夹，母猪夹死了。其实母猪哪里会屙银子呢？李稿子是把银子塞进母猪屁股里去的。

岳父非常恼怒，便跑去问李稿子。李稿子问他怎样按所嘱咐的话去做，岳父照所做说了一遍，李稿子很叹息地说："唉！你要夹轻些呢嘛，多可惜！"岳父也无话可说，只得忍气吞声地回去了。

李稿子整了岳父这一台，还取到了银子。这还不算，李稿子想："这些贪婪鬼，不这样整还行，还要再软整的。"

有一次，李稿子和妻子商议好了，假装和妻子吵架，打死了妻子。邻居忙去告诉李稿子的岳父，岳父赶到大发雷霆，要李稿子赔还人命。李稿子不慌不忙笑着对岳父说："她（指李妻）太不听话了，我才打她，哪知道一打就死了。不过，不必着急，我有的是神鞭。只要打三鞭，死人就会活回来的。"说着，李稿子就一、二、三打了三鞭，妻子翻起来了。岳父又惊又喜，十分佩服这根鞭子，便说："你这根鞭子卖给我，因为你岳母性格最丑，我非揍她不行，只要有这根鞭子，打死了也只要抽三鞭又活回来，那多好，我就不必担心了。"李稿子说："前回真给你屙银子的母猪，你也把它夹死，这回这根神鞭是我的宝贝，我坚决不卖，钱再多也不卖。"岳父再三请求，马上主动提出用两百两银子买神鞭。李稿子拒绝了很久又才很舍不得地接下银子，脸上表现出很不乐意的样子。

岳父回去，手有神鞭，胆子大了，更放心了。一天，他和李稿子的岳母吵架，就用大棒把妻子真的打死了，岳父满不在乎，认为我有的是神鞭，马上就会活回来。他接连抽三鞭，妻子一动也不动，他又抽了几鞭，一连抽了二十几鞭也没有一点声息。岳父详细看看人早已死了，全身僵硬了。他抱着一肚子气，全家痛哭。这时他才觉察是上了李稿子的当。

（后面尚有，但口述者记不清楚。）

美臣传

搜集者：苏捷先、苏捷闹
时间：1956年12月23日
搜集地点：云南省大理白族自治州剑川县

很久以前，杨梅村里有个"美臣"。七岁死了母亲，十四岁父亲也死了，他就孤孤单单地一个人生活，白天砍柴，夜读诗书。这样过了四年，美臣已经十八岁了，《诗经》也读了一半有奇，颇有些学问，村中老小都夸奖他是个奇男儿。邻居的王大妈跨上门，笑嘻嘻地对他说："美臣，你年纪也不小，应该成家立业了。"

"我也想了，但我穷得有早没晚，谁愿意同我这样受苦呢？"美臣一本正经地说。

"美臣，你别这么说，你是堂堂大丈夫，做起活来还怕饿肚皮吗？"美臣觉得王大妈的话很有道理，就请王大妈做媒访亲。

此后，美臣天天早起到山上砍柴，卖得的钱省吃俭用，夜里照常读到三更天气。半年以后，他节省了十多两银子，王大妈已替他访定了亲事，在正月间请了几席客，办了他的喜事。

美臣的妻子很有姿色，他很满意这婚事，并依旧白日砍柴夜读书，妻子做饭料理家务，头几天的日子过得挺美满。

过了一些时候，他妻子日高三丈才起床，到美臣干活回家饭还没热，她又嫌家穷，没鱼肉可比，对美臣逐渐冷淡了。有一天，美臣出去干活，他的妻子到西村赵大娘家装着做针线和赵大娘聊天，逐渐扯到家境。美臣的妻子说："家如水洗，无好饭可吃，无好衣可穿。"

"你这样身材，何必吃黄连？"赵媒婆噘着嘴说。

"可有什么办法呢？"

"你愿意脱离这苦海吗？我家隔壁有个屠户，上半年死了妻子，家中有钱又有田……"

太阳偏西了，美臣卖了柴手提着二斗米回家，妻子不在家，自己生火做饭，到饭熟了的时候，妻子迈着大步回来了，两人吃过饭，美臣问：

"刚才你上哪儿去？为什么面带愁容？"

"我要上天，"妻子道，"这样猪狗的生话，我可受不了！"

"那你要怎么办呢？"

"我俩生活穷困，何不如分手各找前途便了。"

美臣愤愤地说："人无千日好，花无百日红。现在我的诗书还读不够，等到你把砚墨底磨穿时，我答应你离去。"

他的妻子暗自笑了，第二天早上，美臣上山砍柴，妻子就在家拿了小刀削砚墨底，直到美臣敲门回来，她连忙抹掉桌子上的粉末，用手巾擦了擦桌子，并把小刀子藏起来，去开门。美匠见妻子满脸通红，但他没有察觉，依旧生火做饭。夜里妻子磨墨，美臣写字读书。

次日，各自进行工作，他妻子削到下午，砚墨底差不多削通了，照着太阳也能见光。夜里照样是美臣读书她磨墨，不多时，砚墨底磨通了，墨水流了满桌，把书弄得乌黑。美臣眼快抢出了三本《诗经》。这下美臣呆住了，细心一看，砚墨底磨穿了。"该记得前天的诺言吧！"他妻子瞅了他一下说。美臣束手无策，没奈何，只得答应她走了。

第二天他妻子不向从前那样懒，鸡鸣即起，赶到西村去找赵媒婆，并做了屠夫的妻子。

妻子走了后，美臣的面容显得格外憔悴，自己砍柴还料理家务，但夜里仍旧读到三更半夜。过了一年，学问也深了。那三本《诗经》练到能写能背能讲了。

有一天，他听说京城里举行殿试。不几天他就砍了一担柴到街上卖，恰遇着他妻子买柴，就卖给了她，还挑送到她家。美臣把准备到京城应试的事告诉了她，希望从妻子身边得到些帮助。她就取一件破女上装及冷饭一碗递给美臣。美臣发怒道:"饿死不吃猫儿饭,冻死不穿女人衣。"气愤愤地走了。他妻子追上前骂道:"美臣要想考中举,田野青雉生三眼。"

他回家把门锁上,钥匙寄给隔壁的王大妈。王大妈见他可怜,就不顾儿媳的咒骂偷了一件儿子的半新半旧的衣服送给他。美臣感动得流下泪说:"这是我有生以来从未得到过的温暖,王大妈的恩情我永远记在心间。"辞别了王大妈,一面走路一面讨饭地到京城应考去了。

京里考试的题目是一道作文题和默写一段《诗经》,题目都出在美臣抢出的那三本《诗经》上。美臣考下试来,当然很满意,金榜出来,美臣中了头名状元,当时就在京里做官。

过了半年,他想想家里,想到隔壁的王大妈,想到王大妈的恩情,想到赴京离家时王大妈送的那件衣裳,就启程回家里看看王大妈,驮了几十驮金银财宝,骑鞍跨马地回家乡,到了海尾桥,恰遇着他妻子在挖田,美臣挖苦道:"头巾打得馒头花,衣裤穿得钱树花[①]。"

他妻子听了,仔细一看,前喊后拥,前张旗,后打锣,坐着花轿上的人,她认出是前夫美臣,知道他一定是中举做大官,就鼻涕涟涟地大哭道:"你!你!自从你走后,我的后夫抛弃了我,只得在这里孤身过活。"就张手顿脚地要和美臣去。

美臣没办法答应道:"好,你要同我去,就得依我一件事。"

"没说一件,就说十件百件也可以办到。"他妻子笑嘻嘻地说。

"如果你把泼了的一碗水,原封装满,那你就与我去吧!"当时他妻子舀了一碗水从马尾上倒下来,刚蹲下去接水马就嘶叫起来、跳起来,只接到碗底里的一点。美臣看到了这种情况笑道:"泼了的水你收不回来,那你就不能与我去了,但你又接回一小点,所以送给你一驮财宝。你自己挑一驮吧!"他妻子挑了大骡子驮的二百多斤重的一驮,背起来就赶回家。

美臣继续往前走,到王大妈家里,把礼物送给了她,不日回京去了。

[①] 钱树花:白族送葬时做的纸钱树,在这里形容衣裤破烂。

后来，美臣在京里听说他妻子在半途中因负重而死了。

后世人常唱这样的一个调子：

美臣实实心不甘，白日砍柴夜读书。

柴担挑到大街卖，买米返家妻还绫。

赴京应考把妻找，破衣冷饭送美臣，

中了状元返家转，鼻河涟涟又求情。

他妻子的坟墓在路旁，常有人过往，男人到此说："这无情的泼辣妇，给你永世不得翻身。"便在坟上重重地压一个石头。

女人说："这人打入十八层地狱，实在可怜！"又用双手从坟上轻轻地拿掉一个石块。

张焯的故事

讲述者：施若白
记录者：赵国栋
时间：1958 年 11 月 10 日
搜集地点：云南省大理白族自治州洱源县凤羽镇

清朝康熙年间，洱源凤羽街有一个人，姓张名焯，家里很穷，只有一个母亲。他很想上学，可是没线，只有终日上山打柴。母子两人相依为靠过活着。有一天，他很早地就上山打柴，因为去得太早，所以便在智光寺的门口睡着了。这时寺内的老和尚还没有起床。老和尚得了一梦，梦见寺门口有一只黑老虎，老和尚吓得汗流浃背，惊醒后连忙叫小和尚开门到寺门口看一看有什么东西，小和尚打开寺门，一看见门槛睡着张焯，其他什么东西也没有，小和尚即回去告诉老和尚，老和尚一听，便认为张焯是黑虎星下凡，将来一定要做大官，所以经常周济张焯，鼓励张焯上学，并且亲自教张焯读书认字。由于有了老和尚的帮助，张焯开始在智光寺里读书，他读书很用心，老师一教就懂，一读过的就不会忘记。他早晚上学，放了学每天都还要背一背柴回去，穷的伙伴们都尊敬他，有钱人家的伙伴都忌妒他。

他对母亲很有孝心，母亲对他也好极了，冬天天气很冷，有钱人家的子弟都穿皮衣、棉衣，张焯穿的还是一件破单衣，于是母亲便用鸡毛、破布放在一个破箩里，张焯早晚读书上课，便把脚放在箩里取暖。晚上没有灯，母亲便用柴在破瓦上点亮，给张焯做亮写字读书。像这样寒窗苦读一直读到二十一岁，老和尚鼓励他进省城赶考去了。他没有钱，老和尚拼凑了八两银子给他，于是他便赶考去了。去到邓川，正碰上邓川瘟疫病流行，大家都在送鬼，城外路上送了许多银子、衣服、腊肉、鸡蛋等。这时张焯已经没有路费，他想："送鬼！送鬼！又不见鬼来要，我的路费又刚没有，何不向鬼借上一点。"于是他便把送鬼的银子都借用了，结果他很顺利地到了省城，到省城时正好赶上考期，三天后出榜，中了举人，接着又到京城会试，三堂试毕，高中了状元。

第二天，新科状元上朝回见皇帝。朝见皇帝必须低着头不能看皇帝，但是张焯在朝见时都把头抬起来看皇帝。皇帝大怒，定他欺君之罪，但是他都不慌不忙地说道："启禀万岁，因为我从小出身贫苦，所以我母亲时常告诉我说，假如有一天做了官，见到了皇帝，那么你一定要记住多看皇帝几眼，以便为娘和你答谢皇帝。"皇帝一听很高兴，认为张焯是一个尽孝忠君的好状元，所以不但不罚他，反而赐给他母亲一套凤冠霞帔，他被派到湖南做官。他在湖南做官多年，为官清正，老百姓都很尊敬他，把他称作"清正的父母官"。

这时他想起了周济过他的大恩人智光寺的老和尚，他便买了几支湖南特产"湖南笔"，作为答谢大恩人的礼物，送给老和尚。

老和尚收到笔后，很高兴，小和尚们都很怪，说："师父，张焯送的一不是银子，二不是钱，几支烂毛笔，有什么高兴的？老和尚听后很严肃地说："他送我几支湖南笔，这正说明他是一个清官，如果他送我金银，那么他就不是清官，而是贪官了。我的学生是个清官，我怎么不高兴呢？"于是老和尚便写了十个大字寄回给张焯。十个大字是"千里送鹅毛，礼轻人意重"。

陈世泰

文本一

讲述者：李福乐
记录者：杨立孝
时间：1958年11月
搜集地点：云南省大理白族自治州洱源县凤羽镇

陈世泰是清朝时候的人，家里很贫苦，他专和贪官污吏作对。有一次县官想陷害他，从别处捉了三个好百姓，硬说成是土匪，还要他们说陈世泰是他们一伙的，才免他们的罪。县官把事情安排好后，就派人去叫陈世泰。陈世泰预先就知道这个消息，他戴上假面具就到衙门里去，陈世泰说："你说我与土匪来往，你把土匪叫来，看他们能不能说得出我的面貌来？"结果土匪说不出来。县官无法，只得把三个"土匪"和陈世泰放了。

文本二

从前有母子两人，母亲是后娘，对前娘的儿子百般虐待，三天不骂四天打。有次儿子无意把母亲的门牙碰掉了，他母亲到县上控告。这个娃娃吓坏了，没有办法就去请教陈世泰。陈世泰听了他的话，把他拉到面前使劲咬了他一口，把他弄得莫名其妙，然后说："现在你可以到衙门那儿去了，你对县官说，因为母亲咬我，我一拖把她的门牙拉掉了。"这人听了，到县官那里去照着陈世泰教的话说了一遍,县官听了大怒,对他母亲说:"你这个后娘真可恶,咬你自己的儿子还要来告他。"后娘弄得没有办法。

文本三

讲述者:苏念祖
记录者:郑绍堃
时间:1958年11月
搜集地点:云南省大理白族自治州洱源县凤羽镇铁甲村

　　从前洱源县出了一个侠客,叫陈世泰,他处处都为老百姓着想,对那些贪官污吏是不肯放过的,因此每任县官到这里都提心吊胆的。有一次,来了一位新上任的县官,他很想把陈世泰整翻,但又从未见过他,于是想办法看看陈世泰,并且要找他的麻烦。一年的二月八日文昌会时,县官通知各大绅士来开会,想在会上遇见陈世泰。陈世泰在这天化装成一个老农民,身上披着蓑衣到街上闲游,县官也到外面去玩,忽然天下起大雨来,陈世泰和县官都一起躲在一株大树下面,两人都没有开腔,后来县官说:"这株树很大,可以躲雨。"陈世泰说:"报告大老爷,不怕树大只要摸着它的根根。"县官听了这句话,才知道老倌就是陈世泰,于是邀请陈世泰到他衙门里去玩,并说:"希望先生多多帮助。"实际上他是想办法找陈世泰的麻烦。回去后县太爷想了一个办法,打发了一个轿子抬去,请陈世泰来做客。陈世泰发觉县太爷起心不良,会害他的,于是想了个办法,叫他媳妇坐在轿子内,自己则在街上大喊:"官夺民妻!官夺民妻!"县太爷在衙门内等陈世泰来,见轿子一来,连忙去打开轿门一看,是个女人,这件事闹到府里,知府把他贬到其他地方去了。

文本四

讲述者：段鹏翀
记录者：孙汉章
时间：1958 年
搜集地点：云南省大理白族自治州洱源县凤羽镇

陈世泰是清初佛堂登人，功名是文生。

他觉察到清政府派下来的县官平素贪赃枉法，有钱送的人，无理变作有理，没钱送的即使是理由如何正确，也会变成无理。有一次，这个县官前去邓川州跟邓川县应事，完毕，由邓川经过腊坪（佛堂登坡），进凤羽乡巡视。归县的那一天，陈世泰先期得信，就组织了些人，到山坡沿路的松林里等候。在每棵活松树上贴上黄钱纸，死的松树上一概不贴。另外，县官所坐的绿呢轿，吏士必要闪锣开道。俟县官来时，乡亲在道旁等候，陈世泰问那些跟随的吏士们道："听见鸣锣响亮，是什么缘故？"吏士们回答道："县官过路！"陈世泰说："怪不得耳朵老是听见喳喳地响，原来是大老爷的锣响。"正在这时候，县官问道："上面松林里贴黄钱的人，为什么有的贴，有的又不贴呢？"陈世泰答道："有钱的活，无钱的死。"急得县官懊恼，无言可答，立刻就回衙门去了。

又有一次县官把我七里（凤羽）案件断偏，有理变作无理，似乎有天没日。陈世泰先生就叫他家的人把谷子背送他一袋，到县衙门里去晒谷子，被县长知道，就问陈世泰说："陈先生你为何到这里来晒谷子？"陈世泰回答："回明大宗师，我们凤羽有天没日。"一句话说得县官哑口无言。

偷油

讲述者：海金畅
记录者：赵国栋
时间：1958年11月18日
搜集地点：云南省大理白族自治州剑川县龙凤村

　　从前有一个人，他有五个娃娃，生活难过，他只好去当小偷，借此维持一家人的生活。

　　家里边的油没有了，所以他想偷一点油。这一天他削了一个大丁头人。晚上他悄悄地到了油匠家里，挖了一个大墙洞，不料油匠被他挖墙洞的声音惊醒了，油匠知道是小偷在挖墙洞，所以就拿了一把大长刀守在暗角里，不一会墙洞被挖开了，只从洞洞里伸出一个头来，油匠就对着这个伸进来的头一刀砍去，原来是一个木人头。这时小偷只好一趟跑了，这一跑他没有跑回家，却跑到外省当道人去了。若干年后，他忽然想起了自己分别的妻子和五个小孩子，于是他又转回到家里。他仍然是道人的打扮，假做来化缘的。进到家里后，只见五个娃娃都已经长成大人了。娃娃们说给他一点冷饭，他说："冷饭我不要，我要叫你们的母亲出来给我洗个脚。"五兄弟听了很生气，便大骂了他一台。

　　于是他就起来提笔在房门上题诗一首说："二十年前去偷油，一刀砍断木人头。儿孙自有儿孙福，我白替儿孙做马牛。"写后他就走了。不一会五兄弟的母亲从外面回来，五弟兄便告诉了母亲，母亲很急，说："这个道人一定是你们的爹爹，快去找他。"可是却再也找不到了。

李狗

讲述者：杨白琳
记录者：杜惠荣
时间：1958年
搜集地点：云南省大理白族自治州剑川县海东村

　　李狗很聪明狡猾，专整治鬼神，做调皮事。阎王派了瞎子弟和二王去请他。

　　"李狗，李狗，大哥李狗！"瞎子弟、二王在门外喊。"哪个在喊？"李狗出来看见瞎子弟、二王，忙说："哪位大哥？请进来说。""阎王请你到他身边去。""好好，不过等一等我擦点眼药。"瞎子弟忙问："你有眼药给我用点可好？"李狗说："可以，你二人睡在地上我来点。"二人睡下了，四仰八叉，眼睛睁着，李狗把一把辣子面撒在二人眼里。瞎子弟眼睛瞎了，二王眼睛也扎实痛得难受，他们逃回地府去了。瞎子弟没提来李狗，阎王又叫马面去请。马面喊李狗，李狗说："等一等，我家没柴烧，等我上山背点柴回来再走。"马面说："快点，我来帮你驮，驮了就走。"去驮柴了，李狗把驮柴搞到马面背上，每驮给放了几百驮湿柴，把马面压得走不动。半路上，马面甩掉驮柴跑回地府去了。阎王第三次派了牛头去请，牛头到门外喊："李狗大哥，李狗大哥！"李狗出来请牛头进屋去坐，牛头说："阎王叫我来请你去，你就去吧。"李狗说："不忙。我的田还未耕完，耕完就走。"牛性子直，就说："好吧，我帮你犁，犁完就走。"李狗耕田了，他把犁放得很深，重重地抽牛头的鞭子，牛头受不住了，说："你放了我吧，我不请你了。"牛头回去了。阎王大怒，这李狗究竟是什么样人，我亲自去捉他来。他骑上了千里马直奔李狗家来。李狗知道这次阎王要来，他把一匹羊拴在中堂屋里。一会阎王来了，李狗请阎王坐进中堂，阎王说："你现在就到地府去！"李狗说:"是！是！是！但是我要把家里收拾一下,你先走,我一会骑上万里羊就来赶你。"阎王听说有万里羊,心想:他要骑羊跑了呢？我咋追得上？就说:"我用马换你的万里羊吧！"李狗说:"可以,只是羊认生,你穿上我的衣服,咱俩换一换衣服就能骑了。"阎王很高兴,说:"好！"阎罗王骑上万里羊,李狗骑上千里马。千里马跑得快,先到地府去。到了地府,李狗对小鬼、牛头、马面说:"李狗这家伙还没来,你们去路上捉着就给我打。"阎王骑上羊子,羊子走两步,咩哈哈,就不走了,阎王打它两鞭:"咩哈哈。"羊走两步又不走了。阎王才走到半路上,遇着小鬼瞎子、二王、牛兴、马面来捉住就打。阎王叫:"我是你们的阎王,不要打！"瞎子弟、二王、牛头、马面尤其气愤:"你把我们整得好苦,还说是我们阎王哩。"又一阵乱打,直到把阎王打死在半路上了。

马再新

讲述者：杨德元
记录者：张福三
时间：1958年11月20日
搜集地点：云南省大理白族自治州剑川县三甸箐村

从前有一个皇帝要找个美丽的妻子,他就四处到民间去找,结果在一村里找到一家人,有七口人,第三个女儿长得很漂亮,便要娶她为妻,这家人答应了。皇帝把三女儿接去时说："去三个月后再来接岳父岳母。"可是他们走了六七个月还没有人来接,于是岳父岳母去找,到了皇城,对宫门的卫士说："我是国丈,快快报进去。"皇帝听说国丈来,忙迎接进去。国丈进宫装病,皇帝去安慰他。一次,三女儿对皇帝说："我身怀六甲,你给这孩子取名字吧！"皇帝取名叫马再新。他去看时,国丈说："我没有病,只是想穿你的龙衣龙袍,借你位置三天,病就好了。"

皇帝答应了。但等他穿起皇帝衣服时，便领起兵马把皇帝杀了，又要杀三女儿，但被母亲劝阻，把三女儿下了牢。国丈更起黑心，趁人不备时放火烧牢房以绝后患。但是忽一股黑风把三女儿吹进一个黑山老箐里，在那里便生下了马再新。时逢当地一马员外来，她向他吐露了真实情况，马员外便收留他们，让马再新和自己儿子一同出去念书。但马再新贪玩，员外大怒，把他弄去放牛，每天他一伙放牛的小孩在山上做当皇帝的游戏，没有谁能坐上，只有他才稳稳当当地坐上。

一次他叫小孩把一头牛杀吃了，把牛尾巴插进石缝里，回到家里，马员外见少了一头牛，问："牛怎么跑掉了一只？"马再新说："它钻进地里去了。"马员外不相信派人去看，果然是这样，一拉牛尾巴还听见牛叫。马员外知道，老国丈横行不法，便带兵去打。坐船要过一大海，马再新也跟着去了，但在海上遇恶风，马再新的那只没沉，飘飘荡荡来到一个地方。在岸上他碰见一个卖鱼的，那条鱼在淌眼泪，他见着不忍心，把鱼买下来，放到海里。这鱼忽然说人话："你遇到难时，大叫三声'龙王救我'，我便来救你。"他走到一村庄，见有很多人求雨，他说："你们来向我救雨，把那些钱给我。"村里人不信，他大叫三声"龙王救我"，结果下了一场大雨，他得了几十两银子走了。

他来到一座城，遇见一个女人，这女人家里只有一个女儿，见马再新生得漂亮，便要招女婿，决定出几十两银子送他读书，马再新答应了。他住在这家，和一皮匠结上了老友，一次这皮匠买酒吃，马再新吃醉了，说出了女人要拿给他三十两银子，这皮匠晚上冒名去叫女人的门，女人问是谁，他不出声，不开门，这皮匠进去把这女人杀了，拿着银子便跑了，但这女人并没有死。马再新醒来觉得事情不对，便跑到女人家，见女人被杀了，慌忙中逃出来，但脚上已有血。第二天，县里差役跟着这血迹追来把他捉住了。县官要判他死罪，他大叫冤枉，县官觉得其中一定有问题，便问："你有没有朋友？"马再新便把皮匠的事情说了一遍。县官把皮匠捉来，一拷问，皮匠只得招了。放了马再新，判了这皮匠死罪。

皇帝的儿子在外面被国丈知道了，便各处要捉拿他，他到处逃跑，结了七个老婆，但一次被国丈捉住了，关在牢里。

且说从前皇帝被国丈杀了后，变了一只鹦鹉，天天说话骂国丈，国丈大怒便把它的毛拔光，抛在荒野。但被一人拾着，拿回家养起，这时主人对鹦鹉说："你儿子有难，快去告诉他的几个妻子和马员外派人来救。"于是这鹦鹉飞到各处报信。马再新的几个老婆领起兵来攻打，但打不过国丈，只有第五个老婆没来，她师傅说："你丈夫有难，去救吧！"于是这第五个妻子用法术才把国丈打败了。杀了国丈，扶马再新当皇帝。这鹦鹉见着了儿子当了皇帝，吐了三口血便死了。

出来看

讲述者：杨金玺
记录者：杜惠荣
时间：1958年11月20日
搜集地点：云南省大理白族自治州剑川县海东村

"出来看"是一个小孩，他爸爸出门，两三天遇着一个算命的瞎子。"出来看"爹牵着瞎子去歇店，瞎子没被窝，他爹说我们一起睡了。第二天早起，"出来看"父亲爬起来煮饭，煮好了，他喊瞎子："先生起来吃饭了。"瞎子想占有他的被窝，他把被窝四角钉了线，不起来。"出来看"的父亲吃了饭又喊："先生，起来了！"瞎子说："你早嘛早你的，我还要睡一睡。""出来看"的父亲说："不是，我们要收拾东西走了。"瞎子说："被窝是我的，不是你的。"只好找来店老板，问"出来看"的爹："你被窝什么记号？"他说："妇人整给我们，被窝没有记号。"问瞎子，瞎子说："我的被窝四角钉有线。"店老板说："他是瞎子，又有记号，被子是他的了。""出来看"的爹没法，只得跑回来了。"出来看"有七八岁，问："爸爸，你回来给我买回来什么?"爸爸日气了:"有什么?什么也没有。""出来看"一再要要,爸爸说:"被窝都打失了。"他把被窝丢失的情况说了,"出来看"说:"不要紧,二天我给你算回来得了,不要紧。"两三天后,"出来看"说:"爸爸,给我两升米,瞎子离这儿几里路?"问了,他背着米走了两三天找到算命先生,他说:"我爹妈不有,我搭你一起去,饱饱肚子就可以了。"瞎子想:"好!好!好!"孩子就搭瞎子去了,他们走到一个泥潭,"出来看"说:"大爹,我们洗个澡该好?"瞎子说:"好!"脱了衣服就下水潭去了,"出来看"把胡琴磕破,把钱、被窝背上就走了。瞎子等了一阵不见"出来看"来,就叫:"'出来看'!'出来看'!"还是没有人,爬出水潭又叫:"'出来看'!'出来看'!"像畜牲一样在大路上叫,村里女人出来看了骂他,男的用棒打他。

"出来看"把东西背回家后叫:"爹爹,你看可是这张被窝?"爸爸看了说:"你是怎样背回来的?唉,我前生不抵后生,箩莆不抵菜根!"

神箭手

讲述者:和元寿
记录者:张福三
时间:1958年11月20日
搜集地点:云南省大理白族自治州剑川县三甸箐村

有一个员外要找一个猎人做女婿。这消息被一个青年农民知道了,他在街上买了三只鸟来,穿在一支箭上,趁人没看见的时候,他把穿着三只鸟的箭抛进员外的花园里,然后到员外的家里对员外说:"我射着的鸟掉进你的花园里去了,给我找出来吧!"员外派人去找,果真找着一支箭射了三只鸟。员外大奇,他长了几十岁了,还没看见有人用一支箭射了三只鸟,认为这小伙子是"神箭手",便招他为女婿。

这年青人讨了一个很好的老婆,心里很满意。但他也很紧张,实际上他不会射箭，所以，处处小心。有一次，员外家院子里飞来几只雀，员外便把女婿叫来，要他射箭，一来亲眼看他的本领，二来也可以美餐一领，这小伙子心里很慌，但表面上很镇静，他一手拉弓，一手执箭做出用心瞄的样子，大家都等他放一箭，但他半天不放出。他的妻子在一旁等不耐烦了，走上去，帮他把箭放出去，偶然地不偏不左一箭射两只。这小伙子假意气呼呼地说："你真不应该，我正要射了，你就来打岔，如果我射出去，起码是一箭四五只。"员外也觉得对，怪女儿不该打岔。

过了几年，村子后山出了一只老虎，打柴的人不敢上山，有人去请"神箭手"来打老虎。这"神箭手"也只好答应下来，但他提出了一个条件，就是村里要给他十个哑巴、七根铁索、十根铁椿、十根铁棍。村里人照办了。一天，他把这些带上山，把十根铁椿钉进土里，让十个哑巴拿着铁棍，然后用铁索把他们捆在铁椿上，晚上，老虎见着人就来吃，这些哑巴跑不掉，只好拿起铁棍，这样，你一棍、我一棍把老虎打死了。早上，这"神箭手"来了，给老虎屁股上插上一支箭。他就把哑巴放了，让他们回去。村里人来看，看见老虎死了，很感激这"神箭手"。

"神箭手"的名声越来越大，并且流传说，他专门射屁股。一次几个强盗来偷他们村子，村里人都跑出去了，他一个人留在家里，心里虽然害怕，但还是待在家里。夜里，强盗来了，他鼓起勇气说："你来了，请进屋里坐坐。"这些强盗见这神箭手在家，又怕他射屁股，忙取出瓦来遮住屁股，撒腿就跑。从前人都留有长辫，辫上有一枚铜钱，铜钱敲在瓦上，发出当当的声音，这些强盗越跑越快，跑了很远才停下来，他们喘了口气说："唉！真危险，如果不是这瓦，我们屁股都要射烂了。"

张屠户与李善人

讲述者：苏六斤
记录者：郑谦
时间：1958年
搜集地点：云南省大理白族自治州鹤庆县

有个屠户姓张，他隔壁有个李善人，吃长斋，念经拜佛。张屠户良心好，卖肉公平合理，童叟无欺，对叫花子、官人都一样对待，从不用大秤小秤。李善人不做活，天天向佛磕头，可是他嘴善心不善，专门去盘算别人，看不起穷人，嫌穷人脏，不让穷人进他的客厅。

有个神仙下凡，要试探李善人的心，变成一个很脏的大麻风，问李善人："我今晚要在你家歇一晚，可行？"李善人嫌他脏，用哭丧棒把他打出门，骂道："你瞧瞧我家多干净，我天天烧香磕头，你配在我家歇？你只配到张屠户家去歇。"

大麻风进张屠户家后，张屠户的女人骂道："你这个大麻风叫花子到我家做什么？"

"我在你家住一夜。"张屠户听见了，就责备他女人，留大麻风住下，并把自己的铺让给他睡，大麻风说："我只在你猪圈边睡一夜就可以了，弄脏了你的床不好。"屠户说："不怕！不怕！被子脏了，洗一下就得了嘛。"

第二天赶街子，张屠户宰猪卖肉，就去烧了一锅开水，大麻风就问他："你要宰猪，只烧一壶水就得了嘛！"屠户说："一壶水咋个烫得一口猪？""我帮你烫好了。"

屠户家有三口猪，就问大麻风先宰哪一个，大麻风说："先宰最大的那一个。"于是就喊道："黄毛猪出来，睡在桌上！"猪果然就睡在桌上，张屠户看了很害怕，就对麻风说："老人家，不杀这个最大的了，还是杀那个次大的吧!"并嘱他女人到街上去看看今天可赶街子。女人说:"今天没有赶街子。"于是屠户就对大麻风说:"老人!老人!今天我不宰猪了,连那个最小的也不宰了。"他晓得这大麻风是个仙人,就要跟他一道去,连家产妻儿也不要了。大麻风就对他说:"你家隔壁还有个李善人嘛。"于是张屠户跑去告诉李善人说他家昨夜来了一个神仙,如此如此,于是李善人也愿与张屠户一道做这"神仙"的徒弟。

三人一道走了几天路,大麻风又要试他们的心,他又变出一间大房子,房子里有三个人,一个老妈妈,两个小姑娘。三人就到他家歇,老妈妈就对大麻风说:"我这对姑娘给不掉,你带来这两个人上我们的门可好?"于是大麻风就对李善人说:"你最好上他家的门,他家金银财宝很多,你上了门,一辈子睡着吃也吃不完。"李善人心动了。大麻风又去向张屠户:"你也在这里上门可好?"屠户大嚷道:"不行!不行!我抛了家中妻儿跟着你去,是为哪样?你现在倒要我上别家的门?"结果只李善人上了门。

大麻风有个小口袋挂在柱子上,故意不拿,就带着张屠户走了。走了三十多里路,大麻风说:"哦,我的口袋丢在老妈妈家里了,你去拿一下!"张屠户去后一看,那座大房子不见了,只见一对老虎在撕吃李善人,那只口袋挂在老虎的耳朵上,他就对老虎说:"大头,口袋是我家阿老的,若我是你们的饮食,你就把我将吃掉,倘若不是,你就把口袋还我。"于是老虎一摆头,把口袋递给张屠户了。张屠户提着口袋就跑,途中跌了一跤,就换掉肉身成仙了。张屠户回来后,大麻风问他:"你咯看到了李善人?""他已被老虎吃掉了。""我不相信,李善人天天行善,咋个会被老虎吃掉?""你不信,我带您看看去。""不消看了,我知道,你现在已成仙了。"

黑占本起反[①]（那马人）

讲述者：杨志铭
记录者：李缵绪
翻译者：李忠林
时间：1961年9月
搜集地点：云南省怒江傈僳族自治州兰坪白族普米族自治县

    兰坪县吉祥村有个黑占本，家里上无兄，下无弟的，只有年老的父亲和母亲。生活十分贫寒，父母亲没法养活他，当他才十二三岁的时候，就把他卖到石钟坪一家财主家里当长工。黑占本前脚才跨进财主的大门，财主就尖声尖气地叫道："小叫花，既然来到我家，明天就好好给我放牲口去吧。"第二天，吃过早饭，财主交给黑占本一群牛、一群马去放，黑占本不愿去，可是住的是人家的房子，吃的是人家的饭，自己年纪又小，有什么办法呢，也就只得去了。

    一天，黑占本冒着风雨到山上放牲口，在一个深山老林里遇见了山神爷爷。山神爷爷看他可怜的样子，对他说："人家这样欺负你，难道你就这样心安理得了吗？""不，山神爷爷，早晚我要给他们点厉害尝尝呢，只是现在我的年纪还小，扳不过他们。"黑占本愤愤不平地回答。山神爷爷看这小孩志气很高，又对他说："你既然有志气要跟他们扳，那我会帮助你的。"从此，黑占本每天放牛上山，就到山神爷爷那里学法术。黑占本年纪小，脑子倒顶聪明，几天就从山神爷爷那里学会了一套法术。

    黑占本学了法术后，就给财主家斗起来了。黑占本一年年地长大了，财主交的牲口也一年年地多起来，可是黑占本才不怕这个哩。每天，他把牛马放到山坡上，就把牲口吆在一起，然后在牲口周围画上个圈圈，自己

[①] 起反：即造反，起义。

就去跟小伙伴们一起玩去了。日子一天天地过去，牲口因为吃不到草，一天天地瘦了下来。财主见牲口一天天瘦下来，心中疑惑起来：这小叫花是怎样给我放牲口的呀？每天牲口回来肚子总是空空的，牲口也一天天地瘦下来了！于是，财主要摸个究竟。有一天，等黑占本吆着牲口去了以后，财主就绕路到黑占本后边去寻查，看他是怎么个放法。财主到山上一看，见一群牛马定定地站在那里。仔细一看，牲口周围都画着白圈圈。财主心里怪不高兴，就叫起黑占本来，可是叫得喉咙也要破了，还是不见黑占本，财主更冒火了，只得翘着胡子回去了。等晚上黑占本放牲口回来，财主把他叫到跟前，拍桌子骂道："小叫花！你是怎样给我放牲口的？要是你把我的牲口饿死了，你用什么赔老子？！……"财主气得翘起八字胡，把烟戈朝地上一甩，继续骂道："从今后，我不要你再放牲口了，你给老子好好砍柴去！"

第二天吃过早饭，财主交给黑占本一把斧子，命令式地叫道："去，快给我砍柴去！"黑占本接过斧子，回答："一把斧子砍个什么柴！我要七把斧子才砍得成柴呢。"财主知道这明明是在跟他闹别扭，心里好冒火，可是回头一想：斧多柴也一定砍得多，砍得多还不好吗？于是去找了七把斧子来，甩在黑占本面前，叫道："一把斧子砍方方一拃（原文）柴，七把斧子你就得给我砍回七拃柴来。要不，我就剥你的皮！"黑占本答应一声"一定"，收拾斧子就上山砍柴去了。

黑占本到了财主的山上，选了最好的一片树林，然后把斧子一把一把地砍在树上，嘴里叫声"树倒"，树就倒下来了。到太阳还没落山，一大片树林子就被他砍下来了。黑占本砍好树，把柴搬到财主的大门外，扛着七把斧子，进了大门就高声喊道："主人老爷，柴砍回来了。"财主听说柴砍好了，连忙出来问："有多少？""七拃还多。"黑占本回答说。财主以为黑占本在玩弄他，厉声地说："什么七拃还多？你是……你是……"黑占本见财主找不到话说，接过话头："真是七拃还多，不信请老爷出去看看。"财主出去大门外一看，果然堆了一大堆白花花的块子柴，乐得八字胡都翘起来了，对黑占本说:"你真会砍柴。这个柴真好,是哪儿的柴?"黑占本回答说:"是老爷山上那片最好的林子。"财主听说是他家"山上那片最好的林子",把红脸气成了青脸,溅着唾沫骂道:"你这叫花!谁叫你到我山上砍来?谁叫你到我的山上砍来?"黑占本慢腾腾地回答说:"柴是老爷家里烧,不到老爷山上砍,要到什么地方砍?"黑占本这一反问,把财主气得更惨了,可是又没有理由说,把屁股一扭,回家去了。

日子过得真快,一转眼就是好几年,黑占本已经长得像个大人了。黑占本长大以后,更不愿给财主干活,就去跟伙伴们一个个地道别,回自己的家里去了。走到村南的水塘边上,看见自己栽下的柳树长得绿绿的,黑占本就在树下坐下来,对柳树说:"这回我要离开你了,你是我亲手栽下的,你长得好嘛,将来我就有希望了。"说完又用手摸摸树干,给柳树浇了最后一次水,就回家去了。

黑占本回到家里,日子过得越来越坏。那几年又闹饥荒,树皮草根都吃光了,眼看就要饿死人了。这时候,黑占本忽然想起水塘边上的那棵柳树来,就跑到水塘边去看柳树去了。一看,那柳树长得才好呢,树干有几丈高,叶子绿汪汪的,柳条一枝枝垂到水面,真逗人爱!黑占本站在树下,眼睛一动也不动地想:树儿长得好,干事情的时间到了。现在是饥荒年头,左也死,右也死,不如大伙起来干他一场,死也死个痛快!

黑占本回到村子里,把伙伴集聚起来,在村头上吹起了牛角号,不到半天工夫来参加的就有几百人马,于是大家就举起了长矛、弩弓,一直打出去,见粮仓开粮仓,见富户吃富户,没有一个官家阻挡得住,一家伙就从兰坪打到维登,又从维登打到剑川、马登。这下可闹大了,省府听到消息,马上就派了几千兵马来围剿。事情也真凑巧,那年剑川又闹饥荒,又流行天花。黑占本不幸也生了天花,一病就起不了床。这时省兵已经到了剑川,把黑占本的兵马团团围住。省兵硬打打不下,又贴出告示要招安黑占本,可是黑占本死不投降。后来,省兵又贴出告示,说谁交出黑占本来,谁就免死。这下子,黑占本的几个朋友就动了变心,几个人商量好了,去找黑占本，说："黑大哥，现在官兵追拿得这样紧，你的病又这样重，要不我们给你放在牛皮口袋里，把你偷偷抬出城，我们带着兵马一起退到山上去。"黑占本回答说："反正我是动不起来，你们要怎么个办就怎么个办吧。"于是几个朋友就把他放在口袋里，朝剑川抬去。走了一程，黑占本知道已经起了变心，对朋友说："你们把我抬到哪里也是了，保住你们的命就行了！"可是，那几个家伙还是出卖了朋友，把黑占本抬到剑川请赏去了。黑占本被官府杀了后，部下也就逃的逃、散的散，起事也就失败了。

吴主造反（那马人）

讲述者：杨志铭
记录者：李缵绪
翻译者：李宗林
时间：1961 年 9 月
搜集地点：云南省怒江傈僳族自治州兰坪白族普米族自治县啦井镇上丰登村

兰坪丰登有个吴沛三，家里人多，生活又贫苦，生活难过，只得到山上打猎度日子。山上有个岩洞，他就住在里面。高山上的水很困难，可是自吴沛三住在上边后，山顶上就出了一个清水塘。说也奇怪，别人到水塘里去打水，一打水，水塘就干了；要是吴沛三去舀，水就老是舀不完。再说，山顶上的风雪很大，一到刮风下雪，别人就在不住，可是吴沛三心里好像有盆大火，任风怎样吹，雪怎样大，他还是觉得暖和和的。所以，伙伴们都很喜欢跟他一起到山上打猎。正因为这样，大家都说他是个怪人，地方上还有两句民谣说："怪人出在澜沧江，隔着营盘三十里。"

一天，吴沛三去看扣子[①]，路过石宗坪，到一个朋友家里去歇脚。两个朋友一边喝茶，一边谈起家常来。朋友对他说："自从省里来了个禁烟委员，

[①] 扣子：捕捉野兽的器具。

见猪杀猪，见马拉马，说是禁烟，可是种烟倒霉，不种烟也倒霉，生活实在难熬下去了。你是我的好朋友，大家都说你是个了不起的人物。在这关头，你要为大家出出头才行。左也死，右也死，不如大家痛痛快快干他一场，死也死个痛快！"吴沛三心里很赞同朋友的这一席话，心里又想到尽管大家有这个要求，可是无准无备，还是得准备准备才能闹起。于是，就对那位朋友说："我也是这个想法，可是时间还不到。要是澜沧江的芦苇垂到了水面，就说明时间到了，我们就可起事了。"老百姓听了他这句话，天天都去看江边的芦苇，见芦苇尖尖一天天地往下垂，可是还是没有垂到水面。吴沛三的朋友对他说："到也干，不到也干，日子一天也熬不下去了！"大家都等不得，就偷偷地跑到江边，在芦苇的根根上压了块石头，把苇尖尖压垂到了水面，急忙跑回来告诉吴沛三："吴大哥，江边的芦草尖已经垂到水面了，我们可起事了。不信你看看去！"

吴沛三去一看，果然芦草尖已经垂到了江面，就马上动身，顺着澜沧江下去，一直到了甲登，联络了许多人马，然后把人马一齐集中在甲登。人马集齐了，大家选了个好日子，杀猪宰羊，大家一起拜结兄弟，拜主，封军号；拜了弟兄，就顺着次序封了千家、百户、都督。可是轮到封主，封给谁谁也不要，封给吴沛三，吴沛三说："我就是不愿做官，再说我家贫寒，衣食难混，请别个来做吧。"可是，大家都说："头是你领的，你领就要领到底，今后大家都依顺你，你就做大家的主了。"在大家的恳求之下，吴沛三也只得一口答应了。大家公推出吴沛三为主的那天，四山八箐的群众听到这消息以后，就抬了一个大香炉，烧起了大香，有的吹着唢呐，有的打着大芒锣，村村寨寨的百姓都来朝贺。到了正月初八那天，几千群众高举着大刀、长矛、弓弩，正式在甲登举行起义。起义后，吴主将人马分成两路，去围攻反动政府。一路由和禄春率领，去攻打石头寨；一路由吴沛三亲自率领，去攻打拉鸡。起义的人马才威风呢，吴沛三的人马到哪里，哪里的百姓就出来迎接，哪里的官府就夹着尾巴逃跑。

吴沛三这一支到了拉鸡。拉鸡是个盐井，位置在碧罗山脉的夹谷里，东西两边是高插入云的高山，大财主也多集中在这里。大财主为了维持拉鸡盐场的"秩序"，还成立了护井队。吴沛三把人马分成两路，一路攻东山，一路攻西山，约定攻下两边山头后，以焚火为号，两边一齐从上下攻下拉鸡井。因为弟兄都是当地人，又勇敢，又善于爬山路，从山脚一气冲上去，就把把守的护井队吓跑了。两边攻下了山头，在一天夜里，两边一见井起了大火，号鼓手就吹起大筲、擂起大芒锣，两边的几千人马一声"杀！杀！"，就从两边的山顶直扑下来，喊声震得山都打战，这样一下就把拉鸡轰下来了。盐厂工长见抵挡不住，吓得后腿像弹三弦一样，从后门偷偷溜跑了。

和禄春率领的这支，也一下子就打下了石头寨，一直打到了剑川县的江尾塘。和禄春的兵马才到江尾，就碰上了省军的前哨部队。省军用的是快枪，一扣就是一排炮一排炮地出来。可是和禄春像是有法道，嘴里用傈僳语大喊："洋帽揩及锡（带军帽的杀）！"这样，敌人的枪就打不出来了。可惜，因为起义的时间还不到就起义——芦苇尖尖还没看垂到江面，敌人的枪只封住了一个早上。到白天，怎么封也封不住了，省兵抬着快枪冲杀了过来，和禄春的兵马拼命抵挡，可是任凭你抵挡，弓弩、大刀始终抵不过快枪，不多一会，人马就损失了不少，和禄春也英勇牺牲了。和禄春一牺牲，部下就乱了。有的牺牲，有的跑到房子里抵，还是抵不过，就放一把火，连人连房同归于尽的也不少。和禄春这一支打了败仗，吴主这支也接着被省兵打散了。但吴主还是不投降，领着几个弟兄退到碧罗山的深山老林里抵抗，最后连那几个弟兄也牺牲了，只剩得吴主独一个人。吴主难有办法对付，心想：落在敌人的手里，不如只身西逃，等有机会，再来报仇，就一个人跑到缅甸去了。

吴主失败后，省军李连长一直打进了兰坪，见一个杀一个，杀得鸡犬不留，老百姓受难已极，很是愤怒。这情况被省府知道，省府主席下命令："吴主已被扑灭，若再纵杀下去，就不好收拾。"连忙派了个王安福来，把李连长调回省府，事情才算平息。

豆腐打死县令（那马人）

讲述者：赵文昭
记录者：郭思九
时间：1961年9月
搜集地点：云南省怒江傈僳族自治州兰坪白族普米族自治县营盘镇黄梅村地区

　　清朝雍正年间，皇帝派了一个进士到剑川县当县令。这县令到剑川时，就对老百姓说："我出身进士，本官不要百姓钱粮！"百姓听了，都觉得这个县令再不会敲诈百姓了，就让他做起剑川县令来。

　　县令上任后不到半年，就从乡间搜刮了不少黄金白银，把他家里的箱箱柜柜都装满了。县令搜刮到金银后，就想悄悄地逃走。但是，他来当县令时，已经向百姓说过：进士出身的文官是不要百姓的钱粮的，这事要是被百姓知道了，不但走不了，还有性命的危险哩！因此，在他要逃走的头三天，就从县衙门里派出不少差役，到剑川城监视百姓的行动。

　　纸是包不住火的，县官要逃走的事早被百姓知道了。百姓都纷纷说："县官不坑人，金银天上来？！"大家都说要打进县衙门去，把他的金银财宝抢了。但是，县衙门里派出来的差役监视很严，出门下地都要检查盘问，哪能够打得进衙门去呢？后来，大家想了个办法，叫各家各户都做一榨豆腐装着，到县令出城那天，都假装成卖豆腐的人，把豆腐摆在街子两边卖，等县令出来时，就用豆腐打死他。

　　到了县令要逃走的那天早晨，剑川街上都摆满了豆腐。县令将金银藏在大轿子里，自己耀武扬威地坐在轿中，前后派有兵丁保卫，假装出城游玩。临走时，县令叫来了监视百姓的官，问道："百姓有无越礼行动？"

　　官答："没有，城里很安静，家家都忙着做豆腐去了！"

　　县令说："那很好！现在就走！"

县官坐着大轿出来了，刚到街子中间，只听街上齐声喊"打"，街子两边卖豆腐的人都将豆腐朝轿子打去。豆腐打得街上堆积几尺厚，连抬轿子的人都走不通了，就将大轿歇在街上。人们又朝轿子打豆腐，不到一锅烟时间，豆腐把轿子埋起来了，堆成个小山样，在太阳光的照射下，映得雪白，县官就这样被活活打死了。

豆腐打死县令的事，被皇帝知道了，都说："豆腐怎能打得死县令，也许是虚报！"于是，就另外派了一个县令，带领着不少兵马，前来剑川察看，若真是豆腐打死了县令，要严办这些造反的百姓。

皇帝家派兵来剑川剿办造反百姓的消息，被剑川的城隍爷知道了。城隍想：我是剑川的城隍爷，百姓天天用酒肉敬我，眼看剑川百姓要遭劫，我怎能坐着不管？于是，就托梦给剑川的百姓，说某天，皇帝家的兵马要来剿办剑川百姓，叫大家注意。

到了那天，城隍爷变成一个一丈二的巨人，穿上红通通的衣服，骑在一匹一丈二尺高的大红马上。皇帝家的兵马到时，城隍爷骑着大红马挡住路口，皇帝家的兵马过不来了。统兵的县令看见了，愤怒地上前问道："你是什么人？胆敢挡住皇家军的路？！"

城隍回答："我是剑川黎民，请问皇帝出兵到剑川整哪样？"县令说："剑川黎民用豆腐打死县令，皇帝派本官前来察看，并严办造反的人！"

城隍说："黎民造反，都因县令作恶，到底哪个有罪？"

县令大怒："做官之人哪会有罪，你给我快快让路，不然，我就下令杀死你这叛民！"

城隍笑了笑说："嘿嘿，百姓豆腐打县令，是县令违法，百姓哪里来的罪！"说着，就骑着大马跳进西湖里，不一会，从西湖里翻滚出一条红通通的大蟒，嘴里吐出烟雾，弥漫了所有的道路，把皇帝家的兵马围在路上不能动。县令一看，大吃一惊，心想，这哪里是人，是神嘛。就跪在大蟒面前求情道："你是哪位神仙？今天小官冒犯了你，请神饶命！"

大蟒说："我是城隍爷！皇帝派兵践踏百姓，本城隍岂能不管！"

县令忙说:"城隍爷,你要什么?我都答应,求你饶命!"

大蟒说:"你要答应我两件事:第一,你回禀皇帝时,要说剑川豆腐没有打死县令,百姓无罪;第二,从此以后,剑川四年不上粮草。"

县令连忙磕头说:"城隍爷,我一定遵命!"

城隍爷这时才收起红袍,大蟒不见了,烟雾也散了。县令逃回京城,向皇帝禀告说:"剑川没有打死县令,黎民百姓安分守己。那里的县令说,四年之内不必管他们,一切都会按万岁的旨意办!"

剑州县令被豆腐打死,皇帝可没有派县令来,因此,就有"剑川无帅,四年无粮"的话。

大肚汉(那马人)

讲述者:和少成
记录者:周天纵、李震林
时间:1961年9月
搜集地点:云南省怒江傈僳族自治州兰坪白族普米族自治县营盘镇凤塔村委会宝塔村

从前,在我们这个村子里有一个大肚汉,这个人天生的大肚子,一顿要吃二升米的饭,吃肉一顿可以吃掉一口肥猪。大肚汉吃得也干得,力大无穷,别人几十个人抬不动的东西,他一个人扛着就走了。大肚汉哪来这么好的气力呢?据说有一天,他上山去砍柴,走渴了,在一个小水塘边准备喝点水。小水塘的水清清的,里面有一条白额头的小黄鳝,也奇怪,当大肚汉弯下腰去喝水的时候,小黄鳝摆几下尾巴就把水搅浑了,大肚汉只好停下来,等水澄清了再喝。刚澄清,小黄鳝又摆几摆,水又浑了,大肚汉一生气,就提住小黄鳝丢在嘴里和水一口吞了。谁知这小黄鳝是一条小龙变的,大肚汉吃了龙,身上有了龙气,力气就大起来了。

大肚汉力气虽大,一个人抵几十个人干,但家里还是穷得饭都吃不上,没办法，他只得到村里一财主家去帮长工。一天，财主牵了两条牛叫大肚汉去犁地，要他不到天黑把十多亩地都犁完。大肚汉牵着牛站在地里望着田发愁，这怎么犁得完呢？这时，从地里冒出一个老倌，对大肚汉说："你犁的时候像这样顺一道、横一道地犁就能犁完了。"话刚完，老头就不见了。大肚汉照着老头教的犁，果然犁得快，不到天黑，十几亩地全犁完了，可是两条牛却累死了。大肚汉只得找来一根铁杠子，把两条死牛挑回家去。

财主一见牛死啦，非常生气，便不叫大肚汉犁田了，叫他去山上砍柴，一天要砍一百挑。大肚汉到了山上，他丢了刀抱住大树摇了几下，就把大树连根拔了起来，然后，他又用手把树折成几段，不到晌午，大肚汉就扛了一百挑柴回来。财主一见，奇怪地说，"大肚汉，你怎么砍得这么快？"大肚汉笑了笑，指指手中的刀说："我这把刀是宝刀啊！"财主听说是宝刀，就说："大肚汉，把你的刀换给我吧！"大肚汉说："你拿什么换呢？"财主用手指指马厩里说："用这个好吗？"大肚汉一看，马房里只有一条又瘦又小的黄毛马，他想了想，假意叹口气说："好吧，就算我吃亏，换给你吧！"

大肚汉把马牵回去，细细地服侍，不到两个月，这匹马长得膘足力大，周身黄毛，光闪闪的，像披了一领金毡，财主眼又红了。一天，他对大肚汉说："大肚汉，我们一道上山去砍柴吧！"到了山上，财主叫砍一棵几人合抱的大树，树快断了，财主叫大肚汉站在树下面去砍，砍着，砍着，树倒了下来，把大一肚汉压在了下面，财主满心欢喜，以为这下大肚汉可完了，马可是自己的了。可是，当他刚到家还没坐下，就听见门外稀里哗啦地响个不停，跑出去一看，却是大肚汉把大树连枝带叶一起拖了回来。大肚汉把树放在门口对财主说："哎呀！东家，你走，也不说一声，这枝丫是要还是不要？只好一齐给你拖回来了。"财主吓得瞪着眼睛，半天说不出话来。

财主没害死大肚汉，心里害怕极了，怕大肚汉知道后会整死他。恰巧这时候有敌人派兵来打丽江府，土司叫人到各处征收粮草，财主也要送粮到丽江去。他想了想，这正是好机会，便把大肚汉叫来，对他说："大肚汉，你把粮草送到丽江府去吧。"大肚汉说："行呵！"第二天他把粮草捆在马上，自己也骑在马上,那马前脚一起,后脚一蹬,就跳过沧江,不几天就到了丽江府。现在,我们村子后面那块大石岩上,还留有一个马蹄印,据说,那就是大肚汉马走时后脚蹬的脚印。

大肚汉到了丽江府,把粮交了。他把马牵到马房里去,管马人见了就说:"大肚汉,你的马那样小,牵到别处去喂吧,免得被我们的马踩死了!"大肚汉笑了笑说:"不怕!不怕!"管马的说:"那踢死了,你可不要怪我。""那我的马踢死了你们的马,也不要怪我呵!""好嘛!"管马人不在乎地说。可是,第二天起来一看,马房里的马全被大肚汉的马踢死了。

土司听说大肚汉的马这样厉害,心想:这个人大概有些本事,就叫他当了一个将官,领兵去打仗。果然,大肚汉一去就把敌人打得落花流水。敌人急了,就设了一个计策,把大肚汉诱到一个峡谷里去,又打石头又射箭,把大肚汉打死了。丽江府的兵,只把大肚汉的尸身抢了回来。

晚上,大肚汉托梦给土司说:"你把我埋在城南处,十三天后,坟头上会长出三根茅草,敌人来打,你就用这三根茅草做箭,一定会打胜。然后,你把坟挖开,我就会活回来。但是,一定要记住,不能早开,也不能迟开。"土司把大肚汉的尸身埋了。果然,不两天,坟顶上就长出了三根又粗又长的茅草。过了十天,敌人打得很急,土司慌了,就叫人把坟顶上的三根茅草拔下来,做成箭,向敌人射去。第一箭射到了敌人皇帝的金銮宝殿上,第二箭射到了敌人统兵官的兵营里,第三箭却只落在了面前。因为早挖了三天,力量不够,敌人的皇帝和统兵官受了伤,却没被射死。可这也把敌人吓坏了,急急忙忙收了兵退了回去。

大肚汉呢,因为坟早挖开了三天,没能再活回来。

杨玉科打法国人（那马人）

讲述者：吴宗厚
记录者：李重林、李缵绪
时间：1961年
搜集地点：云南省怒江傈僳族自治州兰坪白族普米族自治县营盘镇

法国占领了安南以后，接着又进攻中国。大清皇帝曾经派了好几个将领去抵抗，可是没有一个将领不被法国人打败，一下子就让法国人打到了谅山。眼看事情危急，大清皇帝又派了杨玉科去抵抗。杨玉科到谅山后，马上就派了十八个将领去攻打，可是，十八个将领一个个都被法国人打败了。十八个将领回来跟杨玉科说："杨大人，快收拾兵马撤兵吧，法国人打仗凶得很哩！要不，我们也要吃他的亏呢。"杨玉科见十八个将领慌里慌张，想要逃走，便不慌不忙地说："不要紧，我自有办法对付他，保险打得他头破血流！"十八个将领以为杨玉科在夸大话，还是劝杨玉科要撤兵，都说："三十六计，走为上计，还是不要冒险得好。"

杨玉科说："只要你们按我的话行事，保险不折一兵一马，就把法国人杀得一干二净。"说着，就派十八个将领在主要路口上插上了十八个将领的军旗，撑起了营房，烧起了大火。把十八个路口布置好以后，杨玉科又让他们拆毁了其他路口的桥梁，然后在附近的山上按吩咐的埋伏起来。一切安排妥当，杨玉科亲自带了一帮兵马，绕小路到法国人的后边去攻打。杨玉科乘法国人不防，就在屁股上给他们狠狠地揍了一顿，法国人措手不及，只得把军队往前开。法国人一看，前边不远，十八个将领的旗插在十八个路口上，营房整严，以为是十八个将领防守在十八个关口上；后边又有围兵，就一直往前冲。过了桥，见营房空空，法国人知道是上了当，正要掉头往后撤，后边杨玉科的枪一响，前边埋伏的十八个将领也从前边杀过来，给了法国人一个两面夹攻，打得法兵乱成一团，不知要往哪里逃。杨玉科便叫部下大声喝道："快投降就饶你们的狗命！"法国一个个想投降，可是不按中国弯身作揖请降的姿势，而按法国人的姿势一个个把屁股一扭，半侧身地站着。杨玉科见法兵不听话，愤怒已极，一边嚷一边砍："这姿势才好砍呢，这姿势才好砍！"像削萝卜一样，一家伙就把法国兵消灭在谅山。从此以后，法国人都叫杨玉科为"杨蛮子"，听到杨玉科的名字都害怕。

法国兵退到安南，清皇帝又派杨玉科当总指挥，去援助安南抵抗法国人。法国人一见杨玉科骑着大白马出来作战，就吓得往后跑。有一次，杨玉科带着兵马，一直杀进法国人的营盘，追得法国兵丢盔撂甲，杨玉科乘敌人慌忙逃跑，捉着马鞭直往前追，部下在后边喊："杨大人！快回来！"可是杨玉科的马跑得很快，没听到后边的喊声，一直跑到敌人的伏兵线内。等到听见后边喊的声音，勒马听时，敌人放了个冷炮，正打在杨玉科身上，英勇地牺牲了。

阿西毕果弟兄（那马人）

讲述者：赵学义、杨光浩
记录者：郭思九
翻译者：和国煊
时间：1961年9月
搜集地点：云南省怒江傈僳族自治州兰坪白族普米族自治县营盘镇黄梅村

1 射龙

古时候，澜沧江边有堵大石壁，石壁旁边住着一户人家。这家人只有一个老大妈，老大妈生有两个儿子，取名阿西、毕果。阿西毕果两兄弟，天天到碧罗山中打猎为生。

有一天，他们去碧罗山上打猎，见一棵树上有个斑鸠窝，爬上树去一看，窝里有两个小狗。他们把小狗领回家来，天天领着狗出去打猎，天天都可以打得野兽。他们把兽肉拿回家来养活自己的妈妈。

有一次，他们妈妈说："天天吃兽肉，吃得不耐烦了，你们是不是去弄点龙肉来给我吃？"两兄弟听了，就领着猎狗来到碧罗山上，把猎狗放进大森林里，到处去寻找龙住的地方。找了很久，找到了碧罗山顶，山顶上有一个大龙潭，龙潭水很深，里面雾气腾腾。猎狗朝着龙潭咬了两声，突然从龙潭里翻出两条龙来，一条红龙，一条绿龙，嘴里吐出烟雾，正想兴风作浪哩！阿西毕果来到龙潭边上，解下身上背着的弩箭，望着当头的红龙射了一箭，只见红龙翻身摆尾，箭朝旁边树林里飞进去了。阿西毕果赶忙拿出第二支箭来，按在弩箭上，刚想射时，弩箭却断了。阿西毕果看看箭篓里，箭也没有了。他们心里正在着急时，猎狗朝他们汪汪地咬了两声，阿西毕果蹲下去抱起猎狗的脖子，对猎狗说："小狗呀，小狗！你要是仙狗的话，就回家把我们的弩箭拿来！"小狗听了阿西毕果的话，摇了摇尾巴就朝家里跑去。

猎狗回到家里，阿西毕果的阿妈忙端饭给它吃，它只是朝着墙上的弩箭咬。阿西毕果的阿妈想：今天猎狗回来，为什么饭也不吃，只是对着墙咬呢？她朝墙上看了看，突然想起墙上的弩箭，忙取下箭来，拐在猎狗脖子上，猎狗就朝碧罗山跑了。

猎狗把弩箭拿来，阿西毕果一箭射死了红龙，绿龙吓得钻进水底去了。两兄弟把射死的红龙抬回家来，对阿妈说："阿妈，龙只能烧了吃，不能放水去煮。"阿妈说："我就是只想吃点龙汤！"

第二天，阿西毕果又出外打猎去了。阿妈把龙放在锅里，放上冷水去煮。刚把水放进锅里，龙就在锅里翻滚起来，阿妈吓慌了，忙把锅盖拿去盖上，可是，龙头一翘尾一摆，就从门外跑了。

红龙跑到澜沧江里，顿时风吹雾起，筷子粗的大雨就下了下来。不一会，澜沧江翻滚着洪浪，把整个石壁淹没了。江两岸的房屋、田地，完全被江水冲去了，这一带就变成荒凉的地方。

2 挖沟

澜沧江水泛滥后,接连几年都没有下雨,碧罗山下的石中壁地方,几千亩田地荒芜了。寨子里的人,天天去对着大石岩求雨,求来求去,还是干旱。

一天,阿西毕果就去找寨子里的群众商量,要把澜沧江水引上山来灌溉田地。他们对大家说:"我们不能睁着眼睛饿死,一定要想出办法,从石中壁上修一条水沟,把水引上山来!"大家听了,都觉得这是办不到的事,石中壁是万丈悬岩,老鹰都要歇三次才能飞上去哩!人怎么上得去修沟呢?阿西毕果说:"大家不必担心,我们自有办法,只是大家要听我们的话。这条沟只能在鸡叫以前修好,鸡叫以后岩石就难挖了。"

当天夜里,石中壁所有的人,不分男女老幼,抬着斧子,背着箩筐,都来到石中壁前,听从阿西毕果的调动。开始挖沟了,阿西毕果解下弩箭,朝着石岩连射三箭,只听"哗啦"一声,从半山绝壁上垮下三堵石岩来,阿西毕果喊了一声:"爬石壁啦!"修沟的人就跟着他们爬到石壁上去,燃起松明火把,连夜地赶挖水沟。

半夜以后,大家都生怕鸡叫还挖不好沟,都很出力。有一个妇女,她挖得太累了,想早点休息,她躲到一块大石板后面,敲了几下簸箕,然后就"咯咯"地学起鸡叫来。挖沟的人听到鸡叫,以为天快亮了,石头也就挖不动了,都停下手来。石中壁的沟就没有挖通,澜沧江西边年年干旱。阿西毕果没有挖通水沟,就领着猎狗,背着弩箭到碧罗雪山打猎去了。石中壁上只留下他们的一副弩箭和猎狗的石像。每年春天,这里的人都到石壁前为他们烧香祈祷,呼唤着阿西毕果的名字。

德昭璧的儿子（那马人）

记录者：李缵绪、周天纵
时间者：1961 年 9 月
搜集地点：云南省怒江傈僳族自治州兰坪白族普米族自治县营盘镇恩罗村委会干谷岭村

在很早的时候，剑川有个木匠名叫德昭璧，一家三口人，妻子、儿子和自己。德昭璧家里很穷，生活实在过不下去了，他把一张头帕割成两段，一个镯头断成两半，一半放在自己身上，一半留给妻子，作为以后见面的凭证，就带着儿子出门去了。

德昭璧和儿子走到半路上，忽然遇着一个人带着几十个人骑着马慌慌张张地跑来，原来是国王和白衣王打仗，国王打不过白衣王，败了下来。国王一见德昭璧就跳下马来说："大师傅，救救我吧！""我怎么救你呢？"德昭璧问。国王说："我们两个换换衣服，你把衣服和背箩给我，穿上我的衣服，骑着我的马就行啦。事情过后，我把江山分一半给你。"德昭璧说："江山我不要，救救你倒可以。"说罢，就把衣服脱下来，连同背箩一齐交给了国王。国王慌忙脱下了王服，丢给德昭璧，拿着德昭璧的衣服，背上背箩，混在人群中就跑了。不一会，白衣王追兵来了，见着德昭璧穿着国王的衣服骑在马上，以为他是国王，就把他拉去杀了。

德昭璧的妻子在家里等了几个月，不见丈夫和儿子回来，很着急，就请人到处去找。过了些时候，她儿子回来了，把事情告诉了阿妈。德昭璧的妻子听了，又伤心、又生气，就把留下的半截头帕和镯头交给儿子说："你阿爹既然替国王死啦，你把这个拿去找国王，看他咋个说？"德昭璧的儿子拿着头帕、镯头，就动身上京城去了。

到了京城，国王的王宫门口站着很多拿着刀枪剑斧的卫士，德昭璧的儿子不敢进去，就坐在王宫门口的阶沿上等着，一会又站起来朝里面望望。等了好久，卫士就问他："小家伙，你是干什么的？""我要见国王。"德昭璧的儿子说。卫士进去通报了，国王把他叫了进去，问说："小孩！你找我有什么事呀？"德昭璧的儿子说："我是德昭璧的儿子，我阿爹替你死啦，我阿妈叫我来问你，我们怎么办？"国王听了说，"你有什么证据呢？"德昭璧的儿子把头帕和镯头递了上去。国王把德昭璧给他的头帕和镯拿来一合，刚好是一样。于是，就把德昭璧的儿子留在王宫里，请人教他读书和练习武艺，并派人送了很多金银到德昭璧家中去。

时间过得真快，十年以后，德昭璧的儿子已经长大成人了，学得一身好本事，可以前跳五尺，后跳五尺，尤其是他脚上绑了两把刀子，跟人打仗时，把脚一踢，刀子飞出去，百发百中。这时，有一个大臣暗中对国王说："万岁，你可要注意呵，德昭璧的儿子有这样的本事，可能会篡夺你的王位哩，还是把他捉来杀了吧！"国王笑了笑说："不会的，你放心好了。"

第二天，国王把德昭璧的儿子叫来说："孩子！你已经长大了，本事也有了，你想要做个什么官呢？""我什么官也不要。"德昭璧的儿子回答说。"那我把江山分一半给你管吧。""不，国王！江山我也不要。""那你要什么呢？"国王奇怪了。"我只要你准许我挑选五十个弟兄，到白衣王那里去玩一趟。"国王听了连连摆手说："这怎么行，你忘了白衣王是杀你父亲的仇人？你怎么能够跑到他那里去玩。不得，不得。""我就是要到那里去。"德昭璧的儿子固执地说。国王没法，只好答应了他，马上召集了几千兵马，在教场里叫德昭璧的儿子去挑选。德昭璧的儿子选了五十个身强力壮、本事高强的弟兄，辞别了国王，就到白衣王那里去了。

到了白衣国，德昭璧的儿子和五十个弟兄都换上了白衣王军士的衣服。然后，跑到白衣王的王宫里，要见白衣王。白衣王跑出来大声骂道："你们好大胆，敢跑到这儿来见我……"话还没说完，德昭璧的儿子把脚向白衣王一踢，两把刀子就准准地刺进了白衣王的前胸，白衣王死了。德昭璧的儿子同五十个弟兄杀出了重围，回国来了。

国王见德昭璧的儿子杀了白衣王回来，就对他说："那你现在就去白衣王国里当国王吧！我派兵帮助你。"德昭璧的儿子摇摇头说："不，我什么都不要，也不要做国王，我只要回家去看看阿妈。"说罢，就带了几个人，骑着几匹马，回剑川家里去了。

青蛙讨媳妇（那马人）

讲述者：和建华
记录者：周天纵
时间：1961年9月
搜集地点：云南省怒江傈僳族自治州兰坪白族普米族自治县营盘镇新华村

从前，有两老友，一个叫尧前，一个叫江汉。他们两个同年同月同日同时生，长大了又在同一天结婚。村里头比他们更要好的朋友，再没有了。有一天，尧前对江汉说："老友，我俩打个亲家吧！以后你生了姑娘嫁给我家，我生了姑娘也嫁给你家，好吗？"江汉说："好呵！就这样吧！"于是，他们请了客人，写了婚约。从此，两家更要好了。

过了一年，两家媳妇都生了孩子。尧前媳妇生了个姑娘，江汉媳妇却生了一个小青蛙。江汉看见自己的儿子是个青蛙，也不好意思向尧前提婚约的事。再加上这几年尧家越来越富，江家却越来越穷。两老友的来往也就没有以前那样密切了。

小青蛙在家里很勤劳，什么事情都做，而且做得又快又好。日子过得真快，转眼的工夫，小青蛙和姑娘都长到十七八岁了。一天，小青蛙对爹媽说："阿爹！阿媽！我家和尧家以前不是有个什么婚约么？"他阿爹说："什么婚约？没有呵！"小青蛙说："怎么没有？你们以前说好的，不是他家生了姑娘应该嫁给我么？"他阿爹听了，叹口气说："孩子，有是有这么个话，可是你是个小青蛙，叫别人怎么把姑娘嫁给你呢？算了吧！孩子！不要想这个事啦!"小青蛙气鼓鼓地说:"这怎么能算?阿爹!我非要他把姑娘给我不可。"此后,小青蛙天天逼着他爹媽去丈人家提亲。他爹媽被缠得没法,只好拜托姑妈到尧家去说说看。

　　姑妈到尧家去了,小青蛙也悄悄地跟在背后,藏在房子外面听。姑妈到了尧家,实在不好意思提出婚约的事,坐了一会,说了些闲就回来了。小青蛙见了姑妈就问:"姑妈!丈人家怎样说呀?"姑妈扯谎说:"好侄子,不用提啦!我刚刚一开口,就被他们顶了回来,你说气人不气人?"小青蛙说:"姑妈!你哄我哩!你一句话都没有说就回来啦!你当我不知道?"姑妈哄不着小青蛙,只好第二次又到尧家去。小青蛙还是悄悄跑到房后窗子下去听。姑妈刚一开口,尧前就吼道:"你胡说些什么!他家穷,我家富,他儿子是青蛙,我姑娘是人,世间哪有富人嫁穷人,青蛙娶人做媳妇的道理?快去!快去!"说着就把姑妈撵了出来。青蛙看见姑妈被撵了出来,气愤得大声地说:"你不答应,我就点火把你房子烧了。"说罢,就拿了一把火果真凑着房子烧起来,尧前吓慌了忙说:"我答应!我答应!可是有一个条件。"小青蛙说:"什么条件?你说吧!"尧前想了想说:"你得拿出几样聘礼来!""什么聘礼?"小青蛙问。尧前眼珠一转说:"第一,要金洗脸盆一个;第二,要一根九十九个节的竹子;第三,要一根九十九拃长的头发;最后,还要一根虎腰骨。你办得来就娶姑娘去,办不来就休想要娶媳妇!"小青蛙大声答应说:"好,我这就去找聘礼,哪天拿来,我哪天来娶媳妇。"

　　小青蛙回去告诉了爹媽。他爹媽说:"孩子,这是你丈人故意刁难我们啦!我们连饭都吃不上,哪来的金洗脸盆呢?就算有,那几样东西,也是找不出来的。你还是死了这个心吧!"小青蛙说:"不,我一定要把这几样东西找来。"说罢,他就出门去了。

　　小青蛙出门就往西方走,他准备到西方去问问佛祖,这几样东西哪里有?走着走着,有一天,他来到了一家门前,这家门前有一棵金桃树,开满了红红的桃花,门口坐着一个老头。老头看见小青蛙就问道:"小青蛙,你到哪里去呀?"

"我到西天问佛祖去。"小青蛙回答说。

"那好！小青蛙！你见了佛祖帮我问问，我门口这棵金桃树，为什么年年只开花，不结果子？"

"好呵！我见了佛祖，准定给你问问。"小青蛙恭恭敬敬地答应说。说罢，又向前走了。走着走着，又到了一座茅屋前面，门口坐着一个老婆婆。老婆婆见了小青蛙就问："小青蛙！你到哪里去呀？"

"我到西天去问佛祖去，老妈妈！"小青蛙回答说。

"那好！难为你，你见了佛祖帮我问问：我有一个女儿头皮红红的，只长一根头发，怎样才能医好，让她长出又黑又多的头发来呢？"

"行呵！我见了佛祖，准定给你问问。"小青蛙恭恭敬敬地答应了，后就又向前走了。走着走着，小青蛙又来到了一个大园子前面，园子门口坐着一个黑大汉。黑大汉见了小青蛙就问："哈！小青蛙！你这样匆匆忙忙地要到哪里去呀？"

"我到西天问佛祖去。"

"呵！你到西天去，那正好！你见了佛祖，一定代我问问，为什么我这园子里种了那么多竹子，几十年了却只发了一根？"

"好吧，我见了佛祖一定帮你问问。"小青蛙还是恭恭敬敬地答应着。小青蛙又继续向前走了，走了不知多少天。这天，他走到一条大河边，河边有一个大石岩，岩下的水哗哗地流着，又深又宽，桥也没有，怎么过去呢？小青蛙看着河水犯了愁啦，忽然，他听见岩洞里有个什么东西在哼着。小青蛙想，大概里面有人，问问路吧！

"岩洞里面是哪个呀？"

"我是老虎呵！"岩洞里答应说。

小青蛙听说是老虎，吓了一跳，但他还是勇敢地问道："虎大哥，我问你，过河有路吗？""没有！"老虎说。"那怎么办呢？"小青蛙更犯愁了。老虎见小青蛙犯愁，就问："小青蛙！你过河去做什么呀？"小青蛙说："我去见佛祖哩！"老虎听了高兴地说："小青蛙，不用发愁，我送你过去，可是，你见了佛祖，一定得帮我问问！我这左肋下为什么老是疼，怎样才医得好？"小青蛙答应了。老虎把背一拱，前爪一跳，就在河上搭了座桥，小青蛙就从老虎背上跳过去了。

小青蛙过了河又朝前走着，走到了一座金桥面前，金桥上站着一个胡子很长的老倌，见了小青蛙就问："小青蛙！你到哪里去呀？""我问佛祖去。""你问佛祖什么呀？""我问佛祖要四样东西……"小青蛙把事情一五一十地告诉了老倌。白胡子老倌听了，很同情小青蛙，就说："小青蛙，你不必去找佛祖了，这几样东西我知道在哪里，你去拿好了。"于是，他告诉小青蛙说："老虎左肋骨老是疼，是因为他左肋下多了一根肋骨，你帮他取下来就好了；黑汉园子里只生一根竹子，是因为那根竹子节数太多了，把那根竹子砍掉，别的竹子就会生出来了；老婆婆的女儿只生一根头发，是因为那根头发太长了，你把那根头发扯掉，别的头发就会长出来了；老公公的金桃树不结果，是因为他树下有一个金洗脸盆，把金洗脸盆挖出来，桃子就结了。"小青蛙听了，谢谢了白胡子老倌，就高高兴兴地往回走了。

他走到了河边，就叫道："虎大哥！虎大哥！快来接我过河。"老虎把青蛙接了过来，就问："小青蛙，见了佛祖你帮我问过了吗？""问过了，你左肋疼是因为你左肋下多了一根肋骨，取出来就好了。"说罢，青蛙就帮老虎取下了肋骨，拿着肋骨就走了。走到竹园了，黑大汉看见小青蛙就问："小青蛙！小青蛙！你给我问过了吗？"小青蛙说："问过了。他说：你园子里不长竹子，是因为现在那根竹子节数太多了，把这根砍了，立刻就会长出很多竹子来。"黑大汉拿刀把那根九十九节竹子砍了，果然，一眨眼，园里长出了许多又大又长的竹子。黑大汉高兴极了，就对小青蛙说："小青蛙！谢谢你，我拿点什么东西酬谢你呢？"小青蛙说："我什么都不要，请你把那根九十九节的竹子送给我好了。"黑大汉答应了，小青蛙拿着竹子又上路了。小青蛙来到了老妈妈住的地方，老妈妈一见小青蛙就欢喜地问："小青蛙！我女儿的病咋个医呢？你帮我问过佛祖了吗？"小青蛙说："问了！问了！你只要把你女儿头上那根长头发拔掉，头上就会长出许多头发来了。"老妈妈拔去了女儿头上的长头发，果然，不一会，头上就长满又黑又亮的头发。老妈妈对小青蛙说："谢谢你，小青蛙！我送点东西给你吧！"小青蛙说："老妈妈，我什么都不要，你只要把拔下来那根长头发给我就行了。"老妈妈奇怪地问："你拿这个去有啥用处呢？"小青蛙把娶媳妇的事告诉了老妈妈，老妈妈听了说："那你就拿去吧！"小青蛙拿了头发，谢谢了老妈妈就又向前了。不多久，又到了老公公的桃园门口，小青蛙把白胡子老倌说的话告诉了老公公，老公公在金桃树下挖出了金洗脸盆，送给了小青蛙。小青蛙要的四样东西都齐全了，便欢欢喜喜地跑回家来，请姑妈去给丈人家说："四样聘礼都有了，明天我就要娶媳妇。"姑妈来到了尧前家，把四样东西交给了尧前，尧前没法，只得答应了。但他想难难小青蛙，就跟姑妈说："明天我女儿过门要骑大马，一定要小青蛙亲自牵马。"丈人想：小青蛙怎能牵马，那还不被马踩死么！哪晓得第二天，小青蛙当真牵了一匹大马来迎亲，他自己跳在一匹驴子背上，嘴里衔着马绳在前面走。丈人难不着小青蛙，只好把女儿给小青蛙带了回去。小青蛙成了家了。

姑娘到了小青蛙家里，勤快也勤快，对公婆也好，但她不喜欢小青蛙。三天两头地，总向娘家跑。

一天，赶街子，阿爹阿嬷都走了，姑娘也要去赶街，就对小青蛙说："你守家吧，我去赶街，一小会就回来。"小青蛙把双脚吊在锁上说："你去好了！我拴好门。"姑娘走了，小青蛙就从锁上跳下来，脱了青蛙皮，一下子就变成了一个漂漂亮亮的小伙子，尾在姑娘的后面上街去了。小伙子边走边对姑娘说："阿妹，听说你家丈夫是个小青蛙，是吗？"姑娘脸红了，低着头不吭声。小伙子又说："唉！你这么标致的一个姑娘，怎么嫁给一个小青蛙呢？真倒霉！"姑娘心里难过极了，眼泪都快淌下来了，可是她还是不吭声地走着。小伙子见姑娘不说话，就跑拢来悄悄地说："好姑娘，跟我走吧？我们快快活活地过一辈子。"姑娘又羞又气又难过，街子也不赶了，丢了篮子就往家里跑。

小伙子也赶忙先跑回家里，披上青蛙皮，他又变成了个小青蛙。不一会，姑娘一回来就倒在床上哭了起来。小青蛙跳进来问道："阿妹你哭哪样？"姑娘不答应，哭得更伤心了。小青蛙跳过来在姑娘耳边悄悄地说："阿妹，你不要哭，我不是青蛙，我也是人哩！"说罢，就脱去了蛙皮，一下就变成了一个又年轻又健壮的小伙子。姑娘惊奇得大瞪着眼睛，望着小青蛙笑了。从此，小青蛙白天还是小青蛙，晚上就变成人。小两口过得可和美哩！姑娘很久没回娘家了，她阿爹阿嬷很奇怪，跑来问女儿："好女儿，你怎么这久不回来呢？"姑娘告诉了阿嬷。她阿嬷就给女儿出了一个主意："好女儿，你把他的蛙皮烧掉，他就不会再变了。"

晚上，小青蛙刚刚把蛙皮脱下，姑娘忽然一把夺过来丢到火塘里，小青蛙急忙去抢，可是已经来不及了。小青蛙懊恼地对姑娘说："阿妹！我原本是人，因为得罪了坏人，他把我变成小青蛙。现在，我受难还没有满，你把蛙皮烧了，我变不成青蛙，坏人就会派人来杀我了！"姑娘听了吓得哭起来，后悔不该听阿嬷的话，烧了青蛙皮。小青蛙叹口气说："我现在只好到山里去躲躲，过了难期再回来啦！"说罢，小青蛙就变成了一股云，升到雪山上去了。姑娘天天在家里等着，一直过了四十九天，小青蛙才回来，他们又快快活活地在一起了。

牛姑娘和猪姑娘（那马人）

讲述者：和润文
记录者：周天纵
时间：1961 年 8 月
搜集地点：云南省怒江傈僳族自治州兰坪白族普米族自治县营盘镇新华村

很久以前，我们这地方住着个两妯娌，每人都有一个女儿。嫂嫂的女儿叫牛姑娘；婶婶的女儿叫猪姑娘，心狠毒得很。嫂嫂和牛姑娘因为家穷，便只好同婶婶住在一起，帮她干活。嫂嫂天天上山去放牛，牛姑娘在家里挑水做饭喂猪。两母女黑天黑夜地忙，但还吃不着一顿饱饭。

一天，牛姑娘的阿嬷又上山去割草，割了一会，肚子饿得咕咕直叫。这时，她忽然看见一棵青草，又鲜又嫩，她羡慕地想道："我要是一条牛，该多好呵！那我就可以吃这棵又鲜又嫩的草了，肚子也不会饿啦！"想着想着，她忍不住去摘了一片草叶放在嘴里嚼着。忽然，她觉得草越嚼越甜了，看了看，自己已变成了一条母牛。牛姑娘嬷又焦又急，但一点办法也没有，她只好含着满眶眼泪走回家去。牛姑娘看见妈妈变成了一条母牛，便抱着她大哭了起来，连声地喊着："阿嬷！阿嬷！"母牛舌头舔着女儿的头发，泪水像线一样不断地落在女儿的脸上。哭了好久，母牛说："阿囡，不要哭啦！你以后遇着什么难事，告诉阿嬷，阿嬷帮帮你。"

牛姑娘没有嬷了，就更受婶婶和猪姑娘的气了。一天，婶婶拿了一卷麻给牛姑娘，要她一晚上绩成麻线，绩不成就不准睡觉，不给饭吃。牛姑娘把麻拿回来，守着母牛哭了起来。母牛问道："牛姑娘！你哭什么呀？""婶婶叫我一晚上把这堆麻绩成麻线，绩不出来就不准睡觉，不准吃饭。我怎么办哪？"牛姑娘哭得更伤心了。母牛说："阿囡，不要哭，你把麻放在我嘴里，你去睡好啦。"牛姑娘把麻放在母牛嘴里，便守着母牛坐了下来。坐着，坐着，就睡着了。第二天早晨，牛姑娘醒了，一看，地上摆着一团团绩得好好的麻团。牛姑娘赶忙把麻团给婶婶送去。婶婶一看，麻线绩得又细又匀，便问："哪个帮你绩的呀？牛姑娘。"

"我自己绩的。"

"你这死女子骗人，你咋个会绩得出这样好的麻线来。快说，哪个帮你绩的？不说，我打死你！"婶婶拿着棍子恶狠狠地说。

牛姑娘只好告诉婶婶。婶婶高兴地叫道："真的吗？那叫她把我这些麻都吃下去。"说罢，就叫猪姑娘抱来一大捆麻，都喂给母牛吃，自己蹲在牛屁股后面等着接麻线，等了一会，忽然，噗的一声，母牛尾巴一翘，屙了婶婶和猪姑娘满头满脸一身又稀又脏的牛屎。婶婶气急了，拿棍子把母牛和牛姑娘狠狠地打了一顿，骂道："你这瘟牛，明天我非宰了你不可。"

晚上，母牛流着泪对牛姑娘说："阿囡，明天，他们要杀我了，我死了后，你把我的皮收来藏在你的箱子里，骨头放在牛槽里。"第二天，婶婶真的把母牛杀了。牛姑娘哭着把牛皮收来放在箱子里，牛骨埋在牛槽下面。从此，就只剩下牛姑娘孤零零的一个人了。

过了些时候，街子上唱戏，婶婶和猪姑娘都打扮得漂漂亮亮地上街去看戏。临走时，婶婶暗地里把水缸凿了一个洞，对牛姑娘说："牛姑娘，你在家把水缸挑满了水，就来看戏吧。"婶婶和猪姑娘走了。牛姑娘拿起木桶来挑水，左挑也挑不满，右挑也挑不满，挑了半天，水缸还是干干的。牛姑娘急得哭了起来。忽然，门口树上一只小鸟叫道："塞水缸！塞水缸！"牛姑娘听了，就拿泥巴把水缸漏洞塞着，一下就满了。水缸满了。牛姑娘也要去瞧戏了。可是，她一下怔住了，街子路远，衣服这样烂，咋个去呢？想着想着又哭了起来。树上那只小鸟又叫道："牛槽里牵马，箱子里拿衣，……"牛姑娘赶忙跑到屋里打开箱子，啊！好漂亮的衣服呵！整整齐齐地放在里面，牛姑娘穿上不长不短刚刚合身。她又跑到牛槽一看，一匹又高又大的马站在那儿，金闪闪的鞍子，白晶晶的镫子。牛姑娘高兴得不得了，便骑上马赶街去了。

街上人山人海，戏正唱得热闹。牛姑娘骑着马来到了院坝里，看戏的人也不看了，都转过头来望着她，大声惊叹地说："这是哪家的闺女呵？这么漂亮！"婶婶和猪姑娘也瞧见牛姑娘了，她们心里奇怪极了：这死女子，哪儿来的马和衣服呢？！牛姑娘被人们看得害羞了，挤着想出去，左挤右挤，却把脚上的花鞋挤掉了一只，恰巧这只鞋被一个又俊俏又健壮的年轻人拾得了。小伙子看这只鞋子上的花，绣得好看极了，心想：穿这鞋子的姑娘，一定是个心灵手巧的人，娶着这样一个媳妇，该有多好呵。于是他就举着花鞋叫道："这是哪个的鞋子？大家来认，谁认着了，我就娶她做媳妇。"姑娘们都爱这个小伙子，大家都争着来认，可是走过来一试，不是大了就是小了，不是长了就是短了，总不合适。这时，牛姑娘站得远远的，红着脸，害羞地不过来。小伙子看见了，便走过来说："漂亮的姑娘，这只鞋是你的吧?"牛姑娘不言语,把脚伸过去穿上鞋,不大不小,不长不短,刚刚合脚。小伙子高兴得眼睛都亮了,欢喜地说:"漂亮的姐姐!你愿意跟我走吗?"牛姑娘点点头,便跟着小伙子走了。

　　小伙子领着牛姑娘,来到一个又大又平的坝子里安了家。他们勤快地劳动,不几年就发了家,不但牛羊满山,稻谷满仓,还生了一个胖小子,日子过得甜美极了。一天,阿香忽然想回去看看婶婶,她穿了一身最漂亮的衣服,带上好些礼物,到婶婶家来了。婶婶一看牛姑娘带了这么多东西来,欢喜得嘴都合不上来,赶忙把牛姑娘接进去,又是倒茶,又是问好,忙得脚不沾地。婶婶说:"啊哟哟,亲囡!你走啦,可把婶婶想死了。你真幸福呵!穿得这么漂亮,还带了这么多东西来。"牛姑娘笑着说:"阿婶,这不算什么,我家里这些东西多着哩!"婶婶一听,脸上笑着,心里可打了坏主意。

　　过几天,牛姑娘要回去了。婶婶说:"我送送你吧。"便同猪姑娘一起送牛姑娘回去。走到一个大水潭边上,潭上长有一棵黄梨树,结满了梨子。阿婶说:"阿囡,我口渴了,摘几个梨子吃吧!"牛姑娘说:"好!你摘吧!"阿婶说:"我老了爬不上树。""那叫阿妹去摘。""阿妹小,爬不上树。阿囡!你最巧了,还是你爬上去摘几个吧。"牛姑娘答应了。婶婶又说:"阿囡,你把外衣脱下来,免得挂破了。"牛姑娘把衣服脱了放在地上,就爬上树去了。婶子在下面拿针戳了猪姑娘一下,猪姑娘哭了。牛姑娘就问道:"阿婶!阿妹哭什么?""阿妹要你头上的簪子。"牛姑娘说:"给她,给她。"就从树上丢下了簪子。

　　一会猪姑娘又哭起来。"阿婶,阿婶,阿妹哭什么?""阿囡,她要你的鞋子。""给她,给她。"牛姑娘又从树上丢下了花鞋。牛姑娘要下来了,婶婶说,"阿囡,我在下面接你,你踩着我肩头下来吧!"牛姑娘踩着阿婶的肩头,阿婶故意把身子一歪,把牛姑娘摔下深水潭里淹死了。婶婶看见牛姑娘淹死了,就叫猪姑娘穿了姐姐的衣服、花鞋,戴上姐姐的簪子,装成牛姑娘的模样,到牛姑娘家里去了。小伙子一看见猪姑娘就问:"姐姐,姐姐!你脸为哪样这样黑?""在路上被太阳晒黑的。""姐姐,姐姐!你声音为哪样这么粗?""在路上被风吹了的。""你脚咋个这么大哩?""在路上走肿了的。"小伙子不问什么了,猪姑娘就在他家里住了下来。

牛姑娘的儿子阿青,常常出去放羊。一天,他到了大水潭边。忽然,从潭里飞出一只美丽的雀子来,歇在树上叫道:"小阿青!小阿青!你亲娘都不认,瞎了你眼睛!"小孩一听,气得拣起石头就追那雀子。小孩追着,雀子叫着,总追不上。天很晚了,小孩才回去。他阿爹问他说:"小阿青,你为哪样回来这么晚?""我衣服破了,补衣服哩。""不要补啦!换一件新的吧。"第二天,小孩又到大水潭边去,那只雀子又从潭里飞出来叫道:"小阿青!小阿青!亲娘都不认,瞎了你眼睛。"小孩拿起石子又追,到了天黑才回去。他阿爹又问他道:"小阿青!你为哪样回来这样晚?""我鞋子破了,补鞋子哩!""不要补了,换双新的吧!"第三天又是如此。小孩还是天黑才回去,他阿爹照样问他:"小阿青!你今天为哪样又回来这么晚?""我帽子破了,补帽子哩!""不消补,不消补,换顶新的吧!"第四天小孩又是天黑才回去,他阿爹发火了,骂说:"你今天又是为了什么啦?什么都是新的,还补什么?"小孩只得老老实实地告诉了阿爹。他阿爹说:"真的吗?明天我去看看!"

第二天,阿爹带着小孩一同到大水潭边,坐到傍晚的时候,那只漂亮的鸟又从潭里飞出来,停在树上叫道:"阿青爹,阿青爹,自己媳妇认不得,瞎了你眼睛。"阿青爹站起来说:"你要真是我的媳妇,就飞到我肩头上来。"鸟儿果真就飞到他肩上来停着,阿青爹就把鸟儿装在袖筒里带回家去,养在笼子里面。早上,猪姑娘起来穿衣,鸟儿在笼子里叫道:"不害羞!不害羞!穿别人的衣,遮自己的丑!"梳头时,小鸟又叫道:"不害羞!不害羞!用别人的镜,梳自己的头!"猪姑娘气极了,就把笼子和鸟都丢在火塘里面。晚上,小孩回来,就问猪姑娘道:"阿妈!雀呢?"猪姑娘说:"烧啦!在火塘里!"阿青很伤心,就在火塘里去找,找出了一把雪亮的小刀。他把小刀拿来藏在自己的柜子里。

一天,小孩打开柜子一看,里面忽然坐着一个妇人,对他说:"阿青!

我是你亲嬷,来吃奶吧!可是你不要告诉别人。"小孩吃了奶,就唱:"亲嬷的奶甜津津,假嬷的奶苦阴阴!"他阿爹听见了就问:"小阿青!你唱什么呀?"阿青给阿爹说了。第二天,阿青刚打开柜,阿青爹在后面一把抓住柜里的妇人叫道:"你不要变啦!你不要变啦!"柜子里的妇人不变了,走了出来。她同猪姑娘都说自己是阿青的亲嬷。阿青爹想了一个法说:"你们不要争了,我拿一把刀子,你们俩从刀口上走过。哪个的脚没有被割破,哪个就是我的媳妇。"阿青爹把刀磨得快快的,平摆在地上,牛姑娘脱光了鞋袜从刀口上走过,脚好好的,一只也没有被割伤;猪姑娘害怕,在脚上包了一层又一层的麻布,但当她从刀口走过时,脚却被割得血淋淋的。她吓得赶忙从门口跑了出去。跑着,跑着,跑到大水潭边上,脚绊着大树根,栽到深水潭里,再也爬不起来了。

门阿介(那马人)

讲述者:和少成
记录者:周天纵、李震林
时间:1961年9月
搜集地点:云南省怒江傈僳族自治州兰坪白族普米族自治县营盘镇凤塔村委会宝塔村

在好多年以前,我们这个村子里住着五兄弟,他们的名字叫"门阿介"。这五弟兄老大最厉害,是个巫师,会使邪法;老二是木匠;老三是铁匠;老四是铜匠;最小的老五什么也不会,整天游手好闲地满村胡窜。这五弟兄可真是村里的五只老虎,又凶又恶,专干坏事。村里的男女老少没有没受过他们欺负的,尤其是妇女更被他们糟蹋得不少。牛马猪羊见着就拉,也不管是谁的。村里的人都恨他们,但不敢去惹他们。

门阿介见村里的人都怕他们,就越发凶横起来了。日子一天一天地过去,老百姓被他们整得实在活不下去了。于是,大家在暗地里一商量,决定杀死门阿介。可是，要杀门阿介可不容易，第一，门阿介同官府有来往，杀了他们官府会降罪；第二，门阿介弟兄都很凶，尤其是老大，更是厉害，要杀他，必须想个好办法。想来想去，终于想出了一个办法。

第二天，村里就派了个人到丽江府去，对土司说："土司老爷，我们村里有个猫头鹰吃鸡，我们想把猫头鹰捉来杀掉，你看行吗？"府官一听生气地说："这点小事还来麻烦我，你们要杀就杀嘛！"村里去的人说："老爷既然开恩，那就请老爷下个命令吧！"府官就给下了一道"猫头鹰吃鸡，其实可恶，准予格杀"的命令，去的人把命令带了回来。原来"门阿介"的意思就是"猫头鹰吃鸡"，府官既然准予格杀，那就是准杀"门阿介"了。

杀门阿介的命令得着了，可是怎样杀呢？大家还在发愁。一天，一个老倌上山去砍柴，碰见了一个打猎的傈僳族的青年，两个人就谈了起来，老倌拿出带来的大米饭请青年吃。那时候，傈僳族还是住在高山上，从来没见过大米饭。青年一见就奇怪地说："阿叔！这是蚂蚁蛋嘛！你们怎么拿这个当饭吃？"老倌解释说："小伙子，这不是蚂蚁蛋，是大米做的饭。可好吃哩，不信你尝尝看！"小伙子真的尝了一口，呵！又香又软，好吃极了。他抹抹嘴，羡慕地说："阿叔！你们真享福呵，吃这么好的饭！"老倌叹了口气说："不行呵！小伙子！我们一年劳累到头，只能吃上一点点，剩下的全被门阿介拿跑了。""门阿介是谁，他为什么抢你们的东西？"青年惊奇地问。老倌便把准备杀门阿介的事告诉了傈僳族青年。小伙子站起来说："阿叔！我有七个兄弟，都会射弩箭，让我们帮帮你们吧！"老倌欢喜地说："好呵！谢谢你，那你们明天带着弩弓来吧！"

傈僳族的小伙子回到家，就告诉了阿妈，阿妈说："好是好！可是，你们的箭法怎样，能行吗？这样吧！我背一个竹筒，你们弟兄每人向竹筒射一箭，如果射成一条线，那你们就可以去；如果不成，那说明你们的箭法很不精通，去了准会误事，还是练好了再去。"说罢，阿妈背了一个竹筒走在前面，七弟兄搭上箭都向阿妈背上射去。只听见"哧""哧"几声，七支箭都钉在竹筒上，笔直得像一条线。阿妈一看说："行啦，行啦！你们去吧！孩子！"七个兄弟拿着了弓箭就下山去了。

那马村里的人，把七兄弟埋伏在五家人里。然后，叫一个小伙子去请门阿介老二做木活；一个老妈妈去请老三做铁活；一个老倌去请老四做铜活；一个姑娘去叫老五串门子。另外，一个青年嘴里含了一个李子，叫人跑去对门阿介老大说："阿叔！阿叔！你去我家看看吧！我哥说不上话了。"巫师到青年家去了。青年嘴里含着李子只是哇哇地怪叫，巫师作起法术，刚一定神，他就知道了村里人要杀他。可是，定了神，头是昏的，心里一急，他就把头朝水缸里一栽，想用冷水清醒一下脑袋。正在这时，床上的青年跳下来，按着巫师的头一刀砍去。一刀没砍死巫师，巫师挣扎起来往外跑。埋伏在门外的傈僳族小伙子赶快放了一箭，正射中巫师后心，巫师倒在地上死了。他的四个兄弟也同时被射死了。

回生草（那马人）

讲述者：和富明
记录者：周天纵
时间：1961年9月
搜集地点：云南省怒江傈僳族自治州兰坪白族普米族自治县营盘镇凤塔村

从前，我们这地方住着一家人，一共三口，一个妈妈，一个姐姐，一个弟弟。姐姐是妈妈亲生的，弟弟却是前娘留下的。因此，妈妈很待不得弟弟，他怕弟弟长大了要分占一分家产，总是千方百计地想害死弟弟。一天，妈妈把卦用绳子拴在刀子上，然后，大声地叫唤："哎哟！痛死我啦！"姐姐听见了急忙跑来："阿嬷！你怎么啦？""我胸口疼呵！哎哟！哎哟！"妈妈在床上滚来滚去地叫着。姐姐慌了说："那咋办呢？阿嬷！"妈妈一手按着心口，一手指着神龛上的刀和卦说："快……快把卦拿来算算看，吃什么药才能医好？"妈妈把卦摆弄了几下，就说："菩萨说，要吃你阿弟的心肝才好，你把刀拿去把阿弟杀了吧。"姐姐是很爱弟弟的，一听可吓坏了，她赶忙跑去对阿弟说："阿弟！阿弟！快跑，阿嫫要杀你哪！"阿弟跑到山上洞里藏了起来，阿姐天天吃稀饭时总把干的留下，悄悄地送到山洞里给阿弟吃。

一天，阿弟在山洞里忽然看见有两条蛇，一条公的，一条母的。阿弟就把自己身上的小刀取出来磨得飞快，安在蛇洞门口。不一会，母蛇出来，肚子被刀子一划就死掉了。公蛇看见了就赶快爬出洞去，一会衔了两根草回来，用草在母蛇伤口上刮来刮去，母蛇伤口马上就好了，母蛇又活了过来，阿弟见了，就把草拿来揣在身上。第二天，阿姐来了，阿弟就对她说："阿姐！我要出去了，走得远远的，有了钱再回来看你。"说罢，阿弟别了阿姐就走了。

阿弟走着，忽然在路上看见一条死狗。阿弟把草拿出来在狗身上一刮，狗马上就活了过来，跟在阿弟身后走着。不远，阿弟又看见一匹马死在路上，阿弟把草在马上一刮，马又活了，阿弟就骑着马向前走。走了不久，走到一家门前，阿弟一听，屋里哭得正凶哩！原来这家主人的女儿死了。阿弟进去对主人说："阿叔、阿婶，不要哭，我把阿姐医好好了。"说罢，就拿草在姑娘身上一刮，姑娘就活了。一家人高兴极了，都跑来谢阿弟，送了阿弟很多东西。阿弟拿了一些锄头、刀子、斧头驮在一条老牛身上，别了主人就走了。阿弟走到一块大草地上，就住了下来，用带来的工具种地造房子。

阿弟天天勤快地劳动着，不几年，就过得很好了。一天，阿弟想见见阿姐，就骑上马去看看阿姐，请阿姐来做客。阿妈听说阿弟有钱了，也跟着姐姐跑来做客。住了几天，阿姐同阿妈要回去了，阿弟就拿大竹筒烧了香香的两筒饭，并且悄悄在一筒饭下面藏着很多金银，另一筒里面却藏着一窝大马蜂。他把藏着金子的竹筒给阿姐，把藏着马蜂的给阿妈。临走时，一人骑上一匹大马。阿弟把阿妈的双脚绑在马上说："阿妈！你老了坐马不稳实，这样，就摔不下来了。"阿妈骑在马上，走在半路肚子饿了，就打开竹筒来吃。吃着吃着，大马蜂飞了出来，在阿妈和马身上乱刺，刺得阿妈哇哇大叫，一下从马上跌了下来，但因为脚绑在马上跌不下地来，只得倒挂在马上，马拖着阿妈飞快地跑着。等到跑到家，阿妈被拖死了。

草霸王（那马人）

讲述者：和少成
记录者：周天纵
时间：1961 年 9 月
搜集地点：云南省怒江傈僳族自治州兰坪白族普米族自治县营盘镇

"三文钱逼死硬汉子，有理说得君王倒。"这是流传在兰坪县营盘公社（今盘营镇）一带的一句古话。关于这句古话，老辈子传下来一个故事。

很早的时候，兰坪这地方出了一个草霸王，草霸王是个土匪头子，带了好几千土匪，无恶不作。见鸡捉鸡，见牛牵牛，闹得这带的老百姓过不上一天安静日子。

一天，草霸王带领人马，又准备到河那面去抢一个村子。这件事被天上的神仙吕洞宾知道了，他为了救老百姓，就约了韩湘子一齐来到了河边，河上没有桥，水又深又急。吕洞宾叫韩湘子站在云端上，自己变成了一个推渡船的人，拿着篙杆在那边等着。一会草霸王领着人马到了河边，就叫吕洞宾把他们渡过去。吕洞宾摇着船，把草霸王的几千人都渡了过去，最后，只剩下草霸王一个人，吕洞宾把船摇到河心就对草霸王说："我渡了你几千人，作给我多少船钱呢？"草霸王抓出一把金银说；"你要多少说吧！我这里有的是金子银子。"吕洞宾说："金子银子我都不要，我只要三个铜钱。"草霸王身边恰巧没有三个铜钱，就对吕洞宾说："铜钱我没有，还是给你金银吧！""没有铜钱我就不渡啦！"吕洞宾把船干脆停在河心，摸出草烟咂了起来。这时，在天空中的韩湘子吹起笛子，吹的是"思乡调"，又凄凉、又悲惨，草霸王的几千兵，听着，听着，都想起了家，越想越伤心，听到后来就大声地哭了起来。有一个兵站起来说:"弟兄们,散了吧!回家去!"大家听了都喊道:"好哪,散伙,回家去!"四下就走了,草霸王在对岸看见几千兵走得干干净净。过又过不去,再看船,船也不见了,一气就倒在沙滩上死了。

草霸王死了后,就做了这条河的河神,任何人从这里过都得买只鸡来敬他,不然,你渡到河中间,准会出事。一天,有一个穷人从这里过河,他身上恰恰只带了一只鸡的钱,买了鸡就没了渡河钱,留了船钱,又买不成鸡。左想右想,没有法,他一气就跑到草霸王的神像前,质问说:"草霸王,草霸王,我身上只有三分银子,买了鸡没有船钱,留了船钱又不够买鸡,你说怎么办?再说,你一不渡人过河;二又没有帮我一点点忙,你凭什么要吃我的鸡?……"话还没说完,草霸王的神像突然"通"的一声倒了下来,摔得个粉碎。从此,过这条河的人们就不必再买鸡来敬河神了。

枪毙山神(那马人)

讲述者:和少成
记录者:周天纵、李震林
时间:1961年9月
搜集地点:云南省怒江傈僳族自治州兰坪白族普米族自治县营盘镇凤塔村委员会宝塔村

在早先,兰坪这个地方还是一片荒地,人烟稀少。后来,才从各地搬来一些人,他们在这里定居下来,开荒垦地,修房造屋。一年又一年,荒地慢慢变成了良田,人民生活也好过起来,兰坪成了一个好地方。

住在京城的皇帝,听说兰坪变成了一个好地方,眼就红了。他就派了三个大将:一个叫朱三贵,一个叫马三宝,一个叫钱三省,统率着十几万大兵进入云南来打兰坪,想把这块肥沃的地方占为己有。

三个将官带着兵马出发了。临走，他们约好一定要互相帮助。并在当天发誓说：今后如果谁要有私心，就过不了石门坎。

　　十几万大军一路势如破竹，不多久就快打到兰坪了。这时，朱三贵心里却划算开了，他想："三个人这样一齐进去，兰坪打下来，到底头功是谁的呢？"他就对马三宝、钱三省说："二位将军，兰坪可难打哩，我们不如把兵分成三路，你们说好吗？"马三宝、钱三省也和朱三贵一样想争头功，就满口答应了。

　　兵分成三路，力量就弱了。马三宝、钱三省这两股兵，不久就被兰坪人民打败了，只剩下了朱三贵一股。朱三贵见势不好，就带着兵顺沧江逃跑。一天，跑到了一个叫石门坎的地方。朱三贵一听说到了石门坎，心里害怕犯咒神，不敢从石门坎过，就绕了一个大圈子想绕过去。天气又热，朱三贵跑渴了，就叫手下的人去舀了一碗水来喝。哪知这水是有毒的，喝了不久，朱三贵就死了。

　　朱三贵死后，魂魄跑回京城托梦给皇帝说："我死在云南了，现在吃的住的地方都没有。"皇帝就说："那你就当那里的山神吧！叫百姓每年敬你三百六十只牛羊。"于是，朱三贵就当上了这个地方的山神。

　　朱三贵当了山神，就作威作福起来，不是今天叫这家头痛，就是明天叫那家肚疼。头痛就得杀条牛，肚疼就得宰条羊去祭他，不然，你就怎么也医不好。这样，一年复一年，一代又一代，我们这地方的人民可苦啦！没吃的，没穿的，犁田也没牛了。可是，还得天天抬一只羊或牛去祭他。人民恨死了他，可是，谁也不敢触怒他。

　　解放了，我们这地方斗地主，打垮了恶霸，老百姓纷纷起来诉苦。一天，一个老倌说："要说我们这地方的恶霸，可还有一个大的，那就是山神爷爷。他天天向我们要牛要羊，整得我们少吃没穿的。我看，现在也该清算清算了。"大家一听，都说："合啦！合啦！斗争山神去！"人们扛着枪，打着旗子，一窝蜂地跑到山神庙来，把山神庙围了个内三层又外三层，水泄不通。村干部宣布开会，民兵就七脚八手地把山神爷从座位上拖了下来，扎了个五花大绑。斗争可热闹哩！这个说山神爷那天吃了他的牛，那个说山神爷那天杀了他的羊，你一条，他一条，都清清楚楚地登记了下来。斗争了一天一夜，人们情绪越来越高，山神爷却耷拉着脑袋，一句话也不吭，帽子也被扯烂了，龙袍也被扯烂了，鼻子眼睛被打得看不清了，那样子可真难看。斗到最后，干部问："山神爷压迫剥削了我们这么多年，大家说，怎么办？""枪毙！""枪毙！""打死他！"……人们一齐吼了起来，震得个山鸣谷应。只听见砰——砰——两声，山神爷倒了，那个成天瞪着眼睛看人的脑袋，也被打开了花。

鬼为什么不敢进村子（那马人）

讲述者：彭正全
记录者：李缵绪
翻译者：董嘉营
时间：1961年
搜集地点：云南省怒江傈僳族自治州兰坪白族普米族自治县营盘镇

　　一个男人扛着大网去澜沧江边打猎，整整打了一天，打了满满一大麻袋鸟。打雀的想收拾东西回家，可是天色已经很晚了，只得烧了堆篝火，在澜沧江边歇宿。突然，一个鬼从岩子上跳下来，叫道："老友，我的肚子好饿呀，请你给我个雀子吃吃吧。"打雀的只得给了他一只雀子，可是那个鬼嘴大肚大，打雀的把满满一口袋雀丢完了，他还在要，看来那鬼是在打自己的主意。情急智生，打雀的人一把拉断了火镰上的绳子，把火镰丢在火里，对那鬼说："老友，这只雀好大呀，请你等一等，我把雀烧熟了再给你，那才香呢。"鬼在旁边等着。火镰烧得通红，打雀的夹起火镰，对鬼说："老友，这只雀又大又肥，这回你得把嘴张大些。"鬼把嘴大大张着，打雀人一下子就把火镰丢到鬼的嘴里，烧得鬼"吱吱"地跑了。

鬼烧跑了以后，心里不服气，回去叫其他的鬼一齐来对付打雀人。打雀人知道鬼不会甘心，把鬼烧跑了以后，就扛着大网回村子里去了。那群鬼来到澜沧江边，见打雀人不在了，就撵到村里找，可是一个村子找完了也没找着。原来，打雀人藏到羊圈里，跟羊睡在一起。那群鬼没找着打雀人，就装作人的样子，一个背上背个小孩，在村子里"打歌"，唱调子。村子里的人听见又"打歌"，又唱调子，都出来跳着唱着。鬼以为这一回可叫打雀人落手了，等大家跳得正热闹，鬼就一个个顺序地去摸，可是还是没有找着打雀的。鬼这样东摸来西摸去，跳舞唱歌的人知道是上了鬼的当了，可是跑又跑不脱，大家就暗暗商量：狗见鬼就咬，鬼最怕狗，我们轮着，一个回去背一条狗来。于是，一个个轮流着回去背了一条狗在背上，等全都背起了狗，就对鬼说："老友，跳了好一夜了，孩子们也渴奶了，我们大家都喂一喂奶吧。"鬼同意了，大家就坐下来，可是鬼怕村人趁此一下子溜跑了，老是盯着村里边的人，村人说："老友，你不要老是看我们，我们的孩子怕羞，你一看，他们就不吃奶了。"这样，鬼就不再盯着村人，村人趁此机会，把背上的狗一齐放下来，狗见坐的那群鬼，一齐扑了过去，咬得那群鬼"吱吱"地跑了。从此，鬼就不敢进村子来了。

割麦骗鬼（那马人）

讲述者：彭正全
记录者：董嘉营、李缵绪
时间：1961 年
搜集地点：云南省怒江傈僳族自治州兰坪白族普米族自治县营盘镇

有一年，兰坪一带闹灾荒，树皮草根也吃光掉，百姓饿死了不少。灾荒年成，不做贼的也做起贼来了，要不，你就只有等着活活地饿死。

有一天晚上，一个妇女到山上去偷麦子。妇人到了田里，正要割麦子，突然，对面来了一个鬼，他也是来偷麦子的。那个鬼，个子高高的，披头散发，真吓人！妇人见了那鬼，心里吓得扑通扑通直跳。妇人要想往回跑，可是又想：要是不偷点麦子回家，一家老小就得饿死，于是，就不管三七二十一地埋头割起来。鬼见妇人割麦子，也割起麦子来。不一会，妇人割了一背，正想要收拾回家，鬼就从东边跑了过来，嘴里叫着："老友，老友，我们到东边田埂歇一会吧，有什么忙的！"妇人见鬼跑了过来，知道鬼要吃自己了，说是不去嘛，可是鬼已经跑到跟前，逃是逃不脱了，就装着满不在乎的样子答应说："好吧，让我们歇歇吧。"说着妇人跟着鬼到了东田埂上，面对面坐下来歇息。

鬼看看对面的"老友"，口水也淌了出来，实想一嘴把她吞掉，可是又想，要吃掉"老友"，得寻个借口呀。鬼耸耸肩膀，对那妇人说："老友，我们比一比牙齿，看哪个的牙齿又大又白又锐利。"妇人知道鬼要吃自己了，可是跑又跑不脱，干脆回答说："好，我们比比看。我先看你的，然后你看我的。"鬼想这一次可吃得成了，一笑，把嘴一张，露出一副又大又白的牙齿来，好吓人呀。妇人趁他一笑，把雪白的镰刀往嘴上一架，说："好了，这回你又看我的。""老友，你这副牙齿又大又白，真好看"，鬼说。"不仅又大又白，而且又锐利，不信你摸摸看"，妇人道。鬼伸出毛嗖嗖的手掌往妇人的牙齿上一摸，妇人捏紧镰刀使劲一割，割得那鬼"吱吱"地叫："好快呀，好快呀。"鬼挨了一镰刀，心想："她的牙齿比我的锐利多了，要是吃她，她一口就会把我咬死。"于是"啊呀啊呀"地哼着跑了。

乌板坡治美削劳（那马人）

记录者：周天纵、李缵绪
时间：1961 年 9 月 11 日
搜集地点：云南省怒江傈僳族自治州兰坪白族普米族自治县营盘镇恩罗村

思罗山上有两个美削劳①，最喜欢吃肉，常常在路上拦击行路人。要是你身边带着肉路过那里，刹那间她们就会把你的肉拿走，弄得村里人都不敢走那条路。

村里有一位端公②名叫乌板坡，他不但会祭神送鬼，还会治美削劳，美削劳也很怕他，所以远近村子里若是有人得了病、着了鬼，都要来请他去料理。有一回，乌板坡到附近村子里去给人撵鬼，因为那里患病、着鬼的人多，生意很好，一去就是几天，光人家送的肉就有几箩，可是那村子还舍不得放他走。眼看肉一天天多起来了，只得带了个口信给女儿，让她带背箩来背回家去。女儿就背着背箩去背肉。第一天，女儿背了一大背箩路过那条路，怎么背着背着，背箩越来越轻，到家一看，箩里一块肉也没有了。姑娘生了气，就跑去把事情告诉了爹爹："昨天我背了一箩肉回去，到家怎么肉一块也没有了？"乌板坡知道是美削劳干的事，便对女儿说："不要紧，明天你再背一箩肉去，我送你一程，美削劳就不敢来了。"第二天，乌板坡的女儿又背了一箩肉回去，爹爹在后面走着。到了半路，小美削劳忽然从岩上跳在女儿的肩上，吃起肉来。乌板坡紧跟上女儿，嚷叫起来，可是小美削劳还是不理，一股劲地吃着。乌板坡冒了火，上前一把揪住小美削劳的脖子。大美削劳见女儿小美削劳被乌板坡抓去，赶快跑出来求饶："老大爷，

---

① 美削劳：那马语，意即"妖精"。
② 端公：巫师。

老大爷,二回不敢再吃了,请你放掉小美削劳,请你放掉小美削劳!"乌板坡不搭理,一直往家里走去,大美削劳见他不放,也一直跟在乌板坡的大门外。乌板坡到了家,叫女儿打了一锅油,架在三脚上烧起来,等油"咕噜!咕噜!"涨起来,乌板坡提着大美削劳的女儿,叫道:"我要熬死小美削劳,我要熬死小美削劳,看你敢不敢再作弄人!"乌板坡一边喊,一边把小美削劳往油锅上面提,吓得小美削劳"吱吱"就哭叫。大美削劳见女儿就要下油锅,赶忙求饶:"不敢了,不敢了,我们不敢再在你们的地方了,你放了她吧!我跟她远远地走,不敢再来你们的地方了。"乌板坡听说"不敢再来你们的地方了",就把小美削劳放了出去。可是才放出去,美削劳母女俩不但不走,还到山上背了许多岩石丢在乌板坡的稻田里。乌板坡见嫩汪汪的秧苗被压在岩石下,气炸了肚眼,可是他还是装出满不在乎的样子,自言自语说:"美削劳母女俩倒不错,石岩子上的油气大,我上粪也上不起,还给我上油呢。"美削劳在旁边听说是给他上了油,心想:要害他反而好了他,又赶快把一块块岩石搬回到山上。乌板坡趁大小美削劳背岩石的空隙,在田里上满了牛粪马粪,然后在田边等着,等大小美削劳搬完最后一块岩石,上前一把抓住了大小美削劳,叫女儿抬出锄头,任大小美削劳千求万求也不饶,把美削劳母女俩埋在坑里压田。从此,村子里才过得几天宁静的日子。

包相捉寒清(那马人)

讲述者:和玉合
记录者:李缵绪、周天纵
时间:1961年
搜集地点:云南省怒江傈僳族自治州兰坪白族普米族自治县

"包相断案"是到处都出名的。有一回,一个流氓偷杀了人家的牛羊,还杀了人家的一个独儿子。那家人告到包相那里，对包相说："我们地方有个贼，听说他的名字叫寒清，昨天又来村里偷了我们的一条牛、一只羊。这还不算，寒清在路上遇见我儿子，还把我们的儿子也杀了。闹得我们地方简直不安宁了，这事一定要请包相查办。"包相说："像这样的贼子，我一定要缉拿严办，你老人家先回去，我马上就来。"

第二天，包相带了一个差使，来到了老太婆的村子里，打开了棺材，看了看尸体，说："寒清这贼子，是个杀人的老手。你们看，死者身上只有一处刀杀，就把人害死了。"包相看了尸体，马上就动身去查寻。包相带着差使整整找了一天，可是没有找到，眼看天色已经晚了，就到前边一个村子去投宿。包相带着差役要到一农民家去歇，刚一跨进门，那老大爷就出来阻挡，大声叫道："不行，不行，我家今夜不歇客。""为什么今夜不歇？"包相问。"村头有个妖精，天天来吸小孩的血，今夜我们要治妖，还是请另找地方吧。"老大爷解释说。"老大爷，叫我们到哪儿找地方呀？你们治你们的妖，我们睡我们的觉，没有地方，就睡在屋檐下也行。"这样，包相和差使就在屋檐下睡起觉来。半夜时候，忽然听见门外有说话声音，包相一听，原来是妖精来了。听妖精对着大门说："阿姐拦门杠，开开门来，开开门来。"拦门杠听见了，说："屋檐下有包相，你还敢来？"妖精听见包相的名字，一溜烟跑了。那天晚上，老大爷的孩子就没有哭了，老大爹觉得很奇怪，就去问包相，包相的差使说："昨晚听见有人叫门，可是听说包相在你家里，妖精同拦门杠叽里咕噜说了一阵，就跑掉了。"老大爷听说是包相来了，心里说不出地高兴，就马上去找包相说："这妖精不知吃了多少小孩，实在是无法无天，这回一定要请包相给我们收拾掉他，要不，我们实在活不下去了。"包相公务很紧，但老人恳恳哀求，只好答应了老人的请求。第二天晚上，包相吩咐老人把拌了毒药的一缸猪血放在门外，等妖精来时，就毒死他。第二天夜半时分，妖精又来了，听见妖精拍了一下门，就同拦门杠叽里咕噜说起话来，拦门杠不开门，说包相还在老人家里，还是不进去的好。妖精却说昨天没吸着血，叫他整整饿了一天一夜，不管是好是歹，一定要进去。这时，正好吹来一阵风，妖精闻到了血腥味，抬起鼻子到处闻，拦门杠见他一闻，想起了旁边放着的一缸血，便对妖精说："老人怕你再进他家，今夜给你准备了一大缸血，你就吃吧，不要再进去了。"说着就把血缸子指给妖精。妖精见了血缸，就趴在缸上拼命地喝……。第二天早晨，老人打开门一看，妖精果然毒死在大门外边了。老人见妖精毒死在地，心里说不出地高兴，可是老人细细想：要是等包相去了，妖精又活转来，那才更淘气哩，不如趁包相还在这里，就请他处理个妥妥当当的。想着就回去对包相说："包相，妖精毒死在大门外边了，可是妖精摇身十八变，要是能给我们把他一气杀死，处理妥当，那就感不完你的恩德啦。"包相觉得老人说的话很有道理，就吩咐他们挖了几丈深的一个大坑，坑里铺满了石灰，把妖精埋了起来，然后包相亲手在妖精的坟头上撒了一圈石灰。听说，从此以后，妖精就不会摇身十八变了。

　　包相给老人杀死妖精以后，又带着差役去找寒清去了。包相带着差使，走呀走的，又走到了一个小市镇上。那天到得很早，差使找好了店子，两个人就到街上去逛。包相见一个屠户在那里卖肉，就到肉案前去买肉，那屠户问："要多少？"包相说："二斤半。"那屠户一刀砍下一块肉，随手就递给了包相，包相心中奇怪，问那屠户说："称都不称，你怎么就知道有二斤半呢？还是拿秤来称称吧。"寒清轻蔑地回答道："众人都说我'寒清卖肉，不必用称'，难道你还不相信我的刀法吗？！"包相听说这屠户就是寒清，便追问一句："啊，你就是寒清吗？久闻大名了，你的刀法是不会有差错的，不必称了，不必称了。"寒清听了这一番抬举的话，扬扬得意地回答道："是，我就是寒清，那还有错！"

　　包相弄清了他就是寒清，又说："兄弟相会，这回要请寒兄帮忙了。"寒清听见称兄道弟，就问："你要我帮忙什么，尽管说出来。"包相于是压低嗓子，对寒清说："说来也真惭愧，我因家里贫寒，在半路上偷了一条牛，……"寒清听说是要帮忙偷牛的事，不等包相说完话，就抢了话头说："那么我们还是老兄老弟呢。偷杀了一条牛，怕什么！我偷杀了人家一条牛不算，还杀了人家一个人哩！这有什么怕的！"包相随机应变，又追问一句："啊，那你就是那偷牛的寒清了？""那还有假！"寒清干脆答道。说着，包相厉声叫道："原来你就是寒清，这回我看你飞到天上去！快，给我抓起来！"差役便把寒清捆绑起来，押回店里。第二天，包相就押着寒清到原告老人的村子，当着村人把寒清宰了。百姓都说包相既会断案又会治妖，真是个好人。

打猎爷爷打死美削劳（那马人）

记录者：周天纵、李缵绪
时间：1961年9月11日
搜集地点：云南省怒江傈僳族自治州兰坪白族普米族自治县营盘镇恩罗村

古时候，美削劳真多，治了一个又一个！听说乌板坡把美削劳母女俩埋在田里后，村子头又出一个美削劳。这个美削劳不但喜欢吃肉，而且常常到村子里乱窜，要是遇着哪家的孩子一个人在家，就骗小孩子吃。自从出了这个美削劳以后，村子里的小孩不知被他吃了多少！

村里有个打猎的老大爷，养了八个男孩和一个女孩。家里干活的人少，吃饭的人多，穿不上、吃不上，只得靠打猎过生活。有一天，打猎爷爷就带着八个哥哥抬着弓弩、吆着猎狗上山打猎去，把小九妹放在家里。小九妹是聪明伶俐的孩子，见爹爹和哥哥打猎去了，就把门紧紧地关起来，一个人在家里玩。可是爹爹和哥哥才出去不久，美削劳窜到他家门口了。美削劳走到他家门口，听见屋里有小孩子声音，马上变成了一个老太婆，一边拍门一边叫："小九妹，小九妹，开门来，我给你看头上的虱子。"小九妹听着不是人的声音，不去开门，向门外说："我头上没有虱子，不消看，不消看。"

美削劳喊了几次，小九妹还是不开门，美削劳把身子一变，就从门缝里钻进去了。进到屋里，美削劳一把抓住小九妹说："你看你头上的虱子真多，我给你看看。"小九妹知道这下子美削劳要吃她了，赶忙说："我头上没虱子，不消看，不消看。"美削劳见骗不着小九妹，又说："小九妹呀，我肚子饿得咕噜咕噜的，我们煎个粑粑吃吧。""荞面倒是有呢，那就煎荞粑粑吃吧。"小九妹回答。说完，小九妹就去盛了一钵荞面来，架起锅，对美削劳说："我年纪小，还不会煎粑粑呢，你自己煎吧。"美削劳怕伸出长毛的手，被小九妹识破，回答说："我年纪老了，头昏眼花的，煎不成粑粑，你动手，我在旁边教你煎。"他这一说，小九妹就无话可答，就动手煎起来。

美削劳见粑粑要煎好了，问小九妹说："你爹爹和哥哥到哪里去了？要不，给他们也做点晌午吃。""爹爹和哥哥打猎去了，他们马上就回来了，我们吃我们的吧。"小九妹回答说。美削劳听说小九妹的爹爹哥哥就要回来，不敢吃她，但这样一个好孩子，吃不着心不甘。他正在打别的主意，小九妹递过荞粑粑来，说："吃吧，爹爹和哥哥会自己做的。"美削劳怕伸出手，赶快说："我的手被刀子割伤了，你喂给我吃吧。"小九妹信以为真，用手喂美削劳吃，手才一递，美削劳一嘴就把荞粑粑连小九妹的手指吃下肚里去了。打猎爷爷和八个哥哥打猎回来了，听见小九妹哎哟哎哟地哭，远远地就叫道："怎么了？怎么了？"美削劳听见打猎爷爷和他的八个儿子回来了，手忙脚乱，不知躲到哪里。

小九妹见美削劳要逃走，咬着牙齿忍着痛，用手指着簸箩箩说："把箩箩罩好，藏在门后边。"美削劳真的戴着箩箩蹲在门背后。爹爹开门进来，问小九妹什么事，小九妹用手朝门后边一指，爹爹一看，见有个箩箩，把箩箩一把抓开，见是美削劳，就一把捏住美削劳的脖子，叫八个儿子把猎狗叫了进来，扑在美削劳身上咬。狗一边咬，小九妹的爹爹一边问："快把我女儿的手指装好，要不，我就要你的狗命！"美削劳被咬得难受，急忙要求说："好，我去安，我去安。"打猎爷爷这才把美削劳放了。美削劳想得个活命，赶忙把小九妹的手指一节节地安好。（据说，现在人的手指是一节节的，就因为美削劳是一节节安起的。）过了一会，打猎爷爷问："安好了没有?""安好了,安好了,饶了我这一回吧。"打猎爷爷听说手指安好了,大声说道:"饶了你这一回,好让你再去骗小儿吃是不是!""不⋯⋯不敢了,不敢了,以后我再也不敢来你们村里吃人了。"美削劳求饶说。打猎爷爷听冒火了,喝道:"不敢进我们村子里来吃,好到其他村子里去吃,是不是?"说着,一声吆喝,几条猎狗一齐扑了上来,把美削劳咬死了。

猎人治吸血鬼(那马人)

记录者:郭思九
翻译者:和国煊
时间:1961年9月
搜集地点:云南省怒江傈僳族自治州兰坪白族普米族自治县营盘镇

传说,石中坪的大石岩上,有一个大石洞,洞里住着一个专门吸食人血的鬼,鬼的名字叫比衣。比衣鬼常常装成一个老太婆,到村子里来吸食活人的血,很多人都被她吸死了。

澜沧江边住着一家两口子,男的是个勇敢的猎人,女的是个是绩麻的能手。两夫妇天天劳动,生活过得顶美满。有一天,比衣鬼从江边路过,看见木板房(那马人住的是木板房)外的梨子树下,坐着一个顶漂亮的女人在绩麻。她的心动了,就悄悄地摸到木板房后,从衣襟里抽出一个竹筒,逗在嘴上,朝着树下的妇人吹一口气,那妇女就像被毒药毒了一样,软绵绵地瘫在地上,昏过去了。比衣鬼就走了过去,把竹筒对在她胸口上,吸起血来,吸饱后,就逃走了。

过了好久,这妇女才从地上苏醒过来,周身一点劲没有。半个月以后,这妇女渐渐地瘦了。她的丈夫打猎回来,看见自己的妻子脸蛋也不像从前那样发红,精神也不像过去好了,人也一天天地瘦下去了。他就问妻子:"你是生病了吗?这一久为什么瘦了?"妻子回答说:"这些日子我周身软绵绵的，有时候还会昏倒在地上。"她的丈夫听了，还以为是害了什么病，天天上山打野兽肉来给她吃。虎肉、獐子肉、马鹿肉、老熊肉、麂子肉，几乎所有的野兽肉都吃过了，但是，他的妻子还是一天比一天瘦下去。

有一天，猎人又出外打猎去了，妻子独自坐在家里看门。比衣鬼看着男人不在家，又装成个老妈妈来到这猎人家里，见了猎人的妻子，就笑眯眯地说："好嫂子，你一个人在家没有个伴，我来和你做个伴好不好？"猎人的妻子说："我这几天精神不好，没有力气和你玩。"比衣鬼说："你哪里不好，让我给你看一看。"说着，就拉住这妇女的手，从胸口拿出竹筒，对在她的胸口上，一吹一吸，这妇女就昏过去了。

比衣鬼吸完血以后，就说："我家里娃娃多，他们等着我回去煮饭哩！明天我再来看你。"说完，比衣鬼就跑了。

晚上，猎人从碧罗山上打猎回来，他的妻子就把白天有一老妈妈来和她玩的事告诉丈夫，丈夫听了，很是奇怪，就问："这老妈妈还来不来我家呢？"

妻子说："我昏倒在地上时，只听她说明天再来看我！"

猎人说："那么明天我不出去打猎了，我在家里看看这个老妈妈到底是个什么样子？！"

第二天，猎人把猎狗藏在房子背后，把妻子也藏了起来。他换上妻子的衣服，把砍刀藏在衣裳里，装扮成妻子的样子，坐在家里搓麻绳。过了一会，比衣鬼果然来了，猎人一看，不觉大吃一惊。心想，这不就是石中坪山洞里住着的吸血鬼吗？他立刻镇定下来，对比衣鬼说："大妈，请来家里坐。"比衣鬼笑着说："大嫂，你不是说没有力气吗，为什么还搓麻绳呢？"这妇女说："我丈夫今天晚上打猎回来，要用麻绳晾兽肉！"

比衣鬼坐在这妇女旁边说笑一阵。比衣鬼说："大嫂，你歇一歇，让我再帮你看看病。"这妇女回答说："大妈，你把手伸来，我把麻绳绑住你的手，试试麻绳牢不牢，我怕晚上吊野兽断了，丈夫要骂我呢。"比衣鬼把手伸给他，猎人用麻绳把她的手捆了起来，从衣袋里抽出砍刀，就朝比衣鬼砍去。比衣鬼根本不怕刀子，只怕弩箭和猎狗。他砍了两刀，砍不着，忙去拿墙上挂着的弩箭，比衣鬼知道弩箭利害，挣断麻索，趁机逃跑了。

猎人背上弩箭，领上猎狗，急忙追了出去。这比衣鬼跑得很快，他也追得很快，一直追了两天两夜，追到石中坪的大石岩边。比衣鬼哭叫着逃进山洞里，猎人也带着猎狗追进山洞里。洞里住着几百个大大小小的吸血鬼，有的出洞吸血去了，还有一二十个留在洞里。比衣鬼见猎人追进洞来，慌忙叫洞里的鬼抵抗。猎人放出猎狗，拉紧弩箭，狗又咬，箭又射，洞里的吸血鬼有的被狗咬死，有的被箭射死，一个两个地被猎人打死了。

猎人打死洞里的鬼后，见洞里藏有不少金银首饰，这是吸血鬼拖人来吃了后留下的，他收拾这些首饰领上猎狗，就回家去了。

过了一会，其他的吸血鬼从外面回来，见洞里的伙伴全都死了，他们也害怕起来。就说："我们不能再吸活人的血了，要是被那猎人知道了，那要我们的命哩！"从此，吸血鬼就再也不敢吸活人的血，只好到晚上去偷挖死人吃了。

猴子鬼（那马人）

记录者：郭思九
翻译者：和国煊
时间：1961年9月
搜集地点：云南省怒江傈僳族自治州兰坪白族普米族自治县营盘镇

从前，有一个勤劳的小伙子，他在碧罗雪山上开了一块荒地，种了一块苞谷地，苞谷长得很好，这小伙子心里扎实高兴。

碧罗雪山上有一群鬼，肚子饿了，就变成猴子，一群一群地到苞谷地里来偷苞谷吃。这小伙子用弩箭打，怎么也打不着，用扣子也捕捉不到。眼看一块苞谷地就要被猴子鬼吃完了，心里很着急。

一天晚上，太白星君托了个梦给他说："你的苞谷不是猴子吃了，是碧罗山上的鬼来偷吃了。明天，你准备一箩棉花，把弩箭装在棉花里；再准备一桶蜂蜜和一些毒药，我来教你打猴子鬼。"这小伙子听了，就急急忙忙回家准备好棉花和蜂蜜。第二天，他把棉花和蜂蜜背到苞谷地里，等着这白胡子老人来。不一会，只听得苞谷唏唏唰唰响，一个白胡子老人走到他面前，说道："你蹲在棉花箩里，把弩箭带在身上，我用棉花把你包起来。这桶蜂蜜拌上毒药，放在棉花箩旁边，等到猴子鬼来吃苞谷，他们看见雪白的棉花和满桶的蜂蜜，就会来吃蜂蜜，蜂蜜他们吃不完，就会把蜂蜜和棉花抬回去。等他们回到家里，药性发作，一个个昏过去时，你从棉花箩里出来，用弩箭把他们射死。"

白胡子老人把小伙子藏好后，就不见了。过了一会，成群的猴子鬼来了，他们一见白生生的棉花，就朝棉花跑来。来到棉花箩旁边一看，见有一满桶蜂蜜，大家都去争吃蜂蜜，一个个都吃饱了，然后背上棉花，抬上蜂蜜，就往碧罗雪山去了。

他们来到一个大石洞，把棉花和蜂蜜放下，就变成一个个的鬼。不一会，只见这些鬼一个两个地昏倒在地上，不能动弹了。这小伙子就从棉花箩里跳出来，解下身上藏着的弩箭，一个一个地把这些鬼完全射死了。

从此，就再没有鬼来吃苞谷了。

色堆叭打鬼（那马人）

记录者：郭思九
翻译者：和国煊
时间：1961年9月
搜集地点：云南省怒江傈僳族自治州兰坪白族普米族自治县营盘镇

从前，有一个老大妈，生有两个姑娘。大姑娘叫达堆叭，二姑娘叫色堆叭。

有一年七八月间,田里的谷子黄了,两姊妹就到田里去吆雀子,她们的妈妈就在家里煮白酒。两姊妹去到田里,田里的雀子很多,她们一声吼"哗——",雀子飞满半天空。她们每吼一声,田边也有一个人跟着她们吼。两姊妹害怕了,就跑回家来,对妈妈说:"妈妈,我家田里有一个怪人在吼,我们害怕!"她们的妈妈说:"你们是不是想回家吃白酒?那么,我舀一碗你们吃,吃了就去吆雀子。"两姊妹忙分辩说:"不是想吃白酒,田里确实有个怪人在叫!"妈妈说:"等我把白酒煮好后,到田里看看。"

妈妈将白酒煮好,太阳已经快落山了。她叫两姊妹在家看着门,自己抬上竹竿到田里撵雀子。到了田里,她吼一声"哗——",一群群雀子飞去以后,就有一个熟悉的声音在跟着喊。妈妈一听,这声音好熟呀!就说:"你是哪个,出来见我嘛!"

话才说完,就从田里走出一个老大妈,这人一见就说:"姨姆,你来吆雀子吗?"妈妈一看,这人真的是她们家的亲戚,就和她谈起来。谈了一会,这个化装成他们家亲戚的鬼,就把他们的妈妈吃了。

晚上,两姊妹在家紧等不见妈妈回来,心里有点害怕。正在这时,有人来喊门:"达堆叭、色堆叭,快开门来。"达堆叭说:"你是哪个?""我是你妈。"

"我妈吆雀子去了!""我现在才从田里回来哩,快点开门!"色堆叭说:"你把手伸进来我们看看。"

这个鬼把手伸进去,手上戴着的镯头,确实是妈妈的,就把门开了。

这个鬼走进门去,两姊妹一看,面貌确实像她们的妈妈。妹妹很聪明,已经看出她是鬼变的,但又不敢说。

晚上,达堆叭就和这个鬼睡在一起,色堆叭独自一人睡在另外一张铺上。半夜时,鬼就把达堆叭吃了。色堆叭想尽办法要逃走,但是,这个鬼眼睛老是盯着她。她说:"妈妈,我要出去屙屎!"鬼说:"屙在堂屋里。""堂屋是阿爹做犁架的地方,不能屙。""你就屙在灶门前!""灶门前要烧火煮饭,不能屙！""那么，你就去门外边屙好了！"

色堆叭出来后，就在门上插了一颗绣花针，又在墙上也插了一颗，并对绣花针说："绣花针！绣花针！等一下有人喊我，你替我答应。"说完，赶忙爬上院子里的桂花树上，用桂花叶遮起来。她刚爬上树后，这个鬼就出来了，鬼喊："色堆叭，你在哪点？"门答道："哎，在这里。"鬼到门边找，又不见。鬼又喊："色堆叭，你在哪点？"墙答道："哎，我在这里。"鬼到处找，都不在。

这时，月亮高高挂在天空，把桂花树照得亮堂堂的，色堆叭抬起头来，对着天上说："月亮奶奶！月亮奶奶！有个鬼想吃我，你救救我吧！"月亮说："你是个好姑娘，我一定救你！"说着，就从天空放下一根铁链子到桂花树上，色堆叭拉着铁链子，月亮奶奶就把她拉到月宫里去了，所以，现在月亮里有棵桂花树。

色堆叭上天的事，被鬼看见了。鬼就喊："色堆叭，你要去哪点？"色堆叭说："我到月亮奶奶家里去玩，我去了再接你上来！"

色堆叭去到月宫里，放下一根草索下来，鬼就拉着草索往上爬，鬼爬到半空中，色堆叭拿出镰刀，把草索割断了，鬼从半空中摔下来，跌得粉碎，骨头变成了现在的马牙石。

烧鬼（那马人）

记录者：郭思九
翻译者：和国煊
时间：1961年9月
搜集地点：云南省怒江傈僳族自治州兰坪白族普米族自治县营盘镇恩棋村

相传，在碧罗雪山脚下，有一棵很大很大的梨树，每年要结很多梨子。每当燕麦成熟、梨树结果的时候，一到下晚，就有一群鬼来到梨树底下，吵的吵，唱的唱，跳的跳，非常热闹。

有一天，一群鬼正在梨树下谈笑时，其中有一个鬼看见澜沧江对面的山坡地里，有一个那马姑娘正在收割燕麦。这个鬼就对其他的鬼说："大家看，对门燕麦地里那个姑娘，貌相生得不错吧？！"其他的鬼一听，都站起来，仔细地打量燕麦地里的姑娘：姑娘长得扎实好看，脸红得像太阳，手白白的似月亮。这群鬼越看越动心，最先看到姑娘的那个鬼说："来，我们比比看，哪个的本事最好，能够到燕麦地里和那个姑娘煮顿饭吃？"

群鬼一听，都争吵起来，个个都愿意去试一试。最先那个鬼大声说："我的本事最好，莫说和她煮饭吃，就是脱她的衣裳都办得到。"

群鬼一听，就说："好嘛！好嘛！我们倒要看看你怎样和她煮饭吃？！"

这个鬼改换口气说："要是我过去了，出什么事情，你们一定要来帮帮忙！"

群鬼都答应道："好的，好的！"

这个鬼渡过澜沧江，朝着燕麦地里走去。

这时候，太阳已经落下碧罗雪山了，收割燕麦的姑娘，正在收拾镰刀、背箩，要动身回家去了。突然听见燕麦地里，发出"唏唏唰唰"的响声，姑娘抬头一看，一个又高又大、又黑又胖的人朝她走来，姑娘不觉吃了一惊，慌忙拿起镰刀，想悄悄地逃跑。这个鬼已经看出姑娘想逃跑，就三脚两步地追上去，拉住了姑娘的衣襟，笑嘻嘻地说道："姑娘，不要害怕，我是过路人，要到黄梅寨一亲戚家里做客。"

姑娘知道已经跑不掉了，就镇静下来，说道："过路的阿哥，你把路走错了，去黄梅寨子要顺江边走。"

鬼说："我走了一天的路，肚子已经走饿了，你借点燕麦煮顿饭吃吧！"

姑娘说："燕麦倒有，我借给你，你自己煮吃吧！"

鬼说："我一个人在你家地里煮饭吃，别的人见了，会说我偷你家的燕麦哩！"

姑娘说："我回去晚了，我阿妈要骂我哩！"

鬼说："吃了饭我和你一齐回去，你妈骂你我给你说说。"

姑娘知道鬼是不肯放她走了，就想了个主意，对鬼说："过路的阿哥，要煮饭地里没有水，水要到澜沧江去背呢，天黑了，我不敢去！"

鬼听到姑娘答应和他煮饭吃，心里很高兴，忙说道："水我去背，你在这里烧火。"

姑娘听说鬼愿意去背水，就接着说："天黑漆漆的，到箐底去背水看不见路，我给你燃把明子火把照路，好不好？"

鬼看到姑娘对他这般殷勤，心里又得意，又高兴，就说："你去把明子火把拿来吧！"

姑娘拿来明子火把，说道："你又要背水，又要点火，怪不方便，最好将火把绑在手臂上。"

鬼答应了。姑娘就用索子把火把紧紧地绑在鬼的手臂上，然后又拿来一领蓑衣，对鬼说："你去背水怕水漏在身上，你把蓑衣披着去。"说着，就把蓑衣披在鬼身上，然后悄悄戳通了水桶的桶底，挎在鬼的脊背上，鬼就扬扬得意地到澜沧江边背水去了。

姑娘等鬼走远以后，赶忙拿着镰刀、背箩逃跑了。

鬼一边走，风一边吹，明子火把越燃越旺。他在澜沧江边打起水，背着走一段路，摇摇水桶，水又没有了。他接连打了十几次，都没有把水打满。这时，明子火把已经烧着了蓑衣，烧得鬼哎哟哎哟地直叫喊。他想解下明子火把和蓑衣，索子又结得紧，一下又解不开。鬼烧得痛极了，忙喊梨树下的鬼来帮忙。梨树下的鬼一见他被火烧着了，大声喊道："快点下水！快点下水！"这个鬼一听，就想跳进江水里去。但突然发现，自己的影子映在江里，江底也烧着一团大火。他着慌了，哭叫着说："地上是火，水里也有火，我往哪里跑呢？"过了一会，这个鬼就被火烧死了。

梨树下的鬼看到他们的伙伴被火烧死了，都一起渡过澜沧江来，要替这死了的伙伴报仇。这一群鬼很气愤地朝姑娘跑走的方向追去，一直追到姑娘住的寨子里。这个姑娘慌慌张张地推开木板门，正好寨子里的人都在家里玩耍。她忙说："鬼，鬼，鬼……鬼追进寨子来了！"屋里的人一听，男的忙跑回家去拿来弩箭；女的忙唤来猎狗，大家一齐喊着"打鬼！打鬼！"。这时，全寨子狗是狗咬，箭是箭飞，松明火把照得寨子像白天一样。追来的鬼有的被猎狗咬死，有的被箭射死。剩下的几个鬼，都慌慌张张地逃跑了。

自从那次以后，鬼再也不敢来燕麦地里了。

多收二斗五（那马人）

讲述者：武浩海
记录者：郭思九
翻译者：和国煊
时间：1961 年
搜集地点：云南省怒江傈僳族自治州兰坪白族普米族自治县营盘镇

从前，有家两弟兄，哥哥很爱劳动，庄稼种得很好；弟弟很懒，人家种地时他不种，成天在外面游逛。每一年的春天，弟弟就没有粮食吃，饿得人心慌。到种地的时候了，弟弟一颗种子也没有，就去和哥哥借。哥哥借给他一斗苞谷种，弟弟把种子撒在地里，就回家来了。

弟弟不爱劳动，每年地只挖一道，薅一道。第一年秋收的时候，一斗苞谷种仍然只收得一斗。第二年，他又去和哥哥借苞谷种，哥哥说："我已经借过你一斗了，现在不借了！"弟弟没有借到苞谷种，心里很着急。心想：哥哥不借种子给我，我只好再去挖一道地，再把那斗种子撒下去。弟弟撒下种子后，比第一年多薅锄了一道，到秋收时，就多打得一斗苞谷。弟弟想：哥哥不借种子给我，我赌气多挖一道地，多锄一次草，今年多收了一斗，要是我再去和哥哥借一斗，明年撒的种子越多，收的苞谷也就更多了。第三年春天，弟弟又去和哥哥借粮，哥哥说："你不是多收了一斗吗？你想想这一斗粮食是怎样多收的，明年是否可以再多收一斗？"

弟弟没有和哥哥借到种子，心里扎实戳气，赌气说："不借算了，今年再去挖一道地，看我噶会饿着！"

这一年，弟弟挖了三道地，锄了三道地。七月间，苞谷长得实在好，一棵苞谷房子高。村里的人见了，都说这块地沾了仙气，今年苞谷一定收得多。秋收时，这块地的苞谷比第二年又多收了二斗五。弟弟高兴极了，就对家里的人说："今年不消再去借种子了。去年和哥哥借种子，说了多少好话，他都不肯借；今年多收二斗五，我把那一斗苞谷背去赔还哥哥。"

弟弟背着一斗苞谷来到哥哥家里，对哥哥说："哥哥，我来还你的苞谷。"哥哥笑着说："弟弟，你今年多收了几斗？"弟弟回答说："多收了二斗五！"哥哥亲切地说："这二斗五是咋个增加的？"弟弟有点不耐烦了，生气地说道："你不借给我粮食，我心里戳气，就多挖了一道地，多薅了一道草！"哥哥笑了起来，拍拍弟弟的肩膀说："苞谷你背回去吧！我不要你赔了！"弟弟听了很奇怪，问哥哥道："去年和你借种你不借，今年赔你粮食为什么不要呢？"哥哥回答说："我不是不想借你种子，是想试试你如何盘田种地的。"

弟弟一听，心里明白了。忙拉着哥哥的手说："我年年照着今年这样种地，年年都会多收二斗五哩！"

阿喔鸟又叫了（那马人）

讲述者：杨光浩
记录者：郭思九
翻译者：和国煊
时间：1961 年 9 月
搜集地点：云南省怒江傈僳族自治州兰坪白族普米族自治县营盘镇

从前，有一家两口子，丈夫很勤劳，妻子很懒。每年春天，家家户户都到地里撒麻子了,妻子还是坐在家里,一动也不动。有一天,丈夫到地里挖地去了,妻子在家没有事可做,就把丈夫放在竹筒里的麻种拿出来,放到锅里去炒,心想:丈夫天天说我懒,这回总勤快了吧!她把麻种炒好后,又将种子放进竹筒里装好。第二天,丈夫拿着竹筒里的麻种,就到地里播种去了。

种子撒下已经快半个月了,麻子还不见出土。丈夫很是奇怪,就到地里掏出种来看,这时,才知道种子被炒过了。丈夫心里很生气,气冲冲地从地里回来,妻子就问:"你撒的麻子出了没有?"

丈夫回答说:"出了!"

妻子又问:"出得好不好?"

丈夫答道:"出得好!出得好!长得地皮都看不见哩!"

妻子听了,心里暗暗地高兴。

收麻的季节到了,寨子里的人都忙着到山地里割麻去了。妻子对丈夫说:"人家都去割麻了,我们也该去收割了吧!"

第二天,丈夫拿着麻绳、弩箭,妻子背着背篓,就一齐到地里割麻去了。到了地里,地是光秃秃的,一棵麻子也没有,妻子奇怪了,就对丈夫说:"你不是说麻子长得地皮都看不见吗,为什么现在一棵麻子也没有了呢?"

丈夫一听,生气地说:"你这懒婆娘,天天蹲在家里不出门,人家种时不知道种,收时不知道收,你咋会知道麻子是怎么长出来的?"说着,就解下麻绳,将妻子捆在一棵大树上,要用箭射死她。妻子一看丈夫要射死她,吓得直打抖。丈夫气极了,就朝她射了一箭。妻子"哎哟!哎哟!"地叫了几声,就死了。

这时,树上歇着一只鸟,一听见树下有"哎哟!哎哟!"的叫声,也就跟着"阿喔!阿喔!"地叫了起来。从此以后,每年春天,这种鸟都飞到山林中"阿喔!阿喔!"地叫。妇女听到了,就赶快催促自己的丈夫说:"阿喔鸟叫了,是撒麻的季节了!"于是,各家各户就下地撒麻了。

狗追麂子（那马人）

讲述者：武清海
记录者：郭思九
翻译者：和国煊
时间：1961年
搜集地点：云南省怒江傈僳族自治州兰坪白族普米族自治县

从前，有一个人，天天都去摘多衣果吃。

有一天，一个麂子也去摘多衣吃，才吃了一个，多衣就哽在脖子里，一会就晕过去了。

过了一阵，摘多衣的这个人来了。他看见一只麂子睡在树下，忙跑过去捉，鹿子动也不动，死了。这人高兴地把麂子背着回家来。一路走，他一路歇气，左放右放，哽在麂子脖子里的多衣慢慢往下梭①，等他背回家来，一不小心，把麂子丢在地上，哽在麂子脖子里的多衣就掉了出来，麂子活了，翻身就朝门口外跑。碰巧，他家煮了一锅蒜，放在门口没有吃完。麂子跳了出去，一脚踏在蒜盆里，脚上沾了蒜味，就朝山里跑了。

隔了一会，这人回家来了，见麂子跑了，就怪叫起来："不好了！不好了！麂子跑了！"叫声惊动门外的狗，狗就闻着麂子有蒜味的脚，追了去，终于把麂子追到了。

从那次后，人们就领着狗去打猎。狗追麂子也最凶，就是因为麂子脚上有蒜味。

---

① 梭：云南汉语方言，意为"滑"。——编者注

青蛙和老鼠（那马人）

讲述者：武清海
记录者：郭思九
翻译者：和国煊
时间：1961年
搜集地点：云南省怒江傈僳族自治州兰坪白族普米族自治县

从前，青蛙和老鼠是很好的朋友。

有一年的四五月间，各家各户都下田栽秧了。青蛙看见村里的人都忙着插秧，就去找老鼠说："老鼠哥，老鼠哥，这几天人人都忙着栽秧，我们是不是出去帮助他们栽一栽呢？"

老鼠听了，很生气地说："你真是多管闲事，栽田种地不是我们干的！再说，外面又刮风、又下雨，把我的衣裳淋湿了！"青蛙说："别人都不怕，我们怕什么？"老鼠讥笑地说："你的家住在水里，当然不怕雨淋啦。我呢，都是住惯高楼大屋的，这不是安心叫我去受罪吗？"青蛙对老鼠说了不少好话，老鼠始终不愿意去，青蛙就独自去帮农人栽秧去了。

秧栽完了，青蛙和老鼠相遇在一起。青蛙对老鼠说："老鼠哥，你这一久做些什么？"

老鼠扬扬得意地说："我这一久在东家楼上玩耍哩！"

青蛙不满地说："你这样躲在家里，今后吃什么呢？"

老鼠笑着说："我饿不着，二天还要吃好东西呢！"

说完，它们就各自去了。

秋天，谷子黄了，苞谷也成熟了。老鼠就悄悄地跑到田里，偷吃青蛙种的谷子和苞谷。

忽然有一天，老鼠从田里吃得饱饱地回家来，在半路上碰见了青蛙。

青蛙看见老鼠挺着个大肚子,就问老鼠道:"老鼠哥,你才吃过饭吗?"

老鼠很傲慢地拍拍肚子说:"吃朝你前了!吃朝你前了!"

青蛙一看,知道它是去偷吃人家的谷子回来,就大骂道:"你这坏家伙种时懒得种,吃时去偷人!"

老鼠一听,觉得这青蛙太不讲朋友情面了,也生气地说:"你管不着!东家地里我要吃,西家地里我要偷!"

青蛙也生气地回答说:"做么我去做,吃么你去吃,这怎么能做朋友呢?"

从此,青蛙就不理睬老鼠了。

所以,现在有人偷懒,不出外做活,人们就骂说:"做么青蛙做,吃么老鼠吃。"

乌鸦和土燕子(那马人)

讲述者:杨光浩
记录者:郭思九
翻译者:和国煊
时间:1961年8月
搜集地点:云南省怒江傈僳族自治州兰坪白族普米族自治县营盘镇黄梅村

乌鸦和土燕子,是很好的朋友。

有一天,土燕子对乌鸦说:"乌鸦哥,我们要到汉族地方去学汉话,就是家里的娃娃无人照管,这些小家伙一个二个都是黑的,我想托你照管几天。"乌鸦回答道:"娃娃交给我好了,就是你学会汉话回来,倒是要教教我哩!"

土燕子答应说:"一定教你!一定教你!"

土燕子到了汉族地方,到处去请人教汉话。有一天,它从一个村子边上走过,突然听得村边的竹棚里传来"叮当、叮当"的声音,它朝棚里一看,啊哟,是两个铁匠,炉子烧得红通通的,正在打铁哩!它刚想请铁匠教汉话,就见铁匠从炉子里拣出一根红通通的铁棍来,往旁边的水里丢进去,发出"呲——"的叫声。土燕子一听,暗暗高兴。心想:何必到处找人教汉话呢?刚才的声音不就是汉话吗?它就牢牢记住"叮当,叮当,呲——!",它还生怕忘记,嘴里不断地叫"叮当,叮当,呲——!"(现在土燕子的叫声就是从铁匠那里学来的。)

土燕子回到家来,去找到了乌鸦,对乌鸦说:"我的娃娃呢?"乌鸦回答道:"吖咾!吖咾!"(即"我吃喽!我吃喽!")土燕子听说自己的娃娃被乌鸦"杀吃啦",就和乌鸦吵起架来,土燕子追上去要打乌鸦,乌鸦问道:"你学的汉话呢?"土燕子就朝乌鸦啄了一嘴,叫道:"叮当,叮当,呲——"乌鸦就叫:"吖咾!吖咾!"

现在土燕子一见乌鸦,就追着它打架,就因为乌鸦吃了它的娃娃。

老虎为什么怕猫头鹰(那马人)

讲述者:杨光浩
记录者:郭思九
翻译者:和国煊
时间:1961年9月
搜集地点:云南省怒江傈僳族自治州兰坪白族普米族自治县营盘镇黄梅村

从前,有一家两弟兄,到山上去砍竹子,后来分散了,哥哥被老虎吃了。弟弟找不见哥哥,就坐在树林里叫"阿哥哥!阿哥哥!",叫了一阵也没有人答应,弟弟就哭了起来。一直哭到天快亮的时候,突然从天空降下一个白胡子老倌来,这老倌走到弟弟面前,对他说:"小娃娃,你哭些什么?"弟弟回答说:"我哥哥不见了!"白胡子老倌又说:"你哥哥已经被老虎吃了！"他的弟弟一听，更哭得厉害。这白胡老倌看着这小娃娃哭得很伤心，就说："不要哭了，你去找老虎说理去！"弟弟说："我怎么打得过老虎呢？"白胡老倌说："只要你有心打死老虎，我倒有个办法。你今后不做人，变成鸟兽你愿意吗？"弟弟回答说："只要能打死老虎，替哥哥报仇，变成什么东西，我都愿意！"白胡老倌看这小娃娃很坚决，就掏出一个杯子，倒了一杯茶，递给小娃娃说："你把这杯茶喝了。"弟弟接过茶来，一口喝下肚里，不一会，他就变成一个猫头鹰。每到夜间，它飞到树林里，到处去找老虎，找到以后，就在它背上屙屎。老虎身上发痒，就用舌头去舔，一舔毛就掉，肉就烂，就会死掉。

从此，猫头鹰就在夜间出现，到处叫"阿哥哥！阿哥哥！"。老虎听到这种叫声，就吓得逃跑了。所以，人们说："有猫头鹰叫的地方，一定没有老虎。"

不劳动就不得吃（勒墨人）

讲述者：鸟几普
记录者：郭思九、李缵绪
时间：1961 年 9 月 30 日
搜集地点：云南省怒江傈僳族自治州泸水市洛本卓白族乡

从前，有个孤儿，扛着锄头到地里去干活，在半路上遇见了一个懒汉。懒汉两天不吃饭了，肚子饿得咕咕叫，可是又没有东西吃，刚巧遇见孤儿，就问孤儿："你也一个人过日子，我也一个人过日子，怎么你会吃得饱饱的，我老是饿得肚子咕咕叫？"孤儿回答他说："要想吃饭，就得劳动。你不劳动，就只好饿得肚子咕咕叫了。"懒汉不相信，指着路边的桃树，说："你看那棵树没有人管它，还不是长得那样好！"孤儿说："既这是，你就到桃树下等着，不要用手去折，看桃子会不会落到你的嘴里！"于是，懒汉走到桃树下站着，昂着头、张着嘴在树下站了半天，把腰也站酸了，可是一个桃子也没落下来，到太阳落山，肚子还是饿得咕咕叫。孤儿不愿再往下看他那个样子，就走到懒汉那里给他再说说道理，孤儿的脚步很重，当他走到桃树下时，脚步震动了桃枝，把桃子震落了几个，懒汉忙张嘴去接，可是桃子往他身上一掉就滚到地上去了，一个也没接着。孤儿上前拍拍懒汉的肩膀问："要不劳动呀，东西在身边也吃不着，是吗？"懒汉恍然大悟地说："这回要像你一样好好劳动才行了。"从那次以后，懒汉回家盘了一些田，生活一天天好过起来了。有一次，懒汉到田里去，正好又遇上了孤儿，懒汉紧紧捏住孤儿的手，感激地说："谢谢你，因为你的帮助，我才得到了幸福。"孤儿纠正他说："不，好朋友，幸福是你的双手劳动得来的。"

岛枝杀鹰（勒墨人）

讲述者：那么西
记录者：郭思九、李缵绪
翻译者：李玉明
时间：1961 年 9 月
搜集地点：云南省怒江傈僳族自治州泸水市洛本卓白族乡

　　勒墨的一个妇人生了个小孩，名叫岛枝。真奇怪，这孩子才生下地来就长了两个牙齿，生下三天，孩子就会走路了。他力气大，又很能吃饭，听说他一个人一顿要吃一大锅饭。岛枝的父亲想：这一定是个怪人，他吃饭又那样吃得，家里哪里养活得起他！于是，父亲想害死这个怪孩子岛枝。有一天，家里吃过了早饭，父亲把儿子叫到跟前，说："烧柴没有了，我们去砍棵树吧。"说完就带着岛枝砍树去了。父子俩走到山上，选了棵大树，就"波波"地砍起来，等树要砍倒了，父亲对岛枝说："你在下边用肩膀接着，树要砍倒了！"话才说完，大树就朝岛枝压下来，父亲以为这一下可把岛枝岛枝压死了，谁知道岛枝用手一接就把大树扛了起来，一直扛回他家的院子里。进了院子，岛枝放下了树，对母亲说："妈妈，我肩上戳了个刺，快帮我挑挑吧。"他母亲拿了个大头针来给他挑，可是岛枝说，不行，要凿子凿才凿得出来，母亲只好依他的话，搬来了个凿子来凿，结果挑出了个大木桩桩，给母亲吓了一跳。等父亲回来，便对父亲说："我知道你怕养不起我，要想害死我。不必这样，现在你养我，将来我会为你为大家做事哩。"父亲听了这话，心里好难过呀，从此，一家子还是好好地过日子。

听说，古时候的老鹰会叼人吃，岛枝他们村子上边也有了大鹰，天天来村里叼吃小孩。有一天，岛枝从房里走到院子里来，被老鹰等着了，一口就把岛枝叼去。老鹰叼着岛枝，把他叼到一个悬岩上的岩洞里。岛枝一进老鹰洞，见里边有两个姑娘，岛枝上前一问，原来她们也是被老鹰叼了来的。他便对两个姑娘说："不要紧，我会有办法治它。"说完话，就转出来对老鹰说："我说我的力气大了，可是你的力气比我还大，你会把我叼到这儿来，真是不简单呀！你叼我们来为的是吃我们，这我们知道，不过你要吃我们呀，我说得有个小小的条件。"说着，岛枝从腋里取出个蛋来，"我有这个鸡蛋，要是你能把蛋啄破，我们就心安理得地送给你吃了。"老鹰听了这番话，心想：这有什么难的，只要我飞到高空一跃而下，一嘴就可把鸡蛋啄破了，于是，就应下来。岛枝把蛋放在悬岩边上，老鹰就飞起来，伸长了脖子从高空直啄下来，一连啄了两次都没啄破，到第三次啄下来，岛枝用尽力气，一把捏住老鹰伸长了的脖子，并趁势一撕，给老鹰撕成了几个碎块，丢到悬岩下面。岛枝杀死了老鹰，救活两位姑娘的命，两位姑娘从死里脱生，对岛枝感激万分，就要做岛枝的妻子，一同生活。岛枝答应了她们的要求，于是就带着两位姑娘回家去了。

岛枝跟两个姑娘成亲后，岛枝上山打猎，两个妻子在家料理家务，日子过得倒不错。一天，岛枝上山打猎，打了一只又大又肥的鸟，岛枝心想：打了这些日子的猎，还没有打过这样又大又肥的鸟呢。父母亲苦了一辈子，也没吃过一顿好饭，这回就留在家里吃吧。岛枝回到家里，对家里人说：

"好容易打了这么一只大鸟,卖了太可惜,就留在家里吃了吧。"于是,他就吩咐两个妻子把鸟炒了来吃。谁知这回打的是只恶鸟,自从吃了那只鸟后,鸟魂变成了另一只鸟,天天来找岛枝报仇。每天等他出去打猎后,那只鸟就来吸两个妻子的血,吸了血还不准她们告诉岛枝。那鸟吓唬她们说:"要是你们告诉了岛枝,我就要把你们吃掉!"吃了鸟以后,岛枝见两个妻子不但不壮,而且一天天瘦下去,心里很奇怪,就问两个妻子:"你们害了什么病没有,怎么老是面黄肌瘦的?"可是两个妻子你望我,我望你,都不敢答话。最后,两个妻子才说:"岛枝呀,说给你后,我们不仅面黄肌瘦,而且连性命都难保了,还是不说的好吧?"岛枝回答道:"有我岛枝在,还怕什么?你们尽管说。"这样,两个妻子就把恶鸟来吸血的事告诉给丈夫,岛枝听了两个妻子的话,说:"这有什么难。明天你们出外种地去,我在家里好好收拾它。"第二天,两个妻子照丈夫的话种地去了,岛枝穿上了妻子的衣服,装扮成了妇女模样,在家里等着。才收拾打扮好,那恶鸟就飞来了,站在大门外叫:"岛枝噶在家?""不在,他上山打猎去了。"岛枝装成女人的口腔回答说。恶鸟听说岛枝不在家,就飞进来了。恶鸟一进门,就伸长了脖子,把那张像铜壶嘴一样的嘴往岛枝身上伸来,岛枝顺手一把掐住了恶鸟的脖颈,就把恶鸟捏死了。可是才捏死那恶鸟不久,门外又飞来一只鸟,叫道:"岛枝呀岛枝,我妈噶在你家?"岛枝听见这句话,心想:这里一定有个恶鸟窝,这回非要杀得一干二净不可!于是就答应说:"在哩,你进来吧!"那只恶鸟飞进来了,又被岛枝一把捏死。等了一会,门外又叫道:"岛枝呀岛枝,我的奶奶噶在你家?""在哩,进来吧!"岛枝回答说。于是那只恶鸟也飞进来了,又被岛枝一把捏死。就这样,岛枝把一窝恶鸟全捏死了。据说,从此以后,鸟才不敢叮人哩。

广乌班杀妖（勒墨人）

讲述者：乌几普
记录者：郭思九、李缵绪
翻译者：李玉明
时间：1961年9月21日
搜集地点：云南省怒江傈僳族自治州泸水市洛本卓白族乡

广乌班曾养了好几个孩子，可是一个也没养活。他为要养个孩子，一连讨了七个老婆，可是七个老婆生下来的孩子也一个都没养活。他养的孩子要不就病死，要不就被妖精活活吃掉。要是孩子病死了，广乌班总是含着眼泪把孩子埋掉，可是这地方的妖精不仅吃活人，而且吃死人，广乌班每埋一个孩子，每次都被妖精打开了棺木把孩子吃掉。这把广乌班逗火了，决心要给妖精吃点苦头。广乌班到孩子的坟场，遇见吃孩子的妖精，就对妖精说："我的孩子一个个都死了，这几天我也有点病，这回我也活不成了！"妖精回答说："有点病嘛，只养养就好了，不会死的。"广乌班没精打采地说："死是死定了，只是迟早些而已，我死后让老婆在门外烧个火塘，见火塘就知道我已经死了。"说完话，广乌班就转身回去了。

几天以后，广乌班在自己身上紧紧扎了七条腰带，别上刀子，让老婆在门外烧起火塘，在家里装起死来。还让老婆给他放在准备好的棺材里，抬到山上去埋。妖精看见广乌班门外有火塘，见他的老婆抬他去埋葬，心想：这回又有死人可吃了。那天夜里，广乌班正等得着急，忽然听见"嗯嗯"的声音，知道是妖精来了，他就躺在棺木里一动也不动。不一会，妖精走进坟墓来，打开了棺木，正要吃广乌班，广乌班猛地一纵身从棺木里跳出来，正要拔刀杀时，被妖精从后边打了一棒，把他打晕跌在地上，从山上滚到山脚，滚到了怒江里。广乌班被江水一浸清醒了，就顺水游去，可是到半路，又被妖精看见了，把他抓回家去。妖精见广乌班还活着，冒了火，把他从房子上丢下来，把广乌班差一点跌死掉；更可恼的是那个小妖精，小妖精用手指在广乌班眼上一按，知道广乌班并没有死，就拿来刀子在广乌班的肚皮上一连划了六刀，可是六刀都划在腰带上。广乌班见小妖精还要再划，就用尽了全身之力一跳而起，拔出刀子，在妖精家里冲杀起来，一家伙把一家妖精杀死完掉。广乌班杀死妖精全家后，到隔壁房子里看了一遍，看有没有漏掉的。广乌班走进厨房，见一堆骷髅旁边有只鸡，广乌班知道不是好东西，举刀要杀，那只鸡突然开口道："求求你，我是个煮饭的老婆婆，平时他们给吃我就吃点，不给我就饿着，可怜得很哩，请你不要杀我吧！"广乌班大声轰道："原来你就是煮饭的老妖精！"说着一刀劈去，把那老妖精也劈死了。自从这家子妖精被广乌班杀死后，妖精就再也不敢吃人了。

光璧杀妖（勒墨人）

讲述者：阿普介爹
记录者：周天纵
翻译者：普六介
时间：1961 年 9 月
搜集地点：云南省怒江傈僳族自治州泸水市洛本卓白族乡

从前，拿雄刚来碧江的时候，碧江还是一片荒山老林，里面住着很多凶恶的妖精。这些妖精会变各种东西，会吃人，拿雄有好几个儿子都被妖精捉去煮来吃了。

后来，拿雄在外地收了一个儿子，名叫光璧。光璧的本事可大哩，他有一把斧子是天神送给他的。这把斧子绿茵茵的，锋利无比，砍在哪个妖精身上，哪个妖精就活不了。所以，妖精们怕死了光璧，也恨死了光璧，总想整死他。

一天，光璧在河里洗澡，妖精们也变成人到河里来洗澡，他们问光璧："光璧，你真勇敢，可是，你最怕什么呢？"光璧早就看出这些人是妖精变的，就说道："我最怕的就是大芭蕉树。"妖精们听说光璧怕大芭蕉树，就马上变成了很多大芭蕉树，从河里向光璧冲来。光璧忙拿斧子向芭蕉树砍去，斧子砍在芭蕉树上，再顺当没有了，一斧头一棵，每棵被砍断的芭蕉树都流出很多血来，霎时，河水都染得通红。没有被砍死的妖精知道上了光璧的当，便爬上岸跑了。

妖精不甘心，他们约好在半夜趁光璧睡着的时候，来抢他。光璧知道了，就叫他的七个妻子，每人给他缝一件牛皮袍子，织一根宽腰带。他把七件皮袍子穿在身上，七条腰带束在腰间，睡在地上用土盖着。半夜，妖精来了，他们看见光璧被土埋在地上，以为光璧死了，便欢天喜地地把光璧抬回家去，关上门窗，摆上酒席，烧了一大锅开水，准备煮吃。开水烧开了，一个妖精拿了一把大刀，一刀砍去，砍断了七根腰带，再一刀，砍破了七件皮衣，可一点也没伤光璧。光璧猛地跳起来，抽出斧子就砍。妖精们吓慌了，跑也来不及，便都变成桌子、柜子、板凳……。光璧把这些都砍得稀烂，用一把火烧啦。只有一个烧火的女妖精变成一只白母鸡从水洞钻出去，跑到森林里去了。

妖精杀光了。拿雄和光璧占住了妖精的房屋田地，过着安定幸福的生活。

编后说明

  编入本集的，只是白族传说故事的口头原始资料的一部分；一小部分标明是整理，也多属文字上的清理。见于报刊或已有专集的作品，只编入其记录资料。

  此外，这个集子里编入了那马人和勒墨人的故事。那马人住在兰坪县，勒墨人住在碧江县[①]。他们自称"白子""白尼"，是白族。纳西族称他们为"那马"或"那布"，傈僳族称他们为"勒墨"，实际上是白族在这两县的他称。

1964 年油印本编者

[①] 碧江县：旧县置，今分属怒江傈僳族自治州福贡县、泸水市。——编者注

图书在版编目（CIP）数据

云南大学1958年白族民间文学调查资料集 / 云南大学文学院编. —北京：商务印书馆，2023
（云南大学少数民族民间文学调查资料丛刊）
ISBN 978-7-100-22110-8

Ⅰ.①云… Ⅱ.①云… Ⅲ.①白族—民间文学—文学研究—史料—云南 Ⅳ.①I207.9

中国国家版本馆CIP数据核字（2023）第065421号

权利保留，侵权必究。

云南大学少数民族民间文学调查资料丛刊
云南大学1958年白族民间文学调查资料集
云南大学文学院 编

商 务 印 书 馆 出 版
（北京王府井大街36号 邮政编码100710）
商 务 印 书 馆 发 行
北京顶佳世纪印刷有限公司印刷
ISBN 978-7-100-22110-8

| 2023年6月第1版 | 开本710×1000 1/16 |
| 2023年6月北京第1次印刷 | 印张58½ |

定价：298.00元